CB142689

A escriba

SUMA de letras

ANTONIO
GARRIDO

A escriba

Tradução
Eliana Aguiar

SUMA
de letras

Copyright © 2008 by Antonio Garrido

Todos os direitos desta edição reservados à
EDITORA OBJETIVA LTDA.
Rua Cosme Velho, 103
Rio de Janeiro – RJ – CEP: 22241-090
Tel.: (21) 2199-7824 – Fax: (21) 2199-7825
www.objetiva.com.br

Título original
La Escriba

Capa
Andrea Vilela de Almeida

Imagens de capa
© Album / akg-images / Werner Forman / Latinstock
© Kasia Biel/Crestock
© Dario Rota/Crestock

Mapa
Antonio Garrido. Publicado mediante acordo com a editora original, Ediciones B, S.A.

Preparação de originais
Elisabeth Xavier de Araújo

Revisão
Ana Kronemberger
Héllen Corrêa
Rodrigo Rosa

Editoração eletrônica
Abreu's System Ltda.

CIP-BRASIL. CATALOGAÇÃO-NA-FONTE
SINDICATO NACIONAL DOS EDITORES DE LIVROS, RJ

G326e

Garrido, Antonio
A escriba / Antonio Garrido ; tradução Eliana Aguiar. - Rio de Janeiro : Objetiva, 2009.

460p. ISBN 978-85-60280-41-4
Tradução de: *La escriba*

1. Romance espanhol. I. Aguiar, Eliana. II. Título.

09-2788. CDD: 863
CDU: 821.134.2-3

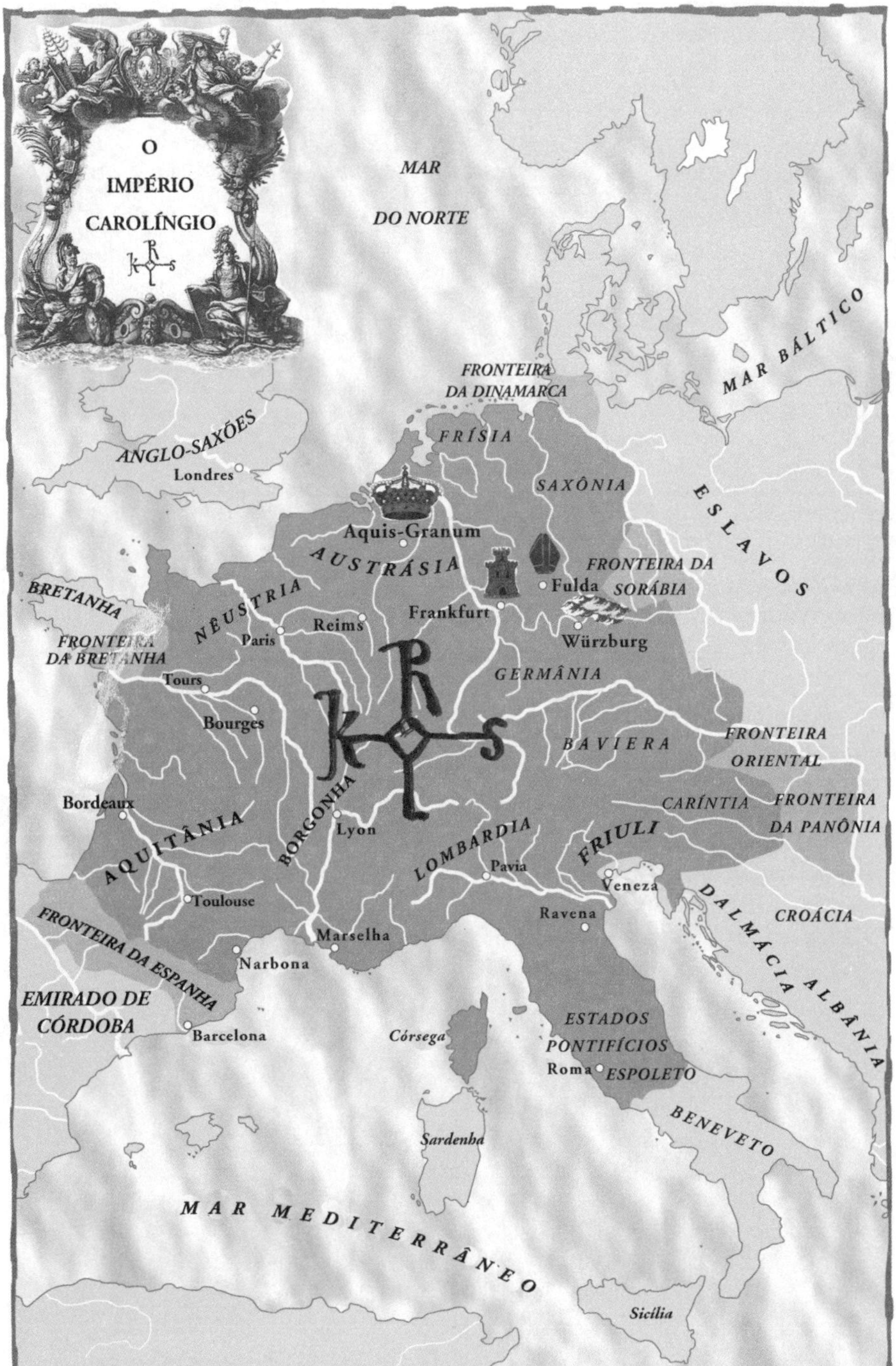
O IMPÉRIO CAROLÍNGIO
MAR DO NORTE
MAR BÁLTICO
FRONTEIRA DA DINAMARCA
ANGLO-SAXÕES
Londres
FRÍSIA
SAXÔNIA
ESLAVOS
Aquis-Granum
AUSTRÁSIA
FRONTEIRA DA SORÁBIA
Fulda
BRETANHA
NÊUSTRIA
Frankfurt
Reims
Paris
Würzburg
FRONTEIRA DA BRETANHA
Tours
GERMÂNIA
Bourges
BAVIERA
FRONTEIRA ORIENTAL
Bordeaux
CARÍNTIA
FRONTEIRA DA PANÔNIA
AQUITÂNIA
BORGONHA
Lyon
LOMBARDIA
FRIULI
Pavia
Veneza
Toulouse
Ravena
CROÁCIA
DALMÁCIA
ALBÂNIA
Marselha
FRONTEIRA DA ESPANHA
Narbona
EMIRADO DE CÓRDOBA
Barcelona
Córsega
ESTADOS PONTIFÍCIOS
Roma
ESPOLETO
BENEVETO
Sardenha
MAR MEDITERRÂNEO
Sicília

SUMÁRIO

Novembro 11

Dezembro.. 125

Janeiro 225

Fevereiro.. 293

Março 367

Abril 451

Epílogo 455

É tudo um romance...................................... 457

Ano 799 de Nosso Senhor Jesus Cristo.
Cidadela de Würzburg. Alta Francônia.

E o diabo veio para ficar.

"Já não sei por que escrevo; Theresa morreu ontem e talvez eu a acompanhe em breve. Hoje não comemos nada. O que consigo no *scriptorium* mal nos sustenta. Tudo está deserto. A cidade está morrendo."

Górgias depositou a tabuleta de cera no chão e caiu sobre o enxergão. Antes de fechar os olhos, rogou pela alma de sua filha. Depois disso, só conseguia lembrar dos dias terríveis que precederam a grande fome.

NOVEMBRO

1

O dia de Todos os Santos não amanheceu em Würzburg. Sob a penumbra, os primeiros trabalhadores abandonaram suas moradias e partiram para os campos, apontando para o céu sujo e inchado como o ventre de uma gigantesca vaca. Os cães farejaram o temporal e latiram avisando, mas homens, mulheres e crianças continuaram seu pesado desfile como um exército sem alma. Pouco depois, um turbilhão de nuvens cegou o firmamento e, de repente, vomitou uma tal quantidade de água que até os camponeses mais calejados tremeram, pressentindo a chegada do fim do mundo.

Theresa ainda dormia quando sua mãe a avisou. Ainda aturdida, a jovem ouviu o tamborilar do granizo que ameaçava derrubar o telhado de palha e compreendeu imediatamente que precisava se apressar. Num abrir e fechar de olhos, mãe e filha recolheram o pão e o queijo que restava na mesa, enfiaram umas peças de roupa numa trouxa improvisada e, depois de trancar portas e janelas, uniram-se à multidão de desesperados que corria para abrigar-se na parte alta da cidade.

Quando subiam pela rua dos arcos, Theresa lembrou que tinha esquecido suas tabuletas de cera.

— Vai indo, mãe. Eu já volto.

Apesar dos gritos de Rutgarda, Theresa perdeu-se entre a multidão de camponeses que, encharcados como ratos, fugiam na direção contrária. Muitas das ruelas já tinham se transformado em riachos, nos quais flutuavam cestos quebrados, pedaços de madeira, galinhas mortas e roupas rasgadas. Evitou a passagem dos curtidores saltando por cima de uma carroça atravessada entre duas casas destruídas e desceu pela rua velha até alcançar os fundos de sua casa, onde surpreendeu um espertinho tentando arrombar a porta. Assim que chegou mais perto, deu-lhe um safanão, mas o rapazola, em vez de fugir, correu para outra casa, que invadiu pela janela. Depois de amaldiçoá-lo, Theresa entrou em casa e correu até um baú, do qual retirou seus utensílios de escrita, suas tabuletas de cera e uma Bíblia cor de esmeralda. Benzeu-se, protegeu tudo sob a capa e regressou o mais rápido que a água permitiu ao lugar onde sua madrasta esperava por ela.

No caminho para a catedral, várias ruelas tinham sumido sob a lama e alguns telhados voaram como se fossem folhas ao vento. Pouco depois, uma violenta enxurrada engolia o labirinto de casebres que atulhava o povoado, deixando atrás de si um rastro de desolação.

Nos dias que se seguiram, as orações dos moradores não impediram que a chuva e os ventos afogassem os campos até convertê-los num charco. Depois chegaram as neves: o Main congelou e prendeu as canoas dos pescadores, as tempestades de neve obstruíram as passagens que ligavam Würzburg com as planícies de Frankfurt e o abastecimento de víveres e mercadorias teve que ser interrompido. Os rigores do frio dizimaram as colheitas e fizeram estragos nos rebanhos. Pouco a pouco, as provisões foram se esgotando e a fome se espalhou como uma enorme mancha de azeite. Alguns aldeões venderam suas terras por quase nada e os que não encontraram outra coisa tiveram que vender suas próprias famílias. Nunca mais se teve notícia dos insensatos que abandonaram a proteção das muralhas para buscar refúgio nos bosques. Alguns, levados pelo desespero, encomendaram suas almas a Deus e jogaram-se ribanceira abaixo.

De uma hora para outra, perambular pelas ruelas de Würzburg converteu-se num terrível pesadelo. Os lodaçais provocavam quedas e os desabamentos obrigavam a manter certa distância dos edifícios. As pessoas se trancavam em casa à espera de um milagre, mas a criançada, desobedecendo aos conselhos dos mais velhos, continuava a se juntar nos chiqueiros além dos muros em busca de alguma ratazana com a qual improvisar um assado. Quando conseguiam encontrar alguma, festejavam a façanha com canções e gritos de alegria e saíam pela rua principal, exibindo com orgulho as peças capturadas.

Passadas duas semanas, os primeiros cadáveres começaram a salpicar as ruas da cidadela. Os defuntos mais afortunados receberam sepultura no pequeno cemitério que ladeava a igreja de madeira de Santa Adela, mas os voluntários não demoraram a esmorecer e os mortos se espalharam pelas sarjetas como se fossem uma praga. Alguns cadáveres inchavam como sapos, mas em geral, as ratazanas devoravam os corpos antes que isso acontecesse. Muitas crianças adoeceram de fraqueza, enquanto suas mães se desesperavam procurando alguma coisa além de um pouco d'água para colocar na mesa. No final do mês, o cheiro de morte empestava a cidade e os sinos da catedral continuavam sua lúgubre sinfonia.

Para sorte de Theresa, a catedral do condado gerava uma pequena, mas estável, demanda de trabalhadores, de modo que os leigos que trabalhavam nas oficinas diocesanas recebiam como retribuição um alqueire de cereais por semana. As poucas mulheres que prestavam serviços tratavam de agradar aos homens ou trabalhavam nas cozinhas.

Talvez por esse motivo, trabalhar na oficina do *percamenarius*, onde se fazia a preparação das peles para pergaminhos, suscitava sentimentos desencontrados em Theresa. Por um lado, ter que suportar os olhares desavergonhados dos curtumeiros, os comentários sobre o tamanho de seus peitos e até mesmo alguma roçadela mais ou menos dissimulada a incomodava, mas, por outro lado, aquelas contrariedades se viam recompensadas no fim do dia, quando ficava sozinha com os pergaminhos. Então, empilhava as folhas dobradas vindas do *scriptorium* e, em lugar de costurá-las em cadernos, aproveitava o prazer de alguns momentos de leitura. Registros, livros de salmos, textos contra o paganismo e inclusive códices pagãos supriam com seus relatos os rigores do trabalho e levavam-na a pensar que talvez algum dia servisse para algo mais do que assar tortas e lavar panelas.

Seu pai, Górgias, trabalhava como escrevente no *scriptorium* episcopal, perto da oficina onde ela trabalhava como aprendiz. Theresa obteve o posto graças à desgraça de Ferrucio, o aprendiz anterior, que arruinou seu futuro no dia em que, por descuido, cortou os tendões de uma mão. Foi quando Górgias propôs seu nome para substituí-lo. No entanto, enfrentou desde o primeiro momento a oposição de Korne, o mestre *percamenarius*, que usou como argumentos o mutável caráter feminino, a natural inclinação da mulher para a discussão e para os falatórios; sua incapacidade de manejar fardos mais pesados e a freqüência de suas menstruações. Tudo isso, em seu entender, revelava-se incompatível com um trabalho que requeria sabedoria e destreza em partes iguais. No entanto, Theresa sabia ler e escrever com desenvoltura, uma habilidade de inegável valor num lugar em que sobravam músculos e faltava talento. Graças a isso, e à mediação de seu pai, obteve o posto.

Quando Rutgarda soube da notícia, não demorou a bramar aos céus em protesto. Se Theresa fosse retardada ou doente, talvez pudesse entender tal disparate, mas era uma jovem agraciada, talvez um pouco magra para o gosto dos rapazes da Francônia, mas de amplas cadeiras e peitos generosos — isso sem mencionar a dentadura, completa e brilhante como poucas. Qualquer outra em seu lugar trataria de encontrar um bom marido que a emprenhasse e a sustentasse. Mas não: Theresa tinha que pôr sua juventude a perder, encerrando-se numa velha oficina de padres, trabalhando em inúteis afazeres de padres e aturando os falatórios que cercavam as mulheres de padres. E o pior de tudo: estava convencida de que o culpado por aquela situação não era ninguém mais do que seu próprio pai. Afinal, a moça tinha sucumbido às absurdas idéias de Górgias, sempre com a cabeça no passado, saudoso de sua Bizâncio natal, falando dos benefícios do saber e da grandeza dos autores antigos, como se aqueles sábios fossem lhe garantir um belo prato de lentilhas. Os anos passariam e um dia, de repente, ela se veria com as carnes flácidas e as gengivas nuas e só então lamentaria não ter arranjado um homem que a alimentasse e protegesse.

Na última sexta-feira de novembro, Theresa acordou antes de seu horário normal. Costumava madrugar para arrumar o curral e tratar das galinhas, mas fazia tempo que não havia ração para repartir, nem galinhas para alimentar. Ainda assim, considerou-se com sorte. A tormenta que arrasou o povoado tinha respeitado os muros de sua casa e nem seu pai, nem sua madrasta tinham se ferido.

À espera do amanhecer, enrodilhou-se sob as mantas e repassou mentalmente o exame ao qual deveria se submeter horas mais tarde. Na semana anterior, Korne, o mestre *percamenarius*, tinha se declarado contrário à realização da prova de admissão que ela tinha solicitado. Quando o homem ficou sabendo, agitou-se como um possesso, objetando que nunca antes uma mulher tinha chegado ao posto de oficial *percamenarius*, e se aborreceu mais ainda quando ela lembrou que já tinham se passado os dois anos estipulados para que, segundo as normas da corporação, qualquer aprendiz pudesse reivindicar seu ingresso no ofício.

— Qualquer aprendiz que possa levantar um fardo pesado — tinha contestado Korne com um gesto de nojo.

No entanto, na última hora da sexta-feira, Korne tinha aparecido na oficina com um ar displicente para comunicar que aceitava sua petição, alertando-a, porém, que o exame teria lugar imediatamente.

Aquela decisão fez Theresa suspeitar de algo e, apesar da alegria que a notícia lhe causava, não parava de se perguntar que motivos teriam levado Korne a tão repentina mudança. Contudo, sentia-se capacitada para a prova: sabia distinguir um pergaminho de pele de cordeiro de outro feito com pele de cabrito, era capaz de esticar e retesar as peles úmidas melhor do que o próprio Korne e de tirar marcas de flechas e mordidas até deixar os couros tão brancos e limpos quanto a bunda de um recém-nascido. E aquilo era a única coisa que importava.

No entanto, quando chegou a hora de levantar, não conseguiu evitar que um calafrio lhe percorresse a espinha.

Ergueu-se às apalpadelas, retirou a puída manta que separava seu colchão de palha do que seus pais ocupavam, enrolou-a no corpo e, depois de amarrá-la com um pedaço de corda, saiu do quarto procurando não fazer barulho. Depois de aliviar-se no curral, lavou-se com água gelada e voltou correndo para o interior da casa. Uma vez lá dentro, acendeu uma pequena lamparina a óleo e sentou-se numa arca. A chama iluminou fracamente a única peça da casa, um pequeno aposento retangular no qual a família cabia a duras penas. No centro, ardia a fogueira, escavada no chão sobre a úmida massa de terra.

O frio doía e as chamas começavam a fraquejar, de modo que acrescentou um pouco de turfa e atiçou o fogo com um pau. Depois, pegou uma caçarola e começou a raspar uns restos de mingau até ouvir uma voz às suas costas.

— Pode se saber o que diabos está fazendo? Volte para a cama, ande!

Theresa virou e encarou o pai. Lamentava tê-lo acordado.

— É por causa do exame. Não consigo dormir — desculpou-se a meia-voz.

Górgias espreguiçou-se e aproximou-se do lume resmungando de mau humor. A claridade iluminou uma cara ossuda sob um emaranhado de cabelos brancos. Sentou-se ao lado de Theresa e apertou-se contra ela.

— Não é por isso, minha filha. É por causa desse frio, que ainda vai acabar nos matando a todos — sussurrou enquanto esfregava as mãos dela. — E esqueça essa papa, que nem os ratos comeriam. Sua mãe já vai achar alguma coisa para você comer. Agora o que você precisa fazer é deixar de vergonhas e usar essa manta para se cobrir à noite, em vez de pendurá-la aí, no meio do quarto, como se fosse uma cortina.

— Não é por vergonha, pai — mentiu. — É para não incomodar enquanto leio.

— Pouco me importa o porquê. Um dia ainda vamos encontrar você dura como um pedaço de gelo e aí não vamos precisar mais chegar a um acordo.

Theresa sorriu e voltou a raspar o mingau. Serviu uma porção a seu pai, que a devorou enquanto escutava.

— É por causa dessa prova. Ontem, quando Korne concordou em fazer o exame, havia algo estranho em seu olhar. Não sei... Alguma coisa que me preocupou.

Górgias sorriu paternalmente e sacudiu seu cabelo. Garantiu que tudo iria bem.

— Você sabe mais sobre pergaminhos do que o próprio Korne... O que irrita o velho é ver que seus filhos, depois de dez anos de ofício, não são capazes de distinguir a pele de um burro de um códice de Santo Agostinho. Daqui a pouco, vai lhe passar umas folhas para encadernar e você vai fazer o trabalho com perfeição e se tornar a primeira oficial *percamenarius* de Würzburg. Korne goste ou não...

— Não sei, pai... Ele não permitiria que uma recém-chegada...

— E daí, se ele não quiser? Korne pode ser o mestre *percamenarius*, mas o dono da oficina é Wilfred, e não esqueça que ele também estará presente.

— Tomara! — disse Theresa enquanto se levantava.

Começou a amanhecer. Górgias levantou e se esticou como um gato.

— Bem, espere que eu seque os estilos para que possa acompanhá-la à oficina, pois não convém que uma linda mocinha ande sozinha pela cidadela a essas horas.

Enquanto Górgias preparava seus instrumentos, Theresa distraiu-se observando o belo labirinto que a neve tinha desenhado sobre os telhados da aldeia. Nessa altura do dia, o sol começava a derramar-se sobre as ruelas, velando os edifícios com uma suave cor de âmbar. No povoado, ao abrigo das muralhas, os casebres de madeira se apertavam uns contra os outros como se disputassem o pedaço de terra sobre o qual tinham que se apoiar, ao contrário da zona alta, onde orgulhosas construções fortificadas enfeitavam as passagens e as praças. Theresa não conseguia compreender como um lugar tão bonito podia ter se transformado num horrível cemitério.

— Por São Gabriel Arcanjo! — exclamou Górgias. — Finalmente decidiu estrear seu vestido novo!

Theresa sorriu. Meses antes, seu pai tinha lhe dado de presente aquele formoso vestido, tingido de um azul tão intenso quanto o céu do verão. O motivo foi seu 23° aniversário, mas estava guardando o vestido para uma ocasião apropriada. Antes de sair, aproximou-se do enxergão onde sua madrasta dormitava e beijou seu rosto.

— Deseje-me sorte — sussurrou em seu ouvido.

Rutgarda resmungou e concordou com a cabeça, mas quando os dois saíram da casa, rezou para que Theresa não passasse na prova.

Pai e filha seguiram num passo ligeiro pelo caminho da ferraria, com Górgias ocupando o centro da rua para evitar os locais onde algum indesejável pudesse se esconder. Na mão direita, empunhava uma tocha e com a outra abraçava Theresa, abrigando-a sob sua capa. Na altura do mirante, cruzaram com um grupo de guardas que descia em direção às muralhas e, pouco depois, chegaram ao fim da ladeira, dobraram na rua dos cavaleiros e foram para a praça da catedral. Ali, margearam a igreja até divisarem o edifício da oficina, uma construção extensa e atarracada, nas costas do batistério.

Faltavam poucos passos para chegar à entrada, quando uma sombra surgida da escuridão saltou inesperadamente sobre eles. Górgias tentou reagir, mas só teve tempo de afastar Theresa e empurrá-la para um lado. Nesse momento, um punhal brilhou e a tocha rolou rua abaixo até despencar por uma viela. Theresa afastou-se ao mesmo tempo em que gritava, vendo os dois homens rolarem no chão. Desesperada, correu em busca de auxílio até chegar à porta da oficina, que socou com toda a alma. Sentiu os nós dos dedos descascarem, mas continuou gritando e batendo na porta. Às suas costas, podia perceber o esforço dos dois homens lutando por suas vidas. Voltou a socar a maldita porta, mas ninguém respondeu. Se pudesse, ela a teria posto abaixo e arrastado seus ocupantes para fora. Exasperada, deu meia-volta e saiu gritando por socorro. Nesse instante, ouviu a voz de seu pai ordenando que se afastasse.

Theresa parou sem saber o que fazer. De repente, os dois oponentes rolaram e desapareceram num desnível do terreno. A jovem lembrou-se dos soldados com que tinham cruzado momentos antes e desceu rua abaixo com a esperança de encontrá-los. No entanto, parou antes de chegar ao mirante, sem ter certeza de que conseguiria alcançá-los e, mais ainda, convencê-los. Então voltou rapidamente sobre seus passos e topou com dois desconhecidos que tratavam de socorrer um corpo ensangüentado. À medida que se aproximava, reconheceu Korne e um de seus filhos, tentando levantar o corpo inanimado de seu pai.

— Por Deus! — gritou Korne a Theresa. — Corra lá dentro e diga a minha mulher que prepare um caldeirão de água quente. Seu pai está muito ferido.

Theresa não pensou duas vezes. Subiu aos tropeções até os sobrados onde vivia o *percamenarius* e gritou pedindo ajuda. Tempos atrás, aquele lugar havia sido utilizado como armazém, mas um ano antes Korne o reformara para usá-lo como moradia, acrescentando alguns sólidos andaimes. Uma mulher gorda semidespida com uma vela entre as mãos mostrou a cara aturdida.

— Por todos os santos! Que gritos são esses? — perguntou enquanto se benzia.

— É meu pai. Depressa, pelo amor de Deus! — suplicou desesperada.

A mulher desceu a escada aos pulos, tentando cobrir suas vergonhas. Quando chegou embaixo, Korne e seu filho entravam pela porta.

— E essa água, mulher, ainda não preparou? — berrou Korne. — E luz. Precisamos de mais luz.

Theresa correu à oficina e remexeu entre a miscelânea de ferramentas que jaziam espalhadas sobre as mesas de trabalho. Encontrou algumas lamparinas a óleo, mas estavam vazias. Finalmente, topou com um par de velas, perdidas embaixo de um monte de telas. Uma delas rolou para baixo da mesa e desapareceu na escuridão. Theresa pegou a outra e apressou-se a acendê-la. Entretanto, Korne e seu filho tinham retirado os couros de cima de uma das mesas para colocar o corpo de Górgias. O *percamenarius* ordenou a Theresa que limpasse as feridas enquanto ele providenciava umas facas, mas a moça não ouviu. Concentrada, aproximou a vela e examinou com horror o imenso talho que seu pai exibia na altura do pulso. Nunca tinha visto uma ferida assim antes. O sangue jorrava aos borbotões e empapava roupas, peles e códices, sem que Theressa soubesse o que fazer para evitá-lo. Um dos cães de Korne aproximou-se da mesa e começou a lamber o sangue que gotejava no chão, mas nesse momento Korne regressou e afastou-o com um chute.

— Ilumine aqui — ordenou.

Theresa aproximou a chama do lugar que o *percamenarius* indicava. Em seguida, o homem arrancou a pele esticada num bastidor próximo, estendendo-a no chão. Depois, com a ajuda de uma faca e de uma ripa de madeira cortou a pele em tiras e uniu os extremos até formar uma longa corda.

— Tire a roupa dele — ordenou. — E você, mulher, traga essa maldita água de uma vez.

— Bendito seja Deus! Mas o que aconteceu? — perguntou a mulher assustada. — Você está bem?

— Deixe de conversa e traga o maldito caldeirão — praguejou Korne, dando um soco na mesa.

Theresa começou a despir o pai, mas a mulher de Korne afastou-a com determinação para encarregar-se ela mesma. Uma vez despido, lavou-o com esmero utilizando um retalho de pele e água recém-fervida. Korne examinou detidamente as feridas, identificando vários cortes nas omoplatas e mais alguns nos ombros. No entanto, o que mais o preocupava era o corte no braço direito.

— Aperte aqui — disse Korne enquanto segurava o braço de Górgias no alto.

Theresa concordou sem prestar atenção ao riacho de sangue que empapava seu próprio vestido.

— Rapaz — disse o *percamenarius* a seu filho. — Corra até a fortaleza e avise ao médico. Diga que é urgente.

O moço saiu correndo e Korne virou para Theresa.

— Agora, quando eu mandar, quero que flexione o braço dele no cotovelo e aperte contra seu peito. Entendeu bem?

Theresa concordou sem deixar de olhar para o pai. As lágrimas tomavam seu rosto de assalto.

O *percamenarius* amarrou o cordão de couro por cima da ferida e deu várias voltas antes de apertá-lo com firmeza. Górgias pareceu recobrar os sentidos, mas foi somente um espasmo; no entanto, parou de sangrar em pouco tempo. Então, Korne fez um gesto a Theresa e ela flexionou o cotovelo de Górgias, tal como ele tinha mandado.

— Bem. O pior já passou. As outras feridas parecem menos graves, embora seja melhor esperar pela opinião do médico. Também apresenta marcas de pancada, mas acho que os ossos estão no lugar. Vamos cobri-lo para que se aqueça um pouco.

Nesse momento, Górgias tossiu com força e arquejou várias vezes entre caretas de dor. Ao entreabrir as pálpebras, viu Theresa soluçando.

— Graças aos céus — disse com voz entrecortada. — Você está bem, filha?

— Sim, pai — chorou. — Pensei que poderia pedir ajuda aos soldados e corri para chamá-los, mas não consegui alcançá-los e, em seguida, quando dei meia-volta....

Theresa não conseguiu terminar a frase, afogada em seu próprio pranto. Górgias pegou sua mão e a puxou para si com uma expressão de aprovação. Depois, tentou dizer algo, mas voltou a tossir e perdeu os sentidos.

— Convém que ele descanse agora — disse a mulher, afastando Theresa com delicadeza. — E pare de chorar, que tanta lágrima não vai resolver nada.

Theresa concordou. Por um instante, pensou em avisar a mãe, mas em seguida desistiu. Decidiu arrumar a oficina enquanto esperava o médico, que, quando soubesse da gravidade dos ferimentos, poderia informá-la melhor. Enquanto isso, Korne, munido de uma tigela de óleo, enchia as lamparinas.

— Às vezes me dá vontade de botar esse azeite num pãozinho amanhecido — lamentou-se o *percamenarius*.

Quando encheu a última, o aposento recobrou o aspecto de um barracão iluminado por tochas. Theresa tratou de recolher o amontoado de agulhas, facas, lúnulas, martelos, pergaminhos e potes de cola que se amontoavam desordenadamente entre as mesas e os bastidores. Em seguida, como de costume, separou as ferramentas segundo a função e, depois de limpá-las cuidadosamente, colocou-as nas estantes correspondentes. Daí, foi para sua bancada de trabalho para verificar as reservas de talco e polimento, assim como a limpeza da superfície. Quando terminou, voltou para junto do pai.

Não percebeu quanto tempo passou até a chegada de Zenón, o cirurgião, um homenzinho sujo e desgrenhado, cujo cheiro de suor competia com o hálito de vinho barato. Carregava uma sacola no ombro e parecia cheio de sono. O homem entrou na oficina sem cumprimentar ninguém e depois de uma rápida olhada, dirigiu-se para o lugar onde Górgias descansava. Em seguida, abriu a sacola e tirou uma pequena serra metálica, várias facas e um minúsculo cofre, do qual extraiu algumas agulhas e um rolo de barbante. O cirurgião depositou os instrumentos sobre a barriga de Górgias e pediu mais um pouco de luz. Depois, cuspiu várias vezes nas mãos, insistindo no sangue ressecado que tinha aderido às unhas e em seguida empunhou a serra com firmeza. Theresa empalideceu quando o homenzinho aproximou o instrumento do cotovelo de Górgias, mas por sorte, era apenas para serrar o torniquete que Korne tinha feito momentos antes. O sangue voltou a jorrar, mas Zenón não se alarmou.

— Bem-feito, embora apertado demais — reconheceu o homenzinho. — Tem mais tiras de couro?

Korne aproximou uma tira que o cirurgião agarrou sem tirar os olhos de Górgias. Amarrou-a com perícia e começou a trabalhar no braço ferido com a mesma despreocupação de quem recheia um peru.

— Todo dia acontece a mesma coisa — disse sem levantar a cabeça da ferida. — Ontem abriram as tripas da velha Berta, na rua baixa. E há dois dias encontraram Siderico, o toneleiro, com a cabeça arrebentada na porta do curral. E para quê? Para roubar sabe-se lá o quê, se o pobre desgraçado não tinha nem o que dar aos filhos para comer.

Zenón parecia conhecer bem seu ofício. Costurava carne e suturava veias com a agilidade de uma costureira, cuspindo sempre na faca para mantê-la limpa. Quando terminou com o braço, continuou com o resto dos ferimentos, aos quais aplicou um ungüento escuro que tirou de uma tigela de madeira. Por último, enfaixou a extremidade com alguns panos de linho anunciados como recém-lavados, apesar das manchas que exibiam.

— Bem — disse, enquanto passava as mãos pelo peito da camisa. — Aí está. Um pouco de cuidado e alguns dias...

— Ficará curado? — antecipou-se Theresa.

— Pode ser que sim... Mas também pode ser que não, claro.

O homem riu estrepitosamente. Em seguida, remexeu na bolsa até encontrar um frasco de vidro que continha um líquido escuro. Theresa imaginou que seria algum tipo de tônico, mas o cirurgião destapou-o e deu um longo trago.

— Por São Pancrácio! Esse licor levantaria até um morto. Quer um pouco? — ofereceu o homenzinho, aproximando o frasco do nariz de Theresa.

A jovem recusou com um movimento da cabeça. O cirurgião repetiu o gesto para Korne, que respondeu ao oferecimento com um par de longos goles.

— Os cortes de faca são como os filhos: todos são feitos da mesma forma, mas nunca saem iguais — riu. — Se vai ficar bom ou morrer não depende mais de mim. O braço está bem costurado, mas a ferida é profunda e talvez tenha afetado os tendões. Agora só resta esperar e se em uma semana não aparecem pústulas ou abcessos... Tome — disse o homem tirando uma bolsinha de seu saiote. — Aplique esse pó várias vezes ao dia e não lave muito a ferida.

Theresa concordou.

— Quanto aos meus honorários... — disse o homem, enquanto ministrava uma palmada no traseiro de Theresa —, não se preocupe, que o conde Wilfred vai pagar — e voltou a rir, enquanto recolhia seus instrumentos.

Theresa enrubesceu de indignação. Odiava aquele tipo de liberdades e se não fosse o fato de Zenón ter cuidado de seu pai, Deus sabe que espatifaria o frasco de vinho em sua estúpida cabeça. No entanto, antes que pudesse protestar, o cirurgião abriu a porta e saiu cantarolando uma melodia sem letra.

Nesse meio-tempo, a mulher de Korne tinha subido para os sobrados e voltado com algumas tortas amanteigadas.

— Trouxe uma para seu pai — comentou com um sorriso.

— Eu agradeço. Ontem provamos uma tigelinha de mingau — lamentou-se. — Cada vez chega menos comida. Minha mãe diz que temos sorte, mas o certo é que quase não consegue mais se levantar da cama. Por causa da fraqueza, sabe?

— Pois é, filha. Assim estamos todos — contestou a mulher. — Se não fosse pelo apreço que Wilfred demonstra pelos livros, a essa hora nós estaríamos comendo as unhas.

Theresa pegou uma torta e mordiscou com delicadeza, como se temesse estragá-la. Em seguida, deu uma mordida maior, saboreando a doçura do mel e da canela; aspirou profundamente o aroma, tentando mantê-lo em seu interior, e deslizou a língua pela comissura dos lábios para não perder a menor migalha sequer. Depois, guardou o pedaço restante num bolso da saia, com a intenção de levar de presente para a mãe. De certa forma, tinha vergonha de aproveitar tal delícia enquanto o pai jazia inconsciente na mesa, mas a fome acumulada foi mais forte do que os remorsos e ela mergulhou no reconfortante sabor da manteiga quente. Nesse momento, uma tosse atraiu sua atenção.

A moça virou-se e percebeu que o pai estava acordando. Correu até ele para evitar que levantasse, mas Górgias não deu ouvidos a seus argumentos. Parecia inquieto e olhava de um lado para outro, como se procurasse algo. Korne percebeu e veio imediatamente.

— E minha bolsa? Onde está minha bolsa?

— Acalme-se Górgias. Está aí ao lado, perto da porta — disse Korne indicando a sacola.

Górgias desceu da mesa a duras penas. Ao agachar-se, emitiu um grunhido e uma careta de dor o paralisou, mas depois de um momento de vacilação, abriu a bolsa e examinou seu interior. Com o braço bom, remexeu nervosamente entre seus instrumentos de escrita. Praguejava sem parar e olhava ao redor como se sentisse falta de algo. Cada vez mais irritado, virou o conteúdo, esparramando-o no chão. As penas e estilos rodaram pelo pavimento.

— Quem pegou? Onde está? — gritou.

— Onde está o quê? — perguntou Korne.

Górgias olhou para Korne com a raiva brotando de seu rosto desfeito, mas mordeu a língua e virou a cabeça. Em seguida, voltou a remexer nos utensílios e revirou a bolsa pelo avesso. Quando se convenceu de que não restava mais nada, levantou-se e caminhou até uma cadeira próxima, na qual se deixou cair. Depois, fechou os olhos e sussurrou uma prece por sua alma.

2

No meio da manhã, as vozes dos aprendizes devolveram Górgias ao mundo dos vivos.

Até aquele momento, ele tinha permanecido deitado, com a cabeça de lado e o olhar perdido, tão alheio aos conselhos de Korne quanto aos gestos de carinho de Theresa. No entanto, pouco a pouco seu rosto parecia estar recuperando a consciência e, depois de alguns segundos de perturbação, levantou os olhos e chamou Korne. O *percamenarius* mostrou-se satisfeito ao comprovar sua melhora, mas quando Górgias perguntou sobre seu agressor, mudou de fisionomia e afirmou que não se lembrava de nenhum detalhe.

— Quando chegamos para socorrê-lo, quem quer que fosse já tinha fugido.

Górgias torceu a cara e entre dentes disse uma maldição afogada numa careta de dor. Depois se levantou e começou a perambular pela oficina como uma fera enjaulada. Enquanto ia e vinha, tentou recordar o rosto do agressor, mas todos os seus esforços foram inúteis. A escuridão e a surpresa do assalto tinham mascarado a identidade do assaltante. Encontrava-se debilitado e confuso, de modo que solicitou a Korne que um de seus filhos o acompanhasse até o *scriptorium*.

Depois da partida de Górgias, os empregados esqueceram suas considerações e pouco a pouco a oficina retornou à agitação habitual. Os mais jovens espalharam terra sobre o sangue derramado e limparam a mesa, enquanto os oficiais lamentavam a desordem provocada. Theresa fez uma breve prece pela recuperação do pai e em seguida dedicou-se diligentemente às tarefas próprias de seu cargo. Em primeiro lugar, limpou e recolheu o lixo acumulado no dia anterior. Depois, separou os retalhos de couro mais estragados, depositando-os no tonel de despojos, onde ficariam apodrecendo até o momento em que o recipiente ficasse cheio. Por desgraça, o barril estava transbordando, de modo que teve que retirar o conteúdo e transferi-lo para as tinas de maceração onde, uma vez macerado, triturado e cozido, se transformaria na cola que os oficiais usariam depois como adesivo. Quando terminou, cobriu-se com um saco para se proteger da chuva e tomou o caminho dos tanques instalados a céu aberto no desconjuntado pátio interno.

Chegando ao pátio, Theresa observou detidamente a instalação.

Os tanques, de forma quadrangular e em número de sete, distribuíam-se desordenadamente em torno do poço central, de forma que as peles esfoladas pudessem ser transferidas sem dificuldade entre eles, seguindo o processo habitual de corte, raspagem e lixamento. A jovem observou as peles esbranquiçadas flutuando sobre a água como esquálidos cadáveres. Odiava o fedor ácido e penetrante que aqueles couros descarnados exalavam.

Em certa ocasião, coincidindo com um severo resfriado, solicitou a Korne que a dispensasse por uns dias, pois a umidade e os cáusticos dos tanques pioravam seus pulmões, mas a única coisa que obteve foi um bofetão e um risinho de desprezo. Nunca mais protestou. Quando Korne assim o ordenava, recolhia a saia, aspirava o ar tão profundamente quanto seu peito permitia e, prendendo a respiração, entrava nos tanques para remover aquelas mantas enrugadas.

Contemplava os tanques quando alguém se aproximou às suas costas.

— Ainda lhe causam repugnância? Ou será que se convenceu de que foram feitos justamente para o nariz de um *percamenarius*?

Theresa virou e deu de cara com o sorriso sarcástico de Korne. A chuva deslizava sobre seu rosto grotesco, encharcando as gengivas nuas. Como sempre, fedia a incenso, que usava em abundância para dissimular seu costumeiro cheiro de ranço. Teria explicado de bom grado a natureza de seus pensamentos a Korne, mas mordeu a língua e abaixou a cabeça. Depois de tanto sacrifício, não estava disposta a aceitar suas provocações, e se ele pretendia encontrar uma desculpa para reprová-la, realmente ia ter que se esforçar.

— Seja como for — continuou o *percamenarius* —, devo confessar que sua situação me compadece: seu pai ferido... você assustada... e nervosa, é claro... De fato, não parece ser o melhor momento para enfrentar uma prova de tamanha importância. Portanto, e em atenção à consideração que seu pai merece, estou disposto a adiar o exame por um prazo adequado.

Theresa respirou aliviada. Com certeza, ainda tinha na cabeça a imagem ensangüentada de seu pai, suas mãos tremiam, e embora se sentisse com forças, um adiamento seria bom para recuperar a calma.

— Não queria transtornar os preparativos, mas agradeço o oferecimento. Alguns dias a mais não seria nada mal — agradeceu.

— Alguns dias? Oh, não! — sorriu. — O adiamento da prova significaria que teria que esperar até o próximo ano. Assim foi estabelecido e, segundo me consta, você está informada. Mas em seu estado... Olhe para você: trêmula, assustada... Não tenho dúvida de que adiar seria o mais apropriado.

Theresa lamentou que Korne tivesse razão. Se um candidato renunciava ao exame, não poderia voltar a solicitar nova inscrição no prazo de um ano. No entanto, chegou a pensar por um momento que, dadas as circunstâncias, o *percamenarius* abriria uma exceção.

— E então? — pressionou ele.

Theresa não sabia o que responder. Suas mãos suavam e seu coração palpitava com força. A oferta de Korne não parecia descabida, mas ninguém podia prever o que aconteceria nos próximos 12 meses. No entanto, se enfrentasse a prova e falhasse, nunca mais poderia fazer outro exame. Pelo menos, não enquanto Korne continuasse a ser o chefe dos *percamenarius*, pois lançaria mão de sua reprovação como demonstração daquilo que tinha declarado tantas vezes: as mulheres e os animais só serviam para carregar peso e parir filhos.

O tempo passava e o *percamenarius* começou a tamborilar com os dedos contra uma barrica. Theresa já estava pensando em renunciar quando, no último instante, resolveu que ia demonstrar a Korne que era mais hábil do que qualquer um de seus filhos. Além disso, se queria realmente tornar-se oficial, teria que enfrentar os problemas tal como se apresentassem, e, se por algum motivo não conseguisse superar a prova, talvez pudesse tentar novamente em alguns anos. Disse a si mesma que afinal Korne era bem velho e talvez até lá estivesse morto ou doente. Portanto, ergueu a cabeça e com um tom decidido comunicou a Korne que faria o exame naquela manhã mesmo e acataria o resultado. O *percamenarius* não se abalou.

— Bem, se é isso que deseja, que o espetáculo tenha início.

Theresa concordou e deu meia-volta para dirigir-se ao interior da oficina; no entanto, quando estava prestes a transpor a entrada, ouviu de novo a voz do *percamenarius*.

— Pode-se saber onde está indo? — perguntou. Os orifícios de seu nariz se dilatavam e contraíam como as narinas de um cavalo.

Fitou-o desconcertada. Estava indo para sua mesa de trabalho a fim de verificar o material que precisaria usar durante a prova.

— Pensava em apontar as facas antes que o conde chegasse. Preparar os...

— O conde? E o que tem o conde com tudo isso? — interrompeu-a simulando espanto.

Theresa perdeu a fala. Seu pai tinha garantido que Wilfred estaria presente.

— Ah, sim! — continuou Korne com uma careta de afetação. — Górgias comentou alguma coisa a esse respeito. Mas ontem, quando visitei o conde, encontrei-o tão ocupado que julguei desnecessário distraí-lo com um trâmite tão insignificante. Presumi, e acho que estava certo, que se você está capacitada para superar qualquer imprevisto, tal como parece estar, a ausência do conde não deveria representar nenhum impedimento.

Theresa entendeu na hora que Korne não tinha ajudado seu pai guiado pela caridade, nem tinha proposto um adiamento do exame por consideração. Tinha ajudado Górgias sabendo que o destino da oficina e, portanto, o seu próprio estavam ligados à atividade do *scriptorium*. Que tola tinha sido! E pensar que por alguns instantes tinha confiado em sua boa vontade. Agora estava nas mãos daquele idiota e todas as suas habilidades valeriam tanto quanto uma pilha de lenha mofada. A moça inclinou a cabeça e preparou-se para aceitar o inevitável, mas quando já dava tudo por perdido, uma idéia iluminou seu rosto.

— É curioso — respondeu num tom confiado. — Meu pai não somente garantiu que Wilfred viria assistir ao exame, mas também que, tendo em vista meus progressos, desejava conservar para si o meu primeiro pergaminho. Um pergaminho que, como sabe, devo assinar com minha marca — precisou.

Theresa rezou para que Korne engolisse a mentira. Se o fizesse, talvez ainda houvesse uma chance.

O *percamenarius* apagou imediatamente o seu estúpido sorriso. A bem dizer, desconhecia a veracidade daquela informação, mas se esse era o desejo de Wilfred, de modo algum poderia se arriscar a contrariá-lo. Ainda assim, o que dissesse ou pensasse o conde não lhe importava nem um pouco, pois aquela moça não passaria na prova. Pelo menos, não enquanto ele fosse o mestre *percamenarius*.

Theresa ainda esperava quando Korne convocou o restante dos trabalhadores. Na mesma hora, aprendizes e oficiais abandonaram suas tarefas para transformar o pátio numa espécie de palco. Os mais jovens pegaram os primeiros lugares, empurrando-se uns aos outros. Um rapaz deu um encontrão em outro e este caiu num tanque, provocando uma algazarra. Os oficiais se acomodaram nos locais abrigados da chuva, mas a água não incomodava os aprendizes. Um deles se aproximou com um cesto de maçãs e dividiu-as entre os mais espertos, que esperavam impacientes o começo do espetáculo. Parecia que todos, menos Theresa, sabiam o que ia acontecer. Nesse momento, Korne bateu palmas e dirigiu-se para seu público improvisado.

— Como todos sabem, a jovem Theresa solicitou seu ingresso no grêmio. — Vários gargalharam. — A moça — disse, indicando-a ao mesmo tempo em que agarrava a virilha — pretende ser mais capaz que vocês; mais capaz que meus filhos e até mais capaz que eu. Uma mulher! Que se caga na saia quando ouve o latido de um cão e corre para se esconder embaixo dos lençóis! Mas apesar disso, tem a coragem... Não, a ousadia!, de pedir um trabalho que por sua natureza pertence aos varões.

Os aprendizes riram em uníssono, quando um deles jogou o caroço de uma maçã em Theresa. Outro imitou os trejeitos de uma moça que corria assustada e os demais aplaudiram divertidos, até que Korne interrompeu a balbúrdia. Em seguida, continuou seu discurso.

— Mulheres em trabalhos de homens... Alguém quer me explicar como uma mulher poderia trabalhar aqui e atender direito ao marido? Quem iria cozinhar ou lavar? Quem se ocuparia dos filhos? Quem sabe, ela os traria para cá, para tentar enfiar sua manada de meninas no grêmio? — Todos riram de novo. — E quando chegar o verão e o calor apertar; quando o suor empapar seu corpo e a blusa se colar a seus peitos, vai exigir por acaso que a gente olhe para o outro lado, reprimindo o desejo? Ou quem sabe oferecerá seus frutos como recompensa por nossos esforços?

Os artesãos voltaram a gargalhar. Empurraram-se uns aos outros e reviraram os olhos enquanto aplaudiam a tirada de Korne. Nesse momento, Theresa se adiantou. Até então, tinha permanecido calada, mas não ia permitir, nem por um instante, mais chacotas.

— Se algum dia tiver um marido, o modo como vou cuidar dele será assunto meu. E quanto aos meus peitos — disse —, tendo em vista a atenção que dedica a eles, informarei a sua esposa, com todo gosto, para que dê remédio às carências que o senhor parece suportar. E agora, se não se importarem, gostaria de passar à prova.

O ódio incendiou Korne. Não esperava uma reação assim e menos ainda que a resposta da jovem fosse acolhida com risos por parte dos rapazes. O *percamenarius* aproximou-se do cesto das maçãs e escolheu a mais estragada. Com ela na mão, deu meia-volta e andou até ficar a um palmo da cara de Theresa, mordeu lentamente a maçã e, em seguida, colocou a fruta ainda babosa diante dos lábios da moça.

— Então, lhe apetece?

Esboçou um sorriso diante do gesto de nojo de Theresa. Ao olhar de novo a fruta, viu um verme que se retorcia dentro da parte podre. Então, sem se abalar, mordeu ao mesmo tempo o coração da fruta e o verme e arremessou o pedaço restante ao último dos tanques. Enquanto mastigava o bocado, o homem recolheu a juba num apanhado estrambótico. Em seguida, aproximou-se do tanque onde tinha jogado a maçã.

— Aqui está a sua prova — disse, e afastou o biombo de treliça que protegia o reservatório. — Deixe a pele pronta e terá o título que tanto almeja.

Theresa apertou os lábios. Descarnar e preparar peles não era uma tarefa própria dos oficiais, mas se era isso que Korne lhe pedia, ela não iria desapontá-lo. Aproximou-se da borda do tanque e observou a capa de sangue e gordura que flutuava sobre a água. Com a ajuda de uma pá, afastou os despojos desprendidos sob o feito dos cáusticos e procurou pela pele que deveria trabalhar. No entanto, depois de várias passadas não encontrou couro algum. Ficou desconcertada, procurando alguma explicação.

— Está lá dentro — indicou Korne.

Theresa virou-se para o tanque mais profundo, o que recebia as peles assim que eram arrancadas dos animais. Descalçou-se com cuidado e deixou as botas nas proximidades. Em seguida, recolheu a saia e mergulhou as pernas na água ao mesmo tempo em que prendia a respiração. No tanque, flutuavam pedaços de pele e sangue coagulado entremeados com a sujeira própria das tinas de maceração. Depois, diante do olhar atento dos aprendizes, foi descendo até que o líquido alcançasse seu ventre.

O frio a fez gemer.

Esperou um momento. Em seguida, aspirou uma golfada de ar e deixou-se cair nas profundezas do tanque. Durante um suspiro, desapareceu sob a água para emergir no instante seguinte impregnada de um véu de gordura. A jovem cuspiu algo e afastou a imundície do rosto. Em seguida, entrou no tanque afastando os despojos que flutuavam a seu redor. Sentiu a ardência da cal sob suas roupas e o gelo petrificando seus ossos, mas continuou avançando às apalpadelas com a água lambendo seu queixo. Seus pés descalços percebiam o leito de lodo enquanto seus braços se agitavam sob a água, como os membros de um cego buscando um apoio. De repente, esbarrou em alguma coisa e seu coração disparou. Quando conseguiu se acalmar, tateou o objeto com o pé sem conseguir identificá-lo. Por um momento, pensou em desistir, mas lembrou de seu pai e de quantos tinham confiado nela. Então, encheu os pulmões de ar mergulhou sob a água. O frio palpitou em suas faces quando suas mãos roçaram uma coisa informe. Seu tato viscoso lhe provocou uma ânsia de vômito, mas engoliu a repugnância e continuou deslizando as mãos sobre a massa informe até parar sobre uma fileira de contas semelhantes a pedregulhos. Theresa percorreu as contas e, depois de um momento de incerteza, percebeu que se tratava de uma horrível fileira de dentes. O pavor quase a fez abrir os olhos, mas se conteve a tempo, pois do contrário, a cal a teria cegado para sempre. Largou a mandíbula e buscou desesperadamente o ar, com o rosto transformado numa máscara congestionada. Então, enquanto tossia e vomitava água, emergiram diante dela os restos da cabeça podre e disforme de uma enorme vaca morta.

De imediato, os aprendizes se aproximaram do tanque para zombar da moça. Um deles ofereceu a mão com intenção de ajudá-la, mas quando a jovem confiou, soltou-a de repente e ela caiu de novo na água. Nesse momento, apareceu no pátio a mulher do *percamenarius*, que tinha presenciado a cena e que vinha com roupas secas. A senhora afastou os aprendizes e puxou Theresa. Quando a tirou da água, ela tremia como um cachorrinho. Cobriu-a com uma manta para acompanhá-la ao interior da residência, mas quando estavam prestes a cruzar a soleira, ouviu-se a voz de Korne.

— Que mude de roupa e volte ao trabalho.

Quando Theresa regressou à oficina encontrou em sua bancada uns restos de pele murcha. Estendeu-os com a ajuda de uma paleta de madeira e em seguida retirou o excesso d'água. Depois de examinar a pele, deduziu que tinha sido esfolada naquela mesma semana, pois a cal não tinha soltado todo o pêlo e restos de carne e gordura ainda continuavam colados. O animal devia ter sido devorado por lobos, pois o couro apresentava inúmeras dentadas. Além disso, viam-se sinais de abcessos e arranhões próprios de animais de idade avançada. Disse consigo mesma que aquela pele não serviria nem para jogar às ratazanas.

— Não queria ser *percamenarius*? Pois aí está a sua prova — sorriu Korne. — Prepare o pergaminho que tanto a interessava, para que Wilfred possa vê-lo.

Embora soubesse que ele lhe pedia o impossível, Theresa não protestou. Curtir e limpar a pele de um animal exigia vários dias de trabalho, e em seguida descanso para que os cáusticos e as lavagens fizessem efeito. No entanto, não estava disposta a se render. Com uma escova de cerdas esfregou e descarnou os restos que os vermes não tinham chegado a devorar e, quando acabou de limpar o avesso, virou a pele do outro lado e dedicou-se à flor do couro. Esfregou a pelagem energicamente, acompanhando o processo com escovadas contínuas. Em seguida, escorreu e depois esticou o couro sobre a bancada para selecionar as áreas que ainda exibiam algum pêlo. Finalmente, procurou a caixa de giesta para aplicar o ácido, mas observou com estranheza que tinha desaparecido. Entretanto, Korne observava o processo, esboçando um sorriso a cada etapa. De vez em quando, dava uma volta como se tivesse coisas mais importantes a fazer, mas logo regressava para verificar os progressos da moça. Theresa preferiu não lhe dar atenção. Supôs que o desaparecimento da caixa não era casual, de modo que não se preocupou em procurar. Em seu lugar, recolheu uma pá de cinzas, misturou com o esterco que os burros tinham deixado na entrada e aplicou a pasta resultante nos poros do couro. Depois, com a ajuda de uma faca curva e rombuda, esfregou sobre a pele até alcançar o resultado desejado.

Nesse momento, fez uma pausa. Agora, precisava tensionar a pele sobre a armação para formar uma espécie de gigantesco pandeiro, uma passagem delicada, pois corria o risco de rasgar a pele nas áreas mais estragadas. Dispôs com habilidade algumas pedras nas bordas do couro, enrolou cada uma num pedacinho da própria pele, formando bolsinhas semelhantes a grandes mamilos que, em seguida, amarrou com um barbante. Em seqüência, montou o couro na armação e esticou usando os barbantes que saíam dos diversos mamilos. Quando verificou que os pontos nos quais a pele estava esgarçada resistiam, suspirou aliviada. Agora, só faltava secar a pele ao fogo e esperar que ficasse esticada para proceder à raspagem com a faca, de modo que aproximou a armação da fogueira que ardia no centro da sala. Aquele lugar não era apenas o mais quente, mas também o mais iluminado e, portanto, a seu redor se dispunham as bancadas onde os códices mais valiosos esperavam pela restauração.

Enquanto esperava que a umidade evaporasse do tambor de pele, entreteve-se junto ao fogo perguntando-se sobre a procedência daquela pele. Fazia tempo que as reses escasseavam, e, até onde ela sabia, somente Wilfred dispunha de alguns exemplares, portanto, era muito provável que Korne tivesse comprado de algum de seus intendentes. E, a julgar por seu estado, com a única intenção de atrapalhar seu desempenho.

Nesse momento, o *percamenarius* aproximou-se do fogo. Passou o dedo pelo tambor transpirante de umidade e olhou Theresa com má vontade.

— Vejo que está se aplicando. Até pode ser que ainda consiga tirar algo de aproveitável — disse indicando o couro esticado.

— Faço o melhor que posso — respondeu Theresa.

— E essa imundície é o melhor que sabe fazer? — sorriu Korne, ao mesmo tempo em que desembainhava sua faca e se aproximava do couro. — Não viu essas marcas? A pele vai se romper bem aqui.

Theresa sabia que isso não ia acontecer. Tinha identificado os pontos esgarçados e arranjado os tensores de modo a evitar que se rompessem.

— Não vai acontecer — respondeu desafiante.

A raiva de Korne destilava no olhar. Então, devagarinho, começou a passear a ponta da faca sobre o couro tenso, como quem desliza um punhal sobre o pescoço de sua vítima. O fio raspou a pele e levantou uma finíssima rebarba. Theresa olhou aterrada como a ponta se detinha junto a uma marca e começava a pressionar a superfície. Os olhos de Korne relampejavam sob o crepitar do fogo e os lábios se entreabriam deixando à mostra suas gengivas nuas.

— Não! — suplicou Theresa.

Nesse momento, Korne enfiou a faca e a pele saltou, rasgada em mil pedaços, que voaram sobre suas cabeças como uma folharada, até caírem na fogueira.

— Oh! — lamentou-se Korne. — Parece que não calculou bem a tensão do tambor, coisa que, desgraçadamente, a leva de novo à sua triste condição de aprendiz.

Theresa apertou os punhos enquanto seu rosto se crispava. Tinha suportado o frio e a humilhação; tinha paparicado aquela pele imprestável até convertê-la num couro aceitável; tinha posto sua alma na preparação daquela prova e agora, só pelo fato de ser mulher, Korne a condenava.

Ainda estava se lamentando quando Korne a segurou por um braço e aproximou os lábios de seus ouvidos.

— Sempre poderá ganhar a vida massageando a pele de algum bêbado — riu.

Theresa não agüentou mais. Com um violento puxão, safou-se de seu abraço e tratou de abandonar a oficina, mas o *percamenarius* se interpôs em seu caminho.

— Rameira nenhuma me trata assim — grunhiu Korne ao mesmo tempo que lhe aplicava um tapa na cara.

Theresa tentou se proteger, mas Korne a empurrou. Theresa escorregou e caiu, batendo contra a armação na qual tinha estado trabalhando e que bamboleou pesadamente e depois de alguns segundos que pareceram eternos, precipitou-se na fogueira em meio a um grande estrondo. Com o impacto, um enxame de brasas voou pela oficina, transformando-a numa fornalha. As faíscas cintilaram no ar e espalharam-se até as bancadas mais próximas. Algumas brasas grudaram nos códices e, num abrir e fechar de olhos, as chamas se apoderaram das estantes.

Quando Korne quis reagir, um aprendiz estúpido já tinha aberto as janelas. Alimentadas pelo vento, as chamas começaram a lamber o teto de madeira e galhos, fazendo com que os restos de folhagem pegassem fogo. Korne só teve tempo de retirar alguns maços de documentos, antes que um ramo ardente se precipitasse sobre o lugar onde Theresa estava, ainda tonta. Sem lhe dar atenção, ordenou aos aprendizes que pegassem tudo o que encontrassem de valor e corressem para a rua. Os rapazes obedeceram, tropeçando uns nos outros, e depois de agarrar alguns utensílios mais próximos, saíram fugidos como almas perseguidas pelo diabo. Um deles aproximou-se de Theresa e arrastou-a como pôde até afastá-la das chamas. No entanto, assim que percebeu que a moça tinha recobrado a lucidez, abandonou-a à própria sorte.

Quando Theresa conseguiu se levantar, pensou que estava na ante-sala do inferno. Desesperada, olhou ao redor e viu que as chamas devoravam tudo o que encontravam no caminho e ameaçavam cercá-la. Nesse momento, um rangido sobre sua cabeça a fez voltar os olhos para o teto. Por um instante, pensou que ia desabar, mas ao observá-lo mais detidamente, viu que as chamas não avançavam pelo trançado de galhos, provavelmente por causa da umidade e da neve acumulada. Examinou a sala e reparou que a única escapatória era chegar ao pátio interno, pois a saída para a rua era impraticável. À sua esquerda, descobriu um grupo de códices resguardados sob uma prateleira. Não teve dúvidas. Usando as roupas ainda encharcadas de água do tanque como capa, pegou tantos códices quantos conseguiu abraçar. Em seguida, correu com eles até chegar ao pátio interno. Já no pátio, examinou um castanheiro que subia pela esquina mais oriental até os telhados que confinavam com as laterais da catedral. Então, tirou a capa de roupa molhada e fez uma trouxa para transportar os códices para lá. No entanto, quando se dispunha a subir na árvore, um grito vindo do interior a deteve.

Theresa soltou os códices e correu para a oficina. Quando entrou na sala, a fumaça a cegou. Avançou em meio ao fogo sem respirar, com o calor queimando mais do que as chamas. Então, acocorada atrás de um muro de fogo, descobriu a mulher de Korne gritando desesperada. Theresa imaginou que o incêndio devia tê-la surpreendido nos sobrados e que, por algum motivo, tinha ficado presa. Ao aproximar-se, a mulher gritou como um porco antes de ser sacrificado e na mesma hora percebeu aterrorizada que parte de suas roupas estavam em chamas. Theresa avançou até ela, mas na altura do fogaréu o teto rangeu. Olhou para cima e comprovou que os galhos que formavam a trave começavam a vergar sob o peso da neve. Procurou ao redor, até localizar uma longa pá caída no chão; pegou-a e bateu com vontade nos ramos que estavam cedendo. O teto voltou a ranger, mas ela continuou batendo até que um enorme estrondo a deteve. A trave estava prestes a desmoronar. Com a fumaça asfixiando-a, procurou ar e voltou a sacudi-la com todas as forças. De repente, uma enxurrada de neve caiu do buraco recém-aberto no telhado. Quando a avalanche cessou, as chamas que se interpunham entre ela e a mulher de Korne tinham desaparecido.

— A mão! Por Deus, dê logo essa mão! — gritou Theresa.

A mulher abriu os olhos e parou de guinchar. Então, levantou-se, beijou a mão da jovem e tanto quanto as pernas grossas lhe permitiam, correu com ela em direção aos tanques.

3

Quando Górgias entrou no *scriptorium*, percebeu horrorizado que tinha esquecido a sacola na oficina do *percamenarius*. Lamentou sua desorganização, mas o fato de ter providenciado um fundo falso para esconder o pergaminho em que estava trabalhando o tranqüilizou. Disse com seus botões que, se não tivesse pensado em tal precaução, a essa hora o assaltante estaria de posse de um documento muito mais valioso do que poderia imaginar. No entanto, tinha roubado um rascunho no qual constavam algumas das passagens mais comprometedoras e isso iria atrasá-lo em relação aos prazos combinados.

Olhou o braço e verificou que a bandagem que Zenón aplicara tinha se transformado numa mortalha de sangue. Com a ajuda da mão boa, desenrolou as faixas e apoiou o membro ferido numa mesa iluminada. Em seguida, tentou mover os dedos, que mal conseguiu articular. Ao comprovar que a ferida sangrava, tentou puxar a costura que fechava a incisão, mas a dor o obrigou a desistir. Sentia a carne aberta palpitar como se o coração galopasse sob a pele. Preocupado, disse a um criado que chamasse o médico outra vez e, enquanto aguardava, reclinou-se no banco para meditar sobre o acontecido.

Não cabiam mais dúvidas. O homem que o tinha atacado conhecia o incalculável valor do pergaminho.

O rangido da porta tirou Górgias de seus pensamentos. O mesmo criado que ele tinha enviado pediu permissão e cruzou a soleira. Estava acompanhado do médico, visivelmente contrariado.

— Deus me livre dos letrados. Muito se vangloriam de seus conhecimentos, mas ao menor mal-estar, reclamam como velhas num velório — disse o médico enquanto aproximava um lampião do braço ferido.

— Assim que tento mover os dedos, não pára mais de sangrar — lamentou-se.

O homem examinou o membro com a mesma consideração que um carniceiro usa para desossar um frango.

— E deve dar graças se conseguir se livrar de uma amputação. Por todos os diabos! O que tem feito? Escrevendo uma Bíblia em grego?

Górgias não respondeu. Enquanto isso, o médico remexia em sua bolsa de trabalho.

— Valha-me Deus! Não tenho mais sanguinária. Ainda tem os pós que receitei?

— Maldição! Esqueci na oficina. Mandarei pegar em seguida — lamentou-se, ao lembrar que tinha esquecido a sacola na oficina.

— Como quiser, mas devo avisá-lo: as outras feridas não me preocupam, mas esse braço... Se não tiver cuidado, em uma semana não servirá nem de ração para os porcos. E se perder o braço, pode ter certeza de que perderá a vida. Agora vou reforçar as costuras para estancar a hemorragia. Isso vai doer.

Górgias torceu a cara, não só pela dor, mas porque intuía que o médico estava certo.

— Mas como uma ferida superficial...?

— Goste você ou não, as coisas são assim. As pessoas não morrem apenas de tuberculose linfática e pestilências. Ao contrário, os cemitérios abundam de gente saudável que bateu as canelas por arranhões e feridas sem importância: uma ligeira febrícula, uns espasmos estranhos... e adeus aos padecimentos. Talvez não conheça os métodos de Galeno, mas já vi tantos mortos que sou capaz de reconhecê-los meses antes de chegarem à tumba.

Uma vez concluído o tratamento, o homenzinho recolheu seus instrumentos e enfiou-os desordenamente na bolsa. Ao percebê-lo, Górgias ordenou ao criado que saísse do *scriptorium* e esperasse do lado de fora. O doméstico obedeceu.

— Espere um momento — disse, aproximando-se do médico. — Preciso que me faça um favor.

— Se estiver a meu alcance...

Górgias certificou-se de que o criado se afastara.

— O caso é que preferia que o conde não ficasse sabendo de nada disso. Refiro-me à gravidade da ferida. Estou trabalhando num documento, um exemplar pelo qual ele tem um interesse especial, e certamente ficaria aborrecido se soubesse que o trabalho vai atrasar.

— Pois não vejo como poderá ser diferente. Essa mão não poderá empunhar uma pluma antes de pelo menos três semanas. Quer dizer, contando que não piore. E sendo o conde quem paga meus honorários, há de convir comigo que não posso enganá-lo.

— Mas não estou pedindo que o engane. Apenas que se cale quanto aos prognósticos. E quanto a seus honorários...

Górgias enfiou a mão esquerda no bolso do blusão e extraiu algumas moedas.

— É mais do que o conde pagaria — observou.

O médico pegou as moedas e examinou-as detidamente. Seus olhos brilharam de cobiça. Beijou-as e guardou-as entre seus pertences. Em seguida, sem dizer mais uma palavra, encaminhou-se para a saída.

Na altura da porta, parou e virou-se para Górgias.

— Descanse e deixe que a ferida cicatrize. A saúde se perde a galope, mas para recuperá-la, parece que se caminha. Se observar o surgimento de abscessos ou inflamações, mande me avisar imediatamente.

— Não se preocupe que seguirei seus conselhos. E agora, se não for incômodo, mande entrar o criado.

O médico concordou e despediu-se com uma careta. Quando o criado entrou no *scriptorium*, Górgias examinou-o detidamente. Ele sabia que o moço, um rapazola magro e deselegante, era fraco de entendimento.

— Preciso que vá à oficina do *percamenarius* e peça a minha filha o remédio que o médico receitou. Ela saberá o que fazer. Mas antes, avise ao conde e diga que espero por ele no *scriptorium*.

— Mas senhor... O conde ainda está descansando — balbuciou.

— Pois acorde-o — gritou Górgias. — Diga que preciso vê-lo com urgência.

O criado retrocedeu sem parar de balançar a cabeça. Quando saiu, fechou a porta e seus passos afastaram-se apressados.

Górgias olhou ao redor, percebendo que o aposento estava tomado pela umidade. As chamas dos lampiões mal conseguiam iluminar as próprias bancadas em que se apoiavam, dando ao *scriptorium* um aspecto fantasmagórico. Apenas uma estreita janelinha, protegida por uma sólida grade, proporcionava uma luz tênue ao gigantesco atril de madeira sobre o qual se acumulavam códices, potes de tinta, penas e estilos na mais absoluta desordem, entremeados com buris, raspadores e secantes. A sala dispunha de outra estante de leitura, que contrastava com a primeira por sua completa nudez. Na parede setentrional, uma estante sólida, ladeada por duas lamparinas, guardava os códices mais valiosos, cujas lombadas exibiam grossas argolas pelas quais passavam correntes presas à parede. Nas prateleiras superiores, separados do resto, alojavam-se os livros de salmos de uso comum, confinando com importantes Bíblias aramaicas. Nas demais prateleiras, dezenas de volumes sem encadernação empilhados sobre missivas, epistolários e cartulários de índoles diversas disputavam espaço com os registros e censos, responsáveis pelas contas e transações.

Ainda pensava no assalto daquela manhã quando a porta rangeu, abriu-se lentamente e uma tocha acesa irrompeu no aposento, cegando-o. Quando o criado se afastou, uma estranha silhueta atarracada recortou-se sob a luz. Depois de alguns instantes, uma voz alquebrada ressoou do umbral da porta.

— Diga-me, meu bom Górgias. Que urgência é essa que tanto o aflige?

Nesse momento, um grunhido rouco e contínuo interrompeu a conversação. Um dos cães da Molóssia contraiu as mandíbulas e avançou contra Górgias arrastando o outro atrás de si. Os arreios esticaram-se e o estranho artefato ao qual os dois animais estavam atrelados avançou pesadamente, rangendo sobre suas toscas rodas de madeira. A uma voz de comando, os cães se deitaram e a carreta parou. Então, Górgias contemplou a grotesca cabeça de Wilfred, reclinada inumanamente por sobre o ombro direito. O homem soltou as rédeas e aproximou as mãos dos cães, que se apressaram a lambê-las.

— Cada dia que passa me custa mais manejar esses diabos — disse Wilfred com voz entrecortada —, mas Deus sabe bem que minha vida sem eles seria como a de uma oliveira seca.

Em que pese os anos, Górgias continuava a se sobressaltar com a impressionante imagem do conde. Wilfred vivia amarrado sobre aquela espécie de coisa rolante, sobre a qual dormia, comia e esvaziava seus intestinos. E, pelo que sabia, isso acontecia desde o dia em que, ainda bem jovem, lhe amputaram as duas pernas.

Inclinou-se para cumprimentá-lo.

— Deixe de cumprimentos e conte-me. O que está acontecendo?

O escriba olhou para o outro lado. Tanta pressa para falar com o conde e agora não sabia por onde começar. Nesse momento, um dos cães se mexeu, deslocando bruscamente o artefato. Górgias notou que uma das rodas emitia um chiado e ajoelhou-se para verificar, enquanto procurava pelas palavras.

— É um dos rebites que deve ter se perdido com o sacolejo. As pranchas ficaram desalinhadas e correm o risco de soltar. Deveria levar essa cadeira ao carpinteiro.

— Não deve ter me acordado para examinar minha carroça.

Quando Górgias levantou a mão para desculpar-se, Wilfred percebeu a aparatosa bandagem que a cobria.

— Santo Céu! Mas o que aconteceu com esse braço?

— Oh, nada! Um acidente sem importância — mentiu. — A caminho das oficinas, um pobre diabo causou-me uns arranhões. Avisaram ao médico, que se empenhou nas bandagens, mas sabe como são os mata-gente: têm medo de não receber seu pagamento se não enrolarem ou emplastarem alguma coisa.

— Tem razão, mas me diga. Consegue mover bem a mão?

— Com alguma dificuldade. Nada que não se possa resolver com um pouco de trabalho.

— Então o motivo de sua urgência...

— Permita que me sente. É a respeito do códice. Não estou indo tão depressa quanto gostaria.

— Bem, *aliquando bonus dormitat Deux*. Mas não se trata de ir rápido e sim de chegar a tempo. Diga, por que o atraso? Não tinha me dito nada a esse respeito — comentou, tentando dissimular a contrariedade.

— A verdade é que não quis preocupá-lo. Pensei que poderia me ajeitar com as penas que tenho, mas tive que apontar os cálamos tantas vezes que mal consigo fazer a tinta fluir.

— Não entendo. Dispõe de centenas de penas.

— Sim, mas não de ganso. E como bem sabe, não sobraram gansos em Würzburg.

— Pois continue com as que possui. Não vejo a importância...

— O problema reside no fluxo. A tinta não desce com lentidão suficiente e isso poderia provocar borrões que estragariam todo o documento. Lembre que estou utilizando pele de bezerro recém-nascido. A superfície é tão suave que qualquer erro no manejo da pena traria conseqüências irreparáveis.

— E por que não utiliza outro tipo de pergaminho?

— Isso não é impossível. Não quando se pretende alcançar os seus objetivos.

Wilfred se remexeu sobre o assento.

— Qual é a sua proposta, então?

— Pensei em adensar a tinta. Utilizando o aglutinante adequado poderia conseguir que fluísse com maior lentidão, mantendo o deslizamento necessário. Creio que em cerca de duas semanas poderia obter alguns resultados.

— Faça o que for necessário, mas se tem algum apreço por sua cabeça, trate de ter o códice pronto na data marcada.

— Já comecei os preparativos. Não se preocupe.

— Muito bem. Aliás, e já que estamos aqui, gostaria de dar uma olhada no pergaminho. Se tiver a amabilidade de trazê-lo até mim...

Górgias apertou os dentes. Não podia explicar que em conseqüência do assalto iria se atrasar.

— Temo que não seja possível.

— O que disse? Como não é possível, o que significa isso?

— Que não o tenho aqui comigo. Esqueci na oficina de Korne.

— E por que diabos ainda está lá, à mercê de qualquer um que o descubra? — bramou. Os cães se agitaram.

— Desculpe-me, vossa paternidade. Sei que deveria tê-lo consultado, mas à noite, à última hora, verifiquei que uma das páginas estava começando a descascar — mentiu. — Desconheço a causa, mas quando ocorre, é vital estancar o problema de imediato. Precisava de um ácido que Korne costuma usar, e conhecendo sua desconfiança, achei preferível levar o códice até lá que pedir o ácido emprestado. De todo modo, à exceção de Theresa, ninguém na oficina sabe ler, e um pergaminho a mais entre centenas de maneira nenhuma chamaria a atenção.

— Não sei... Tudo isso me parece acertado, mas não entendo o que está fazendo aqui em vez de estar na oficina aplicando o tal ácido. Acabe o que precisa fazer e regresse com o documento para o *scriptorium*. E pelo que tem de mais sagrado, não me chame de paternidade que já faz anos que deixei de usar hábito.

— Como quiser. Sairei assim que guardar o leitoril e pegar minhas facas. No entanto, gostaria de comentar antes um outro assunto.

— Diga.

— Esses dias... esses que necessito para preparar a nova tinta...

— Sim?...

— Se Vossa Excelência assim o autoriza, gostaria que me dispensasse de vir ao *scriptorium*. Em minha casa disponho dos utensílios necessários e lá poderia efetuar as provas com maior tranqüilidade. Além disso, preciso localizar certos ingredientes no bosque e para isso terei de pernoitar fora das muralhas.

— Fora, no bosque? Nesse caso solicitarei ao *praefectus* um soldado para escoltá-lo. Se foi atacado essa manhã ao abrigo das muralhas, imagine o que poderia acontecer do outro lado.

— Bem, não creio que seja necessário. Conheço bem os arredores e Theresa pode me acompanhar.

— Claro! — riu Wilfred. — Ainda vê Theresa com os olhos de pai principiante, mas essa jovem atrai os homens como se estivesse no cio. Quando os salteadores a farejassem, você não teria tempo nem para se benzer. Cuide do códice, que eu cuido de você. À tarde o soldado estará em sua casa.

Górgias resolveu não discutir. Tinha planejado dedicar o dia a procurar o homem que o atacou, mas com um soldado lambendo seus calcanhares dificilmente conseguiria. No entanto, decidiu dar a conversa por encerrada, para não alarmar Wilfred mais ainda. Enquanto arrumava seus pertences, resolveu mudar de assunto.

— Quanto tempo acha que o rei vai demorar? — perguntou Górgias.

— Carlos Magno? Não sei. Um mês, talvez dois. O último correio anunciava a partida iminente de um comboio com seus ministros.

— Mas as passagens estão fechadas.

— De fato. Mas acabarão chegando, cedo ou tarde. As despensas não agüentam muito tempo mais.

Górgias concordou. As rações estavam cada vez mais escassas e logo não restaria nada.

— Bem. Se não deseja mais nada... — acrescentou Wilfred.

O conde empunhou as rédeas e os arreios puxaram os cães. Em seguida, o chicote estalou e os animais moveram o artefato lentamente, até girá-lo por completo. Estava deixando o *scriptorium,* quando um criado irrompeu na sala gritando como se tivesse visto o diabo em pessoa.

— La *factoriae*! Deus Santíssimo! O fogo está devorando tudo!

4

Quando Górgias vislumbrou o que restava da oficina, rogou a Deus que Theresa não estivesse sob os escombros. As chamas tinham consumido as paredes externas, provocando o desabamento do teto que, por sua vez, alimentou o fogo até transformar o lugar numa enorme fogueira. Uma multidão de curiosos se aglomerava para contemplar o espetáculo, enquanto os mais arrojados tratavam de atender os feridos, resgatar algum objeto ou sufocar as brasas esparsas. Depois de alguns instantes de choque, Górgias reconheceu a figura de Korne inclinada sobre uns troncos. Parecia um mendigo, com as roupas enegrecidas e o rosto descomposto. Rapidamente, foi até ele.

— Graças aos céus que o encontrei. Viu Theresa, por acaso?

O *percamenarius* retorceu-se como se tivessem nomeado o diabo. De repente, deu um salto e lançou-se sobre a garganta de Górgias.

— Essa sua maldita filha! Tomara que queime até o último osso!

Górgias livrou-se de Korne no mesmo instante em que dois vizinhos chegavam para separá-los. Os homens desculparam o comportamento de Korne, embora Górgias suspeitasse que as palavras do *percamenarius* não obedecessem a nenhum tipo de desequilíbrio. Agradeceu a intervenção e afastou-se para continuar sua busca.

Depois de percorrer toda a volta do edifício incendiado, observou que o fogo não tinha arruinado apenas as oficinas e a residência de Korne, mas tinha se propagado até os armazéns e estábulos fronteiriços. Por sorte, não havia animais nas estrebarias e, até onde ele sabia, os armazéns de grãos estavam vazios, de modo que as perdas se limitavam ao valor dos edifícios. Em qualquer caso, ambos estavam inevitavelmente condenados, pois o incêndio começava a voltar sua fúria contra o telhado das estrebarias.

Foi então que percebeu que o muro que contornava o pátio das oficinas tinha se mantido de pé, e recordou que Korne, farto de tantos roubos, tinha ordenado a substituição da antiga paliçada por um muro de pedras. Ao que parecia, graças àquela decisão, a área compreendida entre ele e os tanques tinha conseguido se livrar das chamas.

Nesse momento, uma mão trêmula tocou suas costas. Era Bertharda, a esposa do *percamenarius*.

— Que desgraça! Que imensa desgraça! — disse a mulher com lágrimas nos olhos.

— Bertharda, pelo amor de Deus! Você viu minha filha? — perguntou desesperado.

— Ela me salvou! Está ouvindo? Foi ela quem me salvou!

— Sim, sim. Estou ouvindo, mas onde está ela? Está ferida?

— Eu pedi que não entrasse. Que esquecesse os livros, mas ela não me deu atenção...

— Por tudo que mais ama, Bertharda, diga onde está minha filha — disse Górgias, sacudindo a mulher pelos ombros.

A mulher olhava para Górgias fixamente. Seus olhos avermelhados pareciam fitar um outro mundo.

— Saímos da oficina fugindo das chamas — conseguiu explicar. — No pátio, ela me ajudou a subir no muro. Ajudou até me ver a salvo e então disse que precisava voltar por causa dos códices. Eu gritei que não; que subisse no muro comigo, mas você sabe como era teimosa — chorou. — Entrou no meio daquelas chamas horríveis; de repente, só ouvi um ruído seco e, um segundo depois, o teto desmoronou. Entendeu? Ela me salvou e logo depois, tudo desmoronou...

Górgias virou-se horrorizado para dar de cara com um descampado coberto de ruínas e desolação. Os destroços rangiam e crepitavam, enquanto a fumaça acinzentada espalhava-se lentamente como o anúncio de um desenlace macabro.

Se tivesse conservado a sensatez, teria esperado que o incêndio se extinguisse, mas foi incapaz de esperar um segundo sequer. Evitou as vigas que se interpunham em seu caminho e embrenhou-se num caos de traves, estacas e pilares, sem atentar para as chamas que lambiam sua pele. Sentia os olhos arderem de dor e o calor queimar seus pulmões. Mal conseguia distinguir suas próprias mãos sob o enxame de cinzas e brasas que flutuavam no ar, mas nada disso o deteve. Avançou afastando montantes, prateleiras e bastidores e gritando vez por outra o nome de Theresa. De repente, enquanto tentava se orientar em meio à fumaça, ouviu um grito de socorro às suas costas. Górgias virou-se e correu atravessando as brasas, mas quando chegou perto de um monte de tinas, percebeu que a voz pertencia a Johan Pescurtos, filho de Hans, o curtidor. O menino, de uns 12 anos escassos, estava com as costas queimadas e implorava socorro desesperadamente. Górgias maldisse a própria sorte, mas se inclinou sobre o menino para confirmar que estava preso sob uma trave.

Uma simples olhada foi suficiente para ver que, se não recebesse cuidados imediatos, certamente morreria, de modo que reuniu suas forças e puxou as tábuas que o detinham. No entanto, para sua desgraça, a viga não se moveu. Teve a idéia de arrancar um pedaço da bandagem que protegia seu braço para enxugar o rosto da criança.

— Johan. Ouça bem. Vou precisar de ajuda para tirar você daqui. Estou com o braço machucado e não consigo puxar essas tábuas sozinho. Vou lhe dizer o que vamos fazer. Sabe contar?

O menino confirmou com uma careta de dor.

— Sei, até dez — disse com orgulho.

— Muito bem. Isso é ótimo. Agora quero que ponha esse pano na frente do rosto e respire e, a cada cinco bocadas de ar, grite seu nome tão forte quanto puder. Entendeu bem?

— Sim, senhor.

— Bom. Então, irei buscar ajuda e quando voltar, trago um pedaço de bolo e uma boa maçã. Gosta de maçã?

— Não, por favor. Não me deixe — soluçou.

— Não vou deixá-lo, Johan. Voltarei com ajuda.

— Não vá, senhor! Eu imploro — disse agarrando a mão de Górgias.

Górgias olhou para o moleque e soltou uma maldição. Sabia que, mesmo que conseguisse encontrar ajuda, o menino não resistiria até lá. Já era impossível respirar naquele lugar. Johan morreria queimado ou asfixiado, mas, de um modo ou de outro, morreria. Mesmo assim, buscar ajuda era a única coisa que podia fazer por ele.

De repente, agachou-se e agarrou a viga com as duas mãos, dobrou as pernas e esticou os braços. Suas costas estalaram, mas mesmo assim continuou puxando como se sua vida dependesse daquilo. Sentiu que o braço ferido se rasgava e os pontos saltavam lacerando pele e tendões, mas prosseguiu em seu esforço desesperado.

— Vamos, maldita filha-da-puta, mexa-se! — gritou.

De repente, ouviu-se um estalo e a viga cedeu um par de dedos. Górgias aspirou uma golfada de fumaça, puxou de novo e a viga voltou a se mover até ficar um palmo acima do menino.

— Agora, Johan. Saia daí!

O garoto rodou sobre as costelas bem no momento em que as forças abandonaram Górgias e a viga desmoronou no chão. Em seguida, depois de um instante de repouso, levantou-se, carregou nos ombros o menino semi-inconsciente e escapou rapidamente daquele inferno.

Na esplanada onde os vizinhos tinham reunido a maioria dos feridos, Górgias encontrou Zenón atendendo um homem com as pernas cobertas de bolhas. O médico esgrimia uma lanceta, com a qual arrebentava as vesículas a toda velocidade para, na seqüência, achatá-las como se fossem bagos de uva. Um assistente de olhos assustados o ajudava, aplicando ungüentos oleosos com discutível destreza. Górgias foi em sua direção com Johan nas costas. Quando chegou ao lado de Zenón, depositou o menino no chão e pediu que o atendesse. Depois de uma rápida olhada, o médico virou-se para Górgias e balançou a cabeça.

— Nada a fazer — comentou com voz decidida.

Górgias puxou-o pelo braço, afastando-o do menino.

— Pelo menos poderia evitar que ele ouvisse — criticou. — De qualquer modo, cuide dele e seja o que Deus quiser.

Zenón sorriu para Górgias com desdém.

— Você deveria é cuidar de si mesmo — disse Zenón, indicando o braço ensangüentado. — Deixe-me ver.

— Primeiro o garoto.

Zenón fez uma careta e agachou-se junto ao menino. Em seguida, chamou o ajudante e pegou o ungüento que sustinha entre as mãos.

— Gordura de porco... A melhor para queimaduras — anunciou enquanto besuntava as feridas de Johan. — O conde não vai gostar de saber que está sendo desperdiçada com um desenganado.

Górgias não respondeu. Só pensava em encontrar Theresa.

— Há mais feridos? — perguntou.

— Com certeza. Os mais graves foram levados para São Damião — respondeu o cirurgião sem levantar os olhos.

Górgias abaixou-se junto a Johan e passou a mão por sua cabeça. O menino respondeu com um esboço de sorriso.

— Não dê atenção a esse doutorzinho — disse. — Vai ver que logo ficará bom — e sem lhe dar tempo de responder, levantou-se e foi para a basílica em busca da filha.

Apesar do aspecto atarracado, a igreja de São Damião era um edifício sólido e seguro. Tinha sido construída com lajes de pedra e até o próprio Carlos Magno expressou sua satisfação ao ser informado de que um edifício consagrado a

Deus tinha sido construído com cimentos tão robustos quanto a fé que deveria sustentá-los. Antes de entrar, Górgias se benzeu e pediu a Deus por Theresa.

Assim que cruzou o pórtico, um insuportável fedor de carne queimada invadiu suas narinas. Sem parar, apoderou-se de uma das tochas que pendiam das naves e continuou até a nave central, procurando iluminar as exíguas capelas que acompanhavam as naves laterais. Quando chegou ao presbitério, viu uma fileira de sacos de palha dispostos atrás do altar para acomodar os feridos. Em seguida, reconheceu Hahn, um rapaz esperto que ficava fazendo hora na oficina, à espera de que lhe dessem alguma tarefa. Tinha as pernas queimadas e lamentava-se amargamente. A seu lado, jazia um homem que não conseguiu identificar, pois as queimaduras tinham transformado seu rosto numa crosta enegrecida. Junto à capela central reconheceu Nicodemo, um dos oficiais de Korne, confessando seus pecados. Além da nave, um homem gordo com a cabeça enfaixada, do qual só se reconheciam as orelhas, e às suas costas, a figura caída de um jovem nu. Górgias verificou que se tratava de Celias, o filho mais novo de Korne. O rapaz jazia com os olhos entreabertos e o pescoço retorcido. Sem dúvida, tinha morrido depois de horrível agonia.

Nenhum dos presentes soube lhe dizer nada do paradeiro de sua filha.

Górgias ajoelhou-se e pediu a Deus pela alma de Theresa. Quando se dispunha a continuar a busca, sentiu que as forças o abandonavam. De repente, um calafrio o sacudiu por dentro, até nublar sua visão. Tentou se apoiar numa coluna, mas a escuridão se apoderou dele e, depois de vacilar alguns instantes, desmoronou no chão, inconsciente.

Pelo meio da manhã, o toque dos sinos tirou Górgias de seu desmaio. Lentamente, o véu que turvava sua visão foi se dissipando até que as figuras imprecisas ficaram mais claras como se tivessem sido enxaguadas com água limpa. Em seguida, reconheceu sua esposa Rutgarda esboçando um sorriso que não dissimulava o rosto lavado pelo pranto. Mais atrás, identificou Zenón, ocupado com uns frascos de tintura. De repente, sentiu uma dor tão intensa que pensou que tinham lhe cortado o braço, mas ao levantá-lo comprovou que estava cuidadosamente enfaixado novamente. Rutgarda o recostou, encaixando-lhe uma espessa almofada por baixo das costas. Então, Górgias percebeu que ainda estava no interior de São Damião, recostado na parede de uma das diminutas capelas.

— E Theresa? Apareceu? — conseguiu perguntar.

Rutgarda fitou Górgias com tristeza. As lágrimas a dominaram e ela escondeu o rosto entre seus ombros.

— O que houve? — gritou. — Pelo amor de Deus! Onde está minha filha? Onde está Theresa?

Górgias olhou ao redor, mas não obteve resposta. Então, a poucos passos de onde se encontrava, viu um corpo inerte, coberto por um lençol.

— Zenón a encontrou na oficina, acocorada sob uma mureta — disse Rutgarda soluçando.

— Não! Não! Por todos os Santos! Não é justo!

Górgias levantou-se e correu até o lugar onde jazia o corpo. O sudário que a protegia tinha sido marcado com uma grotesca cruz branca, de cuja extremidade assomava um membro calcinado. Górgias retirou o lençol e suas pupilas dilataram-se de horror. As chamas tinham devorado o corpo até transformá-lo numa massa irreconhecível de carne e pele queimadas. Seus olhos não queriam acreditar, mas tudo desmoronou quando reconheceu os farrapos do vestido azul que sua filha tanto adorava.

Desde a primeira hora da tarde, as pessoas foram se reunindo nas portas da igreja para a celebração dos funerais. Várias crianças riam e conversavam, brincando de desviar dos encontrões dos maiores, enquanto os mais irreverentes zombavam das mulheres tentando perturbá-las imitando seu choramingar. Um grupo de anciãs envoltas em escuras capas tinha se reunido em torno de Brunilda, uma viúva acusada de administrar um negócio de prostituição, que costumava estar a par de tudo que acontecia. A mulher atraiu a atenção de suas companheiras ao sugerir que a filha do escriba era a causadora do fogo e que, durante o incêndio, não somente houve vítimas, mas além de tudo, como uma autêntica desgraça, um lote de provisões que Korne guardava escondido em seus armazéns tinha sido consumido pelo incêndio.

Incessantemente, formavam-se grupos que discutiam o número dos feridos, avaliavam a gravidade das queimaduras e especulavam sobre as causas do incêndio. De vez em quando, alguma mulher corria de um lado para outro com um sorriso nos lábios, ansiosa para partilhar as últimas novidades. No entanto, apesar da animação do momento, a chegada do conde Wilfred e sua parelha de cães foi recebida com alívio, porque a chuva começava a apertar e os lugares abrigados eram escassos.

Assim que a cancela se abriu, os presentes correram para garantir os melhores lugares. Como de costume, os homens se acomodaram nos lugares próximos ao altar, deixando a parte de trás para as mulheres e crianças. A primeira fila, reservada para os pais dos falecidos, tinha sido ocupada pelo *percamenarius* e sua esposa. Perto deles, os dois filhos feridos no incêndio descansavam sobre sacos de palha. O cadáver do menor, Celias, jazia envolto num sudário de linho junto ao corpo de Theresa. Os corpos descansavam sobre uma mesa instalada para a ocasião diante do altar-mor. Górgias e Rutgarda tinham recusado o convite de Wilfred e sentaram-se mais atrás, para evitar qualquer confronto com Korne.

Wilfred esperou sob o pórtico até que os últimos paroquianos ocupassem seus lugares. Quando o burburinho cessou, estalou o chicote e fez com que os cães o conduzissem por uma das naves laterais até a central. Ali, dois assistentes de cabelo cortado o ajudaram a situar-se atrás do altar e, depois de cobrir a cabeça dos cães com capuzes de couro, libertaram o conde das correias que o prendiam ao artefato. Em seguida, o subdiácono retirou a capa que Wilfred vestia enquanto fazia a aspersão de água benta, substituindo-a pela alva, usando o cíngulo para ajustá-la. Por cima, colocou um *indumentum* bordado cuja bainha exibia uma fileira de sininhos de prata e, finalmente, coroou sua cabeça com um imponente toucado adamascado. Uma vez ataviado, o clérigo lavou as mãos numa bacia e dispôs um modesto cálice funerário junto aos crismais que custodiavam os santos óleos. Dois candelabros iluminavam suavemente os sudários dos falecidos.

Um sacerdote rechonchudo de andar dificultoso, aproximou-se do altar munido de um livro de salmos. O homem abriu o volume com lentidão e, depois de umedecer o dedo indicador, deu início ao ofício recitando os 14 versículos estabelecidos pela regra de São Bento. Em seguida, entoou quatro salmos com suas antífonas, salmodiou mais oito e, por fim, pronunciou uma litania e a vigília dos mortos. Depois, Wilfred tomou a palavra: sua simples presença já foi suficiente para silenciar definitivamente os primeiros falatórios. Wilfred examinou a assistência como se procurasse o culpado da tragédia. Fazia dois anos que não trajava as vestes sacerdotais.

— Agradeçam a Deus, por ter hoje, em Sua inefável misericórdia, se apiedado de nós — explicou. — Acostumados a viver na complacência, a abandonarem-se ao deleite dos apetites, vocês esquecem com desprezível facilidade o motivo pelo qual estão neste mundo. Seu aspecto piedoso, suas rezas e esmolas, seu turvo entendimento levam suas mentes a imaginar que tudo o que possuem é conseqüência de seu próprio esforço. Obstinam-se em desejar mulheres que não são as suas, invejam a sorte dos favorecidos e permitiriam que suas orelhas fossem arrancadas se isso garantisse a riqueza que tanto almejam. Acreditam que a vida é um banquete para o qual foram convidados, um convite para saborear os manjares e licores mais refinados. Mas somente um juízo egoísta; uma alma débil transbordante de ignorância seria capaz de esquecer que somente o Pai Santíssimo é proprietário de vossas vidas. E assim como um pai açoita seus filhos quando é desobedecido; assim como o governador corta a língua do mentiroso ou talha o membro do caçador furtivo, assim também Deus corrige os que esquecem seus preceitos com o mais terrível dos castigos.

Todos murmuraram.

— A fome bate às nossas portas — continuou —; adentra nossos lares e devora nossos filhos. As chuvas afogam colheitas; as enfermidades dizimam o gado. E ainda se queixam? Deus lhes envia Seus sinais e vocês se lamentam de seus desígnios. Orem! Orem até que suas almas cuspam os escarros da cobiça e as biles da ira. Orem para louvar o Senhor. Ele levou Celias e Theresa, libertando-os do mundo pecaminoso que vocês construíram. Agora que suas almas abandonaram a corrupção da carne, vocês choram como mulheres, arrancando os cabelos. Esperem, eu lhes digo, esperem pois eles não serão os últimos. Deus está lhes mostrando o caminho. Devem esquecer suas penas e apenas temer, pois o banquete que almejam não será alcançado nesse mundo. Orem! Supliquem perdão e talvez logrem tomar parte em Seu festim, pois aqueles que renegarem o Senhor se consumirão no abismo da condenação, até o fim dos séculos.

Wilfred guardou silêncio. Com o passar dos anos, tinha compreendido que, independentemente da causa que o motivasse, o melhor sermão era o da condenação eterna. No entanto, Korne franziu o cenho e se adiantou.

— Se me permitem — disse, elevando a voz. — Desde a minha conversão sempre me considerei um bom cristão: rezo ao acordar, jejuo toda sexta-feira e sigo os preceitos — olhou para todos esperando aprovação. — Hoje Deus levou meu filho Celias: um rapaz saudável e robusto, um bom rapaz. Aceito os desígnios do Senhor e rogo a Ele por sua alma. Rogo também pela minha, pela de minha família e a de quase todos os presentes — engoliu em seco antes de voltar-se para Górgias. — Mas a culpada por essa desgraça não merece receber nem uma única prece que alivie seu castigo. Essa moça nunca deveria ter entrado em minha oficina. Se Deus usa a morte para ensinar-nos, cabe a nós usar os seus próprios ensinamentos. E se é Deus quem julga os mortos, cabe a nós julgar os vivos.

Um grito retumbou na igreja.

— *Nihil est tam volucre quam maledictum; nihil facilius emiltitur, nihil citius excipitur, nihil latius dissipatur* — interveio Wilfred gritando. Pobres de vocês, *iletratti*: nada é mais veloz que a calúnia; nada que nos escape mais facilmente, nada que se aceite melhor e nada que se dissemine tanto sobre a face da terra. Já ouvi os boatos que acusam Theresa. Todos vocês dizem a mesma coisa, mas nenhum conhece a verdade do ocorrido. Guardem-se da falsidade e da desonra, pois não há segredo que, cedo ou tarde, não se descubra: *nihil est opertum quod non revelavitur, et ocultum quod non scietur.*

— Mentiras, o senhor diz? — respondeu Korne agitando os braços. — Eu mesmo sofri a ira dessa filha de Caim. Seu ódio provocou o fogo que destruiu minha vida. E eu afirmo isso aqui, na casa de Deus. Meu filho Celias, poderia testemunhá-lo, se não tivesse morrido por culpa dessa moça. Todos os que estiveram presentes podem dar fé, e juro diante do Altíssimo, que é o que farão quando Górgias e sua família enfrentarem a justiça — e sem esperar pelo beneplácito de Wilfred, jogou nos ombros o cadáver de Celias e abandonou a igreja seguido de sua família.

Górgias esperou até que o resto dos fiéis acabasse de esvaziar o templo. Queria falar com Wilfred sobre o enterro de Theresa e sabia que não disporia de uma ocasião melhor. Além disso, as palavras de Wilfred o tinham surpreendido sobremaneira. Rutgarda já tinha comentado sobre os boatos que apontavam Theresa como responsável pelo incêndio, mas a advertência do conde parecia sugerir algo diferente. Rutgarda esperou fora da igreja enquanto aproveitava para comentar os preparativos do enterro com as vizinhas. Quando Górgias se aproximou de Wilfred, surpreendeu-o acariciando o lombo de seus cães. Perguntou-se como um homem sem pernas conseguia manejar aqueles animais com tanta facilidade.

— Sinto muito sobre sua filha — disse Wilfred, sacudindo a cabeça. — Na verdade, era uma boa moça.

— Era tudo que eu tinha. Toda a minha vida — seus olhos eram uma bacia de lágrimas.

— Muitos pensam que só existe uma morte, mas isso não é totalmente justo. Cada vez que um filho morre, a morte também atinge seus pais, o que, por sua vez, origina a penosa ironia de que quanto mais vazia é a vida, mais pesada se revela. No entanto, sua esposa ainda é jovem. Talvez algum dia possa...

Górgias negou com a cabeça. Já tinham tentado inúmeras vezes, mas Deus não quis abençoá-los com um novo filho.

— Meu único desejo é que Theresa receba sepultura como a cristã que sempre foi. Sei que o que lhe peço é difícil, mas imploro que atenda às minhas súplicas.

— Sim, se estiver em minhas mãos...

— Ultimamente tenho visto coisas terríveis: mortos despidos pelas estradas; cadáveres arrastados por esterqueiros; corpos retirados de suas tumbas por famintos desesperados. Não quero que aconteça isso com minha filha.

— Claro. Mas não vejo como...

— O cemitério do claustro. Sei que apenas os clérigos e as pessoas importantes descansam nesse jardim, mas eu lhe peço como um favor especial. Sabe bem o quanto fiz pelo senhor...

— E eu por você, Górgias, mas o que me pede é impossível. No claustro não cabe uma alma, e os túmulos das capelas pertencem à igreja.

— Eu sei, mas tinha pensado na área do poço. É um lugar virgem.

— Mas é quase rocha viva!

— Não me importa. Cavarei.

— Com esse braço?

— Encontrarei quem me ajude.

— Em qualquer caso, não creio que seja uma boa idéia. As pessoas não entenderiam que uma moça acusada de homicídio descanse no claustro, rodeada de santos.

— Mas não entendo... Um instante faz, o senhor mesmo a defendeu.

— É verdade — balançou a cabeça. — Nicodemo, um dos trabalhadores feridos, pediu confissão. Deve ter sentido a presença da morte e, entre um pecado e outro, falou do acontecido. Ao que parece, as coisas não aconteceram tal como Korne contou.

— O que quer dizer? Não foi Theresa a causadora do incêndio?

— Digamos que não está muito claro quem foi. No entanto, mesmo que a acusação de Korne se mostrasse falsa, seria muito difícil prová-lo. Nicodemo falou sob segredo de confissão e é de se supor que o resto dos empregados confirme a versão de Korne. Não penso que Nicodemo sobreviva, mas além disso, mesmo que resista, certamente desmentiria as próprias palavras. Lembre-se de que trabalha para Korne.

— E Korne para o senhor.

— Meu bom Górgias. Em certos momentos, você menospreza o poder de Korne. As pessoas não o respeitam por seu trabalho. Elas temem a sua família. Vários são os aldeões que já sofreram sua ira. Seus filhos desembainham a espada com a mesma facilidade com que um adolescente deita a mão no próprio membro.

— Mas o senhor sabe que minha filha não faria isso. Conhecia Theresa. Era uma moça boa e caridosa — as lágrimas brotaram.

— E teimosa como uma mula. Olhe, Górgias: tenho por você um apreço profundo, mas não posso lhe conceder o que me pede. Realmente, sinto muito.

Górgias ficou pensativo. Entendia a posição de Wilfred, mas não ia permitir que profanassem o corpo de sua filha em qualquer esterqueiro.

— Vejo que vossa eminência não me deixa outra alternativa. Se não posso enterrar minha filha em Würzburg, vou trasladar seu cadáver para Aquis-Granum.

— Você disse Aquis-Granum? Deve estar brincando. As passagens continuam interrompidas e o mesmo acontece com os correios. Mesmo que dispusesse de um carro de bois, os bandidos o fariam em pedaços.

— Pois é o que farei, mesmo que me custe a vida.

Górgias sustentou o olhar de Wilfred. Sabia que o conde precisava de seus serviços e não ia permitir que algo lhe acontecesse. Wilfred demorou a responder.

— Esqueceu que temos pendente a questão do manuscrito.

— E o senhor que há um enterro pendente.

— Não arrisque a sua sorte. Até agora, tenho protegido você como se fosse um filho, mas isso não o autoriza a agir como um rapazola insolente — disse, enquanto voltava a acariciar a cabeça dos cães. — Lembre-se de que fui eu quem os recebeu quando chegaram a Würzburg mendigando um pedaço de pão. Que fui eu quem facilitou sua inscrição no registro de homens livres, embora carecesse de documentos e de armas que lhe dessem crédito, e que fui eu quem lhe ofereceu o trabalho do qual usufrui até o dia de hoje.

— Seria um mal-agradecido se esquecesse. Mas já lá se vão seis anos que isso aconteceu e creio que meu trabalho correspondeu à sua ajuda com folga.

Wilfred olhou Górgias com dureza, mas logo suavizou a expressão.

— Sinto, mas não posso ajudá-lo. A essas horas, Korne já deve ter procurado o corregedor para denunciá-lo pelo acontecido. Como pode entender, seria uma temeridade de minha parte aceitar o cadáver de uma pessoa que pode ser julgada culpada de homicídio. E tem mais. Eu lhe recomendaria que começasse a se preocupar consigo mesmo. Não duvide de que Korne vai persegui-lo.

— Mas por quê? Durante o incêndio eu estava aqui no *scriptorium* e em sua companhia...

— Hummm... Vejo que ainda desconhece as complexas leis carolíngeas, coisa que deveria remediar se tem apreço por sua cabeça.

Wilfred estalou o chicote e os cães se moveram como se soubessem para onde ir. Os animais pegaram um corredor lateral e arrastaram o artefato rodante até um aposento luxuosamente decorado. Górgias seguiu seus passos obedecendo a um sinal do conde.

— Aqui costumam hospedar-se os optimates — explicou Wilfred. — Príncipes, nobres, bispos, reis. E essa pequena sala abriga os capitulares que nosso rei Carlos tem publicado desde a sua coroação. Junto a eles, arquivamos os códigos da Lex Sálica e da Lex Ripuária, decretos e atas dos Campos de Maio.... Em suma: as normas que governam os francos, os saxões, os burgúndios e os lombardos. Agora, deixe-me ver...

Wilfred rodou a cadeira até uma estante deliberadamente baixa e examinou um por um os volumes ordenados e protegidos por capas de madeira. O sacerdote se deteve diante de um tomo surrado que tirou com dificuldade e folheou umedecendo os dedos na ponta da língua.

— Ah, aqui está: *Capitular de Vilbis. Poitiers, anno domine 768. Karolus rex francorum*. Permita que eu leia: "Se um homem livre infringir dano material ou de vida a outro de igual condição, e por circunstâncias inominadas resultasse incapaz de responder por sua falta, recairá sobre a família do ofensor o castigo que por justiça caberia ao primeiro."

Wilfred fechou o livro e recolocou na estante.

— Minha vida corre perigo? — perguntou Górgias.

— Realmente, não sei o que responder. Conheço o *percamenarius* faz tempo. É um homem egoísta. Perigoso talvez, mas certamente esperto como poucos. Morto, você não lhe serviria de nada, de forma que penso que irá em cima de seus bens. Outra coisa bem diferente é a família dele. Vieram da Saxônia e seus costumes não são os dos francos.

— Se estiverem procurando por riquezas... — sorriu com amargura.

— Esse é justamente o seu maior problema. O julgamento poderia levá-lo diretamente para o mercado de escravos.

— Não é isso que me preocupa agora. Depois que enterrar minha filha, pensarei numa forma de resolver o assunto.

— Por Deus, Górgias! Pense bem. Ou, pelo menos, pense em Rutgarda. Sua esposa não tem culpa de nada. Deveria se concentrar na preparação de sua defesa. E nem pense em tentar fugir. Os homens de Korne o caçariam como se fosse um coelho.

Górgias abaixou os olhos. Se Wilfred não autorizasse o sepultamento, só restaria a opção de trasladar o cadáver para Aquis-Granum, o que seria impossível se, tal como dizia o conde, os parentes de Korne fossem atrás dele.

— Theresa será enterrada hoje à noite no claustro. E o senhor vai obter essa permissão. Afinal, vossa eminência precisa muito mais de minha liberdade do que eu mesmo.

O conde sacudiu as rédeas e os cães grunhiram ameaçadoramente.

— Veja bem, Górgias: desde que começou a copiar o pergaminho, eu lhe forneço comida, pela qual muitos matariam, mas com essa história você está esticando a corda mais do que é aconselhável. Até o ponto em que eu poderia reconsiderar o alcance de nossos acordos. De certo modo, suas habilidades são imprescindíveis para mim, mas suponha que um acidente, uma enfermidade ou inclusive esse julgamento o impedissem de cumprir o combinado. Acredita por acaso que meus planos seriam interrompidos? Que sua ausência impediria o cumprimento de meus compromissos?

Górgias sabia que pisava num terreno escorregadio, mas sua única alternativa era pressionar Wilfred. Se não conseguisse, sua cabeça acabaria junto com a de Theresa num esterqueiro.

— Não tenho dúvida de que conseguiria encontrar alguém. Saberia o que fazer, é claro. Afinal, só precisa de um escrevente cuja língua materna seja o grego; que conheça os costumes da antiga corte bizantina; que domine a diplomacia com tanta mestria quanto a caligrafia; que saiba distinguir um pergaminho de vitela nonata de outro de cordeiro e que, obviamente, seja capaz de manter a boca fechada. Diga-me, eminência, quantos homens assim o senhor conhece? Dois escribas? Três, quem sabe? E quantos estariam dispostos a aceitar tão incerta tarefa?

Wilfred grunhiu como um de seus animais. Sua cabeça inclinada, acesa pela ira, parecia mais grotesca do que nunca.

— Posso encontrar esse homem — desafiou enquanto dava meia-volta.

— E o que ele iria copiar? Um pedaço de papel queimado?

E Górgias se interrompeu bruscamente.

— Do que está falando?

— Do que acabou de ouvir, eminência. A única cópia existente evaporou-se no incêndio, de modo que, a menos que também conheça alguém capaz de ler nas cinzas, vai ter que aceitar minhas condições.

— Mas o que pretende? Que todos nós acabemos no inferno?

— Não é essa a minha intenção, já que, por sorte, sou capaz de recordar, palavra por palavra, o conteúdo do documento.

— E como pensa que eu possa ajudá-lo? Represento a lei em Würzburg. Devo obediência a Carlos Magno.

— Cabe ao senhor decidir. Ou acaso o poderoso Wilfred, conde e depositário do maior segredo da cristandade, não é capaz de solucionar um simples enterro?

Assim que ficaram sabendo da notícia, Reinoldo e Lotária se apresentaram em São Damião para ajudar no sepultamento de Theresa. Afinal de contas, Lotária era a irmã mais velha de Rutgarda e a relação entre as famílias tinha se estreitado ainda mais depois de seu casamento com Reinoldo. Uma vez resolvidos os últimos detalhes, Górgias e Reinoldo acertaram o traslado do corpo. Rutgarda e Lotária decidiram ir na frente para adiantar o trabalho, mas seus maridos logo alcançaram as duas, graças a uma padiola que encontraram na hospedaria da catedral.

Quando chegaram em casa, Górgias depositou o corpo de Theresa sobre o enxergão que ela costumava ocupar. Olhou-a com ternura e seus olhos ficaram vermelhos. Não conseguia admitir que nunca mais desfrutaria de seu sorriso; que não voltaria a contemplar aqueles olhos tão cheios de vida, nem suas faces coradas. Não podia aceitar que, daqueles traços tão suaves, só restasse um rosto desfigurado.

A noite se adivinhava longa e o frio era de congelar os ossos, de modo que Rutgarda propôs que tomassem alguma coisa quente antes de enfrentar suas diversas ocupações. Górgias concordou e acendeu o fogo. Quando o fogo pegou, Rutgarda botou uma sopa de nabos feita no dia anterior para esquentar, aumentando-a com água e engrossando com um pedaço de toucinho que Lotária tinha trazido, enquanto a irmã arrumava um cantinho adequado para preparar o corpo de Theresa. A mulher, em que pese sua volumosa figura, movimentava-se com a agilidade de um esquilo e num abrir e fechar de olhos deixou o local limpo de apetrechos e utensílios.

— Seus filhos já sabem que vão passar a noite fora?

— Sim, Lotária já tinha avisado — interveio Reinoldo. — Eu não devia dizer, mas essa mulher é um tesouro. Olhe só: assim que ficou sabendo do acontecido, foi correndo pedir um frasco de essência na casa da parteira. Está errado ficar dizendo isso, mas às vezes raciocina melhor do que alguns homens.

— Deve ser coisa de família. Rutgarda também é sensata — confirmou Górgias.

Rutgarda sorriu. Górgias não costumava lhe dizer coisas bonitas, mas era um homem íntegro como poucos, e isso a enchia de orgulho.

— Deixem de elogios e vão cortar um pouco de lenha, que eu vou preparar a mortalha. Avisarei assim que terminar — resmungou Lotária.

Rutgarda encheu uma tigela com sopa e estendeu para Górgias.

— Está vendo o que eu disse. Pensam mais do que certos homens — reiterou Reinoldo.

Os dois homens tomaram o caldo com apetite. Antes de sair, Górgias mirou a única arca que guarnecia o aposento. Observou-a atentamente e sem hesitar um instante, abriu o baú e começou a esvaziá-lo.

— O que está procurando?

— Acho que posso transformar esse baú num ataúde. Tenho umas tábuas aí fora que talvez sirvam.

— Mas é nossa única arca. Não podemos jogar nosso enxoval no chão — interveio Rutgarda.

— Vamos botar a roupa em cima da cama de Theresa, e não se preocupe, que vou lhe comprar uma melhor do que essa — disse Górgias enquanto retirava o último vestido. — Quando terminar a mortalha, enrole o enxoval com uma manta. Em seguida, reúna tudo o que encontrar de valor: comida, caldeirões, roupas, ferramentas... Eu tratarei dos livros.

— Deus meu! Para que isso?

— Deixe de perguntas e faça o que digo.

Górgias agarrou uma tocha e pediu ajuda a Reinoldo, que pegou outra e juntos arrastaram a arca para fora. Lotária deixou Rutgarda encarregada da casa, enquanto ela despia o corpo queimado de Theresa. Sem dúvida, não era a primeira vez que amortalhava um cadáver, mas até então nunca tinha enfrentado um corpo cuja pele se soltasse em tiras como casca de eucalipto. A mulher retirou cuidadosamente os restos do vestido e limpou o corpo enegrecido com água quente. Em seguida, perfumou-o, salpicando essência de cardamomo. Para cobri-la, usou um lençol de linho, que ajustou dos pés aos ombros. Depois escolheu um vestido usado que recortou com a ajuda de uma faca, até obter um lenço para embelezar a mortalha. Quando terminou, Rutgarda já tinha recolhido quase todos os seus pertences.

— Embora não fosse minha filha, sempre a amei como uma mãe — disse Rutgarda com lágrimas nos olhos.

Lotária preferiu não responder. O fato de Rutgarda não ter podido conceber já era desgraça suficiente e, ainda por cima, ela perdia agora a enteada.

— Todos gostávamos dela — acabou respondendo. — Era uma boa moça. Diferente, mas boa. Enfim... Vou chamar os homens.

A mulher secou as mãos e chamou Górgias e Reinoldo. Os dois voltaram para casa com o baú transformado num estranho ataúde.

— Não é bonito, mas servirá — afirmou Górgias. Em seguida, arrastou o ataúde até o lugar onde descansava o corpo de Theresa. Olhou com tristeza para a filha e virou-se para Rutgarda. — Estive falando com Wilfred. Ele me avisou que Korne vai nos denunciar.

— A nós? Mas o que esse malparido deseja? Que nos desterrem? Que a gente reconheça que Theresa nunca devia ter entrado naquela oficina? Pelo amor de Deus! Já não tivemos castigo suficiente?

— Parece que ele não concorda. Suponho que queira uma compensação pelas perdas causadas pelo fogo.

— Mas o que vai tirar de nós, se mal temos o que comer?

— Foi exatamente isso que disse a Wilfred, mas segundo as leis francas, eles podem nos tirar tudo o que temos.

— E o que temos, se tudo o que possuímos está aí, enrolado em cima da cama?

— Poderiam tirar a casa — interveio Lotária.

— A casa é arrendada — respondeu Górgias. — E isso é o pior.

— Pior por quê? — perguntou Rutgarda com ansiedade.

Górgias olhou fixamente para a mulher e conteve a respiração.

— Porque poderiam nos vender no mercado de escravos.

Rutgarda escancarou os olhos quase tanto quanto a boca. Em seguida, enfiou a cabeça entre os joelhos e começou a chorar, enquanto Lotária balançava a cabeça e recriminava Górgias por suas palavras.

— Falei que poderiam fazê-lo, não que conseguiriam — esclareceu. — Antes teriam que demonstrar a culpabilidade de Theresa. E mais: Wilfred disse que vai nos ajudar.

— Ajudar? — duvidou Rutgarda entre soluços. — Aquele aleijado?

— Posso garantir que o fará. Mas, enquanto isso, quero que transfira todos os nossos pertences para a casa de Reinoldo. Assim, evitaremos que alguém resolva fazer justiça com as próprias mãos. Deixe aqui alguma panela, a pior que encontrar, e um par de mantas puídas. Não esqueça dos colchões. Esvazie a palha e aproveite as capas para carregar as coisas. Assim não levantaremos suspeitas. Em seguida, você e Lotária devem se trancar com as crianças, enquanto eu e Reinoldo tratamos do enterro. Ao amanhecer nos encontraremos com vocês.

Já sozinho, Górgias sentou-se no ataúde e esperou que anoitecesse. Tinha combinado com Reinoldo que chegariam ao claustro depois do pôr-do-sol, de modo que só lhe restava velar o corpo e aguardar o surgimento das primeiras estrelas. Passado um tempo, a figura de Theresa desenhou-se em sua mente. Recordou Constantinopla, a pérola do Bósforo, a terra que o viu nascer. Tempos de fortuna e abundância; de alegria e felicidade. Tão distantes agora e tão cruéis as lembranças. Ninguém em Würzburg poderia imaginar que Górgias, o homem que exercia o humilde ofício de escriba no *scriptorium*, ostentava tempos atrás o título de patrício na cidade das cidades, a distante Constantinopla.

Recordou o nascimento da filha Theresa, aquela bolinha com pele de pêssego, aquele palmo de vida tiritando entre seus braços. Durante semanas, o vinho correu e o mel se derramou. Enviou notícias aos foros do império, ordenou que erguessem um altar atrás da mansão e exigiu que os criados comemorassem a auspiciosa data com oferendas. Nem mesmo a sua nomeação como optimate da província de Bitínia tinha lhe causado satisfação maior. Sua esposa, Otiana, lamentou não ter engendrado um varão, mas ele não tinha pressa. Aquela pequena carregava seu sangue, o sangue dos Theolopoulos, a estirpe de comerciantes mais renomada de Bizâncio, desde o Danúbio até a Dalmácia, desde Cartago até o Exarcado de Ravena, respeitada e temida até além das defesas de Teodósio. Haveria tempo para que chegassem outros filhos e enchessem suas salas com travessuras. Eram jovens e tinham a vida pela frente. Pelo menos, era o que pensava então...

A segunda gestação trouxe consigo a maior das desgraças. Os médicos atribuíram a morte de Otiana à umidade e às debilidades do feto... Malditos imbecis! Se pelo menos tivessem evitado todo aquele sofrimento.

Durante meses, o desespero foi seu único companheiro. Imaginava a esposa em todo canto, sentia seu perfume e ouvia sua risada. Por fim, aconselhado pelos irmãos, resolveu se afastar da melancolia que o consumia e se mudar para a velha Constantinopla. Ali adquiriu uma mansão ajardinada, próxima ao foro de Trajano, onde se instalou com a criadagem e uma ama-de-leite.

Vários anos se passaram, durante os quais viu Theresa crescer entre os livros e escritos, sua única paixão; o remédio que os médicos não souberam lhe receitar. Seu título de patrício e sua amizade com o camarista do Basileus abriram as portas da Biblioteca de Santa Sofia e, assim, teve acesso ao maior armazém de sabedoria da cristandade. Toda manhã, dirigia-se ao salão da catedral acompanhado de Theresa e, enquanto ela brincava com os faisões, relia Virgílio, copiava passagens de Plínio ou recitava estrofes de Luciano. Depois de seu sexto aniversário, a pequena começou a se interessar pelas atividades do pai. Sentava-se em seus joelhos e insistia até conseguir que lhe desse algum dos códices que manejava. No início, para distraí-la, passava para ela os cadernos estragados, mas logo percebeu que, enquanto escrevia, Theresa ia imitando cada um de seus movimentos com extraordinária delicadeza.

Com o tempo, o que parecia um passatempo acabou se convertendo numa preocupação. A menina mal brincava com as outras e, quando o fazia, divertia-se rabiscando suas roupas com as penas que roubava dos galinheiros. Lembrou que, comentando o assunto, Reodrakis, o titular da biblioteca, convenceu-o a iniciá-la nos segredos da escrita, oferecendo-se pessoalmente como preceptor da pequena. Foi assim que Theresa aprendeu a ler e, pouco mais tarde, a imprimir seus primeiros traços sobre placas de cera.

Recordou com tristeza que essa paixão pela leitura foi interrompida aos 16 anos, por causa do assassinato de Leão IV pelas mãos da própria esposa, a imperatriz Irene. A morte do Basileus deu início a uma interminável sucessão de desavenças e vinganças que culminaram com a prisão e justiçamento de todos os que ousaram se opor à nova Basilissa. Mas não foram apenas os adversários que acabaram no cemitério. Aqueles que tinham estabelecido algum tipo de vínculo político ou comercial com o Basileus também sofreram a ira da imperatriz.

Certa noite de inverno, o camarista apresentou-se em sua casa encapuzado e com um par de cavalos. Se não fosse o seu aviso, eles teriam sido executados no dia seguinte. Seguiu-se a fuga para Salônica, a peregrinação até Roma e a mudança para as frias terras germânicas.

Mas por que relembrar tudo aquilo naquele preciso momento? Por que evocar lembranças que só alimentavam sua dor?

"Destino maldito, tormenta de crueldade. Meandro de caprichos que arrancas de minh'alma a carne que era minha, deixando-me vazio. Silício infame, vereda de castigos. Leva-me contigo para regalar-te meu ódio. Vem e abraça-me."

Fechou os olhos e desatou a chorar.

Apesar das dificuldades do terreno, Górgias e Reinoldo concluíram a fossa pouco depois da meia-noite. A essa hora, os clérigos descansavam em seus aposentos e Wilfred pode oficiar o sepultamento no mais estrito segredo. Em seguida, ordenou a Górgias que cobrissem o ataúde, mas sem cruz ou signo que pudesse delatar o ocorrido.

— Quanto ao manuscrito... — recordou o conde.

Górgias concordou com os olhos vermelhos. Então Wilfred abaixou a cabeça e deixou Górgias sozinho com sua amargura.

5

Naquela noite os ventos do norte semearam de gelo até o último rincão de Würzburg. Os homens apressaram-se a vedar as frestas e avivar o fogo nos fogareiros, as mulheres apertaram seus filhos entre os pobres colchões de palha e todos rezaram para que a lenha mantivesse o calor até o amanhecer.

Os que dormiram ao abrigo do fogo suportaram o frio com resignação, mas Theresa foi incapaz de conciliar o sono. O pranto inchara suas pálpebras, deixando-as inchadas como sacos e seus olhos febris mal conseguiam enxergar o chiqueiro onde tinha encontrado refúgio. Sua pele ainda conservava a cor acinzentada da fumaça e o cheiro de suas roupas recordava sempre e sempre o inferno que tinha acabado de viver. A moça desandou a chorar e pediu perdão a Deus por seus pecados.

Mais uma vez, as imagens do acontecido ecoaram em sua cabeça: as risadas zombeteiras dos aprendizes da oficina; a pele apodrecida flutuando no tanque; a prova pela qual tanto lutou; a discussão com Korne e, por último, o pavoroso incêndio. Só de pensar, sua pele se arrepiava: deu graças aos céus por terem permitido que escapasse do fogo com vida.

Senhor, se ao menos tivesse conseguido evitar a morte de Clotilda!

Em várias ocasiões, tinha surpreendido a moça perambulando pelos armazéns da oficina ou remexendo entre os restos de lixo. Segundo diziam, seus pais tinham morrido no início do inverno e desde então costumava vagar sozinha pelos arredores da catedral, sem que ninguém tivesse piedade dela. Calculou que Clotilda teria a sua idade, talvez um pouco mais jovem. Passado um tempo, a moça desapareceu e não voltou a saber dela até o dia do incêndio.

Recordou o instante em que tinha retornado à oficina, logo depois de ajudar a esposa de Korne a pular sobre o muro do pátio. Quando entrou na sala, as chamas crepitavam no teto, convertendo o lugar numa enorme língua de fogo. Procurava por seus últimos livros quando a viu: acocorada num canto, Clotilda movia as mãos incessantemente tentando afastar as brasas que choviam do teto. A seus pés viam-se várias maçãs esparramadas. Sem dúvida, a moça tinha se aproveitado da confusão para entrar na oficina e tentar pegar alguma comida.

Tentou puxá-la, mas a moça resistiu com uma careta de dor. Foi então que percebeu que sua pele avermelhada já tinha sofrido a investida das chamas. Olhando ao redor, descobriu sob uma das mesas o vestido azul que estava usando quando mergulhou no tanque. Pegou-o e depois de verificar que continuava molhado, ofereceu-o à moça. Ela despiu seus andrajos e enfiou o vestido de Theresa. A água aliviou-a. Nesse momento, o teto estalou e as vigas começaram a desabar. Ainda tentou arrastá-la, mas a moça se assustou e correu na direção contrária. Logo depois, tudo desmoronou e Clotilda ficou sepultada sob os escombros.

Theresa fugiu ladeira abaixo, tropeçando, sentindo na nuca o alento do diabo. Pegou a viela que rodeava a muralha e, depois de atravessá-la, entrou no matagal até chegar a um castanhal no qual os porcos costumavam se alimentar. Ali, refugiou-se na cabana dos porqueiros. Fechou a porta como se quisesse negar passagem a tanta desgraça e deixou-se cair no chão, apoiando as costas contra a parede de pau-a-pique.

Os livros queimados; a oficina arruinada e destruída; aquela pobre moça morta. Nunca mais se atreveria a encarar Górgias de frente. Ela o tinha desonrado da pior maneira que uma filha poderia desonrar seu pai e, apesar de ser difícil de admitir, ter decepcionado o pai era o que mais lhe doía. Chorou desconsoladamente até que as lágrimas traçaram sulcos em suas faces. Seus lábios balbuciaram uma e outra vez pedindo perdão a Deus; rogando que nada daquilo tivesse sucedido. Era tudo culpa sua. De seu estúpido empenho em ser quem não era. Tinham razão os que diziam que lugar de mulher é dentro de casa, com seu marido, parindo filhos e cuidando da família. E agora, Deus a castigava por sua cobiça.

Despertou tiritando, com o corpo inchado e as têmporas martelando. Ao levantar, as pernas fraquejaram como se tivesse caminhado a noite inteira. O frio enregelava seu peito e sua garganta parecia uma plantação de espinhos. Quando conseguiu levantar, abriu a portinhola e verificou que já estava amanhecendo. O lugar parecia deserto, mas ainda assim examinou tudo com atenção.

Um bando de andorinhas levantou vôo, batendo as asas ruidosamente. Theresa admirou o verde dos abetos e a limpeza do céu. Para ela, o bosque de castanheiros parecia um jardim recém-arrumado e por um momento deixou-se levar pelo perfume da terra úmida e pelo suave murmúrio do vento.

Seu estômago roncou, lembrando que não tinha comido nada desde o dia anterior. Desamarrou a bolsa de pele que seu pai tinha esquecido na oficina do *percamenarius* e espalhou seu conteúdo no chão. Em seu interior, descobriu uma tabuleta de cera e um estilo de bronze que utilizava como ponteiro. Envolta num pano, uma maçã madura. Pegou-a e mordeu saboreando. Enquanto mastigava, acabou de arrumar o resto de seus pertences: um ferrinho amolado para acender o fogo, um crucifixo talhado em osso, um frasco de essência para perfumar pergaminhos e o carretel de fio de cânhamo que Górgias costumava usar para costurar os cadernos. Recolheu tudo e guardou de novo.

Refletiu um bom tempo antes de tomar uma decisão: fugiria para longe de Würzburg, para um lugar onde ninguém pudesse encontrá-la. Talvez ao sul, para a Aquitânia; talvez a oeste, para Neustria, onde tinha ouvido dizer que existiam abadias dirigidas por mulheres. Inclusive, se surgisse uma oportunidade, poderia viajar para Bizâncio. Seu pai sempre dizia que algum dia conheceria seus avós, os Theolopoulos. Mal se lembrava deles, mas se chegasse a Constantinopla, certamente poderia encontrá-los. Lá, acharia um trabalho e se transformaria numa mulher útil. Estudaria gramática e poesia, como Górgias queria, e talvez então, pudesse se atrever a voltar a Würzburg para reencontrar o pai e pedir perdão por seus pecados.

Assustada, pegou a sacola do pai. Em seguida, virou a cabeça para as muralhas e contemplou a cidade pela última vez. Agora, começando o dia do seu 23° aniversário, precisava construir uma nova vida. Pediu forças a Deus e, com passo decidido, tomou a trilha que se internava na densidão do bosque.

A manhã já ia pelo meio quando deixou cair a bolsa, exausta. Tinha caminhado 5 milhas pela trilha que ligava Würzburg às rotas do norte, mas quando chegaram os primeiros contrafortes, o caminho desapareceu engolido pela neve. Olhando para adiante, a neve branqueava desde a menor das pedras até a última das montanhas, ocultando qualquer sinal que pudesse servir de guia. Cada árvore era uma repetição da anterior e cada penhasco um reflexo do seguinte.

Resolveu parar para um pequeno descanso. Sentou-se sobre um tronco caído e observou o firmamento com preocupação, pois o tempo estava instável e ameaçava cair uma tempestade. Tinha imaginado que encontraria nozes e groselhas no caminho, mas o gelo tinha devastado a vegetação, de modo que teve que se conformar com o coração da maçã que tivera a precaução de guardar. Abriu a bolsa e pegou-o. De repente, um relâmpago iluminou o horizonte. Em seguida, o vento fez dançar as copas das árvores e o céu foi se apagando até ficar cinzento. Logo começou a chover. Theresa buscou abrigo entre os penhascos, mas a chuva a alcançou e ela ficou encharcada.

Enquanto se encolhia contra uma saliência, compreendeu o quanto seus planos eram fantasiosos. Por mais que desejasse, nunca chegaria à Aquitânia ou à Nêustria, e menos ainda à distante Bizâncio. Não tinha comida, nem dinheiro, nem parentes a quem pedir ajuda. Não sabia usar a enxada ou o arado, nunca tinha feito a vindima e não sabia sequer preparar um cozido. Só entendia de inúteis pergaminhos que jamais serviriam para ganhar seu sustento. Que idiota tinha sido ao não dar ouvidos à sua madrasta! Devia ter se dedicado aos fogões ou a qualquer ofício próprio das mulheres. Fiandeira, costureira, lavadeira... qualquer um deles permitiria que arrumasse um trabalho em Aquis-Granum e até economizar o suficiente para pagar uma passagem em caravana até Neustria.

Mas mesmo assim, tentaria. Procuraria algo como trabalhadora braçal ou um posto de aprendiz de curtidora. Qualquer coisa, menos acabar num bordel coberta de pústulas e doenças.

Com a chuva apertando, Theresa avaliou a conveniência de transferir-se para um lugar mais seguro. Além disso, provavelmente já teriam começado a procurar por ela em Würzburg e se ficasse nas proximidades do caminho não tardariam a encontrá-la. Lembrou então do velho forno de cal, uma construção localizada junto de uma pequena pedreira a meia hora de caminhada. Conhecia o lugar, pois tinha ido até lá vária vezes, para pegar o fornecimento de cal que usavam para curtir os couros. A construção pertencia à viúva Larsson, uma mulherona de caráter rude que explorava a pedreira com a ajuda dos filhos. No inverno, quando os construtores interrompiam as encomendas, eles fechavam o forno e transferiam sua atividade para Würzburg, de modo que podia se abrigar numa das varandas cobertas e esperar que a tempestade serenasse.

Faltava pouco para meio-dia quando Theresa chegou às imediações da pedreira. Tudo o que mais queria era se proteger da chuva, mas em vez de se apressar, aguçou o ouvido e avançou com cuidado.

A pedreira se abria nas reentrâncias da montanha, como uma enorme boca falhada, cujos dentes estivessem espalhados pela ladeira. A seus pés erguia-se o forno de cal, uma espécie de torreão chato e afuselado, um pouco maior do que um forno de pão. Na parte superior, via-se um buraco circular que fazia as vezes de chaminé, enquanto na lateral outros quatro proporcionavam a ventilação adequada. A casa ficava na margem do rio, afastada dos vapores que a cal desprendia ao ser queimada, e mais atrás, apareciam os galpões usados como armazéns.

Theresa esperou até certificar-se de que nem a viúva Larsson, nem seus filhos perambulavam pelos arredores. Alimentava a esperança de não encontrar ninguém, mas ao se aproximar da casa percebeu que a porta estava entreaberta. Nesse instante, perguntou-se se não tinha tomado a decisão errada. Bateu com os nós dos dedos, mas não obteve resposta. Sabia que estava cometendo uma loucura, mas mesmo assim resolveu entrar. Pegou um galho no chão e empurrou a porta com o ombro. Parecia trancada. Na terceira tentativa cedeu estrepitosamente, deixando à vista uma sala vazia. Theresa penetrou na sala e fechou a porta atrás de si. Em seguida, fechou os olhos para saborear uns instantes de paz. O cheiro amargo da cal queimou sua garganta, mas mesmo assim o aceitou com agrado. Ouviu a água batendo no telhado e o vento açoitando as tábuas: saber que estava abrigada era definitivamente reconfortante.

Como o resto das construções da zona, a casa carecia de janelas, por isso a única claridade vinha do buraco feito no telhado de galhos trançados com palha, destinado a dar vazão à fumaça. Quando suas pupilas se acostumaram à penumbra, observou que a sala estava completamente desarrumada, com os tamboretes derrubados e numerosas vasilhas espalhadas pelo chão. Supôs que algum animal fosse responsável pela bagunça, de modo que não deu importância. Depois de verificar que não havia comida nem roupas para abrigar-se, resolveu se distrair recolhendo os utensílios. Num canto, amontoou os pedaços de troncos e madeiras que a viúva Larsson costumava usar para fabricar tamancos.

Assim como muitas outras famílias, os Larsson tinham encontrado no corte de madeira um ofício adicional para aproveitar os tempos mortos que se sucediam entre uma fornada e outra. Examinou então, a aparatosa ferramenta que descansava sobre uma das bancadas de trabalho, uma espécie de facão articulado na extremidade por meio de uma argola presa por rebites à própria bancada. Dessa forma, a ponta do facão se movia como se fosse uma cisalha. Theresa pensou que parecia uma ponte levadiça.

Já tinha visto a viúva Larsson usar o artefato com grande destreza. A mulher içava o cabo, fixando-o sobre um suporte, colocava o toco de madeira sob a lâmina e, com movimentos precisos de subida e descida, desbastava as lascas de madeira para entalhar a parte exterior do tamanco.

Movida pela curiosidade, resolveu tentar manejá-lo. Procurou um pedaço de madeira que tivesse o tamanho adequado e colocou junto da lâmina. Em seguida, pegou o cabo da cisalha e levantou com as duas mãos, com a intenção de prendê-lo no suporte, mas o cabo escorregou e a faca caiu violentamente sobre a mesa. Theresa congratulou-se por ter usado as duas mãos, pois do contrário teria perdido uma delas. Com mais cuidado, içou o facão de novo até colocá-lo no suporte e, uma vez preso, deu por encerrada a sua experiência como cortadora de tamancos.

Em seguida, começou a arrumar os tamboretes, enquanto imaginava sua chegada a Aquis-Granum. Em primeiro lugar, iria ao mercado e trocaria o ferro de acender e o buril por comida. Seguramente, conseguiria uma libra de pão e vários ovos e até mesmo, se fosse esperta, uma fatia de carne defumada. Em seguida, iria procurar trabalho como curtidora no bairro dos artesãos. Nunca tinha estado em Aquis-Granum, mas supunha que devia existir algum bairro desse tipo na cidade que o rei Carlos Magno tinha escolhido para fixar residência.

De repente, o coração de Theresa deu um pulo.

Não havia dúvida. As vozes que ouvia vinham do exterior e soavam cada vez mais próximas.

Aterrorizada, abandonou o que estava fazendo e correu até a porta. Seriam os Larsson? Encostou a cabeça numa fresta e constatou que duas figuras imprecisas aproximavam-se da casa. Deus! Pareciam homens armados e em poucos segundos estariam dentro da casa. Precisava encontrar um esconderijo. Lembrou do amontoado de madeira junto à cisalha e correu para se agachar atrás, justo no instante em que os homens entravam na casa. Enfiou a cabeça entre as pernas e rezou para que não a descobrissem. Entretanto, em lugar de procurar por ela, os dois homens encaminharam-se para o centro do aposento e trataram de acender o fogo.

Escondida atrás da lenha, Theresa não conseguia adivinhar o que estava acontecendo. O que estavam esperando? Por que não procuravam por ela? De seu esconderijo, viu que os homens se despojavam das armas e colocavam um par de esquilos no espeto para assá-los no fogo. Riam e gesticulavam como dois bêbados, enquanto se empurravam e giravam os espetos descuidadamente. Fixou-se no mais corpulento, uma montanha de gordura coberta de peles, cuja maior virtude parecia consistir em não cair de cara no chão. O magro não parava quieto, coçava constantemente a cara cheia de sardas e levantava o nariz como um animal farejando a presa. Theresa imaginou que se uma ratazana caminhasse sobre duas patas, certamente se pareceria com ele.

A certa altura, o mais corpulento espetou alguma coisa no sardento e ele, chateado, fez menção de empunhar a faca, mas acabou desistindo e ambos riram estrondosamente. Quando se acalmaram, Theresa percebeu que conversavam em um dialeto ininteligível: foi então que entendeu que só um milagre poderia salvá-la. Aqueles homens não eram soldados, nem vinham de Würzburg. Pareciam saxões: pagãos dispostos a matar o primeiro infeliz que cruzasse seu caminho.

Nesse instante, Theresa apoiou-se num tronco, derrubando-o estrepitosamente. A moça conteve a respiração, enquanto o gordo olhava para o tronco com olhos estúpidos, mas em vez de verificar a origem do barulho, virou-se para o fogo e continuou a fazer seu assado. O sardento, no entanto, parou com os olhos fixos, sem piscar. Depois, pegou um galho aceso, empunhou a faca e avançou lentamente até a pilha de madeira. Theresa fechou os olhos e encolheu-se até os ossos doerem. De repente, sentiu que uma mão a segurava pelos cabelos e puxava até levantá-la. Gritou e esperneou, tentando se safar de seu captor, mas um soco brutal a deixou sem fôlego. Momentos depois, o sabor de sangue a fez compreender que a última coisa que seus olhos veriam seria o rosto daqueles assassinos.

O sardento aproximou a tocha de Theresa e examinou-a como quem descobre uma raposa numa gaiola de coelhos. Sorriu ao examinar a pele clara de seu rosto, marcada apenas pelo soco. Depois, desceu os olhos lentamente, detendo-se em seus peitos que adivinhou firmes e generosos, para continuar até as cadeiras amplas e marcadas. Então, embainhou o facão e agarrando-a pelo braço arrastou-a até o centro da sala. Ali, diante do olhar aterrorizado de Theresa, o homem desabotoou as calças, deixando à vista um palpitante membro peludo. A jovem ficou paralisada. Nunca tinha imaginado que uma coisa tão horrível poderia se esconder dentro de um par de calças. Estava tão apavorada que não conseguiu evitar que sua bexiga se esvaziasse. Pensou que fosse morrer de vergonha. Entretanto, os dois homens comemoraram a excreção com uma sonora gargalhada. Em seguida, o homem corpulento agarrou-a, enquanto o outro fazia seu vestido em farrapos.

O sardento esboçou um sorriso grotesco quando o ventre de Theresa brilhou sob o fulgor das brasas. Admirou a palidez de sua carne, em contraste com o triângulo que enfeitava o nascimento de suas pernas e sentiu que o desejo o atingia com ferocidade. Então, cuspiu sobre o membro, esfregou-o e apontou para Theresa. A jovem gritou e retorceu-se. Amaldiçoou-os mais de mil vezes e, sem saber como, conseguiu se soltar. Aproveitou o momento para correr para a pilha de troncos. Ali, apressou-se a pegar o buril que seu pai guardava na sacola, pensando que se o encontrasse disporia de mais uma chance. No entanto, suas mãos remexeram sem conseguir achá-lo.

Justamente quando o sardento ia assaltá-la, seus dedos toparam com o instrumento e Theresa o esgrimiu desesperadamente. O sardento parou, com a haste pontiaguda tremendo a um palmo de seu rosto. O gordo observava a cena, surpreendido, esperando como um cão o gesto do amo, mas o sardento, em lugar de pronunciar-se, começou a rir escandalosamente. Em seguida, pegou uma vasilha, da qual bebeu até que o líquido escorresse sobre ele aos borbotões, e então, sem soltar a jarra, deu um bofetão em Theresa que fez com que o arremedo de arma voasse pelos ares.

Em um segundo, Theresa se viu derrubada sobre uma bancada cheia de tamancos com o saxão babando em seu rosto. O hálito de álcool inundou seus pulmões. Enlouquecido pelo vinho, o saxão procurava seu sexo enquanto segurava seus braços por cima da cabeça. Theresa tentou fechar as pernas, mas o saxão as separou com violência. Nesse momento, percebeu que seu atacante apoiava a mão direita sob o gigantesco facão. Estava tão bêbado que não tinha se dado conta. Pensou que só precisava de um instante de liberdade. Então, ergueu a cabeça e beijou a boca do saxão. O homem surpreendeu-se e Theresa aproveitou seu desconcerto. Agarrou o cabo da faca que segurava até conseguir soltar a lâmina sobre a mão do saxão, com tal violência que seus dedos saltaram cortados num interminável jato de sangue.

Theresa aproveitou para correr até a porta, enquanto o homem ferido se retorcia como um porco. Teria conseguido sair porta afora, se o outro não se interpusesse em seu caminho. A jovem tentou esquivar-se, mas o gordo, com estranha rapidez, agarrou-a pelos cabelos e ergueu a faca. Theresa fechou os olhos e gritou. No entanto, quando ele se preparava para descarregar o golpe, deixou escapar um estranho grunhido. Em seguida, seus olhos empalideceram e suas pernas cambalearam. Depois, tombou de joelhos diante de Theresa e, finalmente, caiu de cara no chão. Nesse instante, Theresa percebeu um enorme punhal cravado nas costas do bandido e por trás dele, a figura do jovem Hóos Larsson oferecendo-lhe a mão.

Hóos tirou-a dali. Em seguida, regressou à casa, ouviram-se uns gritos apavorantes e em pouco tempo voltou com as mãos ensangüentadas. Aproximou-se de Theresa e cobriu-a com sua capa de lã.

— Está tudo acabado — disse com voz perturbada.

Theresa olhou para ele com os olhos cheios de lágrimas. Então, percebeu que estava seminua e seu rosto enrubesceu. Tentou se cobrir o melhor que pôde. Hóos ajudou.

Hóos Larsson parecia mais atraente do que ela recordava. Talvez um pouco robusto, mas de olhar franco e modos contidos. Fazia tempo que não sabia dele, mas isso não lhe importava. Agradecia que a tivesse salvado, embora certamente fosse levá-la a Würzburg para entregá-la à justiça. Mas agora isso dava no mesmo para ela. A única coisa que desejava era que seu pai a perdoasse.

— Deveríamos entrar. Aqui vamos congelar — sugeriu ele.

Theresa olhou para a casa e sacudiu a cabeça.

— Não há mais nada a temer. Estão mortos.

Ela voltou a sacudir a cabeça. Não entraria lá dentro nem que morresse de frio.

— Deus! — exclamou Hóos mal-humorado. — Vamos então para o galpão. Lá não tem fogo, mas pelo menos nos protegemos da chuva.

Sem lhe dar tempo de responder, pegou a jovem nos braços e levou-a até o galpão. Uma vez lá, arranjou com os pés um pouco de palha em forma de leito e depositou Theresa em cima dele.

— Preciso dar um jeito nos cadáveres — informou.

— Por favor, não vá embora.

— Não posso deixá-los. O sangue atrairia os lobos.

— E que fará com eles?

— Enterrá-los, creio eu.

— Enterrar esses assassinos? Deveria jogá-los no rio — sugeriu franzindo o cenho.

Hóos caiu na risada. No entanto, ao perceber a expressão de desaprovação de Theresa, tentou se conter.

— Desculpe, mas não creio que seja uma boa idéia. O rio está tão gelado que precisaria de uma picareta para abrir um buraco para jogá-los.

Theresa calou-se envergonhada. O certo era que entendia muito de pergaminhos, mas quase nada de qualquer outra coisa.

— E mesmo que a água fluísse — acrescentou —, jogá-los não resolveria o problema. Sem dúvida, esses homens faziam parte de alguma quadrilha das redondezas e, cedo ou tarde, o rio levaria seus cadáveres até seus comparsas.

— Então existem outros saxões? — perguntou atemorizada.

— São pouco mais que um bando, mas ferozes como animais. Na verdade, não sei como se infiltraram, mas as passagens estão infestadas deles. De fato, perdi três dias contornando as montanhas.

Contornando as montanhas... Isso só podia significar que Hóos procedia de Fulda, de modo que não poderia estar a par dos acontecimentos de Würzburg; Theresa suspirou aliviada.

— De qualquer modo, sua aparição foi providencial — disse ela, enquanto observava como Hóos limpava as mãos ensangüentadas esfregando-as na neve.

— Bem. O certo é que perambulava pelos arredores desde ontem — explicou. — Na última hora, resolvi passar a noite no forno, mas ao me aproximar vi que havia luz na casa e constatei que eram os tais saxões. Não queria problemas, de modo que resolvi dormir no galpão e esperar que fossem embora. Quando acordei, tinham desaparecido. No entanto, entrei no bosque para me garantir. Depois de um momento, decidi voltar e então percebi que tinham pegado você.

— Saíram para caçar. Tinham umas armadilhas.

— Provavelmente. Mas me diga... o que estava fazendo na casa?

Theresa enrubesceu. Não tinha previsto uma pergunta daquelas.

— A tempestade me surpreendeu perto do forno — gaguejou. — Lembrei da casa e vim me abrigar. Em seguida, esses homens surgiram do nada.

Hóos torceu a cara. Continuava sem entender o que uma jovem estaria fazendo por aquelas paragens.

— E agora, o que faremos? — perguntou ela, tentando desviar sua atenção.

— Eu vou ter que cavar durante algum tempo. E quanto a você — sugeriu —, seria conveniente que tratasse desse roxo em seu rosto.

Theresa ficou observando enquanto Hóos entrava na casa. Fazia tempo que não o via e, embora seu rosto tivesse endurecido, ainda conservava o cabelo crespo e o semblante amável. Hóos era o único dos filhos da viúva Larsson que tinha abandonado o ofício de canteiro. Sabia disso porque a mulher sempre se vangloriava de sua nomeação como *fortior* de Carlos Magno, cargo do qual desconhecia absolutamente tudo, exceto sua estranha pronúncia. Calculou que Hóos estaria pelos 27 anos. Em geral, um homem dessa idade já tinha engendrado pelo menos um par de filhos. No entanto, nunca ouviu a viúva Larsson mencionar que tivesse netos.

Ao cabo de um tempo, Hóos regressou ao galpão com a pá que tinha usado para cavar a terra. Com um gesto cansado, jogou-a no chão junto de Theresa.

— Esses homens já não vão nos causar mais problemas — disse.

— Está encharcado.

— Sim. Lá fora parece o dilúvio.

Theresa torceu a cara, mas não soube o que dizer.

— Está com fome? — perguntou Hóos.

Ela fez que sim com a cabeça. Comeria uma vaca inteira de boa vontade.

— Perdi minha montaria atravessando um barranco — lamentou-se ele. — O cavalo e os víveres foram para o diabo, mas lá dentro — disse indicando a casa — vi um par de esquilos que poderiam nos aliviar, de modo que precisa se decidir: ou entramos e enchemos a barriga, ou ficamos aqui fora até o frio nos mandar para a sepultura.

Theresa apertou os lábios. Odiava ter que voltar à cabana, mas Hóos tinha razão: não iam agüentar muito mais tempo naquele galpão. Levantou-se e o seguiu, embora um calafrio a tivesse paralisado na entrada. Hóos olhou-a com o rabo dos olhos. Sentia pena dela, mas não queria que percebesse. Abriu a porta com um pontapé, mostrando a sala vazia. Em seguida, passou o braço por cima de seus ombros e entraram juntos na casa.

O calor da lareira os reconfortou como um caldo recém-servido. Hóos tinha acrescentado uma braçada de lenha ao fogo e ele crepitava com força, iluminando suavemente a sala. A fragrância de castanhas quentes acariciou os pulmões e o cheiro de carne estimulou o apetite. Pela primeira vez desde o incêndio, sentiu-se segura.

Ainda não tinha se acostumado com o calor, quando Hóos surgiu com os esquilos e as castanhas.

— Essa gente sabe onde encontrar alimento — disse o homem. — Espere um instante... — levantou e voltou com várias peças de roupa entre as mãos. — Pedi emprestadas aos saxões, antes de enterrá-los. Dê uma olhada. Talvez encontre alguma coisa que lhe sirva.

Theresa traçou o último bocado antes de tratar das roupas e examinou-as detidamente antes de escolher uma casaca de pano escuro e aspecto desalinhado que usou para cobrir as pernas. Hóos recriminou o fato de que desprezasse uma jaqueta forrada de pele mais grossa porque apresentava manchas de sangue, mas em compensação, deu-lhe os parabéns por ter conservado a faca com que o saxão tinha tentado matá-la.

Quando terminaram de comer, ficaram em silêncio por um tempo, escutando o tamborilar da chuva no trançado do teto. Em seguida, Hóos se levantou para espiar por uma fresta. Percebeu que logo anoiteceria, embora já fizesse um tempo que a escuridão tinha tomado conta do firmamento.

— Se a chuva continuar apertando, os saxões não vão sair de suas tocas.

— Verdade! — concordou ela

— Você não é a filha do escriba? Chamava-se...

— Theresa.

— Isso, Theresa... Vinha de vez em quando ao forno em busca de cal para curtir pergaminhos. Lembro que da última vez em que a vi, tinha tanta espinha na cara que parecia uma torta de mirtilo. Mudou muito. Ainda trabalha como aprendiz no oficina do *percamenarius*?

Theresa não gostou da comparação com uma torta.

— Sim, mas não sou mais aprendiz — mentiu. — Fiz a prova e passei ao posto de oficial.

— Uma mulher oficial? Santo Deus! Isso é possível?

Theresa calou-se. Estava acostumada a conversar com aprendizes cuja maior sabedoria consistia em perseguir cães a pedradas, de modo que abaixou a cabeça e enrodilhou-se sob a casaca. Mas logo levantou os olhos lentamente e fitou Hóos de soslaio. Visto de perto, era mais alto do que parecia de início. Talvez até a ponto de superar em uma cabeça qualquer dos aprendizes que pudesse recordar. Enquanto Hóos espiava por uma fresta, imaginou-o como um desses enormes cães peludos que cobrem os bebês de lambidas e suportam pacientemente suas travessuras, mas que despedaçariam num instante o primeiro que ousasse colocar a mão neles.

— E você, o que faz? — perguntou Theresa. — Sua mãe vangloria-se de que ocupa um cargo na corte.

— Bem — sorriu. — Sabe como são as mães quando falam de seus filhos: o melhor é acreditar apenas na metade do que dizem, presenteá-las com uma expressão de admiração e esquecer rapidamente a outra metade.

Theresa riu. Seu pai falava tão bem dela que em certas ocasiões a deixava ruborizada.

— Faz três anos — continuou Hóos —, a sorte fez com que me destacasse numa das campanhas militares de Carlos Magno. A notícia chegou a seus ouvidos e, quando regressei, ele me ofereceu o juramento de fé e fidelidade. Aquilo que muitos conhecem como compromisso de lealdade.

— E o que significa?

— Bem, em poucas palavras, tornar-se um vassalo do rei. Um soldado de confiança; alguém a quem recorrer a qualquer momento.

— Um soldado? Como os *praefectus* de Würzburg?

— Não exatamente — riu. — Esses homens são uns pobres-diabos que obedecem sem reclamar por uma mísera paga diária. Eu, em troca, possuo minhas próprias terras.

— Pensei que os soldados não tinham terras — admirou-se.

— Vou tentar explicar... Ao jurar vassalagem ao rei, você se obriga a servi-lo com lealdade, mas estabelece um compromisso mútuo, que o rei costuma saldar com generosidade. De sua mão, obtive 20 arpentos de terras de plantio, mais 15 de vinhedos e outros 40 de campo não cultivado que vou lavrar em breve, de modo que, na realidade, minha vida não difere muito daquela de um confortável proprietário rural.

— Mas ainda assim, tem que ir à guerra...

— Isso mesmo. Em geral, as tropas só entram em combate com a chegada do verão, quando a colheita já terminou. De modo que nesse momento, preparo meus apetrechos, recruto os que irão me acompanhar à batalha e respondo ao chamado.

— Então também dispõe de servos? — perguntou surpresa.

— Servos não. Chame-os de colonos, alforriados ou *mancipia*. Mas não são servos: são homens livres. Uns vinte, entre homens e mulheres. Você entende, sozinho eu não teria como cultivar esses terrenos. Por sorte, Aquis-Granum fervilha de deserdados procedentes de todos os cantos do reino: aquitanos, néustrios, austrásios, lombardos... Chegam à corte pensando que farão fortuna e acabam desesperados em busca de um naco de pão para levar à boca. Entre tanta gente, você só precisa escolher com tino a quem arrendar a terra.

— Então você é rico?

— Não, por Deus, bem que gostaria — riu. — Os colonos são gente humilde. Como pagamento pelo uso da terra, entregam uma parte da colheita, mais alguns serviços semanais. Você sabe: limpar os caminhos, reparar alguma cerca e tarefas semelhantes. Em certas ocasiões, às vezes, eles me ajudam a arar as terras que separo para meu cultivo, mas como eu dizia, tudo isso não é muita coisa. Não chego nem perto das posses de um *antrustion*, um membro da guarda do rei.

— Hóos, diga-me uma coisa. Aquis-Granum é bonito?

— Oh, claro: tão bonito quanto um grande bazar poderia ser, se você dispuser de dinheiro suficiente. Posso dizer que numa única rua tem mais gente do que em toda a cidade de Würzburg. Tanta gente que você se perderia. A cada passo, surgem comércios de carne ou ferragens, de fivelas ou guisados; bem ao lado, erguem-se outros, repletos de tecidos e sedas, e espremido entre todos eles, onde só caberia um tapete, brota um terceiro que oferece desde um pote de mel até uma espada ainda ensangüentada.

Contou a Theresa que as ruas serpenteavam como uma velha meada tecida por mãos trêmulas, mil vezes entrelaçada numa trama de barracos, tabernas e prostíbulos. De vez em quando, surgiam pequenas praças com incontáveis esquinas que acolhiam a multidão e onde ladrões e mutilados competiam com os bêbados, os transeuntes e os animais em busca do melhor lugar para seus negócios. No final, as vielas convergiam para uma avenida pela qual poderia desfilar um regimento a cavalo e onde ela acabava, ao lado da grande basílica, erguia-se majestoso um imponente edifício de azulejos negros. O palácio do rei Carlos Magno.

Theresa ouvia embevecida. Por um instante, pensou que estava revendo a sua distante Constantinopla.

— E tem jogos, e fóruns, e circos?

— Não estou entendendo.

— Como em Bizâncio... Edifícios de mármore, avenidas pavimentadas, jardins e fontes, teatros, bibliotecas...

Hóos ergueu as sobrancelhas. Pensou que Theresa estava brincando. Disse que lugares assim só existiam nas fábulas.

— Pois está enganado — respondeu ela, contrariada.

E então, levantou e olhou para o outro lado. Não importava se Aquis-Granum tinha ou não jardins, mas o fato de Hóos duvidar de sua palavra a incomodava.

— Deveria conhecer Constantinopla — replicou. — Lembro Hagia Sofia, uma catedral como você não seria capaz de imaginar. Tão alta e espaçosa que seu interior poderia receber uma montanha. O hipódromo de Constantino, com dois estádios de comprimento, no qual se celebravam todos os meses os jogos e as competições dos aurigas. Lembro dos passeios pelas muralhas de Teodósio — seus olhos se iluminaram —, uma defesa de pedras capaz de resistir ao choque de qualquer exército; as fontes iluminadas, fazendo brotar água do chão; os suntuosos desfiles imperiais, intermináveis batalhões de soldados encabeçados por colunas de elefantes primorosamente enfeitados... Sim. Você deveria conhecer Constantinopla. Assim saberia como é o paraíso.

Hóos ficou boquiaberto. Mesmo que fosse só fantasia, admirou a magnífica imaginação da moça.

— Claro que gostaria de conhecer o paraíso — afirmou, zombando dela, —, mas não quero morrer tão cedo. A propósito... quem são os aurigas?

— São condutores de carros atrelados a vários cavalos. Mas não são como os carros puxados por bois. São pequenos e leves e sobretudo velozes como o vento.

— Como o vento... sim. E os elefantes?

— Oh! Os elefantes... Precisava ver — riu. — São animais enormes como casas, de pele resistente, imune aos dardos. Têm patas tão grandes que parecem troncos de árvores e de sua boca saem duas presas gigantescas, que eles usam como se fossem lanças. Sob os olhos, agitam um nariz parecido com uma enorme serpente — voltou a rir diante da incredulidade de Hóos. — No entanto, apesar de seu aspecto feroz, obedecem a seus guias e, cavalgados por seis ginetes, comportam-se como o mais dócil dos potros.

Hóos tentou se reprimir, mas finalmente desatou a rir.

— Bom, por hoje já é suficiente. Precisamos descansar um pouco. Amanhã temos que enfrentar um bom pedaço de chão até Würzburg — sentenciou.

— E qual é o motivo de sua viagem? — interessou-se Theresa, desobedecendo-o.

— Trate de dormir.

— Mas eu não quero regressar a Würzburg.

— Ah, não? E o que pretende? Esperar aqui até que apareçam mais saxões?

— Não, claro que não — sua expressão ensombreceu-se.

— Pois então pare de dizer desatinos e trate de dormir um pouco. Não quero ter que arrastá-la amanhã.

— Ainda não respondeu a minha pergunta — insistiu ela.

Hóos, que já tinha deitado junto ao fogo, levantou de mau humor.

— Dentro em pouco, dois navios carregados de alimentos zarparão de Frankfurt em direção a Würzburg. Nele estarão pessoas muito importantes. O rei deseja que tenham uma recepção digna de sua alta estirpe e, por isso, enviou-me como emissário.

— E virão agora, apesar das tempestades?

— Olhe, esse assunto já não é de sua conta — atalhou. — Nem mesmo da minha, assim que trate de deitar e de dormir até amanhã.

Theresa guardou silêncio, mas não conseguiu conciliar o sono. Aquele jovem a tinha ajudado, sem dúvida, mas não era muito diferente dos outros rapazes e certamente, o fato de tê-la salvo era apenas um desígnio da providência. Além disso, achou estranho que alguém de sua posição cruzasse as montanhas desarmado e sem escolta. Sem se dar conta, fechou o punho sobre a faca que guardava sob as roupas e fechou os olhos. Em seguida, depois de um momento imaginando a sua tão ansiada Constantinopla, foi caindo no sono.

De manhã, despertou antes de Hóos. O jovem dormia profundamente, de modo que se levantou com cuidado, caminhou até a porta e aproximou o rosto da fresta. Foi saudada pelo frescor da manhã. Sem pensar no perigo, abriu devagarinho e caminhou sobre o manto de neve que atapetava o caminho. Cheirava a paz, e não chovia.

Hóos ainda dormia quando regressou. Sem saber o motivo, recostou-se contra seu ombro e a tepidez de seu corpo a reconfortou. Por um instante, surpreendeu-se a si mesma imaginando-se junto dele numa cidade distante; num lugar quente e luminoso, onde ninguém a importunasse por seu amor pela escrita; um lugar no qual pudesse conversar com um jovem de olhar franco, distante dos problemas que surgiram em sua vida tão inesperadamente. Mas nesse instante, a imagem de seu pai irrompeu em sua mente e, no mesmo momento, repreendeu-se por seu egoísmo e sua covardia. Perguntou-se que tipo de filha se dedicaria a fantasiar um mundo de felicidade, enquanto o pai suportava a desonra por causa de seus pecados. E a resposta não a deixou satisfeita. Então, jurou a si mesma que um dia regressaria a Würzburg para confessar seus pecados e devolver a seu pai a dignidade que nunca deveria ter arrebatado. Em seguida, voltou os olhos para Hóos. Por um segundo, pensou em acordá-lo para pedir que a acompanhasse a Aquis-Granum; no entanto, conteve-se na certeza de que, mesmo que suplicasse, ele não a aprovaria.

Com os dedos tremendo, roçou seu cabelo antes de sussurrar um adeus impregnado de culpa.

Levantou-se com cuidado e olhou ao redor. Junto à janela descansavam os pertences que Hóos tinha subtraído dos cadáveres: eram na maior parte utensílios de caça e roupa amontoada descuidadamente. Embora Hóos os tivesse revistado, voltou a examiná-los.

Entre as pregas de uma capa, descobriu uma caixinha de madeira com um ferro afiado, uma lasca de sílex e um punhado de mechas. Encontrou também várias contas de âmbar enfiadas e uma porção de ovas secas de peixe, que não titubeou em enfiar em sua bolsa, junto com a caixa. Desdenhou uma correia de couro meio podre, mas aproveitou um pequeno saco de água e um par de botas enormes que, forçando um pouco, calçou por cima dos próprios sapatos. Em seguida, dirigiu-se para o lugar onde estavam as armas que o próprio Hóos teve o cuidado de limpar antes de separar. Enquanto arrumava, o jovem tinha lhe explicado sobre a habilidade dos saxões no manejo do *scramasax*, uma espécie de punhal longo que eles usavam às vezes como se fosse uma espada curta, e de sua imperícia no manejo da francisca, machado de dois gumes usado pelos exércitos francos.

Passou direto pelos arcos de madeira avermelhada e parou diante do mortífero *scramasax*. Ao empunhá-lo, um tremor percorreu sua espinha. As armas ainda a assustavam, mas se pretendia atravessar os desfiladeiros, precisava carregar alguma. Finalmente, escolheu uma faca achatada que considerou mais leve. No entanto, logo depois de amarrá-la à cinta, reparou na adaga que Hóos tinha colocado à parte.

Ao contrário dos toscos punhais saxões, aquela adaga exibia um minucioso lavrado que subia pelos dois lados da folha até se juntarem no cabo de prata coroado por uma esmeralda. Era leve e fria e seu fio reluzia delicadamente à luz das chamas. Imaginou que teria um valor incalculável.

Observou Hóos placidamente adormecido e a vergonha apertou seu coração. Ele tinha salvo sua vida e ela ia pagar se comportando como uma ladra. Hesitou um instante, mas logo se desfez do punhal e amarrou a adaga ao cordão que apertava sua cintura. Em seguida, ao mesmo tempo em que pronunciava um imperceptível pedido de desculpas, carregou a sacola de seu pai, enfiou-se nas novas peles e abandonou a casa para penetrar no frio terrível da madrugada.

Quando o amanhecer surpreendeu Hóos, Theresa já estava bem longe da cabana. Procurou-a na pedreira e nos limites do bosque e foi até o leito do rio, antes de se dar por vencido. De volta à sua casa, entristeceu-se com o destino que aguardava a moça e ficou mais triste ainda com o fato de que tivesse roubado sua valiosa adaga.

6

Górgias acordou apavorado; tiritando por causa do suor que o encharcava e ainda incapaz de aceitar que, um dia antes, tinha enterrado sua única filha. Viu Rutgarda a seu lado e abraçou-a. Em seguida, imaginou Theresa quando ainda vivia, sorridente, enfiada em seu vestido novo, disposta a realizar a prova que poderia transformá-la em oficial de *percamenarius*. Recordou o ataque sofrido e como ela tinha salvo sua vida. Depois, o pavoroso incêndio; sua busca desesperada; os feridos e os mortos... Chorou ao reviver o instante em que contemplou o cadáver de Theresa. De sua filha só restavam os farrapos do vestido azul que ela tanto adorava.

Aninhado ao lado de Rutgarda, soluçou até gastar suas últimas lágrimas. Passado um tempo, perguntou-se até quando ainda poderiam ficar na casa dos cunhados, apertados como arenques, sem palha sobre a qual acomodar-se, em cima das tábuas que Reinoldo colocava toda noite sobre o chão de terra.

Pensou consigo mesmo que os cunhados formavam uma família excepcional. Apesar do transtorno que sua presença causava, foram recebidos com carinho e tanto um como o outro esforçavam-se para que nem ele nem Rutgarda sentissem falta das comodidades da antiga moradia. Górgias alegrou-se com a sorte de Reinoldo: seu trabalho como carpinteiro não dependia das inclemências do tempo, de modo que até mesmo nos momentos mais difíceis o conserto de um telhado apodrecido ou das rodas de uma carroça podia ajudá-lo a afastar a fome de sua casa.

Por um momento, sentiu que a inveja o assaltava. Cobiçou a simplicidade de Reinoldo. O fato de que sua única preocupação consistia em obter o pão necessário para alimentar sua prole ou em dormir aconchegado ao calor de sua esposa. Reinoldo costumava afirmar que a felicidade não dependia do tamanho da casa, mas de quem o esperava dentro dela e, a julgar por sua família, aquela frase não poderia ser mais acertada.

Desde a sua chegada à residência de Reinoldo, Rutgarda vinha cuidando dos filhos do casal, além de encarregar-se da limpeza, da costura e até mesmo da comida, quando havia alimento suficiente para justificar a utilização da cozinha. Isso tinha permitido que Lotária se dedicasse a seus afazeres como doméstica na fazenda de Arno, um dos homens ricos da comarca. Górgias, por sua vez, procurava auxiliar Reinoldo na carpintaria sempre que o trabalho no *scriptorium* e seu maltratado braço lhe permitiam. No entanto, apesar da hospitalidade do cunhado, sabia que precisaria encontrar em breve outro lugar para ficar, pois não queria que Reinoldo fosse alvo de alguma arbitrariedade por sua causa.

Naquele instante, o choro de uma criança fez Lotária e Rutgarda se mobilizarem no ritmo da choradeira. Entre as duas, limparam os pequenos, que tiritavam como se tivessem caído no rio, esfregaram seus olhos com um pouco d'água e enrolaram os dois em casulos de lã limpa. Em seguida, acenderam o fogo e esquentaram o mingau seco que em outros tempos teriam jogado diretamente na pocilga. Górgias se levantou meio adormecido, cumprimentou com um grunhido e depois de remexer em cima de um baú todo desconjuntado, cobriu-se com o avental que usava normalmente em seu ofício de escriba. Enquanto o fazia, deixou escapar uma praga como pagamento às dores com que sua ferida no braço costumava recebê-lo.

— Deveria cuidar mais de sua linguagem — repreendeu Rutgarda, indicando as crianças.

Górgias murmurou alguma coisa e entre bocejos dirigiu-se para o fogo procurando evitar os cacarecos espalhados por toda a sala. Lavou o rosto e aproximou-se do cheiro do mingau.

— Mais um dia de cão — lamentou-se Górgias.

— Pelo menos não faz tanto frio no *scriptorium*.

— Acho que não vou para lá hoje.

— Ah, não? E vai para onde? — perguntou espantada.

Górgias ficou um instante em silêncio. Precisava investigar o assalto que tinha sofrido antes do incêndio, mas não queria deixar sua Rutgarda preocupada.

— Fiquei sem tinta no *scriptorium*, de modo que vou passar pelo bosque dos castanheiros para ver se colho algumas nozes.

— Tão cedo?

— Se for mais tarde, as crianças não vão deixar coisa alguma.

— Trate de se agasalhar — disse a mulher.

Górgias fitou a esposa com carinho. Rutgarda era uma boa mulher. Apertou-a nos braços e beijou-a na boca. Em seguida, pegou a sacola com seu material de escrita e tomou o caminho das dependências da catedral.

Enquanto subia pelas vielas adormecidas, Górgias ficou se interrogando a respeito do assaltante que tinha roubado o pergaminho dias antes e recordou o acontecido como se o revivesse: a sombra encolhida saltando sobre ele e uns olhos de gelo sobressaindo sob a máscara que escondia o rosto. Em seguida, a dor aguda atravessando seu braço e, por último, nada além de trevas.

"Olhos de gelo", pensou com amargura. Se para cada par de olhos claros que encontrasse em Würzburg ganhasse um punhado de trigo de presente, encheria seu celeiro em uma semana.

Por um momento, desejou que aquele roubo tivesse obedecido apenas a um capricho do destino. Ao desvario de um morto de fome em busca de um naco de pão para encher a barriga. Nesse caso, o rascunho estaria abandonado numa viela qualquer, estragado pela chuva ou roído pelos animais. No entanto, seria estúpido imaginar algo semelhante. Com certeza, o ladrão já conhecia o valor incalculável do que estava roubando. Perguntou então quem poderia cobiçar aquele pergaminho.

Muitos clérigos e criados tinham acesso ao *scriptorium*, embora dificilmente tivessem a capacidade de perceber o valor do documento, a menos que Wilfred, o único conhecedor do segredo, os informasse. Foi então que resolveu fazer uma lista dos possíveis suspeitos.

Górgias entrou na basílica pela entrada lateral, que comunicava diretamente com o claustro. Parou ali para rezar por Theresa. Quando suas lágrimas secaram, fez o sinal-da-cruz sobre a terra, atravessou as cozinhas sem cumprimentar o despenseiro e dirigiu-se a toda pressa para o *scriptorium*.

Encontrou a sala vazia, de modo que podia trabalhar até a *tercia* sem interrupções. Fechou a porta atrás de si, entreabriu os postigos e acendeu cuidadosamente a miríade de velas espalhadas por cima das bancadas. Quando as chamas venceram a penumbra, extraiu de uma pequena arca os instrumentos de escrita e uma tabuleta de cera. Em seguida, apagou as antigas anotações com o cabo rombudo do estilo, acomodou-se sobre um tamborete e, depois de movimentar os dedos inchados, começou a elaborar a lista.

Durante algum tempo, deslizou o estilo sobre a cera, escrevendo e riscando suspeitos sem que nenhum deles o satisfizesse. A ferida no braço voltou a incomodar, mas ele não lhe deu atenção. O importante era recuperar o pergaminho. Uma vez concluída a relação, repassou um por um os nomes que tinha anotado.

Em primeiro lugar, figurava Genserico, o assistente e secretário de Wilfred, um velho ressequido como um pergaminho que, não fosse o persistente cheiro de urina, poderia ser confundido com uma das esculturas que pontilhavam nos corredores do claustro. Genserico fazia o papel de vigário-geral, o que significava que, junto com Wilfred, era responsável pela administração regular e pelas contas do condado.

Em seguida, vinha Bernardino, um frade hispânico de estatura ridícula, que administrava com firmeza o serviço doméstico. Seu cargo permitia que entrasse e saísse de qualquer aposento, de modo que não seria estranho que estivesse ao corrente da existência do pergaminho.

Depois, aparecia Cassiano, o jovem mestre de canto, um toscano cuja voz melosa sempre tinha lhe recordado a de uma mulherzinha. Como responsável do coro, Cassiano costumava freqüentar a parte da biblioteca onde estavam guardados os saltérios, os tetragramas e as antífonas. Além disso, era um dos poucos que dominavam a leitura, o que o transformava num sério suspeito.

Por último, tinha escrito o nome de Theodor, um gigante de aspecto bonachão, mas com os olhos mais claros que conseguia recordar. Theodor trabalhava como ajudante de tudo e também, graças à sua força, muitas vezes assistia Wilfred em seus deslocamentos pela fortaleza.

Já tinha riscado Jeremias, seu ajudante particular, e Emilius, o escriba anterior, fazendo o mesmo também com o camarista Bonifatius e com Cirilo, o magistral dos noviços. Os três últimos sabiam ler, mas Bonifatius tinha perdido a visão quase por completo, e tanto Cirilo quanto Emilius gozavam de sua absoluta confiança.

O restante dos serviçais e dos homens de Wilfred ou bem não sabiam ler ou não tinham acesso ao *scriptorium*.

Górgias releu a tabuleta enquanto massageava o antebraço ferido: Genserico, o velho assistente; Bernardino, o anão; Cassiano, o mestre de canto; Theodor, o gigante... Qualquer um deles poderia ter planejado o assalto, inclusive o próprio Korne, que não tinha sido esquecido.

Ainda tentava resolver o dilema, quando batidas insistentes retumbaram na porta. Górgias escondeu a tabuleta e apressou-se a abrir. No entanto, ao tentar mover o ferrolho, viu que permanecia emperrado em seu encaixe. As batidas repetiram-se, acompanhadas de uma voz premente, de modo que Górgias puxou o trinco de novo até que a porta cedeu com estalido seco. Do outro lado, Genserico, o velho assistente, esperava. Seu olhar líquido percorreu o fundo do aposento.

— Pode-se saber para que tanta urgência? — perguntou Górgias, irritado.

— Lamento molestá-lo, mas Wilfred pediu que lhe avisasse. Achei estranho encontrar a porta trancada e pensei que talvez estivesse com algum problema.

— Por todos os santos! Será que ninguém vai entender que meu único problema é o trabalho que se acumula nesse *scriptorium*? O que Wilfred deseja agora?

— O conde precisa lhe falar. Em seus aposentos — precisou.

"Em seus aposentos..." Um calafrio percorreu sua espinha.

Pelo que sabia, à exceção de Genserico, ninguém mais tinha acesso às dependências particulares de Wilfred. De fato, os criados costumavam comentar que, à parte o assistente, ninguém conhecia nem o caminho. Górgias franziu o cenho. Ainda não sabia por quê, mas intuía que aquela convocação não ia lhe trazer nada de bom.

Levou o tempo necessário para limpar seu instrumental e recolher os documentos que julgou necessários para o encontro com Wilfred. Quando terminou, o assistente girou sobre seus passos e começou a caminhada com andar cansado. Górgias o seguiu a uma distância prudente, tentando adivinhar a razão daquele encontro.

Saindo do *scriptorium*, tomaram o corredor que ladeava o refeitório, deixaram para trás os celeiros onde eram armazenados os grãos, cruzaram o pátio do claustro e penetraram numa sala capitular situada atrás do vestíbulo, entre o contracoro de pedra e a capela dos noviços. No fundo da capela, abria-se uma passagem que se comunicava com a sala capitular, normalmente fechada por uma grossa porta. Naquele ponto, Genserico se deteve.

— Antes de continuar, deve jurar que nada do que veja sairá de seus lábios — alertou Genserico.

Górgias beijou o crucifixo pendurado em seu pescoço.

— Juro diante de Cristo.

Genserico concordou com a cabeça. Em seguida, tirou um pedaço de tecido de dentro das mangas e ofereceu a Górgias.

— Devo pedir que cubra a cabeça.

Górgias não protestou. Pegou o capuz e colocou na cabeça.

— Agora, segure essa ponta e fique atento às minhas indicações — acrescentou.

Górgias estendeu a mão até encontrar a corda que Genserico lhe oferecia. Sentiu que o velho a amarrava a seu braço e verificava a colocação do capuz.

Alguns instantes depois, o ranger de gonzos anunciou o início do caminho. De repente, a corda se esticou, obrigando-o a avançar aos tropeções, sem nenhum apoio além de seus passos titubeantes. Seguiu às cegas os puxões da corda, tateando as paredes com o braço ferido, auxiliado de vez em quando pelos estritos alertas de Genserico. Durante o trajeto, percebeu com o tato que as paredes começavam a transpirar uma umidade untuosa, imprópria daqueles edifícios. Górgias perguntou-se em que parte da fortaleza se encontraria, pois já tinham percorrido um bom pedaço. Até o momento, tinha percebido a abertura de pelo menos quatro portas, a subida por uma escada estreita e um cheiro desagradável de excrementos que sem dúvida procedia de alguma latrina próxima. Teve a impressão de descer uma rampa prolongada, que logo subiu de novo por um terreno irregular e escorregadio. Pouco depois, a corda que o guiava afrouxou, anunciando o fim do caminho. Ouviu outro ferrolho e a voz rouca do conde ressoou em seus ouvidos.

— Entre, Górgias, eu lhe peço.

Ainda encapuzado, Górgias seguiu pela abertura, conduzido por Genserico. A porta se fechou às suas costas e o lugar desapareceu em um inquietante silêncio.

— Suponho, meu bom Górgias, que deve estar se perguntando o porquê desse chamado...

— Assim é, vossa eminência — o capuz o asfixiava.

— Bem. Mas antes de satisfazer sua curiosidade, deve recordar o juramento que fez a Genserico. Nunca, sob pena de condenação eterna, falará de nada do que veja ou ouça aqui. Está claro?

— Tem a minha palavra.

— Muito bem, muito bem... Sabe? É paradoxal: em certas ocasiões, quanto maior é o afinco com que servimos a Deus, maiores são as provas que ele nos envia. Esta noite mesmo — prosseguiu —, pouco antes de retirar-me comecei a sentir uma certa indisposição. Não é a primeira vez que me acontece, mas dessa vez a dor ficou tão insuportável que tive que pedir a presença de nosso médico. Zenón é de opinião que o mal de minhas pernas está se espalhando para o resto do corpo. Pelo visto não existe cura ou, se existe, ele, ao menos, desconhece, de modo que só me resta guardar repouso até que as dores se acalmem. Mas Deus santíssimo! Tire esse capuz, que está parecendo um condenado!...

Górgias obedeceu.

Assim que se desvencilhou do pano, pôde vislumbrar o que em outros tempos devia ser uma antiga sala de armas. Observou as descarnadas paredes de pedras dispostas em fileiras ordenadas, interrompidas apenas por uma janela de alabastro, através da qual se filtrava uma lânguida penumbra. Na parede principal, lavrado sobre as lajes de pedra, percebeu os restos de um crucifixo que velava sobre a enorme cama com dossel. Sobre ela descansava Wilfred, recostado em grandes almofadões. O homem respirava com dificuldade, como se um peso insuportável oprimisse seu peito, transformando seu rosto numa máscara inchada. À sua esquerda, via-se uma mesinha com as sobras de um desjejum, ladeada por um baú sobre o qual descansavam um paramento eclesiástico e um hábito de lã pesada. No extremo oposto, uma pequena bacia limpa, uma mesa, instrumentos de escrita e um nicho escavado na pedra. Nenhum outro móvel adornava a sala. Apenas uma frágil poltrona aguardava despida aos pés da cama.

Achou estranho não encontrar nenhum códice, nem sequer uma cópia da Bíblia. No entanto, quando seus olhos se acostumaram com a penumbra, distinguiu a existência de uma sala menor, na qual se delineava o *scriptorium* particular de Wilfred.

De repente, uns grunhidos ameaçadores o fizeram retroceder.

— Não se assuste — sorriu o conde. — Os pobres animais estão um pouco inquietos, mas não são perigosos. Entre e acomode-se.

Antes de aceitar, Górgias verificou que os animais estavam amarrados ao artefato de rodagem que Wilfred usava para se locomover. Também percebeu que Genserico, o ajudante, tinha abandonado a sala.

— O senhor pretendia dizer... — disse Górgias, sem afastar os olhos dos cães.

— Na realidade, é você quem deve me dizer. Passaram-se seis dias desde a última vez em que falamos e ainda não tive notícias de seus progressos. Trouxe o pergaminho?

Górgias tomou ar e expirou lentamente. Embora tivesse tramado uma desculpa que considerava convincente, não pôde evitar que sua voz tremesse.

— Honorabilíssimo, não sei nem como começar... — tossiu. — O certo é que devo confessar uma coisa que me preocupa. Lembra do problema da tinta?

— Não exatamente. Algo sobre sua fluidez?

— Isso mesmo. Tal como comentei, as penas de que disponho não retêm a tinta o tempo suficiente. O excesso de fluxo origina borrões e salpicaduras e o que é pior: em certas ocasiões, verdadeiros jorros. Por esse motivo, tentei elaborar uma nova mistura que corrigisse o problema.

— Sim. Acho que lembro de alguma coisa. E então?

— Depois de vários dias de reflexão, esta noite resolvi verificar minhas conclusões. Queimei casca de noz e acrescentei à tinta, misturando com um suspiro de azeite para densificar. Também experimentei com cinza, um pouco de sebo e uma pitada de sulfato. Antes de utilizá-la certifiquei-me, é claro, do acerto da composição praticando sobre outro pergaminho.

— Sem dúvida — condescendeu o conde.

— Desde o primeiro momento, pude comprovar que a pena deslizava sobre o pergaminho como se flutuasse numa bacia de azeite. As letras surgiam na minha frente sedosas e brilhantes, puras como a pele de uma jovem, negras como azeviche. No entanto, ao repassar as letras maiúsculas aconteceu um acidente com o escrito original.

— Um acidente? Do que está falando afinal?

— Essas letras maiúsculas, as unciais, requeriam uma harmonia completa com a excelência do documento. Precisava retocá-las até obter bordas limpas e bem delimitadas. Desgraçadamente, esse processo deve ser realizado antes da aplicação da última camada de talco.

— Por todos os santos, deixe de conversa-fiada e explique logo o que aconteceu!

— Sinto muito. Não sei como me desculpar por minha falta de jeito. O fato é que, com a falta de sono, esqueci que já tinha aplicado o talco alguns dias atrás. E os pós impermeabilizaram a superfície e, ao repassar as maiúsculas...

— O quê?

— Estragou tudo! Todo o maldito trabalho foi para o inferno!

— Por Deus santíssimo! Mas não disse que tinha resolvido o problema? — disse Wilfred ameaçando levantar.

— Fiquei tão satisfeito que não reparei no gesso — explicou. — O secante que, ao cobrir os poros, impediu que o material absorvesse a tinta, o que facilitou que se espalhasse até arruinar todo o pergaminho.

— Mas não pode ser — repetiu incrédulo. — E um palimpsesto? Por que não raspa esse pergaminho?

— Poderia tentar, mas a raspagem do couro deixaria marcas que revelariam a natureza da operação, e isso seria inaceitável nesse tipo de manuscrito.

— Deixe-me ver o documento. O que está esperando? Mostre-me — gritou.

Górgias extraiu com dificuldade um pedaço de pele enrugada que estendeu a Wilfred; no entanto, antes que ele pudesse alcançá-lo, retrocedeu alguns passos e rasgou-o em mil pedaços. Ao perceber o que tinha feito, Wilfred agitou-se como se o queimassem por dentro.

— Mas você perdeu o juízo?

— É que o senhor não entendeu — respondeu Górgias desesperado. — Está arruinado! Entendeu? Arruinado!

Wilfred emitiu um som gutural, enquanto seu rosto ficava transtornado de raiva. Da cama, tentou alcançar os pedaços de pergaminho espalhados pelo tapete, mas ao fazê-lo perdeu o equilíbrio e tombou. Por sorte, Górgias conseguiu segurá-lo antes que desse com os costados no chão.

— Solte-me! Por acaso pensa que por não ter pernas sou um inútil como você? Tire as patas de mim, maldito perdulário! — bradou.

— Acalme-se, vossa eminência. Esse documento está perdido. De fato, já comecei a trabalhar com um novo pergaminho.

— Um novo pergaminho, é o que disse? E o que vai fazer dessa vez? Entregá-lo a algum cão para que o guarde na goela? Fervê-lo e depois cortar com uma faca?

— Vossa eminência, eu suplico. Tenha fé. Trabalharei dia e noite se for necessário. Juro que em breve o senhor vai receber o documento.

— E quem lhe disse que disponho desse tempo? — disse Wilfred enquanto tentava se acomodar. — O enviado do papa poderia chegar a qualquer momento e se não estiver de posse do documento nessa ocasião... Deus meu! Não conhece o prelado! Não quero nem pensar no que poderia nos acontecer.

Górgias lamentou-se por sua inabilidade, mas o certo era que a ferida em seu braço o impedia de progredir com a necessária diligência. Se a legação romana chegasse antes da hora, Wilfred poderia se desculpar justificando-se que o original tinha se queimado durante o incêndio. Górgias respirou fundo e dirigiu-se novamente a Wilfred.

— Quando disse que o prelado chegará?

— Não sei. Em sua última carta anunciava que zarparia de Frankfurt no final do ano.

— É bem possível que um temporal os atrase — sugeriu.

— Claro! E também que apareça agora e me pegue cagando!

Por um momento, Górgias hesitou antes de propor sua idéia, mas finalmente falou.

— O que disse? — perguntou o conde, incrédulo ao ouvi-lo.

— Disse que no caso de que esse enviado se apresentasse antes do documento ficar pronto, talvez pudesse lhe dizer a verdade: que o original queimou na oficina de Korne. Isso nos daria tempo suficiente.

— Compreendo. Mas me diga: além de sugerir que confirme a sua inaptidão, e de passagem a minha também, dispõe de alguma outra idéia genial?

— Eu só pretendia...

— Ora, pelo amor de Deus, Górgias! Pare de pretender e faça alguma coisa de uma santíssima vez por todas!

Górgias abaixou a cabeça admitindo sua estupidez. Ergueu os olhos e observou o rosto pensativo do conde. Finalmente, Wilfred farejou alguma coisa que precisou repetir para que Górgias entendesse.

— Enfim. Talvez eu o tenha julgado com muita severidade. Certamente não era sua intenção jogar fora tantas horas de trabalho.

— Claro que não, eminência — surpreendeu-se.

— E essa idéia... a do incêndio. É justamente o que aconteceu...

— Isso mesmo — concedeu Górgias, um pouco mais tranqüilo.

— Bem, bem. Acredita que em três semanas poderia ter o documento pronto?

— Com toda a certeza.

— Então, o melhor será dar essa conversa por concluída e começar o trabalho agora mesmo. Coloque o capuz.

Górgias concordou. Inclinou-se, beijou a mão enrugada de Wilfred e enfiou desajeitadamente o capuz. Em seguida, enquanto aguardava a chegada de Genserico, respirou pela primeira vez sem que seu coração palpitasse na garganta.

Apesar de avançar às cegas, Górgias teve a impressão de que o caminho de volta era mais curto do que o de ida. De início, atribuiu o fato à pressa de Genserico. No entanto, conforme avançavam, percebeu que o assistente tinha seguido outro itinerário. De fato, sentiu falta do fedor das latrinas e das escadas pelas quais lembrava de ter passado na ida. Por um instante, imaginou que a mudança obedecia ao zelo de Genserico, pois àquela hora o edifício inteiro fervilhava de criados, mas quando ele ordenou que retirasse o capuz, percebeu com estranheza que o lugar em que se encontrava era totalmente desconhecido.

Górgias examinou detidamente a pequena sala circular, em cujo centro erguia-se um altar sobre o qual crepitava uma tocha. A luz flutuante amarelava as lajes de pedra e o teto de madeira comido pela podridão. Entre as vigas apareciam desenhos de natureza litúrgica meio apagados, levemente escurecidos pela fumaça das velas. Deduziu que o recinto teria sido uma cripta cristã embora, a julgar por seu estado, qualquer um pudesse confundi-lo com as masmorras de Hagia Sofia.

Na lateral, percebeu uma segunda porta fechada com uma tranca.

— E esse lugar? — perguntou surpreso.

— Uma antiga capela.

— Dá para ver. Sem dúvida, um lugar interessante, mas compreenda que tenho outras obrigações — disse, perdendo a paciência.

— Tudo a seu tempo, Górgias... Tudo em seu tempo.

O assistente esboçou um simulacro de sorriso. Pegou uma vela numa bolsa, acendeu e colocou numa ponta do altar de pedra. Em seguida, dirigiu-se à porta que Górgias tinha percebido antes e fez deslizar o enorme ferrolho que a mantinha trancada.

— Entre, por favor. — Górgias ficou desconfiado, de modo que o velho entrou na frente. — Ou siga-me, se prefere assim — acrescentou.

Depois de hesitar um instante, Górgias o acompanhou.

— Permita que me sente — continuou Genserico. — É a umidade que corrói meus ossos. Sente-se também, por favor.

Górgias obedeceu de má vontade. O cheiro de urina seca que Genserico exalava lhe dava ânsias de vômito.

— Suponho que esteja se perguntando por que o trouxe até aqui.

— Isso mesmo — respondeu Górgias, visivelmente irritado.

Genserico sorriu pela terceira vez. Levou um momento antes de responder.

— Trata-se do assunto do incêndio. Um caso complicado, Górgias. Mortos demais... e o que ainda é pior: muitos prejuízos. Creio que Wilfred já lhe falou das intenções de Korne, o *percamenarius*.

— Está falando de sua pretensão de responsabilizar-me pelo ocorrido?

— Pode acreditar que não é só uma pretensão. Pode ser que o *percamenarius* seja uma pessoa irrefletida, um homem primitivo e carente de ponderação, mas posso garantir que sua tenacidade é doentia. Ele o culpa cegamente pelo que aconteceu e vai tentar fazê-lo pagar com seu sangue, não importa como. E esqueça a possibilidade de uma compensação. Seus desejos de vingança obedecem a razões que jamais entenderia.

— Não foi isso que o conde disse — respondeu, enquanto sua preocupação aumentava.

— E o que foi que ele disse? Que uma reparação aplacaria sua ira? Que ficaria conformado com o que obtivesse vendendo você como escravo? Não, meu amigo. Não. Korne não é feito dessa estofa. Talvez eu não possua a refinada cultura de Wilfred, mas sei reconhecer uma besta-fera quando a farejo. Já ouviu falar das ratazanas de Main?

Górgias negou, espantado.

— As ratazanas de Main reúnem-se em famílias intermináveis. A mais velha escolhe a presa, sem atentar para o tamanho ou a dificuldade: espreita pacientemente e quando a oportunidade propícia se apresenta, dirige o clã contra ela até devorá-la. Korne é uma ratazana do Main. A pior ratazana que se poderia imaginar.

Górgias emudeceu. Wilfred tinha falado das leis carolíngeas, das multas compensatórias e da possibilidade de que Korne o levasse a juízo, mas não tinha mencionado o que Genserico parecia insinuar.

— Talvez Korne devesse compreender que eu também recebi meu castigo. Além do mais, a lei o obriga a...

— Korne compreender? — interrompeu Genserico com uma gargalhada. — Pelo amor de Deus, Górgias, não se iluda! Desde quando a lei protege os desvalidos? Embora as bases do código franco sustentem a nossa justiça; embora as reformas empreendidas por Carlos Magno abundem de caridade cristã, posso garantir que nenhuma delas vai livrá-lo do ódio de Korne.

Górgias sentiu que suas tripas se revolviam. Aquele velho louco não parava de vomitar histórias absurdas de ratazanas e profecias sem sentido, e ele ainda tinha tanto trabalho à sua espera que não sabia nem mesmo quando poderia entregá-lo. Levantou-se nervoso, dando a conversa por encerrada.

— Lamento não partilhar de seus temores, mas agora, se não for incômodo, gostaria de regressar ao *scriptorium*.

Genserico negou com a cabeça.

— Górgias, Górgias... Está se recusando a entender. Dê-me um instante mais e ainda vai acabar me agradecendo — disse, condescendente. — Sabia que Korne era saxão?

— Saxão? — repetiu espantado. — Pensei que seus filhos fossem batizados.

— Saxão convertido, mas ainda assim, saxão. Quando Carlos Magno conquistou as terras do norte, obrigou os saxões a escolher entre a cruz e o patíbulo. Desde então, tenho dado assistência espiritual a muitos desses convertidos e, embora compareçam à missa e jejuem na quaresma, posso garantir que por suas veias ainda corre o veneno do pecado.

Górgias bateu os nós dos dedos contra a cadeira. As palavras de Genserico estavam começando a inquietá-lo.

— Sabia que ainda praticam sacrifícios? — acrescentou. — Reúnem-se nas encruzilhadas para degolar bezerros; praticam a sodomia e até freqüentam as próprias irmãs, no mais horrível dos incestos. Korne é um deles, e Wilfred sabe disso. Mas o que o conde ignora são suas tradições ancestrais: costumes como a *faide*, segundo a qual a morte de um filho só pode ser compensada pelo assassinato do culpado. Isso é a *faide*, Górgias. A vingança dos saxões.

— Mas quantas vezes eu terei que repetir que o incêndio foi acidental? — disse Górgias, irritado. — Wilfred pode confirmar isso.

— Acalme-se, Górgias. Não é questão de dizer; nem tampouco do que realmente aconteceu naquela manhã. A única coisa que conta é que Korne culpa a sua filha. Ela morreu e logo você vai segui-la.

Górgias observou Genserico. Seu olhar líquido parecia transpassá-lo.

— Foi para isso que me trouxe a esse lugar? Para anunciar minha morte?

— Para ajudá-lo, Górgias. Eu o trouxe aqui para ajudá-lo.

O velho esperou um momento. Em seguida, levantou-se. Fez um gesto a Górgias para que esperasse e saiu da cela em direção à cripta.

— Espere. Vou buscar uma coisa.

Górgias obedeceu. Do interior da cela, viu como Genserico perambulava de um lado para outro da cripta. Em seguida, regressou com uma vela acesa que depositou sobre uma prateleira próxima do umbral da porta.

— Tome — disse o assistente jogando um objeto nas mãos de Górgias.

— Uma tabuleta de cera?

Como resposta, Genserico recuou alguns passos e com um movimento fugaz, fechou a porta deixando Górgias dentro da cela.

— Mas o que está fazendo? Abra imediatamente!

Demorou a compreender que bater na porta só ia servir para machucar seus dedos. Quando parou suas investidas, ouviu a voz de Genserico, mais suave do que nunca.

— Acredite, é para o seu bem. Aqui, estará a salvo — sussurrava o velho.

— Velho maluco. Não pode me prender aqui. O conde vai esfolá-lo quando ficar sabendo disso.

— Pobre iludido — sorriu. — Ainda não entendeu que foi o próprio Wilfred quem concebeu tudo isso?

Górgias não acreditou.

— Está delirando. Ele nunca...

— Cale-se e espere! Sobre a mesa encontrará um estilo. Anote o material que precisa: livros, tinta, documentos... Voltarei depois da liturgia da *tercia* para recolher a lista. Até então, pode fazer o que quiser. Afinal, vai ter tempo de sobra.

7

Faltava pouco para meio-dia, quando Theresa saboreou o último bocado das ovas salgadas. Em seguida, remexeu a sacola em busca de mais alguma migalha e chupou os dedos até deixá-los reluzentes. Tomou um gole d'água e sentou para descansar. Conhecia bem o caminho, mas a neve uniformizava a paisagem, convertendo-a num lençol imaculado que parecia ocultar qualquer rota antes desenhada.

Desde o momento em que deixou a cabana, tinha procurado seguir os conselhos mencionados por Hóos Larsson durante o relato da travessia. Lembrou que Hóos tachava os saxões de indolentes — uma gente despreocupada, cujos cânticos e vistosas fogueiras eram suficientes para delatar sua presença. Segundo ele, manter-se vivo não era difícil: deslocar-se sigilosamente, esquecer os caminhos habituais, prescindir de fogo, prestar atenção nas debandadas de pássaros e observar as pegadas na neve. Também tinha dito que, com o devido cuidado, qualquer um que conhecesse o caminho poderia atravessar os desfiladeiros.

"Qualquer um que conhecesse o caminho"... lamentou-se.

Normalmente, o caminho mais usado para chegar a Aquis-Granum era a rota ocidental, a qual obrigava a atravessar a bacia do rio Main em direção a Frankfurt. Em seguida, bastava seguir seu curso por quatro jornadas até a confluência com o Reno e caminhar mais três dias até chegar à capital. Mas nas palavras de Hóos, com tantos bandidos vagando por ambas as margens, o trajeto se transformava numa verdadeira armadilha.

Por outro lado, em pleno inverno e com a neve cada vez mais intensa nos caminhos, ir para o sul até os Alpes Schwabische seria uma autêntica loucura.

Convenceu-se de que sua única saída era a rota de Fulda.

Ergueu os olhos para o céu, contemplando a inexpugnável muralha de montanhas. A cordilheira do Rhön delimitava o extremo norte da comarca de Würzburg e era o caminho que Hóos tinha feito de Aquis-Granum a Würzburg. Uma vez em Fulda, poderia seguir o leito do Lahn, um rio que, segundo Hóos, era fácil de atravessar.

Embora nunca tivesse viajado a Fulda, Theresa supôs que chegaria à cidade da abadia no prazo de duas jornadas, o que a obrigaria a pernoitar no caminho. Benzeu-se, encheu o peito de ar e deu início à caminhada em direção às montanhas.

Caminhou a passo ligeiro, com a vista fixa nos cumes que a cada passada pareciam mais distantes. Durante o trajeto, consumiu o que restava de água, acompanhada de groselhas e nozes que foi encontrando no caminho. Avançou várias milhas sem que nada a sobressaltasse, mas na terceira hora começou a coxear. O leve formigamento foi se transformando aos poucos numa dor aguda que logo a impediu de continuar. Com a neve cobrindo os joelhos, olhou as montanhas e suspirou. O crepúsculo avançava. Caso quisesse alcançar o desfiladeiro do Rhön, precisava acelerar o ritmo.

Ia recomeçar quando um relincho a deixou sem fôlego. Virou-se lentamente imaginando que encontraria um inimigo, mas para sua surpresa não viu nada que a alarmasse. No entanto, no mesmo instante aconteceram outros relinchos seguidos de latidos. Desembaraçou-se da neve que a aprisionava e correu para agachar-se atrás de umas rochas próximas, mas ao se esconder percebeu horrorizada a esteira de pegadas que tinha deixado impressa na neve. Qualquer um que passasse por ali fatalmente a descobriria. Abaixou a cabeça e esperou encolhida, enquanto os latidos aumentavam até se converterem no estrondo de uma matilha. Lentamente, esticou a cabeça e olhou ao redor. Embora o lugar continuasse deserto, percebeu que o alvoroço vinha do barranco que ladeava o caminho.

Hesitou um instante, mas afinal se decidiu. Abandonou o esconderijo e foi de gatinhas até a borda da ribanceira, onde se estendeu em todo o seu comprimento. Em seguida, foi se arrastando até apontar o nariz sobre o vazio: estarrecida, deparou-se com uma matilha de lobos disputando as entranhas de um cavalo que jazia no fundo do barranco. O pobre animal ofegava e se debatia no chão, escoiceando desesperado. Notou que suas tripas estavam espalhadas sobre a neve.

Sem pensar, começou a gritar e a agitar os braços como se fosse ela que os lobos estivessem mordendo. Ao ouvi-la, os animais pararam, mas logo rosnaram ameaçadores. Por um momento, pensou que a atacariam, de modo que se agachou, pegou um galho seco que encontrou a seus pés e, girando-o sobre a cabeça, lançou-o em direção à matilha com todas as suas forças. O pedaço de pau voou e foi bater contra a copa de uma árvore fazendo com que a neve acumulada em seus ramos despencasse. Um lobo cinzento se assustou e fugiu. Os outros hesitaram, mas logo o seguiram.

Depois de se certificar de que não voltariam, Theresa resolveu descer.

Descer o barranco foi mais complicado do que o previsto, de forma que quando chegou ao fundo o pangaré agonizava. Encontrou-o coberto de feridas, algumas delas de aspecto diferente das causadas pelas dentadas. Tentou confortar o animal soltando a cilha, mas não conseguiu. Nesse instante, o quadrúpede estremeceu como se o partissem em dois, relinchou algumas vezes e depois de vários espasmos, caiu inerte sobre a neve.

Não pôde evitar que uma lágrima de compaixão deslizasse sobre sua face. Em seguida, depois de recuperar a calma, desatou os sacos e começou a revistá-los. No primeiro, encontrou uma manta, um pedaço de queijo e uma bolsa com o nome "Hóos" rabiscado. Parou um instante, aturdida com a descoberta. Com certeza, aquele cavalo pertencia a Hóos: o animal que ele disse ter perdido ao cair de um barranco. Por isso os ferimentos diferentes. Mordeu o queijo e continuou remexendo com deleite. No mesmo saco, encontrou uma pele curtida de javali, um pote com geléia, outro com óleo, duas armadilhas metálicas e um frasco com uma essência que julgou pestilenta. Ficou com a geléia e esqueceu todo o resto. No outro saco, várias outras peles que não soube identificar, uma ânfora selada, um feixe de plumas de pavão real e uma caixinha de enfeites. Supôs que fossem presentes que Hóos trazia para os parentes mas, que, ao perder a montaria, achou melhor não carregar.

Sabia que alguns daqueles objetos poderiam ser úteis, mas também que dificultariam a marcha. Além do mais, arriscava-se a que a acusassem de roubo, de modo que optou por pegar apenas a comida. Fechou os sacos de novo e depois de uma última olhada, subiu o barranco para continuar seu caminho.

Alcançou a entrada do desfiladeiro com luz suficiente para comprovar que o acesso continuava impraticável, de modo que resolveu pernoitar na montanha. No dia seguinte, continuaria em direção ao leste, em busca do caminho para Fulda, do qual nada conhecia além da existência de uma formação rochosa peculiar que assinalava seu início.

No princípio, pensou que suportaria o frio, mas quando os pés começaram a congelar tentou acender um fogo. Para tanto, reuniu a lenha que conseguiu encontrar e cobriu com um punhado de mechas. Quando ficou pronto, esfregou o ferro afiado contra a lasca de sílex. A isca iluminou-se, mas assim como acendeu, consumiu-se sem que as chamas pegassem.

Intuiu que o problema era a umidade infiltrada na madeira e que, portanto, precisava colocar os galhos mais secos sobre os úmidos. Empilhou a lenha novamente, colocou outro montinho de mechas e repetiu a operação com o mesmo resultado. Desanimada, verificou que só tinha mechas suficientes para mais duas tentativas e raciocinou que se usasse toda a que tinha em vez de dividir, talvez tivesse mais chances.

Pegou o frasco de óleo e regou os galhos. Depois de empapá-los, colocou as mechas num pedaço de couro e pisoteou a caixinha onde estavam até destroçá-la. Depois, colocou os pedaços embaixo das mechas e rezou para que o fogo pegasse.

Pela terceira vez, raspou a sílex que, como por encanto, cuspiu uma miríade de faíscas. Na quarta tentativa a isca pegou. Rapidamente, soprou as tênues chamas que começaram a lamber a lenha. Por um momento, desmaiaram e quase morreram; no entanto, pouco a pouco se reavivaram até se espalharem nos ramos azeitados.

Naquela noite dormiu tranqüila. Ao calor do fogo, imaginou o pai velando por ela. Sonhou com sua família, seu trabalho como *percamenarius* e com Hóos Larsson. Representou-o nobre, forte e aguerrido. No final do sonho, achou que ele a beijava.

Pouco antes do amanhecer, uma tempestade acordou Theresa, que já estava tão encharcada de chuva quanto se tivesse caído num rio. Juntou seus pertences e correu para refugiar-se sob um carvalho próximo. Quando amainou, teve a impressão de que o frio ia voltar.

Pouco a pouco, porém, as nuvens foram se abrindo e um sol tímido derramou seus raios incertos sobre as cristas das montanhas. Theresa interpretou isso como um presságio de sorte. Antes de empreender caminho, pediu a Deus pela saúde de seu pai, por sua madrasta e pelo infeliz cavalo de Hóos. Agradeceu também que a tivesse mantido viva por mais um dia. Em seguida, cobriu-se com a capa, mordeu um pedaço de queijo e começou a andar, ainda molhada.

Três milhas mais tarde, começou a duvidar do acerto da rota escolhida. Os caminhos foram se estreitando até se transformarem em veredas, que apareciam e desapareciam em meio a uma paisagem eternamente branca. Ainda assim, não se afastou e continuou avançando em direção a lugar nenhum.

Ao meio-dia, topou com um rio que cortava seu caminho. Margeou o leito durante um trecho em busca de um lugar no qual cruzá-lo, até chegar a uma depressão onde a água formava um pequeno remanso. Parou um instante, admirando a paisagem, um espelho de cristal no qual os abetos e os cumes pareciam se refletir, duplicando sua beleza. Ficou fascinada com a forma como as árvores se juntavam como um vasto exército, com sua folhagem azeitonada manchada pela neve, com o borbotar da água e o aroma intenso da resina que, misturado com o frio, limpava seus pulmões.

Notou que a fome fazia suas tripas ronronarem.

Embora soubesse que não encontraria nada, enfiou a mão no bolso e remexeu em seu interior. Em seguida, resolveu praticar o que já tinha visto os rapazes da aldeia fazerem: procurou um canto sombrio, levantou algumas pedras até encontrar um fervilhar de minhocas, escolhendo um par que enfiou num anzol confeccionado com uma presilha que tirou do cabelo e entortou, prendendo-a em arco sobre um galho. Em seguida, amarrou na ponta um farrapo de lã arrancado de seu vestido e jogou na água, tão longe quanto pôde. Pensou que, com sorte, almoçaria truta assada.

De repente, percebeu uma coisa que a deixou inquieta. Semi-oculta sob as moitas, a poucos passos de onde se encontrava, reconheceu uma espécie de balsa encalhada. Embora Hóos não tivesse mencionado, sem dúvida se tratava de uma daquelas embarcações usadas para o desembarque de mercadorias. Afastou o mato e saltou dentro da balsa, que rangeu sob seu peso. Perto da proa, encontrou uma vara apoiada em algo que parecia uma grossa corda bamba unindo as duas margens para servir de ponte. Imaginou que ajudaria a evitar que a corrente arrastasse a balsa durante os desembarques; depois de comprovar que o casco não estava furado, resolveu desencalhá-la para ir até a outra margem do rio.

Foi até a ponta encalhada, encaixou o ombro contra a popa e aplicou todo o peso de seu corpo, afundando os pés no lodo. A balsa não se mexeu. Tentou de novo até que seus braços e pernas começaram a tremer. Por fim, desfalecida, jogou-se no chão e chorou desconsoladamente.

Não dava para contar quantas vezes já tinha chorado desde a fuga de Würzburg. Enxugou as lágrimas e pensou em desistir. Achou que talvez fosse melhor voltar e implorar clemência a Wilfred, a Deus ou a quem mais fosse necessário. Pelo menos estaria com sua família e, com a ajuda deles, talvez conseguisse provar que não era a causadora do incêndio. No entanto, lembrou-se da morte daquela pobre moça e compreendeu como sua idéia era ilusória. Sua vida, se é que alguma vida a esperava, estava indubitavelmente do outro lado daquele remanso.

Desolada, olhou ao redor até encontrar uma pedra de tamanho médio, que lançou com força até a margem oposta. A pedra superou um quarto da enseada antes de submergir nas profundezas, e ela calculou a distância em cerca de cem passos. Com aquele frio, jamais conseguiria atravessar a nado. Imaginou que talvez houvesse uma ponte mais adiante, mas quando se dispunha a prosseguir, pensou que talvez conseguisse chegar à outra margem pendurando-se na corda. Estava amarrada, dos dois lados, a grandes árvores com resistência suficiente para suportar o peso de um homem. Além do mais, verificou que, embora perdesse altura na metade do percurso, em nenhum momento ela chegava a afundar.

Uma vez convencida, entrou na água. O frio a fez estremecer, mas continuou. Quando começou a perder pé, saltou para a corda e posicionou-se até ficar pendurada com a cabeça apontada para a margem oposta. Em seguida, começou a avançar esticando e encolhendo como uma lagarta.

Venceu a primeira etapa sem dificuldade. No entanto, a um terço do caminho, a corda começou a ceder, aproximando-a perigosamente da água. Quando as primeiras gotas lamberam suas costas, soltou as pernas e continuou a nado apoiando-se com uma mão na corda. Em seguida, ao ver que a corda voltava a elevar-se, pendurou-se de novo. Nesse instante, a bolsa na qual transportava seus pertences se abriu e o ferro afiado caiu no rio. Tentou agarrar a caixinha, mas a corrente a arrastou até desaparecer sob as águas. Depois de um par de palavrões, seguiu adiante até que, finalmente, ao cabo de alguns momentos que lhe pareceram eternos, conseguiu chegar à outra margem.

Assim que chegou, despiu-se, tiritando de frio, para torcer a roupa e escorrer a água. Enquanto o fazia, uma estranha cintilação que parecia vir de um ponto indeterminado a alguns passos de onde se encontrava chamou sua atenção. Imaginou se não seria o acendedor recém-perdido e apesar da improbabilidade da suposição, vestiu-se rapidamente e foi na direção do reflexo que a atraía. Porém, ao aproximar-se verificou que se tratava de um emaranhado de caranguejos pululando sobre o cadáver de um soldado desfigurado.

Supôs que era um saxão, embora também pudesse ser franco.

Fixou sua atenção no terrível corte que ia desde a orelha esquerda até a base do pescoço. Tinha o rosto carcomido e o sangue tinha se acumulado sob a pele, deixando-a violácea. Seus tornozelos pareciam desconjuntados e, apesar das roupas, tinha o ventre inchado como um velho saco. Descobriu que a cintilação provinha na verdade do *scramasax* que trazia na cintura e, ainda que tenha pensado em pegá-lo, desistiu, pois todo mundo sabe que as almas dos mortos permanecem três dias junto a seus corpos, vigilantes.

Afastou-se alguns passos para contemplar o espetáculo, metade repulsão, metade assombro. Enquanto observava os caranguejos, imaginou o sabor que teriam depois de passados na grelha. Lembrou então da perda do ferrinho afiado e perguntou-se se aquele cadáver não teria um. Com a ajuda de uma vara, afastou vários caranguejos, mas só encontrou porcaria e muitos outros crustáceos.

Estava distraída remexendo entre as roupas, quando de repente sentiu que a agarravam pelas costas. Theresa estrilou e esperneou como se o próprio demônio a estivesse carregando, mas no mesmo instante uma mão tapou sua boca. Respondeu enfiando as unhas com tanta força que pensou que se soltariam. Então, sentiu uma bofetada, enquanto a sacudiam como se fosse uma boneca de pano.

— Diabo de garota! Se gritar de novo arranco sua língua!

Theresa tentou, mas não conseguiu.

Diante dela, um personagem saído do inferno a encarava ameaçadoramente. Era um velho com a cara toda roída, devorada pela podridão. Seu cabelo falhado exibia várias partes peladas salpicadas de feridas e sebo e seus olhos acinzentados cravaram-se nela como se quisessem atravessá-la. Fitou os caninos do cão que o escoltava.

— Calma, moça. Satã só morde quem provoca. Está sozinha?

— Sim — balbuciou. E na mesma hora arrependeu-se da resposta.

— O que estava procurando no morto?

— Nada — mordeu a língua por aquela resposta estúpida.

— Como nada? Ande! Tire os sapatos e deixe de lado — ordenou. — Como se chama?

— Theresa — respondeu enquanto obedecia.

— Muito bem. Passe isso para mim — indicou a sacola que ela carregava no ombro. — Pode se saber o que está fazendo aqui?

Theresa não respondeu. O homem abriu a bolsa e começou a revistar.

— E essa adaga? — era o punhal que roubou de Hóos Larsson.

— Devolva — Theresa pegou de volta e guardou sob o vestido. O homem continuou remexendo.

— O que é isso? — perguntou. Já tinha tirado o estilo e as tabuletas de cera.

— Isso o quê?

— Ora, não se faça de idiota. Esse pergaminho escondido no fundo falso.

Theresa surpreendeu-se. Imaginou que, por algum motivo importante, seu pai o tinha escondido ali.

— Um poema de Virgílio. Guardo sempre ali para que não manche — inventou.

— Poemas... — resmungou o outro enquanto devolvia o pergaminho à sacola. — Bobagens sem importância. Agora, preste atenção: isso aqui está infestado de bandidos, de modo que pouco me importa o que faz, de onde veio, se está sozinha ou o que procurava nesse cadáver... Mas vou lhe dar um aviso: se tentar gritar ou fizer qualquer despropósito, Satã vai abrir sua garganta antes que perceba o que está acontecendo. Entendido?

Theresa concordou. Até tentaria escapar, mas sem sapatos seria bobagem. Supôs que a tinha deixado descalça exatamente por isso. Afastou-se alguns passos e examinou-o detidamente. Vestia uma capa puída amarrada à cintura, deixando à mostra as pernas longas e ossudas. Quando o homem parou de remexer na bolsa, agachou-se e pegou um bastão de cuja ponta pendia uma sineta. Foi então que examinou melhor suas feridas e compreendeu que tinha lepra.

Não pensou mais nada. Assim que o velho desviou os olhos, deu meia-volta e saiu correndo, mas logo se atrapalhou e tropeçou. Quando caiu, sentiu o hálito do cão ameaçando suas costas. Imóvel, esperou pela mordida fatal, mas o animal não se moveu. Então, o homem se aproximou e ofereceu a mão coberta de crostas. Theresa afastou-se o mais que podia.

— Tem medo de minhas chagas? — riu ele. — Os bandidos também. Vamos, levante-se. É só tinta.

Theresa prestou atenção nas chagas que, observadas de perto, pareciam manchas, mas mesmo assim não acreditou. Então, o homem esfregou as mãos e as feridas desapareceram.

— Como pode ver, não estou mentindo. Venha. Sente-se aqui e fique quieta — o homem devolveu a sacola. — Com o que tem aí não vai chegar muito longe.

— Não tem lepra? — balbuciou.

— Claro que não — riu. — Mas é um disfarce que salvou minha pele em mais de uma ocasião. Preste atenção.

O homem pegou um punhado de areia do rio e escorreu a água entre as palmas das mãos. Em seguida, pegou um frasco com uma tinta escura, derramou sobre a areia até obter uma mistura uniforme, acrescentou uma outra loção e aplicou o emplastro nos braços.

— Costumo misturar com grude, para continuar colado depois de secar. Os bandidos têm mais medo de um leproso do que de um exército — fitou o cadáver por um instante. — Todos menos esse... — apontou. — O sacana queria roubar minhas peles. Pois agora já pode ir roubar as do diabo. A propósito... Desde quando você se dedica a assaltar os mortos?

Quando Theresa foi responder, o velho se agachou e começou a revistar o cadáver. Encontrou uma bolsa presa à face interna de uma espécie de cinta, abriu, sorriu ao ver seu conteúdo e guardou entre suas roupas. Em seguida, arrancou uns colares do pescoço, dos quais pendiam umas estranhas pedras de cor parda, pegou o *scramasax*, embainhou junto com o seu e, por último, virou o corpo do morto. Não encontrando mais nada de interesse, deixou-o novamente entre as pedras.

— Bem — disse. — Esse aí já não precisa mais disso. E agora, vai ou não vai contar o que está fazendo nesse lugar?

— Então foi você quem matou?

— Eu não. Foi esse aqui — disse apalpando o punhal. — Suponho que já estava me rondando havia algum tempo. Só podia ser imbecil, pois em vez de me matar, foi direto atrás das peles.

— As peles?

— As que tenho ali atrás, na carroça — indicou.

Theresa olhou para onde o velho apontava e alegrou-se com o que viu: se havia um carro, devia haver um caminho.

— Quebrou uma das rodas e estou tentando arrumar. Mas você, ao contrário, deveria partir. Com certeza, esse sujeito não viajava sozinho — devolveu os sapatos a Theresa. Depois, deu meia-volta e começou a andar em direção ao bosque.

— Espere — calçou-se e correu atrás dele. — Está indo para Fulda?

— Não perdi nada naquela cidade de padres.

— Mas conhece o caminho?

— Claro. Assim como os bandoleiros.

Theresa não soube o que responder. Seguiu-o até a carreta observando seu caminhar, próprio de um homem mais jovem. Então, observou seus dentes que, apesar de grandes e torcidos, não apresentavam buracos e eram extraordinariamente brancos. Calculou que teria a idade de seu pai. O homem se agachou junto à roda quebrada e começou a trabalhar nela. Em seguida, parou e olhou para Theresa.

— Mas você não respondeu. O que procurava no cadáver? Maldição! Olhe o que fez no meu braço — disse, enquanto limpava os arranhões que

Theresa tinha deixado. — Achou que era o diabo que vinha atrás de você, por acaso?

— Estava indo para Fulda — pigarreou. — Vi o homem morto e pensei que talvez tivesse um acendedor. Perdi o meu ao atravessar o remanso.

— Está dizendo que atravessou o remanso? Deixe ver... alcance aqui esse martelo. E então, vinha de Erfurt?

— Isso mesmo — mentiu. Entregou a ferramenta.

— Então deve conhecer os Peterssen. Têm um forno algumas casas depois da catedral.

— Sim, claro — voltou a mentir.

— E como estão? Não os vejo desde o verão.

— Bem... acho que sim. Meus pais moram longe do povoado.

— Ah — disse torcendo a cara. Martelou um calço com força e a roda saltou de seu eixo.

Theresa teve um arrepio. Pensou que não tinha acreditado nela.

— Agora vem o mais difícil — continuou o homem. — Está vendo esse raio? Está partido. E esse outro também. Maldita madeira de merda! Vou trocar o mais estragado e consertar o outro com um par de tábuas. Tome. Pegue a vara e quando eu bater, toque a sineta. Se os bandidos nos ouvirem, hão de ouvir também a música dos leprosos.

Theresa viu que o velho tinha soltado o cavalo e empilhado várias pedras sob a carroça para evitar que caísse. O homem dirigiu-se à parte traseira e tirou uma madeira que serviria para substituir a peça quebrada. Disse que sempre tinha uma de reserva, porque cortar madeira de carvalho era muito complicado. Comparou-a com as outras peças antes de desbastar a ponta com um enxó.

— Vai demorar muito?

— Espero que não. Se fosse fazer como Deus manda, a noite ia cair em cima de mim: tinha que extrair os aros de ferro, desmontar os quatro cercos e substituir as peças. Não é difícil, pois os cercos têm a elasticidade do freixo, mas depois tem que engastar os pivôs, as línguas e os pés dos raios... Uma trabalheira dos diabos! Vou serrar as extremidades e ajustar com o martelo. Agora, trate de agitar a sineta.

Theresa balançou a vara para tilintar a sineta. A martelada retumbou em todo o bosque. A jovem tentou abafar o eco, agitando a vara com mais força, mas por mais que tentasse, os golpes levaram a melhor durante toda a manhã.

Depois de comer, conversaram um pouco. Ele disse que se chamava Althar e era caçador, que vivia no bosque, em uma cabana de madeira com sua esposa e Satã. No inverno, caçava e vendia as peles em Aquis-Granum no verão.

Ela lhe confidenciou que tinha fugido de um casamento de conveniência. Em seguida, pediu ajuda para chegar a Fulda, mas ele negou. Quando terminou com a carroça, despediu-se de Theresa.

— Já vai? — perguntou a jovem.

— Isso mesmo. Estou voltando para casa.

— E eu?

— Você o quê?

— O que vou fazer?

Althar deu de ombros.

— O que deveria ter feito desde o início: voltar para Erfurt e se casar com esse homem que diz que odeia. Tenho certeza de que não é tão mau assim.

— Prefiro os saxões — disse, com tanta convicção que ficou admirada com sua própria mentira.

— Por mim, pode fazer o que quiser — Althar enganchou o cavalo nos arreios e começou a retirar as pedras que freavam a carroça. — Mas é melhor ficar bem alerta. Talvez estejam procurando você — disse indicando o morto. — Vou levar meu cavalo ao rio. Quando acabar de beber, vou embora chispando.

Theresa virou-se e começou a se afastar. Enquanto caminhava titubeando, examinou o bosque, denso e frio como um cemitério, e as lágrimas deslizaram por suas faces. Alguns passos depois, parou, consciente de que, se prosseguisse sozinha, morreria. Althar parecia ser um bom homem, pois do contrário já teria lhe feito mal. Além disso, era casado e conhecia os Peterssen. Talvez permitisse que o acompanhasse.

Virou-se para falar de suas habilidades como costureira e mentir sobre as de cozinheira, mas Althar não pareceu impressionado.

— Também sei curtir peles.

Então o velho olhou para ela intrigado, imaginando que uma ajudinha não ia lhe cair nada mal. O trabalho com couro requeria destreza, e sua mulher mal conseguia mexer as mãos desde as últimas febres. Voltou a olhar para ela e balançou a cabeça. Concluiu que Theresa era uma malcriada e só ia complicar sua vida. Além disso, não saberia como explicar sua presença à esposa.

Afastou a última pedra e subiu na carroça.

— Olhe, mocinha. Simpatizei com você, mas entenda: seria um estorvo. Mais uma boca para alimentar. Sinto muito. Volte para sua aldeia e peça perdão ao tal homem.

— Não vou voltar.

— Pois então, faça o que bem lhe parecer — e açoitou o animal.

Theresa não sabia o que dizer. De repente, lembrou das armadilhas que encontrou junto ao cavalo de Hóos.

— Posso recompensá-lo.

Althar levantou uma sobrancelha e examinou Theresa de rabo de olho.

— Não acho que poderia. Já estou velho, meu pau não levanta mais.

Diante do comentário, a jovem disfarçou e continuou.

— Olhe para suas armadilhas... estão velhas e enferrujadas — observou enquanto caminhava ao lado da carroça.

— Como eu, mais ainda dão para o gasto.

— Pois eu posso lhe arranjar umas novas. Sei onde encontrar.

Althar parou o animal. Claro que armadilhas novas seriam muito úteis, mas na verdade tinha pena do destino que teria aquela moça. Theresa contou o episódio dos lobos e descreveu o carregamento dos sacos. Indicou também o lugar onde estavam.

— Tem certeza de que foi naquele barranco?

Theresa assentiu e Althar pareceu refletir.

— Maldita seja! Ande! Suba na carroça. Conheço uma trilha que vai nos levar até essa ribanceira. Ah! Mude de roupa ou vai morrer antes de me dizer o lugar exato.

A jovem saltou para a carroça, acomodou-se no amontoado de peles que abarrotavam o interior, e na mesma hora, todos os fardos começaram a chacoalhar, dançando ao trote do cavalo. Theresa reconheceu peles de castor e de veado e até algumas de lobo em muito mau estado. Várias peles pareciam curtidas, mas a maioria se encontrava cheia de vermes que pululavam entre a lã seca e os restos de sangue, como se elas tivessem sido esfoladas naquela manhã mesmo. Afastou-se o quanto pôde, pois exalavam um fedor insuportável, e cobriu-se com uma pele seca que considerou aceitável. Às suas costas, descobriu uma espécie de talha tapada com uma peneira gordurenta que deixava escapar um delicioso cheiro de queijo.

Theresa apertou a barriga tentando acalmar os lamentos de seus intestinos. Em seguida, deitou-se de costas e fechou os olhos enquanto suas lembranças viajavam para Würzburg, para as madrugadas de inverno em que Górgias a animava com um beijo para que o acompanhasse a acender o forno que tinha construído atrás do redil. Relembrou a neve cobrindo os campos e como agradecia o calor do borralho enquanto fazia companhia ao pai lendo algum manuscrito. Perguntou-se se Althar já tinha visto um livro alguma vez na vida.

Olhou para Satã. O animal seguia a carroça a pouca distância, movendo os olhinhos com mais inteligência do que a que poderia observar em alguns dos rapazes que conhecia. De vez em quando, ele se aproximava do cavalo para pegar no ar os pedaços de carne que Althar jogava. Theresa ouviu suas tripas novamente e perguntou a Althar quando iriam comer.

— Está pensando que recebo comida de presente? Tem tempo, moça. Agora, pegue essas peles e comece a limpar. A escova está ali, perto do arco.

Theresa não chiou. Pegou um dos fardos mais nutridos, desatou os tendões que o amarravam, colocou uma pele sobre as coxas e começou a trabalhar diligentemente. À primeira sacudidela, um enxame de vermes desprendeu-se da pele e caiu no chão da carroça, espalhando-se entre as tábuas. Theresa continuou escovando sem levantar os olhos das peles até que terminou aquele fardo e, sem se permitir um respiro, atacou o segundo fardo. Quando terminou, Althar indicou um terceiro.

— Depois, limpe as armadilhas até deixá-las reluzentes.

Theresa pegou as armadilhas, cuspiu na sujeira e entregou-se com capricho à nova tarefa. Enquanto esfregava as trapeiras, refletiu sobre o dom especial que Althar devia possuir para as artes da caça, pois de outra forma não se explicaria uma tal quantidade de peles. Quando finalmente acabou a tarefa, informou Althar que, surpreso com sua diligência, parou o carro e, depois de comprovar os resultados, sorriu e saltou no chão.

— Certo, mocinha. Vamos encher a pança.

Em seguida, o homem foi até a traseira da carroça e depois de procurar um pouco, tirou uma bolsinha de tecido que depositou no chão. Na mesma hora, Satã se aproximou farejando, mas Althar afastou-o com um pontapé. Em seguida, voltou-se para Theresa.

— Suba naquele morro e abra bem os olhos. Se vir algo estranho: um fogo, relinchos, homens, qualquer coisa de estranho, dê uns latidos para avisar.

— Latidos? — repetiu Theresa, espantada.

— Sim. Latidos... Sabe latir, não?

Theresa imitou o som com resultados irregulares. Apesar de dizer que estava péssimo, Althar se deu por satisfeito.

— Vamos, ande. E leve a sineta com você.

Enquanto Theresa subia à elevação, Althar preparou umas fatias de queijo com alguns pedaços de pão duro. Depois, cortou um par de cebolas. Apropriou-se da porção maior e chamou Theresa.

— Tudo calmo — informou a jovem.

— Bom. Nesse ritmo, chegaremos ao barranco antes do meio-dia. Comeremos agora, porque não vamos parar mais. Ali atrás, embaixo das armadilhas, encontrará um pouco de vinho. E se quiser, cubra-se melhor, deve estar gelada.

O caçador encarapitou-se na carroça e atiçou o cavalo. Theresa subiu também e, sem benzer os alimentos, começou a devorá-los, acompanhando-se de um gole de vinho que lhe pareceu divino.

Pouco depois, atravessaram um trecho de bosque alagado por um lodaçal. A partir daquele momento, Althar mudou de expressão e começou a se mostrar mais cauteloso. Qualquer ruído o sobressaltava, virava a cabeça continuamente e de tanto em tanto parava a carroça para ficar de pé e esquadrinhar os arredores.

A certa altura, teve a impressão de que Satã farejava o perigo. O animal já não andava afastado. Com as orelhas apontadas e o rabo esticado, seguia atentamente os movimentos do dono.

Tinham percorrido uma centena de passos, quando Satã começou a latir. Althar freou a carroça bruscamente, botou o pé no chão e adiantou-se um trecho. Com expressão preocupada, ordenou silêncio a Theresa e levou lentamente a mão ao *scramasax*. Em seguida, sem dizer uma palavra, ergueu-se e desapareceu no matagal.

Os nervos começaram a trair Theresa. Tentou se levantar nas pontas dos pés para ver mais além do que sua estatura permitia, mas seus pés machucados não permitiram. Não sabia o motivo, mas pressentia que algo terrível estava prestes a acontecer. Passados alguns instantes, Althar apareceu com o rosto transtornado.

— Venha comigo. Rápido.

Theresa saltou da carroça e seguiu Althar quando ele penetrou de novo no mato espesso. O caçador caminhava encurvado, como um gato à espreita de sua presa, enquanto Theresa o seguia a duras penas, esquivando-se dos galhos que Althar afastava ao passar. Avançaram com dificuldade por causa da folharada solta e da lama das últimas chuvas. Em alguns lugares, o matagal era tão cerrado que a única coisa que Theresa conseguia ver era o traseiro de Althar a um palmo de seu rosto. De repente, o homem virou a cabeça para Theresa pedindo silêncio e depois, lentamente, afastou-se de lado, deixando diante dos seus olhos uma cena de morte e desolação.

Diante deles, os corpos ensangüentados de dois homens unidos num abraço macabro, escondidos sob um manto de feno. Alguns passos depois, meio afundado numa valeta, distinguia-se o cadáver de um terceiro.

— Esse aqui não é saxão — disse Althar, batendo com o pé no que estava por baixo.

A moça não respondeu. Apesar da lama, reconhecia aquelas roupas. Ela as tinha visto na cabana dos Larsson. Com o coração apertado, aproximou-se dos corpos grotescamente abraçados. Lentamente, apartou o que estava em cima e na mesma hora sentiu que sua vista se nublava. Althar a segurou. O corpo que aparecia sob aquela mortalha de sangue era nada mais nada menos que Hóos Larsson, o jovem que tinha salvado sua vida alguns dias antes.

Um tempo passou antes que Althar percebesse que Hóos Larsson ainda respirava. Avisou Theresa imediatamente e os dois o transferiram para a carroça a fim de atendê-lo. O velho examinou suas feridas com preocupação. Ela perguntou com o olhar, mas ele não respondeu.

— Disse que foi salva por ele? — perguntou enquanto o arrastava.

Ela confirmou entre lágrimas.

— Pois sinto muito por ele, mas vamos ter que deixá-lo.

— Não pode fazer isso. Se nós o abandonarmos, morrerá.

— Morrerá de qualquer jeito. Além do mais... Olhe essa roda — disse apontando a vara consertada. — Vocês dois, eu e a carga... Com tanto peso não agüentaria uma milha.

— Pois vamos nos desfazer das peles — sugeriu Theresa.

— Das peles? Não me faça rir! São meu alimento para o próximo ano.

As palavras de Althar transpiravam determinação. Theresa hesitou. Compreendeu que, se pretendia ajudar Hóos, tinha que se mostrar convincente.

— O homem a quem pretende abandonar se chama Hóos Larsson e é *antrustion* do rei — mentiu. — Se sobreviver, poderia alimentar você e sua família pelo resto de suas vidas.

Althar livrou-se do morto que estava revistando e olhou para o corpo inerte de Hóos. Em seguida, cuspiu com ar surpreso.

Embora lhe incomodasse reconhecer, talvez a moça tivesse razão. Ao examinar o jovem já tinha apreciado a delicadeza de suas roupas e, apesar de na hora ter calculado que fossem fruto de algum roubo, talvez tivesse se precipitado. Observou detidamente o corte de sua capa e o ajuste perfeito de seus sapatos, pensando que um ladrão jamais teria tamanha sorte.

Soltou uma praga. Era bem possível que o jovem fosse mesmo quem Theresa afirmava, embora isso não mudasse a precariedade de seu estado. Talvez não se salvasse, mas talvez durasse o suficiente para chegar com vida a Aquis-Granum. Praguejou novamente e foi pegar as rédeas do cavalo que pastava por entre a capa de neve. Pensou cuidadosamente e voltou a cuspir.

— Talvez não morra — resmungou.

Theresa concordou satisfeita.

"Pelo menos, não até que eu cobre uma recompensa", ruminou Althar com seus botões.

Theresa teve que andar; Althar conduziu a montaria manejando o chicote com a mesma presteza que usava para cuspir maldições. Durante o caminho, proibiu Theresa de agarrar-se à carroça porque, segundo disse, ela não agüentaria a sobrecarga; no entanto, obrigou-a a empurrar com força na hora das subidas.

Na maior parte do tempo, Althar caminhou ao lado de Theresa. Ela confessou que as armadilhas de que tinha falado na verdade pertenciam a Hóos Larsson, mas ele não deu importância. Avançaram sem descanso, parando somente quando era indispensável para acertar os desajustes da roda avariada. Quando chegaram ao barranco, as armadilhas continuavam ao lado dos ossos do cavalo. Theresa ficou pensando que os lobos eram animais obstinados.

Enquanto Althar recuperava a carga, ela cuidou de Hóos. O velho tinha comentado que havia várias costelas quebradas e que talvez elas tivessem atingido o pulmão. Por isso o tinha acomodado de costas sobre alguns fardos.

Ele respirava debilmente.

Depois de umedecer o rosto, perguntou o que teria levado Hóos a mudar seu itinerário. Pensou que talvez a estivesse seguindo para recuperar a adaga roubada e instantaneamente apalpou a saia onde estava escondida. Em seguida, continuou limpando Hóos até que Althar retornou carregado.

— Havia bem mais do que prometeu — anunciou sorrindo. Agora veremos como vamos levá-lo.

— Não está pensando em abandoná-lo...

— Calma, moça. Se esse homem era mesmo o dono de toda essa bagagem, farei o impossível para curá-lo.

Depois de comer, prosseguiram a viagem em direção às montanhas. Althar comentou que tinha trabalhado em Fulda anos atrás, dedicando-se, como o resto de seus habitantes, ao serviço da abadia. Ele e sua mulher, Leonora, conseguiram arrendar um lote, no qual construíram uma bela cabana. Todas as manhãs, aravam a terra e, à tarde, iam para a abadia cumprir suas cotas de serviço. Aquela ocupação lhes proporcionou o suficiente para adquirir um pequeno terreno; não muito, cerca de 40 arpentos incultos, nos quais poderiam plantar sua própria colheita. Explicou que não tiveram filhos, um castigo do Senhor, destacou, talvez como paga por ser um homem de pouca fé. Como bom camponês, aprendeu vários ofícios sem chegar a dominar nenhum. Era hábil com o machado e a enxó, construía seus próprios móveis e, no outono, consertava o telhado com a ajuda da esposa. Passaram-se os anos e pensou que acabaria seus dias em Fulda, mas numa noite de outono, alguém invadiu o cercado para roubar seu único boi e ele pegou um machado e, sem dizer uma palavra, afundou-o na cabeça do ladrão. No fim das contas, o ladrão era o filho do abade, um jovem tresloucado, dominado pelo vinho. Depois do enterro, apresentaram-se em sua casa, prenderam-no e levaram-no a julgamento. De nada valeram suas declarações, pois 12 homens juraram que o rapaz tinha pulado a valeta em busca de um pouco d'água e ele não tinha como provar que estavam mentindo. Tiraram tudo o que tinha e foi condenado ao desterro.

— Como resultado da sentença, Leonora caiu doente de melancolia — continuou. — Por sorte, suas irmãs se ofereceram para cuidar dela enquanto eu esperava nas montanhas. Alguns vizinhos que me conheciam bem também me ajudaram. Rudolph me deu uma velha enxó e Vicus emprestou um par de armadilhas, com a condição de que as devolvesse junto com as peles que pegasse. Encontrei refúgio no sul, nos montes de Rhön — apontou com o indicador uma montanha próxima —, numa caverna abandonada: fechei o acesso, arrumei tudo e passei o inverno caçando. Quando voltei em busca de Leonora, soube que alguns dos imbecis que tinham me acusado acabaram confessando seu crime, mas então minhas terras já tinham sido salgadas. Ainda assim, o abade negou-se a me vender sementes ou arrendar outro terreno e disse que faria a mesma coisa com quem me ajudasse. Foi quando Leonora e eu resolvemos nos mudar para a caverna e viver sozinhos para sempre.

— E desde então nunca mais voltou a Fulda? — interessou-se Theresa.

— Claro que sim. Senão, como poderia vender minhas peles? Pouco tempo depois, o abade morreu — sorriu. — Explodiu como uma barata. Em seguida, seu sucessor esqueceu as ameaças, mas nada voltou a ser como antes. Viajo freqüentemente a Fulda para trocar mel por sal ou quando preciso de gordura, que não se encontra por aqui. Antes Leonora me acompanhava, mas agora está mal dos pés e tudo parece muito difícil para ela.

Ao entardecer, deixaram para trás o verde dos bosques para penetrar num terreno mais agreste. As árvores começaram a escassear e o vento somou-se à caravana.

Anoitecia quando chegaram às imediações da caverna; uma zona tão pedregosa que Theresa estranhou que as rodas da carreta ainda continuassem inteiras. Althar recomendou que segurasse Hóos com firmeza, mas apesar de seus esforços, o sacolejo fez com que o jovem se queixasse pela primeira vez.

Ao pé de uma enorme parede de granito, Althar parou o carro e saltou ao chão. Deu um par de gritos e começou a cantarolar.

— Já pode sair, querida — assoviou uma melodia simplória. — Temos companhia.

Uma cara rechonchuda apareceu atrás de uns arbustos, soltou um gritinho tonto e entoou a mesma musiquinha. Ao sorriso contagioso, seguiu-se um corpanzil atarracado movendo-se num sugestivo bamboleio.

— E o que meu príncipe trouxe para mim? — perguntou a mulher enquanto corria para os braços de Althar. — Uma jóia, algum perfume do Oriente?

— Aqui está a sua jóia — zombou ele, apertando a virilha contra o ventre da mulher, que ria loucamente.

— E quem são esses dois? — perguntou surpresa, referindo-se a Hóos e Theresa.

— Já lhe conto — murmurou Althar erguendo uma sobrancelha. — O rapaz, eu confundi com um veado, e ela se apaixonou por minha cabeleira.

— Muito bem — riu. — Nesse caso, entrem e conversaremos lá dentro, que aqui fora está começando a fazer um frio dos diabos.

Deixaram o carregamento fora. Em seguida, transferiram Hóos para dentro da caverna, onde o acomodaram sobre um manto de peles.

Theresa observou que tinham feito um buraco no teto para dar vazão à fumaça e organizado a área da cozinha ao redor dele. O fogo crepitante mantinha o aposento quente. Leonora ofereceu uma torta de maçã, que aceitaram com prazer. Havia muito poucos móveis, mas ainda assim, Theresa sentiu-se em um palácio. Enquanto ceavam, Althar explicou que dispunham de uma outra cova que usavam como armazém e de uma cabana para onde se transferiam quando o clima melhorava. Quando terminaram, Theresa ajudou Leonora a tirar a mesa. Depois voltou para junto de Hóos para agasalhá-lo.

— Você vai dormir aqui — indicou a mulher a Theresa. Afastou uma cabra e deu um safanão nas galinhas. — E não se preocupe com o rapaz: se o quisesse, Deus já o teria levado.

Theresa concordou. Em seguida, deitou perguntando-se mais uma vez se Hóos a tinha seguido para recuperar a adaga roubada.

Naquela noite, Theresa dormiu pouco, refletindo sobre a importância daquele pergaminho. Antes de deitar, ela o tinha retirado da sacola para dar uma lida rápida. Parecia ser um documento legal no qual se detalhava o legado deixado por Constantino, o imperador romano que fundou Constantinopla. Supôs que seria algo muito importante ou seu pai não o teria escondido. Mas logo as imagens do incêndio em Würzburg agitaram-se em sua mente: as chamas na oficina de Korne; o sorriso infame do *percamenarius* e o fogo devorando aquela pobre moça. Sonhou com os horríveis saxões, metade homens, metade monstros, que a agarravam e violentavam. Em seguida, foram os lobos que, depois de devorarem o cavalo de Hóos, tentaram despedaçá-la. Em seu delírio, sonhou com o próprio Hóos diante dela, aproximando-se devagar de seu pescoço, empunhando a adaga que tinha roubado. Muitas vezes, não sabia se estava dormindo ou delirando. Nesses momentos, quando conseguia abrir os olhos, evocava a figura protetora de seu pai e, embora isso a tranqüilizasse, logo surgia, por entre as trevas da entrada, um novo demônio voltando para atormentá-la.

Naquela caverna afastada de qualquer som que não fosse o pio de uma coruja ou o crepitar de uma chama, era difícil pensar. Enquanto esperava o novo dia, pensou consigo mesma que tanta infelicidade devia corresponder a algum tipo de desígnio divino; a algum aviso, a um sinal enviado por Deus. Tentou rememorar qual poderia ter sido seu pecado, concluindo no final que talvez tudo tivesse origem em suas mentiras.

Lembrou que tinha mentido para Korne quando o fez acreditar que o conde ia supervisionar sua prova de admissão; tinha enganado Hóos dizendo que trabalhava como oficial *percamenarius*, em lugar de admitir que era um simples aprendiz; e assim também tinha procedido com Althar, quando inventou que estava fugindo de um casamento imposto, quando na verdade só estava fugindo de seu próprio comportamento.

Perguntou-se se o *percamenarius* não estaria certo. Se não tinha razão ao dizer que a mulher era o caldo onde fervia a imundície da mentira. Se, na verdade, era um ser corrompido desde o nascimento, à mercê da compaixão do Todo-poderoso. Tinha protestado centenas de vezes quando proclamavam que as filhas de Eva eram um compêndio de todos os vícios: fracas, mutáveis segundo seus fluxos, tentadas pela lascívia... E no entanto, naquele instante preciso, começava a duvidar de suas próprias convicções.

Questionou se suas mentiras não teriam a mão do diabo no meio. Por acaso não foi ele quem seduziu a primeira mulher com suas mentiras? E nesse caso, não teria sido essa mesma mão que guiou o ódio de Korne, até transformá-lo numa fogueira?

Mas a quem pretendia enganar? Por mais que doesse, não podia negar aquilo em que tinha se convertido. E o que faria quando Hóos acordasse?

Diria que se confundiu de punhal? Que no escuro pensou que era o tosco *scramasax* que ele tinha lhe oferecido?

Cada mentira seria seguida de outra e a última seria sucedida por outra ainda maior.

Chorou desconsoladamente, mas quando suas lágrimas secaram, prometeu a si mesma que nunca mais voltaria a dizer uma mentira. Prometeu por seu pai. Mesmo que ele não estivesse vendo, dessa vez ela não falharia.

8

Com as primeiras luzes infiltrando-se pela gruta, Theresa decidiu que já era hora de levantar. Espantou-se ao ver que Althar e Leonora continuavam deitados, mas logo compreendeu que as coisas funcionavam num ritmo diferente naquele lugar. Envolveu-se na capa que a abrigava e aproximou-se em silêncio do leito onde Hóos repousava. Sua respiração parecia profunda e isso a tranqüilizou. Fazia frio, de modo que se virou para o fogo e atiçou as brasas cuidadosamente. O ruído despertou Althar, que espreguiçou em meio a uma escandalosa flatulência. Ainda com os olhos semicerrados, estreitou Leonora carinhosamente.

— Hummm... Já está de pé? — grunhiu dirigindo-se a Theresa, enquanto terminava de coçar a virilha. — Se precisar de água, encontrará um riacho subindo a trilha.

Theresa agradeceu. Depois de agasalhar-se, pegou o pangaré que, como o resto dos animais, tinha pernoitado dentro da caverna, e foi para fora empurrando a portinhola que fechava a entrada. Satã latiu e foi atrás dela balançando o rabo. Uma vez lá fora, comprovou que a temperatura tinha caído, tal como Leonora tinha profetizado. Enrolou-se bem na capa e observou os arredores da caverna.

A carroça vazia, que Althar já tinha descarregado, ainda estava na frente da entrada. Mais adiante, descobriu um cercado de espinheira com indícios de que tinha sido esvaziado recentemente. Por todo lado, viam-se restos de lenha misturados com madeiras partidas, cunhas usadas, troncos dos mais diversos tamanhos, montes de lascas de madeira e vários martelos, numa espécie de estranho depósito. Não encontrou nenhuma horta ou algo parecido.

Quando foi se lavar percebeu que seu sexo sangrava. Ficou embaraçada quando Satã veio farejá-la e gritou que se afastasse. O fluxo era abundante, de modo que se asseou bem antes de colocar o pano dobrado que usava normalmente quando a hemorragia se apresentava. Em seguida, benzeu-se e correu para a caverna. Nessa altura, Althar já tinha retirado os animais e Leonora estava cuidando de Hóos Larsson.

— Como ele está? — interessou-se.

— Respira melhor e parece tranqüilo. Estou esquentando água para lavá-lo. Venha me ajudar.

Theresa obedeceu. Retirou o caldeirão do fogo e trouxe o sabão de gordura cozida. Ruborizou-se quando percebeu que Leonora começava a despi-lo.

— Não fique aí feito morta e puxe a calça. — ordenou ela.

Theresa esticou as perneiras até deixar à mostra um calção de lã ajustado. Desviou os olhos ao comprovar que Leonora também o retirava.

— Vamos ver, traga o sabão e ande rápido senão esfria.

Theresa ruborizou-se. Com exceção de seus primos pequenos, nunca tinha visto um homem tão nu assim anteriormente. Passou o sabão para Leonora, que esfregou o doente como quem limpa um frango. Quando pediu que o segurasse, Theresa não conseguiu evitar uma olhadela ao ventre de Hóos. Surpreendeu-se ao parar no velo suave que rodeava seu membro e envergonhou-se ao comprovar que nunca tinha imaginado que pudesse ser daquele tamanho. Pensou que Leonora a repreenderia se percebesse que estava olhando, mas ao enxaguar os panos, voltou a olhar com menos disfarce.

— Isso parece ser uma costela quebrada. Está vendo? — disse Leonora indicando uma protuberância avermelhada na altura do peito. Apoiou a orelha direita contra o peito e escutou atentamente. — Mas não se ouvem assovios e isso pelo menos é bom.

— Vai ficar bom?

— Suponho que sim. Traga mais água quente enquanto trato de virá-lo. Um ano atrás, caiu um tronco em cima de Althar que quase o partiu em dois. Passou o diabo, mas em duas semanas o malandrão já caminhava como uma lagartixa.

— É isso mesmo — confirmou Althar, que acabava de entrar na cova. — O que está achando, minha rainha?

— Uma costela quebrada e uma forte pancada na cabeça.

— Bom. Nada que um desjejum dos seus não possa solucionar — afirmou ele.

— Você resolve tudo com comida. — E, rindo, deu-lhe um empurrão. Acabaram de asseá-lo e sentaram-se à mesa.

O desjejum foi um acontecimento. Leonora preparou algumas fatias de carne salgada que cobriu com toucinho, cogumelos e cebola. Em seguida, acrescentou umas lascas de queijo de cabra que dourou colocando brasas sobre a panela. Por último, acrescentou um gole de vinho que, segundo disse, servia para assentar melhor as tripas.

— E você ainda não provou seus doces — anunciou Althar.

Theresa se regalou com os folhados de mel e amêndoas que Leonora serviu a seguir. Gostou tanto que pediu a receita. Em seguida, olhou para Hóos com certa pena.

— Não se preocupe com ele — interveio Althar —, Leonora vai cuidar disso. Agora, acompanhe-me. Temos trabalho lá fora.

Althar explicou que a caça diminuía no inverno e a pesca desaparecia. Dispunha de um pequeno cultivo num terreno mais fértil, afastado da caverna, que não precisava de cuidados até o começo da primavera. Por isso, suas ocupações resumiam-se a tarefas de carpintaria, consertos e fabricação de ferramentas.

— E sobretudo dissecação dos animais — acrescentou com orgulho.

Caminharam ladeira acima até chegar a uma fenda que se abria como uma rachadura na montanha. A segunda cova tinha uma boca mais estreita e Theresa teve que se agachar para seguir Althar que, munido de uma tocha, avançava como se soubesse o caminho de cor. Logo o túnel se ampliou dando lugar a uma sala ampla e diáfana como a nave de uma igreja.

— Bonita, não é verdade? — vangloriou-se. — Antes nós a usávamos como moradia, mas quando Leonora ficou doente, mudamos para a caverna. É uma pena, mas com esse tamanho todo não tinha modo de aquecê-la. Mas o frio é muito bom para as peles, de modo que instalei o armazém aqui.

Althar usou a tocha para mostrar seus troféus. Da penumbra foram surgindo uma matilha de raposas, um par de furões, veados, corujas e castores, todos extremamente imóveis, presos em posturas estapafúrdias, impróprias da vida. A jovem observou as goelas desconjuntadas, os olhos reluzentes, as garras estendidas numa espécie de dança macabra. Althar explicou que em sua juventude tinha aprendido a arte de empalhar e que muitos nobres gostavam de exibir aquelas feras, alardeando que tinham sido pegas depois de uma cruenta caçada.

— Só me falta um urso — anunciou. — E você vai me ajudar nisso.

Theresa concordou, pois pensou que se referia ao processo de dissecação, mas quando Althar esclareceu que primeiro teriam que caçá-lo, rogou a Deus para que estivesse brincando.

Passaram a manhã arrumando a cova.

Althar encarregou-se de limpar as peles, enquanto Theresa trabalhava com os instrumentos. O velho escovou os animais dissecados até deixá-los lustrosos enquanto ia explicando que, em Fulda, conseguiria dois dinheiros pelo furão e pela raposa, o suficiente para comprar 5 alqueires de trigo. Pela coruja pagariam bem menos, pois as aves são bem mais fáceis de dissecar, mas ainda assim poderia obter um par de facas e alguma panela. Já um urso seria bem diferente. Se conseguisse caçar e dissecar um urso, levaria seu corpo para Aquis-Granum para vendê-lo a Carlos Magno em pessoa.

— E como fará para capturar um urso?

— Isso eu não sei, mas quando encontrar um, vamos descobrir com certeza.

Ao meio-dia voltaram para a caverna pequena. Chegaram famintos, mas Leonora os recebeu com um copo de vinho e um pedaço de queijo.

— Deixem espaço para o resto — alertou.

Comeram almôndegas com figos confitados, torta de aves e compota quente. No meio do banquete, Leonora informou que Hóos tinha acordado, tomado um caldo e dormido de novo.

— Disse alguma coisa? — perguntou Theresa.

— Só se queixou. Talvez sua língua se solte mais à noite.

Quando terminaram, Althar saiu para urinar e dar uma olhada nos animais. Theresa ajudou a tirar a mesa desmontando o tabuleiro e afastando os cavaletes. Não teve tempo de varrer, pois Satã limpou o chão à base de lambidas. Quando ia retirar as sobras, Leonora a impediu com expressão de desaprovação.

— Não sei ao que se dedicou, mas com certeza, não foi aos fogões — observou.

Theresa contou de seu amor pela leitura e Leonora olhou para ela como quem vê um bicho raro. Então a jovem explicou que desde pequena tinha freqüentado escolas e *scriptoria*, e já mais velha, tinha entrado para uma oficina como ajudante de *percamenarius*.

— Pouca ajuda para sua mãe — repreendeu ela.

— Mas desde que experimentei sua comida, tive vontade de aprender a preparar seus pratos — confessou ela, tentando conquistar sua aprovação.

Leonora riu com vontade. Em seguida, afirmou que, aos olhos dos homens, uma moça que não sabe cozinhar é pior que outra com peitos anões.

— Embora esse não seja o seu caso — destacou.

Theresa olhou par si mesma e depois para Hóos, e um arrepio repicou em seu estômago. Apertou o vestido e viu como o tecido se avolumava sobre os seios. Leonora pareceu ler seus pensamentos.

— É bonito — comentou a mulher. — E além disso é bem fornido — e piscou o olho com sorriso maroto.

Theresa ruborizou-se e sorriu também, mas assim que pôde, mudou de expressão e continuou a falar de receitas.

Durante a tarde, Leonora fez uma lista dos pratos indicados para cada temporada. No inverno, antes que morressem de frio, os animais mais fracos deviam ser abatidos, e por isso tinha que aprender não apenas a cozinhar, mas também a defumar os cortes, salgar e curar as peças. No entanto, a maior parte das carnes provinha da caça, que só era abundante depois da chegada da primavera. Em relação às verduras, descreveu alguns cogumelos, que era preciso conhecer antes de cozinhar, e elogiou a couve-flor, a couve, o cardo, o repolho roxo. Por último, expôs os benefícios dos legumes.

— Embora provoquem gases, comê-los faz bem — riu, e deixou escapar um peido que ressoou em todo a sala.

E falou da importância das sobras. Segundo sua experiência, uma boa cozinheira devia ser capaz de transformar um punhado de restos num prato suculento e para isso existem inúmeros recursos. Seu preferido era o *garum*, um condimento capaz de converter o guisado mais insípido numa festa completa.

— O melhor vem da Hispânia — explicou —, mas é tão caro que só os ricos podem se permitir. Há muitos anos, um comerciante romano me ensinou a preparar esse condimento com sal, azeite e tripas de peixe. Mas não pense que qualquer tripa de peixe serve. As de atum ou esturjão já dão bom resultado, mas eu uso as de *hallex*, que dão muito mais gosto. Depois de macerar e secar, pode misturar com vinho, vinagre e até pimenta, se tiver como comprar, claro.

— Mas se esse *garum* é tão bom, para que misturar?

— Ora, filha. Para variar. O *garum* é como o sexo: no começo é ótimo, mas o bom é saber variar. Olhe para nós — sorriu. — Trinta anos de casados e ainda nos procuramos. E assim é com todas as coisas: use três dias seguidos o mesmo vestido e até os cegos vão fugir de você; acrescente uma flor ou um penteado e vai ver como correm atrás do seu traseiro.

— Não quero que corram atrás do meu traseiro — rebateu ela com desdém.

— Ah, não? E no que pensa uma moça de 20 anos?

— Não sei. No meu ofício; em minha família... Não preciso dos homens — e não disse que já tinha completado 23.

— Sei. E por isso não tirava os olhos dos penduricalhos do rapaz quando o estava lavando...

Theresa ficou tão vermelha que pensou que sua cara ficaria tingida para o resto da vida.

— Vai me ensinar como fazer? — dissimulou Theresa.

— O quê? Lavá-lo?

— Não, por Deus. O *garum*!

— Ah, claro. Vou lhe ensinar isso e mais algumas coisas que lhe faltam — sorriu.

Enquanto acabava de assar uns nabos, Leonora aproveitou para falar do vinho. Não do que se bebia habitualmente para matar a sede, sempre suave e aguado, mas daquele que se guardava para as grandes ocasiões: puro, cheiroso, brilhante, cor de rubi... A chave que enaltece a eloqüência do tímido e anima o coração do medroso... Aquele cujas gotas, cada uma delas, é um autêntico pecado.

— Nunca provei...

— Bom. Temos uma ânfora à espera de uma ocasião especial. Se pegarem o urso, vamos abri-la amanhã.

Althar regressou ao entardecer exibindo um enorme sorriso. Tinha encontrado o rastro do animal.

— Continua por aí, o sacana. Cagando na mesma caverna que no ano passado — anunciou com euforia. Soltou as tralhas e enquanto ria bateu no traseiro de Leonora como se fosse um pandeiro.

Comeram sopa de verduras e costelas de javali salgado, acompanhados com vinho misturado com água. Althar bebeu a sopa com vontade e antes de terminar, serviu-se de outro prato: depois de passar a tarde inteira instalando armadilhas, teria comido uma vaca.

— Foi a moça quem cozinhou — confessou Leonora.

— Mas que surpresa! Está vendo como fiz bem em contratá-la? — riu. — E o doente, como vai? Já acordou?

— Abriu os olhos um instante, mas não sei... Acho que está enjoado. Talvez a pancada na cabeça, quem sabe...

— Deve estar confuso. Vou dar uma olhada nele agora mesmo.

Em pouco tempo acabaram de jantar. Enquanto Leonora tirava a mesa, Althar e Theresa aproximaram-se de Hóos, que abriu os olhos quando sentiu o pano úmido na testa. Olhou para Theresa e pareceu reconhecê-la, mas fechou as pálpebras e continuou descansando. Althar coçou a orelha e depois de tirar uma bolota de cera, apoiou-a sobre o peito de Hóos.

— Não se ouvem assovios.

— E isso é bom?

— Sem dúvida. Se a costela tivesse perfurado o pulmão já teria batido as canelas. Amanhã tentaremos colocá-lo de pé para que caminhe um pouco.

Cobriram-no com cuidado, botaram os animais para dentro da cova e trancaram bem a porta. Finalmente se despediram antes que cada um fosse se deitar em seu enxergão.

Passadas algumas horas, Theresa sentiu que Satã lambia seu rosto. Ainda não tinha amanhecido, mas Leonora já estava preparando um cozido e Althar cantarolava, passeando pela sala.

— Ursito, ursito! Vamos te comer frito! — entoava Althar, rindo sem parar.

Fizeram o desjejum e vestiram seus abrigos de pele. Althar muniu-se com um coldre e um arco, carregou uma rede no ombro e pegou três arapucas de ferro. Em seguida, estendeu um alçapão a Theresa.

— Isso vai ser suficiente — afirmou. — Querida! Hoje à tarde você terá seu casaco novo!

Leonora riu e beijou-o várias vezes. Em seguida, passou a mão na cabeça de Theresa e desejou-lhe boa sorte.

Quando abandonaram a cova começava a clarear. O dia estava límpido e frio, o que Althar interpretou como um bom presságio. Deixaram o cavalo porque, segundo Althar, podia alertar o urso. Além do mais, só precisavam da pele, pois a carne não era comestível. Enquanto caminhavam, Theresa confessou a Althar que estava assustada, mas o velho a tranqüilizou.

— Não vai precisar fazer nada. Só vigiar.

— E esse arco tão estranho?

— Está falando da besta? Ganhei de um soldado em Aquis-Granum. É verdade que nunca tinha visto nada parecido antes, mas funciona bem. Vou ensiná-la a manejar.

Cravou a ponta da arma no chão e apoiou o pé contra o arco. Em seguida, esticou a corda com as duas mãos até conseguir prendê-la num encaixe.

— Não é um brinquedo, então tenha cuidado. Isto é a noz — indicou —, e embaixo fica o gatilho. Coloque o dardo na canaleta. Está vendo? Agora segure com as duas mãos e mire com firmeza.

Theresa ergueu a arma, mas foi incapaz de mantê-la erguida.

— Pesa demais — lamentou-se.

— Apóie-se no chão — resmungou ele. — E preste atenção nisso: chegada a hora em que precise usá-la, só terá uma chance, não poderá carregar de novo, de modo que mire bem e dispare na barriga, entendeu?

Theresa concordou com a cabeça. Deitou-se no chão e apontou a arma.

— Não deixe tremer.

Althar indicou um tronco podre com a largura de mais ou menos dois homens. A um sinal seu, Theresa apertou a alavanca com decisão. A seta assoviou no ar e perdeu-se no mato.

— Vamos tentar de novo — disse Althar mal humorado.

Tentou mais duas vezes com resultados desiguais. Na quarta tentativa, Althar deu o ensaio por terminado.

— Vamos continuar ou vamos perder a manhã.

Enquanto andavam, Althar comentou que ursos costumam hibernar desde o final de novembro até o início do degelo.

— As pessoas pensam que têm um sono de pedra, mas na realidade têm o sono leve e por isso é preciso andar com cuidado.

— E se houver mais de um?

— Bem, é quase impossível. Os ursos hibernam sozinhos, de modo que não precisamos nos preocupar com isso.

Continuaram a caminhar até que Althar reparou na fixação de Satã pela virilha de Theresa. Observou por um momento e verificou que, apesar dos esforços da moça, o vira-lata continuava a farejá-la como se escondesse alguma coisa debaixo da saia. Intrigado, perguntou-lhe se tinha roubado comida.

— Não, senhor — respondeu embaraçada.

— E então que diabos esse cachorro está cheirando?

— Não sei — respondeu ainda mais vermelha.

— Pois pode ir mostrando, porque o que um cachorro fareja, o urso também há de farejar.

Theresa não sabia o que dizer. Não queria contar que sua menstruação tinha descido no dia anterior, mas finalmente não foi preciso, pois Althar acabou adivinhando.

— Maldita seja. No único dia em que vamos caçar, você tinha que vir sangrando.

Pouco depois, chegaram à zona onde o urso estava entocado. Althar indicou a posição da caverna, situada em cima de um barranco de difícil acesso. Theresa percebeu que o barranco se abria bem embaixo da entrada, o que dificultava a aproximação.

— Vamos colocar a rede, obstruindo a boca da caverna. Em seguida, tocarei fogo em alguns ramos e farei Satã latir. Entre a fumaça e os latidos, o urso vai acordar e tentar fugir, mas em vez disso, cairá direto na rede. Uma vez preso, posso abatê-lo com o arco. Você espera em algum lugar onde não possa sentir seu cheiro. Ali em cima, sobre a boca de entrada, caso seja necessário.

— Caso seja necessário?

— Se perceber que estou em apuros, dispare a besta. E por todos os santos, dessa vez procure acertar.

Althar ficou recolhendo gravetos, enquanto Theresa subia para a boca do covil. No meio do caminho, a jovem tropeçou, provocando a queda de várias pedras. Althar praguejou ao mesmo tempo em que fazia um sinal de silêncio. Quando Theresa chegou lá em cima, avisou Althar que, nesse meio tempo, já tinha amontoado todo o tipo de mato na entrada. Em seguida, o velho tratou de cobrir toda a boca da caverna com a rede que tinha trazido. Depois de prendê-la, retrocedeu alguns passos para acender o fogo e logo regressou com um galho em chamas.

Theresa ficou olhando Althar se colocar atrás de uma rocha e fazer um sinal para que se apressasse. Em pouco tempo, o cheiro de queimado indicou que o momento se aproximava, de modo que tomou ar e jogou-se no chão. De repente, Satã começou a latir como um possesso, escavou entre as pedras e deu vários giros sobre si mesmo. Theresa pensou que estava perturbado, mas na mesma hora, um rugido retumbou no interior da cova.

O coração de Theresa se encolheu. Segurou a besta como pôde e apontou para a saída, mas mesmo deitada, a arma tremeu. Passaram-se alguns minutos até que, de repente, uma gigantesca massa de pêlos surgiu do nada, atravessou a entrada bufando e precipitou-se contra a rede. Vendo-se presa, a fera rugiu furiosa, entre patadas e dentadas. Satã uivava excitado, latindo e atacando a fera, desprezando as mordidas que ela tentava dar. No entanto, inesperadamente, o fogo pegou na rede e começou a se propagar pela barriga do urso. O animal ganiu de dor, enquanto tentava se livrar, erguendo-se em duas patas. Por um momento, Theresa pensou que o animal escalaria a parede e chegaria até ela, mas a fera escorregou e caiu de novo na frente da cova. Então, o urso virou-se e emitiu um rugido pavoroso que deixou sua gigantesca goela à mostra. Theresa fechou os olhos, mas outro urro a obrigou a reabri-los. Foi então que Althar disparou. A flecha fendeu o ar e incrustou-se a um palmo do ombro do urso. O animal rugiu e retorceu-se. Althar viu que tinha que se apressar ou o fogo arruinaria a pelagem da fera. Esticou novamente a corda do arco e disparou. O segundo dardo penetrou até desaparecer na barriga do mamífero. O animal uivou de dor, contorcendo-se sobre si mesmo, suspendeu-se desajeitadamente e, por fim, desabou como se uma montanha desmoronasse.

Passados alguns segundos, Theresa se levantou. Continuava tremendo, mas pelo menos respirava. Observou o urso imóvel, que jazia em todo o seu comprimento. Sua figura era imponente, com o pêlo brilhante e as garras afiadas. Fez que ia descer, mas Althar a impediu.

— Espere até eu avisar — ordenou cortante. — São perigosos até depois de esfolados.

Aproximou-se do animal com um machado na mão e um galho comprido na outra. Parou a cerca de três passos. Cutucou o animal com o galho, mas o urso não se moveu. Então, levantou o machado com as duas mãos e descarregou com toda a força no pescoço da fera.

Althar permaneceu um tempo admirando o cadáver. Por sorte, as chamas só tinham danificado os quartos traseiros. Além disso, o corte do pescoço mostrava-se limpo e as marcas das flechadas eram imperceptíveis. No fim das contas, a caçada tinha sido mais simples do que o previsto.

Antes de descer, Theresa retirou o dardo da besta e enrolou num pano, tal como Althar tinha lhe ensinado. Já estava na metade da descida, quando um novo rugido paralisou-a.

Por um instante, não deu crédito aos próprios ouvidos. Tinha visto o animal morrer e, no entanto, um novo urro retumbava na montanha. Correu o mais rápido que pôde para a elevação em que estava antes e descobriu horrorizada que um segundo urso saía do covil e atacava Althar. O velho retrocedeu alguns passos, golpeando o ar com o machado, mas o animal continuava a se aproximar. Em seu desespero, Althar recuou até o precipício, ficando encurralado na borda. O urso parecia ter adivinhado a sua vantagem e parou antes de lançar o último ataque. Althar tentou escapar pelo lado, mas escorregou e o machado escapuliu, caindo no fundo do barranco.

Soube que ia morrer.

O bicho ergueu-se até alcançar o dobro da altura de Althar, avançou alguns passos e urrou como se tivesse o diabo no corpo, mas logo antes da acometida final, Satã se interpôs entre a fera e seu dono. O cão começou a latir e o urso parou, até que, num instante, deu uma patada e Satã saiu voando com o pescoço destroçado. Theresa compreendeu que precisava agir. Pegou o dardo e enfiou na canaleta da besta. Em seguida, estendeu-se em todo o seu comprimento e apontou cuidadosamente para a cabeça do animal. Foi então que lembrou das palavras de Althar e desviou a mira para a enorme pança acastanhada.

Pensou consigo mesma que só dispunha de uma chance.

Fechou os olhos e disparou. A seta atravessou o ar e desapareceu de sua vista. Por um instante, pensou que tinha acertado, mas logo percebeu horrorizada que o dardo só tinha atingido uma das patas traseiras do animal.

Pensou que Althar fatalmente morreria sem apelação. No entanto, algo de estranho aconteceu. Ao tentar avançar, a fera perdeu o apoio na pata ferida e caiu bruscamente sobre o costado esquerdo. Por um momento, parecia que ia se levantar, mas ao tentar fazê-lo, voltou a tropeçar e deslizou até a beira do barranco. O animal esperneou desesperadamente, como se adivinhasse o que estava para acontecer. De repente, as pedras sobre as quais se apoiava desprenderam-se e, apesar de seu esforço, o urso caiu junto com elas no fundo do despenhadeiro.

Theresa demorou um tempo para reagir. Quando conseguiu, desceu correndo até onde estava Althar que, ainda tonto, dava a impressão de que não entendia direito o que tinha acontecido.

— Dois ursos. Havia dois malditos ursos.

— Eu mirei como você me disse, mas não pude...

— Não se preocupe, filha. Fez muito bem... Dois malditos sacanas... — repetia.

Coçou a cabeça e olhou para Satã com tristeza. Tirou a capa e envolveu o animal cuidadosamente.

— Era um bom animal. Vou empalhá-lo para que fique comigo para sempre.

Passaram a tarde esfolando o primeiro urso. Quando terminaram, ocorreu a Althar que poderiam recuperar a pele do segundo.

— Afinal só precisamos descer o barranco.

— Não é perigoso?

— Você espera aqui — disse ele.

Largou o que tinha nas mãos e começou a descer por uma vereda lateral que parecia levar ao fundo da ribanceira. Depois de um tempo, voltou por onde tinha ido, com alguma coisa carregada nas costas.

— A pele estava toda roída de sarna — comentou. — Mas tinha uns olhos bonitos, então eu os trouxe junto do resto da cabeça.

Quando chegaram em casa, Leonora os recebeu com uma boa notícia: Hóos tinha se levantado e esperava por eles.

Enquanto jantavam, Theresa percebeu que o jovem parecia mais interessado no prato de sopa do que no relato da caçada. No entanto, quando engoliu a última colherada, Hóos agradeceu a Althar por ter salvado sua vida.

— Agradeça a ela. Foi a moça quem insistiu comigo para que o colocasse na carroça.

Hóos olhou para Theresa e seu semblante endureceu. Leonora intuiu que algo de estranho estava acontecendo.

— Eu agradeço — respondeu seco. — Mas era o mínimo que se esperava depois de eu tê-la salvado antes.

— Isso mesmo — concedeu Althar. — Dá para notar que a moça é digna de confiança — riu, dando um encontrão em Theresa.

Hóos preferiu mudar de assunto.

— Disse que você e sua esposa vivem aqui há muito tempo.

— De fato. E garanto que não sentimos falta da imundície da cidade: gente fofoqueira, acusações, falatórios... Bah! Aqui estamos bem. Só nós dois, fazendo e comendo o que nos der vontade — bebeu um trago de vinho. — Mas diga, como está se sentindo?

— A bem dizer, regular, mas não agüentava mais ficar deitado.

— Mas vai ter que ficar de repouso, pelo menos até que essas costelas se soldem. Do contrário, qualquer movimento poderia arruinar seus pulmões.

Hóos concordou. A cada gole, sentia como se um espinho espetasse suas entranhas. Acabou o vinho, despediu-se e voltou para seu enxergão. Althar aproveitou para estender a pele do urso e colocar as respectivas cabeças sobre duas cubas. Quando levou os animais para a caverna, sentiu falta da correria de Satã ajudando-o na tarefa.

O dia seguinte amanheceu sujo e ventoso. Um dia ruim para passeios, pensou Althar, embora não tão mal para empalhar troféus. Antes do desjejum, foi dar de beber aos animais, limpou a sujeira que tinham feito dentro de casa e aproveitou para aliviar a bexiga. Quando regressou, Theresa e Leonora já tinham se levantado. Comeram em silêncio para que Hóos continuasse dormindo. Em seguida, Althar recolheu a pele e as cabeças dos ursos e pediu a Theresa que o acompanhasse.

— Ainda preciso me assear — desculpou-se a moça.

Althar supôs que continuava menstruada, de modo que não insistiu.

— Quando terminar, vá para a outra cova. Vou precisar de sua ajuda.

Althar botou a carga no ombro e saiu caminhando com ela. Depois de um tempo, Theresa aproximou-se do riacho para banhar-se com os panos que Leonora tinha lhe dado. Ao voltar, verificou que Hóos tinha despertado e a olhava com dureza. Leonora pareceu perceber.

— Preciso sair para dar de comer aos animais — anunciou a mulher. — Se precisarem de alguma coisa, basta me chamar.

Ambos fizeram que sim com a cabeça. Quando a mulher se foi, Hóos fez menção de levantar-se, mas uma pontada em seu peito fez com que se recostasse de novo. Theresa sentou ao seu lado.

— Está melhor? — perguntou, envergonhada. Eram as primeiras palavras que lhe dirigia. Hóos demorou a responder.

— Não demonstrou tanto interesse quando fugiu com a minha adaga... — respondeu.

Theresa não sabia como argumentar. Foi até o lugar onde guardava sua sacola e voltou ruborizada.

— Não sei como pude fazer isso — disse, com lágrimas nos olhos.

Hóos não mudou de expressão. Pegou a adaga e guardou debaixo da manta. Em seguida, fechou os olhos e virou para o outro lado.

Theresa compreendeu que nada do que dissesse ou fizesse o convenceria. A bem da verdade, se tivesse acontecido o contrário, ela também reagiria daquela maneira. Enxugou as lágrimas e com a voz trêmula, pediu perdão. Finalmente, diante da intransigência do jovem, abandonou a caverna cabisbaixa.

No caminho para a caverna pequena, encontrou Leonora. A mulher preocupou-se com a vermelhidão de seus olhos, mas ela seguiu seu caminho deixando-a com as palavras na ponta da língua. Então Leonora voltou para interrogar o próprio Hóos.

— Não é assunto seu — respondeu ele.

Leonora ficou ofendida com a resposta.

— Pois ouça bem, rapazinho. Pouco me importa de onde você vem e que títulos pode ter. Quero que saiba que só está vivo porque essa moça a quem acabou de fazer chorar lutou para que vivesse, de modo que mais vale que se comporte como um príncipe, se não quiser que eu mesma lhe quebre essas costelas.

Hóos não respondeu. Pensou que não interessava a ninguém o impulso que o tinha levado a sair em busca de Theresa.

DEZEMBRO

9

Primeiro sentiu um ligeiro formigamento. Em seguida, uma pontada na ferida.

Górgias jogou a tábula de cera que Genserico tinha trazido no enxergão e se aproximou da luz procedente da janelinha no alto da cela. Em seguida, retirou a bandagem que protegia seu braço, com cuidado para não arrancar a casca da ferida. Quando conseguiu, percebeu que o corte apresentava uma inflamada cor violácea e uma penca de pústulas começava a aflorar entre os pontos de sutura. Se pudesse, chamaria o médico Zenón para examiná-lo, embora a ausência de pestilência o tranqüilizasse. Com a ponta de seu estilete, levantou as crostas mais secas e limpou o fluido amarelento que encontrou sob as mesmas. Em seguida, prendeu a bandagem e rezou para que o braço cicatrizasse sem maiores seqüelas.

Durante a primeira hora, só fez esperar. Depois, distraiu-se olhando a pequena janelinha, pela qual nem uma criança conseguiria se enfiar. Por mais que tentasse, não conseguiu ver nada através do alabastro. Pensou em quebrá-lo, mas se conteve. Em seguida, ouviu os sinos do ofício da *sexta* e pensou consigo mesmo que sua mulher já devia ter procurado a congregação, preocupada com seu atraso.

Imaginou as mentiras que lhe contariam.

Queria pensar que Genserico tinha razão; que talvez Wilfred fosse o responsável por sua prisão. Talvez pretendesse protegê-lo do *percamenarius* ou quem sabe só queria vigiar seus progressos com o documento. Mas por que aquele lugar distante de seu controle? Poderia ter escolhido o *scriptorium*, onde poderia dispor de todo o seu material, ou mesmo os seus próprios aposentos, para mantê-lo sob vigilância. Afinal, Wilfred desconhecia o ataque de que tinha sido vítima e se, como queria o assistente, tinha mandado prendê-lo apenas para evitar problemas, ele também estaria a salvo no *scriptorium*.

Ao anoitecer ouviu o som de um ferrolho. Pensou no conde, mas o fedor de urina anunciou o assistente. Em seguida, ouviu sua voz pausada ordenando que se colocasse no fundo do aposento. Ele perguntou por sua mulher, mas não recebeu qualquer resposta. A ordem ressoou de novo e dessa vez Górgias obedeceu. Passado um instante, percebeu que uma portinhola na parte inferior da porta girava sobre si mesma como um torno. Quando parou, verificou que Genserico tinha depositado um pedaço de pão e uma jarra com água em seu interior. Do outro lado, escutou o assistente insistindo para que pegasse os alimentos e colocasse a lista do material de que precisaria no torno.

— Não, até que me dê uma resposta. — declarou.

Transcorreram alguns minutos, que lhe pareceram eternos. Em seguida, o torno voltou a girar, carregando com seu movimento o pão e a água para fora. Imaginou Genserico retirando os alimentos do torno enquanto ele esperava. Logo depois, ouviu uma porta batendo e um silêncio que se prolongou até quando a madrugada já ia longe.

No meio da manhã, Genserico regressou cantarolando uma cançãozinha. Depois de comprovar que Górgias ainda estava acordado, informou que Rutgarda estava bem. Tinha lhe feito uma visita, na casa de sua irmã.

— Disse que você passaria alguns dias trabalhando no *scriptorium*, e quer saber? Ela compreendeu perfeitamente. De passagem, entreguei-lhe dois pães e uma porção de vinho e garanti que enquanto você permanecesse conosco, ela receberia outro tanto todo dia. Ah, sim. Pediu-me que lhe entregasse isso.

Górgias viu o torno girar. Junto com o pão e a água do dia anterior, encontrou um lencinho bordado. Pertencia a Rutgarda. Ela o trazia sempre consigo.

Pegou-o com delicadeza e o guardou junto ao peito. Em seguida, tirou o pão do torno e mordeu ansiosamente. Do outro lado, Genserico apressou-o. Queria a lista do que precisava. Sem parar de comer, Górgias anotou na tabuleta uma extensa lista, na qual faltava, de propósito, o pó secante. Em seguida, simulou que repassava as anotações. Depois, depositou a tabuleta no torno e empurrou a engenhoca para fazê-la retroceder. Quando o torno rodou, Genserico apoderou-se da lista, leu com cuidado e desapareceu sem dizer uma palavra.

Uma hora mais tarde, voltou carregado de folhas, tinteiros e outros utensílios para escrita. O assistente comunicou que o visitaria diariamente para verificar seus progressos, fornecer alimento e retirar os excrementos. Antes de despedir-se, relembrou com malícia que também visitaria Rutgarda. Em seguida, despediu-se e saiu da cripta deixando o escriba com sua aparelhagem.

Assim que se viu sozinho, Górgias começou a trabalhar. Pegou um dos códices que Genserico tinha trazido e virou-se de costas para a porta a fim de ocultar seus movimentos. Com imenso cuidado, extraiu um pergaminho em branco. Estendeu-o sobre a carteira e recordou como se estivesse lendo:

IN-NOMINE-SANCTAE-ET-INDIVIDUAL-TRINITATIS-PATRIS-SCILICET-ET-FILII-ET-SPIRITUS-SANCTI

\- - -

IMPERATOR-CAESAR-FLAVIUS-CONSTANTINUS

Sabia o texto de cor. Tinha lido aquele cabeçalho centenas de vezes e transcrito outras tantas mais.

Benzeu-se antes de começar e, ato contínuo, examinou a pele sobre a qual ia efetuar seu trabalho. Observou que, apesar do bom tamanho, seria insuficiente para transcrever as 23 páginas em latim e as 20 em grego que compunham o documento. Em seguida, deslizou os dedos sobre o selo imperial que, impresso ao pé do pergaminho, representava uma cruz grega sobre um rosto romano. Circundando o selo, aparecia o nome de Gaius Flavius Valerius Aurelius Constantinus; Constantino, o Grande: primeiro imperador cristão e fundador de Constantinopla.

A lenda rezava que a conversão de Constantino tivera lugar quatro séculos antes, durante a batalha de Ponte Silvio. Contava-se que, pouco antes da ofensiva, o imperador romano teve a visão de uma cruz flutuando no céu e, inspirado nessa imagem, mandou bordar em seus estandartes o símbolo cristão. A batalha concluiu-se com sua vitória e, em reconhecimento, renunciou ao paganismo.

Górgias rememorou o conteúdo do documento.

A primeira parte, o "*Confessio*", relatava que Constantino, doente de lepra na ocasião, procurava os sacerdotes pagãos do Capitólio, os quais aconselhavam que abrisse uma vala, nela vertesse o sangue de meninos recém-sacrificados e se banhasse nesse sangue ainda quente. Contudo, Constantino tinha recebido, na noite anterior, uma visão que o aconselhava a procurar o papa Silvestre e abandonar o paganismo. Constantino obedeceu, converteu-se e ficou curado.

A segunda parte, denominada "*Donatio*", listava as honras e oferendas que, em retribuição à sua cura, Constantino doava para a Igreja. Dessa maneira, reconhecia a primazia do papado romano sobre os patriarcas de Antioquia, Alexandria, Constantinopla e Jerusalém. Além disso, para que a dignidade pontifícia não desmerecesse a dignidade terrena, doava também o palácio de Latrão, a cidade de Roma, toda a Itália e o Ocidente. Por último, a fim de não transgredir nos direitos outorgados, Constantino construiria uma nova capital em Bizâncio, aonde ele e seus descendentes iam se limitar a governar os territórios orientais.

Sim. Não havia dúvida: aquela doação representava a supremacia de Roma sobre o resto da cristandade.

Com grande cuidado, dividiu o pergaminho nos in-quartos que deveriam compor os cadernos. Em seguida, fracionou as folhas em dois fólios de idêntico tamanho e verificou que dispunha de um número suficiente. Molhou o cálamo na tinta e começou a copiar sobre o pergaminho selado. Não parou de trabalhar até que a noite acabou com o dia.

10

O processo de empalhação, longe de incomodar Theresa, conseguiu fazê-la esquecer da adaga por alguns momentos. Ficou observando o trabalho de Althar. Ele já tinha começado a construir a armação que, muito provavelmente, serviria de suporte para o corpanzil do urso, usando como eixo um tronco central ao qual prendeu dois galhos de menor calibre para as patas traseiras. Então pediu à moça que retirasse a pele do animal para testar o equilíbrio da estrutura. Em seguida, acertou a posição das patas e fixou com pregos e cunhas.

— No final, posso fixar melhor com uma corda, é claro — comentou, pouco convencido.

Recomendou a Theresa que raspasse os restos de gordura da pele, retirasse qualquer inseto e lavasse bem com sabão. Não foi difícil, pois estava acostumada a executar a mesma tarefa na oficina de Korne. Quando terminou, secou a pele e estendeu-a num bastidor para arejar.

— Quer que limpe as cabeças também? — perguntou.

— Não. Espere aí — desceu do tamborete e atirou o martelo no chão. — Isso é um assunto à parte.

Sentou-se numa pedra e colocou uma das cabeças entre as pernas para examiná-la. Depois de verificar que não sangrava mais, pegou uma faca e fez uma incisão vertical do alto do crânio até a nuca e acrescentou outra, horizontal, na parte posterior do pescoço, formando um "T" invertido. Em seguida, descolou o couro puxando com força as duas pontas resultantes até deixar o crânio pelado.

— Jogue a caveira na tina de cal — pediu Althar.

Theresa obedeceu. Quando acrescentou água quente, a cal começou a ferver e corroer os tecidos que permaneciam grudados no crânio. Enquanto isso, Althar repetia a operação com a outra cabeça.

No meio da manhã, tinham concluído toda a estrutura. Althar extraiu um dos crânios, já perfeitamente limpo, e tratou de secá-lo. Depois, colocou a caveira na ponta do tronco que fazia as vezes de coluna e a armação adquiriu o aspecto de um horripilante espantalho. Althar ficou visivelmente satisfeito com o resultado.

— Quando a pele estiver curtida, poderemos terminar — garantiu.

Voltando para a caverna, passaram diante de uns estranhos arcos de madeira. Theresa ficou curiosa com o engenho.

— São colméias — informou ele. — Cubro as caixas com barro, pois no inverno ficam muito frágeis. Selando a estrutura, elas agüentam quentinhas...

— E as abelhas?

— Lá dentro. Quando o inverno terminar, abrirei as colméias e em pouco tempo voltaremos a ter mel.

— Eu adoro mel.

— E quem não gosta... — riu. — Esse bichos picam como uns sacanas, mas proporcionam o suficiente para adoçar as sobremesas de uma temporada inteira. E não é só mel. Está vendo esse favo velho? — disse levantando a tampa de uma grande arca que jazia abandonada. — É pura cera. Ideal para círios e velas.

— Não vi nenhuma vela na caverna.

— Porque vendemos quase todas. Só usamos velas em casos muito justificados: quando estamos doentes ou coisas desse tipo. Deus criou a noite para dormirmos: do contrário, seríamos iguais às corujas.

Theresa pensou que podia pegar um pouco de cera para encher as tabuletas que ainda guardava na sacola e voltar a praticar a escrita. No entanto, quando fez uma insinuação sobre o assunto a Althar, ele negou redondamente.

— Mas vou devolver intacta depois... — argumentou a jovem.

— Nesse caso, vai ter que ganhar sua cera.

Fecharam a tampa e seguiram caminhando.

De volta à caverna, Leonora os recebeu com um apetitoso guisado de lebre. Comeram todos juntos, pois Hóos já estava andando, e beberam com vontade para comemorar. Quando terminaram, Althar felicitou-se pelo resultado das novas armadilhas e, em seguida, anunciou que ia empalhar Satã naquela mesma tarde, tarefa que desempanharia sozinho, pois requeria muita paciência. Antes de partir, disse a Theresa que lhe daria um pouco de cera se ela encontrasse uns olhos adequados.

— Olhos? — espantou-se ela.

— Para os ursos... — esclareceu. — Os verdadeiros apodrecem, de modo que é preciso substituí-los por olhos postiços. Se eu tivesse âmbar ficariam perfeitos, mas não é o caso, de forma que ficarei contente com as pedras roladas que encontrar no rio — tirou algumas pedras do bolso e exibiu-as. — Mais ou menos assim, só um pouco mais lisas. Envernizadas com resina, parecem olhos autênticos.

Theresa concordou. Quando terminou de esfregar as panelas, comunicou a Leonora sua intenção de ir até o rio.

— Por que não leva Hóos com você? Um pouco de ar fresco não vai lhe fazer nada mal.

Hóos ficou surpreso ao ouvir a sugestão e Theresa mais ainda quando ele aceitou sem problemas.

Saíram juntos da caverna, mas aos poucos ela tomou a dianteira e assim continuou até chegarem ao riacho. Uma vez lá, agachou-se para escolher as pedras.

— Talvez essa aqui sirva — disse Hóos.

Theresa pegou o seixo e comparou com os que tinha selecionado. Ficou despeitada ao reconhecer que a pedrinha de Hóos era mais lisa e uniforme que as suas.

— Pequena demais — mentiu, e devolveu quase sem olhar para ele.

Hóos guardou o seixo na sacola. Enquanto a contemplava, observou a delicadeza com que Theresa examinava a textura e a cor das pedras; admirou seus dedos deslocando-se furtivamente sobre os seixos para sentir sua rugosidade, o modo como os molhava para ressaltar a cor, como sopesava cada um delicadamente, classificando-os segundo um padrão que só ela parecia conhecer. Nesse instante, ela virou a cabeça e seus olhos resplandeceram como âmbar.

Estava absorto em seus pensamentos, quando Theresa perdeu o equilíbrio e caiu no rio. Hóos correu em sua ajuda, mas ao puxá-la, sentiu alguma coisa queimando em seu peito. Acabaram de recolher as pedras e tomaram o caminho de volta, mas dessa vez Theresa não se adiantou. Enquanto avançavam, ele perguntou pelas pedras e ela se mostrou medianamente satisfeita. Não falaram mais até chegar às colméias.

— Durante o inverno, ficam cobertas de barro. Para que as abelhas não morram — resumiu Theresa.

— Não sabia — não disse que seu peito doía.

— Nem eu — confessou com um sorriso. — Quem me contou foi Althar. Parece ser um bom homem, não acha?

— Estamos aqui graças a ele.

— Está vendo aquela arca ali? Althar me disse que podia usar a cera para encher minha tabuleta. — Aproximou-se e levantou a tampa.

— O que é uma tabuleta? Alguma espécie de candeeiro?

— Não — riu. — Uma caixinha do tamanho de uma forma de pão. Bem. Algumas são maiores, outras menores. A minha é de madeira e, uma vez cheia de cera, serve para escrever sobre ela.

— Ah! — assentiu Hóos, sem compreender muito bem.

— Assim que me secar, vou até a outra caverna. É um lugar maravilhoso! Quer vir comigo?

— Acho que já caminhei bastante por hoje — disse, queixoso. — Vá você. Vou deitar um pouco e aproveitar para mudar as bandagens.

— Hóos...

— Sim?

— Não sei por que eu roubei a adaga... Sinto muito, de verdade.

— Certo. Não se preocupe. Simplesmente, não faça mais isso.

Depois de se trocar, Theresa dirigiu-se à cova, não sem antes inspecionar as pedrinhas e selecionar quatro ou cinco de forma amendoada e tamanho uniforme. Disse consigo mesma que, uma vez pintadas, iam parecer autênticas retinas.

Quando chegou à caverna, topou com a porta fechada. Supondo que Althar se encontrasse no interior, empurrou a portinhola e entrou. Encontrou o velho trabalhando na armação do urso, à qual tinha acrescentado dois braços de madeira em posição caída.

— Nossa! Já chegou! — comentou surpreso. — Bem... diga... O que acha?

A moça examinou a extravagante estrutura por um instante.

— Horrível — respondeu sem pensar.

Althar tomou como um elogio.

— Como deve ser — garantiu. — Assim poderei vender mais caro... Mas o que a trouxe aqui?

— Trouxe as pedras para os olhos — e entregou-as.

Althar examinou cuidadosamente e depois guardou na caixa em que ficavam os escapelos, raspadores e estiletes.

— Dá para o gasto — afirmou.

Juntos colocaram a pele já tratada sobre a tosca armação. Costuraram as junturas e encheram os vazios com feno seco e alguns trapos. Depois, colocaram o crânio e, por último, forraram-no com a pele da cabeça. Quando terminaram, o urso parecia um enorme boneco desengonçado.

— Não parece uma fera — lamentou-se Althar.

Modificaram o recheio várias vezes, mas o resultado ficou ainda pior. Até então, Althar nunca tinha enfrentado um trabalho de tão grandes proporções. Finalmente, o velho praguejou contra a figura e saiu para desanuviar o espírito.

Entretanto, Theresa refletia sobre o aspecto patético do urso. Percebeu que, como estava de pé, o peso fazia o recheio se acumular na barriga, esvaziando o peito e os ombros. Além disso, os braços pendiam inertes e, com a boca fechada, o crânio caía para a frente e o animal parecia cabisbaixo. Alguém poderia dizer que, mais que empalhado, o bicho parecia enforcado.

Saiu atrás de Althar para discutir suas idéias, mas como não o encontrou, voltou à caverna e começou a trabalhar sem consultá-lo.

Quando o velho regressou, ficou boquiaberto. Theresa tinha modificado a posição dos braços, que agora se exibiam erguidos e desafiantes acima da cabeça. Nessa posição, o feno tendia a se acumular na área próxima dos ombros, onde era realmente necessário. Nas patas traseiras, tinha substituído o feno por trapos pespontados para ficarem bem ajustados.

— E se colocarmos feno entre a pele e o tecido, essas protuberâncias não serão visíveis — explicou.

Althar continuou a olhar, absorto. Notou que além disso, ela tinha colocado um pedaço de madeira escura entre os maxilares para que a goela ficasse aberta, dando à fera um aspecto ameaçador. Parecia impossível que aquele soberbo animal fosse o mesmo espantalho que tinha rejeitado momentos antes.

Voltaram de noite, cansados, mas felizes. No caminho, pararam nas colméias para pegar cera para Theresa. Quando chegaram em casa, Althar cumprimentou Leonora com um sonoro beijo e, em seguida, falou dos progressos no trabalho.

— Pois as minhas notícias não são tão boas — lamentou-se a mulher. — O rapaz piorou.

Dirigiram-se para o enxergão onde Hóos estava deitado, tremendo e respirando com dificuldade. Leonora mostrou um pano manchado de sangue, cuspido por ele.

— Vomitou ou tossiu? — tentou averiguar Althar.

— Sei lá! Foi tudo junto.

— Se foi tosse é mau presságio. Hóos, pode me ouvir? — falou em seu ouvido. O jovem fez que sim. Althar pôs a mão em seu peito. — Dói? — e ele voltou a concordar.

Althar fez uma careta e sacudiu a cabeça. A presença de sangue nos escarros só podia significar que uma das costelas tinha atravessado e rasgado o pulmão. Praguejou contra tudo e todos quando soube que tinha ido ao rio e feito muito esforço.

— Se for isso mesmo, não podemos fazer nada — disse à mulher em particular. — No máximo, rezar por ele e esperar até amanhã.

Hóos passou a noite tossindo e queixando-se. Leonora e Theresa fizeram turnos para assisti-lo, mas mesmo assim, melhorou muito pouco. De manhã, a febre o consumia. Althar percebeu que se não fosse atendido por um médico, morreria em alguns dias.

— Mulher, prepare alguma coisa para comermos. Estamos indo para Fulda — anunciou.

Ficaram prontos no meio da manhã. Althar colocou o urso dissecado, a cabeça que ainda precisava de acabamento e os seixos para as cavidades dos olhos na carroça. No meio disso tudo, colocaram um colchão de palha no qual acomodaram Hóos. Pegaram a comida, um fardo de peles para vender e despediram-se de Leonora.

— Espero voltar a vê-la — disse Theresa com os olhos banhados.

— Vai ficar curado — respondeu ela, e lhe deu mais um beijo, também acompanhado de lágrimas.

A primeira jornada transcorreu sem incidentes, e pararam apenas o necessário para engolir o pastelão de carne de veado e aliviar a bexiga. Hóos permanecia inconsciente e a febre, bastante alta. Passaram a noite junto de um arroio, alternando os turnos de guarda, e Theresa aproveitou para costurar a pele da cabeça do segundo urso. Quando colocou os olhos, adquiriu um aspecto formidável: pelo menos foi o que lhe pareceu naquele escuro. Na manhã seguinte, retomaram a marcha e pouco depois do meio-dia divisaram as espirais de fumaça que assinalavam a proximidade de Fulda.

Embora ainda estivessem distantes, Theresa ficou impressionada com o aspecto imponente da abadia. Sobre um amplo promontório, dezenas de edifícios multicoloridos apertavam-se uns contra os outros, disputando até o último palmo de chão onde uma madeira pudesse ser cravada ou uma cerca construída. No centro, concêntricas em relação aos muros externos, erguiam-se as muralhas que guardavam o mosteiro, uma construção lúgubre do mesmo tom escuro que a montanha na qual se assentava. Mais abaixo, nas bases, dezenas de casinhas, barracos, armazéns e celeiros se espremiam contra oficinas e currais numa desordem tal que ninguém se arriscaria a tentar distinguir os primeiros dos segundos.

À medida que avançavam, a trilha foi se alargando até se transformar num caminho amplo e movimentado, pelo qual camponeses e animais transitavam desordenadamente. As granjas isoladas, com seus telhados de taipa, salpicavam os campos e suas cercas de espinheiros definiam o poder de cada proprietário. Finalmente, chegaram à margem do rio Fulda, fronteira entre o tortuoso caminho e a entrada sul da cidade.

Uma fila interminável de camponeses aguardava para atravessar a ponte. Althar cobriu o rosto com um capuz e fustigou o cavalo até posicionar-se no fim da fila.

Cruzaram a ponte depois de pagar um pote de mel como pedágio para o guarda. Althar lamentou-se: se tivesse cruzado o rio um par de milhas mais abaixo, poderia ter poupado seu mel, mas com a carroça, os ursos e Hóos gravemente ferido, preferiu não correr riscos. Theresa não disse nada. Estava absorta observando o tráfego de gente, a gritaria constante, o cheiro de guisado e de humanidade misturados com o odor exalado por ovelhas, galinhas e mulas, que pareciam perambular com mais liberdade do que seus proprietários. Por um momento, esqueceu suas próprias preocupações para se distrair com comerciantes de tecidos, vendedores de carnes, tabernas improvisadas sobre tonéis de cerveja e com os grupos de moleques correndo entre as bancas de maçãs que enfeitavam o grande portão de entrada. Tudo parecia tão diferente que, por um instante, acreditou que tinha retornado à sua antiga Constantinopla.

Althar levou a carroça até um acesso lateral, para evitar o movimento da travessia dos artesãos. Deixou para trás o mercado e subiu por um beco desimpedido até desembocar numa praça para onde um sem-número de vielas confluíam. Esperaram ali até que uma comitiva procedente da abadia terminasse de desfilar e deixasse espaço para os carros que esperavam para seguir caminho até a colina.

Enquanto esperavam, Althar confessou a Theresa que conhecia uma pessoa na cidade que poderia hospedá-los.

— Mas não diga nada a Leonora — riu.

Theresa surpreendeu-se com o comentário. Althar parou o carro e encarregou-a de vigiar enquanto ele se informava. Em seguida, dirigiu-se para um grupo de homens que riam em torno de uma jarra de vinho. Depois de cumprimentá-los como se os conhecesse da vida inteira, retornou cabisbaixo.

Ao que parecia, a pessoa que procurava tinha se mudado para os arredores da cidade. Nesse momento, o carro que os precedia estalou o chicote e todos retomaram a marcha.

Faltando pouco para chegar à abadia, virou num beco estreito que atravessou quase roçando as paredes e continuou por uma viela que levava à parte oriental da cidade. Pouco a pouco, as casas foram ficando mais velhas e escuras e os cheiros de comida e especiarias deram lugar a um persistente fedor de vinho acre. Althar parou o cavalo na altura de uma casa toda desmantelada. Theresa observou que a casa bem em frente tinha a porta pintada de cores vivas. Não estava em ruínas, mas sem dúvida precisava de reparos. O velho apeou e entrou sem bater. Logo depois voltou exibindo um sorriso radiante.

— Desça. Vão nos dar de comer — disse.

Descarregaram os ursos com a bagagem e acomodaram Hóos na cantina.

11

Helga, a Negra, era nada mais nada menos do que uma prostituta das mais requisitadas. Assim que reconheceu Althar, mostrou a língua descaradamente, enrolou a saia exibindo os joelhos e, depois de chamá-lo de "tesouro", sapecou-lhe um sonoro beijo no rosto. Em seguida, perguntou quem era aquela namorada tão melindrosa que estava com ele e continuou caçoando até o momento em que percebeu que estavam acompanhados de um ferido. Na mesma hora, esqueceu as brincadeiras e começou a cuidar de Hóos como se sua vida dependesse daquilo.

Segundo contou a Theresa, tinha trabalhado como ajudante da tropa até descobrir que dar uma chupada num vizinho era muito mais lucrativo do que fazer a mesma coisa no bêbado do seu marido, de modo que, assim que enviuvou, vendeu a casa e abriu uma taberna para ganhar a vida. Era chamada de a Negra porque sua pele era cor de tição e suas unhas tinham a mesma cor. Enquanto falava, não parava de rir e cada vez que fazia, afloravam em seu sorriso alguns chamativos buracos bem no meio das gengivas. Theresa percebeu que o gracioso carmim que coloria suas faces desviava a atenção das falhas e, apesar das rugas, ainda podia ser considerada uma mulher atraente. Enquanto trocava as bandagens de Hóos, Helga, a Negra, perguntou a Althar por sua esposa e Theresa compreendeu por que o velho tinha pedido que guardasse segredo.

Theresa nunca tinha imaginado que o corpo de uma meretriz pudesse hospedar um coração tão bom. Em Würzburg, nunca tinha conhecido ou falado com nenhuma delas. A bem dizer, estranhou que em Fulda pudessem se estabelecer tão perto da abadia. Quando a mulher terminou o curativo, perguntou a Althar sobre a natureza dos ferimentos. Ele lhe passou suas impressões e ela pareceu refletir antes de dar uma resposta.

— O único médico que temos por aqui é um monge, que vive no mosteiro e só atende os beneditinos — informou. — Nós, os outros, temos que nos arrebentar com o barbeiro-dentista.

— Mas esse não é um ferido qualquer — devolveu Althar, aborrecido. — Precisa de alguém que saiba das coisas.

— Bem, depois você me conta, querido... Eu não posso me apresentar na porta da abadia acompanhada de um homem. E você, menos ainda: assim que o reconhecerem, soltam os cachorros em cima de você.

Althar alisou a barba. Helga, a Negra, tinha razão. No mosteiro ainda havia muita gente para quem a morte do filho do abade era culpa sua. A única opção era chamar o barbeiro e Helga concordou.

— Seu nome é Maurer. De manhã sai para atender aos doentes, mas ao meio-dia já está na taberna do mercado gastando até o último tostão.

Althar entendeu. Pediu a Theresa que amontoasse suas coisas sob o enxergão de Hóos e o acompanhasse. Helga cuidaria do doente.

— Nós vamos ao mercado — anunciou com um sorriso. — Já estava esquecendo que temos os ursos para vender.

Ao chegar à praça, tiveram que se instalar numa esquina afastada, pois os melhores espaços já tinham sido negociados. A multidão abarrotava os negócios de comida, de cerâmica, de ferramentas, de utensílios, de sementes, de tecidos ou cestaria, trocando as mais diversas mercadorias. Era dia de feira e todo mundo aproveitava para olhar ou conversar, embora toda a semana se vendesse sempre a mesma coisa. Althar estacionou a carroça contra uma parede para evitar que os pivetes o roubassem pelas costas. Levantou o urso, colocando-o de pé sobre o próprio carro e a seu lado, colocou a outra cabeça, apoiando-a sobre um suporte, improvisado com tábuas.

Perguntou a Theresa se sabia dançar. Theresa respondeu que não, mas o velho não pareceu dar importância. Ordenou que subisse no carro e balançasse o traseiro como bem lhe apetecesse. Em seguida, pegou uma corneta de caça e começou a tocar. De início, vieram apenas uns moleques mal-apanhados que se dedicaram a imitar as reboladas de Theresa, mas logo foram chegando outros curiosos, formando um círculo ao redor da carroça.

— Troco o urso grande pela minha mulher — ofereceu um camponês desdentado. — Tem as unhas compridas como as dele.

— Sinto muito, mas minha mulher já é uma fera... — riu Althar.

— Então está dizendo que esse bicho é um urso? — apontou um outro mais atrás. — Daqui se vêem apenas os ovos — e todos riram.

— Chegue perto da goela e vai ver como ele engole os seus também — e todos caíram na risada.

— Quanto quer pela moça? — perguntou um terceiro.

— Foi essa moça quem matou o urso, pense só no que faria com você... — novas gargalhadas.

Um moleque atirou um repolho, mas Althar pegou-o pelos cabelos e deu-lhe um safanão para servir de aviso aos outros. Um vendedor de cerveja pensou que poderia fazer bons negócios e trouxe seu barril para junto da carroça. Alguns biriteiros foram atrás na esperança de alguma bebida grátis.

— Esse urso devorou dois saxões antes que eu conseguisse caçá-lo — anunciou Althar. — Guardava os esqueletos em sua toca. Também matou meu cachorro e me feriu — mentiu, mostrando uma antiga cicatriz na perna. — E agora pode ser seu por apenas uma libra de prata.

Ao ouvir o preço, vários dos presentes deram meia-volta e abandonaram o local. Uma pessoa que tivesse uma libra de prata trataria de comprar seis vacas, três éguas ou até um par de escravos, e não um urso morto. Os que ficaram, continuavam atentos aos requebros de Theresa.

Uma mulher vestida com um casaco de peles finas parou para admirar o animal. Estava acompanhada de um homenzinho de aspecto elegante que, ao perceber sua curiosidade, mandou um criado perguntar pelo preço.

— Diga a seu patrão o que ele já sabe. Uma libra pelo animal completo — e soprou a corneta de caça novamente.

O criado empalideceu, mas o patrão nem se abalou ao saber da cifra. Mandou o doméstico de volta oferecendo a metade do preço a Althar.

— Diga que com esse dinheiro não vendo nem um raposa. Se quer impressionar sua dama, que esvazie a bolsa ou que vá caçar ele mesmo, arriscando seus próprios colhões.

Quando o casal ficou sabendo da resposta, deu meia-volta e desapareceu na multidão. No entanto, Althar percebeu que, depois de afastar-se alguns passos, a mulher virava a cabeça. O velho deu um sorriso e começou a recolher suas tralhas.

— Chegou a hora de tomar um trago — anunciou a Theresa.

Antes de partir, conseguiu fechar alguns negócios: vendeu uma pele de castor por um soldo de ouro a um comerciante de sedas e trocou outra por três alqueires de trigo com um padeiro. Em seguida, contratou dois rapazes para vigiar o urso, mas não sem antes avisar que, se faltasse alguma coisa quando retornasse, trataria pessoalmente de esfolá-los. Entraram na cantina e sentaram perto da janela para vigiar a carroça. Althar pediu dois copos de vinho e duas fogaças de pão com salsicha que foram servidos imediatamente. Enquanto bebiam, Theresa perguntou por que tinha se recusado a regatear o preço do urso.

— Você precisa aprender a linguagem dos negócios — respondeu, engolindo sua refeição de uma só vez. — E a primeira lição é reconhecer seu futuro cliente, coisa que, por sorte, sou capaz de fazer... O sujeito que se interessou pelo urso é um dos homens mais ricos de Fulda: poderia comprar cem ursos e ainda sobraria dinheiro para adquirir mil escravos. E quanto a ela... Olhando assim, não dá para ver o que tem no meio das pernas, mas o certo é que sempre consegue o que deseja.

— Bem, pode ser que eu desconheça essa linguagem, mas o urso continua aí fora e se tivesse abaixado o preço, talvez a gente estivesse aqui comemorando.

— E é isso mesmo que vamos fazer — riu Althar, e piscou um olho ao mesmo tempo em que indicava a porta, pela qual acabava de entrar o mesmo homem de quem estavam falando.

O recém-chegado aproximou-se e pegou um tamborete, enquanto a mulher que o acompanhava ficava do lado de fora, admirando a figura do animal empalhado.

— Importa-se? — perguntou.

Althar fez que não quase sem olhar, e o homem sentou-se discretamente. Em seguida, chegou o taberneiro. Enquanto se servia de queijo e vinho, Theresa examinou o aspecto do convidado. Tinha anéis em todos os dedos e, sob o nariz, exibia um longo bigode recém-engomado. Observou que suas roupas, embora ostentosas, estavam salpicadas de restos de comida. O homem pegou a jarra de vinho e, depois de encher seu próprio copo, completou o de Althar até transbordar.

— Por acaso não gosta do meu dinheiro? — perguntou diretamente.

— Tanto quanto você gosta do meu urso — respondeu Althar sem levantar os olhos do copo.

O homem sacou uma bolsa que depositou em cima da mesa. Althar pegou e avaliou um instante. Depois de avaliar o peso, deixou-a de novo na frente de seu proprietário.

— Meia libra é o que um de meus trabalhadores diaristas ganha por ano — argumentou o homem com expressão depreciativa.

— É por isso que não trabalho como diarista — contestou Althar, sem dar importância ao comentário.

O homem recolheu a bolsa e levantou-se irritado, saiu um momento e foi falar com a mulher. Depois retornou e fez a mesa em que Theresa e Althar comiam saltar com um soco. Em seguida, pegou duas bolsas e jogou sobre os restos de comida.

— Uma libra de prata. Que você e sua puta saibam aproveitá-la — disse referindo-se a Theresa.

— É o que faremos, senhor. Obrigado! — E virou o último trago sem se abalar.

Do lado de fora, a mulher beijou o homem e riu com afetação, enquanto um par de criados descarregavam o urso para transportá-lo para seu novo carro. Um dos rapazes contratados por Althar tentou impedi-lo, mas só conseguiu que lhe dessem um sopapo. Quando Althar saiu da taberna, chamou o rapazote e deu-lhe uma moeda por sua valentia.

— Diga, meu rapaz. Sabe onde posso encontrar Maurer, o barbeiro?

O rapaz mordeu a moeda até seus dentes rangerem e guardou-a entusiasmado. Quando subiram à carroça, conduziu-os por uma série de vielas até uma taberna situada a dois quarteirões de distância. Uma vez lá, o moço entrou no local e, em pouco tempo, voltou com um homem barrigudo com o rosto picado de varíola: era a pessoa que estavam procurando. Althar desceu do carro e, depois de informar a situação ao barbeiro, acertaram o preço da consulta. O homem entrou de novo na taberna e saiu carregando uma bolsa. Em seguida, subiram na boléia, e todos juntos encaminharam-se para a cantina de Helga, a Negra.

Embora exalasse um forte cheiro de vinho, o barbeiro desempenhou suas funções com evidente destreza. Assim que chegou, barbeou o peito de Hóos e limpou com óleos. Em seguida, examinou a consistência de seu peito na altura dos mamilos, controlou o rubor, o calor e a inchação. Seu aspecto violáceo o fez negar com a cabeça. Depois, ascultou a respiração com a ajuda de uma trompa de osso que aplicou sobre a ferida e aspirou seu alento, que achou acre e espesso. Prescreveu um cataplasma, considerando que uma sangria seria desnecessária.

— O que me preocupa é a febre — esclareceu. Recolheu as navalhas e as pedras coloridas que usava para afiá-las. — Tem três costelas quebradas. Duas parecem estar se consolidando, mas a terceira perfurou o pulmão. Por sorte, entrou e saiu. A ferida está cicatrizando bem, os sopros são fracos. Mas essa febre... é um mau sinal.

— Vai morrer? — perguntou Althar e a Negra presenteou-o com um tapão no cocoruto. — Quer dizer... Vai viver? — corrigiu-se.

— O problema é a inchação. Se persistir, a febre vai aumentar. Existem plantas... Poções capazes de barrar o avanço do mal, mas desgraçadamente não as tenho.

— Se é por dinheiro...

— Infelizmente, não. Pagou-me bastante bem e fiz tudo o que podia — disse, enquanto dava a última mordida no tira-gosto com os quais as famílias costumavam obsequiar os médicos.

— E essas plantas de que fala... — interessou-se a Negra.

— Não devia mencioná-las: à parte o funcho contra gripes e o cerefólio para as hemorragias, mal as conheço.

— Mas quem conhece, então? — interveio Theresa. — O médico do mosteiro? Por que não nos leva para falar com ele? Talvez consiga que nos atenda.

O barbeiro coçou a calva e olhou Theresa com pena.

— Não creio que possa ajudar. O médico de quem fala morreu no mês passado.

Helga deixou as panelas caírem no chão. A notícia também surpreendeu Althar e foi um golpe ainda maior para Theresa. Embora não tivessem dito nada, os três tinham esperança de que o médico da abadia ajudasse Hóos Larsson.

— Mas talvez possam falar com o boticário — indicou Maurer. — Aquele que chamam de frei herbolário. É teimoso como uma mula, mas muitas vezes tem piedade daqueles que acompanham suas súplicas com algum tipo de comida. Diga que estão indo de minha parte. Faço negócios com ele e ele tem estima por mim.

— E o senhor, não poderia...? — insistiu Theresa.

— Também não é um bom momento. No início do mês, uma delegação eclesiástica enviada por Carlos Magno chegou a Fulda. É chefiada por um monge britânico a quem o rei confiou a reforma da Igreja e, pelo que dizem, ele chegou de chicote em punho — deu um gole de vinho. — Bastaria que alguém fosse lhe contar que às vezes ganho um dinheirinho a mais afugentando os maus espíritos para que me acusasse de heresia e me pendurasse no pinheiro mais alto. Esse britânico botou o mosteiro de pernas para o ar, é bom tomarem cuidado.

Maurer acabou de aplicar o cataplasma e cobriu Hóos com uma manta. Antes de despedir-se, disse como poderiam chegar ao boticário e ensinou Helga a aplicar o curativo corretamente, sem apertar demais. Em seguida, apertou a mão de Althar e partiu com expressão circunspecta.

Uma vez sozinhos, até as paredes emudeceram.

A Negra empoou a cara e começou a arrumar a sala na qual logo começaria a exercer seu ofício. Por sua parte, Althar resolveu que era o momento certo para ir à ferraria consertar o cilindro da roda da carroça.

Theresa ficou com Hóos, secando o suor de sua testa com um pano. Deslizou o lenço sobre seu rosto com a suavidade de um sussurro, percorrendo as sobrancelhas, as pálpebras adormecidas; rezando para que o tremor que a dominava não perturbasse seu sono. Em seguida, percebeu que gotas semelhantes às que enxugava afloravam em seus olhos, como se de algum modo ambos partilhassem o mesmo sofrimento. Nesse instante preciso, jurou que, se dependesse dela, Hóos Larsson nunca morreria. Se necessário fosse, ela o arrastaria até o mosteiro e conseguiria que o boticário o curasse com suas ervas.

Quando Theresa viu a Negra de novo, parecia que estava diante de uma estranha. Seu cabelo solto enfeitado com fitas coloridas parecia menos branco, tinha pintado os lábios de vermelho sangue e, destacando as bochechas gorduchas, exibia um carmim exagerado. O decote pronunciado deixava entrever seios abundantes que, embora caídos, conseguia levantar com uma faixa bem apertada. Vestia uma saia ampla arrematada por um vistoso cinturão e de seu pescoço pendia um colar de contas que dançava sobre os seios a cada passo, tilintando de modo chamativo. A mulher se sentou e encheu um copo de vinho até a boca.

— Bem, terá que esperar — disse, olhando para Hóos. Ao perceber que uma prega tinha escapado do cinto, enfiou-a descuidadamente para baixo da saia.

— Não creio que esse cataplasma vá ajudar. Deveríamos levá-lo até o boticário — comentou Theresa.

— Agora, precisa descansar. Amanhã, depois de ver como amanheceu, a gente decide o que fazer. Althar comentou que pretendia ficar em Fulda.

— Isso mesmo.

— E mencionou que não tem família. Já pensou como vai fazer para ganhar a vida?

Theresa ruborizou-se. Na verdade, ainda não tinha pensado no assunto.

— Ah, entendi... — continuou a Negra. — Diga-me uma coisa. Ainda é donzela?

— Sim, respondeu embaraçada.

— Na verdade, está na cara — balançou a cabeça. — Se tivesse sido puta, seria bem mais fácil... De qualquer jeito, sempre é tempo para isso. O que houve? Não gosta de homens?

— Tanto faz para mim — olhou para Hóos e percebeu que não estava dizendo a verdade.

— E de mulheres?

— Claro que não! — levantou-se, ofendida.

Helga riu despudoradamente.

— Não se assuste, princesa, que Deus não vai baixar por aqui para nos ouvir — tomou outro trago de vinho. Olhou para ela e limpou os lábios com a mão, borrando a pintura. — Pois vai ter que pensar em alguma coisa. Comida custa dinheiro, roupa custa dinheiro e a cama em que esse jovem está dormindo nesse momento, quando não é utilizada para trepar, também custa dinheiro.

Theresa ficou perturbada. Por um instante, não soube o que responder.

— Vou procurar trabalho amanhã. Irei ao mercado para perguntar nos lugares e no campo. Com certeza, encontrarei algo.

— Que ofícios conhece? Talvez possa ajudá-la.

Explicou que, em Würzburg, trabalhava num curtume de couro. E também que conhecia alguma coisa de cozinha, lembrando do que Leonora tinha lhe ensinado. No entanto, evitou mencionar sua habilidade na escrita. Quando Helga se interessou pelos detalhes, respondeu que preparava pergaminhos, costurava cadernos e encadernava códices.

— Aqui não tem nenhuma oficina de pergaminhos. Cada um se arranja como pode. Talvez exista alguma na abadia, mas não posso garantir. E ganhava muito com esse trabalho?

— Recebia um pão por dia. Os aprendizes não ganham nada.

— Ah, ainda estava aprendendo. E depois, qual é o pagamento por dia de trabalho?

— Bem, um ou dois dinheiros por dia, e também recebiam em comida — não quis explicar que se considerava uma especialista.

Helga assentiu. Em todos os lugares, o pagamento com alimentos ou mercadorias era uma forma habitual de salário. No entanto, quando Theresa informou que recebiam um alqueire de trigo, que era o equivalente a um dinheiro, a mulher começou a rir.

— Logo se vê que nunca esteve no mercado. Vejamos — afastou as jarras para um lado da mesa e começou a formar bolinhas de pão com as migalhas que sobraram. — Uma libra de prata são vinte soldos — acabou de fazer as bolinhas e separou duas fileiras de dez de um lado — e um soldo corresponde a 12 dinheiros — fez algumas tantas a mais, mas se equivocou ao contar e jogou tudo no chão com um safanão. — Enfim. Os soldos são de ouro e os dinheiros de prata, certo?

Theresa olhou para cima, como se procurasse alguma coisa no teto. De repente, respondeu:

— Se 12 dinheiros fazem um soldo, e 20 soldos fazem uma libra... — contou nos dedos um instante. — Então uma libra equivale a 240 dinheiros!

A Negra olhou para ela espantada. Concluiu que só tinha acertado a resposta porque já sabia.

— Isso mesmo — concedeu a mulher. — Duzentos e quarenta dinheiros. Na verdade, com um dinheiro se pode adquirir um quarto de alqueire de trigo ou um terço de alqueire de centeio. Ou até meio de cevada ou um de aveia. O problema é que para moer os grãos, tem que ter uma pedra de moer e as danadas são caras como o diabo, de modo que, se encontrar trabalho, seria preferível que pagassem em pão e não em grãos. Um dinheiro corresponderia a 12 barras de pão de duas libras, mas isso é muito para uma pessoa sozinha.

— E então?

— Na realidade, você só precisa de uma barra para seu consumo, portanto teria que ir ao mercado para trocar as nove barras restantes. Eu disse nove, porque se ficar aqui, teria que me dar outras duas como pagamento pelo alojamento. Uma libra de carne ou de peixe custa aproximadamente meio dinheiro, quer dizer, o equivalente a seis barras de pão de trigo. Depois disso, ainda teria outras três barras para trocar por sal que, como não apodrece, pode ser trocado de novo a qualquer momento. Se não gosta desse lugar, posso perguntar na vizinhança. Talvez encontremos outro quarto por esse preço.

— Mas vou precisar de outras coisas. Não sei... roupa, sapatos...

— Deixe ver, deixe dar uma olhada em você... Por enquanto posso lhe emprestar alguma coisa. De todo modo, embora um tecido de lã custe um soldo cada jarda, se procurar um tecido usado, pode encontrar por três dinheiros. Depois de eliminar os piolhos e remendar, vai servir tão bem quanto um abrigo novo. De fato, ainda ontem comprei um libra de lã velha. Isso são quatro ou cinco jardas, mas é suficiente para duas ou três peças. Posso lhe emprestar um retalho para que confeccione um belo vestido novo.

Theresa não disse nada, pois fazia tempo que estava com a cabeça longe dali. Mordiscou um naco de pão e ficou olhando para ela, pensando que, apesar da linguagem rude e dos modos grosseiros, Helga, a Negra, era dona de um coração maravilhoso.

— E quanto a Hóos — acrescentou a mulher —, pode ficar aqui o tempo que precisar, mas preciso da cama porque às vezes os clientes querem se divertir um pouquinho. Lá atrás, no palheiro, encontrará algum lugar onde poderão se acomodar.

Theresa beijou seu rosto e a mulher emocionou-se com o gesto.

— Sabe? Tempos atrás eu também fui bonita — sorriu Helga com amargura. — Faz muito, muito tempo...

Durante o jantar, Althar amaldiçoou a corporação dos ferreiros, seus membros e em especial o unha-de-fome que tinha consertado a roda de sua carroça.

— O maldito sacana pediu um soldo — voltou a reclamar. — Mais um pouco e ficava com a carroça.

Em seguida, anunciou que regressaria para as montanhas no dia seguinte.

A Negra mal falou. Theresa notou que, com o passar das horas, as manchas de pintura tinham transformado seu rosto na máscara de um espantalho. A duras penas, mantinha os olhos abertos. Tinha bebido além da conta e, mesmo assim, continuava agarrada ao copo.

Depois de limpar a mesa, Theresa dirigiu-se ao palheiro para cuidar de Hóos. Voltou a aplicar uma fricção e comprovou que a febre devorava o rapaz. Não dormiu naquela noite, pois Hóos vomitou três vezes.

Durante a vigília, lembrou de seu pai e de Rutgarda. Sentia falta deles a todo minuto, e não havia noite em que a saudade não a embalasse. Imaginava que estariam tristes e abatidos e sentia-se culpada por tê-los decepcionado. Algumas vezes, considerava a possibilidade de voltar, mas o medo e a vergonha não paravam de atormentá-la. Com freqüência, consolava-se imaginando que estavam bem e fantasiava uma forma de informá-los de seu paradeiro. Prometeu a si mesma que encontraria um modo de contatá-los, de explicar o que tinha acontecido para que algum dia pudessem perdoá-la.

Pela manhã, a barulhada de Althar tentando atrelar o cavalo na carroça a despertou. Theresa levantou Hóos, que parecia confuso, e ajudou-o a chegar às latrinas do estábulo. Enquanto ele se aliviava, ela separou uma porção do pastelão que Helga tinha preparado, com a intenção de oferecê-la ao boticário. Pediu a Althar que, antes de partir, os levasse até a abadia e o velho aceitou de bom grado.

Não se despediu da Negra porque estava tão bêbada que não conseguiu levantar. No estábulo, Theresa viu que a carroça de Althar brilhava como nova, pois o ferreiro, além de consertar o cilindro, também tinha dado um boa lixada. Sentou-se junto a Hóos, cobrindo-o para protegê-lo do sereno. Em seguida, Althar estalou o chicote e, lentamente, o animal seguiu caminho.

As vielas sucederam-se, enquanto as primeiras almas abandonavam suas casas e tomavam a direção dos campos. Seguindo as indicações do barbeiro, encaminharam-se para o flanco sul da abadia, onde, segundo suas palavras, encontrariam o boticário trabalhando no horto. Devia ser cedo, porque não se via nenhum trabalhador do outro lado da cerca de varas. Althar apeou da carroça e ajudou a acomodar Hóos sobre um toco de árvore.

— Chegamos — anunciou o velho.

Um calafrio percorreu Theresa, que não conseguia distinguir se era pelo frio ou pelo fato de ficar só de novo. Olhou agradecida para Althar e abraçou-se a ele quando ele estendeu os braços. Em seguida, afastou-se com os olhos brilhantes.

— Nunca vou esquecê-lo, caçador de ursos. Nem Leonora. Diga isso a ela.

O homem esfregou as pálpebras. Em seguida, remexeu entre suas roupas e tirou uma bolsa de moedas, que ofereceu a Theresa.

— É tudo o que consegui — Theresa ficou de boca aberta. — Por sua cabeça de urso — acrescentou.

Althar despediu-se de Hóos com um gesto. Depois atiçou o cavalo e sumiu lentamente por entre as vielas afogadas na lama.

Passou-se um bom tempo antes que as badaladas da *prima* anunciassem o início da atividade no mosteiro. Dentro em pouco, uma portinhola se abriu e saíram vários monges que começaram a perambular pelas veredas do horto. Os mais jovens dedicaram-se preguiçosamente a limpar e capinar as ervas daninhas, enquanto o mais velho, um frade alto e desalinhado, entretinha-se examinando os arbustos, agachando-se de vez em quando para acariciá-los. Theresa pensou consigo mesma que o mais alto devia ser o boticário, não somente pela idade, mas também por trajar uma túnica de sarja própria dos monges em lugar do hábito tosco dos noviços. O frade alto seguiu as moitas numa inspeção vagarosa, até chegar ao lugar onde Theresa estava. Nesse momento, ela aproveitou para chamá-lo.

— Quem está aí? — perguntou o monge tentando enxergar através da cerca de varas. Theresa encolheu-se como um coelho assustado.

— Frei herbolário? — perguntou num fio de voz.

— Quem está procurando por ele?

— Venho da parte de Maurer, o barbeiro. Pelo amor de Deus, ajude-nos.

Ao afastar as varas, o frade deparou-se com Hóos com o espinhaço todo encurvado, dobrado sobre si mesmo e prestes a cair do toco. Ordenou imediatamente a dois noviços que o transportassem para o interior do cercado. Theresa seguiu-os sem perguntar nada, atravessando os currais até um edifício achatado, protegido por uma porta com um tosco cadeado. O frade tirou uma chave da manga e, depois de algumas tentativas, empurrou a porta, que cedeu com um rangido. Em seguida, os noviços acomodaram Hóos sobre uma mesa, da qual retiraram vários potes e, seguindo as indicações do frade, regressaram ao horto para continuar capinando e consertando as cercas. Theresa esperou na soleira da porta.

— Não fique aí fora — disse o frade, enquanto arranjava os potes, tubos, frascos e redomas que se amontoavam, caídos e desordenados, em ambos os lados da mesa. — Então foi o barbeiro quem mandou você? E disse que eu poderia ajudar?

Theresa entendeu tudo.

— Trouxe isso para o senhor — e ofereceu a torta de carne preparada por Helga, a Negra.

O frade deu uma olhada, mas afastou a torta sem dar maior atenção. Em seguida, virou-se para a mesa e continuou organizando os recipientes enquanto interrogava Theresa sobre a origem da febre. Mordeu os lábios ao ouvir sobre o pulmão.

Removeu um alambique de destilação para o lado e evitou a prensa de madeira que parecia ligeiramente inclinada. Em seguida, pegou uma balança de mão e um frasco que encheu com a água de um poço interno. Mediu a quantidade e dirigiu-se para um gigantesco aparador, no qual descansavam dezenas de recipientes de cerâmica entre os quais começou a procurar algo. Pelo modo como apertava os olhos, Theresa deduziu que tinha dificuldade para ler os nomes escritos.

— Vejamos: *Salix Alba... Salix Alba...* — disse, aproximando o nariz a ponto de bater nos potes. — Sabe de uma coisa? A saúde é a integridade do corpo, o equilíbrio da natureza a partir do quente e do úmido. Nosso sangue é isso. Vem daí que dizemos *sanitas*, em vez de *sanguinis status* — pegou um potinho, examinou e voltou a colocá-lo no lugar. — Todas as enfermidades têm sua origem nos quatro humores: o sangue, a bílis, a melancolia e a fleuma. Quando aumentam além do natural, as enfermidades se produzem. O sangue e a bílis originam as doenças agudas, enquanto a fleuma e a melancolia produzem as crônicas. Onde será que puseram a cortiça de sálix?

— *Salix Alba.* Aqui está — indicou Theresa.

O monge olhou para ela espantado. Em seguida, aproximou-se do pote que a moça tinha indicado e comprovou que correspondia ao que estava procurando.

— Sabe ler? — perguntou incrédulo.

— E também escrever — respondeu ela sem pudor.

O frade ergueu as sobrancelhas, mas não disse nada.

— Está com fleuma no pulmão — explicou —, e não existe um único tratamento. Dispomos de uma tal quantidade de tinturas, ensalmos e poções que para chegarmos ao tratamento adequado levará algum tempo. Veja esse remédio — pegou uma fibra de cortiça de sálix. — É certo que o sálix em infusão no leite diminui a febre, mas a farinha de cevada dissolvida em água morna também faz isso, assim como o açafrão com mel. Cada remédio se comporta de uma maneira distinta, conforme as diversas misturas de suas proporções; e cada paciente é distinto, como distintas são as naturezas dos órgãos que o compõem. Pulmões fracos ou gravemente feridos às vezes ficam curados como por milagre, enquanto outros, aparentemente vigorosos e saudáveis, inflamam-se sem motivo com a chegada da primavera. Aliás... qual é a ocupação do jovem?

— Possui terras em Aquis-Granum — esclareceu, e aproveitou para contar que estava hospedada com Helga, a Negra, até encontrar algum trabalho.

— Interessante — comentou ele. Largou o pote de sálix e atravessou a sala até chegar a um forno que acendeu com uma vela. — Deus nos manda as enfermidades, mas também nos oferece os remédios para melhorarmos. E assim como estudamos as Suas palavras para alcançar o Paraíso, devemos estudar as palavras de Empédocles, Galeno, Hipócrates e até mesmo Plínio, para encontrar a cura, esteja ela no pó de um mineral de alume ou entre as glândulas do prepúcio de um castor. Segure essa tintura — ordenou a Theresa.

A moça segurou o recipiente, no qual o frade tinha colocado uma fervura escura. Preferia que não falasse tanto, pois temia que o enviado eclesiástico a quem Maurer tinha feito referência aparecesse de repente e os expulsasse do mosteiro antes que o boticário aplicasse seu tratamento.

— Mas se existem vários remédios, porque não utilizá-los todos? — perguntou.

— *Alibi tu medicamentum obligas*: aplicas o remédio no lugar errado. Dê-me isso — o frade adicionou um pó e bateu o soro, que ficou turvo até ganhar uma cor esbranquiçada. — "Medicina" provém de medida, quer dizer, da moderação, que é a premissa que deve guiar até o último dos nossos atos. Os gregos foram os pais dessa arte, que Apolo iniciou e seu filho Esculápio continuou. Mais tarde, foi Hipócrates quem retomou seu saber, elevando-o com seus conhecimentos cautelosos e sábios. A ele devemos essa forma de entender a cura, baseada na ponderação, na experimentação e na observação.

Theresa começou a ficar impaciente.

— Mas como pretende curá-lo?

— A pergunta não é tanto "como", mas antes "quando". E quanto à resposta, não depende de mim, mas dele. De modo que precisará ficar aqui até quando isso acontecer... se é que vai acontecer.

— Na verdade, não penso que seja uma boa idéia. O barbeiro comentou que na semana passada chegou à abadia um monge estrangeiro enviado por Carlos Magno. Se ele for tão severo quanto dizem, tenho medo de que possa censurá-lo por alguma coisa.

— Mas o que poderia censurar?

— Não sei. Recriminar seu comportamento. Segundo parece, a abadia só se ocupa de seus próprios doentes e se esse homem ficar sabendo que está ajudando um desconhecido...

— Como se chama?

— Não sei. Só lembro que era um frade estrangeiro.

— Estou me referindo ao ferido.

— Perdão — respondeu embaraçada. — Larsson, Hóos Larsson.

— Pois bem, senhor Larsson: é um prazer conhecê-lo. E uma vez feitas as apresentações, assunto resolvido.

Theresa esboçou um sorriso, mas em seguida insistiu.

— Se por qualquer motivo esse homem expulsar Hóos antes que o senhor possa curá-lo, não vou me perdoar nunca.

— E o que a faz pensar assim? Pelo que sei, o "recém-chegado" não é nenhum demônio. Só pretende impor ordem à abadia.

— Mas o barbeiro disse....

— Santo Deus, esqueça o barbeiro. Além disso, para sua tranqüilidade, posso garantir que esse enviado de Carlos Magno não vai ficar sabendo que Hóos está hospedado na botica.

— Tente me entender. Estou tão preocupada. O senhor garante que, se ficar aqui, Hóos vai se recuperar?

— *Ægroto dum anima est, seps est.* Enquanto há vida, há esperança.

Theresa imaginou que tanta amabilidade não seria gratuita, de modo que tirou a bolsa com moedas que Althar tinha lhe dado e ofereceu ao boticário. O frade deu à bolsa a mesma atenção que tinha dado à torta de carne.

— Guarde isso. Vai me recompensar de outra maneira. Vamos fazer uma coisa: volte amanhã depois da liturgia da *tercia* e pergunte pelo despenseiro.

Diga que frei Alcuíno está esperando por você. Talvez possa lhe arranjar um trabalho.

Quando contou para a Negra, ela não acreditou em seus próprios ouvidos.

— Com certeza esse boticário está tramando alguma coisa de ruim — afirmou a mulher.

— Do que está falando?

— Acorde, mocinha. Algo de mal para você.

— Pois me pareceu honesto. Em vez de comer, entregou o pastelão aos noviços.

— Vai ver que já estava bem cheio.

— É magro como um palito! Ouça — riu nervosa. — Que tipo de trabalho você acha que pode ser?

— Bem, se o boticário se comporta como Deus manda, talvez lhe dê um emprego de doméstica: os frades rezam muito, mas depois fazem tanta sujeira quanto os porcos. Ou no máximo, se tiver sorte e estiverem precisando, como cozinheira — e ganhar algumas libras de peso não ia lhe fazer mal algum. Mas se quer que eu seja sincera, há dezenas de moças dispostas a limpar latrinas, de modo que não entendo esse interesse em contratar uma jovem tão fraca. Enfim... tenha cuidado e cuide bem de seu traseiro.

Passaram a manhã cozinhando e arrumando a taberna. Na sala principal encontravam-se vários tonéis que serviam de mesas, alguns tamboretes, um balcão corrido e um tecido pendurado que separava a área dos usuários da cozinha. Junto a uma lareira, um forninho de ferro, dois tripés do fogão, diversas panelas, um enxame de frigideiras, um caldeirão, palhetas de madeira, cântaros e talhas rachados e um sem-fim de jarras e pratos amontoados à espera da água do poço para limpá-los. Helga explicou que tinha transferido a garrafeira para o sótão porque quando guardava o vinho na cozinha, bastava se descuidar e alguém surrupiava o que pudesse. Atrás se encontrava o armazém, metade curral. metade galinheiro, onde a cada noite exercia seu ofício.

Ao meio-dia comeram um pouco dos alimentos preparados para serem servidos na taberna e voltaram a comentar o episódio do mosteiro. Quando terminaram, Helga propôs que fossem à praça principal para ver o Marrano, um mouro acusado de um terrível delito. Arrumariam os cabelos e se divertiriam admirando os rapazes que jogavam repolhos e nabos no acusado. De passagem comprariam alguma fragrância para perfumar o corpo. Theresa acabou aceitando e saíram para a praça do mercado cantarolando.

12

Embora as bordoadas prodigalizadas pelos guardas tivessem convertido o corpo do Marrano numa pasta de carne pisada, ainda dava para apreciar o rosto enrugado e imberbe do qual provinha seu apelido. O homem estava encolhido de joelhos, amarrado a um toco, vigiado por dois homens armados de espadas. Theresa supôs que seria retardado, pois seus olhinhos tremiam assustados como se tentasse entender o que estava ocorrendo. Dezenas de pessoas rodeavam o réu, ameaçando-o e amaldiçoando-o. Um rapaz atiçou um cão para que o mordesse, mas o animal deu meia-volta e saiu correndo. Helga comprou duas cervejas de um vendedor ambulante e procurou um lugar onde pudessem contemplar o espetáculo, mas várias mulheres começaram a apontá-la com o dedo, de modo que resolveu afastar-se para um local mais discreto.

— Nasceu tonto, mas em trinta anos ninguém imaginou que fosse perigoso — contou Helga, enquanto acomodava o traseiro contra uma mureta.

— Perigoso? O que aconteceu?

— Nunca tinha causado problemas antes, mas na semana passada encontraram uma moça que ele costumava importunar nua e de pernas arreganhadas na beira do rio. Ele tinha cortado seu pescoço.

Theresa não pôde evitar de pensar no incidente em que os saxões tentaram violentá-la. Então, acabou a cerveja e pediu à Negra que voltassem para casa. A mulher concordou de má vontade, pois já fazia tempo que não se castigava um assassino em Fulda, mas acabou se conformando pensando que ainda poderia aproveitar o dia do justiçamento. Na volta, pararam para comprar os perfumes que Helga utilizava para suas conquistas. Escolheu um frasco com aroma de resina de pinho e outro com aroma mais profundo, parecido com incenso. Theresa não entendeu por que mas, em vez de cobrar pelos perfumes, o comerciante piscou o olho para a Negra e marcou encontro para mais tarde.

Dois bêbados passaram o resto da tarde na taberna bebendo vinho barato até o dinheiro acabar. Quando se foram, Theresa propôs a Helga que fossem até o mosteiro para saber do estado de Hóos, mas Helga aconselhou que esperasse o encontro marcado com o boticário. À noite, apresentaram-se na taberna três rapazotes que comeram, riram e partiram. Em seguida, chegaram cinco trabalhadores fedendo a suor, em busca de comida. Tomaram assento perto do fogo, pediram cerveja em abundância e começaram a apostar qual das duas acabaria primeiro com as anáguas por terra. Depois de atendê-los, Helga deixou Theresa encarregada da cozinha e saiu em busca de umas amigas, pois logo precisaria delas. Voltou de braço dado com duas mulheres muito pintadas, vestidas com roupas coloridas que, mal chegaram, já foram se sentando no colo dos trabalhadores para conversar e rir ao compasso de suas carícias. Um deles deslizou a mão por baixo da saia da que estava em seu colo e a mulher fingiu um gritinho. Outro, bêbado, ofereceu um trago à sua e derramou o vinho por seu decote, mas a jovem, em lugar de censurá-lo, respondeu mostrando os peitos. Naquele mesmo instante, Theresa compreendeu que o mais apropriado seria retirar-se, mas um dos homens a viu e se colocou em seu caminho. Por sorte, a Negra tranqüilizou-o sussurrando em seu ouvido promessas de uma noite de esbórnia. Em seguida, disse à jovem que entrasse no armazém e se trancasse na adega.

Theresa logo descobriu que a adega de um prostíbulo não era um bom lugar para passar uma noite tranqüila. De seu sótão, dominava o canto que um dos jornaleiros tinha escolhido para ajoelhar uma mulher que tentava devolver vida a seu membro. Quando a mulherzinha obteve sucesso, o trabalhador afastou a cabeça dela de sua virilha, montou em seu ventre e moveu o traseiro como quem se balança com toda a força. Em seguida, estremeceu um par de vezes, praguejou e deixou-se cair sobre o corpo esbranquiçado da prostituta. Nessa hora, Helga entrou acompanhada do comerciante de perfumes. Os dois riram ao ver o outro casal adormecido. O comerciante fez menção de acordá-los, mas Helga o deteve. Depois, começaram a trocar carícias num enxergão próximo, mas pelo menos cobriram-se com uma capa que ocultava seus corpos da vista de Theresa.

Quando conseguiu dormir, Theresa sonhou com Hóos Larsson. Sem querer, imaginou-o nu, assim como ela, acariciando seu cabelo, seu pescoço, seus seios: acariciando-a inteira. Sentiu algo estranho e despertou assustada. Depois, quando ficou mais calma, pediu perdão a Deus por pecar daquela maneira.

De manhã, Theresa arrumou a taberna, que parecia ter sido o campo de alguma batalha. Em seguida, preparou um desjejum, que tomou sozinha, pois a Negra continuava de ressaca. Quando finalmente levantou, a mulher enxaguou a entreperna numa bacia sebenta, falou do frio que fazia e deu vários conselhos a Theresa antes que ela saísse.

— E sobretudo, não vá dizer que me conhece — salientou com as pálpebras inchadas.

Theresa despediu-se com um beijo, recordando que já tinha dito ao boticário onde estava hospedada. Em seguida, correu para a abadia, pois os sinos já começavam a soar, anunciando a *tercia*. Quando chegou ao portão principal, foi atendida por um monge gordo, de aspecto retraído, que se surpreendeu ao ouvir suas pretensões.

— De fato, sou o despenseiro, mas me diga cá uma coisa. Com quem você disse que deve se encontrar mesmo? Com o boticário ou com frei Alcuíno?

Theresa surpreendeu-se, pois estava certa de que o boticário e frei Alcuíno eram a mesma pessoa, mas ao ver a hesitação da moça, o despenseiro fechou a portinhola, deixando-a do lado de fora. Theresa insistiu, batendo com os nós dos dedos, mas o despenseiro não abriu até que ela arremessou uma tina de lixo na porta.

— Se continuar a perturbar, vou açoitá-la com uma vara — ameaçou ele.

Theresa procurou uma resposta, mas não encontrou o que dizer. Por um instante, pensou em empurrar o frade e correr para o horto, mas em seguida. pensou que, se lhe desse a carne que trazia para o boticário, talvez conseguisse convencê-lo. Quando o despenseiro viu as chuletas, seus olhos esbugalharam-se até parecerem dois ovos.

— Decida, moça. A quem deseja ver, afinal? — perguntou o frade apoderando-se das carnes.

— Frei Alcuíno. — Começava a achar que o porteiro era curto de entendimento.

O homem mordeu uma chuleta enquanto guardava a que sobrava entre as mangas da batina. Em seguida, deu-lhe passagem e, depois de fechar de novo, pediu que o acompanhasse.

Para assombro de Theresa, em lugar de encaminhar-se para o horto, o despenseiro atravessou os currais pisoteando galos e galinhas, deixou os estábulos para trás, passou na frente da cozinha e, depois de desviar dos celeiros, dirigiu-se para um edifício de pedra que se destacava dos demais por sua aparência majestosa. O homem chamou na porta e esperou que respondessem.

— É a residência dos notáveis. Onde se hospedam os hóspedes importantes — explicou.

Um ajudante cuja sotaina escura contrastava com a palidez da cara veio abrir. O homem olhou para o despenseiro e balançou a cabeça como se já esperasse por aquilo. Em seguida, pediu a Theresa que o acompanhasse.

Evitaram as salas comuns, tomando uma escada que os levou a uma sala de paredes luxuosamente revestidas de tapetes de lã. Os móveis eram lavrados e em cima da mesa principal descansavam vários volumes dispostos em círculo, sobre os quais se derramava um halo de luz que se filtrava das vidraças de alabastro. O ajudante mandou que esperasse e abandonou a sala imediatamente. Instantes depois entrou a figura alongada do boticário, exibindo um refinado manto branco, fechado por um cinturão adornado de bordados e chapas de prata. Theresa envergonhou-se de suas roupas, pois eram as mesmas desde o dia do incêndio em Würzburg.

— Desculpe pelas minhas vestes de ontem, embora me pergunte se não deveria me desculpar pelas de hoje — sorriu ele. — Por favor, sente-se.

O boticário se acomodou numa poltrona de madeira e Theresa fez o mesmo sobre um tamborete colocado a seu lado. O frade ficou um momento examinando-a. Ela observou seu rosto ossudo coberto por uma pele branca curtida pelo tempo e fina como as camadas de uma cebola.

— Por que nos encontramos nesse lugar? E por que está vestido como um bispo? — perguntou finalmente Theresa.

— Bem. Não exatamente como um bispo — voltou a brindá-la com um sorriso. — Meu nome é Alcuíno. Alcuíno de York e na realidade sou apenas um frade. Pior ainda: nem sequer fui ordenado sacerdote, embora em certas ocasiões, pelo cargo que ocupo, seja obrigado a me cobrir com esses trapos pretensiosos. E quanto a esse lugar, moro temporariamente aqui, acompanhado de meus assistentes. Quer dizer, na verdade estou hospedado no cabido da catedral, que está localizado na parte oposta da cidade, embora esse detalhe não tenha muita importância.

— Não estou entendendo.

— O certo é que lhe devo desculpas. Devia ter explicado ontem que não sou o boticário.

— Não? E quem é, então?

— Temo que eu seja aquele "recém-chegado" de quem lhe falaram tão mal.

Theresa não pôde evitar um calafrio. Por um instante, imaginou que o destino de Hóos Larsson pendia por um fio, mas Alcuíno a tranqüilizou.

— Não precisa se preocupar. Se, tal como imaginava, eu pretendesse expulsá-lo, não acha que teria me negado a recebê-lo? Quanto à minha identidade, com certeza minha intenção não era confundi-la. O boticário morreu anteontem, de repente. É um assunto do qual já falarei. Casualmente, entendo bastante de ervas e emplastos, de modo que, quando me surpreendeu no horto, não pensei em mais nada senão em ajudar seu amigo.

— Mas depois...

— Depois não quis preocupá-la. Pensei que dados os seus receios, se dissesse a verdade só faria inquietá-la.

Theresa ficou um momento em silêncio.

— E como está ele?

— Graças a Deus, muito melhor. Logo iremos visitá-lo. Mas agora vamos falar do que a trouxe aqui. Vamos falar de seu trabalho — pegou um dos volumes da mesa e folheou com todo o cuidado. — *Phaeladias Xhyncorum* de João Aeropagita. Uma autêntica maravilha. Que eu saiba, só existe outra cópia em Alexandria e um fac-símile em Northumbria. Mas você disse que sabia escrever, não é mesmo?

Theresa confirmou.

O frade bateu palmas e dentro em pouco surgiu a figura do assistente trazendo alguns instrumentos. Alcuíno depositou-os com cuidado diante da jovem.

— Gostaria que transcrevesse esse parágrafo.

Theresa mordeu os lábios. Embora fosse verdade que sabia escrever, praticamente só tinha escrito em tabuletas de cera, pois o pergaminho era caro demais para ser desperdiçado. Lembrou que, nas palavras de seu pai, o segredo da escrita reside na escolha de uma pena adequada: nem muito leve, para evitar o traço solto, nem excessivamente pesada, pois impediria a obrigatória fluidez e graça. Hesitou entre várias, mas afinal se decidiu por uma pena de ganso rosa, que sopesou um par de vezes antes de alisar a lâmina e os filamentos. Em seguida, verificou o talho do orifício por onde passava a tinta. Achou que estava muito rombudo e inclinado, de modo que fez uma nova ponta com a ajuda de um escalpelo. Depois examinou o pergaminho.

Escolheu a face mais suave. Com a ajuda de um buril e de uma tabuinha, traçou várias linhas invisíveis para usá-las como guia. Em seguida, colocou o texto no atril e molhou o cálamo na tinta até que a ponta gotejou empapada. Respirou profundamente e começou a escrever.

As primeiras letras, embora um pouco trêmulas, foram surgindo encadeadas. Depois a tinta fluiu, brilhante e sedosa, enquanto a pluma deslizava com a delicadeza de um cisne sobre a água. Infelizmente, no começo da oitava inicial formou-se um borrão que estragou a folha.

Por um instante, pensou em abandonar, mas cerrou os dentes e seguiu em frente com decisão. Quando terminou o texto, raspou e soprou o erro, limpou os restos de secante e entregou a Alcuíno, que não tinha parado de observá-la. O frade analisou o pergaminho e, em seguida, olhou Theresa com expressão séria.

— Não está perfeito — concluiu. — Mas servirá.

Theresa observou que os olhos do frade voltavam outra vez ao texto. Eram de um azul pálido, apagado, dessa cor aguada que nubla os olhos dos mais velhos. Não correspondiam à idade que aparentava, que calculou por volta dos 55.

— Precisa de um escriba? — atreveu-se a perguntar.

— Isso mesmo. Para ajudar nos meus trabalhos, contava com Romualdo, um monge beneditino que sempre me acompanhou. Desgraçadamente, ficou doente poucos dias antes de chegar a Fulda e morreu um dia antes do boticário.

— Sinto muito — não encontrou nada mais para dizer.

— Eu também — lamentou-se ele. — Romualdo era meus olhos e, às vezes, até minhas mãos. Ultimamente, minha vista está se consumindo e, embora ainda consiga enxergar um fio de açafrão ou uma grafia arrevesada, à medida que a tarde avança, a vista começa a nublar e fica bem mais difícil. Era nessas horas que Romualdo lia para mim ou transcrevia meus comentários.

— E também não pode escrever, por acaso?

Alcuíno levantou a mão direita e virou o dorso para Theresa. Tremia como se estivesse tiritando de frio.

— Apareceu faz quatro anos. Às vezes, o tremor se estende por todo o antebraço, impedindo-me até de beber. Por isso, preciso de alguém que escreva minhas notas. Costumo anotar aquilo que vou observando, de forma que possa refletir sem esquecer nenhum detalhe. Além disso, desejava transcrever os textos da biblioteca do bispo.

— E não há mais escribas na abadia?

— Certamente. Temos Teobaldo de Pisa, Baltasar, o Velho, e também Venâncio: todos grandes demais para mantê-los atrás de mim o dia inteiro. Há também Nicola e Maurício, mas, embora saibam escrever, não sabem ler.

— Como pode?

— A leitura é um processo complexo, exigente, que requer um ânimo e uma capacidade que nem todos os frades possuem. No entanto, e por mais estranho que pareça, existem copistas que podem imitar com a mais absoluta mestria os signos, sem necessidade de entender seu significado, embora, é claro, sejam incapazes de escrever um ditado. Assim, há os que podem escrever ou, melhor dizendo, transcrever, mas não são capazes de ler, e há os que sabem ler medianamente, mas nunca aprenderam a escrever. Teríamos que adicionar a esses, aqueles que, apesar de saberem ler e escrever, só dominam o latim. Se além do mais, excluirmos os que confudem o "L" com o "F"; os que escrevem exasperantemente devagar, os que cometem erros de propósito ou os que se aborrecem com esse ofício e se queixam de dores nas mãos, sobram apenas alguns poucos. E por desgraça, nem todos podem ou querem deixar de lado suas tarefas para ajudar um recém-chegado.

— Mas poderia obrigá-los...

— Bem. Por meu cargo, sim, mas digamos que não me interessa a ajuda de ninguém que trabalhe de má vontade.

— E que cargo é esse? — mordeu a língua por sua curiosidade.

— Poderia ser comparado com um mestre de mestres. Carlos Magno ama a cultura e o reino franco está carente de cultura. Por isso, o rei confiou-me a responsabilidade de fazer com que a educação e a palavra de Deus cheguem até o último rincão do reino. No começo, tomei como uma honra, mas tenho que admitir que a tarefa se transformou numa árdua responsabilidade.

Theresa deu de ombros. Continuava sem entender o que Alcuíno pretendia, mas supôs que, se pretendia ajudar Hóos, era melhor que aceitasse o trabalho. Nesse instante, o frade anunciou que tinha chegado a hora de visitar o doente. Antes de sair, cobriu Theresa com uma capa, para mantê-la a salvo de olhares indiscretos.

— O que me parece estranho é achar que eu seja capaz de ajudá-lo. Não sabe nada a meu respeito.

— Eu não me atreveria a ir tão longe... Por exemplo: sei que se chama Theresa e que sabe ler e escrever grego.

— Isso não é muita coisa.

— Bem. Poderia acrescentar também que é originária de Bizâncio, sem dúvida de uma família abastada que decaiu; que até umas semanas atrás vivia em Würzburg, onde trabalhava na oficina do *percamenarius*; que teve que fugir por culpa de um incêndio e que é obstinada a ponto de subornar o despenseiro com duas chuletas para que a deixasse entrar.

Theresa gaguejou. Era impossível que Alcuíno pudesse conhecer aqueles fatos, pois não tinha contado sequer a Hóos Larsson. Por um instante, pensou que se encontrava diante do diabo em pessoa.

— E se estiver pensando nisso, não. Não foi Hóos quem me contou.

Theresa assustou-se ainda mais.

— Mas então, quem foi?

— Continue caminhando — sorriu ele. — A pergunta adequada não seria "quem", mas antes, "como".

— Mas do que se trata afinal? — e continuou avançando.

— Qualquer pessoa, com a experiência adequada e um grau suficiente de observação, poderia ter adivinhado isso tudo — parou um instante para explicar. — Por exemplo: sua procedência bizantina é fácil de deduzir, bastando reparar na natureza de seu nome, Theresa, originário da Grécia e pouco comum por esses lados. Se acrescentarmos a isso o seu sotaque, uma mistura não muito freqüente de românico e grego, não somente confirmaríamos essa teoria, mas também poderíamos afirmar que está na região há muitos anos. E inclusive, se tudo isso não fosse suficiente, bastaria recordar que foi capaz de ler as etiquetas nos potes dos remédios, potes cujos conteúdos, por motivos de segurança, estavam indicados em grego.

— E a história da família abastada que decaiu? — Voltou a parar, mas Alcuíno continou a andar.

— Bem. É bastante lógico que, sabendo ler e escrever, você não viesse de uma família de escravos. Além disso, suas mãos não apresentam as marcas típicas do trabalho braçal. Ao contrário: só se vê uma certa corrosão nas unhas e alguns cortes finos entre o indicador e o polegar da mão esquerda, ambos sinais característicos do ofício de *percamenarius* — parou um momento para deixar passar uma procissão de noviços. — Tudo isso leva a crer que seus pais possuíam riqueza suficiente para permitir que sua filha, além de uma educação refinada, não fosse obrigada a trabalhar no campo. No entanto, as roupas que veste são pobres e puídas e também não tem bons sapatos, o que significa que, por algum motivo que desconheço, a antiga abundância de sua família, parece ter desaparecido.

— Mas o que o levou a supor que residia em Würzburg? — A procissão tinha terminado e retomaram a caminhada.

— Que não vive em Fulda é óbvio, pois não conhecia sequer a aparência do boticário. Por outro lado, só podia considerar uma cidade dos arredores, já que nessa época de temporais seria impensável que tivesse chegado de um lugar mais afastado. Se vivesse em Aquis-Granum eu saberia, sem dúvida, pois moro lá. Em Erfurt não existe nenhuma oficina de *percamenarius*. Portanto, por simples eliminação, foi fácil escolher Würzburg.

— E o incêndio?

— Devo admitir que fui mais atrevido nesse caso. Pelo menos ao indicá-lo como causa de sua fuga — deu a volta e continuou caminhando sem demonstrar presunção. — Suas roupas e seus braços estão salpicados de pequenas queimaduras que, apesar de espalhadas, têm o mesmo aspecto: muito pequenas e pontuais, sinal inequívoco de que se produziram numa única ocasião. Por sua natureza e sua extensão, pode-se deduzir que aconteceram durante um incêndio ou pelo menos um grande fogo, já que as marcas se espalham pela roupa tanto na frente, quanto atrás. Além disso, as queimaduras em seus braços ainda não cicatrizaram, de modo que o incidente deve ter ocorrido há pouco mais de quatro semanas.

Theresa admirou Alcuíno, mas sem dar muito crédito a suas palavras. Embora suas explicações parecessem razoáveis, continuava não acreditando que alguém pudesse deduzir uma tal quantidade de informação apenas com uma vista d'olhos. Apressou o passo, rodeando o jardinzinho que conduzia a um edifício atarracado.

— Mas e as chuletas, como pôde averiguar? Estava sozinha quando as entreguei ao despenseiro.

— Isso foi o mais fácil — riu. — Quando aquele glutão a acompanhou até a residência dos notáveis, nem esperou que você desaparecesse para tirar a segunda chuleta da manga e comê-la em três dentadas. E eu estava na janela aguardando a sua chegada.

— Mas isso não prova que fui eu quem deu a carne para o despenseiro — replicou Theresa. — E menos ainda em troca de me deixar entrar...

— Isso também tem uma explicação: nós beneditinos não podemos comer carne, pois a regra de São Bento proíbe. Apenas os doentes são autorizados, em determinados casos, e claro que esse não é o caso do despenseiro. Portanto, as chuletas vieram de alguém estranho à abadia. Quando o despenseiro chegou ao edifício, já vinha mastigando, coisa estranha, pois era a hora *tercia* e no mosteiro só temos duas refeições ao dia, a primeira antes da cerimônia das *matinas* e a segunda, a ceia, antes da *tercia*. Daí deduzi que havia uma primeira chuleta, que identifiquei porque o vi cuspindo um pedaço de osso. Quanto ao resto, ontem você me trouxe um pastelão de carne de presente, portanto, era lógico especular que repetiria a mesma coisa hoje — agachou-se para endireitar uma alface que estava nascendo torta. — Como se não bastasse, antes de começar a escrever seu texto, limpou as mãos num pano, deixando um rastro de gordura que não demorou a atrair algumas moscas. E não creio que uma moça com tão boa educação se apresentasse assim suja diante de um suposto boticário.

Theresa guardou silêncio, aturdida. Ainda era difícil para ela aceitar que Alcuíno não tinha usado as artes da bruxaria para aquelas adivinhações. Mas não teve tempo de replicar, porque um cheiro sulfuroso avisou-a de que estavam chegando ao hospital da abadia.

Antes de entrar, Alcuíno solicitou que a visita fosse breve.

O hospital constava de uma sala ampla, mas escura, com duas fileiras de camas, em sua maioria ocupadas por frades demasiado decrépitos para darem conta de si mesmos. Também dispunha de uma sala pequena, na qual os cuidadores descansavam, e uma outra anexa destinada a hospedar os doentes de fora do mosteiro. Alcuíno explicou que, apesar do que tinha ouvido, eles continuavam a atender os habitantes locais. Nesse momento, surgiu um frade gordo, informando que Hóos tinha levantado para evacuar e caminhar um pouco, mas tinha se cansado e deitado de novo. Disse também que tinha comido pão de trigo e um pouco de vinho como desjejum. Alcuíno respondeu de cara fechada, dizendo que daí em diante ele deveria comer apenas pão de centeio. No entanto, ficou satisfeito ao saber que não tinha cuspido sangue desde a sua última visita. Enquanto Alcuíno se interessava pelos outros pacientes, Theresa aproximou-se da cama em que Hóos continuava caído, coberto por uma grossa pele e com o rosto banhado por um véu de suor. Roçou seu cabelo com a mão e nesse momento o jovem abriu os olhos. Theresa sorriu, embora ele tenha demorado para reconhecê-la.

— Estão dizendo que logo estará recuperado — animou ela.

— Também dizem que esse vinho é bom — respondeu Hóos com outro sorriso. — O que está fazendo vestida com uma capa de noviço?

— Fui obrigada a vesti-la. Precisa de alguma coisa? Não posso ficar muito tempo.

— O que preciso é ficar curado. Sabe por quantos dias vão me manter aqui? Odeio os padres quase tanto quanto os médicos.

— Até que se recupere, eu suponho. Pelo que me disseram, ao menos uma semana, mas poderei vê-lo sempre. A partir de hoje, trabalho aqui.

— Aqui, no mosteiro?

— Isso mesmo — sorriu. — Não sei bem em que, mas acho que será como escriba.

Hóos concordou com a cabeça. Parecia muito cansado. Nesse momento, Alcuíno aproximou-se para se informar sobre seu estado.

— Fico contente com a melhora. Se continuar assim, em uma semana já estará caçando gatos, que é a única coisa que se pode encontrar nos arredores dessa abadia — informou Alcuíno.

Hóos voltou a sorrir.

— Agora temos que ir — acrescentou ele.

Theresa gostaria de beijá-lo, mas se despediu de Hóos com um olhar transbordante de ternura. Antes de partir, Alcuíno instruiu o enfermeiro sobre o tratamento que devia ministrar ao jovem durante o resto do dia. Em seguida, indicou a Theresa o caminho até a saída da abadia. Enquanto a acompanhava, informou que os fundamentos de uma ciência, ou *theorica*, forneciam os elementos necessários para levar a cabo sua *practica*, e que o conhecimento dos dois componentes — *theorica* e *practica* — melhorava a *operatio*, ou seja, a prática cotidiana.

— Pelo menos é o que deveria acontecer na arte da medicina. Assim como — acrescentou — na escrita.

Theresa estranhou que um mesmo frade conhecesse duas artes tão diversas, escrita e medicina, mas depois do que tinha visto de sua capacidade adivinhatória, não quis fazer mais perguntas.

Uma vez na porta, Alcuíno despediu-se e marcou encontro no dia seguinte, à primeira hora da manhã.

Quando Theresa chegou à casa de Helga, encontrou-a chorando, estendida na cama. A sala estava toda revirada, com restos de copos e jarras de louça espalhados por toda parte. Tentou consolá-la, mas Helga enfiou a cabeça entre os braços, como se seu único interesse fosse impedir que Theresa visse seu rosto. A jovem abraçou-a sem saber como consolá-la.

— Deveria ter matado aquele sacana quando me deu a primeira surra — disse finalmente, entre soluços.

Theresa umedeceu um trapo com água para limpar o sangue ressecado. A mulher tinha uma pálpebra aberta e os lábios arrebentados porém, mais que de dor, parecia chorar de raiva.

— Deixe pelo menos que eu lave — pediu.

— Maldito seja, mil vezes! Maldito seja!

— Mas o que aconteceu? Quem bateu em você?

A Negra recomeçou a chorar desconsoladamente.

— Estou grávida — soluçou. — De um sacana que quase me mata.

Contou que, apesar das precauções tomadas, não era a primeira vez que a deixavam prenha. No princípio, seguiu os conselhos das parteiras: tirar a roupa, besuntar-se de mel e girar sobre um monte de trigo; em seguida, recolher com cuidado os grãos grudados no corpo e moê-los ao contrário da forma habitual, da esquerda para a direita. Com o pão resultante, alimentar o varão com o qual se pretendia copular, que dessa forma teria seus fluidos germinais castrados. No entanto, ela era mais fértil do que uma família de coelhas e, apesar dos remédios, bastava se descuidar um pouco para ficar grávida de novo.

Os dois primeiros filhos, ela tinha deixado morrer assim que nasceram, pois era o que faziam todas as mães solteiras. As outras gestações tinham sido interrompidas antes do parto, graças a uma velha que conseguiu fazê-la abortar introduzindo uma pena de pato entre suas pernas. No entanto, no ano anterior tinha conhecido Widukindo, um lenhador casado que parecia não se importar com seu ofício de prostituta. Dizia que gostava dela e os dois gozavam como jovenzinhos quando se enfiavam juntos na cama. Em certa ocasião, ele confessou que poderia repudiar sua mulher para se casar com ela.

— Por isso, quando a segunda menstruação falhou, pensei que ficaria contente. Mas você está vendo o resultado: quando contei, ficou furioso como se eu tivesse querendo roubar sua alma e partiu para cima de mim aos gritos de puta e trapaceira. O impostor... Tomara que todos os seus penduricalhos apodreçam e, se um dia quiser ter filhos, que tragam com eles um bom par de chifres!

Theresa ficou a seu lado até que parasse de chorar. Mais tarde ficou sabendo que Widukindo já tinha batido nela outras vezes, mas nunca tão forte como naquele dia. Soube também que muitas mães sem recursos matam seus recém-nascidos para não serem obrigadas a oferecê-los como escravos.

— Mas eu gostaria de ficar com esse — confessou, enquanto acariciava o ventre. — Desde que perdi meu marido, tudo o que consegui parir foram problemas.

Entre as duas, arrumaram a taberna. Theresa contou que Hóos tinha melhorado de seus ferimentos, mas ainda precisava ficar no mosteiro. Acrescentou que Alcuíno de York tinha comentado que estava achando muito estranha a doença que andava açoitando a cidade.

— Tem razão. É mesmo uma doença estranha: ao que parece só atinge os mais abastados — comentou Helga.

Ao meio-dia, comeram purê de legumes cozidos com água e farinha de centeio. Passaram o resto da tarde falando de partos, bebês e grávidas. Na última hora, Helga confessou que não tinha começado a se prostituir para ganhar a vida. Na realidade, certa noite, pouco antes de enviuvar, um desconhecido entrou em sua casa e a violentou até deixá-la feito um lixo. Quando os vizinhos souberam, deram-lhe as costas, negando-lhe o pão e a palavra. Ninguém mais lhe ofereceu trabalho, de modo que teve que ganhar a vida daquele forma tão humilhante.

Deitaram-se cedo, pois a Negra estava com dor de cabeça.

* * *

Ainda não tinha amanhecido quando Theresa abandonou a taberna, munida de suas tabuletas cheias de cera nova. Geava. Na primeira esquina, embrulhou-se na capa que Alcuíno tinha lhe dado, pois o vento estava apertando. Em seguida, correu pelas vielas temendo se perder e chegar tarde ao seu primeiro dia de trabalho. Quando alcançou a porta do mosteiro, o despenseiro a reconheceu assim que abriu. Acompanhou-a até o edifício dos notáveis, onde Alcuíno esperava junto da entrada.

— Não trouxe chuletas hoje? — sorriu.

Acompanhou-a à mesma sala do dia anterior, que Theresa achou mais iluminada, graças a alguns círios dispostos ao redor da mesa. Em seguida, percebeu que tinham adicionado ao mobiliário um *scriptorium* recém-polido, sobre o qual descansavam um códice, um tinteiro, uma faca e várias penas recém-afiadas.

— Seu local de trabalho — anunciou Alcuíno, indicando a escrivaninha com a palma da mão. — Por enquanto, permanecerá aqui, praticando cópia de textos. Não poderá abandonar a sala, a menos que eu autorize, e que fique claro que quando o fizer, será sempre acompanhada. Mais adiante, quando comunicar ao bispo Lotário que a admiti como ajudante, vamos nos transferir para o cabido — retirou-se por alguns momentos e regressou com dois copos de leite. — Ao meio-dia visitaremos Hóos, mas ficaremos pouco tempo. Poderá comer nas cozinhas, sempre e quando me avisar a tempo. Se precisar de alguma coisa em minha ausência, deve se dirigir a um de meus auxiliares. Agora, preciso resolver outros assuntos, de modo que, antes de começar com as notas, gostaria que copiasse algumas páginas deste códice.

Theresa folheou o exemplar com curiosidade. Tratava-se de um volume grosso de manufatura recente, com capa de couro lavrado a ouro, iluminuras ricamente adornadas. Nas palavras de Alcuíno, tratava-se de um valioso exemplar do *Hypotyposeis*, de Clemente de Alexandria, cópia de um códice italiano traduzido do grego por Theodoro de Pisa que, como tantos outros, circulava de abadia em abadia para ser reproduzido pelos diversos copistas. Observou que a letra era de um tipo diferente do habitual, menor e mais fácil de ler, que Alcuíno definiu como um novo tipo de caligrafia na qual ele vinha trabalhando há tempos.

Enquanto examinava o texto, ela se deu conta de que Alcuíno não tinha acertado nenhum tipo de compensação pelo desempenho de sua nova ocupação. Sabia que estava cuidando de Hóos e não queria parecer mal-agradecida, mas quando acabasse o dinheiro obtido com a cabeça de urso, precisaria do necessário para pagar casa e comida. Não sabia como abordar o assunto, mas Alcuíno parecia ler seus pensamentos.

— Quanto à sua remuneração — informou —, comprometo-me a lhe dar duas libras diárias de pão, mais as hortaliças que necessitar. Além disso, também pode ficar com a capa que está usando e arranjarei um novo par de sapatos para que não se resfrie.

Theresa achou suficiente, pois, segundo suas contas, só ficaria ocupada até a hora do jantar. No caso do mosteiro, a ceia tinha lugar depois do ofício de *nona*, cerca de três horas depois do meio-dia, o que significava que ainda disporia de várias horas para ajudar Helga na taberna.

Sentou-se na escrivaninha e começou a escrever. Alcuíno ficou observando, enquanto ela se enrolava num abrigo de lã.

— Se quiser visitar Hóos em minha ausência, chame o meu assistente e mostre esse anel — entregou-lhe um aro de bronze de aspecto fosco. — Ele a escoltará. Voltarei em cerca de duas horas para verificar seus progressos. Gosta de sopa?

— Sim, claro.

— Mandarei prepararem um prato para você na cozinha — e saiu do edifício, deixando-a sozinha com o texto.

Tinha explicado que seu horário se ajustaria à cadência dos ofícios sagrados, que ocorriam a cada três horas. A atividade do mosteiro começava ao amanhecer, depois do ofício de *prima*. Então, todos faziam o desjejum e depois cada monge se dedicava às suas tarefas. Por volta das nove, vinha o ofício de *tercia*, cujo início coincide com o começo da missa capitular. Três horas mais tarde, às 12 horas, tinha lugar o ofício de *sexta*, logo após a refeição do meio-dia. Às três da tarde celebra-se a *nona* e, em seguida, às seis, *visperas*. Depois jantavam e às nove retornavam à igreja para *completas*. Disse que encerraria sua jornada de acordo com o número de folhas que terminasse num dia.

Molhou a pena, benzeu-se e começou a escrever colocando a alma em cada letra. Desenhou-as imitando o traçado, a inclinação, o movimento, o tamanho... E enquanto símbolos perfeitos afloravam nas páginas; enquanto as palavras enlaçavam-se até formar parágrafos harmoniosos cheios de sentido, a imagem de seu pai surgiu em sua mente, animando-a a alcançar seus objetivos. Entristeceu-se ao pensar nele e desejou que estivesse a seu lado. Em seguida, continuou escrevendo com toda a dedicação.

13

— *Haec studia adolescenciam alunt, senectutem oblectant, secundas res ornant, adversis solatium et perfugium praebent, delectant domi, non impediunt foris, pernoctant nobiscum, peregrinantur, rusticantur.*

— Não, não e não! — repetiu Alcuíno, de mau humor, dirigindo-se ao jovem assistente enviado pelo bispo. — Já se passaram três dias e você não aprende! Quantas vezes vou ter de dizer que se não mantiver a pena perpendicular ao pergaminho vai arruinar seus escritos?

O noviço abaixou a cabeça, enquanto balbuciava um pedido de desculpa. Naquela tarde, já era a segunda vez que se equivocava.

— Além do mais, olhe bem para isso. Não é "*haec*", mas "*hæc*". E também não se escreve "*praebent*". "*Præbent*", meu rapaz! "*Præbent*"! Como pretende que alguém entenda essa espécie de... de patoá? Está certo — determinou. — Vamos parar por aqui. De todo modo, já está quase na hora do jantar e ambos estamos cansados. Continuaremos com mais tranqüilidade segunda-feira.

O rapaz levantou-se cabisbaixo. Ele também não gostava daquele trabalho, mas o bispo tinha ordenado que auxiliasse Alcuíno no que pedisse. Polvilhou um pouco de gesso sobre o borrão que tinha acabado de fazer, mas a única coisa que conseguiu foi estragar ainda mais. Quando se deu por vencido, começou a recolher seus instrumentos, limpando-os descuidadamente, antes de guardá-los numa caixa de madeira. Soprou os restos de gesso e com a ajuda de um diminuto pincel varreu os montículos que tinham se formado ao redor do borrão. Por último, refez a ponta de sua pena, enxaguou um pouco e deixou sobre o atril em que estava apoiado o códice original. Em seguida, correu atrás de Alcuíno, que já desaparecia pelo corredor que conduzia ao antigo *peristylium* do cabido da catedral.

— Mestre, mestre! — chamou o jovem ajudante. — Só lembrei agora: segunda-feira é o dia da execução.

— A execução? Por Deus Santíssimo! Tinha esquecido — disse coçando a tonsura. — Bem. Mesmo sem saber do que o criminoso é acusado, nossa obrigação é assisti-lo num transe tão decisivo. É evidente. O bispo virá?

— Com todo o cabido congregacional.

— Pois bem, rapaz. Até terça-feira então, na hora do desjejum.

— Não vem jantar hoje?

— Não, não. À noite, além de empanturrar meu estômago, o alimento me embota os sentidos. E ainda preciso terminar *De Oratione* — disse erguendo o rolo que carregava debaixo do braço. — Que Deus o acompanhe.

— Igualmente, padre. Boas-noites.

— A propósito... — acrescentou. — Não acha que deveria guardar o códice em sua estante?

— Oh! Claro! Evidente! — disse o noviço voando sobre seus passos. — Boa-noite, padre. Vou guardar agora mesmo.

O frade encaminhou-se para a hospedaria do complexo da catedral com expressão contrariada. Estava às voltas com aquele códice havia vários dias, durantes os quais mal tinha conseguido transcrever quatro páginas completas. Nesse ritmo, nunca conseguiria uma cópia em boas condições. Resolveu que, quando encontrasse o bispo, anunciaria sua intenção de contratar Theresa, pois o noviço que tinha mandado não era, obviamente, a pessoa adequada.

Enquanto atravessava o *perystylium*, parou um momento para olhar ao redor.

Pelo que podia observar, o cabido de Fulda tinha se adequado às últimas reformas empreendidas por Carlos Magno que, em seu *Institutio Canonicorum*, prescrevia que os edifícios clericais deveriam agrupar-se em torno da catedral e do palácio episcopal, visando promover a vida comunitária entre os clérigos dos cabidos.

Achava curiosa aquela aglomeração de construções de diferentes estilos e funções dispostas em torno da pequena catedral, e ainda mais surpreendente era o fato de que o bispo de Fulda tivesse escolhido uma antiga *domus* romana para instalar a sede episcopal. O palácio era um edifício de dois andares, construído em pedra. O andar superior dispunha de 11 pequenos quartos com calefação, voltados para uma galeria comum, com vista para o pátio. No andar de baixo, ficavam a adega, dois pórticos, vários outros aposentos com pavimento de madeira convenientemente aquecido, um estábulo, cozinhas, uma padaria, a despensa, o armazém de grãos e uma pequena enfermaria. Talvez não fosse a pessoa mais indicada para julgar aquela escolha, mas tinha a impressão de que aquele palácio ultrapassava amplamente a necessária humildade que deveria caracterizar um prelado da Igreja. Contudo, sabia que não seria apropriado fazer maiores críticas contra quem o tinha recebido tão calorosamente. Afinal, o bispo de Fulda tinha se mostrado muito honrado com sua presença e mais ainda ao ver que manifestava grande interesse pelos delicados tesouros de sua biblioteca.

Já era noite fechada quando chegou à cela que tinham lhe designado. Poderia pernoitar na residência dos notáveis, na própria abadia, mas preferia uma cela pequena e íntima a um quarto amplo, mas compartilhado. Deu graças aos céus, descalçou-se e dispôs-se a aproveitar daquele momento de recolhimento para meditar sobre os acontecimentos daquele dia.

Tinha sido um dia especialmente duro, mas não tanto quanto os que estava acostumado a suportar em sua distante Nortúmbria. Em Fulda, assim como em Aquis-Granum, não era obrigado a se levantar para as matinas e, depois do ofício de *prima*, sempre encontrava um desjejum reconfortante, com tortas de mel, queijo curado e cidra de maçã esperando por ele. Por outro lado, suas tarefas diárias não tinham nada a ver com as que desempenhara anteriormente, com dedicação plena, na escola episcopal de York. Lá, ele dava aulas de retórica e gramática, dirigia a biblioteca, administrava o *scriptorium*, copiava códices, fazia traduções, organizava os empréstimos dos livros que chegavam até mesmo dos distantes mosteiros de Hibérnia, supervisionava o ingresso dos noviços, organizava debates e era encarregado de julgar os progressos dos alunos.

Como pareciam distantes aqueles dias de York!

As imagens da infância lhe vieram à mente, como se as revivesse.

Tinha nascido no seio de uma família cristã de Whitby, Nortúmbria, uma diminuta aldeia costeira, onde os escassos habitantes subsistiam do que arrancavam do mar e das pequenas hortas espalhadas aos pés de um antigo forte.

Recordou a terra chuvosa: um lugar eternamente úmido, fresco, no qual o cheiro de orvalho e sal e o rumor das ondas em contínua batalha costumavam despertá-lo a cada manhã.

Seus pais logo descobriram nele um menino assustadiço, que preferia usar seu tempo examinando sementes ou estudando caracóis do que trocando pedradas com os outros meninos. Um menino estranho, e mais ainda quando começou a adivinhar a quantidade de pescado que um determinado barco pescaria ou a próxima casa que desmoronaria depois da passagem da tempestade.

De nada valeu explicar que bastava observar o estado das redes usadas pelos pescadores ou a podridão que ameaçava os pilares e as vigas de cada casa. Para o resto da aldeia, aquele pequeno magricela tinha sido tocado pelo demônio, de modo que seus pais resolveram enviá-lo para as escolas congregacionais de York, para que endireitassem sua alma.

Designaram-lhe como professor Aelberto de York, um frade zambeta, na época diretor e discípulo do anterior, o conde Egberto, que era parente da família. Talvez por esse motivo, Aelberto o recebeu como um filho e dedicou-se de corpo e alma a orientar seu estranho talento. Com ele, Alcuíno aprendeu que a Inglaterra era uma heptarquia formada pelos reinos saxões de Kent, Wessex, Essex e Sussex, no sul da ilha, e, ao norte, pelos estados ânglicos de Mércia, Ânglia Oriental e Nortúmbria, onde eles residiam.

Divertia-se aprendendo as matérias típicas do *trivium*, ou seja, a gramática, a retórica e a dialética, e as do *cuadrivium*, conformadas pela aritmética, a geometria, a astronomia e a música, com o acréscimo da astrologia e da medicina conforme a tradição anglo-saxônica.

"*Saeculare quoque et forasticae philosophorum disciplinae*", insistia Aelberto dia após dia, tentando convencê-lo de que as disciplinas seculares não eram mais que obras do demônio oferecidas aos cristãos para que esquecessem o verbo de Deus.

— Mas o próprio São Gregório Magno, em seu "Comentário ao Livro de Reis", legitima esses estudos — replicava Alcuíno, com apenas 16 anos.

— Isso não lhe dá o direito de passar o dia inteiro lendo esse compêndio de mentiras que é a *Historiae Naturalis*.

— Acaso ficaria menos contrariado se estudasse as *Etymologiae* ou *Originum sive etymologicarum libri viginti*? Porque ao comparar as duas obras, logo se percebe que o santo hispânico baseou-se na enciclopédia de Plínio para a estrutura de alguns de seus livros. E não somente em Plínio, mas também em Cassiodoro e Boécio, ou nas traduções de Célio Aureliano sobre Asclepíades de Bitínia ou Sorano de Éfeso, ou em Lactâncio e Solino e até nas *Prata* de Suetônio.

— Mas a partir da ótica cristã, não da pagã.

— Os pagãos também são filhos de Deus.

— Mas a serviço do diabo, meu rapaz! E não me contradiga ou jogarei todos os 37 volumes pela janela, um atrás do outro.

Na verdade, Aelberto não se importava tanto assim com o tipo de leitura em que Alcuíno se empenhava, pois o rapaz nunca se descuidava de seus deveres de cristão. Ao contrário, o jovem sempre se mostrou um estudante hábil e aplicado, capaz de superar os frades mais veteranos nas discussões teológicas e de demonstrar que seu entusiasmo pelos textos pagãos, embora contestáveis, não implicavam nenhum desvio no reto caminho para a sabedoria.

Com o passar dos anos, Alcuíno revelou-se como um artesão das letras. Como um exímio construtor, dissecava textos, volumes e códices para extrair fragmentos e trechos, com os quais elaborava a seguir extraordinários mosaicos de conhecimento e eloqüência. Assim, escreveu poemas como o *De sanctus Euboriensis ecclesiae* que, ao longo de 1.657 versos, não apenas desfiava a história de York, de seus bispos e dos reis da Nortúmbria, mas também compendiava autores que, como Ambrósio, Atanásio, Agostinho, Cassiodoro, João Crisóstomo, Cipriano, Gregório Magno, Jerônimo, Isidoro, Lactâncio, Sedúlio, Arator, Juvenco, Venâncio, Prudêncio ou Virgílio, contribuíram com suas obras para a biblioteca dirigida por frei Eanvaldo.

Escrevia sem parar.

Com o passar do tempo, as obras didáticas redigidas como aluno começaram a ser usadas como textos pedagógicos por sua clareza e sua retórica. Assim, aventurou-se com as *Categorias*, de Aristóteles, adaptadas nas *Categoriae decem*, atribuídas a Santo Agostinho, e elaborou o *Disputatio de vera philosophia*, cânone que o próprio Carlos Magno adotaria algum tempo depois como livro de cabeceira. Tudo isso sem esquecer os textos litúrgicos, as obras teológicas, os escritos exegéticos, os dogmáticos, as obras poéticas e hagiográficas.

E escrevendo deleitava-se.

No dia em que Aelberto sucedeu Egberto no arcebispado de York, a direção da Escola da Catedral ficou vacante. Vários candidatos reivindicaram o posto, mas nessa altura, Alcuíno já era o favorito. Contava 35 anos e acabava de ser ordenado diácono.

Em seguida, foi enviado a Roma pelo próprio rei saxão, Efvaldo, a fim de buscar o manto para o novo conde e obter a dignidade metropolitana para York. Em Parma, durante a viagem de volta, conheceu Carlos Magno e nunca mais voltou a se ocupar das escolas congregacionais.

Mas mesmo assim continuou gostando de adivinhar as coisas empregando a sua peculiar astúcia.

De repente, o assunto do Marrano lhe voltou à cabeça. Era sexta-feira e o homem seria justiçado na segunda, antes do anoitecer.

Na congregação lhe haviam explicado que as execuções públicas tinham lugar na praça principal da cidade ao cair da tarde, pois assim podiam ser presenciadas por um número maior de pessoas. Imaginou que o condenado teria sido considerado culpado de algum ato horrendo como roubar nas terras de um nobre ou incendiar alguma propriedade. Segundo as leis, o roubo e a danificação de bens alheios eram os únicos crimes castigados com pena de morte, embora existissem exceções, é claro, que no geral dependiam da posição social do réu ou de suas vítimas.

Considerava que crimes tão graves deviam ser punidos com castigos severos, mas não partilhava do empenho de certos juízes em aplicar penas exemplares. De fato, durante o seu mandato na escola de York, tinha participado de inúmeros julgamentos e, embora alguns deles tenham desgraçadamente terminado com o réu no patíbulo, nunca compareceu às execuções. Mas dessa vez tinha prometido ao bispo que o acompanharia durante o evento e concluiu que melhor seria afastar tais questões da cabeça e dedicar algumas horas à leitura de Virgílio.

O sábado amanheceu muito frio. Depois de assistir ao ofício de *prima*, Alcuíno encontrou-se com o bispo no pequeno refeitório montado ao lado da hospedaria. O lugar estava aquecido e cheirava a pão recém-saído do forno.

— Que o Senhor lhe proporcione um bom-dia — cumprimentou Lotário. — Por favor, sente-se aqui a meu lado. Hoje temos uma torta de abóbora excepcional.

— Bom-dia, paternidade — agradeceu a oferta e serviu-se de um pedaço pequeno. — Gostaria de falar do ajudante que me designou para as tarefas de escrita, o noviço que é sobrinho do bibliotecário.

— Sim. O que houve? Acaso é desobediente?

— Não, eminência, ao contrário. O moço é trabalhador e também muito asseado. Talvez um pouco melindroso, mas sem dúvida aplicado.

— E então?

— Simplesmente não é adequado. E acredite que não digo isso em razão de sua juventude. Devo reconhecer que quando vossa paternidade sugeriu seu nome como ajudante, considerei acertado. No entanto, os fatos teimaram em demonstrar o contrário.

— Bem. Diga-me no que foi que ele o desagradou e encontraremos uma solução.

— Em mil coisas, paternidade. Para começar, desconhece as minúsculas. Emprega aquele antigo alfabeto latino, todo em toscas letras versais, sem sinais de pontuação, nem espaço entre as palavras. Além disso, estraga pergaminhos como quem assoa o nariz. Ontem, sem precisar ir mais longe, borrou a mesma página duas vezes. Ah, claro!, não sabe grego. Pois é. É dedicado, mas preciso de um escriba, não de um aprendiz.

— Devia dar graças por esse rapaz. É dócil e tem uma bonita letra. Além do mais, sabendo o grego, para que necessita de outra pessoa?

— Já lhe expliquei, paternidade. Minha visão já não funciona tão bem. À distância, ainda sou capaz de distinguir um gavião de um falcão, mas de perto, à medida que as horas avançam, mal diferencio uma vogal de uma consoante.

O bispo coçou a barba e soltou um arroto.

— De todo modo, não sei como poderia ajudá-lo. No cabido, não conheço ninguém que saiba grego. Talvez no mosteiro...

— Também perguntei — disse negando com a cabeça.

— Então vai ter que se conformar.

— Talvez não — disse, erguendo as sobrancelhas. — Há cerca de dois dias conheci casualmente uma moça que precisava de ajuda. Por sorte, não apenas sabe ler, como também escreve com uma letra imaculada.

— Uma moça? Certamente está ao corrente da incapacidade da mulher para assuntos do conhecimento. Não teria sido atraído por motivos mais mundanos? — piscou um olho com picardia.

O frade endureceu o semblante.

— Posso garantir que não, paternidade. Preciso de um escriba e sua presença seria antes um presente da providência divina.

— Se esse é o seu capricho, faça o que quiser. Mas que não perambule de noite pelo cabido, pois não quero saber de alvoroços com o resto do clero.

Alcuíno pareceu ficar satisfeito. Bebeu um pouco de vinho e serviu mais um pedaço de torta. Nesse momento, lembrou da história do Marrano e perguntou a Lotário sobre o crime que o levava ao patíbulo.

— Parece angustiado com o assunto — aventurou o bispo, depois de engolir um pedaço de torta maior do que a própria boca. — De fato, quando o convidei para o ato não demonstrou muito interesse e devo reconhecer, frade Alcuíno, que isso me deixou preocupado.

— Peço que me desculpe por não partilhar de seu entusiasmo — serviu-se de um pequeno pedaço de queijo —, mas nunca foi de meu agrado tratar a morte como um espetáculo. Quem sabe conhecendo os detalhes do acontecido possa compreender melhor a sua postura, embora em qualquer caso, não precisa se preocupar mais do que o necessário: vou acompanhá-lo à execução e rezarei pela alma do réu.

Lotário afastou o pão com um tapa.

— A ação pessoal extingue-se com a pessoa. Aqui em Fulda, o clero respeita a lei, assim como no seu reino britânico, creio eu. Nossa humilde presença não apenas reconforta o réu em sua última vicissitude terrena, mas além disso, infunde o necessário respeito na multidão que, como deve saber, sofre por natureza a tentação de seguir exemplos contrários à doutrina de Nosso Salvador.

— E admiro tão louváveis intenções — respondeu Alcuíno. — No entanto, considero que determinados espetáculos nada conseguem além de provocar a distração da plebe e acentuar certos baixos instintos. Por acaso vossa paternidade mesmo não comprovou como torcem a cara em caretas grotescas quando aplaudem a agonia do justiçado, não ouviu as infames blasfêmias que pronunciam enquanto o réu se contorce sob a forca ou não percebeu seus olhares de luxúria, obscurecidos também pelos efeitos do vinho?

O bispo parou de engolir e desafiou Alcuíno com os olhos.

— Preste atenção! Esse bastardo assassinou uma moça que estava na flor da idade. Degolou-a com uma foice e profanou seu corpo inocente.

Alcuíno engasgou e cuspiu fora um pedaço de comida. Não tinha imaginado que o crime fosse tão grave.

— Realmente, um crime horrendo — disse. — Não, posso garantir que não sabia de nada. Mas ainda assim, esse castigo...

— Querido irmão, não somos nós, humildes servos de Deus, que ditamos a Lei. São os capitulares de Carlos Magno que determinam a esse respeito. Além disso, não entendo que justificativa poderá esgrimir diante da aplicação de uma punição tão íntegra.

— Não, não. Por favor. Não me interprete mal. Considero, como o senhor, que o crime tem que ser castigado e que esse castigo, para que se faça justiça, deve estar em consonância com a perversidade do delito cometido. O que acontece é que essa manhã, depois do ofício de *tercia*, ouvi de alguns capelães um comentário desconcertante.

— Diga, então, de que falavam.

— Disseram que esse pobre retardado, referindo-se ao condenado, não deveria ter nascido. Sabe por acaso a que estavam se referindo?

— A isso mesmo que acabou de dizer. Falavam desse cretino. Não vejo em tais palavras nada que pudesse intrigá-lo — disse Lotário, enquanto se servia de outro pedaço de abóbora.

— O caso é que perguntei sobre o Marrano, creio que foi assim que o chamaram. Contaram que é retardado de nascimento e que, até o dia do assassinato, não tinha causado problemas sérios. Acrescentaram que algumas vezes assustava as pessoas, mas era mais por seu aspecto desalinhado do que por alguma coisa que tenha feito e que ninguém poderia imaginar que fosse capaz de cometer um ato tão cruel e abominável.

— Tudo o que lhe disseram é certo. Pelo visto, o querido Alcuíno sabe mais sobre o caso do que parecia.

— Apenas os detalhes que acabei de lhe contar. No entanto, ignoro como sua culpa foi estabelecida. Por favor, diga-me: por acaso foi surpreendido quando atacava a moça? Alguma testemunha o viu pelos arredores? Ou alguém encontrou suas roupas ensangüentadas?

O bispo levantou e afastou o prato violentamente.

— Toda grande punição comporta iniqüidade contra indivíduos, mas é compensada pelo proveito público. O monstro é culpado. Foi julgado e condenado. E como qualquer cristão de bem, espero que aplauda, quando o mandarmos para o inferno.

Alcuíno espantou-se com a reação do bispo. Não pretendia julgar sua forma de agir, apenas fazer um comentário, mas compreendeu naquele momento que tinha conduzido a conversa de maneira irreverente. Na realidade, não tinha nenhum motivo para questionar a opinião de Lotário.

— Querido padre, rogo que me perdoe — desculpou-se. — E se ainda considera oportuno, conte com minha presença na segunda-feira.

Lotário olhou-o de cima a baixo.

— Espero que sim, frei Alcuíno. E sugiro que pense mais nas vítimas e deixe de se preocupar com os assassinos. Não há lugar no Reino dos Céus nem para eles, nem para aqueles que os compreendem — disse Lotário enquanto se retirava sem se despedir.

Quando Alcuíno percebeu a inépcia de seu comportamento era tarde demais. Agora Lotário o tomaria por um britânico presunçoso querendo demonstrar sua superioridade em vez de tratar dos próprios assuntos. E o pior é que tinha certeza de que, cedo ou tarde, aquele enfrentamento lhe traria algum novo aborrecimento.

Terminado o desjejum, foi até a cozinha para pegar duas maçãs que seriam seu alimento ao meio-dia. Escolheu duas bem maduras e amarelas, muito perfumadas, como ele gostava. Em seguida, dirigiu-se para a antiga biblioteca localizada na parte oposta do palácio. Disseram que o bispo tinha mandado edificá-la no extremo sul do edifício, orientada para o interior do pátio, a fim de preservá-la do vento e das umidades.

Quando abriu a porta, estranhou encontrar Theresa sentada no único banco que guarnecia o *scriptorium*. A jovem manejava a pena no ar como se escrevesse em um pergaminho imaginário, mas se movia com tal delicadeza que, em lugar de escrever, dava a impressão de estar interpretando algum tipo de dança. Alcuíno imaginou que estava se exercitando, mas o certo era que, sem dúvida, a moça já dispunha das aptidões necessárias para a delicada arte da cópia.

— Bom-dia — interrompeu. — Não lembrava que viria hoje ao cabido.

A jovem estremeceu e largou a pena na escrivaninha. Ficou olhando boquiaberta para Alcuíno e, de repente, levantou como se tivessem lhe dado um beliscão no traseiro.

— Estava... estava praticando — desculpou-se. — Meu pai dizia que quando uma pessoa pratica o suficiente, pode chegar até onde quiser.

— Isso é quase sempre certo, com muita prática... e eu diria também com muita fé. Para progredir é preciso acreditar no que faz. Com certeza. Gosta de seu ofício? Quer dizer... Gosta de trabalhar como *percamenarius*?

A moça ficou em silêncio, enquanto suas faces pegavam fogo.

— Não quero parecer mal-agradecida, mas só faço isso para ficar perto dos livros.

— Sei apreciar um sentimento de culpa, mesmo quando deveria ser o contrário — devolveu ele. — A Divina Providência cuida para que cada um desempenhe a tarefa que Ela designou. E a sua não precisa ser, necessariamente, a de uma perfeita encadernadora.

A moça ficou cabisbaixa um momento. De repente, seu rosto se iluminou.

— Ler! É isso que me encanta! Sempre que posso, aproveito para ler e quando o faço, tenho a impressão de viajar para outros lugares, conhecer outras línguas ou viver outras vidas — seus olhos moviam-se de um lado para outro como se tentassem representar o que dizia. — Não creio que exista coisa igual. Em certas ocasiões, imagino que escrevo. Mas não me refiro a copiar como um escrevente, mas a redigir meus próprios pensamentos — parou como se tivesse dito uma bobagem. — Não sei... Minha madrasta sempre dizia que tenho a cabeça cheia de caraminholas, que faço muito mal em exercer um ofício de homens e que deveria me casar e ter filhos.

— Nunca se sabe. Talvez esse seja o caminho que o Senhor preparou para você. Quantos anos tem? Vinte e dois...? Vinte e quatro...? Olhe para mim. Completei 60 e sou um simples professor. Talvez não seja muito, mas fico feliz desempenhando as tarefas que Deus teve por bem me encomendar.

— Então não depende de mim? Quer dizer.... Deus já decidiu o meu futuro?

— Vejo que ainda não leu *A Cidade de Deus*, de Agostinho, pois do contrário conheceria aquilo que o santo de Hipona explicou com luminosa clareza em seus escritos: a influência dos astros, que guardam em sua disposição e em seus movimentos as chaves de nosso destino, como já foi cabalmente demonstrado.

— E o senhor pode averiguar isso?

— Não é tão fácil. Seria necessário elaborar seu mapa astral, conhecer o momento exato em que viu a luz, determinar a posição que o Sol ocupava no firmamento e, claro, muitos e muitos dias de trabalho.

Theresa ficou desconcertada. De repente, contraiu o rosto e voltou a sentar.

— Mas se é como está dizendo, isso não significaria que os astros são mais poderosos que a Divina Providência?

— Bem, não exatamente. E não sou quem diz isso, mas o próprio Agostinho, que em seus textos conclui que os astros não são mais que instrumentos de Deus, obra Sua e espelho de Seus celestiais desígnios. O Criador não nos deu uma alma para sermos escravos do destino. Outorgou o livre-arbítrio para que nos distinguíssemos dos quadrúpedes, das bestas selvagens que povoam esse mundo. E é esse arbítrio que, dentro de você, lhe diz que deve perseverar na escrita, que servirás melhor a Seus propósitos lendo e escrevendo, em lugar de desperdiçar sua vida costurando páginas e esfolando couros.

— Meu pai sempre me dizia isso. Com outras palavras, claro, porém mais ou menos a mesma coisa... — nesse momento alguma coisa lhe ocorreu. — Poderia me ensinar?

— Ensinar? O quê?

— Disse que é professor. Poderia aprender o que ensina a seus alunos.

De início, o frade hesitou, mas finalmente concordou. Estabeleceram que, depois da jornada de escrita, dedicariam um par de horas ao estudo do *trivium* e do *cuadrivium*, pois já dominava a leitura e a escrita com desenvoltura. Uma vez superadas as matérias básicas, aprofundariam os estudos das sagradas escrituras. De repente, Alcuíno se levantou, como se tivesse lembrado de alguma coisa.

— Gostaria de caminhar um pouco? — propôs.

— E a escrita?

— Leve uma par de tabuletas com você. Já vai ver como vamos usá-las.

14

Antes de sair, Alcuíno ordenou a Theresa que aguardasse um pouco enquanto comentava um assunto com o bispo. Em seguida, o frade dirigiu-se para as dependências do governador de província, onde foi recebido por seu secretário particular. Depois de explicar suas intenções, o secretário, um velho deformado, em quem até o hábito parecia doer, levantou e desapareceu atrás dos cortinados vermelhos, dos quais regressou em passos lentos.

— Sua paternidade vai recebê-lo à noite. Agora está muito atarefado com um emissário vindo de Aquis-Granum.

— Mas preciso vê-lo.

— Repito que está ocupado. Além do mais, não é uma boa hora. Ao que parece, foi obrigado a adiar a execução do Marrano, e isso o perturbou.

— Um adiamento? Não entendo.

— Carlos Magno está chegando a Fulda com uma delegação romana e, sabendo de sua chegada, seria falta de consideração privar o rei do espetáculo.

— Perfeito — concordou, sem esconder sua satisfação. — A propósito, ontem meu cálamo ficou danificado e precisaria fabricar outro. Saberia indicar onde conseguir penas de ganso?

— Penas de ganso? Não sei. Quem se ocupa desses assuntos é o camareiro, que nesse momento está na praça, ultimando os detalhes da execução. Mas se for à Taberna do Gato, há de encontrar quem o informe. Existem várias granjas de patos e frangos pelos arredores.

"Patos e frangos." Patos e frangos ele já tinha nos galinheiros das cozinhas! Será que ninguém naquele cabido sabia que só as penas de ganso eram apropriadas para a escrita? Lembrou então que aquela não era a primeira vez em que ouvia falar dessa Taberna do Gato. De fato, devia ser um lugar bem popular, pois o próprio bispo não tinha hesitado em mencionar o delicioso hidromel que serviam. Alcuíno agradeceu e encaminhou-se para o local onde Theresa esperava por ele.

Assim que deixaram o palácio, uma suave garoa veio a seu encontro. O frade protegeu a cabeça antes de descer a escadaria e misturar-se com a plebe que fervilhava desde as primeiras horas da manhã na praça da catedral. Theresa o seguia a poucos passos de distância, admirando a rede de vielas em que deslizava um formigueiro de gente carregada de pacotes: negociantes de gado tocando os animais, comerciantes desesperados para encontrar um local entre a multidão e pivetes fugindo dos vendedores que tinham acabado de roubar, tudo isso apimentado pela aglomeração de barracas que ofereciam as mais variadas mercadorias. Alcuíno aproveitou para comprar uma dúzia de nozes de cujas cascas, depois de queimadas e misturadas a meio litro de óleo, obteria uma excelente tinta, explicou. Abriu uma, jogou o fruto na boca e em seguida encaminhou-se para a rua da ferraria, onde se encontrava a famosa taberna.

Um cheiro agradável de comida acompanhado de uma animada algazarra confirmou que tinham encontrado a cantina. O lugar ficava num casarão de madeira avermelhada, com duas janelinhas anãs e uma porta protegida por uma manta de cores vivas. Quando se preparavam para entrar, a manta foi afastada e apareceu uma mulher com os peitos de fora, cambaleando e cheirando a vinho. Ao ver Alcuíno, a mulher recolocou os mamilos para dentro do gibão e soltou uma risada estúpida. Em seguida, desculpou-se e correu rua abaixo soltando palavrões. Alcuíno se benzeu, disse a Theresa que se cobrisse e entrou na taberna com passo decidido.

Uma vez dentro, Theresa ficou ruborizada quando deu de cara com um espetáculo digno de um dos círculos do inferno. Homens e mulheres em obscena promiscuidade se entregavam igualmente à gula e à luxúria, entre comidas, bebidas e ao som de uma gaita. Ao fundo, o cego que tocava o instrumento mostrava as gengivas nuas sem nenhum pudor, protegido atrás de um par de tonéis que faziam as vezes de balcão. O frade baixou os olhos e dirigiu seus passos para um homem de barba espessa e braços sebentos que parecia ser o taberneiro. Theresa o seguiu, mantendo-se, porém, a certa distância.

— E então, frade. Em que posso servi-lo? — perguntou o taberneiro enquanto despachava grande quantidade de cerveja para outros clientes.

— Venho do cabido. Quem me mandou foi o secretário do bispo.

— Sinto muito, mas o hidromel acabou. Se desejar, volte na última hora, que já o teremos.

Alcuíno supôs que os clérigos deviam ir àquele lugar para fazer suas provisões da bebida. Quando explicou que não precisava de hidromel, mas de gansos, o homem deu uma gargalhada.

— Encontrará o que necessita nas granjas do rio. Vão fazer um banquete na congregação?

Nesse momento, uma gritaria tomou conta da taberna. Alcuíno e o taberneiro se viraram surpresos para comprovar que, num abrir e fechar de olhos, as pessoas tinham se reunido ao redor de uma mesa e o dinheiro começava a correr de mão em mão.

— Briga até o primeiro sangue! — gritou o taberneiro enquanto corria para o ajuntamento.

Alcuíno dirigiu-se para o local onde Theresa observava, entretida. Uma briga até o primeiro sangue! Nunca tinha presenciado nenhuma, mas já tinha ouvido falar e assistido aos aprendizes simulando a luta. Pelo que sabia, tratava-se de um combate de habilidade que só se concluía quando um dos lutadores feria o outro com um objeto cortante. Alcuíno sugeriu que tomasse nota de tudo o que visse.

Nesse ínterim, os fregueses abriam espaço para os desafiantes: o primeiro era uma bola de sebo com antebraços que eram dois troncos e o outro, seu adversário, um ruivo que parecia ter bebido todo o vinho da taberna. Eles giravam, um em frente ao outro, como lobos encurralando a presa. A clientela começou a urrar e aplaudir com a mesma fúria com que os concorrentes lançavam as primeiras estocadas.

Apesar de sua corpulência, o gordo esgrimia o *scramasax* com brio, obrigando o ruivo a retroceder enquanto trocava o punhal de mão. Theresa rabiscou alguma coisa na cera, pensando que o desafio acabaria a qualquer momento, mas nenhum dos dois homens se decidiu pela investida final. Por fim, o homem gordo jogou-se sobre o ruivo numa saraivada de golpes, obrigando-o a recuar até um canto. Parecia que o acertaria a qualquer momento, mas o ruivo se mantinha tranqüilo como se, em vez de lutar pela vida, estivesse brincando com uma criança. Limitava-se simplesmente a retroceder e driblar, enquanto as apostas continuavam engordando.

O gordo começou a suar e a se mover mais lentamente. Deve ter calculado que, se conseguisse encurralar o oponente, levaria vantagem, de modo que empurrou uma mesa tentando cortar a passagem, mas o ruivo deu um pulo, esquivando-se do impacto. Nesse instante, o gordo conseguiu agarrar o ruivo pelo punho que segurava a faca, mas ele se defendeu agarrando o gordo pelo outro braço. O ruivo resistiu alguns segundos, com as veias dos braços inchando como lombrigas. A turba não parava de berrar e bater palmas. De repente, a mão do gordo zuniu no ar e os fregueses se calaram como se estivessem vendo o diabo. Foi então que o ruivo gritou algo incompreensível, esboçou um gesto e o punhal relampejou na sua mão. Num piscar de olhos, acertou o gordo e retrocedeu como se nada tivesse acontecido. Depois, endireitou-se e baixou a guarda.

O homem gordo ainda estava de pé, quieto, fitando o ruivo com surpresa, como se quisesse dizer algo e as palavras não acudissem. De repente, um jato de sangue brotou de seu ventre e o homem desmoronou como uma marionete cujas cordas tivessem sido cortadas. O ruivo lançou um berro de triunfo e cuspiu sobre o corpo caído ao mesmo tempo em que os fregueses corriam para atender o ferido. Alguns homens praguejavam contra a sorte, enquanto os mais afortunados apressavam-se a dilapidar os lucros com as rameiras. Em seguida, o ruivo sentou-se a uma mesa afastada da multidão, penteou-se calmamente e riu com desdém, enquanto contemplava a retirada do gordo para a parte de trás da taberna. Apoderou-se de uma jarra e bebeu até esvaziá-la. Depois, pegou um pedaço de pão com salsicha e convidou a clientela para uma rodada de cerveja.

Alcuíno disse a Theresa que esperasse. Em seguida, aproximou-se do ganhador com uma jarra de vinho que encontrou largada numa mesa.

— Luta impressionante. Permite que o convide para um trago? — disse, sentando sem esperar pela resposta.

O ruivo examinou-o de cima a baixo antes de agarrar a jarra e beber até a última gota.

— Poupe seus sermões, frade. Se está procurando esmolas, vá lá para o meio, empunhe uma faca e que Deus o proteja — o homem voltou os olhos para a mesa e começou a contar sua parte nas apostas, que um conhecido tinha acabado de entregar.

— Na verdade, pensei que o gordo ia liquidá-lo, mas sua habilidade com o *scramasax* é famosa — condescendeu Alcuíno.

— Escute aqui. Já disse que não dou esmolas, de modo que trate de sumir antes que eu me canse.

Alcuíno compreendeu que teria que ser mais direto.

— Na realidade, não queria falar da luta. O assunto que me interessa é outro: falo do moinho...

— O moinho? O que há com o moinho?

— Trabalha lá, não é mesmo?

— E daí? Não é nenhuma novidade.

— Ouça, a congregação quer comprar uma partida de grãos. Um bom negócio para quem souber levá-lo. Com quem devo falar para resolver a questão?

— Vem da congregação e não sabe com quem falar? Não gosto de mentirosos — disse botando a mão no cabo do punhal.

— Fique tranqüilo — apressou-se a esclarecer. — Não conheço os responsáveis porque acabei de chegar. O trigo iria para o cabido, mas se trata de um assunto particular. Na realidade, quero cobrir algumas partidas antes que os *missi dominici* inspecionem os celeiros. Ninguém está a par, e quero que continue assim.

O ruivo soltou o punho do *scramasax*. Os *missi dominici* eram os juízes que Carlos Magno enviava em missão por seus territórios para resolver as questões judiciais de maior envergadura. A última visita tinha ocorrido no outono, de modo que era possível que o frade estivesse certo.

— E o que tenho eu a ver com isso? Fale com o dono e veja o que ele diz.

— O dono do moinho?

— Do moinho, do arroio, dessa taberna e de meio povoado. Pergunte por Kohl. Pode encontrá-lo no entreposto de grãos que tem no mercado.

— Ei, Rothaart, vai virar frade, agora? — interrompeu o mesmo homem que tinha trazido as moedas. Alcuíno imaginou que Rothaart era o nome do ruivo, pois significava exatamente isso na língua dos germanos.

— Vai brincando, Gus, vai. Um dia desses esmago seu crânio, ponho uma abóbora no lugar e até sua mulher vai ficar contente com a troca — respondeu Rothaart ao amigo. — E quanto a você — disse dirigindo-se a Alcuíno —, se não for trazer mais vinho, já pode deixar o lugar para uma dessas mulherzinhas que estão à espera.

Alcuíno agradeceu a atenção, fez um sinal para Theresa e saíram juntos da taberna, tomando o caminho da praça do mercado.

— E agora, para onde vamos?

— Vamos falar com um sujeito que é dono de um moinho.

— O moinho da abadia? — Theresa corria atrás de Alcuíno, que andava cada vez mais rápido.

— Não, não. Em Fulda existem três moinhos: dois pertencem ao cabido, embora só um fique na abadia. O terceiro é propriedade de um tal Kohl, que segundo parece é o ricaço do condado.

— Pensei que estivesse procurando penas de ganso.

— Isso foi antes de conhecer o moleiro.

— Mas não o conhecia? Da forma como falou com ele, parecia saber que trabalha no moinho. E para que quer comprar trigo?

Alcuíno olhou para ela como se a pergunta o irritasse.

— Quem disse que quero comprar? E não conhecia o moleiro. Na verdade, deduzi por causa da farinha que impregnava não só as suas roupas, mas também as unhas.

— E o que tem esse moinho de especial?

— Se soubesse, não precisaria visitá-lo — disse sem afrouxar o passo. — A única coisa que posso dizer é que nunca tinha visto um moleiro que comesse pão de centeio. Com certeza. Mas o que anotou em suas tabuletas?

Theresa parou para procurar na sacola a tabuleta que tinha usado. Ia ler, mas quando viu que Alcuíno não esperava por ela, correu atrás dele e repassou suas anotações.

— O homem gordo ficou ferido no ventre. O ruivo esperou que se desequilibrasse para atacá-lo. Os ganhos do vencedor chegaram a uns 20 dinheiros. Ah! Isso eu não anotei, mas o ferimento do gordo não deve ter sido grave, pois saiu da taberna com suas próprias pernas — disse orgulhosa, à espera de um elogio.

— E gastou seu tempo com isso? — Olhou para ela um instante e continuou andando. — Mocinha: pedi que anotasse o que visse, mas não aquilo que era tão evidente que até um idiota teria me contado. Precisa aprender a dar atenção aos pormenores, aos acontecimentos mais sutis, aos detalhes quase desapercebidos que, parecendo sem importância e fúteis, encerram a informação mais interessante.

— Não estou entendendo.

— Tinha percebido o detalhe da farinha? Sabe por acaso como eram os seus sapatos? Determinou com que mão deu a punhalada?

— Não — reconheceu Theresa, e não conseguiu evitar de se sentir estúpida.

— Em primeiro lugar, o ruivo: quando entramos na taberna parecia estar bêbado, mas na verdade estava escolhendo a vítima, porque na hora de apostar, contou até o último dinheiro.

— Ah...

— Escolheu um homem forte, mas pouco hábil. Gus, que resultou ser seu cúmplice, já tinha verificado antes com um desajeitado jogo de mãos. E Rothaart só começou a lutar de verdade quando Gus avisou que as apostas tinham aumentado.

— Notei alguma coisa estranha nesse Gus, mas não dei importância.

— Com respeito ao dinheiro que anotou: 20 dinheiros... É muita coisa.

— O suficiente para comprar um porco — disse Theresa, lembrando das conversas com Helga.

— Mas nem tanto, pois no final ele teve que pagar uma rodada de bebidas, além das rameiras que o esperavam. No entanto, seus sapatos eram de couro fino, com pequenas diferenças entre um pé e o outro, o que significa que foram feitos sob medida. Também exibia uma corrente de ouro e um anel engastado na mão. Riqueza demais para um moleiro que joga a própria vida em apostas.

— Talvez lute todo dia.

— Se fosse assim, e ganhasse sempre, a fama o precederia e não encontraria nem adversários dispostos a morrer, nem apostadores de quem tirar dinheiro. E se fosse o caso contrário, já teria morrido em alguma dessas apostas. Não. A explicação para seus sapatos caros deve ser outra. Talvez o mesmo motivo que o leva a comer pão de centeio, em lugar de trigo.

— Mas então...

— Então sabemos que trabalha como moleiro, que é canhoto, astuto, hábil com a faca e que tem dinheiro.

— Também reparou na mão que usou para ferir o homem gordo?

— Nem precisei olhar. Segurava a jarra com a mão esquerda, contou seus lucros com a mão esquerda e foi ela que usou quando tentou me ameaçar.

— E que importância tem tudo isso?

— Talvez nenhuma. Mas talvez esteja relacionado com a doença que assola a cidade.

No caminho para o mercado, Alcuíno confessou a Theresa que as mortes de seu ajudante e do boticário não pareciam acidentais. Já tinha morrido muita gente em meio a terríveis padecimentos e, dado que agora dispunha de um ajudante, tinha resolvido averiguar o que estava acontecendo.

O encarregado do entreposto de grãos, um sujeito macilento e caolho, informou que Hansser Kohl tinha ido embora há tempos. Disse que ainda poderiam encontrá-lo no moinho, se acelerassem o passo, pois estaria armazenando um novo carregamento de cevada que acabava de receber. Indicou como encontrar o local, um terreno escarpado ao qual se tinha acesso transpondo a porta sul das muralhas, para seguir o curso do rio por cerca de duas milhas, em direção às montanhas.

Alcuíno agradeceu as informações e retomou a marcha. Atravessaram a cidade, saíram pela porta sul e, em seguida, pegaram a margem interna do rio, que subiram a bom passo. Como o frade manteve o ritmo, Theresa ia perguntar o que fazia para não perder o fôlego, mas ele não lhe deu chance. Quando, por fim, chegaram às imediações do moinho, ela já estava botando a alma pela boca.

Pararam um instante para observar a paisagem, com a figura do moinho destacando-se imponente sobre o penhasco que o rio tinha escavado entre as rochas.

Theresa surpreendeu-se com o rangido contínuo e pesado do mecanismo, semi-abafado pelo próprio rumor da água. Ao chegar mais perto, percebeu que as pás não eram impulsionadas pelo rio, mas pela corrente de um canal lateral que regulava o volume de entrada da água por meio de um dique rudimentar.

Alcuíno admirou a estrutura do edifício, construído, como quase todos do mesmo tipo, em três andares: no andar de baixo localizavam-se as roldanas e as engrenagens encarregadas de transferir o movimento do engenho para o enorme eixo vertical que atravessava o moinho. O andar principal, ou de moagem, acolhia as duas rodas de pedra ranhuradas, encaixadas no eixo vertical, uma fixa e a outra móvel que, ao girar em sentidos opostos, provocavam a moagem do grão. Por último, no terceiro andar, encontrava-se o armazém do cereal, junto ao funil de carga. O grão passava por ele e, através de um cano ia até o buraco perfurado na roda superior, para acabar triturado entre as ranhuras das mós.

Observou que, confinando com o moinho, encontrava-se uma pequena moradia fortificada. Também distinguiu um estábulo e um armazém cercado, onde provavelmente guardariam os grãos.

— Acho muito estranha essa localização, tão afastada do povoado — disse Alcuíno, indicando o edifício. — Talvez a casa seja de pedra por isso mesmo: para proteger o moleiro e sua família.

— E o que viemos fazer aqui? Não queria dizer nenhuma inconveniência.

— Não quis explicar antes porque, na verdade, não passam de suposições, mas suspeito que a origem da enfermidade resida no trigo — pegou alguns grãos de um bolso e entregou a Theresa. — Para confirmar isso, preciso examinar o cereal, de modo que vou fingir que estou interessado em comprar para ver se o dono me fornece uma amostra.

— Acha que está envenenando o trigo?

— Não exatamente. Mas, em qualquer caso, mantenha a boca bem fechada.

Nesse mesmo instante, alguns cães que perambulavam pelos estábulos começaram a latir como se tivessem sido espancados. Simultaneamente, dois homens munidos de arcos apareceram na porta.

— O que os traz aqui? — perguntou o mais bem vestido, sempre apontando as armas para eles.

Theresa presumiu que seria Kohl, mas Alcuíno não teve nenhuma dúvida.

— Bom-dia — cumprimentou para que vissem que não estava armado. — Vim propor um negócio. Poderíamos entrar? Aqui fora está um frio dos diabos.

Os dois homens baixaram os arcos.

Em vez de entrar no moinho, ingressaram na moradia pois, segundo o mais mal vestido, não podiam acender o fogo no moinho para evitar incêndios. Uma vez na casa, Kohl ordenou ao criado para que trouxesse algo de comer. O homem chamou sua mulher e ela correu pelos aposentos como se estivesse sendo perseguida pelo diabo. Primeiro trouxe pão e queijo e depois uma jarra de vinho, da qual serviu os quatro.

— Sem uma gota d'água — presumiu Kohl depois de saboreá-lo. — Bem. Diga, de que negócio se trata?

— Pelas minhas roupas já deve ter adivinhado que venho da abadia — demorou um minuto fazendo um brinde aos presentes. — No entanto, devo confessar que não represento o abade, mas o monarca Carlos Magno. Veja bem, o rei visitará Fulda proximamente, em duas semanas ou até menos, e gostaria de recebê-lo com tudo o que ele merece. Por desgraça, nossas reservas de grãos diminuíram consideravelmente e o que nos resta está um pouco passado. No cabido também não dispõem de provisões, de modo que pensei comigo mesmo que poderia aqui adquirir uma partida de..., digamos, 400 alqueires?

Kohl engasgou ao ouvir a cifra. Tossiu e serviu-se de novo. Quatrocentos alqueires era quantidade suficiente para alimentar um exército. Concluiu sem sombra de dúvida que era um negócio excelente.

— Isso é muito dinheiro. Suponho que conheça a tarifa do grão: três dinheiros o alqueire de centeio, dois dinheiros o alqueire de cevada e um dinheiro o de aveia. Se o que quer é farinha...

— Obviamente, prefiro o grão.

Kohl aquiesceu. Era lógico: como a abadia possuía dois moinhos, preferia poupar o custo agregado.

— E precisa disso para quando?

— O quanto antes. Precisamos de tempo para moer o trigo.

— Trigo? — Kohl levantou-se, surpreso. — Que eu saiba ninguém aqui falou desse cereal. Posso entregar centeio, cevada, aveia e inclusive, se desejar, espelta, mas o cultivo de trigo é feito pela abadia. Deveria saber disso.

Efetivamente, sabia. Pensou no que devia responder.

— Sei também que algumas partidas são desviadas da abadia e logo acabam no mercado — respondeu. — Quatrocentos alqueires são 16 mil dinheiros...

Kohl andou de um lado para outro, sem tirar os olhos de Alcuíno. Sabia que era um risco, mas tinha enriquecido justamente por ousar aceitá-los.

— Volte amanhã e falaremos. Preciso trabalhar hoje à tarde e não poderei resolver nada.

— Poderíamos visitar o moinho?

— Nesse momento todos estão trabalhando. Talvez em outra ocasião...

— Desculpe se insisto, mas gostaria...

— Um moinho é um moinho. E já disse que estão trabalhando.

— Certo. Então nos veremos amanhã.

Quando saíram da casa, Theresa perguntou a Alcuíno o que tinha averiguado, mas ele só fez resmungar alguma coisa sobre sua falta de sorte. Ao passar junto dos estábulos, comentou com Theresa que precisava examinar o interior do moinho, mas que não tinha insistido para não levantar suspeitas.

— Prestou atenção nos cavalos? — disse o frade. — Seis, sem contar os que puxam a carroça.

— E o que isso significa?

— Ora, no mínimo que o moinho tem seis pessoas de guarda.

— Gente demais?

— Demais.

De repente, parou como quem se lembra de alguma coisa. Em seguida, retrocedeu. Depois de comprovar que ninguém os observava, saltou a cerca e penetrou no estábulo. Remexeu nas sacolas dos cavalos, entre as tábuas de um carro e na palha do chão. Estava ajoelhado quando chamou Theresa. A moça apresentou-se correndo e pegou uma tabuleta de cera, imaginando que ele queria que anotasse alguma coisa, mas Alcuíno negou com a cabeça.

— Procure no chão. Iguais aos grãos que lhe dei.

Esquadrinharam entre o esterco até ouvirem rumores procedentes do moinho. Então levantaram e fugiram a todo vapor.

Chegaram à abadia com as mãos e os pés congelados, mas encontraram uma sopa quentinha na cozinha, que logo os reanimou. Comeram rápido porque Alcuíno pretendia voltar ao trabalho, mas Theresa sugeriu que visitassem Hóos primeiro. O frade concordou e, depois de recolherem os pratos da mesa, encaminharam-se para o hospital.

Quando chegaram à enfermaria, foram recebidos pelo mesmo frade que os tinha atendido das outras vezes. No entanto, sua cara sempre risonha dessa vez exibia um véu de preocupação.

— Fico feliz em vê-los. Receberam o recado?

— Não. Por quê? O que houve? — perguntou Alcuíno.

— Entrem, por Deus, entrem. Mais dois doentes e com os mesmos sintomas.

— Gangrena nas pernas?

— Um deles já começou a ter convulsões.

Os dois frades correram para o quarto onde os dois doentes agonizavam. Eram pai e filho e trabalhavam na serraria. Alcuíno percebeu que o pai já estava com as orelhas e o nariz escuros. Tentou interrogá-los, mas só disseram incoerências. Prescreveu a aplicação imediata de purgas.

— E devem beber leite misturado com carvão. Tudo o que conseguirem engolir.

Deixaram os enfermeiros preparando os remédios enquanto caminhavam para o quarto onde Hóos descansava. No entanto, ao chegar a seu leito, encontraram-no vazio. Interrogaram os presentes, mas ninguém soube informar seu paradeiro. Olharam nas latrinas, no refeitório anexo e no pequeno claustro no qual os feridos mais bem dispostos se recuperavam, mas não o encontraram em parte alguma. Depois de procurar em toda parte, tiveram que aceitar que tinha desaparecido.

— Não pode ser — queixou-se Theresa.

— Vamos encontrá-lo — foi a única coisa que Alcuíno encontrou para dizer.

Aconselhou a jovem a voltar para casa e acalmar-se. Ele precisava voltar à biblioteca, mas daria ordens para que, assim que o encontrassem, mandassem alguém avisá-la. Marcaram encontro na manhã seguinte na porta da congregação. Theresa agradeceu sua preocupação, mas assim que deu meia-volta, não pôde impedir que as lágrimas brotassem em seus olhos.

Theresa passou o resto da tarde trancada no palheiro, para que Helga não lhe fizesse perguntas. No entanto, pouco antes do anoitecer, resolveu dar um passeio pelas vielas vizinhas. Enquanto perambulava por elas, ficou se perguntando que significaria aquela opressão em seu peito, aquele estremecimento que a percorria quando pensava em Hóos. Toda manhã, morria de vontade de que chegasse logo a hora de encontrá-lo, de falar com ele, de sentir seu olhar sobre ela. As lágrimas voltaram a molhar seus olhos. Por que sua vida era um castigo? Que mal tinha feito para que todos a quem amava acabassem desaparecendo?

Continuou sem rumo, fazendo suposições sobre o paradeiro de Hóos, tentando imaginar o que teria acontecido com ele. Lembrou que na última visita, Hóos mal tinha conseguido encadear alguns passos pelo claustro e isso tinha acontecido no dia anterior. Ainda estava doente, de modo que era impossível que tivesse fugido.

Continuou caminhando sem perceber que, paulatinamente, afastava-se das ruas mais concorridas. Fazia frio e tinha a cabeça escondida entre as bordas da capa para proteger o nariz. Quando deu por si, estava num beco estreito e escuro.

Cheirava a podre. Um latido a assustou.

Olhou ao redor e viu que a maioria das casas parecia abandonada, como se os donos tivessem se arrependido de viver num lugar tão tenebroso, fugindo sem fechar nem as janelas...

Assustou-se e resolveu retornar.

Tinha começado o caminho de volta quando, fora do beco, desenhou-se um silhueta encapuçada. Theresa esperou que fosse embora, mas a figura não se moveu.

Tentou não ficar alarmada. Pensou que não devia ser ninguém e que nada ia lhe acontecer.

Continuou avançando. No entanto, à medida que se aproximava, seu coração foi acelerando. A figura continuava calada, vigilante, imóvel como uma estátua. Theresa apertou o passo, baixando os olhos, mas ao chegar mais perto, o encapuçado lançou-se sobre ela e tentou imobilizá-la. Quis gritar, mas uma mão impediu. Então gemeu, aterrada. Numa tentativa desesperada, mordeu a mão que a amordaçava. O homem gritou e sua voz paralisou-a.

— Diabo de mulher! O que pretende? Amputar minhas mãos? — disse ele, chupando a mordida.

Theresa não acreditou na voz. O sotaque, a entonação... Eram conhecidos, sem dúvida.

— Hóos? É você?

Olhou e reconheceu. Sem pensar, jogou-se em seus braços, que a receberam com ternura. Hóos retirou o capuz, deixando à mostra o seu sorriso franco. Acariciou seus cabelos, enquanto aspirava seu perfume. Em seguida, sugeriu que fossem para outro lugar, pois ali não estavam seguros.

— Mas onde você estava? — soluçou. — Pensei que nunca mais ia vê-lo.

Confessou que a tinha seguido e que tinha fugido da abadia porque precisava regressar imediatamente a Würzburg. Se continuasse no hospital, nunca conseguiria.

— Mas você mal se sustenta de pé.

— Por isso preciso de um cavalo.

— É loucura. Os bandidos vão matá-lo. Não lembra mais do que fizeram?

— Esqueça isso. Precisa me ajudar.

— Mas não sei...

— Ouça — interrompeu ele. — É vital que chegue a Würzburg na próxima semana, Arrisquei minha vida para salvar a sua e agora sou eu quem precisa de você. Precisa conseguir uma montaria para mim.

Theresa confirmou que seu olhar transpirava desespero.

— Certo, mas não entendo nada de cavalos. Terei que perguntar para a Negra.

— A Negra? Quem é essa?

— Não lembra? A mulher que nos recebeu quando chegamos a Fulda. Vivo com ela agora.

— Não acho que seja uma boa idéia. Não tem dinheiro? Althar deixou uma bolsa de moedas.

— Que entreguei para a Negra no mesmo dia, como adiantamento pela hospedagem e manutenção. Conservei no máximo uns dois dinheiros.

— Maldita seja — apertou os dentes.

— Podia perguntar a Alcuíno. Talvez ele possa nos ajudar.

Hóos estremeceu ao ouvir o nome do frade.

— Perdeu o juízo, por acaso? Por que acha que fugi da abadia? Não confie nesse homem, Theresa. Ele não é o que parece.

— Por que está dizendo isso? Comportou-se tão bem conosco.

— Não posso explicar, mas precisa confiar em mim. Afaste-se desse frade.

Theresa não sabia o que dizer. Acreditava em Hóos, mas Alcuíno parecia ser uma boa pessoa.

— Bem, o que faremos? Sua adaga! — lembrou ela. — Poderíamos tentar vendê-la. Com certeza, seria suficiente para comprar um cavalo.

— Quem dera a tivesse conservado. Os malditos frades devem ter roubado — queixou-se. — Não sabe de ninguém que negocie com cavalos? Alguém que pudesse lhe dar uma montaria?

Theresa negou com a cabeça. Além disso, disse que ainda era muito cedo para ele cavalgar, que a ferida voltaria a abrir. Nesse momento, Hóos parou para respirar. Ofegava como um velho, enquanto apertava o peito na região ferida.

— Você está bem?

— Não importa. Maldição! Preciso de uma montaria — gritou ao mesmo tempo em que tossia. Sentou-se abatido sobre um tronco de madeira.

Por um instante, Theresa pensou que a ferida ia abrir.

— Agora lembrei... — disse Theresa. — Essa manhã estive em um lugar onde guardam cavalos — não sabia bem por que estava dizendo aquilo.

Hóos se levantou e olhou Theresa com ternura. Segurou seu rosto entre as mãos e em seguida, lentamente, aproximou seus lábios para beijá-la. Theresa pensou que ia morrer. Sentiu que todo o seu corpo tremia com o calor de sua boca, fechou os olhos e abandonou-se àquele mel que a inundava. Seus lábios entreabriram-se tímidos, permitindo que sua língua a roçasse. Depois se separou bem devagar, olhando Hóos nos olhos, ainda com as faces em fogo. Pensou que suas pupilas resplandeciam mais lindas do que nunca.

— O que vai ser de mim quando você partir? — disse ela.

Hóos beijou-a e, como por encanto, ela esqueceu suas preocupações.

Dirigiram-se para a taberna de Helga, parando em cada esquina, beijando-se assustados como dois ladrões, como se o primeiro que os surpreendesse fosse repreendê-los. Depois de cada arrulho, riam e continuavam caminhando mais depressa. Ao chegar à taberna, entraram pela parte de trás para que Helga não os surpreendesse. Subiram para o palheiro onde Theresa dormia e voltaram a se beijar. Hóos acariciou seus seios, mas ela se afastou. Theresa trouxe um pouco de comida, acomodou-o com uma manta e disse que esperasse por ela. Se tudo saísse bem, em poucas horas voltaria com uma montaria.

Sabia que era uma loucura, mas saiu de casa munida de uma vela, um acendedor e um pedaço de sílex seco. Muniu-se também de um pedaço de carne crua e de uma faca de cozinha. Em seguida, dirigiu-se para as muralhas, sem saber se as encontraria fechadas. Por sorte, as obras de manutenção do muro meridional ainda estavam em andamento, de modo que não precisou se identificar quando um guarda meio adormecido cumprimentou quando ela passou.

Enquanto caminhava para o moinho, recordou os lábios de Hóos. Sentiu o calor de seus sussurros e de seu hálito em suas faces, e sentiu um frio no estômago. Apertou o passo, guiando-se pela claridade da lua, com a esperança de que os cães não a descobrissem. Não tinha certeza, mas esperava que a carne picada os mantivesse ocupados enquanto ela ia aos estábulos. Quando chegou às imediações do moinho, verificou que havia luz suficiente para prescindir da vela. Procurou os cães, mas não os viu. No entanto, por precaução, depositou a metade da carne no caminho principal e espalhou o resto pelo caminho da estrebaria.

No estábulo, contou apenas quatro cavalos que pareciam adormecidos. Examinou-os com cuidado, tentando adivinhar qual seria o mais adequado, mas não conseguiu se decidir por nenhum deles. De repente, ouviu latidos e seu coração disparou. Na mesma hora, correu para um canto, onde se agachou, cobrindo-se com palha, e esperou apavorada. Passados alguns segundos, os latidos cessaram. Então se deu conta do erro que estava para cometer.

Perguntou a si mesma se o que estava fazendo ali e como tinha sequer pensado em cometer um roubo. Respondeu que, embora desejasse ajudar Hóos, aquela não era a maneira correta. Não podia trair a si mesma. Não era a educação que seu pai tinha lhe dado.

Naquele momento, sentiu-se suja e indecente. De fato, não conseguia entender como tinha chegado até o moinho. Havia a possibilidade de que a pegassem e condenassem por roubo, um delito que muitas vezes era castigado com a morte. Sentia muito ter que desapontar Hóos, mas não podia seguir adiante. Chorou por causa da estupidez de seu comportamento. Em seguida, pediu perdão a Deus e rogou que a ajudasse.

Estava assustada. Qualquer rumor, desde o bufar de um cavalo até o rangido de uma madeira aumentavam o temor de ser descoberta. Arrastou-se devagar entre as patas dos cavalos tentando ganhar a saída. No entanto, quando estava prestes a abandonar o estábulo, percebeu com horror que quatro homens se dirigiam para lá.

Supôs que os cães tivessem dado o alerta.

Voltou sobre os próprios passos e enterrou-se na palha. Um dos homens entrou no estábulo e começou a bater nos lombos dos animais, que relinchavam assustados. Theresa viu os cascos de um deles passar bem na frente de seu rosto e quase gritou, mas conseguiu se conter. O homem atrelou um animal, montou e saiu a galope até o mato. Em seguida, viu que os outros três descarregavam uma carreta e transportavam seu conteúdo para o moinho. Theresa estranhou que o fizessem numa hora tão imprópria, sem usar nem mesmo uma tocha, e ocorreu-lhe que talvez aqueles sacos tivessem alguma relação com os grãos que Alcuíno andava procurando.

Sem pensar nas conseqüências, aproveitou a ausência dos homens para inspecionar o carregamento. Ainda faltavam alguns fardos para descarregar, de modo que pegou a faca e fez um corte no canto do mais próximo, enfiou a mão no saco, justo para obter um punhado de cereal, e voltou correndo para o estábulo.

Os homens logo regressaram. O primeiro a chegar descobriu o saco furado e culpou o segundo pelo estrago. Este, por sua vez, acusou o primeiro e começaram a discutir até que um deles, que parecia ser o chefe, os separou aos murros. O primeiro saiu e voltou pouco depois com um archote aceso, que o chefe empunhou iluminando seu cabelo ruivo. Carregaram os sacos restantes e abandonaram o lugar sem dar mais atenção ao estábulo.

Assim que percebeu que estava sozinha, Theresa correu pela estradinha afora, imaginando o hálito do ruivo nas suas costas. Lembrou de sua figura apunhalando o gordo na taberna e pensou que a qualquer momento apareceria atrás de uma árvore para cortar seu pescoço. Nem quando alcançou a muralha se considerou a salvo.

Chegou à casa de Helga com o coração na garganta, pois não tinha parado um segundo desde a saída do moinho. Entrou no edifício pelos fundos, verificou que a Negra continuava na taberna e, sem fazer barulho, dirigiu-se diretamente para o palheiro, onde Hóos estava meio adormecido. Ao vê-la, o jovem alegrou-se, mas torceu a cara quando soube que não tinha conseguido a montaria.

— Eu tentei, juro — lamentou-se.

Hóos praguejou entredentes, mas ainda assim insistiu com ela para que não se preocupasse. Na manhã seguinte, ele mesmo encontraria um jeito.

Theresa beijou-o nos lábios e ele correspondeu.

— Espere um momento! — interrompeu ela. Levantou-se de um salto e desceu para a taberna.

Voltou ao cabo de algum tempo cantarolando uma musiquinha boba. Aproximou-se dele dissimuladamente e voltou a beijá-lo. Em seguida, exibiu um sorriso luminoso.

— Já tem um cavalo — anunciou.

Disse que, embora ele não aprovasse, tinha perguntado a Helga, a Negra, a respeito do dinheiro pago como adiantamento pela hospedagem. Precisava daquele dinheiro e, se ela devolvesse uma parte, devolveria com juros antes de fevereiro.

— No começo, negou, mas lembrei que agora tenho um trabalho fixo e prometi que, além de recuperar o empréstimo, receberia um quinto a mais como juros. No entanto, ela quis saber para que demônios eu queria aquele dinheiro.

Hóos olhou-a com ansiedade, mas ela o tranqüilizou. Contou que precisava de um potro para acompanhar o frade em seus percursos campestres, e Helga não só tinha acreditado, mas até recomendado um comerciante que poderia vender bem barato. No total, tinha lhe devolvido 50 dinheiros, a metade do que tinha entregue por conta. Com esse dinheiro, dava para comprar um cavalo velho e comida suficiente para agüentar a viagem.

— Ela não perguntou por que não ia andando?

— Eu disse que sentia dor nos tornozelos. Ouça, Hóos, antes que vá embora, gostaria de pedir uma coisa.

— Claro. Se estiver a meu alcance...

— Dentro de alguns dias... quando chegar a Würzburg...

— Sim...

— Sabe? Quando me encontrou na cabana... eu menti. Não estava ali a passeio.

— Bem. Não se preocupe. Se não quis me contar, não tem por que fazê-lo agora.

— Estava assustada, mas agora... Agora quero contar. Houve um incêndio em Würzburg.

— Um incêndio? Onde?

— Não foi minha culpa, eu juro. Foi aquele maldito Korne quem me empurrou. As brasas espalharam o fogo, tudo queimou e... — as lágrimas a interromperam. Hóos abraçou-a. — Prometa que vai procurar meu pai e dirá que estou bem. Prometa.

— Sim, claro. Eu prometo.

— Que eu os amo. Ele e Rutgarda. Prometa.

Hóos acariciou seu rosto e ela se acalmou. De repente, Theresa lembrou do pergaminho que tinha encontrado escondido na sacola do pai. Por um momento, pensou em pedir a Hóos que o entregasse, mas na mesma hora, resolveu se conter. Talvez fosse um documento privado e por isso ele o tinha escondido.

— Leve-me com você — pediu.

Hóos sorriu com doçura.

— Vou encontrar seu pai e direi que não se preocupe. Mas agora não pode vir comigo. Lembre dos bandidos.

— Mas...

E selou sua boca com um beijo.

Quando soprou a última vela, Hóos pediu a Theresa que o acompanhasse. Ela aceitou sem saber por quê. Ele a abraçou com gentileza para combater o frio, mas embora tenham se aquecido imediatamente, não quiseram mais se separar.

Hóos foi o homem atencioso que ela sempre desejou. Seus braços estreitaram-na, enquanto seus beijos a desejavam. Percorreu seu corpo desenhando caminhos inexplorados, acariciando-a devagar, enquanto a envolvia em seu hálito e ela se deixava embriagar, percebendo que em seu interior se aninhava um apetite vergonhoso.

Nunca tinha sentido nada assim antes. Não conseguia interpretar aquele acúmulo de sensações, aquela luta entre pudor e ânsia, entre temor e desejo.

— Ainda não — suplicou.

Hóos continuou beijando-a sem ouvi-la, percorrendo seu corpo com os lábios, acariciando seu púbis, seu ventre, seus mamilos eriçados. Ela cobiçou a firmeza de seus braços enquanto ele desejava a maciez de seus seios. Estremeceu quando ele separou suas pernas. Em seguida, ao senti-lo entrar, seu corpo arqueou-se de dor. No entanto, o desejo fez com que se apertasse contra ele, como se quisesse possuí-lo para sempre. Em seguida, abandonou-se a seus movimentos e ao fogo intenso que a consumia.

Ele se moveu sobre ela sem parar de beijá-la. Acariciou-a devagar, movendo-se entre suas coxas, para em seguida seguir mais e mais rápido e finalmente com tal ânsia que o êxtase sacudiu seu ventre fazendo-a acreditar que estava com o diabo no corpo. Quando Hóos desafogou-se, ela desejou que ficasse.

— Eu amo você— sussurrou ele, e apertou-a em seu braços.

Ela fechou os olhos e desejou que ele repetisse aquilo mil vezes.

De manhã, quando Hóos se despediu, ela só ouviu quando disse que a amava.

15

Aos domigos não precisava ir ao *scriptorium*, de modo que aproveitou a manhã para arrumar o palheiro e esfregar as panelas acumuladas na cozinha. Planejou ir à abadia depois do almoço para simular interesse pelo paradeiro de Hóos, evitando assim qualquer suspeita. Enquando limpava a taberna, recordou cada beijo da noite anterior. O cheiro de Hóos a impregnava, como se ela tivesse se esfregado com um pano empapado em sua essência.

Hóos Larsson...

Antes de partir, ele tinha prometido que, quando voltasse, viajariam juntos para Aquis-Granum e se estabeleceriam em suas terras.

Imaginou como seria a vida na herdade de Hóos, cuidando da casa durante o dia e abraçando-se a seu corpo durante a noite. Por um instante, esqueceu dos problemas de Helga e de Alcuíno para deleitar-se em sua fantasia. Não pensou em outra coisa durante toda a manhã.

Quando Helga se levantou, Theresa já tinha limpado quatro vezes o mesmo aposento. A mulher queixou-se de um ardor no ventre, que resolveu amenizar com um trago de vinho acompanhado de várias ânsias de vômito. Seu corpo ainda cheirava a homem, mas ela não parecia dar a menor importância a isso. Uma vez na cozinha, surpreendeu-se ao encontrar Theresa, pois nem lembrava que era domingo, de modo que seguiu cambaleando até topar com uma bacia na qual molhou os olhos, justo para tirar as remelas.

— Não vai aos frades hoje? — disse, enquanto se servia mais um trago.

— Eles reservam os domingos para rezar.

— Só porque não têm mais o que fazer — lamentou-se com inveja. — Vamos ver que diabo vou preparar para comermos hoje.

A mulher começou a remexer entre as panelas até deixá-las tão bagunçadas quanto estavam antes que Theresa arrumasse. Depois, pegou um caldeirão e foi enfiando todas as verduras que ia encontrando, mais um pedaço de toucinho salgado e finalmente cobriu com água limpa que tirou de uma tina. Quando pôs no fogo, aproveitou para acrescentar uma língua de vaca.

— Bem fresca. Um cliente trouxe para mim ontem — gabou-se.

— Se continuar me alimentando assim, no final vou ter que roubar sua roupa — avisou Theresa com um sorriso.

— Ora, filha! Com o que come, o estranho é que a gente consiga notar os seus peitos.

A mulher remexeu o cozido, enquanto Theresa arrumava a cozinha de novo.

— Além do mais, é bom lembrar que, em meu estado, preciso me cuidar — disse a mulher acariciando a barriga ainda em formação.

Theresa sorriu. No entanto, imaginou se a Negra continuaria a exercer o ofício de meretriz quando seu bucho ficasse igual a uma melancia.

— Como é que uma mulher emprenha? — perguntou Theresa de repente.

— Que tipo de pergunta estúpida é essa?

— Não. Quer dizer. Eu queria dizer que.... Você sabe... Bem... Se quando a gente faz pela primeira vez...

Helga olhou-a com surpresa.

— Depende de quanto você foi bem fodida, danadinha — e sapecou-lhe um sonoro beijo no rosto.

Theresa tentou disfarçar o rubor esfregando a panelada da cozinha com toda a força. Enquanto isso, rogou a Deus que aquilo não acontecesse com ela. Felizmente, Helga explicou que era brincadeira e que a gravidez dependia de outros fatores, além da pontaria. Como isso também não a acalmou, continuou esfregando até que o exercício cobrisse o colorido de suas faces.

Falaram longamente sobre Hóos. Quando Helga perguntou se o amava de verdade, Theresa repreendeu-a por duvidar. No entanto, sem se abalar com isso, a mulher continuou a interrogá-la sobre a família do rapaz, a riqueza de que dispunha ou suas qualidades como amante. Quando chegou a esse ponto, Theresa parou de responder, embora um sorriso a delatasse.

— Garanto que está grávida — zombou Helga, e riu novamente antes que Theresa jogasse uma alface em sua cabeça.

***

Enquanto caminhava para o mosteiro, Theresa refletiu acerca da gravidez de Helga. Por um momento, imaginou-se roliça como um tonel, carregando uma criatura indefesa em seu ventre e sem recursos que a ajudassem a enfrentar o parto. Passou as mãos pela barriga lisa e um calafrio percorreu seu corpo. Nesse instante, prometeu a si mesma que, por mais que desejasse, não ia mais dormir com Hóos até estar casada.

Quando chegou à abadia, o despenseiro permitiu que entrasse, escaldado pela história das chuletas. Theresa vestia a capa que Alcuíno tinha lhe dado, de modo que com o capuz na cabeça, não era diferente de qualquer noviço que perambulava pelo exterior dos edifícios. O encarregado da enfermaria surpreendeu-a ao reconhecê-la, mas depois de verificar que possuía uma permissão de Alcuíno, concordou em lhe dar informações sobre o paradeiro de Hóos.

— Volto a repetir: a única explicação possível é que foi embora por vontade própria.

— E por que não teria me avisado? — disse ela, fingindo indignação.

— E eu que sei! Pensa que ficamos com algum doente?

Theresa não gostou do comentário. Pensou que talvez aquele mesmo frade tivesse roubado a adaga de Hóos, enquanto ele jazia na cama. O enfermeiro percebeu a expressão de desconfiança da moça, mas não se alterou.

— Se não gosta do que ouve, vá se queixar a Alcuíno — disse indicando o caminho do *scriptorium* e, sem lher dar mais atenção, virou-se para amassar um cataplasma.

Theresa hesitou em visitar o monge. Embora Hóos a tivesse avisado contra ele, o certo era que, até aquele momento, Alcuíno tinha cumprido todas as suas promessas. Além do mais, precisa devolver a Helga o dinheiro emprestado para a compra do cavalo. Lembrou então da amostra de trigo que tinha recolhido em sua incursão ao moinho. Ainda estava em seu bolso, de modo que resolveu entregá-la e aproveitar a ocasião para falar de dinheiro. Encontrou-o na porta do *scriptorium*, justo quando estava saindo. O homem não esperava vê-la, mas ainda assim cumprimentou-a com amabilidade.

— Lamento dizer que seu amigo...

— Eu soube. Acabo de vir da enfermaria.

— Não consigo entender o que aconteceu. Se tivesse tempo... mas preciso resolver alguns assuntos de importância vital.

— E Hóos não é, por acaso? — perguntou ela hipocritamente.

— Claro que sim. Prometo que esta noite dedicarei um tempo para estudar o caso.

Theresa concordou, fingindo-se satisfeita. Em seguida, remexeu nos bolsos e tirou o punhado de grão que tinha furtado do moinho. Quando Alcuíno viu, seus olhos se abriram quase tanto quanto a boca.

— De onde tirou isso? — disse aproximando-se das sementes.

Contou a história, escondendo a parte dos cavalos. O frade observou o grão um instante, antes de recolher um graveto do chão que usou para remexer o cereal. Em seguida, disse que guardasse de novo no bolso e lavasse bem as mãos. Depois se encaminharam para a botica. Após verificar que estava deserta, Alcuíno acendeu várias velas e fechou portas e janelas para que ninguém pudesse vê-los. Só então pediu a Theresa que depositasse até o último grão em um pratinho metálico. Quando acabou, obrigou-a a sacudir o interior do bolso sobre o mesmo prato, ordenando que se lavasse de novo.

— Sentiu algum mal de estômago? — perguntou.

Ela negou com a cabeça. Sentia uma perturbação, mas por causa de sua noite com Hóos.

O frade reuniu todas as velas ao redor do pratinho, que brilhou como o sol. Os grãos dourados resplandeciam sob as chamas, assim como seu rosto, tão próximo do prato quanto o de um animal que fareja comida. Pediu a Theresa que lhe passasse duas travessas de cerâmica branca e umas pinças de uma estante próxima. Começou a transferir os grãos, um a um, do pratinho metálico para uma das travessas.

Continuou a tarefa bem devagar, demorando-se a examinar cada grão, cheirando e tocando cada num estranho ritual. Quando a transferência já ia avançada, com três quartos dos grãos numa das travessas brancas, Alcuíno levantou de um salto, exibindo a pinça em cujo extremo pendia um grão negro. Mostrou para Theresa e riu, orgulhoso, mas diante da indiferença da moça, voltou a sentar e depositou o grão sobre a travessa que estava vazia.

— Aproxime-se — sugeriu. — E preste atenção à forma e à cor.

Theresa observou detidamente o grãozinho em forma de corno que descansava no centro da travessa. Era um corpo escuro, retorcido, de tamanho semelhante ao recorte de uma unha.

— O que é? — para ela, parecia uma semente.

— "*Quando o cereal ondula ao vento,* Körnmutter *vaga pelos campos espalhando seus filhos, os lobos do centeio.*"

Theresa fitou-o sem entender nada.

— *Körnmutter*: a deusa-mãe dos grãos — continuou. — Ou pelo menos, essa é a crença dos pagãos do norte. Suspeitei desde o primeiro momento, mas é estranho que aconteça com o trigo.

— Não estou entendendo...

— Olhe bem — disse voltando a pegar o grãozinho com a pinça. — Não se trata de uma semente. É o cornelho: um fungo alucinógeno. Esse que está vendo é o *esclerocio*, a estrutura na qual o fungo resiste depois de abandonar a presa — extraiu uma faca da cintura e talhou a cápsula, deixando à mostra um interior esbranquiçado. — O fungo se aninha nas espigas úmidas, consumindo-as como parasita: é o mesmo que faz com quem tem a desgraça de comê-lo. Os sintomas são sempre os mesmos: enjôos, visões infernais, gangrena nas extremidades e, em seguida, uma morte horrível. Examinei o centeio mil e uma vezes sem encontrar nenhum vestígio do cornelho, mas a idéia de procurar no trigo não me ocorreu. Não até a morte de Romualdo, meu pobre assistente.

— E por que não lhe ocorreu?

— Talvez porque eu não seja Deus ou ainda porque o cornelho não costume se desenvolver no trigo — respondeu um tanto irritado. — Veja o tamanho. É muito menor do que o do centeio. E foi há pouco tempo, quando percebi que a enfermidade só estava afetando os mais abastados, que concluí que deveria procurar no trigo.

Theresa pegou a faca e examinou com a ponta os restos da cápsula, como se fossem os restos de um inseto morto.

— Então, se essa é a causa das mortes... — arriscou.

— E é, sem dúvida.

— Evitaríamos mais mortes avisando os donos de moinhos.

— Poderia parecer que sim, mas desgraçadamente, isso não seria suficiente. Quem está vendendo esse trigo já sabe que é ele que está provocando as mortes, de modo que um simples aviso só serviria para alertar o criminoso de que foi descoberto.

— Mas as pessoas deveriam, pelo menos, parar de comer pão de trigo.

— Logo se vê que você desconhece o que um faminto é capaz de fazer. As pessoas comem lixo, alimentos apodrecidos, animais doentes. E não pense que os ricos são os únicos afetados, porque hoje faleceram dois esmoleiros. Além disso, não somente arruinaríamos os comerciantes, os moleiros, os padeiros e as centenas de famílias que vivem desse cereal, como também o criminoso, ao saber que está sendo procurado, poderia moer o grão, espalhando o veneno de modo irreversível. Não — fitou Theresa com severidade. — A única coisa a fazer é descobrir o responsável antes que continue matando. E para isso, preciso que jure que vai manter o mais absoluto segredo.

Theresa tomou nas mãos o crucifixo que Alcuíno lhe estendia, levou-o ao peito e jurou diante dele, sabendo que, se quebrasse a promessa, sua alma estaria irremediavelmente condenada.

Depois de limpar os recipientes, saíram da botica em direção à catedral, abrigando-se de portal em portal como se temessem ser seguidos. Pararam algumas vezes para recuperar o fôlego, momentos que Theresa aproveitava para informar-se sobre tudo que Alcuíno sabia sobre o cornelho. O monge disse que durante sua permanência da escola de York, a praga tinha castigado a região em mais de uma ocasião.

— Mas sempre no centeio — insistiu.

Contou que, coincidindo com sua nomeação para bibliotecário, vários monges caíram doentes. Era um período de fome, explicou. Quando o trigo acabou, trouxeram algumas partidas de centeio dos campos de Edimburgo, que produzia um pão amargo e escuro, mas não tão ruim quanto o de espelta e resistente aos rigores do frio. Além disso, não endurecia tão rápido, de modo que podia ser armazenado, inclusive depois de cozido. Mas em pouco tempo as pessoas começaram a morrer. Ele era responsável pela coleta de fundos para a biblioteca, mas também contabilizava os impostos de pedágio, mercados e outros serviços. Graças a isso, percebeu a coincidência entre a chegada do centeio e os primeiros indícios da doença mas, mesmo assim, foi só depois da morte do terceiro noviço que solicitaram sua ajuda.

— Nesse meio-tempo, a metade do mosteiro já estava contaminada — lamentou-se. — Nós o chamávamos de *Ignis Sacer*, o fogo sagrado, pela ardência que provocava nas extremidades. Descobri a presença desses pequenos cornos entre os grãos de centeio e consegui comprovar seus efeitos mortais depois de alimentar alguns cães com eles. Com os anos, a praga voltou a nos visitar, mas nessa ocasião, já sabíamos como nos proteger.

— Encontrou o remédio?

— Por desgraça, não enquanto tal. Uma vez que penetra no organismo, o veneno se dissemina como água na areia. A partir desse momento, o destino do doente depende da vontade de Deus e da quantidade de fungo que tenha ingerido. No entanto, aprendemos a examinar os grãos antes de consumir.

Continuaram andando em direção à congregação, pois Alcuíno queria consultar o livro com o registro das provisões de seu moinho. Já tinha feito isso anteriormente com o da abadia e pretendia fazer a mesma coisa com o moinho de Kohl.

— Não entendo por que temos que examinar no bispado, se encontrei o cornelho no moinho de Kohl — comentou Theresa, intrometendo-se na investigação.

— A cápsula... A fava do cornelho estava seca. Morta — respondeu o frade, enquanto subiam as escadarias da catedral —, mas mesmo assim, ele conserva seu poder assassino. No entanto, essa circunstância indica que o grão foi recolhido há mais de um ano, pois é o período que o cornelho agüenta vivo.

— Mas isso não altera o fato de que o encontrei no moinho de Kohl.

— É inegável que pelo menos uma partida acabou nesse lugar. No entanto, tal como afirma Kohl, em seus campos não se planta trigo, coisa que obviamente tratei de verificar consultando os diversos polípticos, ou seja, os registros.

— Então por que não hesitou em considerar sua oferta, quando demonstrou interesse em comprar trigo?

— Uma observação interessante — sorriu —, e evidentemente, uma questão a ser pensada, sempre e quando não se perca de vista que o objetivo dessa pesquisa é evitar mais mortes. E agora, espere o meu regresso. Voltarei depois de conversar com o bispo.

Theresa sentou-se na escadaria da catedral, afastada dos maltrapilhos que disputavam os lugares mais próximos do pórtico. Enquanto esperava, observou um grupo de soldados desmontando algumas barraquinhas no meio da praça.

— O que esses homens estão fazendo? — perguntou a um pedinte que a contemplava absorto. O mendigo demorou a abrir a boca.

— Preparando o tormento. Já chegaram faz tempo e começaram a cavar bem no meio — e indicou um buraco de proporções medianas.

— O buraco é para o patíbulo?

— Não ia ser para um lago! — riu, mostrando um único dente. — Uma esmola, por caridade?

Theresa tirou um par de nozes da bolsa, mas ao vê-las, o mendigo cuspiu no chão e deu meia-volta. Ela deu de ombros, guardou-as e dirigiu seus passos para o local onde os soldados se encontravam. Perto deles, dois peões se esforçavam para aumentar o buraco, já tão amplo que nele se poderia enterrar um cavalo. Os trabalhadores mostraram-se bem falantes, mas quando perguntou para que era aquele buraco, um dos soldados ordenou que se afastasse.

Alcuíno encontrou Lotário a caminho do refeitório. Depois dos cumprimentos de praxe, o bispo interessou-se por seus progressos caligráficos.

— Não avancei tanto quanto queria — lamentou —, mas na verdade a escrita é o que menos me preocupa no momento.

— Como assim?

— Como sabe, minha presença na abadia obedece a um desejo expresso de Carlos Magno — Alcuíno observou uma expressão de fastio em Lotário.

— Nosso monarca exibe um equilíbrio incomum entre sua devoção pelo divino e sua retidão no que é mundano e, talvez por isso, tenha me encarregado de vigiar bem a observância específica da regra de São Bento. Verifiquei, com grande pesar, que os monges do mosteiro entram e saem, freqüentam os mercados, falam durante os ofícios, dormem em vez de comparecer aos ofícios noturnos e até comem carne de vez em quando.

Lotário concordou. Conhecia de sobra as qualidades do monarca, pois só tinha assumido a direção da diocese graças a ele, mas ainda assim permitiu que Alcuíno prosseguisse com seu discurso.

— E embora sejamos indulgentes com pecados como a preguiça ou a devassidão, que, afinal, são limitações próprias da condição humana, não podemos aprovar e menos ainda permitir a depravação e a impureza daqueles que devem velar e dar exemplo a seus governados.

— Perdoe-me, meu bom amigo, mas onde está querendo chegar? Sabe que o mosteiro nada tem a ver com a congregação.

— O diabo habita em Fulda — benzeu-se. — Mas não Satanás, nem Azazel, nem Asmodeu ou Belial. Lúcifer não precisa de príncipes para alcançar seus infames propósitos. E não pense que falo de rituais ou sacrifícios. Refiro-me a criaturas mal-nascidas, sujeitos indignos da denominação de ministros de Deus, que usam sua posição para alcançar propósitos vergonhosos.

— Continuo sem entender, mas, pela capa de São Martinho, o senhor está começando a me preocupar.

— Desculpe-me, paternidade. Em certas ocasiões, reflito sem pensar que quem me ouve não pode ler meus pensamentos. Tentarei ser mais preciso.

— Por caridade.

— Dentro de um par de meses, chegarão a Carlos Magno as notícias de certas irregularidades ocorridas no mosteiro. Sabe que cada abadia se comporta como um pequeno condado: dispõe de terras, das quais o abade obtém uma renda mensal, geralmente em espécie. Alguns locatários pagam com cevada para fazer cerveja, outros com espelta, outros ainda trigo, ou carneiros, patos e porcos; alguns dão lã para confeccionar os hábitos, outros ainda, ferramentas ou utensílios; e a maioria paga com seu próprio trabalho.

— Perfeitamente. Nossa congregação também funciona de maneira semelhante.

— Como também sabe, aqui em Fulda a maior parte dos arrendatários se dedica ao cultivo de trigo. Porém, como não dispõem de um moinho próprio, se vêem obrigados a moer sua colheita na abadia, que a devolve em forma de farinha, em troca de uma parte que fica no mosteiro como pagamento.

— Continue.

— O caso é que faz algum tempo que dezenas de habitantes locais têm ficado doentes ou morrido por aqui sem que as causas sejam conhecidas.

— E acredita que essa enfermidade está relacionada com a abadia.

— É o que pretendo averiguar. De início, especulei a respeito de algum tipo de pestilência, mas agora começo a me inclinar por uma origem diferente.

— Pois diga, então, em que posso ajudá-lo.

— Muito obrigado, eminência. Na verdade, precisava verificar os registros dos últimos três anos.

— Os registros da congregação?

— Na realidade, dos três moinhos. Os da abadia já estão comigo em minha cela. Além disso, preciso que autorize o acesso de algum dos meus assistentes ao *scriptorium*.

— Para obter nossos registros, basta pedir a meu secretário, Ludovico, mas os de Kohl, eu duvido que consiga. O homem não anota suas contas em livros. Guarda tudo na cabeça.

Alcuíno fez uma careta, pois aquilo era um contratempo que não havia previsto.

— E quanto à autorização de acesso... — mais uma vez, evitou dizer que se tratava de uma mulher.

— Ah, sim! Claro que pode acompanhá-lo. E agora, se me perdoa.

— Uma última coisa — parou um instante para pensar.

— Diga. Tenho pressa.

— Essa doença... Lembra se alguma situação semelhante já aconteceu aqui antes? Quero dizer, há anos...

— Bem, não que eu me lembre. Talvez alguém tenha morrido de gangrena em alguma ocasião, mas como deve saber isso é bastante comum, infelizmente.

Alcuíno reiterou os agradecimentos, um pouco decepcionado. Em seguida, dirigiu-se à saída onde Theresa esperava por ele, com o olhar fixo no buraco escavado no centro da praça. Alcuíno comunicou que naquela noite jantariam na congregação, pois teriam que trabalhar a noite inteira. Theresa surpreendeu-se com a proposta, mas não discutiu. Pediu permissão para ir à casa de Helga para vestir roupas mais quentes e acertaram que se encontrariam no mesmo lugar, depois das badaladas da *nona*.

Quando Theresa chegou na casa de Helga, deu de cara com a porta trancada. Surpresa, verificou a entrada dos fundos, assim como as portinholas das janelas, mas encontrou tudo trancado. O lugar estava deserto, de modo que ficou alguns minutos diante da taberna tentando espiar pelas frestas até que, de repente, um menino desdentado puxou a barra de sua capa.

— Minha avó mandou chamar — disse de supetão.

Theresa olhou na direção que o garoto indicava e viu uma mão atrás de uma janela fazendo sinais para que se aproximasse. Pegou o moleque nos braços e correu até a casa. A porta se abriu deixando à mostra o rosto assustado de uma velha que fazia gestos para que se apressasse. Assim que entrou, a anciã trancou a porta com uma tábua.

— Está ali — indicou.

Apesar da escuridão, Theresa percebeu a silhueta de Helga estirada no chão. Tinha os olhos fechados e a cara ensangüentada.

— Está dormindo — explicou a velha. — Fui pedir um pouco de sal e quando cheguei lá ela estava assim. Foi o imbecil de sempre. Vai acabar matando-a.

Theresa aproximou-se de Helga, consternada. Um corte horrível percorria seu rosto das têmporas ao queixo. Depois de acariciar seu cabelo, disse consigo mesma que aquilo precisava ter fim. Pediu à velha que cuidasse dela até a manhã seguinte e ofereceu-lhe algum dinheiro, que a mulher aceitou. Quando compreendeu que não poderia fazer mais nada pela amiga, regressou à taberna, forçou a janela mais fraca e entrou em busca de suas coisas.

Na hora *nona*, apresentou-se na porta da congregação carregada como uma mula. Trazia nos braços as roupas, as tabuletas de cera, o colchão de palha que Althar tinha lhe dado antes de voltar para as montanhas e alguma comida. Quando contou a Alcuíno que não tinha para onde ir, ele tentou consolá-la.

— Mas não poderá ficar aqui — esclareceu.

Estabeleceram que dormiria nos estábulos do cabido até que encontrasse um lugar onde acomodá-la. Em seguida, Theresa pediu que cuidasse de Helga, a Negra.

— É uma meretriz. Não posso ajudá-la.

Tentou convencê-lo de que era uma boa mulher, que estava ferida, grávida e que precisava urgentemente de ajuda, mas Alcuíno ficou firme. Então Theresa rebelou-se.

— Se não vai ajudá-la, eu o farei — disse pegando de novo as suas coisas.

Alcuíno apertou a mandíbula. Não tinha outro ajudante disponível, sem correr o risco de que suas descobertas se divulgassem pela congregação. Praguejou e segurou Theresa pelo braço.

— Vou falar com a encarregada do serviço, mas não posso prometer nada. E agora, ande: cubra-se com o capuz.

Depois de deixar seus pertences no estábulo, Theresa foi para o *scriptorium* episcopal, um aposento menor do que o do mosteiro, mobiliado com escrivaninhas alcolchoadas. Ali, Alcuíno soltou quatro volumes que estavam presos pela lombada às laterais da biblioteca, depositou-os na mesa central e examinou os respectivos sumários. Em seguida, entregou um deles a Theresa para que procurasse qualquer anotação que assinalasse uma transação com grãos.

— Na verdade, não sei bem o que estou procurando: um detalhe que revele se a abadia, a congregação ou Kohl adquiriram alguma partida envenenada.

— E isso se refletiria aqui?

— Pelo menos a compra teria que constar. Segundo o que averigüei, as colheitas em Fulda nunca ocasionaram epidemias, de modo que a doença teria que ser originária de algum lote importado de outras plantações.

Theresa observou que o registro assinalava não apenas as transações alimentares, mas também dava conta do controle das rendas, da compra e venda de terrenos, das nomeações para os cargos da congregação...

— Não há quem entenda essa letra — queixou-se.

Cearam sopa de cebola enquanto repassavam os volumes folha por folha. Theresa encontrou várias anotações relativas a compras de cevada e espelta, mas nenhuma de trigo.

— Não entendo — devolveu Alcuíno. — Deveríamos ter encontrado algo.

— Ainda falta verificar os registros de Kohl.

— Esse é o problema. Suas transações não foram anotadas em nenhum registro.

— E agora?

— Tem que haver alguma coisa. Há de haver — repetiu, abrindo outra vez os livros.

Voltaram a repassá-los com o mesmo resultado. Finalmente, Alcuíno se deu por vencido.

— Posso ficar um pouco mais? — solicitou ela. No curral a única coisa que esperava por ela era o cheiro de esterco.

Alcuíno olhou espantado.

— Tem certeza de que quer continuar? — e ela confirmou. — Nesse caso, dormirei aqui ao lado — ele disse, apontando um banco.

O homem amoldou-se à rigidez do móvel, que rangeu sob seu peso. Logo fechou os olhos lacrimosos e começou umas rezas que pouco a pouco foram se transformando em roncos. Theresa distraiu-se contemplando o frade, mas em seguida voltou ao primeiro volume, que começou a ler com os cinco sentidos ainda alertas. Anotou nomeações e afastamentos dos armazeneiros, consertos dos moinhos e todos os ganhos que a venda do trigo reportava em cada estação. No entanto, passada a primeira hora, as letras começaram a se parecer com um desordenado riacho de insetos.

Abandonou o volume e dedicou-se a pensar em Hóos. Com certeza estaria dormindo ou será que estaria sem sono, como ela, lembrando da noite anterior e desejando voltar para perto dela e levá-la com ele para Aquis-Granum? Teria frio? Quem dera estivesse a seu lado para abraçá-la. Depois lembrou de seu pai e seu coração se apertou. A cada dia que passava sua ausência era mais presente.

Um rangido tirou-a das divagações. Virou-se e viu Alcuíno tentando acomodar seu corpo espigado à dureza do banco. O frade continuava roncando.

Retomou a tarefa, intercalando a leitura com algumas tentativas inúteis de arrebanhar os restos de sopa que tinham ficado no prato. Avançou muito lentamente, repetindo cada uma de suas anotações até que, de repente, algo estranho chamou sua atenção. Não era o texto. Aproximou a luz de um dos in-fólios e passou a ponta dos dedos sobre uma superfície cuja cor era diferente das demais. Acariciou a folha novamente e comprovou uma rugosidade que não era a mesma dos in-fólios restantes. Aproximou a vela para observar mais detalhadamente. O aspecto era mais claro, mais limpo, mais suave.

Reconhecia aquele tato. Procurou rapidamente a folha que complementava o in-fólio. Não estava rasgada, o que significava que não tinha sido acrescentada nem cortada. Os in-fólios estavam costurados em cadernos de folhas duplas, unidas pela dobra onde se localizavam os pespontos. Encontrou a segunda folha do in-fólio. Era igual às outras, rugosa e escura. Igualmente envelhecida.

Só havia uma explicação e ela a conhecia, pois já tinha feito aquilo dezenas de vezes. Quando um borrão manchava o pergaminho, era possível recuperá-lo lixando sua superfície até retirar a pele suja. Quando se lixava não apenas a mancha, mas toda a folha, ela voltava a brilhar como nova, pronta para ser usada outra vez. No entanto, a espessura diminuía e a cor se alterava. Os escribas chamavam isso de palimpsesto.

Olhou de novo a folha suave. A letra também era diferente das outras folhas. Sem dúvida, tinha sido escrita bem depois.

Ficou se perguntando por que motivo teriam lixado uma página inteira.

Por um instante, pensou em acordar Alcuíno, mas resolveu esperar. Lembrou então que, na oficina de Korne, brincando de adivinhar qual teria sido o texto apagado, eles usavam cinza úmida para revelar as marcas deixadas pela pena na folha seguinte. Às vezes, quando as marcas do novo texto misturavam-se com as anteriores, não se conseguia ver nada. No entanto, todos os escreventes sabiam que antes de escrever sobre uma folha já rasurada, deviam colocar um apoio para não deixar marcas sobre a folha de baixo.

Pegou um punhado de cinzas da lareira e fez o sinal-da-cruz. Em seguida, aplicou a cinza em círculos sobre a folha seguinte e friccionou suavemente até convertê-la num pó cinzento que desapareceu ao primeiro sopro. Levantou o códice, colocou contra a luz e diante de seus olhos surgiu um pequeno texto em branco.

Anotou em sua tabuleta de cera:

> Nas calendas de fevereiro do ano 796 de Nosso Senhor Jesus Cristo.
>
> Sob o auspício de Beócio de Nantes, abade de Fulda, sendo garantidor Carlos, dito Magno, rei dos francos e patrício dos romanos.
>
> Feita a transação e venda depreciada, registra-se a mesma de seiscentos alqueires de centeio, duzentos de cevada e cinqüenta de espelta enviados ao condado de Magdeburg.
>
> Pagos em dinheiro a esta abadia com quarenta soldos de ouro, por lei de Deus.
>
> Que o Todo-Poderoso proteja Magdeburg da praga.

O resto do parágrafo fazia referência à abertura de um caminho vicinal, que coincidia com o que tinha sido reescrito no in-fólio lixado.

Um sentimento de alegria a sacudiu desde o estômago até as orelhas. Avisou Alcuíno imediatamente, informando-o da descoberta.

— Por Deus, vai acordar todos os clérigos — disse ainda meio adormecido.

Enquanto ela contava os detalhes, Alcuíno examinava o códice com avidez. Em seguida, fitou Theresa, assombrado.

— Não é uma compra, é uma venda. Além do mais esse preço... Quarenta soldos é barato demais.

— Mas faz referência a uma praga e se não fosse importante, não teriam retirado essa parte — argumentou.

— Também poderia ser que, mesmo sendo importante, não tenha relação com a epidemia. No entanto, deixe-me pensar: Magdeburg... Magdeburg... Faz dois anos... Por todos os santos! É isso!

Correu para a biblioteca e tirou o arquivo que reunia os últimos capitulares publicados por Carlos Magno. Em seguida, examinou as páginas como se soubesse exatamente o que procurava.

— Aqui está: decreto de ajuda datado de janeiro do mesmo ano — leu rapidamente entre os dentes. — Regula o envio de alimentos ao condado de Magdeburg e seu preço. Não especifica os motivos, mas lembro perfeitamente que nessa época uma praga assolou a fronteira da Ostfália, nas margens do Elba.

— E o que isso significa?

— Magdeburg foi sitiada pelos saxões durante um dos invernos mais rigorosos que podemos recordar. Os rebeldes queimaram as reservas de grão, ocasionando uma fome que continuou mesmo depois da chegada das tropas de Carlos Magno. Para mitigá-la, o próprio rei ordenou que os condados vizinhos enviassem cereais a preço inferior ao estipulado. Nunca se soube a origem da epidemia.

— Mas por que alguém eliminaria esse dado do registro mas, por outro lado, deixaria o capitular intacto?

— Porque são coisas diferentes. Afinal, o capitular só registra um decreto de ajuda, sem especificar o motivo que lhe deu origem. Já a página do registro estabelece uma clara relação entre a praga e a abadia.

— Uma ligação limitada à venda de cereais.

— Temos que nos agarrar a qualquer fio.

— Então vamos puxar esse fio e pegaremos o diabo.

16

Num cantinho do curral, envolvida pelo cheiro adocicado do esterco, Theresa sonhou com Hóos. Na manhã seguinte, acordou com o movimento dos animais que relinchavam e bufavam como se estivessem sozinhos. Espreguiçou-se com o cabelo embaraçado de palha, separou as mantas que Alcuíno tinha arranjado para servir de cortina e foi até os bebedouros. A água estava gelada, mas seu rosto agradeceu assim mesmo. Quando terminou seu asseio, percebeu que Alcuíno a olhava desesperado.

— Não entendo para que tanta limpeza. Vamos, mulher! Temos trabalho a fazer.

Contou que tinha ido à abadia depois de sua partida para interrogar os frades que poderiam saber de alguma coisa. Ainda sem acordar direito, eles contaram que Boécio, o abade anterior, sofrera um ataque de loucura que o levou à morte prematura.

— Isso aconteceu logo depois da transação de cereais. Na época, desatou-se também uma luta pela sucessão na abadia em que estavam envolvidos Racionero, então tesoureiro e responsável pelo abastecimento, e João Crisóstomo, prior da abadia, que, no final, acabou sendo eleito. Não me contaram muito mais, mas consegui averiguar quem era o tropeiro que fez o transporte dos grãos. Vai achar estranho, mas acontece que o Marrano não é tão tonto quanto pensávamos.

De volta à biblioteca pararam na cozinha para fazer uma provisão de mingau e leite. Theresa depositou os alimentos numa bandeja que encontrou entre as dezenas de panelas. Estranhou que as dependências estivessem tão descuidadas.

— Eu também acho — concedeu Alcuíno. — É óbvio que sobra trabalho ou faltam mãos.

Theresa aproveitou para reiterar seu pedido em relação a Helga, a Negra.

— Quem sabe não pode empregá-la aqui. Lida bem com os fogões e é limpa como poucas.

— Limpa, uma *prostibulae*? Uma perdida que se amanceba por dinheiro?

— É limpa com a comida. E se fizesse alguma coisa para que fosse admitida, poderia ajudá-la a abandonar esse comportamento tão obsceno. Além do mais, existe a gravidez. Por acaso uma criança deve suportar a culpa de seus progenitores?

Alcuíno guardou silêncio. Era opinião comum que os rebentos das prostitutas já nasciam marcados pelo diabo, mas ele não compartilhava tamanho despropósito. Tossiu algumas vezes antes de anunciar que falaria com o bispo.

— Mas não prometo nada — acrescentou. — E agora, voltemos ao trabalho.

Uma vez no *scriptorium*, Alcuíno descobriu um enorme in-fólio imaculado que estendeu sobre a mesa. Em seguida, começou a escrever sobre ele sem nenhum cuidado, como se não tivesse valor algum.

— Vamos repassar detalhadamente a situação: por um lado, estamos diante de algumas mortes que, segundo sabemos, devem-se à ingestão de cereais contaminados. Um grão que, ao que tudo indica, é moído ou pelo menos transita pelo moinho de Kohl — Theresa fez que sim. — E por outro, descobrimos a venda, há dois anos, de uma grande partida de cereais a um condado no qual, antes ou depois da transação, instalou-se uma estranha praga. Por azar, as únicas pessoas que poderiam esclarecer as coisas ou morreram, como é o caso de Boécio, o antigo abade, ou estão presas e acusadas de assassinato, como é o caso do Marrano.

— Uma venda que, é bom não esquecer, alguém tentou ocultar não faz muito tempo.

— Isso mesmo. Bem observado — parou um instante para refletir. — Minha teoria é que a praga de Magdeburg, sem dúvida atribuída pelos habitantes ao cerco, na realidade originou-se no consumo de trigo contaminado, por causa das duras condições do rigoroso inverno. Essa corrupção era conhecida pelos moleiros do condado, que, no entanto, preferiram ingerir o grão a morrer de inanição. Com a chegada das tropas de Carlos Magno e o restabelecimento do abastecimento, podemos supor que o grão contaminado tenha sido destruído.

— Estou lhe acompanhando.

— Mas o que aconteceria se esse cereal arruinado, em lugar de arder numa fogueira, acabasse voltando nas mesmas carretas que tinham trazido o centeio de Fulda? Sem dúvida, seria um negócio rendoso para o vendedor de Magdeburg, que teria lucro com um cereal imprestável, e maior ainda para o comprador de Fulda que, a preço de saldo, disporia de um cereal que, em seguida, poderia vender bem caro.

— Mesmo sabendo que estava infectado?

— Isso é algo que provavelmente nunca conseguiremos verificar. Poderia ter comprado sem saber do veneno que abrigava ou, apesar de saber do risco, ter comprado pensando em dar uma atenção extrema à limpeza dos grãos.

— Mas nesse caso as mortes não teriam acontecido.

— A menos, claro está, que a partida de grãos tenha mudado de mãos.

Theresa olhou para Alcuíno entusiasmada, sentindo-se protagonista de cada descoberta. No entanto, Alcuíno continuava com o cenho franzido, ruminando o passo seguinte.

Pediu a Theresa que guardasse os livros na biblioteca, enquanto meditava um pouco. Em seguida, deu um último gole no leite e olhou pela janela como se observasse o tempo.

— Sabe? Acho que chegou a hora de falarmos com o Marrano.

A caminho do matadouro, Alcuíno contou a Theresa que em Fulda não existiam calabouços. Os réus eram acorrentados ao sabor das intempéries até o dia em que receberiam seu castigo. No entanto, apesar da vigilância constante, um desconhecido tinha apedrejado o Marrano até quase trucidá-lo, de modo que o prefeito ordenou que fosse encerrado no matadouro para evitar que algum desgraçado estragasse o espetáculo.

Na entrada do matadouro, toparam com um vigia enregelado, cabeceando de sono. Quando bateram em seu ombro, exalou um bafo de álcool e acordou, pelo menos o suficiente para descobrir o que Alcuíno pretendia e impedir seu acesso. No entanto, quando ouviu que sua alma queimaria no fogo do inferno, abriu a porta e deixou que entrassem.

Theresa seguiu a tocha que Alcuíno segurava enquanto avançava pela escuridão. O fedor de carne podre e umidade era tão denso, que revolveu suas tripas, pois tinha acabado de fazer seu desjejum. Alcuíno abriu uma janela que comunicava com um pátio interno. Por todo lado se viam restos de ossos, penas e peles, sob a luz que se filtrava pelas fendas das tábuas mal encaixadas.

À medida que avançavam, a tocha ia iluminando o estreito corredor por onde os animais eram levados ao sacrifício. No fundo do aposento, distinguiram uma figura acocorada, escura, disforme, carregada de correntes como um animal numa armadilha. Quando se aproximaram, Theresa percebeu que o desgraçado tinha feito suas necessidades nas calças. Alcuíno nem pareceu se importar. O frade aproximou-se mais ainda e cumprimentou com voz suave. O Marrano não respondeu.

— Não precisa ter medo — ofereceu a maçã que tinha trazido da cozinha.

O Marrano continuou em silêncio. Seus olhos tremiam sob o fulgor da chama. Alcuíno percebeu um par de cortes em sua cabeça, sem dúvida fruto das pedradas.

— Está bem? Precisa de alguma coisa? — insistiu Alcuíno.

O idiota se encolheu mais ainda. Parecia aterrorizado.

Alcuíno aproximou a tocha para verificar seus ferimentos, mas de repente, o Marrano saltou em sua direção e tentou atingi-lo. Alcuíno retrocedeu e, por sorte, as correntes retiveram o réu antes que pudesse alcançá-lo.

— Devíamos ir embora — propôs Theresa.

Sem dar atenção, Alcuíno aproximou a tocha outra vez. Então o Marrano retrocedeu. Parecia ainda mais assustado.

— Fique calmo. Ninguém vai lhe fazer mal. Quem fez isso com você?

Continuou mudo.

— Está com fome? — limpou a maçã e depositou no chão, perto dele. O Marrano hesitou um instante. Em seguida, com uma certa dificuldade, apoderou-se dela e olhou com avidez.

— Tem medo de responder? Não quer falar?

— Não creio que fale — interrompeu o guarda às suas costas. Theresa e Alcuíno viraram-se surpresos.

— Não? E por que tem tanta certeza? — perguntou Alcuíno, desafiante.

— Porque lhe cortaram a língua no domingo passado.

De volta à congregação, Alcuíno ia de cabeça baixa, chutando as pedras que encontrava pelo caminho. Era a primeira vez que Theresa o via praguejar. Na entrada do palácio episcopal, encontrou Lotário discutindo com uma mulher ricamente vestida. Alcuíno tentou se aproximar, mas o bispo fez sinal para que esperasse. Depois de algum tempo, Lotário despediu-se da mulher e aproximou-se de Alcuíno.

— O que o traz aqui? Por acaso não viu com quem estava falando?

Alcuíno beijou seu anel.

— Desculpe minha ignorância. Não pensei que estivesse interrompendo algum assunto importante.

— Pois da próxima vez, espere o que for necessário. Acabou me deixando em má situação com a dama — resmungou.

— Sinto muito, mas tinha urgência em falar com vossa paternidade, e aqui não é o local mais conveniente — desculpou-se. — Ah, claro: talvez possa tirar-me de minha ignorância. Para que é o buraco que estão cavando na praça?

— Logo terá ocasião de verificar — sorriu ele. — Como está seu apetite? Acompanhe-me a comer e falaremos do assunto que queria comentar comigo.

Alcuíno despediu Theresa, ficando de encontrá-la mais tarde na cozinha. Quando o frade chegou ao refeitório, surpreendeu-se com a espantosa quantidade de alimentos que atulhavam a mesa.

— Por caridade, entre e acomode-se — apontou. Alcuíno sentou a seu lado e cumprimentou os outros comensais. — Espero que tenha mais apetite do que de costume, pois como pode ver, tivemos sorte. Essa cabeça de cordeiro tem um aspecto suculento, e olhe só as moelas: derretem só de olhar.

— Vossa paternidade sabe que sou sóbrio em questões de comida.

— Dá para perceber, por Deus! Está que parece uma lombriga! Olhe para mim: saudável e roliço porque, se alguma doença tiver que me pegar, não vai ser por falta de alimento.

O bispo levantou, benzeu a mesa e recitou uma prece em coro, junto com os outros convidados. Quando terminaram, pegou com as mãos a cabeça de cordeiro e dividiu em vários pedaços, que repartiu exultante entre os convidados mais chegados.

— Isso está delicioso, Alcuíno. Tem consciência dos prazeres dos quais está se privando? Deliciosos biscoitos folhados, pastelões de veado, queijadinhas de avelãs, grão-de-bico doce com marmelo. Com certeza, não teve oportunidade de saborear tais iguarias na sua Nortúmbria.

— Deve saber muito bem que a regra de São Bento se opõe a tais festins.

— Oh, sim! A regra de São Bento! Rezar e morrer de fome... Mas por sorte não estamos em seu mosteiro — riu Lotário, enquanto pegava outro pedaço de cordeiro.

Alcuíno ergueu as sobrancelhas. Pegou um prato de grãos-de-bico e, enquanto comia os legumes, deu uma olhada nos outros comensais. Diante dele, o capelão Ambrósio chupava umas cabeças de pombo com sua habitual cara de cachorro. À sua direita, meio oculto por uma montanha de comida, percebeu o frade-leitor, que fazia mais barulho mastigando do que os outros partindo a comida. Mais adiante, dois velhos de olhos pálidos e escassos dentes disputavam a última porção de massa-folhada que restava na mesa.

O bispo jogou os restos da cabeça ao cão que o escoltava e continuou a se servir.

— Diga-me — interrompeu-se. — Em que consistia esse assunto tão urgente?

— Bem, trata-se do Marrano.

— Ah, não! Outra vez isso? O que houve agora?

— Preferia discutir a questão em particular.

Examinou o bispo detidamente. Seu rosto barbeado com esmero, quase sem rugas, grosso e suave ao mesmo tempo, transparecia a mesma emoção que o de um leitão bem nutrido. Calculou que andaria por volta dos 35 anos, uma idade incomum para um cargo de tamanha responsabilidade, embora não fosse um impedimento, sobretudo em se tratando de um parente de Carlos Magno.

A um sinal de Lotário, todos se levantaram. Alcuíno esperou que a sala esvaziasse.

— Seja breve, Alcuíno. Preciso me vestir para a execução.

— A execução? Mas não tinha resolvido adiá-la? — perguntou aturdido.

— E agora resolvi antecipá-la — respondeu e nem se dignou a olhar para ele.

— Rogo que me escute, pois era precisamente disso que queria lhe falar... Foi informado de que alguém cortou a língua do Marrano?

Lotário olhou para Alcuíno de cima a baixo.

— É claro. Todo o povoado ficou sabendo.

— E o que pensa disso?

— Ora, o mesmo que o senhor, creio eu. Que algum indesejável nos privou do prazer de ouvi-lo gritar.

— E também de falar — comentou sem dissimulação.

— Sim. Mas a quem as mentiras de um assassino poderiam interessar?

— Quem sabe não é aí que reside o problema — refletiu antes de continuar a falar. — Talvez alguém não queira que o homem fale. E mais...

— Ainda mais?

— Não acredito que o Marrano seja um criminoso — sentenciou.

Lotário olhou para Alcuíno com irritação. Em seguida, deu meia-volta e começou a andar, deixando o frade com as palavras na ponta da língua.

— Posso garantir que ele não matou aquela moça — seguiu-o.

— Ora, deixe de sandices! — virou-se e enfrentou-o. — Quantas vezes terei que repetir que foi encontrado junto à vítima, empunhando a foice com que a degolou? Banhado no sangue da jovem!

— Isso não prova que ele a assassinou — respondeu com calma.

— Seria capaz de explicar isso à mãe da moça? — desafiou Lotário.

— Se soubesse quem é, não veria nenhum inconveniente.

— Pois poderia ter dito isso antes. Era a mulher com quem eu falava, quando me interrompeu. A mulher de Kohl. O dono do moinho.

Alcuíno emudeceu. Embora fosse prematuro fazer conclusões, aquela revelação abalava todas as suas suposições. No entanto, nada daquilo alterava o fato de que um inocente estava para ser executado.

— Escute-me, pelo amor de Deus! O senhor é o único que pode deter essa insensatez. Esse homem seria incapaz de empunhar uma foice. Já viu as suas mãos? Tem os dedos deformados. Deformados de nascimento. Eu mesmo pude comprová-lo.

— E como é que comprovou? Por acaso o viu? Quem lhe deu autorização?

— Tentei solicitar uma permissão, mas seu secretário informou que estava muito ocupado. E explique-me o seguinte: se o Marrano é incapaz de segurar uma maçã com as duas mãos, como poderia ter empunhado a foice com a qual cometeu o assassinato?

— Veja bem Alcuíno: pode ser que seja ministro da educação e conheça letras, teologia e mil outras coisas, mas devo recordar que não passa de um diácono. Aqui em Fulda, goste ou não, quem estabelece o que vai ser feito ou não sou eu, de modo que sugiro que deixe essas suas estúpidas teorias de lado e trate desse documento que tanto lhe interessa...

— A única coisa que me interessa é evitar uma arbitrariedade. Posso garantir que o Marrano não...

— E eu garanto que ele a matou! E se o seu único argumento consiste em dizer que seus dedos não são hábeis, pode começar a rezar, pois é a única coisa que pode fazer antes que suas pernas marchem em direção ao patíbulo.

— Mas eminência...

— Essa conversa terminou... — e com um safanão deixou Alcuíno com a cara a um palmo da porta de seus aposentos.

Alcuíno regressou à cela cabisbaixo. Tinha certeza de que o Marrano não tinha assassinado a jovem, mas era bem verdade que tal "certeza" apoiava-se apenas numa mísera maçã.

Lamentou sua estupidez. Se em vez de tentar convencer Lotário tivesse se esforçado para adiar a execução, talvez sobrasse tempo suficiente para obter provas mais definitivas. Deveria ter insistido na conveniência de esperar pela chegada de Carlos Magno ou sugerido que os ferimentos sofridos pelo Marrano impediriam que as pessoas aproveitassem plenamente o espetáculo. Mas agora não havia remédio. Dispunha apenas de um par de horas para evitar o inevitável.

Foi então que teve a idéia.

Encasacou-se de novo e deixou a cela com toda a pressa. Em seguida, em companhia de Theresa, foi para a abadia.

Uma vez na botica, pediu a Theresa que lavasse uma tigela, enquanto examinava os vários frascos que enchiam as estantes. Destapou alguns e foi cheirando até parar num cuja etiqueta dizia: "*Lactuca virosa*". Abriu e extraiu de seu interior uma pasta esbranquiçada, que depositou num prato de barro. Fazia tempo que não usava aquele composto extraído de uma variedade silvestre da alface, cuja seiva produzia um hipnótico de eficácia comprovada. Cortou uma porção do tamanho de uma noz, macerou até transformá-la em pó, remexeu em seu anel, abrindo uma espécie de tampa, verteu o preparado no minúsculo depósito que a jóia escondia e fechou de novo. Arrumaram os frascos, deixando tudo como estava e saíram apressadamente para a congregação. No entanto, quando chegaram ao palácio episcopal encontraram as portas fechadas e Theresa se despediu, pois tinha prometido a Helga que iria com ela à execução do Marrano. Alcuíno saiu correndo em direção ao patíbulo.

Quando Theresa chegou à taberna, encontrou Helga pronta, com o rosto pintado e o cabelo preso. O corte em seu rosto tinha desaparecido sob uma camada de farinha aguada e tingida com terra, o que a fez pensar que não era tão profundo. Parecia animada. Além disso, a mulher tinha preparado alguns doces para não ser obrigada a comprá-los dos vendedores ambulantes e, embora não tivessem um bom aspecto, cheiravam a mel e canela. Antes de saírem para a praça, se cobriram com um par de capas de pele para se protegerem do frio. Em seguida, fecharam bem as portas, pegaram a comida e juntaram com um pouco de vinho. Enquanto caminhavam, Theresa relatou a Helga o episódio do matadouro, mas para sua surpresa, a mulher achou ótimo que tivessem cortado a língua do Marrano.

— Pena que não arrancaram os colhões também — sentenciou.

— Alcuíno diz que é inocente e que matá-lo não vai resolver nada.

— E esse padre sabe de alguma coisa? Tomara que não acabe estragando a festa — e caminharam para a praça de braços dados.

Pouco antes do pôr-do-sol, os sinos da catedral começaram a tocar em lúgubre sintonia. Os soldados tinham organizado um recinto circular de cerca de trinta passos no centro da praça, cujo perímetro exterior era marcado por cordas mantidas por uma fileira de estacas. Em seu interior, via-se um buraco semelhante a uma fossa e, dispostas diante dele, três mesas de madeira cercadas de várias cadeirinhas. Uma dezena de homens munidos de varas vigiava a multidão que começava a amontoar-se sobre a cerca, onde comerciantes tinham montado suas barracas para fazer suas últimas vendas. Pouco a pouco, a turba foi se apinhando e, em questão de minutos, a paliçada ficou escondida sob uma massa que clamava histérica pelo início do espetáculo.

Quando os sinos emudeceram, uma extensa comitiva deu entrada no local.

Um cavaleiro enlutado abria o cortejo seguido por uma comitiva de civis. A maioria exibia vistosos trajes, em contraste com os farrapos e as tripas de charcutaria que pendiam dos braços dos criados que os escoltavam. Eram seguidos por inúmeros escravos a retumbar sua passagem com o rufar dos tambores. Na seqüência, aparecia a carreta em que era transportado o prisioneiro e, atrás dele, um atribulado verdugo ocupado em recolher o lixo que o povo jogava e esfregá-lo na cara do condenado. Um festivo tropel de crianças fechava a procissão.

Instantes depois, apareceu um grupo de clérigos encabeçado pelo bispo Lotário. Na mão direita, ostentava um báculo dourado e na esquerda um crucifixo ornamentado de prata. Exibia uma túnica de seda vermelha coberta por um manto de tecido *buckram* e, coroando a cabeça, uma *ínfula* de gosto duvidoso. Os demais clérigos vestiam capas de lã, todas cobertas pela alva sacerdotal. O bispo tomou assento junto ao homem de negro, que se levantou para beijar seu anel. Um ajudante servia vinho em taças. A terceira cadeira foi ocupada pelo corregedor da cidade.

Uma gritaria tomou conta da praça quando os bois que transportavam o Marrano atravessaram a cerca e se dirigiram para a fossa. Assim que pararam, o verdugo agarrou o condenado e arremessou-o de cara no chão. Nesse momento, os aplausos explodiram e uma chuva de objetos caiu sobre a carreta, obrigando o carrasco e o boiadeiro a procurar refúgio embaixo do carro. Quando a turba se acalmou, o carrasco arrastou o prisioneiro até uma estaca próxima da fossa e amarrou-o com uma corda passada pelo pescoço. Em seguida, verificou a firmeza das amarras e, respondendo a um gesto seu, o cavaleiro enlutado fez que sim com a cabeça, contemplando satisfeito a figura patética do réu.

Alcuíno foi o último a chegar ao recinto. Atravessou a praça abrindo caminho aos empurrões e pulou a cerca depois de ameaçar de excomunhão o guarda que tentava barrar sua passagem. À medida que se aproximava do local onde estavam as autoridades, percebeu que o homem de negro era Kohl, o dono do moinho e pai da jovem assassinada. Observou que Kohl parecia em pior estado do que quando falou com ele no moinho. Sua esposa, acompanhada de outras mulheres, ocupava um lugar mais discreto, com a tristeza condensada em profundas olheiras. Pensou consigo que nem mesmo o suplício do criminoso daria alívio suficiente àquela família.

Estava pensando numa maneira de colocar a droga na bebida de Lotário quando os tambores retumbaram. Os três homens que estavam sentados levantaram-se, e o bispo Lotário tomou a palavra.

— Em nome do sapientíssimo e nobre Carlos Magno, rei dos francos, monarca de Aquitânia, Austrásia e Lombardia, patrício dos romanos e conquistador da Saxônia e tendo sido declarado culpado de abominável assassinato e outros espantosos crimes, Fredegário, mais conhecido como o Marrano, homem sem luz, enviado e discípulo de Lúcifer; eu, Lotário de Reims, bispo de Fulda, senhor dessas terras e representante do rei, de seu poder e de sua justiça, ordeno e mando, com a vênia de Deus, que o réu seja justiçado com o maior dos tormentos, e que seus restos sejam espalhados pelos campos da cidade como exemplo e castigo para os que ousam ofender a Deus e a suas criaturas cristãs.

A multidão gritou exaltada. A um sinal de Lotário, o carrasco desamarrou o condenado e depois de atar suas mãos nas costas, empurrou-o à força de pancadas até a beira da fossa.

O Marrano parecia aturdido, como se não entendesse o que estava prestes a acontecer. Quando se viu ao lado do buraco, tentou se safar de seu algoz, mas este o jogou no chão e pisou sua cabeça. Nesse momento, o Marrano já não era muito mais que uma massa de carne trêmula. A multidão apinhada contra a cerca urrou como uma gigantesca manada de porcos. Dois rapazes armados de pedras burlaram a guarda e entraram no recinto, mas logo foram pegos e devolvidos a seus lugares. Quando a turba se acalmou, o carrasco levantou o Marrano e segurou-o de pé por alguns segundos. Ato contínuo, Lotário deu dois passos à frente, fez o sinal-da-cruz com expressão desdenhosa e ordenou ao carrasco que desse início ao processo.

A turba berrou enlouquecida. Parecia que a qualquer momento derrubariam a cerca e linchariam o condenado.

Alcuíno aproveitou o tumulto para abrir o anel e jogar a droga na copa de vinho do bispo. Ninguém percebeu, mas Lotário o surpreendeu quando ainda estava com as mãos sobre a taça. Alcuíno, sem tempo para reagir, ergueu-a e ofereceu um brinde.

— Pela justiça — gritou e entregou-lhe a copa. Ele mesmo pegou outra.

Lotário ficou desconcertado, mas finalmente agarrou a taça e virou seu conteúdo.

— Pela justiça — repetiu.

O carrasco agarrou o réu e com um soco violento atirou-o no fundo da fossa. A gritaria tornou-se ensurdecedora. O Marrano levantou, babando, com o olhar perdido e os olhos cobertos de lágrimas. As pessoas erguiam os punhos e gritavam pedindo sangue. Então, o carrasco pegou uma pá que estava próxima e arrojou-a contra as costas do prisioneiro. Os ossos estalaram como lenha seca e ele caiu dobrado sobre os joelhos. Nesse momento, dois homens aproximaram-se da fossa carregando duas enormes pás de madeira, o que provocou o delírio da multidão. Colocaram-se ao lado de um monte de terra e, sem dizer uma palavra, começaram a jogar a terra sobre o homem. O Marrano tentou se mexer para fugir da fossa, mas os homens o impediam com pancadas. Um deles o imobilizou com o cabo de sua pá, enquanto os outros continuavam a enterrá-lo vivo. A multidão, próxima de um ataque dos nervos, lançava maldições e juramentos a cada golpe de pá, enquanto o Marrano tentava escapar do cabo que o aprisionava. No entanto, o peso da terra já lançada o impedia de mover as pernas e o homem só conseguia se agitar como um coelho capturado.

Logo a terra alcançou seu rosto. O homem cuspiu e começou a se mexer com autêntico desespero, com os olhos a ponto de saltar das órbitas. Cuspia terra uma e outra vez, mas ela continuava caindo rapidamente até que, pouco a pouco, cobriu-o por completo.

Por um momento, o local ficou em silêncio. No entanto, passados alguns instantes, a terra se agitou e, de repente, ressurgiu a cabeça do réu vomitando um asqueroso purê terroso. O Marrano aspirou como se aquela fosse sua última respiração e as pessoas gritaram com assombro.

Nessa altura dos acontecimentos, o bispo levantou. Fez um gesto para Kohl, mas ele não percebeu. Alcuíno supôs que a droga estivesse começando a fazer efeito.

Lotário sentiu que sua vista ficava nublada. As pernas fraquejaram e um calor seco tomou conta de sua garganta. Tentou se agarrar em Kohl, mas não conseguiu. Tentou falar, mas também não conseguiu e tentou se benzer, mas caiu estendido, arrastando consigo a mesa e a cadeira.

A multidão emudeceu. Até o carrasco virou a cabeça, esquecendo do Marrano por um instante. Ao percebê-lo, Kohl interveio.

— Acabe com ele, maldito estúpido.

O carrasco não se moveu. Então Kohl saltou até a fossa e com um empurrão arrebatou a pá.

Ia acertar o golpe final, quando Alcuíno se colocou entre ele e o prisioneiro.

— Ousa contrariar um sinal dos céus? Deus deseja prolongar o sofrimento desse criminoso — gritou o frade, tão alto quanto pôde, enquanto fingia que examinava o bispo.

A turba urrou excitada.

— E quando Lotário se recuperar, desfrutaremos novamente do justiçamento! — acrescentou.

A multidão voltou a rugir.

— O senhor? — exclamou Kohl. — O senhor é o frade do moinho!

— O homicida pagará por seu crime, mas de acordo com a lei, a autoridade executora tem que sancionar a aplicação da justiça — argumentou.

Kohl ainda tentou atingir o Marrano, mas Alcuíno impediu.

— Deus não quer — repetiu segurando a pá com firmeza.

O populacho berrava entusiasmado. Finalmente, Kohl cuspiu sobre o prisioneiro, pegou a esposa pelo braço e abandonou o local, escoltado por seu séqüito. Os membros da congregação o seguiram, ainda desconcertados com o episódio de Lotário, mas um pouco mais serenos graças ao bom prognóstico emitido por Alcuíno. Por fim, entre insultos e ameaças, o Marrano e seus guardas abandonaram a praça em direção à masmorra instalada no matadouro.

Helga, a Negra, ficou desolada. Não apenas não tinha visto a execução, como também, num pequeno descuido, um rapazola tinha roubado a sacola com seus bolinhos. Theresa propôs que comprassem uma torta quente numa barraca próxima, convite que Helga aceitou imediatamente. Enquanto Theresa revistava os bolsos, a prostituta aproximou-se da tenda de doces e começou a negociar o preço das tortas. No final, escolheu uma que era redonda como um pão, acertando com o pasteleiro que saldaria a dívida quando ele passasse pela taberna. Voltou toda feliz com o doce, que engoliram num piscar de olhos e acharam tão delicioso que Helga não hesitou em adquirir outro, coberto de mel e castanhas confeitadas.

Quando terminaram, Theresa olhou para os restos de farinha que Helga exibia ao redor da boca. Parte da farinha tinha coberto a cicatriz, ocultando o que a maquilagem não tinha conseguido cobrir, enquanto outro bocado pendia do nariz como uma estranha verruga branca. Quando lhe contou, a mulher caiu na gargalhada. Surpreendeu-se que o ferimento não sangrasse com o riso e perguntou como tinha sido ferida.

— Ainda não tinha me levantado quando ouvi baterem na porta — contou. — Não me deu tempo nem de perguntar. Assim que abri, senti um pontapé na barriga e uma chuva de socos. Maldito animal! Disse que, se eu me atrevesse a ter o filho, em vez da cara, ele ia me partir a barriga.

— Mas por que ele faz isso? O que lhe importa se você tiver a criança?

— Deve ter medo de que o denuncie.

Explicou que os acusados de adultério eram condenados a sete anos de penitência, um castigo que consistia num jejum diário enquanto durasse a pena, embora fosse possível trocar por um equivalente monetário.

— Do jeito que gosta de comer — lamentou-se. — Acho que também tem medo de ser repudiado pela esposa, pois a carpintaria pertence ao sogro. Mas quer saber? Vou fazer isso. Vou denunciá-lo, mesmo que não sirva para nada. Com essa cicatriz ninguém vai querer pagar pelos meus serviços. Quem vai querer deitar com uma puta toda marcada?

— Não exagere — animou. — Mal dá para notar. Quando a vi essa manhã, realmente parecia outra coisa.

— Só é profunda aqui — apontou perto da orelha —, mas vão acabar me rejeitando de qualquer modo. Mesmo porque já tenho certa idade.

Theresa parou para examiná-la. Era verdade. Já estava murcha, com os cabelos brancos ganhando terreno e as carnes flácidas e fundas. Mas pensou que, para certos homens, tanto fazia se tivesse a cara retalhada a punhaladas.

— De qualquer forma, não deve estar pensando em continuar com esse trabalho. Quer dizer, assim, prenha.

— Ah, não? — riu sem vontade. — E como farei para comer todos os dias? Não tenho atrás de mim um padre enrabichado que me paga para rabiscar umas letrinhas.

— Poderia procurar outro ofício — respondeu sem levar o comentário em consideração. — Você cozinha melhor do que esse pasteleiro de meia-tigela.

Helga agradeceu sua intenção. No entanto, negou com a cabeça. Sabia que ninguém contrataria uma prostituta e menos ainda estando grávida.

— Vamos até a congregação — propôs.

— Mas está maluca? Vão nos expulsar de lá a pontapés.

À guisa de resposta, Theresa pegou-a pela mão e pediu que tivesse confiança. A caminho do bispado, contou sobre a conversa com Alcuíno a respeito de um trabalho para ela.

***

Na entrada da catedral, perguntaram por Alcuíno, que não demorou a aparecer. O frade ficou surpreso ao topar com Helga, a Negra, mas passado o primeiro espanto, interessou-se pelo ferimento em seu rosto. Helga respondeu insistindo nos detalhes mais escabrosos. Quando terminou de falar, o frade deu meia-volta e pediu que o acompanhassem.

Na cozinha, apresentou-as a Favila, uma mulher tão gorda que dava a sensação de precisar de trinta vestidos para se cobrir, em vez de um só. Alcuíno explicou que era responsável pelos fogões e disse que tudo o que tinha de gorda, tinha também de bondosa. A mulher sorriu, fingindo vergonha, mas assim que ficou sabendo das intenções de Alcuíno, mudou sua atitude para uma negativa taxativa.

— Aqui em Fulda todos conhecem a Negra — argumentou. — Uma vez puta, puta para sempre, de modo que fora da minha cozinha.

Helga deu meia-volta, mas Theresa a deteve.

— Ninguém está lhe pedindo que durma com ela — alfinetou a moça.

Alcuíno pegou um par de moedas e colocou em cima da mesa. Em seguida, fitou a cozinheira nos olhos.

— Esqueceu a palavra perdão? Por acaso Jesus Cristo não tratou dos leprosos, não perdoou seus carrascos, não acolheu Maria Madalena?

— Mas eu não sou santa como Jesus — resmungou ela. No entanto, guardou as duas moedas.

— Enquanto o bispo continuar indisposto, que essa mulher permaneça sob sua responsabilidade. Ah! Está grávida — esclareceu —, de modo que não deve cansá-la além da conta. Se alguém disser alguma coisa, informe que foi uma decisão minha.

— E ainda por cima cheia de não-me-toques. Eu pari oito filhos e o último quase que larguei bem aqui em cima — disse, batendo na mesa onde Alcuíno tinha colocado as moedas. — Ande, tire toda essa pintura da cara e comece a descascar cebola. E a moça? Também fica na cozinha?

— Ela trabalha comigo — esclareceu Alcuíno.

— Mas posso ajudar, se necessário — ofereceu Theresa.

Alcuíno se despediu, deixando as mulheres envolvidas com o jantar. Teria cerca de dois dias antes que Lotário se recuperasse, e queria aproveitar até o último instante para prosseguir suas pesquisas.

JANEIRO

17

Favila mostrou ser o tipo de mulher que resolve seus problemas resmungando e mastigando. Reclamava da limpeza dos fogões, da falta de presteza nas tarefas e de qualquer problema por mais ridículo que fosse e acompanhava cada resmungo com a ingestão de um bolo, um espetinho, uma fogaça de pão besuntada de escabeche, o que acabava lhe devolvendo a alegria de cozinhar. Gostava de criança e logo começou a falar do futuro bebê de Helga com tanto entusiasmo que Theresa achou que parecia até que a grávida era ela.

— Mas nunca vou entender, por mais que pense, como uma coisa do tamanho de um leitão consegue sair por um tubo da grossura de uma ameixa — disse Favila a Helga, mas ao ver a sua reação, foi lhe oferecendo um bolinho, para ver se a cor voltava à sua cara.

Do seu lado, Helga demonstrou suas habilidades culinárias preparando um delicioso ensopado de aipo e cenoura com as sobras da refeição do meio-dia. Favila apreciou o guisado e, antes que terminasse, as duas mulheres já comemoravam o resultado como se tivessem se conhecido a vida inteira.

Naquela noite, enquanto se acomodava entre a palha, Theresa felicitou-se por ter ajudado Helga. Em seguida, lembrou de Hóos enquanto um agradável calafrio lhe percorria as costas, o colo e as pernas. Imaginou o vigor de seu corpo forte e duro, o sabor de seus lábios quentes sobre ela. Sentiu-se culpada por ansiar tê-lo dentro de si, e desejou que o tempo passasse para que não voltasse a pecar por causa de sua ausência. Sentia tanta falta dele que, se não voltasse, iria procurá-lo onde estivesse. Então percebeu que não tinha pensado noutra coisa desde o dia de sua partida.

***

Embora a Negra não estivesse acostumada a madrugar, também não estava habituada a ir cedo para a cama, de modo que, quando acordou, enxaguou bem o rosto e trocou o vestido chamativo da noite anterior por uma roupa de sarja escura que não marcava o corpo. Depois, saiu do armazém onde tinham permitido que dormisse e entrou nas cozinhas que ainda estavam desertas, jogou um pedaço de queijo na boca e começou a limpeza, cantarolando e balançando o esqueleto. Quando Favila chegou, encontrou uma Helga tão arrumada, com o cabelo preso e sem o perfume adocicado das prostitutas, que pensou que era outra mulher. A única coisa que conservava era a cicatriz cruzando o rosto.

Theresa apareceu no hora de servir o desjejum. Ainda tinha palha no cabelo, mas tirou antes que Favila e Helga zombassem dela.

— Se pretende ajudar, melhor aprender com Helga, que já estava cozinhando antes do amanhecer — repreendeu Favila.

Theresa gostou de ver que a cozinheira já estava começando a descobrir as virtudes de sua amiga.

Antes de ir para os aposentos de Lotário, Alcuíno pediu perdão a Deus por sua atuação com o bispo. Estava arrependido de tê-lo envenenado, mas não tinha encontrado outra maneira de evitar a execução de um homem que, a seu ver, só era culpado de sua pouca inteligência. Mas agora precisava atacar o efeito tóxico com xarope de ervas para aliviar Lotário. Agitou vivamente o frasco para que a tintura se misturasse com o diluente e dirigiu-se para as dependências do bispo, que encontrou caído em sua cama sob o dossel. O homem respirava queixosamente, exibindo bolsas do tamanho de duas favas sob os olhos. Quando Lotário pediu seu parecer, Alcuíno fingiu desconhecer a causa do desmaio. No entanto, ofereceu o remédio, que o doente aceitou sem reservas.

Pouco depois de tomá-lo, sentiu uma certa melhora.

— Suponho que tenha ficado contente com o contratempo — insinuou, enquanto se levantava na cama. — Mas garanto que o Marrano vai morrer do mesmo modo.

— O que é da vontade de Deus — concedeu Alcuíno, sem lhe dar razão. — Mas diga-me. Como está se sentindo?

— Bem melhor, agora. É uma sorte que entenda de medicina, ainda mais nesse momento que carecemos de médicos. Tem certeza de que não sabe o que causou a indisposição?

— Provavelmente, alguma coisa que comeu.

— Vou falar com a cozinheira. É a única pessoa que toca na minha comida — respondeu aborrecido.

— Ou talvez algo que bebeu — disse, tentando livrar Favila.

Nesse exato momento, a cozinheira entrou, bamboleando de um lado para outro, acompanhada por um moço carregado com uma bandeja repleta de comida. Lotário olhou para a mulher com um certo temor, que mudou de imediato assim que viu o cardápio. Antes de começar, pediu o beneplácito de Alcuíno, mas apesar de sua objeção, empenhou-se a fundo nos pombos à caçarola, enquanto Favila esperava o veredicto. Alcuíno aproveitou que Lotário estava entretido com os ossinhos para informar da situação de Helga, a Negra.

— Uma prostituta? Aqui na congregação? Como se atreve? — tossiu sobre si mesmo.

— Estava desesperada. Foi atacada por um homem...

— Pois que a empreguem em outro lugar. Por Deus! Aqui temos que dar o exemplo — e enfiou outro pombo na boca.

— Mas a mulher pode mudar — intercedeu a cozinheira. — Nem todas as prostitutas são iguais.

Ao ouvi-la Lotário se engasgou. Tirou um osso da boca e cuspiu o resto sobre a bandeja.

— Claro que não são iguais! Temos as *prostibulae*, que exercem onde podem; as *ambulatarae*, que trabalham na rua; as *lupae*, que se oferecem nos bosques e até as *bustuariae*, que fornicam nos cemitérios. Todas diferentes, mas para todas elas o dinheiro entra pelo mesmo lugar — disse apertando a genitália.

— Não há por que trabalhar na cozinha dos clérigos. Poderia cozinhar aqui, no palácio — sugeriu Alcuíno.

— Com os pombos tão saborosos que Favila prepara, para que ia precisar de mais criadas?

— Não fui eu quem preparou esses pombos. A cozinheira foi ela — esclareceu a mulher.

Lotário olhou para a travessa dos pombos e, em seguida, para o prato das tortas de maçãs. Também devia ser obra de Helga, pois Favila nunca tinha feito uma daquelas antes. Experimentou, e considerou sublime. Hesitou antes de responder.

— Está bem, mas que não me saia da cozinha — grunhiu.

Favila deu meia-volta com um sorriso entre dentes, deixando Lotário com as tortinhas de maçã. Quando a mulher desapareceu, o bispo levantou para esvaziar a bexiga, o que fez diante de Alcuíno, enquanto falava sem parar sobre o perdão e a indulgência. Ao término da falação, Alcuíno perguntou sobre os registros da abadia e então Lotário perdeu toda a eloqüência. Informou que ainda não tinha sido nomeado bispo naquela época e que, portanto, desconhecia os detalhes relacionados às transações com alimentos. No entanto, mandou que procurasse seu oficial tesoureiro, que poderia informá-lo sobre tudo o que precisasse.

Alcuíno usou o resto da manhã para organizar seus dados. Ia repassá-los mais uma vez, quanto Theresa apareceu, alguns minutos antes da hora combinada.

— Queria agradecer por Helga — disse. — De coração.

Alcuíno não respondeu. Em vez disso, pediu que se aproximasse para compartilhar suas considerações. A jovem prestou atenção.

— Então — comentou Theresa —, se não entendi mal, o responsável pelas mortes é um desses homens.

— Por aquelas provocadas pela doença. Não esqueça que o assassino da moça também está solto.

Theresa percorreu mais uma vez a lista de Alcuíno: em primeiro lugar, figurava Kohl. O grão contaminado estava em seu moinho, o que o transformava no principal suspeito. Em seguida, aparecia Rothaart, o moleiro ruivo a soldo de Kohl, que possuía objetos caros demais para que pudesse comprá-los só com o fruto de seu trabalho. Por último, figurava o Marrano, pois o fato de que não tivesse matado a moça não o eximia de estar envolvido no resto.

— Não está esquecendo de ninguém? — perguntou Theresa.

— Claro. Mas o abade que administrava a congregação nos tempos da praga morreu há cerca de dois anos. Portanto, só nos resta o autor da alteração dos registros, do qual a única coisa que sabemos é que domina a arte da pena.

— No total, quatro.

— Podem ser até mais, levando em conta o que ainda ignoramos. Mas vamos analisar os nossos quatro suspeitos — aproximou a vela da escrivaninha. — Embora seja certo que Kohl ou Rothaart, ou os dois juntos, estão envolvidos, não deixa de ser verdade que alguém no bispado ou na abadia tenha atuado na manipulação do registro. Minha teoria é de que a pessoa que comprou o grão em Magdeburg com o compromisso de queimá-lo ou mesmo de usá-lo apesar de seu estado, é a mesma que está por trás das mortes que estão acontecendo agora. O Marrano tinha essa informação, embora obviamente não fosse capaz de avaliá-la em razão de seu cretinismo. No entanto, passado o tempo e por algum motivo que ainda nos escapa, os implicados devem ter ficado com medo que desse com a língua nos dentes e resolveram cortá-la em pedaços. E mais:

eu me atreveria a dizer que esses mesmos indivíduos assassinaram a moça com a única intenção de botar a culpa no pobre Marrano.

— Nesse caso, temos que descartar Kohl. Não ia matar a própria filha.

— É verdade. Mas eu disse "talvez". Lembre-se que aqui caberia perguntar se não teria sido mais fácil eliminar o pobre idiota do que tentar culpá-lo.

— Tem razão.

— E sem dúvida sabemos que o autor não foi o Marrano.

— Portanto, teríamos que encontrar outro motivo.

— Exatamente. Outra razão para que alguém quisesse acabar com essa moça — levantou e começou a andar de um lado para o outro.

— E o registro? Só pode ter sido um dos monges que sabem escrever e que, além disso, têm acesso ao *scriptorium.*

— Bem. Não exatamente. O registro está sob a custódia do administrador da abadia, que também é seu superior. Na diocese essa função cabe ao subdiácono. Mas o cabido também tem acesso a ele, pois é quem fiscaliza as contas do moinho.

— Nunca entendi a organização de um mosteiro — recostou-se na cadeira com desinteresse.

— Em geral, quem está à frente de um mosteiro ou de uma abadia é um abade, exceto quando ele tem que se ausentar, caso em que é substituído pelo superior. Se um mosteiro não tem abade, então o prior exerce a função e a abadia é chamada de priorado. Em seguida, vêm os deões da ordem, que têm que garantir que os monges assistam aos ofícios e cumpram seus deveres. Depois, temos o vigário do coro, encarregado da biblioteca e da secretaria, e o sacristão, que se ocuparia da igreja.

— Nenhum deles teria relação com as questões do abastecimento.

— Apenas os abades e os priores. Entre estes, qualquer um poderia ter organizado a transação sem levantar suspeitas. Quem trata do comércio são o tesoureiro, encarregado do dinheiro e do abastecimento, e o despenseiro, responsável pela comida e pelas provisões. Em seguida, vêm o campeiro e o hoteleiro, que se ocupam das propriedades e da residência dos notáveis. E o camareiro é responsável apenas pelas roupas dos monges. Quanto ao refeitoreiro e o racioneiro, não acredito que estejam envolvidos.

— E o enfermeiro e o boticário?

— Bem, o boticário, como sabemos, morreu envenenado. E quanto ao resto dos monges, ponho minha mão no fogo por eles.

— Poderíamos anotar seus nomes — propôs Theresa.

— Na verdade só conheço os nomes do abade, Beócio, e dos priores, Ludovico e Agripino. Costumo me referir aos outros apenas pelo cargo.

— Então o que sugere?

— Dispomos de dois dias antes que organizem uma nova execução. Temos os nomes de Kohl, o dono do moinho, Rothaart, seu empregado ruivo, Lotário, o bispo, Beócio, Ludovico e Agripino, de quem falei agora, e o Marrano, que, sem dúvida, tem a chave desse labirinto.

— Se pudéssemos falar com ele...

— Depois do que aconteceu, não creio que permitam. Mas não seria má idéia falar com a mulher de Kohl para tentar saber mais detalhadamente sobre as circunstâncias em que o Marrano foi encontrado sobre o cadáver de sua filha.

Concordaram que Alcuíno conversaria com a mulher de Kohl, enquanto Theresa repassaria os registros. Ela não gostou da idéia, mas também não protestou, pois não queria voltar ao moinho. No entanto, depois de folhear os códices por alguns instantes, resolveu que seria mais útil se fizesse uma visita ao Marrano.

Theresa chegou às imediações do matadouro com o sol derramando-se sobre o labirinto de vielas. A seu redor, perambulavam os habitantes locais que conduziam o gado para os pastos vizinhos, enquanto as mulheres aproveitavam para passear com seus rebentos, branquinhos como se tivessem sido empoados com farinha. Uma vizinha cumprimentou-a, acostumada a vê-la passar todo dia. A mulher falou do tempo e Theresa cumprimentou alegremente, sentindo-se uma pequena parte daquela cidade fascinante.

Diante do matadouro reconheceu o mesmo guarda que, no sábado de manhã, tinha levantado tantos obstáculos. Ele continuava sentado junto à porta, com o bastão numa mão e um pedaço de toucinho na outra, com os dentes que ainda lhe restavam afrouxando a cada mordida. Quando se aproximou, comprovou que continuava cheirando a vinho. O homem, por sua vez, não pareceu reconhecê-la, pois passou os olhos por ela e continuou a roer seu toucinho como se sua vida dependesse daquilo. Depois de hesitar uns instantes, Theresa pegou um pedaço de torta de maçã e ofereceu ao guarda.

— Posso lhe dar isso se me deixar ver o Marrano — propôs.

O vigia olhou a torta com cobiça. Em seguida, apoderou-se dela e mordeu com vontade. Continuou a mastigar como se a jovem fosse transparente e quando acabou, ordenou que se retirasse. Theresa ficou furiosa.

— Afaste-se ou vou moê-la de pancada — ameaçou o vigia.

Theresa compreendeu que ele nunca abriria a porta. Resolveu esperar nos arredores até que alguém viesse substituí-lo, mas enquanto caminhava, lembrou da janelinha que Alcuíno tinha aberto na visita anterior. Se caminhasse depressa, talvez conseguisse alcançá-la.

Rodeou o edifício em busca da janela.

Na parte de trás, apinhava-se uma dúzia de minúsculas construções apertadas umas contra as outras como se estivessem prensadas. Eram as antigas casinhas dos açougueiros, agora ocupadas, na maioria, por oficinas de carpintaria, de tonéis e reparação de carroças. Entrou para pedir informações numa casinha semidestruída, cuja entrada parecia se prolongar até o interior do matadouro. Foi atendida por um homem caolho vestido com um avental de couro, que era o dono da ferraria. Theresa pediu ao homem que afiasse seu punhal enquanto se fingia de interessada pelos objetos que descansavam no pátio interno. Pediu permissão para dar uma olhada e foi para o interior da ferraria com o olhar fixo nas paredes de madeira cobertas de maças, cunhas, martelos e corta-frios pendurados em ganchos como se fossem lingüiças. Cheirava a metal quente, o que era agradável com aquele frio. Numa lateral, um portão fazia a comunicação com um recinto que Theresa supôs que pertencesse ao matadouro. De repente, sentiu um braço em seu ombro.

— O que é isso? — perguntou ela, pega de surpresa pelo ferreiro.

— Isso aí? — É o curral onde trancavam os animais antes de cortar seu cangote — disse rindo. — Aqui está. Seu punhal.

Não cobrou nada para afiar, mas avisou que da próxima vez era melhor que ela comparecesse com algum dinheiro.

Quando Theresa saiu da ferraria, deu um pulo de alegria. Tinha encontrado a janela de entrada para o matadouro, e o melhor de tudo era que ainda estava aberta. Agora só precisava bolar um meio de distrair o ferreiro.

Estava prestes a morder o pedaço de torta de maçã que tinha guardado, quando um rapazola com cara de velho plantou-se bem na sua frente. À parte o topete, o menino era um saco de ossos.

— Quer um pedaço? — ofereceu.

E o moço ficou encantado em poder ajudar aquela grande dama que viajava disfarçada. Com cara de bobo, pegou um pedaço de torta e correu para a ferraria com seu recado. Logo saiu acompanhado do caolho em direção ao lugar onde Theresa tinha dito que estavam sua carruagem atolada e seus lacaios. Quando desapareceram, Theresa voou para o interior do pátio, mas quando chegou à janelinha, se deteve, perguntando a si mesma se estava fazendo bem em entrar no matadouro.

Não tinha certeza de que era a coisa certa a fazer. O Marrano podia estar solto e atacá-la e, inclusive, havia a possibilidade de que Alcuíno estivesse errado e ele fosse mesmo um assassino. No entanto, algo dentro dela a impulsionava a continuar. Desejava ser útil, descobrir quem era o culpado. Olhou para trás, com medo que o ferreiro voltasse.

Examinou ao redor e parou junto às ferramentas penduradas na parede. Viu uma clava pesada que desdenhou ao verificar que não conseguia nem tirá-la do gancho e resolveu apropriar-se de um atiçador leve, que amarrou no cinturão. Em seguida, amontoou várias tábuas sob a janela e subiu, até alcançar a borda da abertura. Nesse momento, ouvia que alguém entrava e tratou de pular para o vão da janela, de modo que a pilha de madeira desmoronou. Foi batendo contra a parede e conseguiu introduzir o corpo na abertura, caindo do outro lado, no matadouro, no meio de uma escuridão pavorosa. Quando levantou, sentiu como se tivesse dormido num chão de pedra, de tanta dor nos ossos. Devia ter machucado o cotovelo esquerdo, pois mal conseguia movê-lo. Nesse momento, ouviu que mexiam na janela por onde tinha acabado de passar. Quando olhou, viu a cara do ferreiro e rapidamente, acocorou-se na parte mais escura, esperando aterrorizada. O homem olhou para o interior, mas não a viu. Esboçou uma expressão de dúvida e retirou-se da janela. Theresa supôs que o caolho ia voltar para a ferraria, mas um barulho de martelo batendo indicou que ele estava tratando de vedar a janelinha. Quando as marteladas cessaram, um silêncio sombrio estendeu-se, no qual só se ouvia o palpitar de seu coração. Nunca tinha estado num lugar tão escuro. O negrume era tal, que pensou que tivesse ficado cega.

Lamentou-se, pensando que nem o mais estúpido dos bufões teria se metido em tamanha armadilha. Estava sozinha; no escuro. Trancada com um retardado que talvez fosse homicida. Como podia ter sido tão insensata? E não dispunha nem da pedra-de-fogo, nem do ferro afiado para tentar fazer uma tocha.

Ficou em silêncio ouvindo o som da própria respiração. Notou que era pesada, entrecortada, como a de um velho cuja garganta murcha chiasse. Passado um instante, compreendeu que o ferreiro tinha ido embora. Levantou-se deslizando as mãos pelo tapume, tentando apalpar alguma coisa que pudesse orientá-la. Percebeu a untuosidade da parede e uma golfada a sacudiu. Depois de várias tentativas, localizou a janelinha pregada com tábuas.

Estava presa, trancafiada ali dentro.

Pegou o atiçador e esgrimiu no vazio diante dela. Em seguida, foi andando às cegas, agitando o instrumento no ar enquanto o outro braço apalpava as argolas e correntes que ornamentavam as paredes do corredor. À medida que avançava, começou a perceber uma claridade no final do corredor. Primeiro foi uma sombra e logo se recortou contra a penumbra uma figura atarracada, encolhida sobre si mesma, que finalmente identificou. A luz escassa que se filtrava do telhado mostrava o Marrano enroscado no chão, abraçado às pernas disformes como um feto gigantesco.

O homem parecia adormecido, mas Theresa não viu correntes que o prendessem e ficou com medo. Enquanto o examinava, pensou que ainda estava em tempo de retroceder, chamar o guarda e explicar o acontecido. Levaria uma reprimenda e talvez até umas pancadas, mas pelo menos escaparia com vida. De repente, o Marrano se mexeu num espasmo brusco. Theresa esteve a ponto de gritar, mas conseguiu se conter.

Continuava dormindo.

Examinou-o de novo e verificou que ao se mover tinha deixado à vista um brilho em seus tornozelos. Deu graças aos céus ao ver que se tratava do reflexo dos elos de uma corrente.

Respirou fundo antes de prosseguir e avançou até ficar a um passo de uma tigela quebrada com restos de comida. Imaginou que, se continuasse, o Marrano poderia alcançá-la. Então se agachou para examiná-lo mais de perto. Distinguiu o cabelo emaranhado coberto de porcaria, a roupa em farrapos e a pele coberta de sangue seco. Embora adormecido, suas pálpebras estavam entreabertas, deixando à vista um par de olhos inexpressivos, como os de um porco já sem vida. Ressonava com dificuldade e de vez em quando tossia, assustando-a.

Finalmente, decidiu-se. Com a ajuda do atiçador cutucou um dos pés do Marrano, que se encolheu como se tivesse sido picado por uma abelha. Theresa estremeceu, mas voltou a tocá-lo até que o homem despertou. Parecia aturdido, como se não entendesse o que acontecia, mas aos poucos fixou os olhos nela. Ao vê-la, estranhou e retrocedeu tanto quanto as correntes permitiam. Theresa ficou satisfeita com aquela demonstração de medo, mas ainda assim continuou brandindo o atiçador decididamente. Se tentasse atacá-la, desceria o instrumento em sua cabeça.

Depois de olhá-la por um momento, o Marrano se aproximou. Coxeava como um desgraçado, arrastando um pé sem vida. Em seu olhar, Theresa adivinhou a ausência de maldade.

Ficaram um instante se observando. Finalmente, Theresa remexeu nos bolsos.

— É tudo o que tenho — e ofereceu os restos de torta de maçã.

O Marrano aproximou as mãos trêmulas, mas Theresa preferiu deixar os pedaços sobre a tigela e retirar-se alguns passos. Observou que o homem tentava pegá-los, sem conseguir, e enfiava a cara no prato lambendo como um animal. Quando acabou, disse algo ininteligível que Theresa interpretou como algum tipo de agradecimento.

— Vamos tirá-lo daqui — disse sem saber como ia cumprir a promessa. — Mas antes, preciso de sua ajuda. Está entendendo?

O homem concordou com um ruído gutural.

Theresa fartou-se de repetir perguntas, até se convencer de que o pobre era realmente retardado. O homem respondia com trejeitos sem sentido, remexia na tigela com suas mãos disformes ou simplesmente olhava para o outro lado. No entanto, quando ouviu o nome do ruivo, começou a bater na cabeça como se tivesse enlouquecido. Quando Theresa repetiu o nome de Rothaart, o Marrano mostrou os restos ainda não cicatrizados de sua língua cortada. Nesse instante, ouviu-se o rangido de um ferrolho do outro lado do corredor. Escondeu-se como pôde no cubículo, justo em tempo de evitar o olhar do guarda que avançava segurando uma tocha. Theresa fez um gesto para o Marrano pedindo que guardasse silêncio e esperou escondida que o vigia passasse. Em seguida, correu com toda a sua alma em direção à saída.

Não parou até chegar à abadia.

Quando se encontrou com Alcuíno, teve que esperar para recuperar o fôlego antes de contar suas descobertas. Depois, tentou contar tudo ao mesmo tempo, gesticulando com os braços e atropelando-se nas palavras, enquanto Alcuíno se esforçava para organizar aquele acúmulo de coisas sem sentido. Theresa respirou.

— Sei quem é o culpado — anunciou com um sorriso triunfante.

E contou o episódio do matadouro, recreando-se com os detalhes mais macabros e deixando para o final a grande surpresa. Alcuíno ouviu atentamente.

— Não devia ter ido sozinha — reprovou-a.

— E foi então — acrescentou sem lhe dar atenção —, ao ouvir o nome do ruivo, que ele começou a bater na cabeça com tanta força que pensei que ia rachá-la ao meio. Mostrou o que o homem fez em sua língua. Foi horrível.

— Disse que foi Rothaart quem fez aquilo?

— Bem, não exatamente, mas tenho certeza.

— Eu não apostaria um tostão.

— Não estou entendendo. O que quer dizer?

— Rothaard apareceu morto essa manhã. No moinho. Envenenado com cornelho.

Theresa se deixou cair, abatida. Não era possível. Tinha arriscado sua vida para descobrir agora que seu grande achado não valia mais do que vinho azedo. Ia responder quando o frade continuou.

— E não é só isso. Pelo visto, nosso homem está se apressando a vender toda a farinha. Desde hoje de manhã, tem gente doente por todo lado. A igreja de São João está cheia e no hospital não estão mais dando vazão.

— Mas nesse caso será mais fácil pegá-lo.

— Como? Certamente, é esperto, de modo que está vendendo os lotes de farinha podre misturada com farinha boa e, além disso, lembre-se de que as pessoas desconhecem a origem do mal.

— Ainda assim, podemos interrogar os doentes. Ou os seus familiares, se for necessário.

— E pensa por acaso que já não fiz isso? Mas as pessoas não compram farinha somente nos moinhos. Compram também nos mercados, nas casas, nas granjas; comem nas tabernas, nos forneiros e nos ambulantes; dividem o pão durante o trabalho, usam farinha como pagamento de suas compras ou trocam por carne ou vinho. E às vezes até misturam com farinha de centeio para que o pão dure mais tempo depois de assado — parou para refletir. — Cada doente contou uma história diferente. É como se a aldeia inteira estivesse infectada.

— Tudo isso é muito estranho. Se esse homem é tão esperto como diz...

— E é. Tenho certeza.

— Deve ter acesso e contato com todos os vendedores de farinha, que confiam nele.

— É o que se supõe.

— Então, talvez tenha distribuído algumas partidas contaminadas para aumentar o leque dos suspeitos.

— Está falando de outros cúmplices?

— Não necessariamente — Theresa sentiu-se importante. — Poderia depositar os lotes em armazéns diferentes sem o conhecimento dos proprietários. Isso explicaria o novo aumento dos doentes e os diversos pontos de venda.

— Pode ser — reconheceu Alcuíno admirado.

— E além disso, tem a história do Marrano...

— O que houve com o Marrano?

— Bem, foi o ruivo quem cortou a língua dele.

"O ruivo cortou a língua dele."

Enquanto caminhavam em direção ao hospital, Alcuíno ruminou aquela idéia. E se tivesse sido precipitado em suas conclusões? Na realidade, só viu o cadáver de Rothaard de longe e, embora tenha percebido em suas extremidades a marca da gangrena, talvez sua morte não fosse devida ao efeito do cornelho.

Na verdade, era difícil de acreditar que os membros de um homem são e bem alimentado se corrompessem tão rapidamente.

— Tenho que voltar ao moinho — anunciou. — Vá para o hospital. Anote os nomes dos últimos doentes, descubra onde vivem, o que comeram, quando começaram a se sentir mal. Tudo o que achar que pode nos ajudar. Em seguida, volte para a congregação. Vamos nos encontrar na catedral, depois do ofício de *sexta* — e sem lhe dar tempo de contestar, deu meia-volta e saiu correndo por entre as vielas.

Quando Theresa chegou ao mosteiro, encontrou uma multidão de gente entrando por suas portas abertas. Ao que parecia, a afluência de doentes era tal que o despenseiro e outros frades tinham sido enviados ao hospital para ajudar no que pudessem. Theresa usou seu anel para evitar as filas de parentes que esperavam por notícias. Já no hospital, foi recebida pelo enfermeiro que, depois de reconhecê-la, só pediu que não atrapalhasse os frades desesperados que pululavam de um lado para o outro como abelhas numa colméia.

Theresa não sabia por onde começar. Os doentes que enchiam a sala jaziam espalhados em leitos improvisados, enquanto do lado de fora, no pátio, os menos afetados esperavam por um remédio qualquer que os aliviasse. Alguns estavam em estado grave, com dores nas pernas ou tendo alucinações, mas a maioria estava apenas aterrorizada. Perguntando, verificou que o bispo e o abade tinham se reunido para discutir a queima das casas ou o fechamento das muralhas. Ela achou estranho. Em outras ocasiões, tinha ouvido falar em medidas semelhantes, mas agora a pestilência se limitava a uma farinha envenenada pelos fungos do cornelho. Disse a si mesma que precisava convencer Alcuíno a revelar, apesar de seu desacordo inicial, a causa da enfermidade.

Duas horas depois, Theresa tinha reunido informação suficiente para determinar que pelo menos 11 dos doentes nunca tinham ingerido pão de trigo. Quando concluiu a tarefa, juntou suas coisas e voltou para as cozinhas do cabido. Encontrou Helga ocupada em dar brilho a caçarolas que pareciam ter sido usadas como porretes e não como panelas. Ao vê-la, a mulher largou o vasilhame e correu a seu encontro. Disse que toda a cidade andava angustiada por causa da praga.

— Nem pense em comer pão de trigo — advertiu Theresa, e se deu conta na mesma hora de que Alcuíno não ia gostar nada de saber que tinha confessado tudo. E percebeu também que, na verdade, não deveriam consumir nenhum tipo de pão.

Helga contou que Alcuíno tinha justamente depositado no armazém um saco de trigo do moinho de Kohl, ordenando que ninguém tocasse nele. Assim que ouviu isso, Theresa correu para desobedecer. Foi até onde estava o saco e tirou um punhado com a ajuda de um pano de algodão. Em seguida, examinou os grãos um a um. Só encontrou o primeiro cornelho misturado à farinha depois do quarto punhado. Supôs que o frade tivesse descoberto alguma coisa.

Pouco antes do ofício de *sexta*, Alcuíno chegou carregado de notícias. Tinha ido ao moinho de Kohl, mas ao que parecia, o cadáver do ruivo tinha sido transladado para longe da cidade, na vala onde queimavam os que morriam de lepra. Por sorte, tinha localizado o corpo antes que fosse jogado na fogueira.

— Não morreu por causa do cornelho. Suas pernas estavam pintadas — disse vitorioso. — Deve ter sido envenenado, pois as testemunhas descreveram sua morte como uma agonia terrível. Foi isso que me confundiu.

"Pintadas." Theresa lembrou do estratagema de Althar para simular lepra.

— E quem poderia fazer isso?

— Ainda não sei. Mas é evidente que quem o matou queria que a morte passasse despercebida. No entanto, pude comprovar duas ou três coisas: em primeiro lugar, a mulher de Kohl não surpreendeu o Marrano assassinando sua filha. Foi outra mulher, Lorena, uma criada da família. Falei com ela, que confirmou que viu o retardado sobre a morta, mas não disse que o viu matá-la. Além disso, contou um detalhe crucial: o talho que cortou o pescoço da jovem localizava-se na lateral esquerda, da orelha à laringe. Lembrava disso porque teve que costurar a ferida para amortalhar a jovem.

— E o que quer dizer?

— Simplesmente que a facada foi dada por um canhoto.

— Como Rothaard, o ruivo.

Alcuíno fez que sim com a cabeça. A outra notícia era que Kohl tinha lhe dado um saco de trigo como amostra, mas não informou sua procedência.

— Depois de pedir desculpas por meu comportamento no dia da execução, pedi que me vendesse algum trigo, e ele concordou sem muitas objeções. Para minha surpresa, disse que precisaria de um par de dias para fazer a entrega, mas entregou um saco por conta, só para demonstrar suas boas intenções.

— Eu vi. Está cheio de cornelho — confirmou Theresa.

— Não deveria ter tocado naquilo — protestou ele.

Theresa pegou o pano e mostrou as pequenas cápsulas negras. Alcuíno sacudiu a cabeça.

— Em todo caso, nosso leque de suspeitos continua a diminuir. — Só restam Kohl, o abade Beócio e os priores Ludovico e Agripino.

— E Lotário?

— Já faz tempo que descartei o bispo. Lembre-se que o registro foi modificado na abadia e Lotário não criou qualquer empecilho para que examinássemos os registros da congregação. Não. Sua inocência está fora de dúvidas. Quanto a Agripino, deveria riscá-lo: também está doente, e não creio que vá sobreviver.

— Nesse ritmo todos os suspeitos acabarão mortos.

— Seria uma solução — ironizou.

Theresa passou as mãos nos cabelos. Na lista de culpados só apareciam agora Kohl, o abade Beócio e o prior Ludovico. Não entendia por que Alcuíno não agia de uma vez por todas. Perguntou-se se a advertência de Hóos não seria correta.

— Deveria revelar a origem da enfermidade. Temos dezenas de doentes. Mulheres e crianças que logo vão encher os cemitérios — sugeriu.

— Já falamos sobre isso — contestou ele com expressão severa. — Assim que se soubesse que a causa é o cornelho, o culpado moeria o grão, esconderia e nós o perderíamos para sempre.

— Mas avisando as pessoas, poderíamos salvá-las.

— Salvá-las para quê? Para que morram de fome? Iam se alimentar de quê, se não podem comer trigo nem centeio?

— Pelo menos poderiam resolver de que forma morreriam — replicou irritada.

Alcuíno respirou fundo, apertando os dentes. Aquela moça era a criatura mais teimosa que já tinha aparecido em sua frente. Não entendia que nem se interditassem todos os moinhos poderiam impedir que o assassino moesse seu grão num moinho manual, vendesse a algum desavisado ou levasse para outra cidade para prosseguir com seus negócios. Tentou explicar, mas de nada adiantou.

— As pessoas estão morrendo agora, não amanhã, nem dentro de um mês. Não consegue ver isso? É agora — insistiu ela.

— Os mortos são iguais aos olhos de Deus. Ou pensa que as vidas dos que morrem agora valem mais do que as vidas dos que morrerão dentro de alguns meses?

— A única coisa que sei é que a abadia está cheia de doentes que não entendem que pecado cometeram — Theresa chorou de raiva. — Porque é nisso que acreditam. Que cometeram algum pecado e que tudo isso é castigo de Deus.

— É óbvio que ainda é muito jovem para compreender certos assuntos. Se quer ajudar, volte ao *scriptorium* e continue a copiar os textos do *Hypotyposeis* que ainda estão pendentes.

— Mas paternidade...

— Volte ao *scriptorium*.

— Mas...

— A menos que prefira voltar para a taberna.

Theresa mordeu a língua. Pensou com seus botões que, se não fosse a gravidez de Helga já teria mandado Alcuíno e seus textos dormirem dentro do esterco dos currais. Finalmente, deu meia-volta e se afastou sem dizer palavra.

Depois de reproduzir vários parágrafos, Theresa amassou o pergaminho. Por que não pedir ajuda? Se o bispo não tinha nada a ver com aquilo, por que não lhe contar o que estava acontecendo? Tinha certeza de que Lotário poderia contribuir para solucionar o problema. Conhecia os suspeitos, estava a par dos movimentos da abadia e sabia como funcionava um moinho. Decididamente, não entendia o comportamento de Alcuíno e, no entanto, não tinha outro remédio senão acatar suas decisões.

Usou um pergaminho novo até que a pluma quebrou sob a pressão de seus dedos. Quando foi pegar outra, viu que no baú onde Alcuíno guardava o material de escrita não havia mais nenhuma, de modo que foi até a cozinha para conseguir uma nova. Quando chegou lá, encontro Favila tensa como um feixe de nervos. Perguntou por Helga, a Negra, mas a mulher não parecia ouvi-la. Não parava de coçar as pernas e os braços.

— O que houve? — perguntou.

— É essa maldita praga. Não sei se a sua amiga não me contagiou — respondeu sem parar de coçar-se.

— Helga? — Theresa pôs as mãos na boca.

— Nem pense em se aproximar dela.

Favila indicou um quarto contíguo, enquanto mergulhava os braços numa bacia de água fria. Theresa não deu ouvidos a Favila e correu para o aposento. Encontrou Helga jogada no chão. Tremia como vara verde e suas pernas começavam a arroxear.

— Santo Deus! Helga! O que houve?

A mulher não respondeu. Continuou apenas soluçando.

— Levante-se! Tem que ir para a abadia. Lá vão cuidar de você — disse puxando-a, mas sem conseguir levantá-la.

— Ele disse que não adiantava nem tentar. Que não aceitariam uma prostituta.

— Quem disse isso?

— Seu amigo frade. O maldito Alcuíno. Ordenou que ficasse aqui até que ele encontrasse algum lugar para me alojar.

Theresa voltou à cozinha e pediu ajuda a Favila, mas a mulher se negou, continuando a molhar os braços com água fria. Então Theresa pegou a bacia e jogou contra a parede, fazendo os pedaços saltarem para todo lado.

— Alcuíno disse...

— Dane-se o que Alcuíno disse. Estou farta desse homem — chorou. Em seguida, deu meia-volta e abandonou a cozinha.

Não parou de praguejar contra o frade britânico enquanto caminhava em direção às dependências do palácio. Agora entendia por que Hóos Larsson a tinha alertado contra ele. Alcuíno era uma criatura insensível, que só tinha olhos para seus livros e mais nada. E mais, se ela não tivesse se negado a continuar escrevendo, ele não teria acolhido Helga. Mas isso ia ter um fim. Tinha chegado o momento de Lotário ficar sabendo que tipo de canalha era frei Alcuíno.

Quando o velho secretário a viu surgir, tentou detê-la, mas não conseguiu impedir que forçasse a porta e entrasse na sala do bispo.

Quando entrou, Theresa surpreendeu Lotário urinando meio de costas. Virou-se para não ver, mas ficou no quarto. Quando percebeu que o jorro minguava, contou até três e virou de novo. Lotário olhava para ela com um misto de assombro e irritação.

— Pode se saber que tipo de desrespeito é este?

— Desculpe-me, eminência, mas precisava vê-lo.

— Mas quem...? Mas você não é a moça que acompanha Alcuíno para todo lado? Saia daqui imediatamente!

— Paternidade, precisa me ouvir — o auxiliar tentou expulsá-la, mas Theresa livrou-se dele com um empurrão. — Preciso lhe falar sobre a praga.

Ao ouvir a palavra "praga", Lotário se acalmou. Ergueu uma sobrancelha e ajeitou as calças. Em seguida, cobriu-se com uma capa e encarou-a com ceticismo.

— De que praga está falando?

— Da que açoita a cidade. Alcuíno descobriu sua origem e o modo de detê-la.

— O pecado é a origem da praga, e esse é o nosso único remédio — disse indicando a imagem de um crucifixo.

— Está equivocado. É o trigo.

— O trigo? — Fez um gesto para que seu secretário se retirasse. — Como assim, o trigo?

— Segundo os registros, algumas partidas de trigo contaminado foram adquiridas e trazidas para Fulda dois anos atrás, durante a peste de Magdeburg. Até pouco tempo, estavam sendo vendidas aos poucos para que ninguém relacionasse a doença com o trigo, mas nos últimos dias o criminoso entupiu os mercados. Os doentes e os mortos aumentam sem parar e ninguém faz nada para evitar.

— Mas isso que você está dizendo... Tem certeza?

— Encontramos uma coisa no moinho de Kohl. Um veneno que infectava o cereal.

— E Kohl é o responsável?

— Não sei. Alcuíno suspeita de três indivíduos: Beócio, o abade, o prior Ludovico e o próprio Kohl.

— Santo Céu! E por que não me procurou?

— Foi o que eu disse. Mas ele desconfiava até do senhor. Está obcecado com a idéia de pegar o culpado, mas a única coisa que faz é esperar e, enquanto espera, as pessoas continuam morrendo. — Começou a chorar. — Até minha amiga Helga, a Negra, está doente.

— Falarei com ele imediatamente — disse enquanto se calçava.

— Não, por favor. Se souber que lhe contei tudo, não sei o que fará comigo.

— Mas tenho que fazer alguma coisa. Você disse Beócio, Kohl e Ludovico? Por que esses três e nenhum outro?

Theresa contou tudo o que sabia. Depois de responder às dúvidas de Lotário, sentiu-se mais aliviada, pois o bispo mostrou-se disposto a acabar com tudo aquilo.

— Darei ordens para que prendam os suspeitos. E quanto à sua amiga... como é mesmo o nome dela?

— Helga, a Negra.

— Isso, Helga. Mandarei que seja transferida para a enfermaria da abadia. Lá será atendida em tudo que puderem.

Concordaram que Theresa devia regressar ao *scriptorium*, mas que permaneceria no palácio episcopal, caso Lotário precisasse dela. Quando saiu de seus aposentos, o secretário a olhou com vontade de estrangulá-la.

Antes de voltar ao *scriptorium*, Theresa resolveu verificar a situação de Helga. Não sabia se seriam capazes de encontrar algum remédio para sua enfermidade, mas achou que a notícia pelo menos serviria de consolo. No entanto, quando chegou à cozinha, ela não estava mais no quartinho.

Por mais que perguntasse, ninguém sabia dizer do paradeiro de sua amiga.

***

Passou o dia sem notícias de Lotário ou de Alcuíno. Não ver o frade a aliviou; no entanto, o desaparecimento de Helga a preocupava duplamente. Antes da ceia, resolveu sair do palácio para caminhar um pouco. Não tinha jantado e também não faria a ceia, mas na verdade, por causa do remorso, não tinha apetite algum. Não sabia se tinha agido corretamente, mas esperava, pelo menos, que Lotário determinasse a interdição dos moinhos e que a praga desaparecesse para sempre.

Durante o passeio não parou de pensar na amiga Helga. Procurou por ela nas cozinhas, nos armazéns, na enfermaria; rondou a taberna e a casa da vizinha que cuidou dela no dia em que Widukindo cortou seu rosto. Perguntou inclusive nas ruas por onde andavam as prostitutas de mais baixa categoria, mas não encontrou nenhum sinal dela.

Era como se a terra a tivesse engolido. Depois, a figura de Alcuíno lhe veio à mente e seu estômago se encolheu. Não entendia por que aquele desassossego a assaltava, já que tinha agido em sã consciência.

Nesse instante, desejou que Hóos estivesse a seu lado. Sentia falta de seu sorriso, seus olhos cor do céu, suas brincadeiras sobre o tamanho de seus quadris ou suas histórias divertidas sobre Aquis-Granum. Era a única pessoa com quem se sentia bem e o único em quem podia confiar. Sentia tanta saudade, que daria tudo o que tinha para reviver suas carícias, nem que fosse por um instante.

O passeio terminou diante da grande porta da cidade, um impressionante entrelaçado de madeiras, pregos e traves de metal que protegia o acesso principal a Fulda. Na parte superior, a fileira de dentes formada pelas extremidades afiadas dos troncos contrastava com o rubro fulgor das tochas. Theresa notou os inúmeros remendos que marcavam o portão, conferindo-lhe o aspecto de uma construção moribunda.

Embora existissem outras entradas, aquela era a mais desguarnecida. De ambos os lados do portão, estendia-se o muro de pedra que defendia o recinto da antiga cidade. Junto dele, na parte interna, assentavam-se várias moradias construídas contra o muro para poupar a construção de uma parede, e isso dificultava o trânsito da guarnição. O muro circundava somente uma parte da cidade, pois datava da fundação da abadia e originalmente abrigava apenas o mosteiro e suas hortas. Mas depois a cidade tinha crescido, com os campos sucumbindo sob o avanço dos edifícios. A nova ampliação protegeria os povoados de além-muros de qualquer possível ataque.

Toda noite, as portas secundárias eram trancadas, deixando aberta apenas a principal. No entanto, naquela ocasião, o portão também estava fechado, transformando a cidade num bastião inexpugnável. Pensou que talvez fossem ordens do bispo para impedir a fuga do criminoso; porém, um dos vigias lhe informou que nas últimas horas, vários camponeses tinham visto inúmeros estranhos armados e, embora muito provavelmente fossem salteadores, tinham resolvido tomar as devidas precauções.

Enquanto isso, do lado de fora uma turba de gente assustada batia nas portas pedindo para entrar na cidade. Depois de deliberar com seu superior, um dos vigias abandonou a torre de guarita e desceu para abrir o portão. Theresa observou que outro guarda jogava tinas d'água sobre os que tentavam se infiltrar e mais dois soldados se colocavam dos dois lados da porta armados de varas de aveleira. O vigia ameaçou não abrir e as pessoas pareceram acalmar-se. No entanto, assim que retiraram as trancas, a turba lançou-se sobre os batentes fazendo os sentinelas recuarem.

Theresa afastou-se enquanto uma avalanche humana abria caminho entre os vigias incapazes de contê-la. Homens, mulheres e crianças carregados de objetos e animais penetraram no recinto como se fossem perseguidos pelo diabo em pessoa. Quando o último passou, os guardas trancaram as portas e subiram novamente para suas torretas. Um dos habitantes locais aproximou-se de Theresa com vontade de conversar.

— Muita gente ficou do lado de fora porque pensa que eles não vão atacar, mas a mim, não vão me pegar desprevenido outra vez — comentou, mostrando uma antiga cicatriz na barriga.

Theresa não sabia o que pensar. Os que acabavam de entrar pareciam ter escapado do fim do mundo, porém aquela gente toda não representava nem a décima parte dos que ficaram do lado de fora. Quando comentou isso com o homem, ele respondeu que nem todos acreditavam num ataque iminente.

Levada pelo temor, Theresa resolveu voltar. Passou de novo pela taberna de Helga para ver se tinha retornado para a antiga casa, mas tudo continuava abandonado, de modo que se dirigiu para a diocese. Antes de se deitar, resolveu dar uma última olhada nas cozinhas, mas só encontrou Favila, que a recriminou por ter trazido uma prostituta para a abadia.

— Sabia que na primeira oportunidade, ela ia aprontar — sentenciou sem lhe dar chance de abrir a boca.

A moça se despediu sem responder. Já no curral, pensou no que tinha acontecido: uma jovem assassinada, dezenas de aldeões envenenados, um frade em quem não sabia se confiava ou não, e sua única amiga desaparecida como por encanto. Rezou suas orações, evocando sua família, Hóos e Helga, a Negra. Depois, acomodou-se entre os montes de feno e esperou amanhecer.

À meia-noite foi despertada por um alvoroço. Por todo lado, ouviam-se gritos, passos apressados e corridas. Com tochas nas mãos, alguns clérigos entraram no curral e selaram dois animais. Theresa levantou assustada e correu para os aposentos de Favila, onde encontrou a mulher perambulando de um lado para outro, com as carnes balançando sob uma simples bata. Ia perguntar o que havia, quando o rufar de tambores a deixou sem palavras. As duas correram escada acima até o terraço que dominava toda a cidade e deram de cara com um espetáculo surpreendente: pela rua principal, entre vivas e aplausos, avançava uma comitiva de ginetes encabeçada por um homem coberto de aço e escoltado por um grupo de tamborileiros. Apesar do adiantado da hora, dezenas de pessoas saudavam os cavaleiros como se o próprio Deus estivesse chegando com suas cortes. Favila se benzeu e correu escada abaixo gritando de alegria. Theresa a seguiu sem entender o que estava sucedendo.

Na cozinha, enquanto acendia os fogões, Favila contou tudo.

— Mas ainda não reconheceu? Chegou o maior de todos: o nosso rei Carlos Magno.

18

Theresa nunca imaginou que a presença de um monarca pudesse ocasionar tanta agitação. Naquela mesma noite, teve que abandonar as cavalariças, pois os monges precisavam delas para alojar a criadagem. Transferiu-se para o aposento ocupado por Favila nos armazéns do palácio. No entanto, um pouco antes de irem se deitar, os cozinheiros reais invadiram as cozinhas, enchendo-as de marrecos, faisões e patos enjaulados que grasnaram como demônios a noite inteira.

Na manhã seguinte, a abadia despertou parecendo um verdadeiro formigueiro. Os clérigos corriam de um lado para outro carregados de plantas para enfeitar a catedral para os santos ofícios; nas cozinhas, as panelas borbulhavam com assados, verduras e doces primorosamente elaborados; as criadas limpavam até o último cantinho e os assistentes de Lotário tratavam de transferir os pertences do bispo para outro quarto, já que o dele seria ocupado por Carlos Magno.

De nada adiantou a Theresa argumentar com Favila que só recebia ordens de Alcuíno. A cozinheira fez ouvidos de mercador e, com um empurrão, mandou-a ajudar nos refeitórios junto com as outras criadas. Quando Theresa entrou no salão, encontrou-o todo enfeitado com tapeçarias religiosas nas quais prevaleciam as cores púrpura e azul. A mesa central tinha sido substituída por três tabuleiros longos instalados sobre cavaletes na forma de U, alinhados com as três paredes opostas à entrada. Theresa arranjou uma fileira de maçãs verdes sobre as vistosas toalhas de linho, adornadas previamente com centros de mesa de ciclâmens, quinomantos e violetas, as flores de inverno cultivadas no horto. Várias filas de tamboretes acompanhavam os dois lados das mesas, à exceção da área central, reservada para receber o trono e as poltronas para acomodar o rei e seus favoritos.

Os cozinheiros tinham preparado um banquete para uma legião de famintos, no qual não faltavam frangos capões e patos ainda emplumados, ovos de faisão mexidos, carne de vaca na brasa, costeletas de cordeiro, costelas e filés de porco, guisado de rins, assados, acompanhamentos de couves, nabos e nabiças enfeitados com alhos e pimentões, alcachofras guisadas, todo tipo de lingüiças e embutidos, saladas de legumes, assados de coelho, cordonas em escabeche, tortas de massa folhada e uma miríade de sobremesas elaboradas com mel e farinha de centeio.

De volta à cozinha, Theresa ouviu o chefe dos cozinheiros perguntar a Favila se dispunha de algum *garum* e viu que ela negava com a cabeça. Pelo visto, o monarca adorava o condimento, mas a expedição tinha deixado seu suprimento em Aquis-Granum.

— E por que não fazem mais? — sugeriu Theresa.

O chefe dos cozinheiros explicou que a única pessoa que sabia prepará-lo não tinha vindo com a expedição. Theresa havia aprendido nas cavernas, com a mulher de Althar, a fazer *garum* e se ofereceu para prepará-lo.

— Se me der autorização, claro.

Antes que o homem pudesse dizer alguma coisa, Theresa correu até a despensa e voltou carregada com os ingredientes necessários. Deixou o azeite, o sal e as tripas secas de peixe numa das bancadas e tirou um frasco com um líquido que serviu numa colher e ofereceu ao cozinheiro.

— Preparei uns dois dias atrás — olhou para Favila envergonhada porque tinha garantido que aquele tempero era obra de Helga, a Negra. O homem experimentou e olhou-a com assombro.

— Com todos os diabos! O rei vai ficar contente! Vamos, vocês aí — gritou para um par de criados. — Deixem esses temperos e ajudem a moça a preparar mais *garum*. Devo dizer que, se cozinhar como tempera, tenho certeza de que vai encontrar um marido rico.

Theresa esperava que esse marido fosse Hóos Larsson. Não sabia se ele tinha dinheiro, mas não conhecia nenhum outro que tivesse uma aparência tão atraente.

Quando o cozinheiro comunicou a Favila que Carlos Magno desejava cumprimentar a autora do condimento, a cozinheira começou a tremer como se ela mesma tivesse sido chamada. A mulher ajeitou o cabelo de Theresa, beliscou suas bochechas até deixá-las tão coradas quanto as de um recém-nascido e lhe deu um avental limpo. Em seguida, chamou-a de malandrinha e mandou que fosse. Theresa, no entanto, agarrou sua mão para obrigá-la a ir com ela.

Nas imediações do refeitório ficaram surpresas com o acúmulo de camareiros, criados, servos e garçons que perambulavam junto à entrada. O cozinheiro, que abria caminho para elas, afastou alguns curiosos e abriu passagem até o salão. Em seguida, mandou que esperassem até que o frade-leitor acabasse de recitar os salmos.

Enquanto ele lia, Theresa ficou impressionada com a estatura colossal de Carlos Magno. O monarca estava de pé no centro da sala, escoltado por uma jovem que, a seu lado, parecia uma anã. Vestia uma capa curta, que parecia um guardanapo sobre seu corpo enorme, um sobretudo de lã e bombachas rematadas por botas de couro. Seu rosto, barbeado ao estilo dos francos, exibia um grande bigode que contrastava com o cabelo preso num longo rabo de cavalo. Atrás dele, Alcuíno e Lotário, aguardavam pacientemente diante de seu séqüito, no qual se destacava uma legião de prelados elegantemente vestidos. Quando o leitor terminou, todos se sentaram e começaram a refeição, momento em que o cozinheiro aproveitou para pedir a Theresa que o seguisse. Atravessaram a sala e ele a apresentou ao rei, que Theresa reverenciou com uma inclinação ridícula. Carlos Magno olhou para ela sem entender o que estava acontecendo.

— A moça do *garum* — informou o cozinheiro.

Carlos Magno arregalou os olhos, surpreso com sua juventude. Em seguida, cumprimentou-a e continuou a comer como se nada fosse.

Theresa não sabia o que fazer até que o cozinheiro pegou-a pelo braço, arrastando a moça em direção à saída.

Estava tomando o caminho das cozinhas quando Favila propôs que esperasse e aproveitasse para ajudar na retirada das travessas. As duas mulheres foram para um dos extremos da sala e se dedicaram a apreciar os comensais, que devoravam as iguarias como se nunca tivessem comido nada igual na vida. Enquanto os convidados se alimentavam, dezenas de vassalos, proprietários rurais e artesãos desfilavam pelo refeitório para saudar o monarca.

Nesse instante, Theresa viu chegar um homenzinho refinado que reconheceu como sendo o homem que comprou o urso de Althar. Atrás dele, um criado todo afogueado carregava numa bandeja, como se fosse uma iguaria, a cabeça do animal que ela mesma tinha caçado no período que passou nas cavernas. O homenzinho atravessou a sala e inclinou-se diante do rei. Depois de uma explicação pretensiosa, afastou-se para que o criado depositasse a cabeça do urso entre as travessas de comida. Carlos Magno levantou para admirar a beleza da cabeça. Comentou alguma coisa sobre os olhos do animal e o homem respondeu com novas reverências. O rei agradeceu o presente e mandou que o colocassem na ponta da mesa, despedindo o sujeito, que foi se retirando de costas, dobrando o espinhaço uma e outra vez.

Como a cabeça foi parar perto de Theresa, ela resolveu examiná-la para verificar o que tinha chamado a atenção de Carlos Magno. Quando se aproximou, viu que um dos olhos estava fora do lugar, diminuindo a ferocidade do olhar. Pensou que não lhe custaria nada repará-lo, de modo que se apropriou de uma faca e, sem esperar autorização, começou a cortar a costura que prendia o olho descosturado na cavidade ocular. Já estava praticamente aberta, quando sentiu que a agarravam pelo braço.

— Posso saber que diabos está fazendo? — Era o rico homenzinho, gritando para que o ouvissem.

Theresa esclareceu que só estava tentando consertar o olho, mas o homem sapecou-lhe uma bofetada que a fez cair no chão. Um dos cozinheiros correu para Theresa com a intenção de arrastá-la para longe, mas quando estava prestes a acertá-la com um tapa, o rei levantou e mandou que a erguessem do chão.

— Aproxime-se — ordenou. Theresa obedeceu tremendo.

— Eu só queria... — calou-se envergonhada.

— Queria estragar minha cabeça — interveio o homenzinho.

— "Minha" cabeça, o senhor quer dizer — corrigiu Carlos Magno. — É isso mesmo? Pretendia estragá-la? — perguntou a Theresa.

Quando a jovem tentou responder, só lhe saiu um fiozinho de voz.

— Só estava tentando colocar esse olho no lugar.

— E para isso estava rasgando a cara toda? — estranhou o rei.

— Não estava rasgando, meu senhor. Estava apenas desfazendo a costura.

— E além de tudo, mentirosa! — replicou o homem. Nesse momento, Alcuíno sussurrou alguma coisa ao rei, que fez que sim com a cabeça.

— Desfazendo a costura — Carlos Magno examinou a cabeça detidamente. — E como pretendia fazer isso se nem dá para ver?

— Sei onde os pontos estão escondidos porque fui eu quem costurou — garantiu.

Ao ouvir tal resposta, todos menos Alcuíno caíram na gargalhada.

— Estou vendo que vou ter que lhe dar razão — disse o rei ao homenzinho que a tinha chamado de mentirosa.

— Posso assegurar que não estou mentindo. Primeiro cacei o urso e depois costurei — insistiu Theresa.

Os risos deram lugar ao espanto. Nem mesmo os mais íntimos do rei se atreveriam a continuar com semelhante encenação. O próprio Carlos Magno perdeu a expressão condescendente.

— E posso provar isso — acrescentou ela.

O monarca levantou uma sobrancelha. Até então, a jovem lhe parecia simpática, mas seu atrevimento começava a beirar a insensatez. Hesitou entre mandar que a açoitassem ou simplesmente que a retirassem de lá, mas alguma coisa em seu olhar o deteve.

— Nesse caso, vamos ver — disse o rei, ordenando que se fizesse silêncio. Na sala, só se ouvia o ruído da mastigação dos alimentos.

Theresa olhou para Carlos Magno com determinação. Em seguida, diante dos rostos atônitos dos presentes, narrou os pormenores da caçada em que ajudou Althar a abater o urso. Quando terminou a história, não se ouviu um arroto sequer.

— De modo que você o matou disparando uma besta? Devo reconhecer que sua fábula é realmente fantástica, mas a única coisa que demonstra é que você mente como uma rematada trapaceira — sentenciou Carlos Magno.

Theresa compreendeu que se não o convencesse logo, iam retirá-la dali aos safanões. Na mesma hora, pegou a cabeça do animal e ergueu entre as mãos.

— Se fosse mentira, como saberia o que há dentro dela?

— Dentro? — perguntou Carlos Magno, intrigado.

— No interior da cabeça. Foi preenchida com uma pele de castor.

Sem esperar autorização, rompeu a costura e extraiu um emaranhado de pêlos que deixou cair na mesa. Em seguida, estendeu a bola de pêlos até mostrar que era uma pele de castor toda estropiada. Carlos Magno olhou para ela seriamente.

— Daí a dizer que foi você quem matou...

Theresa mordeu os lábios. Olhou ao redor, e descobriu o lugar onde os oficiais tinham depositado suas armas. Sem dizer uma palavra, atravessou a sala e apoderou-se da besta que descansava em cima de uma arca. Um soldado desembainhou a espada, mas Carlos Magno o deteve com um gesto. Theresa soube que só disporia de uma oportunidade. Lembrou que tinha praticado com Althar, antes da caçada aos ursos, até adquirir alguma destreza no manejo da arma. No entanto, nunca tinha conseguido carregá-la sozinha. Apoiou a ponta no chão e pisou no arco decididamente. Em seguida, agarrou a corda e puxou com todas as suas forças. Faltava um suspiro para conseguir prendê-la quando a corda resvalou. As pessoas exclamaram, mas ela não esperou que reagissem. Voltou a enganchar a corda e puxou sentindo que as fibras se cravavam em seus dedos. Pensou no incêndio da oficina; em Górgias, seu pai; em Althar; em Helga, a Negra, e em Hóos Larsson. Demasiados fracassos em sua vida.

Apertou os dentes e esticou ainda mais. Então a corda se soltou num estalido e ficou presa no gancho.

Depois de verificar, deu um sorriso de satisfação. Finalmente, carregou a seta e olhou para o rei esperando sua aprovação. Quando a obteve, levantou a arma, apontou com cuidado e apertou o gatilho. A seta cruzou os ares e atravessou a sala, indo parar incrustada justamente entre as botas do homenzinho que tinha dado o presente. Um murmúrio de assombro percorreu o refeitório. Carlos Magno se levantou e chamou a moça.

— Impressionante. Vejo que Alcuíno estava certo quando me aconselhou a acreditar em você — olhou para a mulher que estava sentada à sua direita. — Depois do desjejum passe em meus aposentos: terei prazer em apresentar-lhe minha filha.

Nesse instante, Lotário levantou pedindo silêncio. Colocou o chapéu de mitra na cabeça e ergueu a taça num gesto solene.

— Acho que é chegado o momento de um brinde — propôs. O restante dos comensais ergueu seus copos. — É sempre uma honra contar com a presença de nosso amado rei Carlos Magno, a quem, como todos sabem, encontro-me unido por laços de sangue e de amizade. E muito nos honra também a delegação romana encabeçada por sua eminência, Flávio Diácono, santo prelado do papa. Por tal motivo, creio que seria oportuno anunciar que, como exemplo de respeito e lealdade à fortaleza humana — inclinou-se diante de Carlos Magno —, e igualmente de submissão incondicional à justiça divina — fez o mesmo diante da cúria romana — esta tarde, terá lugar finalmente a execução do Marrano.

À conclusão do discurso, os presentes brindaram sem bater as taças umas nas outras, o que intrigou Theresa. Favila explicou que o costume de bater os copos provinha de uma antiga tradição germânica que tinha origem na desconfiança mútua.

— Antigamente, quando o rei pretendia dominar novos territórios, casava seu filho com a princesa do reino cobiçado e convidava o pai da noiva para uma festa, oferecendo-lhe uma taça de vinho envenenado. Para evitar isso, o rei convidado batia sua copa com a do anfitrião com a intenção de misturar os vinhos, de forma que se ele morresse, não morreria sozinho. Por isso, aqui em Fulda se evita esse choque de copos, como um sinal de confiança — acrescentou.

Theresa olhou para o lugar onde estava Alcuíno. Sentia-se envergonhada, pois em seu íntimo sabia que o tinha traído. Naquele momento, o frade desculpou-se com Lotário e, em seguida, dirigiu-se até onde ela estava. Quando chegou, cumprimentou-a com naturalidade.

— Ignorava sua perícia com os temperos. Existe mais alguma coisa a seu respeito que eu devia saber e não me contou?

Theresa ficou gelada ao perceber que Alcuíno lia seus pensamentos. O frade chamou-a para uma conversa em particular.

— Não me parece que seja um bom dia para ir ao *scriptorium* — contemporizou Theresa enquanto avançavam pelo corredor. — Falo por causa da execução.

Alcuíno concordou sem dizer nada. Theresa viu que o frade deixava o *scriptorium* para trás e encaminhava-se para a catedral, atravessando o cruzeiro e indo para a sacristia. Uma vez lá, extraiu uma chave de um nicho, com a qual abriu a grade que dava acesso a um aposento dominado por um grande crucifixo. O interior fedia a umidade. Alcuíno tomou assento no único banco e convidou a jovem a fazer o mesmo. Em seguida, esperou que Theresa se acalmasse.

— Quando foi que se confessou pela última vez? — perguntou o frade com voz baixa. — Um mês? Mais de dois meses? Tempo demais, se eventualmente lhe acontecesse alguma coisa.

Theresa se assustou. Olhou para a porta, mas imaginou que se tentasse fugir, Alcuíno poderia impedi-la.

— Suponho, naturalmente, que manteve sua promessa — continuou o frade. — Estou falando dos segredos que lhe confiei. Sabe o que acontece com quem quebra seus juramentos?

Theresa negou com a cabeça. Em seguida, começou a chorar. O frade ofereceu-lhe um lenço, mas ela recusou.

— Talvez deseje se confessar...

Theresa aceitou o lenço e esfregou os olhos até deixá-los vermelhos. Quando encontrou ânimo suficiente, começou a falar. Ela omitiu os acontecimentos do incêndio em Würzburg. No entanto, falou da pecaminosa relação íntima com Hóos. O frade reprovou-a, mas quando Theresa confessou que tinha procurado o bispo, Alcuíno chegou a ficar furioso.

— Imploro que me perdoe. Eram tantos doentes, tantos mortos — chorou de novo. — E depois, até Helga. Sei que era uma prostituta, mas gostava de mim. Quando ficou doente e desapareceu... Não queria enganá-lo, mas não podia continuar impassível.

— E por isso procurou Lotário para contar tudo que eu tinha descoberto.

A jovem choramingou, mas Alcuíno não se deixou afetar.

— Theresa, ouça bem. Preciso que me responda com toda exatidão. Disse a Lotário de quem eu suspeitava?

— Sim, de Beócio, o abade, do prior Ludovico e de Kohl, o dono do moinho.

Alcuíno apertou os dentes.

— E sobre a causa do envenenamento? Falou do cornelho?

Theresa negou com a cabeça. Explicou que tinha falado da existência de um veneno, mas que, na hora, não lembrou do nome do fungo.

— Tem certeza disso?

Ela afirmou categoricamente.

— Está certo. Agora feche os olhos, enquanto lhe dou a absolvição.

Quando Theresa voltou a abri-los, só teve tempo de ver Alcuíno sair pela porta e trancá-la na sacristia.

Logo se convenceu de que ninguém a libertaria. Tentou forçar a fechadura usando seu acendedor de aço, mas só conseguiu acabar com a ponta do instrumento e machucar os dedos. Depois de quebrar a ferramenta, voltou para o banco e olhou ao redor. A sacristia ocupava uma recinto lateral que se comunicava com o corredor da nave principal através de um passadiço fechado por uma segunda porta. Observou que dispunha de uma janela circular fechada com alabastro que, por seu aspecto peculiar, devia dar para o exterior, pois olhando da praça, já tinha percebido uma forma semelhante. Percebeu que na parte de baixo, o alabastro parecia rachado pelo impacto de uma pedra, de modo que aproximou o banco e se encarapitou em cima dela para olhar pela fresta. Dali pode comprovar que, de fato, a parede dava para a praça principal, presenteando-a com a situação de espectadora privilegiada. Em seguida, desceu e voltou a sentar para esperar que viessem soltá-la.

Enquanto esperava, dedicou-se a especular sobre o comportamento de Alcuíno. Hóos a tinha alertado contra ele e ações como essa de trancafiá-la ou aquela de negar-se a informar Lotário a respeito das causas da doença, só faziam confirmar suas suspeitas.

Não sabia mais o que pensar.

O frade a tinha ajudado e, embora de má vontade, também tinha se encarregado de conseguir um trabalho para Helga nas cozinhas. Mas de que tinha adiantado? Da última vez em que a viu, Helga já apresentava os sinais da enfermidade e naquele momento não sabia sequer onde se encontrava.

Por que a teria trancafiado?

Nesse mesmo instante, os sinos começaram a repicar anunciando a proximidade da execução. Pela fresta da janela, observou que dezenas de pessoas começavam a se reunir em torno do mesmo buraco no qual, na semana anterior, tinham tentado enterrar o Marrano vivo. Havia muitos velhos que chegavam para garantir os melhores lugares, carregados de comida, mas também havia muitos rapazolas desocupados, que costumavam pedir esmolas na praça e arredores. A poucos passos da parede, quase embaixo dela, tinham arrumado as cadeiras e tamboretes que serviriam, sem dúvida, para os altos dignitários, entre os quais imaginava que estariam Carlos Magno e a delegação romana.

Ainda era cedo. Avaliou que faltariam uma três horas para o início da execução.

Desceu do banco e remexeu por entre os móveis. Num dos baús descobriu um depósito de indumentária litúrgica: panos de altar bordados, cortinas diáfanas para a entrada do presbitério, tapetes, murças e cobertores, sudários, capas, túnicas, hábitos de Páscoa e Pentecostes e um sem-fim de adereços menores que dariam para enfeitar toda a congregação diocesana.

Organizou as peças e esperou pela volta de Alcuíno, mas como o tempo passava, voltou aos baús e experimentou um hábito púrpura com galões dourados nas bordas. Gostou de seu cheiro de incenso, mas tratou de retirá-lo, pois pesava como se estivesse encharcado de água. Deixou a batina em cima do baú e caiu estirada sobre o banco.

Pensou em seu pai e no que estaria fazendo. Disse consigo mesma que talvez devesse regressar a Würzburg. Depois, fechou os olhos e deixou-se levar pelos pensamentos.

Não reparou que tinha dormido até que o repicar dos sinos avisou que o espetáculo teria início a qualquer momento.

Correu para a janela. Entre a multidão que enchia a praça adivinhou a silhueta do Marrano esperando o suplício à beira do buraco. Embaixo dela, a dois passos, Carlos Magno e seu séqüito ocupavam seus assentos. Distinguiu Alcuíno e Lotário, mas não viu Kohl, o dono do moinho.

Ia se retirar quando viu que Alcuíno se levantava e andava um trecho em direção a uma mulher de cabeça baixa. Falou um instante com ela e logo regressou. Quando a mulher levantou a cabeça, Theresa reconheceu Helga, a Negra, caminhando como se nunca tivesse estado doente.

Ainda não tinha se recuperado da surpresa, quando ouviu vozes. Correu imediatamente para a grade e viu dois padres fazendo a limpeza da nave principal. Ao retroceder, tropeçou no banco e o estrondo ressoou em toda a igreja. Chegou de novo à grade e verificou que os dois noviços se aproximavam intrigados.

Pensou em se esconder, mas não encontrou onde. De repente, pegou o hábito púrpura que havia experimentado, vestiu correndo e deitou-se no chão de barriga para baixo, com o capuz puxado sobre a nuca. Quando os dois padres chegaram à grade, tudo o que viram foi o corpo de um sacerdote desmaiado. Alarmados, tentaram despertar o padre, mas Theresa não se moveu. Então aconteceu o que ela esperava: ao ver que não respondia, um dos noviços foi até o nicho e enfiou a chave na fechadura. Theresa esperou que o homem abrisse a porta e se inclinasse sobre ela. Então levantou de um salto, empurrou o primeiro clérigo e driblou o outro com tal rapidez que os dois pensaram que se tratava do diabo em pessoa.

Logo chegou à saída pois, à exceção dos dois noviços, todo mundo estava na praça. No meio da multidão, abriu passagem ajudada pela roupa chamativa; no entanto, ao aproximar-se do patíbulo, um soldado ordenou que parasse. A jovem ficou petrificada. Se fosse presa vestida de sacerdote, seria acusada de heresia. Sem pensar, despiu-se e jogou o hábito no chão, fazendo que várias mulheres se lançassem sobre a roupa, disputando-a como feras. Theresa aproveitou o tumulto para se esconder atrás de um camponês que era duas vezes maior que ela. Quando o soldado conseguiu afastar as senhoras, não havia mais nenhum sinal da jovem herege.

Pouco depois, Theresa chegava ao estrado dos dignitários, mas para sua surpresa, estava vazio.

— De repente, levantaram e partiram correndo — informou um vendedor de salsichas que parecia muito bem informado.

Theresa comprou meia salsicha e o comerciante acrescentou que Lotário e um frade magrelo tinham se metido numa discussão que acabou com a paciência do rei.

— O monarca levantou-se indignado e ordenou que resolvessem suas diferenças em outro lugar. Em seguida, abandonou o palanque e todos foram atrás deles como carneiros.

— E para onde foram?

— Para a catedral, acho eu. Malditos sejam! Se não voltarem logo não sei para quem vou vender essas merdas de salsichas — e deu meia-volta para continuar alardeando sua mercadoria.

Theresa olhou para a catedral e identificou Helga de novo. Nessa ocasião, o reconhecimento foi mútuo. Quando a viu, Theresa tentou chamá-la, mas Helga abaixou a cabeça e escapuliu por uma entrada que dava acesso ao palácio da catedral. Theresa correu atrás dela, mas só chegou a tempo de ver que tinha passado o ferrolho na porta.

Talvez devesse esperar do lado de fora, mas alguma coisa a levou a saltar por uma janela. Uma vez lá dentro, ouviu os passos de Helga perdendo-se no fundo. Pensou que conseguiria alcançá-la se cortasse caminho pelo coro, de modo que abriu a portinhola que dava acesso ao balcão e examinou o interior. Dali, via-se o altar, ocupado por um tropa de padres discutindo acaloradamente. Reconheceu Lotário e Alcuíno de pé, na frente dos frades. À esquerda de ambos, a figura de Kohl amordaçado e preso, com sinais de ter sido torturado.

Ficou tão impressionada, que esqueceu de Helga e engatinhou para um canto onde poderia ouvi-los. Pelo que entendeu, Alcuíno defendia o moleiro, quando de repente, Lotário levantou e interrompeu-o com veemência.

— Chega de tanto palavreado: com a vênia do rei, do vigário da Santa Sé e com o beneplácito de Deus — adiantou-se um passo à frente para ficar diante de Alcuíno. — A única coisa que sabemos na verdade é que dezenas de pessoas faleceram por causa de um mal para o qual nem os nossos médicos, nem as nossas súplicas encontraram remédio. E o mais importante nesse caso, não é que a praga, que qualquer um em seu juízo perfeito poderia atribuir ao diabo em pessoa, tenha sido causada, na realidade, por uma abominável criatura de carne e osso — parou e indicou Kohl com o dedo. — Não. O que é realmente importante é que essa escória humana seja defendida por um frade, Alcuíno de York, sobre cujos ombros recai a salvaguarda de nossa Igreja.

Um murmúrio de assombro percorreu o templo. O bispo continuou.

— Como já tinha anunciado antes, essa manhã um delegado ministerial encontrou, escondida nas propriedades de Kohl, uma partida de cereal que, segundo parece, é a causa do envenenamento. Uma partida de grãos sobre a qual Kohl não soube dar explicações, até que o sabor da tortura saciou seu espírito abominável. Mas agora, uma vez confessado o crime perverso, eu me pergunto: até onde chega a culpabilidade de um proprietário de moinho? Um homem simples, mas acostumado à vida suntuosa e à riqueza; sem outra instrução senão aquela que adquiriu no trabalho nos campos. Poderíamos, portanto, compreender que a avareza se apodere de um espírito ignorante como o de Kohl. Poderíamos aceitar esse fato e até absolvê-lo, em atenção às numerosas doações que tem efetuado com freqüência a esta congregação e que, com toda certeza, continuará efetuando. Mas como aceitar que um homem instruído, um frade como Alcuíno de York, tirando partido de sua influência, de seu conhecimento e de seu cargo, pretenda contrariar o que as provas e a razão indicam como evidente?

Theresa estranhou que Lotário atacasse Alcuíno mais do que o próprio Kohl, mas se alegrou: pelo menos alguém tinha finalmente revelado a identidade do culpado.

— Como acabaram de ouvir, veneráveis irmãos — prosseguiu — Kohl, um assassino, e Alcuíno, seu protetor. E assim como é certo que Kohl comerciou, enriqueceu e envenenou com a venda de seu trigo, também é certo que Alcuíno manipulou, encobriu e usou de rodeios, quando, na verdade, conhecia a causa de todas essas mortes. E agora, talvez numa tentativa desesperada de ocultar sua própria participação, resolve se transformar em defensor desse criminoso confesso.

Alcuíno bufou de indignação.

— Muito bem. Se já acabou com suas barbaridades...

— Barbaridades, tem coragem de dizer? Vários membros dessa congregação ouviram quando o acusado confessava sua culpa — dois clérigos próximos confirmaram com um gesto. — Eles também deliram?

— Uma confissão arrancada sob tortura, segundo pude ouvir — argumentou Alcuíno.

— E o que sugeriria? Que lhe oferecêssemos bolo?

O rosto de Alcuíno retorceu-se.

— Não seria a primeira vez que um inocente confessa sua culpa para evitar os instrumentos do carrasco — replicou o frade.

— Então presume que foi o que aconteceu nesse caso? — Lotário pareceu refletir. — Muito bem. Suponhamos que alguém fosse acusado das ações mais horríveis. Suponhamos que não as tivesse cometido, mas que, para evitar o suplício, difamando-se a si mesmo, admitisse que as cometeu. Embora tal confissão se produzisse sem que fosse prestado juramento, estaria, sem dúvida, lançando sobre si mesmo uma grande infâmia, de modo que, como é pecado mortal difamar o próximo, difamar a si próprio é pior ainda. E acaso não se deduz daí que a pessoa que renuncia à virtude para mergulhar no pecado, viverá para sempre no erro, se dele extrair algum benefício?

Alcuíno negou com a cabeça. Nesse instante, Carlos Magno se levantou, reduzindo os dois oponentes com sua estatura.

— Estimado Lotário, não duvido da culpa do moleiro, sem dúvida, uma notícia importante que anuncia o fim dessas mortes horríveis. Mas não deve esquecer a quem está acusando: suas acusações contra Alcuíno são de tal magnitude que, ou apresenta as provas, ou seria melhor que se desculpasse conforme seu cargo e sua posição exigem.

— Querido primo — reverenciou Lotário, exagerando. — Todos sabem de sua predileção por este britânico, a quem nomeou responsável pela educação de seus filhos. Mas justamente por isso, atrevo-me a alertá-lo que preste mais atenção. Que minhas provas iluminem seus olhos, que agora parecem cegos.

Carlos Magno tomou assento e devolveu a palavra a Lotário.

— Alcuíno de York... Alcuíno de York... Até pouco tempo, eu mesmo me inclinava quando ouvia esse nome, sempre precedido de uma aura de sapiência e honradez. No entanto, olhem para ele: por trás desse rosto severo, impassível, imperturbável, esconde-se um espírito egoísta, uma alma corrompida pela vaidade e pela inveja. Fico me perguntando quantas outras pessoas ele já enganou e que outros crimes terá cometido. — Carlos Magno tossiu impaciente e Lotário concordou. — Provas, é o que desejam? Pois vou dá-las. Tantas que todos se perguntarão como podem ter confiado nesse instrumento do diabo. Mas antes, permitam que meus homens escoltem Kohl para um lugar afastado.

Lotário bateu palmas uma vez e, imediatamente, três criados apareceram para conduzir o dono do moinho para fora da igreja. Em pouco tempo, regressaram com uma mulher enlutada, que todos reconheceram como a esposa de Kohl. A mulher mostrava-se assustada, mas Lotário a tranqüilizou.

— Se colaborar, nada de mal vai lhe acontecer. Agora, jure sobre esta Bíblia.

A mulher obedeceu. Quando terminou, Lotário lhe deu um tamborete, que a mulher ocupou depois de fazer uma breve reverência ao monarca. De seu esconderijo, Theresa observou que a recém-chegada tremia, desconcertada. Lembrou de tê-la visto, quando foi ao moinho com Alcuíno.

— Você jurou sobre a Bíblia sagrada, de modo que deve tratar de aguçar sua memória. Reconhece este homem? — perguntou Lotário indicando o rosto de Alcuíno.

A mulher levantou os olhos com temor. Em seguida, fez que sim com a cabeça.

— É verdade que esteve no moinho uma semana atrás?

— Sim, eminência. É isso mesmo — e começou a chorar, desconsolada.

— Lembra que assunto o levou até lá?

A mulher enxugou as lágrimas.

— Não muito bem. Meu marido pediu que preparasse algo de comer, enquanto eles falavam de negócios.

— Que tipo de negócios?

— Não lembro. Da compra de cereal, suponho. Eu lhe suplico, santidade. Meu marido é um bom homem. Sempre se portou bem comigo, qualquer um pode dizer isso, e nunca me bateu. Já tivemos castigo suficiente com a morte de nossa filha. Deixe-nos ir.

— Por tudo o que mais ama, limite-se a responder. Diga a verdade e talvez o Todo-poderoso tenha piedade de vocês.

A mulher concordou, trêmula. Engoliu em seco e continuou.

— O frade pediu a meu marido uma partida de trigo, mas meu marido respondeu que só comerciava com centeio. Fiquei sabendo disso, porque quando vi que estavam falando de dinheiro, prestei mais atenção.

— De modo que Alcuíno propôs um trato a Kohl.

— Sim, eminência. Disse que precisava comprar muito trigo, que a abadia o tinha encarregado de fazê-lo. Mas juro, senhor, que meu marido nunca teria feito nada de errado.

— Está bem. Agora, pode se retirar.

A mulher beijou o anel do bispo e inclinou-se diante de Carlos Magno. Em seguida, olhou para Alcuíno de soslaio e acompanhou os mesmos criados que a tinham trazido. Quando ela abandonou a igreja, Lotário virou-se para Carlos Magno.

— Agora ficou provado que seu frade se dedica aos negócios com trigo. Estava a par dessa atividade?

O rei olhou para Alcuíno com dureza.

— Majestade — adiantou-se Alcuíno. — Já sei que tudo isso parece estranho, mas só estava tentando descobrir a origem da enfermidade.

— E aproveitando a ocasião para realizar alguns negócios — interrompeu Lotário.

— Por Deus! Claro que não! Precisava ganhar a confiança de Kohl para ter acesso ao trigo.

— Oh! Para ter acesso ao trigo! E como ficamos então? Kohl é culpado ou inocente? Vai persegui-lo ou defendê-lo? Mentiu para ele no moinho ou está mentindo para nós agora? — E virou-se novamente para Carlos Magno. — É este o homem em quem confia? Um homem que faz da falsidade um modo de vida?

Alcuíno apertou os dentes.

— *Conscientia mille testes*. Aos olhos de Deus, minha consciência vale tanto quanto mil testemunhos. O fato de que não acredita em mim, sinceramente, não me preocupa.

— Pois deveria, pois nem a sua eloqüência nem o seu desdém vão livrá-lo da desonra a que foi conduzido por seu próprio comportamento. Diga, Alcuíno: reconhece esses escritos? — mostrou uma *folia* toda manchada de tinta, visivelmente amassada.

— Deixe ver — examinou o papel. — Mas com todos os diabos!... De onde tirou isso?

— De sua cela, naturalmente — disse pegando-a de volta. — Foi você quem escreveu?

— Quem lhe deu permissão?

— Em minha congregação não preciso de permissão. Responda! É o autor dessa carta?

Mesmo a contragosto, Alcuíno fez que sim.

— E lembra de seu conteúdo? — insistiu Lotário.

— Não. Não muito bem.

— Então preste atenção — atenção que pediu também a Carlos Magno. — "Com a ajuda de Deus. Terceiro dia das calendas de janeiro e décimo-quarto desde a nossa chegada à abadia" — leu. — "Todos os indícios apontam para o moinho. Essa noite, Theresa descobriu várias cápsulas no cereal que Kohl guarda em seus armazéns. Sem dúvida, o moleiro é o culpado. Temo que a pestilência se estenda por Fulda e, no entanto, ainda não chegou a hora de evitá-lo." — Bem. Para começar, isso não se parece com a oração de um beneditino. O que diz sua majestade? — perguntou ao rei. — Acaso não revelam uma nítida intenção de encobrir a verdade?

— É o que parece — lamentou-se Carlos Magno. — Tem algo a dizer, Alcuíno?

O frade hesitou antes de responder. Declarou que costumava transcrever seus pensamentos para poder refletir melhor sobre eles, acrescentou que ninguém tinha o direito de remexer seus pertences e que jamais teria feito qualquer coisa que pudesse prejudicar um cristão. No entanto, não deu explicações a respeito do significado do texto.

— Mas se suspeitava de Kohl, o que o leva a defendê-lo agora? — perguntou Carlos Magno.

— É algo que determinei posteriormente. Na realidade, suspeito que foi seu ajudante ruivo quem...

— Está se referindo a Rothaart, o falecido? — interveio Lotário. — Que coincidência! E não lhe parece estranho que o responsável pelo envenenamento de um povoado inteiro morra ele também envenenado?

— Talvez não fosse uma coincidência — olhou para Lotário, desafiante.

Enquanto isso, agachada atrás do coro, Theresa se debatia entre confiar em Alcuíno ou acreditar em Lotário. Lembrou que Hóos a tinha alertado contra o frade, que Lotário agora o acusava com absoluta certeza e que até mesmo o rei começava a duvidar de seu ministro. Desejava que fosse inocente, mas então, por que a teria encerrado naquela sala?

— Conhece uma tal de Theresa? — ouviu Lotário dizer.

— Qual a razão dessa pergunta? — respondeu Alcuíno. — Você a conhece tão bem quanto eu.

— Certo. E não é certo também que partilhou com ela muitas horas de trabalho?

— Continuo sem entender.

— Se você não entende, imagine os outros. Pois deve admitir nossa estranheza diante do fato de uma moça jovem e atraente, segundo me recordo, ajudar um frade noites adentro em assuntos para os quais sua natureza feminina não está capacitada. Por favor, Alcuíno, seja sincero. Além dos negócios, persegue também as filhas de Eva?

— Contenha sua língua. Não permito...

— E agora se atreve a ordenar que me cale — riu com afetação. — Confesse, pelo amor de Deus. Não é verdade que a obrigou a jurar? Não a obrigou a ficar calada sobre tudo o que lhe contava? Não estaria se aproveitando de sua posição, abusando de seu conhecimento, usando a seu favor as carências próprias do intelecto feminino para manter ocultos os seus planos abomináveis?

Alcuíno cerrou os dentes e encarou Lotário.

— Mas de que planos está falando? Deus sabe que o que digo é verdadeiro.

— Sem dúvida. E suponho que Deus também saiba de sua intenção de envenenar, não é verdade? — insinuou Lotário.

— Por todos os santos, não seja ridículo.

— Ora essa! E além de tudo, eu sou grotesco! Muito bem, vejamos o que diz nosso rei, Carlos Magno, sobre isso. Ludovico! Venha, adiante-se.

O assistente obedeceu cansadamente, lançando um olhar de desdém a Alcuíno.

— Querido Ludovico, faria a gentileza de relatar o que viu na semana passada, durante a cerimônia de justiçamento do Marrano? — solicitou Lotário.

O assistente inclinou-se ao passar diante de Carlos Magno. Em seguida, esticou-se como se tivesse engolido uma espada e falou orgulhoso, como se a resolução do enigma dependesse de seu testemunho.

— Vivemos aquele dia com grande expectativa — começou. — Todos os frades estavam pendentes do que acontecia no cadafalso. Por desgraça, não enxergo bem de longe, de modo que me distraí comendo e observando os convidados. Foi então que o surpreendi — disse indicando Alcuíno. — Achei estranho que erguesse uma taça, pois esse britânico costuma recusar a bebida, mas minha surpresa foi maior ainda quando comprovei que, em lugar da sua, ele estava segurando a taça de Lotário. Nesse instante, percebi que mexia num anel, manipulando uma pequena tampa e derramando um veneno na taça. Em seguida, Lotário bebeu e caiu fulminado em poucos instantes. Felizmente, pudemos atendê-lo antes que o veneno surtisse seu efeito mortal.

— Isso é verdade? — perguntou Carlos Magno a Alcuíno.

— Claro que não — contestou de maneira cortante.

Nesse momento, Lotário agarrou a mão de Alcuíno e puxou o anel que luzia em seu dedo mínimo. Alcuíno resistiu, mas na luta a tampa se abriu e uma nuvem de poeira branca se espalhou sobre a capa de Carlos Magno.

— O que é isso? — disse o soberano levantando-se.

Alcuíno gaguejou e retrocedeu. Não tinha previsto aquela situação, mas Lotário respondeu por ele.

— Isso é o que a alma de um homem obscuro esconde. Um homem que prega a palavra de Deus, enquanto sua língua cospe o veneno do maligno. Abadão, Asmodeu, Belial ou Leviatã. Qualquer um deles ficaria orgulhoso em tê-lo como amigo. Alcuíno de York... Um homem capaz de mentir para obter lucro; capaz de calar; de deixar morrer para proteger-se; capaz de matar — sacudiu o pó que cobria a capa de Carlos Magno —, para impedir que o desmascarem. Mas hei de revelar seu semblante, o verdadeiro rosto da besta. Pois ele foi o primeiro a descobrir a culpa de Kohl, mas em lugar de detê-lo, usou de chantagem para garantir seus benefícios. Mentiu para ganhar sua confiança e mente agora, defendendo-o para defender a si mesmo. Foi Theresa, sua própria ajudante, quem me procurou e confessou tudo, envergonhada com a carga do pecado e negando-se a participar da tentativa de assassinato que Alcuíno queria repetir. — Dirigiu-se a Alcuíno, dasafiadoramente. — E agora, pode se escudar em todas as mentiras que lhe ocorrerem, porque ninguém nascido sob o manto de Deus há de se atrever a ouvir o fragor de seus latidos.

Alcuíno ficou em silêncio enquanto examinava os rostos que já o condenavam. Finalmente, pegou a Bíblia e pousou a mão direita sobre ela.

— Juro diante de Deus todo-poderoso, pela salvação de minha alma, que sou inocente do que me acusam. E se me derem tempo...

— Tempo para continuar matando? — interveio Lotário.

— Eu jurei sobre a Bíblia. Jure também — desafiou.

— Seu juramento vale tanto quanto o da mulher que o ajudou. Nem mesmo tanto. Catulo afirmava que os juramentos das mulheres ficam gravados no alento do ar e na superfície das ondas, mas os seus evaporam-se até mesmo em seu pensamento.

— Deixe de histórias e jure! — exigiu Alcuíno. — Ou teme por acaso que Carlos Magno o destitua de seu cargo?

— Com que facilidade esquece as nossas leis! — sorriu paternalmente. — Nós, os bispos, não fazemos parte dessa categoria de gente que deve prestar juramentos, qualquer que seja o motivo. Sabe que a autoridade evangélica e canônica nos proíbe de fazê-lo. Sabe que as igrejas que nos foram confiadas por Deus não são como os benefícios e as propriedades de um rei, de tal natureza que ele possa dá-las ou retirá-las de acordo com sua irrefletida vontade. Tudo o que é ligado à Igreja está consagrado a Deus. Mas mesmo que pudesse jurar... como se atreve a exigir-me um juramento? Se supõe que juraria com verdade, meu juramento de nada lhe serviria; se, ao contrário, acredita que juraria em falso, então estaria me induzindo a pecar e fortalecendo com isso a perpetração do pecado.

Alcuíno tentou replicar, mas para sua infelicidade, o enviado papal usou a mesma argumentação que Lotário.

— Bem. Parece óbvio que o moleiro é culpado — concluiu o monarca. — Uma partida de cereal com a semente que parece produzir o veneno foi encontrada em seus domínios e isso é incontestável, de modo que não vejo razão para que você, Alcuíno, continue a protegê-lo. A menos, claro está, que também esteja envolvido, como insinua Lotário.

Alcuíno olhou para ele com severidade.

— Desde quando o ônus da defesa recai sobre o inocente? Onde estão os 12 homens necessários para validar sua acusação? O que Lotário disse não passa de um amontoado de tolices, sandices e bobagens. Se me conceder algumas horas, poderei demonstrar...

Nesse instante, o impacto de um candelabro fez com que os presentes se virassem surpresos.

Theresa agachou-se atrás da balaustrada. Em seu empenho de ver o que estava acontecendo, tinha se apoiado numa lamparina que, com o peso, acabou desabando no chão. Um dos clérigos viu onde estava escondida e deu o alerta. Ela foi levada aos safanões até Lotário, que a obrigou a ajoelhar-se para pedir perdão por sua conduta.

— Mas é a caçadora de ursos — estranhou o monarca. — Pode-se saber o que estava fazendo escondida aí em cima?

Theresa beijou o anel real antes de implorar misericórdia. Gaguejando, explicou que estava procurando uma amiga desaparecida, que pensava que tinha morrido, mas que na verdade estava viva; que não tinha ouvido nada do que discutiam e que a única coisa que queria era saber por que Helga, a Negra, estava fugindo dela.

Quando a jovem acabou de falar, Carlos Magno olhou-a de cima a baixo. Por um instante, pensou que tinha perdido o juízo mas, diante de um discurso tão disparatado, pensou que talvez não estivesse mentindo.

— E achou que ia encontrar sua amiga no coro, aí em cima?

Theresa ruborizou-se.

— É a ajudante de Alcuíno, meu senhor — interveio Lotário. — Talvez devesse interrogá-la.

— Melhor não. Prefiro fazer uma pausa agora. Talvez rezando encontre uma resposta.

— Mas majestade, não pode... Esse frade precisa de um castigo imediato — insistiu.

— Depois de rezar — cortou o monarca. — Enquanto isso, que permaneça em sua cela sob guarda — fez um gesto para que escoltassem Alcuíno e retirou-se por uma lateral deixando Lotário falando sozinho. Nesse ponto, o bispo esqueceu Theresa e foi falar com a sentinela que conduziria Alcuíno a sua cela, para garantir que não saísse de lá.

— Se quiser evacuar, que o faça pela janela — provocou.

Alcuíno começou a andar ladeado por dois guardas, com Theresa a poucos passos dele. Durante o trajeto, a jovem tentou se desculpar, mas a cada tentativa o frade respondia apressando o passo.

— Não pretendia acusá-lo — conseguiu dizer.

— Pois, segundo Lotário, parece que sim. — Alcuíno caminhava sem olhar para ela.

Chegaram à cela, com Theresa sentindo-se culpada por seu comportamento e, ao mesmo tempo, perguntando-se por que tantos remorsos, se afinal de contas o frade a tinha usado para atingir seus objetivos. Lembrou que tinha sido trancafiada numa sala e que, se dependesse dele, ninguém saberia que o trigo era o causador de todas as mortes. Além disso, havia a tal *folia* em que acusava Kohl com suas próprias palavras, coisa que ele nunca tinha lhe dito. Enquanto lutava para clarear as idéias, Alcuíno entrou na cela. Antes que o guarda fechasse a porta, dirigiu-se a Theresa em grego.

— Volte ao *scriptorium* e revise os registros.

Estendeu as mãos, que Theresa estreitou entre as suas. A jovem não sabia o que dizer. Quando Alcuíno retirou as mãos, o guarda fechou a porta e olhou para Theresa com arrogância. Então ela virou-se e correu para as cozinhas, apertando contra o peito a chave que Alcuíno tinha acabado de lhe passar sem que o guarda notasse.

19

Quando chegou aos fogões, Theresa encontrou Favila às voltas com um frango.

— Já soube do que aconteceu? Na verdade, não sei o que estão esperando para justiçar esse assassino — foi sua saudação a Theresa, sem parar de depenar o bicho.

Theresa fez que sim, condescendendo, mas em seu íntimo, o fato de que Favila desse por certo que o Marrano tinha assassinado a filha do moleiro a incomodava.

— Você viu Helga? — perguntou Theresa, sem muita vontade. A mulher negou com a cabeça enquanto despedaçava a ave. — Eu sabia — acrescentou. Pegou um pedaço de pão dormido e despediu-se da cozinheira.

Teve que esperar que a congregação se reunisse no refeitório para chegar ao *scriptorium* sem ser notada. Embora já tivesse entrado naquela sala dezenas de vezes, o medo apertou sua garganta. Enfiou a chave na fechadura e girou até sentir o ferrolho pular de sua trava. Em seguida, entrou rapidamente e tratou de fechar de novo. Sentiu-se reconfortada pelo calor da lareira que ainda ardia, alegrando-se que o bispo tivesse instalado uma chaminé naquela sala tão fria.

Encontrou vários documentos soltos sobre a mesa, que pareciam recém-feitos. Passou um dedo sobre a tinta e verificou que ainda estava úmida. Uns dez minutos, calculou. Deu uma folheada, mas não encontrou nada de importante. Apenas *epistolae* assinadas por Lotário, nas quais induzia os outros bispos a seguir os preceitos da regra de São Bento.

Deixou os documentos e dirigiu-se à estante, onde localizou o registro que já tinha revisado tantas vezes. No entanto, ao tentar pegá-lo, verificou que estava encadeado à prateleira, de modo que puxou o quanto pôde e abriu as capas para examinar os conteúdos. Mal dava para passar as páginas, por causa da proximidade dos volumes vizinhos, mas mesmo assim localizou as resenhas das transações de trigo realizadas três anos atrás com o povoado vizinho de Magdeburg.

O texto continuava lá. As mesmas letras... As frases de sempre. Leu várias vezes, sem encontrar nada de novo. Apenas os parágrafos que alguém tinha reescrito para ocultar os verdadeiros. Nem podia examinar o texto oculto que tinha descoberto esfregando o verso com cinza.

Enquanto olhava as páginas repetidamente, perguntou o que estava fazendo naquele *scriptorium*, tentando ajudar Alcuíno. Nem sabia se o frade era culpado ou inocente. Se fosse descoberta, pensariam que estava mancomunada com ele, que era cúmplice de assassinato e provavelmente acabaria na fogueira ela também. Pensou que devia ir embora e esquecer aquele assunto o quanto antes.

Estava prestes a fechar o livro quando inesperadamente percebeu num clarão: "*In nomine Pater*". Repassou as letras com toda a atenção. Leu bem devagar, uma e outra vez.

"*In nomine Pater*". Por que aquilo tinha lhe chamado atenção? Não era mais que a fórmula convencional para dar início aos cabeçalhos de uma carta.

De repente entendeu. Santo Deus! Era isso! Deu um grito de alegria e correu até os documentos estendidos sobre a mesa. Com toda a pressa, procurou as cartas assinadas por Lotário, desdobrou-as tremendo e, finalmente, pode verificar.

"*In nomine Pater*".

A mesma inclinação... o mesmo traço... a mesma letra!

As alterações feitas nos registros que davam conta das vendas de trigo tinham partido do punho de Lotário. Benzeu-se quando se convenceu, ao mesmo tempo em que um calafrio a fazia retroceder.

Se Lotário era o autor das alterações... talvez também fosse o autor dos assassinatos.

Pensou que precisava levar ao rei as provas que comprovavam sua descoberta.

Arrumou os documentos sobre a mesa como pôde e voltou ao registro da estante, mas, por mais que tentasse, não conseguiu soltá-lo.

Estudava um modo de libertá-lo, quando ouviu um estalido na porta. Aterrada, agachou-se entre os livros justo em tempo de ver a figura gorda de Lotário entrando no *scriptorium*. Theresa largou o registro e engatinhou para o fundo da biblioteca. Lá, escondeu-se atrás de uma poltrona. Lotário passou diante da mesa e deu uma olhada nos documentos. Em seguida, dirigiu-se para o registro e soltou-o da corrente. Depois se aproximou da lareira. Lá, vacilou um instante, olhou para os dois lados como se temesse que o vissem, folheou o códice e, finalmente, jogou-o no fogo, onde ardeu num suspiro como uma bola de palha.

Theresa abandonou o aposento momentos depois de Lotário ter saído. Precisava falar com Alcuíno para contar o acontecido, mas quando chegou à sua cela soube que já tinha sido levado para a igreja. A caminho do templo, passou pelas cozinhas, onde, para sua surpresa, deparou-se com Helga, a Negra.

Quando saiu de seu espanto, Helga pediu silêncio e levou-a até o armazém, onde poderiam falar com segurança.

— Pensei que tinha morrido — recriminou Theresa. Mas em seguida abraçou-a com força.

— Sinto muito, verdade. Não queria deixá-la preocupada, mas Alcuíno me obrigou.

— Obrigou? Por quê? E suas pernas? Como estão? — lembrou que as tinha visto escurecidas pela doença.

— Era mentira — envergonhou-se. — Alcuíno me obrigou a passar uma tintura para parecerem doentes. Disse que se não obedecesse, ia me tirar meu filho quando nascesse.

— Mas por que motivo?

— Não sei. Queria que me visse assim e que, depois, eu desaparecesse. Esse homem é o diabo. Bem que avisei.

Theresa deixou-se cair, abatida. Por que Alcuíno teria exigido uma coisa tão estapafúrdia a Helga? Sem dúvida, queria que ela acreditasse que a amiga estava doente, mas por quê? Alcuíno não era o tipo de pessoa que fazia as coisas por fazer, de modo que tratou de imaginar um motivo mais ou menos razoável. Lembrou que, depois de ver que Helga estava doente, tinha resolvido confessar a verdade a Lotário. Seria essa a intenção de Alcuíno? E se fosse, por que o frade queria que Lotário soubesse de seus planos?

Levantou-se ainda confusa, mas resolvida a averiguar a verdade. Beijou Helga, cochichou alguma coisa em seu ouvido e pediu que se cuidasse. Depois foi em direção à igreja, onde supunha que encontraria Alcuíno. Na entrada, uma sentinela avisou que estavam reunidos, mas que ninguém podia entrar na igreja. Theresa tentou convencê-lo, mas o guarda se mostrou inflexível. Nesse instante, sentiu que uma mão se apoiava em seu ombro. Ao virar, deu de cara com Lotário, que ao que parecia, acabava de chegar para o conclave. Assustou-se, pensando que ele tinha descoberto tudo, mas felizmente o bispo esboçou um sorriso amável.

— Talvez queira nos acompanhar — sugeriu.

Theresa intuiu algo de suspeito em suas palavras, mas considerou que estava lhe dando uma oportunidade de informar Alcuíno sobre sua implicação na falsificação do registro. Depois de aceitar, o bispo lhe indicou uma acomodação. Os congregados ocupavam os mesmos assentos de antes do recesso, como numa pintura que já tivessem visto. Cochichavam entre si sobre a culpabilidade de Alcuíno, enquanto este, afastado, caminhava de um lado para o outro como um animal acuado. Quando o frade a viu, pareceu incomodado. Cumprimentou-a brevemente e continuou andando, enquanto relia sua tabuleta de cera. Instantes depois, Carlos Magno apareceu, vestido com a imponente armadura que costumava usar nas celebrações dos julgamentos sumaríssimos. Todos se levantaram até que o monarca se sentasse. Depois de ordenar que os demais fizessem o mesmo, Carlos Magno acenou para que Alcuíno recomeçasse seu depoimento. No entanto, Alcuíno continuou a revisar suas anotações até que o pigarro do monarca interrompeu sua demora.

— Desculpe, Alteza, estava relendo minhas notas.

Carlos Magno assentiu com um gesto, enquanto o silêncio tomava conta da igreja. Em seguida, Alcuíno começou.

— Muito bem, chegou a hora de revelar a verdade. Uma verdade difícil, indecorosa e má. Uma verdade que em várias ocasiões me levou pelo caminho da mentira, pelos desfiladeiros do pecado dos quais deveria ter me afastado para poder atingir o ápice do discernimento — fez uma pausa para examinar os olhos dos congregados. — Como todos sabem, acontecimentos estranhos atingiram a cidade de Fulda. Cada um dos presentes deve ter perdido um irmão, um pai, um amigo. Meu próprio ajudante, Romualdo, um rapaz saudável e forte, faleceu sem que eu pudesse fazer nada para evitar e, talvez por essa razão egoísta, jurei a mim mesmo que descobriria o que estava ocorrendo. Analisei cada óbito; interroguei cada doente; indaguei seus hábitos, seus comportamentos, suas reações. Tudo em vão. Nada que estabelecesse uma relação com aquelas mortes, tão injustas quanto repentinas. Foi então que me lembrei de uma antiga epidemia que assolou York nos meus anos de professor. Naquela ocasião, a causa era o centeio, embora aqui, em Fulda, os mortos não tenham ingerido esse cereal. Em todo caso, encaminhei minhas pesquisas para o trigo, imaginando que, se os sintomas eram parecidos, talvez as causas estivessem vinculadas — fez uma pausa que usou para reler suas anotações. — Todos sabem que em Fulda existem três moinhos: o da abadia, o da diocese e o que pertence a Kohl. Inspecionei em vão os dois primeiros, de modo que cheguei a este último com a intenção de obter uma amostra de trigo. É certo que propus um trato a Kohl, mas apenas para averiguar se possuía o cereal contaminado.

— Isso tudo é muito bom — comentou o monarca —, mas em nada altera a versão de Lotário.

— Se me permitir continuar...

— Adiante.

— Para minha surpresa, numa mostra que minha ajudante Theresa conseguiu, descobri os corpúsculos causadores da doença. Tenho que admitir que, de imediato, atribuí a culpa a Kohl; no entanto, embora o trigo encontrado em seu moinho indicasse que ele estava envolvido, na verdade os corpúsculos não identificavam o culpado.

— Perdoe-me — interveio Lotário —, mas o que tem tudo isso a ver com suas mentiras? Com sua tentativa de envenenar-me? Com sua confissão escrita, na qual reconhece a culpabilidade de Kohl e com sua decisão de não deter os envenenamentos.

— Pelo amor de Deus... permita-me prosseguir! — Alcuíno procurou a aprovação do Carlos Magno, que concedeu com um gesto impaciente. — Sabíamos que o trigo envenenado tinha passado pelo moinho de Kohl...

— Estava no moinho de Kolhl! — precisou habilmente Lotário. — Acaso esqueceu que um ministro encontrou todas as cargas escondidas em seus domínios?

— Ah, sim! O ministro! Tinha esquecido... Trata-se deste homem que temos aqui, bem em frente, não é mesmo? — disse Alcuíno, indicando um homezinho miúdo. Seu nome, por favor?

— Ma... Maar... tim — gaguejou ele.

— Martim. Nome ilustre... Importa-se de vir até aqui? — o homenzinho deu apenas um passo à frente. — Diga-me, Martim, recebeu esse ministério há muito tempo?

— Não mu... muito, senhor.

— Quanto tempo? Um ano...? Dois...? Três, talvez?

— Não taaanto, se... senhor.

— Menos? Então quanto tempo?

— Dooo... ois... meses, se se... nhor.

— Entendo. Não muito, por certo.

— Seu irmão morreu da doença, e ele ocupou o cargo — esclareceu Lotário.

— Ah, claro! Trata-se de um bom motivo. Obviamente, foi nomeado por...

— Sempre nomeio todos eles.

— Muito bem, muito bem. Permita-me continuar: Martim, diga — enfiou a mão num bolso e tirou um punhado de grãos de trigo da batina, que passou de uma mão para a outra, até que fechou os punhos e colocou-os fechados diante de Martim. — Em que mão está o trigo?

— Ne... nessa — indicou.

Alcuíno abriu a mão, que estava vazia.

— Ne... nes... nessa — indicou a outra.

Mostrou-a, igualmente vazia. Martim abriu a boca quase tanto quanto os olhos. Tinha a expressão de uma criança a quem tivessem roubado um doce.

— O se... senhor é... um... um di... diabo.

Alcuíno abaixou os braços e de suas mangas caiu o punhado de trigo escondido. Martim sorriu.

— Pode se saber o porquê dessa palhaçada? — interveio Lotário indignado.

— Perdão — desculpou-se Alcuíno. — Perdoe-me, majestade. Era apenas uma brincadeira. Permita que continue.

Carlos Magno concordou de má-vontade. Alcuíno fez uma reverência e dirigiu-se novamente ao homenzinho.

— Martim... É verdade que encontrou esse trigo?

— Iss... isso mesmo... senhor.

— Certo! Mas se recordo bem, Lotário anunciou que estava muito, muito bem escondido... Tão bem escondido que, em suas palavras, nunca ninguém o teria encontrado.

— Isso me... mesmo, se... senhor. Mu... muuuiito escondido. Pas... pas... sei to to... toda a manhã... pro pro... procurando.

— Mas no final encontrou.

— Sim... senhor — sorriu como um menino depois de pegar um gato escorregadio.

— Diga-me uma coisa, Martim: se estava tão escondido, como foi que o encontrou se não foi capaz de encontrar nem um punhado de trigo em minhas mãos?

Todos, menos Lotário, gargalharam, inclusive o próprio Martim. No entanto, o sorriso do homenzinho congelou, quando ele viu a expressão fria de Lotário.

— Ele. Ele... me me... a a ajudou — disse indicando o bispo.

— Valha-me Deus! Mas eu não sabia dessa parte da história — virou-se para Lotário. — Com que então o senhor bispo indicou onde deveria procurar o trigo?

— E o que queria? — replicou o bispo. — Não está vendo que esse aí é meio lerdo? O importante não é se ajudei ou não, mas o fato de ter sido encontrado.

— Sim, entendo, claro... — passeou de um lado para o outro. — Mas me diga, meu bom Lotário, como sabia que o trigo estava contaminado?

O bispo hesitou um instante, mas em seguida respondeu:

— Pelas sementes de que Theresa falou.

— Por causa dessas sementes? — Alcuíno enfiou a mão no bolso e mostrou outro punhado de trigo no qual apareciam diminutas bolinhas escuras. Lotário examinou sem vontade. Em seguida, seus olhos vidrosos ergueram-se para Alcuíno.

— Essas mesmas — afirmou.

Alcuíno levantou as sobrancelhas.

— Estranho, pois isso é pimenta — fechou o punho e guardou o cereal limpo ao qual tinha acrescentado uns grãos de pimenta.

— Não tão rápido — alfinetou o bispo. — Ainda falta explicar por que tentou me envenenar e por que, mesmo sabendo de tudo o que sabia, resolveu guardar segredo.

— Quer mesmo saber? — sorriu com ironia. — Em primeiro lugar e como qualquer um dos presentes poderá compreender, nunca tive intenção de envenená-lo. É verdade que coloquei essa poção em sua bebida — abriu o anel e juntou os restos que ainda estavam no pequeno recipiente interior —, mas não é nenhum veneno. Apenas um purgante inofensivo. — Verteu o conteúdo na palma da mão. Em seguida, na frente do rei, jogou-o na boca e engoliu com uma expressão de nojo. — *Lactuca virosa*: desagradável, não mais que isso. Se quisesse envenená-lo, pode ter certeza de que teria conseguido. Não, querido Lotário, não. Eu o narcotizei para evitar outro terrível assassinato. O de um pobre desgraçado cujo único crime consiste em ter nascido retardado.

— Está se referindo ao Marrano? Ao degenerado que degolou a filha do moleiro?

— Estou me referindo ao Marrano. O homem a quem tentou justiçar mesmo sabendo de sua inocência. O retardado a quem escolheu para carregar a culpa de um assassinato cometido por outra pessoa: Rothaart, o ruivo, ajudante de Kohl, mas cúmplice seu.

— Por Deus! Perdeu o juízo! — bramou Lotário.

— Justamente, foi ele quem me conduziu ao senhor bispo — disse, levantando ainda mais a voz. Respirou profundamente até ficar tranqüilo. — A jovem morreu esfaqueada. Hei de reconhecer que, num primeiro momento, também culpei o idiota: sua cara grotesca... A testa fugidia... Os olhinhos de porco... Mas logo percebi suas mãos malfeitas, disformes de nascença e compreendi, em seguida, que não conseguiria empunhar nem uma simples colher.

— Como pode saber disso?

— Sei que a filha de Kohl morreu de uma punhalada no pescoço. Concretamente, do lado esquerdo e o corte foi feito de baixo para cima. Um talho que só podia ser obra de um canhoto, sem dúvida alguma. A criada que amortalhou o cadáver, descreveu o corte minuciosamente e disse que faltava um pequeno pedaço da orelha.

— Mas daí até acusar Rothaart... — interessou-se Carlos Magno.

— Rothaart tinha sangue-frio, era canhoto e hábil com o punhal, que costumava esgrimir toda noite na taberna. Ganhava dinheiro. Muito. No dia em que o conheci, gabava-se como um fanfarrão para um amigo, o qual, alguns dias depois, não teve dificuldade em reconhecer que, no dia seguinte ao assassinato, Rothaart estava com a cara arranhada.

— O que não estabelece que foi ele quem matou — argumentou o monarca.

— Repito: canhoto e hábil com o punhal. Conhecia bem a vítima. De fato, na noite em que apareceu morta, o ruivo pernoitou no moinho. Segundo comentou a mulher de Kohl, nessa mesma noite a filha acordou com cólicas, saiu da casa para evacuar o ventre e não mais voltou. Sabemos que não foi o Marrano, pois é incapaz de empunhar qualquer utensílio e sabemos que Rothaart, o canhoto, estava lá com seu punhal...

— Mas que motivo teria levado o ruivo a matá-la?

— Obviamente, o medo de Lotário — afirmou sem pestanejar.

— Explique-se — ordenou Carlos Magno.

— Rothaart bebia muito. Grudava no barril como um recém-nascido no seio. Naquela noite, embora estivesse encarregado de transferir o trigo contaminado do celeiro para o moinho, chegou ao moinho bêbado. Mas no meio da tarefa, deu de cara com a filha de Kohl que, provavelmente, achou estranho encontrá-lo trabalhando àquela hora. Rothaart poderia ter inventado mil razões, mas a *aqua ardens* embotou seus sentidos e ele reagiu como costumava fazer nas tabernas: sacou o punhal e matou-a com um golpe na garganta.

— Desconhecia esse seu dom de inventar fábulas — comentou o bispo com sarcasmo. — Ou por acaso estava presente no momento?

Alcuíno não respondeu, mas formulou uma nova pergunta.

— Diga-me, Lotário, é verdade que Rothaart ia a seus aposentos com freqüência? Para tratar de assuntos do moinho, suponho...

— Vejo tanta gente que, se tivesse que lembrar de todos, não teria outra coisa na cabeça.

— Mas o seu ajudante se lembra bem. De fato, contou que passavam longos momentos falando de dinheiro.

Lotário olhou para o ajudante com severidade. Em seguida, virou para Alcuíno.

— E daí, se falava com ele? A diocese possui um moinho e Rothaart trabalhava em outro. Às vezes, ele moía para nós e, em outras ocasiões, nós moíamos para eles.

— Mas o mais sensato seria tratar desses negócios com o dono do moinho, não com seu subalterno.

— E daí se pode deduzir um assassinato...? Veja bem, Alcuíno. Deixe de tolices e aceite o que é evidente: não importa o que Rothaart fazia ou deixava de fazer, quem vendia o trigo era Kohl.

— Se não se importa, vou continuar com minhas tolices... — deu mais uma olhada em suas notas. — Como disse antes, Rothaart, o ruivo, mexia com muito dinheiro: vestia coletes luxuosos, calçava botas de fino couro e adornava os braços com ouro suficiente para comprar um bom terreno com seus respectivos lavradores. Coisa inexplicável para um ajudante de moleiro. Parece óbvio que dispunha de outros recursos, o que tem a ver com a atividade que desempenhava aos domingos, junto com seu amigo Gus.

— E a que atividade se refere? — perguntou o monarca.

— Falei com Gus depois da morte de Rothaart. Um par de jarras de cerveja e ele ficou prontinho para me contar como lamentava a sua perda. Pelo visto, Rothaart conseguia trigo não se sabe onde e moía aos domingos no moinho de Kohl, quando ele se ausentava para assistir à missa maior. Uma vez moído, o cereal era transferido para um armazém clandestino onde esperava pelo momento de ser vendido, misturado com centeio.

— Ele lhe contou tudo isso? — interessou-se Carlos Magno.

— Bem, não foi difícil convencê-lo de que já sabia de suas tramóias. Se acrescentarmos a isso a morte de Rothaart, que obviamente atribuí a um castigo divino, além da quantidade de cerveja que o fiz ingerir, não é de estranhar que confessasse uma coisa que, em todo caso, ele não considerava um pecado. Lembrem que Gus foi enganado, pois o faziam trabalhar por pouco mais que uns tragos de vinho e quatro tostões mal contados.

— Gus, um bêbado, e Rothaart, um assassino. Muito bem. Talvez o sejam mesmo! Mas o que tem isso a ver comigo? — perguntou Lotário indignado.

— Vou chegar lá. Paciência... já estou acabando. Como expliquei antes, deduzi que o mal procedia dos grãos graças à semelhança entre os sintomas dos doentes aqui e em minha cidade natal, York, durante a escassez. Por isso, pedi os registros da diocese a Lotário: para procurar algum dado referente a centeio contaminado. Surpreendentemente, nem Theresa nem eu encontramos qualquer coisa que fizesse referência ao centeio, mas sim uma folha raspada e retificada, em cujo interior residia o segredo desse assunto. Nela, como por encanto, revelava-se que um carregamento de trigo viajou de Magdeburg para Fulda. Um carregamento mortal, com um trigo comprado a preços muito baixos pelo antigo abade.

— Mas do que está falando então? Vá ao cemitério e acuse o falecido abade.

— Faria isso, mas é que sempre suspeitei dos vivos. Sobretudo depois que descobri que Lotário estava arando um terreno inculto, preparando-o para a semeadura em pleno mês de janeiro. Diga, Lotário, desde quando se semeia trigo no inverno?

— Mas que estupidez! Esse terreno me pertence e posso fazer com ele o que me der na veneta. E digo mais. Estou farto de suas acusações infundadas e de sua ostentação de sabedoria. Só está dizendo bobagens, sem fornecer uma prova sequer: invoca Rothaart, mas ele está morto; fala do , mas à sua demência une-se a sua mudez; refere-se ao antigo abade de Fulda, mas seu corpo descansa há anos no campo-santo, e, por último, denuncia a existência de um registro que, por meio de não sei que artes de bruxaria, revelaria segredos desconhecidos numa folha que ninguém viu e muito menos examinou. Está com esse registro? Pois trate de mostrá-lo ou engula as suas palavras.

Alcuíno apertou os dentes. Tinha suposto que Lotário desmoronaria sob o peso de seus argumentos, mas em vez disso tinha ocorrido o contrário. Agora, sem provas verdadeiras, dificilmente conseguiria que Carlos Magno lhe desse respaldo. Olhou para o monarca e este fez que não com a cabeça.

Estava prestes a replicar, quando Theresa se levantou e avançou na direção de Carlos Magno.

— Eu tenho essas provas — anunciou com voz firme.

Todos se calaram.

Tirou da sacola uma folha amassada que desdobrou diante do rei. Alcuíno olhou para ela assombrado. Era a folha do registro. O papel que Theresa tinha conseguido arrancar um minuto antes que Lotário jogasse o volume no fogo. O rei pegou a folha e examinou detidamente. Em seguida, mostrou a Lotário, que não conseguia acreditar nos próprios olhos.

— Maldita diaba! De onde tirou isso?

O rei afastou a folha de Lotário antes que ele conseguisse pegá-la. Em seguida, entregou-a a Alcuíno que, diante de todos os presentes, repetiu o processo de esfregação do verso. Quando o texto oculto ganhou forma, o próprio rei leu o documento em voz alta.

Lotário rebelou-se.

— E quem disse que tive alguma participação nisso? Esse texto foi escrito há dois anos pelo antigo abade, que era quem manipulava todos os registros na época. Pode perguntar a qualquer um.

Vários frades confirmaram a versão de Lotário.

— É isso mesmo. O texto original, o texto que as cinzas revelaram foi escrito pelo abade, mas a raspagem é posterior e o texto escrito em cima dela é seu, de seu próprio punho e lavra, tentando assim encobrir a única prova que relacionava o trigo com a doença — afirmou Theresa.

— Eu nunca escrevi esse texto — gritou furibundo.

— Claro que escreveu — insistiu ela. — Eu mesma verifiquei comparando a letra com a de suas cartas: "*In nomine Pater*".

— Como? Que cartas, maldita trapaceira? — e deu-lhe um tapa que ressoou em toda a igreja. — Não existem cartas, não existem documentos.

Theresa olhou para Alcuíno, impotente, compreendendo que Lotário teria tempo de destruir qualquer documento que lhe poderiam imputar. No entanto, Carlos Magno se levantou.

— Vamos verificar — disse. Sacou do peito um rolo lacrado que abriu e estendeu com cuidado. — Lembra-se dessa carta, Lotário? É a missiva que me mandou ontem, cópia das que enviaria para todos os bispos. Ela me foi enviada para que pudesse admirar seu justo comportamento cristão e suponho que serviria também de degrau para uma demanda posterior de um cargo melhor.

Carlos Magno procurou a frase que Theresa tinha acabado de pronunciar: "*In nomine Pater*". Em ambos os textos, os traços coincidiam nos seus mínimos detalhes.

— Tem algo a dizer? — exigiu o rei de Lotário.

O bispo ficou mudo de ódio. De repente, virou-se para Theresa e tentou agredi-la, mas Alcuíno se colocou no meio. Lotário voltou a tentar e Alcuíno o impediu com um soco que o derrubou.

— Faz muito tempo que desejava fazer isso... — murmurou o frade, enquanto massageava o punho que tinha acabado de acertar o bispo.

Quatro dias depois, Alcuíno contou a Theresa que Lotário foi preso e levado para uma cela, onde ficaria até a hora do julgamento. Nunca se esclareceu em que momento o bispo descobriu que o trigo era o causador da epidemia, mas ficou claro que, mesmo depois de saber, continuou comerciando com ele como se nada tivesse acontecido. Kohl foi libertado depois que sua participação na trama foi descartada e o mesmo aconteceu com o Marrano, embora, infelizmente, seu espírito tenha ficado reduzido ao de um cachorrinho abatido.

— E não vão justiçar o bispo? — perguntou ela, enquanto organizava alguns manuscritos.

— Sinceramente, não acredito. Considerando que Lotário é parente do rei e continua ostentando o cargo de bispo, temo que cedo ou tarde consiga driblar o castigo.

Theresa continuou a empilhar os códices utilizados de manhã. Desde que Lotário tinha sido descoberto, aquela era a primeira vez que voltava ao *scriptorium*.

— Não é justo — sentenciou.

— Se às vezes é complicado entender a justiça divina, imagine a justiça mundana.

— Mas morreu tanta gente...

— Não se paga morte com mais morte. Nesse mundo em que a vida oscila ao sabor das doenças, ao capricho da fome, das guerras, das inclemências da natureza, de nada serve executar um criminoso. A vida de um assassinado corresponde ao valor de sua fortuna e, de acordo com esse valor, será fixado o valor da multa a ser paga.

— E como muitos dos que morreram não são poderosos...

— Vejo que entendeu rapidamente. Por exemplo: o assassinato de uma mulher jovem, na idade de procriar, é castigado com 600 soldos, o mesmo que se paga se o morto for um varão menor de 12 anos. No entanto, se a falecida fosse uma menina da mesma idade, o preço seria de apenas 200 soldos.

— E como pretende que entenda uma coisa dessas?

— Aos olhos de Deus um homem e uma mulher são iguais, mas aos olhos dos homens, parece evidente que não: um homem gera dinheiro e fortuna; uma mulher, filhos e problemas.

— Filhos que produzirão riqueza e trabalho. Além do mais, se Deus criou o homem à sua imagem e semelhança, por que os homens não imitam o olhar de Deus?

Alcuíno levantou a sobrancelha, surpreso pela precisão do argumento.

— Bem, como ia dizendo, às vezes o homicídio é reparado com uma multa e, no entanto, alguns delitos que causam perdas graves, como incêndio ou destruição, acabam sendo resolvidos com a execução do culpado.

— De modo que quem mata recebe uma multa e quem rouba é morto.

— Mais ou menos, essa é a lei.

Theresa continuou a trabalhar no evangelho com o qual lutava desde a manhã. Molhou a pena e atacou um novo versículo para concluir a página diária que Alcuíno exigia. Cada página tinha 36 linhas, que costumava completar em cerca de seis horas de trabalho, a metade do que levaria um copista bem qualificado. Alcuíno estava trabalhando num novo tipo de caligrafia que permitisse uma escrita mais rápida e simples, fácil de entender e simples de transcrever. Para tanto, usava um novo tipo de letra uncial, de tamanho menor do que o das maiúsculas, para facilitar a cópia de Vulgatas. Theresa costumava usá-la, daí a sua velocidade, que enchia o frade de orgulho.

Depois da cópia, Alcuíno se dedicava a ampliar os conhecimentos de Theresa, insistindo na *Ars Dictaminis*, a arte de escrever epístolas.

— Não deve copiar apenas. Deve pensar também no que deseja escrever.

Ocasionalmente, quando Alcuíno se ausentava do *scriptorium*, Theresa tirava da sacola de seu pai o pergaminho que ele tinha escondido e estudava seu conteúdo, tentando decifrá-lo. Às vezes, consultava os códices gregos que encontrava nas estantes, mas nem neles nem em nenhum outro texto latino, encontrou referências à doação de Constantino. Estranhou que nenhum documento mencionasse o assunto, mas não se atreveu a perguntar a Alcuíno.

Além de analisar o pergaminho, Theresa usava seu tempo livre lendo um texto apaixonante: o *Liber Glossarum*, um volume ímpar, compêndio de um universo de conhecimentos. Segundo Alcuíno, aquele fac-símile tinha sido duplicado na abadia de Corbie a partir de um original visigodo inspirado nas *Etymologias* de Santo Isidoro. Em mais de uma ocasião, tentou preveni-la contra os parágrafos em que se adivinhavam as palavras pagãs de Virgílio, Erósio, Cícero ou Etrópio, mas Theresa se apoiava nas palavras traduzidas por Jerônimo, Ambrósio, Agostinho e Gregório Magno para que Alcuíno permitisse que continuasse lendo. Aquele livro era uma janela para um mundo desconhecido, para um saber que ia além da religião.

— Tem certas coisas que ainda não compreendo — comentou, fechando-o por um momento.

— Se em lugar desse volume, se esforçasse mais com a Bíblia...

— Não estou falando do *Liber Glossarum*. Estou me referindo à história do trigo envenenado. Andei pensando e ainda não entendi por que me trancou naquela sala.

— Ah, isso...? Bem, foi porque estava preocupado com sua segurança... e também, devo reconhecer, pelo que ainda poderia contar a Lotário. De fato, fui eu quem a forçou a procurá-lo da primeira vez, mas depois a situação tornou-se bem mais perigosa.

— Como? Agora sim que não entendo nada...

— Depois da descoberta do texto oculto, minhas suspeitas centraram-se em Lotário: era o único que tinha acesso ao registro e a alteração parecia recente. Por desgraça, Lotário começou a suspeitar de nós, de modo que achei que seria proveitoso fazê-lo pensar que suspeitávamos de outras pessoas. Por isso, disse a Helga, a Negra, que tingisse as pernas simulando a doença, para que você ficasse desorientada e fosse procurar Lotário. Sabia que ia dizer a ele que eu suspeitava de Kohl e assim eu teria liberdade para continuar minhas investigações. Até a carta que ele encontrou em minha cela foi escrita de propósito, pois sabia que andava me vigiando.

— Mas por que não me falou desse plano?

— Para evitar que alertasse Lotário através de algum detalhe. Precisava que ele confiasse em você, em sua versão do que estava acontecendo. Na verdade, tirei a idéia de tingir as pernas de Helga do próprio Lotário.

— O que quer dizer?

— Foi ele quem usou esse estratagema com Rothaart, o ruivo. Descobri quando examinei o cadáver. Não morreu da doença, mas foi assassinado pelo próprio Lotário. Rothaart era o único que poderia delatá-lo e, morto o ruivo, restava apenas Kohl, como único suspeito.

— E por que não contou tudo isso a Carlos Magno? Até eu duvidei de sua inocência.

— Na verdade, precisava de tempo. Como disse no julgamento, descobri que o bispo estava lavrando um terreno fora dos limites da diocese. Suponho que Lotário imaginava que, semeando o trigo, conseguiria se livrar da prova que o incriminava, sem perder o grão. Mas o problema era que o cornelho poderia passar de uma colheita para outra e contaminar todo o povoado. Eu não sabia onde ele tinha escondido o cereal, nem se as partidas encontradas no moinho de Kohl, colocadas por Lotário, é claro, representavam tudo que o bispo possuía, de modo que ordenei que dois sacerdotes auxiliares vigiassem aqueles campos. Enquanto não tive certeza de que ainda não tinha semeado, não quis denunciá-lo. E o que me preocupa de verdade, é que há uma partida de trigo que ainda não encontrei.

Theresa sentiu-se estúpida por ter desconfiado de Alcuíno. Abandonou o livro, recolheu os instrumentos de escrita e pediu permissão para retirar-se, pois já tinha anoitecido há tempos.

20

Quando Górgias despertou, rezou para que tudo não passasse de um sonho, mas encontrou a seu redor as mesmas paredes que o encarceravam há um mês. Toda manhã, Genserico aparecia na cripta para verificar seus progressos na transcrição do documento, entregar a tigela com sua ração diária e retirar a tina com excrementos através do torno da porta. Estava tentando escrever tão cuidadosamente quanto suas faculdades permitiam. No entanto, logo percebeu que o assistente só dava atenção à quantidade de linhas, ignorando a exatidão das expressões ou o preciosismo da caligrafia. Num primeiro momento, atribuiu o fato à sua visão deficiente, mas em seguida, lembrou que Genserico nunca tinha aprendido o grego e estranhou que Wilfred, conhecedor desse fato, não verificasse o texto pessoalmente. Esse detalhe o fez refletir.

Quando o assistente se retirou, substituiu o pergaminho pela tigela, tirou a tampa, pegou a colher e tratou de comer. Enquanto comia, não conseguiu parar de pensar em Genserico e em seus pálidos olhos azuis. Depois de um bom tempo, levantou.

"Seus pálidos olhos azuis..." E se tivesse sido ele? E se o homem que o apunhalou no dia do incêndio fosse o próprio Genserico? O assistente não parecia ser o tipo do sujeito capaz de enfrentar um homem mais jovem, mas o ataque aconteceu à noite e de surpresa. Lembrou que o tinha incluído na lista de suspeitos junto com o frade anão e o mestre de capela, embora, por causa da idade, viesse sempre em último lugar. Provavelmente, já sabia do pergaminho quando o atacou. Genserico controlava os documentos do castelo e, pelo visto, também os seus meandros.

Levantou e começou a andar em círculos. Wilfred sempre disse que se tratava de um texto secreto, mas se assim fosse, por que confiava em Genserico?

O braço o incomodava, mas não deu atenção. Além do mais, por que o conde tinha resolvido encarcerá-lo? E se precisava tanto desse documento, por que não verificava seus progressos?

Não. Aquilo não fazia sentido. A única explicação era que Genserico estava agindo por conta própria. O assistente organizou o ataque e roubou o pergaminho que continha apenas o texto em latim. Agora pretendia se apoderar também da transcrição do grego.

Passou o resto do dia ruminando, até decidir que Genserico devia conhecer o imenso poder que o pergaminho encerrava; um poder do qual Wilfred falava com temor, embora nunca tivesse explicado a razão desse receio. De alguma maneira, Genserico ambicionava esse poder e, sem dúvida, seria capaz de matar para obtê-lo.

Examinou o texto que tinha traduzido. Comparou sua extensão com a do original latino e calculou que, mantendo o ritmo, concluiria o trabalho em cerca de dez dias. Foi o prazo que se deu para tentar salvar a própria vida.

Nos dias seguintes, traçou um plano para escapar da masmorra.

Genserico costumava aparecer depois do ofício de *tercia*, ficava um instante na ante-sala e abria a portinhola do torno para entregar a comida. Algumas vezes, deixava o dispositivo aberto à espera do texto, o que poderia se converter numa oportunidade. O torno, uma espécie de pequeno tonel vertical, dispunha de um par de divisórias situadas entre a parte de cima e a de baixo, conformando várias prateleiras. Avaliou que em nenhuma delas mal tinha espaço para um leitão, de modo que, mesmo que conseguisse desmontar as divisórias, não poderia passar por ali. No entanto, se conseguisse distrair Genserico, talvez conseguisse segurar seu braço com força suficiente para obrigá-lo a abrir a tranca.

Era quarta-feira. Resolveu colocar seu plano em prática no domingo seguinte, intervalo que considerou suficiente para lixar os engastes das divisórias e seus quatro entalhes.

Na quinta à tarde, conseguiu liberar a primeira. Uma vez solta, escondeu os danos com um rolo de miolo de pão umedecido em tinta preta. Na sexta, desalojou a segunda e a terceira, mas no sábado, nada conseguiu com a última. Tinha trabalhado sem descanso e a ferida no braço o impedia de continuar. Naquela noite, não dormiu tranqüilo.

No domingo, quando percebeu a chegada de Genserico, a última divisória continuava a resistir. Por um instante, pensou em renunciar, mas pensou que, se forçasse, talvez conseguisse parti-la. Soube pelo ruído do ferrolho que o assistente estava chegando à capela. Desesperado, apoiou o pé contra a divisória e empurrou com todas as suas forças. A divisória não cedeu. Finalmente, chutou violentamente e acabou conseguindo, bem na hora em que o assistente abria a porta. Teve tempo para recolocá-la no lugar e segurar com a massa que já estava preparada. Quando Genserico perguntou pelo barulho, Górgias se desculpou alegando que tinha tropeçado na cadeira.

Rezou para que não percebesse os estragos. Ao cabo de alguns instantes, ouviu que ele soltava o torno e girava a portinhola.

O prato de guisado confirmou que era domingo. Retirou-o sem prestar atenção e introduziu o rascunho de um pergaminho antigo para ver se Genserico era capaz de distingui-lo. O assistente girou o torno e pegou o rascunho. Tal como Górgias esperava, não ficou segurando o mecanismo.

Agachou-se rapidamente atrás do dispositivo. Agora só lhe restava esperar que o torno girasse de novo para bater na divisória e agarrar o braço de Genserico. Sua respiração era tão profunda que pensou que poderia alertar seu carcereiro. No entanto, o velho não se alterou. Ouviu um leve ruído, mas achou que eram seus dedos enrugados deslizando sobre o pergaminho. De repente, percebeu que passava o ferrolho no torno.

— Preciso repassar o texto — informou.

Górgias amaldiçoou sua sorte. Sabia que se passasse muito tempo, Genserico descobriria a avaria do torno. De repente, percebeu que um instrumento raspava os entalhes atrás da porta. Em seguida, ouviu uma maldição ao mesmo tempo em que uma pancada no torno quase derrubava os encaixes. Górgias retrocedeu enquanto, do outro lado, as maldições se sucediam. Teve medo que Genserico fizesse uma loucura. No entanto, as blasfêmias foram diminuindo até desaparecerem como uma tempestade à distância. Depois, ouviu a porta bater com violência.

Ao anoitecer, um desconhecido chegou junto com Genserico. Ouviu que discutiam acaloradamente, as vozes elevando-se até se converterem em gritos. O recém-chegado parecia alterado e rapidamente os gritos foram seguidos por pancadas. Momentos depois, o torno se abriu. Uns braços poderosos extraíram as divisórias variadas e a luz entrou no cubículo, deixando à mostra a tatuagem de uma serpente. Górgias recuou pensando que ia morrer. No entanto, não aconteceu nada. O braço tatuado introduziu na cela o rascunho que tinha dado a Genserico e em seguida desapareceu. Depois, ouviu o barulho das divisórias sendo recolocadas no lugar. Durante três dias não viu sinal de Genserico.

— Levante-se — ordenou o assistente do outro lado da porta.

Górgias obedeceu sem saber muito bem o que fazia. Olhou para a janelinha com os olhos inchados e verificou que ainda não tinha amanhecido. Levantou aos trambolhões e apoiou a cabeça contra a porta. Rezou para que Genserico tivesse esquecido o incidente do torno, mas teria sido mais fácil pedir que as paredes caíssem e esmagassem sua cabeça. O torno girou, deixando passar um fio de luz e fechou bruscamente. Górgias tateou às escuras a tigela de comida. Pegou e comeu com avidez. Não deu para saborear o mingau, pois não comia havia três dias.

Quando engoliu a última colherada, Genserico ordenou que preparasse o pergaminho. Górgias tossiu. Mal conseguia pensar.

— Não... não consegui fazer nada — desculpou-se. — O braço... Estou doente.

Genserico amaldiçoou-o. Ameaçou torturar Rutgarda.

— Juro que não é mentira. Por favor, veja o senhor mesmo.

Sem dar tempo para que reagisse, Górgias desmontou uma das divisórias do torno. Depois disso, ouviu que Genserico abria o ferrolho. Através do vão pôde ver a luz de uma vela e ergueu os olhos para o alto. Depois, introduziu lentamente o braço doente. De repente, sentiu que alguma coisa o achatava e gritou de dor.

— Se tentar alguma coisa, vou quebrá-lo aqui mesmo — sentenciou Genserico.

Górgias fez que sim e Genserico levantou o pé. Górgias sentiu o calor da vela aproximando-se de seus dedos enquanto o assistente examinava o braço. O homem ficou estarrecido. Se não se movesse, Genserico poderia jurar que aquele braço pertencia a um cadáver.

O assistente regressou ao anoitecer para anunciar que Zenón, o médico, estava disposto a atendê-lo, mas Górgias não ouviu, pois a febre o devorava. Quando despertou, ouviu que Genserico batia no torno pelo lado de fora, para extrair as duas portinholas. O feixe de luz se expandiu. Em seguida, Genserico ordenou que encostasse as costas na porta e enfiasse os dois braços pelo torno. Górgias obedeceu quase sem perceber. Não se queixou quando sentiu que uma corrente prendia seus punhos. Depois, percebeu que Genserico introduzia um pau entre seus antebraços para prendê-lo na porta. Transcorreram alguns minutos antes que o assistente abrisse, obrigando-o a se arrastar para acompanhar o giro da porta.

Mal teve tempo de levantar os olhos, pois Genserico lhe enfiou um capuz que amarrou na altura da nuca. Antes de retirar o pau que o prendia à porta, avisou que, se tentasse escapar, ele o mataria ali mesmo. Górgias concordou e o assistente o soltou. Mal conseguia se manter de pé, quando Genserico o arrastou puxando a corrente.

Não tinha noção de quanto tempo andaram, apenas de que o caminho lhe pareceu eterno. Finalmente pararam em algum lugar abrigado do vento. Logo depois, chegou alguém que cumprimentou Genserico. Pela voz, Górgias supôs que se tratava de Zenón, mas também podia perfeitamente ser o homem da tatuagem. O assistente insistiu que o atendesse com o capuz enfiado, mas Zenón se negou.

— Poderia morrer e eu nem saberia.

Quando tiraram o capuz, Górgias teve a impressão de que estavam num curral abandonado. Duas tochas iluminavam o cubículo no qual, por algum motivo, tinham colocado uma mesa. Zenón pediu a Genserico que tirasse as correntes.

— Não está vendo o seu estado? Não pode ir a lugar nenhum — argumentou o médico.

Genserico se recusou. Liberou o braço doente, mas acorrentou o são a uma argola da mesa.

Zenón aproximou uma das tochas da ferida. Quando a viu, não conseguiu reprimir uma expressão de horror. Aproximou o nariz e recuou com uma careta. Pressionou a ferida com uma vara, mas Górgias não respondeu. Zenón sacudiu a cabeça.

— Esse braço é carne morta — sussurrou a Genserico. — E se a podridão atingiu a linfa, pode ir preparando o caixão.

— Faça o que tem que fazer, mas que não perca o braço.

— Esse despojo já está perdido. Nem sei se poderei salvar sua vida.

— Quer receber ou não? Para mim tanto faz que o resto se exploda. Só preciso que o braço escreva.

Zenón negou com a cabeça. Entregou a tocha a Genserico e pediu que o iluminasse. Em seguida, estendeu a bolsa de instrumentos na mesa, pegou uma colher delgada e aproximou da ferida.

— Isso pode doer — avisou a Górgias. — Tenho que abrir o braço.

Ia começar quando Genserico cambaleou. O médico percebeu a tempo de ampará-lo.

— O senhor está bem? — perguntou.

— Sim, sim. Não foi nada. Continue — ordenou.

Zenón estranhou, mas voltou a se dedicar à ferida. Jogou um pouco de licor sobre ela e abriu um talho paralelo à cicatriz. A pele se separou como a barriga de um sapo e deixou escapar um riacho de pus. O fedor fez Genserico se afastar. Zenón procurou uma agulha e tentou enfiar.

— Merda! — exclamou Zenón quando ela escapuliu de seus dedos. Agachou para pegá-la, porém, por mais que procurasse, não conseguiu localizá-la.

— Deixe disso e pegue outra — observou Genserico.

— Não tenho mais nenhuma aqui. Terá que ir até minha casa.

— Eu? Vá você.

— Alguém tem que conter a hemorragia — soltou o antebraço de Górgias e um jato de sangue regou a mesa até inundá-la. Zenón voltou a pressionar a artéria.

Genserico concordou.

Embora Górgias continuasse inerte, o assistente ordenou que Zenón não deixasse de vigiá-lo. Antes de partir, verificou que as correntes continuavam firmes e confirmou com Zenón o lugar onde estavam as agulhas. Ia sair quando voltou a cambalear.

— Tem certeza de que está bem? — insistiu Zenón.

— Quero esse braço pronto quando voltar! — e desapareceu do curral piscando os olhos como se não enxergasse bem.

Zenón apertou o torniquete sob o ombro de Górgias até conter a hemorragia. Ao examinar a ferida de novo, observou a cor pardo-violácea que exibia e balançou a cabeça. Aquele braço estava perdido, por mais que Genserico negasse. Nesse instante, Górgias despertou. Quando reconheceu o médico, tentou levantar, mas as correntes e o torniquete o impediram. Zenón tranqüilizou-o.

— Onde estava metido? Rutgarda já o dava como morto — comentou o médico. Agachou-se ao distinguir o brilho da agulha extraviada.

Górgias tentou falar, mas a febre não permitiu. Zenón informou que tinha que amputar seu braço ou morreria sem remédio. Górgias olhou para ele com medo.

— Mesmo cortando, você pode morrer — provocou, como quem se prepara para sacrificar um porco.

Górgias entendeu. Seus dedos já não respondiam há dias. Até aquele momento, tinha tentado ignorar o fato, mas abaixo do cotovelo tudo o que lhe restava era um apêndice sem vida. Pensou nas palavras do médico. Se perdesse o braço, perderia seu sustento, mas pelo menos poderia lutar por Rutgarda. Olhou com pesar para o membro coberto de pústulas: latejava, mas não doía. O médico estava certo. Quando Zenón explicou que Genserico se opunha à operação, Górgias não entendeu.

— Sinto muito, mas é ele quem está pagando.

Górgias tentou retirar alguma coisa do pescoço, mas Zenón o segurou.

— Pegue — articulou com dificuldade. — São rubis. Nunca foi tão bem pago.

Zenón examinou o colar que pendia do pescoço de Górgias. Puxou com força e arrancou. Enquanto olhava para a porta, disse:

— Genserico vai me matar.

Cuspiu no chão e disse a Górgias que mordesse um galho seco. Em seguida, empunhou o serrote e começou a cortar o braço como um açougueiro esquarteja um pedaço de carne.

Quando Genserico retornou, encontrou Górgias desmaiado sobre um enorme charco de sangue. Procurou Zenón, mas não encontrou ninguém. No chão, jazia um braço amputado e, onde antes havia um braço, agora surgia um coto costurado com habilidade.

Pouco tempo depois, Zenón apareceu levantando as calças. Quando viu Genserico, tentou explicar que tinha feito o inevitável, mas o assistente não deu ouvido a seus argumentos. Amaldiçoou-o mil vezes, disse que estava condenado ao inferno, insultou e tentou espancá-lo. No entanto, acalmou-se de repente, como se um estranho fatalismo tivesse se apoderado dele, e depois de alguns instantes, cambaleou. Parecia confuso. Seu olhar vagava de um ponto a outro explorando lugares inexistentes. Zenón conseguiu segurá-lo justo antes que caísse. Genserico tossiu várias vezes. Seu rosto tinha empalidecido até se transformar numa máscara de mármore. O médico lhe deu um gole de licor, que pareceu reanimá-lo.

— Parece adoentado. Deseja que o acompanhe?

Genserico concordou sem convicção.

Zenón tinha trazido a carroça, de modo que acompanhou o assistente e em seguida, carregou Górgias como se fosse um saco de batatas. Finalmente, subiu ele também, estalou o chicote e conduziu a montaria através do bosque, seguindo as indicações confusas de Genserico. Durante o trajeto, Zenón percebeu que o assistente coçava insistentemente a palma da mão esquerda. Parecia irritada, como se tivesse roçado em urtigas. Comentou com ele, mas Genserico não pareceu se dar conta.

Pararam no bosque de carvalhos próximo à muralha da fortaleza. Genserico desceu do carro e começou a caminhar arrastando os pés como um espectro. Zenón o seguia de perto, com Górgias carregado nas costas. Na escuridão, o assistente chegou ao muro, tateou entre as trepadeiras até encontrar uma portinhola bem pequena. Tirou uma chave da túnica e introduziu-a com dificuldade na fechadura. Em seguida, apoiou-se para descansar. Abriu e entrou como um sonâmbulo. Depois caiu.

Quando Górgias despertou no dia seguinte, encontrou a seu lado o cadáver de Genserico.

Algum tempo se passou antes que Górgias conseguisse levantar. Com a visão ainda confusa, olhou o coto que Zenón tinha vedado com um pedaço de sua própria indumentária. Doía terrivelmente, mas pelo menos não sangrava. Em seguida, examinou Genserico. O frade jazia com a expressão contraída, as mãos agarradas ao estômago, a esquerda com uma estranha cor púrpura. Teve vontade de chutá-lo, mas se conteve. Olhou ao redor e verificou que se encontrava na mesma cripta circular onde tinha estado preso naqueles dias. Virou para a cela e empurrou a portinhola, que abriu com um rangido. Por um instante, teve medo, mas finalmente entrou e começou a remexer entre os documentos. Por sorte, os que eram realmente valiosos estavam onde os tinha escondido, de modo que guardou o original e a transcrição do grego, antes de rasgar todos os outros que estavam a seu alcance. Em seguida, pegou umas fatias de pão esquecidas e abandonou a cripta em direção à antiga mina.

No meio da manhã, divisou a extensa colméia corroída em que a jazida de ferro tinha se transformado. Avançou pelas velhas trilhas mineiras entre estrados de arenito, restos de baús desconjuntados, lampiões quebrados e proteções de couro corroídas que ninguém tinha se preocupado em recolher depois do esgotamento das minas. Pouco depois, chegou aos antigos barracões dos escravos.

Parou para observar aquelas construções meio desmoronadas, ocupadas com freqüência por bandidos e animais, e rezou para que estivessem abandonadas naquele momento. A chuva estava mais forte, de modo que entrou no único barracão que conservava parte do telhado e buscou abrigo entre as roldanas, ânforas de cáusticos, aparelhos e tornos desmantelados. Afinal, encontrou espaço junto a alguns tonéis cheios de água estagnada. Deixou-se cair contra eles apoiando as costas e fechou os olhos tentando dominar a dor que o atormentava. Por um instante, teve vontade de se livrar da bandagem que apertava o coto, mas logo compreendeu que seria uma loucura.

Pensou em Rutgarda, sua esposa.

Precisa verificar que nada de mal tinha lhe acontecido, de modo que resolveu visitá-la naquela mesma noite. Esperaria que o sol se escondesse e chegaria a Würzburg pelo canal dos esgotos, uma entrada que costumava usar para passar as muralhas quando estavam trancadas.

Tentou conciliar o sono, mas não conseguiu. Então pensou em sua filha, Theresa. Como sentia falta dela!

Comeu um pouco do pão que tinha pego na cripta.

Matou o tempo imaginando o que teria acontecido com Genserico. Ao longo de sua existência, tinha presenciado numerosos falecimentos, mas jamais tinha contemplado um rosto tão desfigurado quanto o do assistente, afogado no próprio vômito. Pensou que talvez o tivessem envenenado. Talvez o homem da serpente tatuada.

De repente, teve uma visão: a noite em que foi assaltado; aqueles olhos claros; um braço que o apunhalava e ele tentando agarrá-lo. Em sua mente, iluminou-se o desenho daquela serpente empunhando o punhal que o feria. Sim. Não tinha dúvida. O homem que o atacou era o mesmo que discutiu com Genserico na cripta. Era o homem da serpente tatuada.

Ao cair da noite, empreendeu o regresso a Würzburg, onde chegou protegido pela penumbra. Encontrou sua casa vazia e imaginou que Rutgarda ainda devia estar compartilhando o teto de sua irmã, de modo que resolveu se aproximar da residência dos cunhados, situada na ladeira de uma colina. Já nos arredores, ouviu sua mulher cantarolando a canção que entoava sempre. Por um momento, a dor de seu ombro desapareceu. Estava prestes a entrar quando percebeu a presença de uns homens meio escondidos atrás de uma esquina.

— Merda de trabalho! — cuspiu um deles. — Não sei que diabos estamos fazendo aqui, pois garanto que esse escriba foi comido pelos lobos — e protegeu-se como pôde do aguaceiro.

Górgias amaldiçoou sua sorte. Eram homens de Wilfred e o fato de que estavam ali parecia indicar que o conde estava implicado. Não podia se arriscar, de modo que apertou os dentes e deu meia-volta, cheio de pesar por não ter visto Rutgarda.

A caminho da mina, fitou as estreitas janelas iluminadas sobre os muros da fortaleza. A chuva parecia brincar com as velas, ocultando-as e acendendo-as como se fosse uma espécie de jogo de adivinhação. Enquanto especulava sobre a localização dos aposentos de Wilfred, ouviu um cacarejo. O fedor confirmou que do outro lado das muralhas havia um galinheiro, o que o levou a planejar o roubo de uma galinha. Afinal, precisava se alimentar, e uma ave que comia bem pouco podia lhe proporcionar um ovo por dia.

Olhou ao redor em busca de algum apoio por onde subir, mas logo entendeu que, com um braço só, jamais conseguiria. Dirigiu-se então para a porteira dos animais, embora soubesse que certamente haveria um vigia. Quando se aproximou, seus presságios se confirmaram e por trás da paliçada distinguiu a vulto de Bernardino, o frade hispânico da altura de uma barrica.

Esperou embaixo de uma árvore sem se decidir. Por um instante, pensou em falar com ele, mas concluiu que seria besteira. Um novo cacarejo o fez esperar mais um pouco. Passado um tempo, ouviu o barulho de uma carroça que se aproximava pela viela. Quando chegou onde ele estava, viu que eram os mesmos guardas que tinha visto momentos antes na frente da casa da irmã de Rutgarda. Quando chegaram à porta, os homens chamaram Bernardino, que abriu imediatamente e se aproximou da carroça com uma tocha para identificar os ocupantes.

— Maldita chuva! Já é hora da mudança de turno? — perguntou o anão, tratando de se proteger.

Os homens responderam de má-vontade, limitando-se a fustigar o cavalo.

Górgias aproveitou a oportunidade. Quando a carroça passou, agachou-se a seu lado e avançou junto com ela protegido pela escuridão. Uma vez ultrapassado o portão, escondeu-se atrás de uns arbustos até os soldados desaparecerem. Respirou quando o anão fechou a porta e refugiou-se sob a choupana sem perceber sua presença.

Pouco depois, quando os roncos confirmaram que o fradezinho estava cochilando, arrastou-se entre a folhagem em direção ao galinheiro, onde permaneceu um instante observando a galinha que lhe pareceu mais roliça. Esperou que todas estivessem bem sossegadas e abriu a porta devagarzinho, com o cuidado de uma raposa na hora da caçada. Quando se aproximou o suficiente, agarrou sua presa pelo pescoço, mas a ave começou a cacarejar como se estivesse sendo depenada. De repente, todas as galinhas acordaram, armando um alvoroço tão grande que Górgias pensou que acordariam até os mortos.

No mesmo instante, começou a chutá-las obrigando-as a se dispersar. Em seguida, escondeu-se do lado de fora do galinheiro e esperou que Bernardino aparecesse. O anão não demorou a surgir, sem entender o que estava acontecendo e Górgias aproveitou a confusão para correr até o portão e escapulir com a galinha.

Quando chegou à mina ainda era noite fechada. No barracão dos escravos voltou a se enfiar perto dos tonéis, escolhendo um deles para usar como gaiola para Branca, a nova inquilina. Apesar da dor no ombro, logo pegou no sono, que se prolongou até quando a manhã já ia bem adiantada. Ao acordar e olhar para Branca, viu que a galinha o saudava com um ovo sob as patas.

Górgias correspondeu dando a Branca um par de minhocas que encontrou por ali. Guardou mais algumas numa cuia de madeira, que tapou com uma pedra, e bebeu um pouco de água fresca de chuva. Depois, apesar do medo que lhe inspirava, tirou a bandagem para verificar o estado do coto. Zenón tinha serrado o osso acima do cotovelo e costurado um pedaço de pele que, não sabia como, também tinha cauterizado. Ainda dava para ver as bolhas da queimadura, que aceitou como um mal menor, sabendo que era a única forma de impedir que a podridão regressasse. Com cuidado, voltou a fechar o curativo e se sentou para refletir sobre a situação em que se encontrava.

Ordenou na cabeça os fatos ocorridos desde a manhã em que foi atacado por um desconhecido de olhos claros que roubou o pergaminho. Depois veio o incêndio e a perda de sua filha. Chorou depois do enterro, tinha sido intimado por Wilfred a entregar a "doação de Constantino", mas o documento havia sido destruído pelo incêndio na oficina do *percamenarius*. Em seguida, foi a vez de Genserico que, em conivência com o próprio Wilfred, ao que tudo indicava, o trancafiou numa cripta para garantir que faria a prometida transcrição do documento. Depois de um mês de cativeiro e sem notícias da delegação papal, tentou fugir, o que só conseguiu por obra e graça da estranha morte de Genserico. No meio disso tudo, restava a presença de um homem com uma serpente tatuada e a amputação de seu braço doente.

Refletiu sobre a função desempenhada por Genserico. No início, pensou que agia por conta própria e até que ele mesmo o tivesse atacado para tentar roubar o pergaminho, mas as circunstâncias extraordinárias de sua morte e o fato de que Wilfred estava vigiando Rutgarda o deixaram novamente em dúvida. Quem seria o homem da serpente? Para começar, alguém que estava a par dos acontecimentos. Além disso, pela forma como ameaçou Genserico, parecia indubitavelmente alguém que estava acima dele, um superior.

Apoiado contra os barris, percebeu que a galinha olhava com estúpido interesse para as bandagens de seu ombro e sorriu com amargura. Tinha perdido o braço direito, o que usava para escrever, por culpa de um miserável documento. Pegou o pergaminho da sacola e observou detidamente. Por um instante, teve a tentação de rasgá-lo e dar como ração para Branca. No entanto, conteve-se, pensando que, se valia tanto, talvez lhe pagassem para recuperá-lo.

Tinha parado de chover e levantou-se para passear pelos arredores e esboçar uma lista de prioridades. Em primeiro lugar, precisava garantir seu sustento, assunto sem solução, mesmo levando em conta a boa vontade da galinha. A caminho da mina, passou por um bosque de nogueiras: as nozes e as frutas poderiam complementar os ovos, mas mesmo assim, precisaria de mais comida. Pensou em capturar algum animal usando Branca como isca, mas logo concluiu era mais provável que ficasse sem a galinha.

Caçar seria difícil. Com um braço só e sem as armadilhas adequadas, não pegaria nem um simples pato: no entanto, talvez fosse possível pescar. Na mina, havia cordas, cabos, pontas arqueadas que podiam servir para confeccionar anzóis e minhocas suficientes para oferecer um banquete. O rio não ficava longe e enquanto esperava os peixes morderem a isca, poderia fazer mais anzóis.

Ficou satisfeito ao solucionar o quesito alimentação. Em seguida, pensou na mulher, Rutgarda.

Embora não soubesse quanto tempo a manteriam sob vigilância, queria muito voltar a vê-la. Pensou em alguém que pudesse ajudá-lo; alguém que pudesse informá-la de sua situação e do que estava fazendo. Ele se daria por satisfeito se alguém lhe dissesse que sentia sua falta. No entanto, o risco de ser descoberto era maior do que seu desejo, de modo que resolveu esperar até que surgisse uma oportunidade melhor. Rutgarda estava bem e era isso que importava.

Transcorrido um tempo, pegou o documento e examinou com cuidado. Lá estava a transcrição perfeitamente acabada, que leu várias vezes detendo-se nos pontos que tanto o intrigaram durante a cópia. Havia alguma coisa obscura com relação àquele pergaminho. Algo que talvez nem o próprio Wilfred tivesse percebido. Guardou-o de novo na sacola e procurou um lugar para escondê-lo. Assim, se fosse capturado, sempre poderia negociar sua entrega. Inspecionou os arredores até encontrar uma viga que considerou adequada: subiu numa barrica e escondeu o documento lá em cima. Em seguida, rolou a barrica para longe para que ninguém suspeitasse. Olhou para as vigas e ficou satisfeito. Depois desatou Branca e levou-a para comer umas minhocas enquanto ele preparava os anzóis.

Passou uma semana com dores horríveis. A febre subiu, impedindo-o de levantar, mas assim como veio, desapareceu. Nesses dias, sobreviveu graças a Branca, a quem dava corda de dia para que fosse pegar minhocas e recolhia de noite para ter os ovos por perto de manhã. Descobriu por ali umas mantas velhas que usou para acomodar-se melhor. De vez em quando, subia até o alto da colina para observar a cidade ou admirar de longe as montanhas onde começava o degelo. Pensou consigo mesmo que, quando as passagens ficassem livres, poderia fugir para outra cidade com Rutgarda.

À medida que passavam os dias, seu braço foi melhorando. Pouco a pouco, começou a mexer o ombro sem que a ferida se ressentisse, os pontos caíram, e a cicatriz ganhou um tom rosado semelhante ao resto do ombro. Certa manhã, o coto parou de doer e não o incomodou mais.

No começo da terceira semana, resolveu explorar as galerias que penetravam na mina. Na entrada da primeira, encontrou um fragmento de sílex com o ferro amolado para acender as tochas que estavam espalhadas ao longo do túnel. Mais para dentro, resgatou algumas tiras de metal que poderia usar como utensílio de cozinha. Durante as excursões, catalogou os túneis em covas, corredores e poços. Os dois primeiros, que pareciam entradas preparadas para o trânsito de animais e cargas, foram considerados úteis como refúgio. Os últimos eram tão escorregadios que só valeria a pena utilizá-los em casos de perigo.

Com o tempo, amadureceu os planos de voltar para Würzburg. Estava cada dia mais magro e se permanecesse na mina, cedo ou tarde acabariam por descobri-lo. Convenceu-se argumentando consigo mesmo que poderia discutir com Wilfred e chegar a algum acordo. Afinal, o conde era inválido e se conseguisse forçar um encontro a sós, poderia abordá-lo sem risco. Talvez aceitasse trocar o documento por um salvo-conduto para ele e sua família. Só precisava relembrar os trajetos que o conde percorria para escolher o momento mais adequado.

Na manhã em que se completava o terceiro mês da morte de sua filha, resolveu retornar a Würzburg. No dia anterior, tinha se dedicado a fazer uma espécie de roupa de mendigo, o que foi relativamente fácil, graças ao aspecto que as únicas roupas que possuía tinham adquirido. Acrescentou um gorro encontrado num dos túneis e uma capa de lã puída. Estava vestindo os adereços quando ouviu à distância o som de sinos que soavam o alarme. Era a primeira vez que ouvia aquele toque desde o incêndio nas oficinas do *percamenarius* e, dando como certo que encontraria a cidade em polvorosa, resolveu esperar a noite para não despertar suspeitas.

Durante a descida, teve medo de que os sinos tivessem tocado por causa de algum ataque saxão, mas continuou a marcha mesmo assim. No entanto, ao chegar à cidade, topou com as portas fechadas. Falou com um guarda, a quem se apresentou como um andarilho recém-chegado, mas o soldado sugeriu que voltasse para o lugar de onde tinha saído. Desanimado, perdeu-se entre as vielas do arrabalde, estranhamente desertas. Escondido num barraco, descobriu um velho que espiava por uma fresta. Quando perguntou o que estava acontecendo, ele trancou a janela, mas diante de sua insistência, acabou falando a respeito do assassinato de vários rapazes a facadas.

— Pelo visto foi um tal de Górgias. O mesmo que matou Genserico pouco tempo atrás.

Górgias emudeceu. Enfiou ainda mais o gorro e, sem falar nem obrigado, escapou em direção às montanhas.

FEVEREIRO

21

Os dias se passavam e as tripas de Helga, a Negra, engordavam no mesmo ritmo que as abóboras que demarcavam a horta da diocese. Theresa nunca tinha visto um ventre semelhante e, ao tocá-lo, surpreendeu-se desejando que Hóos Larsson a emprenhasse com um filho. No entanto, os problemas que uma gravidez costuma trazer levaram-na a afastar a idéia, contentando-se em admirar a forma como Helga devorava qualquer comida que passasse pela sua frente.

Mas a barriga não era a única coisa que tinha mudado na Negra. Ao que parecia, a gravidez tinha transformado a mulher indolente numa laboriosa formiga: dias atrás, tinha trocado sua taberna por uma casa maior, próxima da diocese, já não pintava mais os lábios e suas roupas começavam a se parecer com as de uma mulher decente. Contudo, o que mais assombrava Theresa era a facilidade com que Helga lidava com panelas e fogões. Favila dizia que suas mãos pareciam santas para os guisados e tinha tanta confiança em sua habilidade, que começou a deixar de lado as caçarolas, passando a responsabilidade para as mãos da nova cozinheira. Theresa pensou que, finalmente, a única coisa que restaria da antiga Helga era a marca da infame punhalada do amante em seu rosto.

Por sua vez, Helga só parecia se preocupar com o futuro de seu filho. A mulher balançava seu ventre gordo como se fosse um berço enorme, falava com a barriga, cantarolava melodias inventadas, explicava os segredos de um bom peru assado, tecia diminutos gorros para proteger sua cabecinha, rezava por ela, pois acreditava que era uma menina, e visitava Nicolas, o velho carpinteiro que, em seu tempo livre, estava construindo um berço encantador em troca de uma provisão de doces.

Apesar de tudo, nem Helga nem sua barriga descuidavam de seus deveres na cozinha da diocese. Naquela noite, justamente, teria lugar a celebração de um jantar de desagravo em honra de Alcuíno de York, com a presença do rei e de seu séqüito. Para garantir uma boa recepção, tinha cozinhado capões e pombos, faisão na grelha e um veado recém-caçado que, junto com o assado de boi e a torta de queijo preparada por Favila, fariam a delícia de todos os convidados. Em geral, o jantar era servido no salão refeitório depois do ofício de *sexta*, mas para a ocasião, Ludovico, secretário de Lotário, tinha mandado preparar um aposento menor, situado em cima da calefação, pois os comensais não eram muitos.

Para Theresa, aquele convite seria apenas mais um jantar, não fosse o fato de ser, ela mesma, uma das convidadas.

— O rei insiste — explicou Alcuíno.

Desde então, Theresa andava nervosa, tentando memorizar o *Appendix Vergiliana*, os poemas épicos de Virgílio que Alcuíno pediu que recitasse durante o banquete.

— Você não precisa decorar — tinha esclarecido o frade —, basta repeti-los várias vezes até encontrar a entonação adequada.

No entanto, a maior preocupação de Theresa consistia em saber se o vestido usado que Helga tinha lhe comprado naquela tarde na viela dos teares cairia bem.

Quando encerrou o trabalho no *scriptorium*, foi para a casa de Helga tremendo como um coelhinho e não parou até o momento em que vestiu a roupa e verificou que estava mesmo parecendo uma dama. Morria de vontade de se exibir nele, mas Helga obrigou-a a esperar os últimos retoques. Finalmente, a mulher recuou para apreciar melhor a silhueta de Theresa. Apertou um pouco mais o cinto e abraçou-a com carinho.

— Justo demais, não? — envergonhou-se Theresa.

— Está linda — disse ela, e mandou que corresse para a sala de jantar.

Quando Theresa chegou à sala, percebeu que os convidados já estavam acomodados. Foi recebida por Alcuíno, que se encarregou de desculpá-la pelo atraso. Theresa reverenciou o monarca e correu com passinhos delicados para o lugar reservado para ela, bem ao lado de uma moça elegantemente vestida. A jovem cumprimentou Theresa com um sorriso que deixou à mostra seus diminutos dentes brancos. Aparentava cerca de 20 anos, mas logo ficou sabendo que andava perto dos 15. Um criado informou que se tratava de Desideria, filha mais velha de Carlos Magno, e que não era a primeira vez que visitava Fulda pois, à exceção dos campos de batalha, acompanhava o pai onde quer que ele fosse. Theresa contabilizou mais umas vinte pessoas, a maioria homens do monarca, além de cinco ou seis de cabelo só no topo da cabeça que deviam pertencer à diocese. Carlos Magno presidia a longa mesa retangular coberta por impecáveis toalhas de linho e enfeitada com flores de inverno. Várias travessas cheias de carne de caça competiam em abundância com as de queijo, salames e frutas, enquanto dezenas de jarras de vinhos distribuídas entre os pratos anunciavam uma comemoração digna de reis. Respondendo ao monarca, brindaram sem bater os copos e começaram a comer como uma manada de famintos.

À medida que a ceia avançava, Theresa pôde observar que alguns dos convidados, fartos de tantos manjares, desviavam o apetite para as curvas de seu vestido. Incomodada, afrouxou o cinto para que não marcasse seu corpo e colocou um vaso de flores entre os olhos compridos e ela. Desidéria percebeu e acrescentou outro par de ramos para ocultá-la melhor.

— Não se preocupe — sorriu a jovenzinha —, os homens são todos iguais, a não ser quando bebem, porque aí são piores.

Na hora das sobremesas, Alcuíno aproximou-se de Theresa e mandou que se levantasse, o que muitos homens aplaudiram ruidosamente. Um padre bêbado demais para aplaudir, levantou da cadeira e tentou dizer algumas palavras, mas só conseguiu arrotar antes de perder o equilíbrio e desabar sobre a mesa. Quando foi retirado, Carlos Magno levantou e pediu a Theresa que lesse. Ela se preparou.

Antes de começar, bebeu um gole de vinho. O trago lhe deu coragem. Evitando os restos de comida que salpicavam o chão, dirigiu-se para o leitoril que Alcuíno tinha preparado, abriu o livro e respirou profundamente. Assim que acabou de pronunciar as primeiras palavras, todos emudeceram. Leu devagar, serena; às vezes sussurrando, às vezes exaltada. Quando concluiu, todos continuaram calados; Carlos Magno, de pé, absorto, olhava para ela com estranheza. Por um instante, Theresa pensou que a repreenderia, mas para sua surpresa, o monarca encheu sua taça e ofereceu-lhe com admiração. Ela aceitou. No entanto, quando ouviu que desejava vê-la em seus aposentos particulares, a taça deslizou entre seus dedos e manchou o vestido novo.

Depois da ceia, Theresa contou o ocorrido a Helga.

— Considere-se fodida — disse quando ela terminou o relato.

Theresa arrependeu-se de ter usado aquele vestido. Estava assustada, mas não podia acreditar que um rei pudesse forçá-la daquela maneira. Resolveu falar com Alcuíno antes de ir ao encontro com o monarca; no entanto, por mais que o procurasse, não o encontrou em lugar algum.

Quando a conduziram ao quarto de Carlos Magno, Theresa rezou para que o rei estivesse dormindo. Mas, por sorte, quem abriu a porta do aposento foi Alcuíno em pessoa. O frade convidou-a a entrar e ficou junto dela à espera de que Carlos Magno terminasse seu banho.

— Ah, já está aqui! Adiante — ordenou o rei.

Enquanto secava o peito, Theresa o admirou. Embora já fosse maduro, era o homem mais alto que já tinha visto. Maior do que o maior dos saxões.

— Muito bem. Alcuíno já lhe falou de minhas intenções?

— Não, majestade — gaguejou.

— Ele me contou que é muito esperta. Que foi você quem descobriu o grão contaminado.

Theresa olhou para Alcuíno ruborizada, mas ele fez que sim com a cabeça.

— Na verdade, foi uma casualidade — esquivou-se.

— Assim como o fato de ter encontrado o texto oculto no registro?

Theresa olhou para Alcuíno novamente. Por um instante, imaginou que Carlos Magno pretendesse comprometê-la, mas Alcuíno a tranqüilizou.

— Bem, reli o registro várias vezes, mas o mérito é de frei Alcuíno. Foi ele quem insistiu.

— E além de tudo, modesta, embora atrevida. Não vamos esquecer de seu papel decisivo para a apresentação da última prova.

A moça ruborizou-se. Era verdade que tinha se arriscado ao arrancar a folha do registro, mas não esperava que o rei a chamasse para elogiá-la. Mais uma vez, teve dúvidas sobre o propósito de tantos elogios.

— Obrigada, majestade — conseguiu responder.

Carlos Magno grunhiu, acabou de se secar e vestiu um manto de lã.

— Gostaria que seu comportamento fosse um exemplo para meus súditos. Falei sobre isso com Alcuíno e ele concordou, de modo que pensei em recompensá-la de alguma forma. Talvez com as terras que pertenciam ao bispo...

Theresa ficou boquiaberta. Pensou que estivesse brincando.

— A bem da verdade — continuou ele —, são terrenos lavrados só pela metade e se não forem capinados voltarão a se perder.

— Mas eu... eu não entendo nada de cultivo e de terras...

— Foi o que Alcuíno me disse, de modo que mandarei meu engenheiro dar uma olhada. Ele vai poder ajudá-la. Além disso — acrescentou —, só os versos que recitou já mereceriam um prêmio.

Theresa abandonou o quarto como se tivessem sacudido sua cabeça. Não podia acreditar que, do dia para a noite, tinha deixado de ser uma pobre forasteira assustada para se tornar proprietária de terras. E não era só isso: Carlos Magno tinha garantido que teria os grãos necessários para começar a semear imediatamente. Quando contou a novidade a Helga, a mulher não acreditou.

— Sabe de uma coisa? Eu também não! — atalhou Theresa, e as duas caíram na risada.

Conversaram enrodilhadas diante do fogo, fantasiando sobre a extensão e situação do terreno e sobre as riquezas que proporcionaria. Helga comentou que, na verdade, as terras não valiam nada por si só. Para que rendessem, ela ia precisar de mão-de-obra disposta, bois, sementes, ferramentas e água. E mesmo assim, poucas vezes rendiam alguma coisa além do sustento da família que as cultivava. Mas Theresa preferiu fechar os olhos e imaginar-se junto a Hóos, como uma poderosa proprietária de terras. Logo deitaram juntas, apertadas uma contra a outra para combater o frio. Helga dormiu rapidamente, mas Theresa passou a noite imaginando o que aconteceria se as palavras do rei se confirmassem.

Na manhã seguinte, foi para o *scriptorium*, onde encontrou frei Alcuíno mergulhado em seu escritos. O frade cumprimentou-a sem levantar a cabeça, mas logo se virou para felicitá-la pela boa sorte.

— Acho que ele não estava falando sério — aventurou ela.

— Pois pode acreditar — garantiu. — O monarca não é um homem de palavras vãs.

— Mas eu não entendo nada de terras. O que poderia fazer com elas? — esperou que ele lhe dissesse.

— Não sei. Cultivá-las, acho eu. A leitura e a escritura não são atividades que mantenham uma família. Deveria estar contente.

— E estou. Mas é que não sei...

— Pois se não sabe, aprenda — virou de novo para seu emaranhado de escritos e não voltou a tocar no assunto.

No meio da manhã, um criado se apresentou no *scriptorium* perguntando por Theresa. Segundo informou, um homem de Carlos Magno esperava pela jovem na praça principal para acompanhá-la às suas novas terras. Theresa pediu a Alcuíno que fosse com eles, mas ele se recusou alegando excesso de trabalho. Com a permissão do frade, a jovem vestiu um casaco e acompanhou o criado até o lugar onde um homem esperava por ela a cavalo.

O engenheiro do rei era um jovem de pele bronzeada e cabelos ondulados. Um par de olhos verdes se destacavam sobre a pele curtida, num contraste incomum e atraente. Apesar da aparência diferente, ele recordava Hóos Larsson. Disse que se chamava Izam de Pádua.

— Sabe cavalgar? — perguntou. A seu lado pastava uma montaria sem dono.

Theresa segurou as rédeas e montou no cavalo de um salto. O jovem sorriu, deu meia-volta, esporeou seu cavalo e começou a trotar devagar por entre as ruelas de Fulda.

Cavalgaram para o norte seguindo o leito do rio através do frondoso bosque de faias. A terra cheirava a molhado, com os raios do sol evaporando mansamente a umidade que se fundia com o aroma doce da manhã. Depois de um tempo avançando em silêncio, Theresa interessou-se pelo significado da palavra "engenheiro".

— Reconheço que é um termo pouco usado — respondeu ele, rindo. — Serve para designar aqueles que, como eu, se dedicam a construir engenhos para a guerra.

O jovem continuou falando como se estivesse com um colega, explicando animadamente a importância das catapultas ou a diferença entre alhos e bugalhos, sem notar que a jovem só fazia bocejar. Quando finalmente percebeu, já tinha contado quase tudo o que sabia.

— Desculpe. Estou aborrecendo você.

— Não é isso — disfarçou Theresa. — Simplesmente não compartilho essa sua paixão pelas armas. Além disso, não entendo que relação a sua profissão tem com o fato de me acompanhar para ver as terras.

Izam pensou em replicar, mas preferiu não perder seu tempo com uma jovem que menosprezava suas habilidades. Um par de milhas adiante, chegaram a uma clareira com uma cerca de arbustos, que se prolongava até sumir num bosque distante. Uma fração do terreno estava arada, com as árvores cortadas e o mato capinado, mas a maior parte não tinha sido tocada. O jovem desceu do cavalo, abriu o que parecia ser um portão rudimentar e entrou no recinto.

— Parece que o bispo sabia o que fazia. Espere aqui um momento.

Enquanto Theresa desmontava, Izam começou a andar com passos exageradamente longos. No meio do caminho, deu meia-volta com expressão de assombro. Montou de novo e disse a Theresa que esperasse. Depois de um momento, voltou entusiasmado.

— Moça, não imagina o que caiu em suas mãos. O *manso* deve ter uns 10 *bonniers*, ou seja, cerca de 35 acres de terra cultivável, das quais a metade já foi passada no arado. Adiante, depois da colina, estendem-se cerca de 6 arpentos de vinhedos e 3 ou 4 de prado. Mas isso não é tudo: o rio que acabamos de passar corta essa última área com um arroio.

Theresa olhou para ele com cara de quem não estava entendendo nada.

— Vamos ver como posso explicar. Sabe o que é um *manso*?

— Claro. É o lote de terra que uma família possui — respondeu ofendida.

— Mas sua extensão não depende da quantidade de terreno disponível, mas daquilo que essa família é capaz de cultivar.

— Ah... — continuou sem entender. Convenceu-se de que nunca aprenderia a cultivar aquela terra.

Perambularam pela propriedade conversando sobre terrenos, *mansos*, arpentos e outras medidas agrárias, admirados com o trabalho que o bispo já tinha adiantado. Havia cercados para os animais, uma cabana de pastor recentemente construída e as fundações de madeira do que poderia ser uma magnífica moradia. Theresa estranhou que Izam entendesse tanto de terras, mas o jovem esclareceu que seu ofício não se limitava a construir engenhos de guerra. Na realidade, disse ele, as batalhas entre exércitos acabavam muitas vezes em cercos intermináveis, o que exigia um conhecimento exaustivo dos terrenos adjacentes, pois era fundamental impedir o livre trânsito de víveres, desviar os cursos de água, estudar a situação das defesas, escolher o local apropriado para levantar acampamentos e, às vezes, cavar túneis ou minar muralhas. E essas mesmas variantes tinham que ser analisadas também quando se tratava de estabelecer um novo assentamento.

— E não é só isso: às vezes, os cercos se prolongam durante anos, de forma que precisamos saber se os campos serão adequados tanto para o cereal dos soldados, quanto para a forragem que alimentará os animais — abaixou-se para pegar uma pedra. — Por exemplo, está vendo aquele morro — jogou a pedra, que voou até se perder atrás das copas de uns abetos. — Fica ao norte e, portanto, protege os campos do vento norte. Olhe essa terra — esmagou um torrão com o pé. — Leve e úmida como pão preto molhado na água.

Theresa abaixou e pegou outra pedra.

— E aquele lá? — disse, indicando um montículo. Tomou impulso e tentou acertá-lo com a pedra.

Izam se afastou o suficiente para que o pedregulho não atingisse sua cabeça. Depois da surpresa, caiu na risada como um menino.

— Não faça troça — queixou-se ela.

— Ah, então não fez de propósito? — e voltou a rir com vontade.

Sentaram-se para almoçar entre os pilares de madeira que delimitavam a planta da futura residência. Izam pegou uma sacola com queijo e pão fresco, que saborearam ao ritmo dos murmurinhos do riacho. Tinham se passado duas horas, mas Izam confessou a Theresa que na verdade estavam bem perto do povoado.

— Meia hora a cavalo — precisou.

— Então por que demoramos tanto?

— Queria examinar o leito do rio. Como imaginei, é navegável, de modo que se conseguir uma barcaça, poderá usá-la para transportar os grãos. Ah, tem uma coisa que me preocupa — foi até a cavalgadura e tirou uma besta do saco. — Está reconhecendo?

— Não — respondeu sem dar atenção.

— É a mesma que usou outro dia durante o jantar.

— Ah, não sabia! Não sei distinguir uma da outra.

— É exatamente isso que me intriga. Acho que não existe outra igual em toda a Francônia.

Explicou que a besta era uma arma pouco difundida. De fato, ele nunca tinha visto nenhuma outra.

— Esta foi construída segundo as descrições resenhadas por Vegetius em *De re militari*, um manuscrito sobre a arte da guerra do século IV que Carlos Magno me mostrou. Por isso, estranhei não apenas que a empunhasse, mas também que soubesse manejá-la.

Theresa contou que o homem que a tinha ajudado nas montanhas possuía uma arma parecida. Quando contou que tinha sido comprada de um soldado, Izam balançou a cabeça.

— A primeira que fiz foi roubada. Talvez tenha sido o soldado que mencionou ou mesmo o homem que a ajudou.

Conversaram mais um pouco até que ela sugeriu que já era hora de voltar. Izam concordou. Deu uma última olhada ao terreno e conduziu os cavalos até o riacho para beberem água. Assim que partiram, Theresa esporeou sua montaria porque estava ansiosa para contar tudo o que tinha visto a Helga.

Já na cidade, Theresa reiterou seus agradecimentos ao engenheiro. Izam sorriu, mas imediatamente transferiu todo o mérito para Carlos Magno. Ele só tinha cumprido as ordens recebidas. Quando finalmente se separaram, ela teve a impressão de que a seguia com os olhos.

De volta às cozinhas, Theresa encontrou a Negra depenando um peru. A mulher parecia atarefada, mas quando a viu, abandonou a ave e correu a seu encontro. Theresa propôs que fossem ao poço pegar água e, no caminho, sugeriu que dessem uma paradinha e Helga aceitou, sentando-se num banquinho de pedra e pedindo que contasse tudo nos seus mínimos detalhes. Ouvia Theresa com tanto entusiasmo que parecia que as terras eram suas.

— E tudo isso é seu? — perguntou incrédula.

Theresa fez que sim. Falou da enorme extensão das áreas de cultivo, dos vinhedos, dos prados para o feno, do rio e da residência. Finalmente, falou também do jovem Izam.

— Foi muito gentil — confessou.

— Além de bonito — acrescentou Helga piscando o olho. Ela o tinha visto pela janela.

Theresa sorriu. De fato, o engenheiro era atraente, mas que ficasse claro: não tanto quanto Hóos. Continuaram a falar das terras até que a cozinheira chegou para buscá-las com um atiçador na mão. As duas mulheres riram e correram para a cozinha, aproveitando para continuar a conversa toda vez que Favila se ausentava. Theresa falou com preocupação de sua falta de recursos, mas Helga a tranqüilizou.

— Você não imagina tudo o que tem para fazer! As terras só estão aradas pela metade. Vou precisar de um arado, de um boi e de alguém para me ajudar. É tanta coisa!

— Deixe disso! Se em vez de terras, tivesse dívidas, com certeza estaria menos preocupada...

Theresa guardou silêncio, imaginando se algum vizinho poderia aconselhá-la, mas na verdade a única pessoa com quem podia contar estava bem na sua frente. Ao observar seu abatimento, Helga passou um braço em seus ombros.

— Ora, anime-se! Ainda tenho uma parte do dinheiro que me adiantou quando vendeu a cabeça de urso. Poderia usá-lo para comprar um boi novo.

— Mas esse dinheiro é para pagar minha hospedagem.

— Não diga besteira, menina. Você me arranjou trabalho, de modo que não se preocupe. Além do mais, uma oportunidade dessas só aparece uma vez na vida: quando essa terra começar a dar frutos, vai me devolver tudo com juros — e beliscou seu rosto.

Explicou que um boi de um ano custava 12 dinheiros, enquanto um adulto oscilava entre 48 e 72, o que equivalia ao pagamento de uns três meses de trabalho. Theresa achou que era uma quantia ao alcance de qualquer um, mas Helga a fez ver que ninguém fica três meses sem comer.

Quando acabou de cozinhar, Theresa continuou.

— Izam disse que amanhã voltaremos ao terreno. Não acha que deveria botar um nome?

— Em quem? No engenheiro?

— Não, boba... nas terras.

— Bem, podia chamá-las de... Deixe ver... As maravilhosas terras de Theresa — riu.

Theresa presenteou-a com um cascudo, mas Helga devolveu e riram juntas como duas mocinhas.

À tarde, Theresa voltou ao *scriptorium*, onde encontrou Alcuíno absorto em seus escritos. Tinha centenas de perguntas a lhe fazer, mas justo quando ia começar, o frade se levantou.

— Estive com esse Izam. Comentou que seus terrenos são excelentes.

— É... Não sei o que têm de tão fantásticos, se não sou capaz de cultivá-los — lamentou-se.

— Ora, estou vendo duas boas mãos.

— E pouco mais. Sem ferramentas, nem animais, de que adianta tantas terras?

— Nesse caso, poderia alugá-las e receber uma renda por elas.

— Foi o que Izam sugeriu, mas para quem, se os que podem pagar já têm terras de sobra?

— Procure alguém que trabalhe em troca de uma parte da colheita.

— Izam também sugeriu isso, mas esclareceu que essas pessoas não possuem arados ou bois, de modo que não poderiam arar para semear e colher.

— Certo. Vou dizer o que faremos: amanhã é quinta. Depois da *tercia*, iremos ao mercado para comprar um escravo que trabalhe duro em suas terras. São milhares de cativos, de modo que poderemos encontrar alguém por um bom preço.

Theresa não deu crédito ao que ouvia. Parecia que a cada instante sua vida se complicava mais e mais, sem que ela fizesse nada. Se não tinha o suficiente para si mesma, como poderia possuir um escravo?

Alcuíno confessou que a idéia tinha sido de Carlos Magno e garantiu que, feitas as contas, manter um escravo não tinha por que ser muito caro.

De manhã, saíram bem cedo em direção ao acampamento que os homens do rei tinham erguido fora da cidade. Segundo Alcuíno, os traficantes de escravos aproveitavam os deslocamentos do monarca para ir a seu encontro e ampliar seus negócios, seja comprando escravos entre os inimigos capturados, seja vendendo alguns de seus melhores exemplares. No entanto, passados alguns dias, tinham que diminuir os preços a fim de se desfazerem dos indivíduos menos preparados.

— Doze soldos? — Theresa levou a mão à boca. — Mas é o preço de três bois adultos!

Alcuíno explicou que aquele era o preço comum de um escravo jovem e treinado, mas que, procurando bem, encontrariam um mais barato. Quando Theresa informou sobre o dinheiro de que dispunha, Alcuíno mostrou-lhe uma bolsa bem recheada.

— Posso lhe emprestar alguma coisa.

Enquanto caminhavam até as muralhas, Alcuíno falou sobre a responsabilidade de possuir escravos.

— Não é só mandar para eles obedecerem — explicou. — Embora não acredite, os servos também são criaturas de Deus e como tais devemos zelar por seu bem-estar. E isso inclui alimentá-los, vesti-los e educá-los como bons cristãos.

Theresa olhou para ele surpresa. Em Constantinopla, tinha crescido rodeada de escravos e sempre soube que eram criaturas de Deus, mas nunca imaginou que ser dona de um deles acarretasse tantos problemas. Quando Alcuíno explicou que os proprietários também eram responsáveis pelos delitos cometidos por seus escravos, assustou-se ainda mais.

— Por isso é melhor não comprá-los muito jovens. Nessa idade, são ágeis e fortes, mas também rebeldes e irresponsáveis. A menos que esteja disposta a tratá-los a chicotadas, é preferível escolher alguém casado, com mulher e filhos para sustentar, para que não tente fugir nem cometa desatinos. Sim, a melhor coisa é procurar uma família que trabalhe duro e lhe proporcione bons lucros.

Acrescentou que mesmo que arranjasse um bom trabalhador, seria necessário vigiá-lo de perto pois, naturalmente, os escravos são pessoas de curto entendimento.

— Não sei se preciso de um escravo — anunciou finalmente Theresa. — Nem tenho certeza de que gostaria de tê-los.

— Do que está falando?

— Não entendo por que um homem pode decidir sobre a vida de outro. Por acaso esses infelizes não foram batizados?

— Pois suponho que a maioria não foi, mas ainda que fosse e mesmo considerando que o batismo cancela o pecado original, é justo que Deus decida sobre a vida das pessoas transformando alguns em servos e outros em senhores. Por natureza, o escravo tende a fazer o mal e é reprimido pelo poder de quem o domina. Se o escravo não conhecesse o medo, o que o impediria de agir com perfídia?

Theresa pensou em responder, mas preferiu dar por encerrada uma discussão para a qual não tinha argumentos nem idéias.

Pouco depois de atravessar as muralhas, um cheiro de suor azedo anunciou a proximidade do mercado de seres humanos. Os postos de venda alinhavam-se ao longo do rio, numa sucessão de tendas e lonas desconjuntadas, nas quais os escravos irrompiam como se fossem gado. Os mais jovens permaneciam acorrentados a grossas estacas cravadas no chão, enquanto os mais velhos trabalhavam, submissos, nas tarefas de limpeza e manutenção do acampamento. À passagem do frade, vários comerciantes apressavam-se a oferecer suas mercadorias.

— Veja esse aqui — ofereceu um mercador comido pelos insetos. — Forte como um touro. Pode carregar suas bagagens e defendê-lo nas viagens. Ou prefere um rapazinho? — sussurrou diante de sua indiferença. — Doce como mel e solícito como um cachorrinho.

Alcuíno lançou um olhar que o mercador entendeu imediatamente e se retirou com o rabo entre as pernas. Continuaram a perambular entre as tendas nas quais, além de escravos, exibiam-se todo tipo de mercadoria.

— Armas afiadas! — gritou um, mostrando um arsenal de punhais e espadas. — Salvo-condutos para o inferno com um único golpe.

— Ungüentos para feridas, emplastros para chagas de animais! — anunciou um outro que, por seu aspecto, parecia bem necessitado de seus produtos.

Deixaram para trás os primeiros postos e penetraram no recinto onde se vendiam animais de todo tipo. Ali, cavalgaduras, bois e cabras passeavam com mais liberdade do que os escravos que tinham visto antes. Alcuíno interessou-se por um boi tão grande que parecia uma montanha. O animal pastava atrás de um cercado sobre o qual descansava um lote de queijos. Um mercador se aproximou tentando convencê-lo.

— Tem bom olho, frade! É uma beleza de animal!

Alcuíno olhou atravessado: embora não gostasse de tratar com charlatães, era verdade que o animal parecia de ferro. Perguntou pelo preço e o homem parou para pensar.

— Bem, como é para o clero... 50 soldos.

Alcuíno ficou tão indignado, que o homem desceu imediatamente para 45.

— Mesmo assim é muito dinheiro — mas o animal era mesmo imponente.

— Se prefere uma cabra com chifres, posso vender por 35 — respondeu o vendedor de má-vontade.

Alcuíno disse ao homem que ia pensar no assunto. Em seguida, ele e Theresa pegaram o caminho de volta para o setor dos escravos. Na entrada, Alcuíno pediu a Theresa que o deixasse sozinho para ir mais rápido e a jovem concordou, acertando que se encontrariam naquele mesmo lugar quando o sol estivesse a pino.

Enquanto Alcuíno se dedicava a pechinchar com os mercadores, Theresa resolveu voltar para ver o gado. No caminho, um comerciante ofereceu algumas moedas por seu corpo e Theresa acelerou o passo. Quando chegou ao cercado do boi que tinha interessado Alcuíno, um homenzinho se aproximou coxeando.

— Eu não daria mais do que 10 soldos — comentou dissimuladamente.

Surpresa, Theresa se virou e deu de cara com um homem de meia-idade e aspecto desalinhado olhando-a descaradamente, apoiado contra a cerca de tábuas. Seu cabelo louro combinava com os olhos cor de gelo. No entanto, o mais chamativo era a única perna que o sustentava. Ao perceber a surpresa de Theresa, o homem se adiantou.

— Perdi a outra trabalhando, mas ainda posso ser útil — esclareceu.

— E o que sabe de bois? — provocou Theresa com altivez. Era óbvio que o homem era um escravo e se resolvesse comprar um, tinha que saber como tratá-los.

— Nasci na Frísia, onde tem mais vaca que pasto. Até um cego reconheceria um boi doente.

O homem coxo aproveitou que o vendedor de gado estava distraído para dar com uma vara no bicho. O animal nem se mexeu.

— Viu? É o que vai fazer quando colocarem o arado. Não vai se mexer.

Theresa olhou para o coxo espantada. Em seguiu, seguiu com os olhos as indicações que ele fazia com a vara, verificando que entre os cascos do boi havia sangue seco.

— Se quiser um bom animal, procure meu amo, Fior. Ele não vai enganá-la.

Nesse momento, o dono do boi voltou e o escravo se retirou disfarçando. Theresa percebeu que usava uma muleta para substituir a perna perdida. Correu em sua direção e perguntou onde poderia encontrar o tal Fior. O escravo pediu que o seguisse.

Enquando caminhavam, contou que Fior só vendia bois pequenos.

— Têm menos força, mas suficiente para puxar um arado leve. No entanto, têm uma resistência de pedra, comem pouco e custam menos. Para essas terras, servem como um anel no dedo certo.

Caminhavam entre as carretas, evitando as valas de detritos que desciam ziguezagueando do acampamento até o riacho, quando uma mulher e duas crianças vieram a seu encontro. A mulher abraçou o homem coxo e os pequenos lhes abraçaram as pernas. Theresa observou a extrema magreza da mulher e dos filhos. Seus olhos eram enormes pratos sobre pequenas caveiras.

— Conseguiu alguma coisa? — suplicou a mulher.

O escravo tirou um volume enrolado na perna vazia das calças e entregou à mulher. Ela olhou e chorou de alegria. Em seguida, pegou as crianças e levou para trás de uma tenda, onde dividiu o pedaço de queijo que tinha acabado de receber. Depois, o escravo coxeou até o lugar onde estava Fior para explicar o que a jovem queria. Nesse momento, Alcuíno apareceu com cara de poucos amigos. Estava acompanhado pelo dono do boi gigante.

— Esse comerciante está dizendo que um escravo coxo roubou um queijo. E disse também que o escravo estava com você. É verdade? — perguntou a Theresa.

A jovem compreendeu que o escravo tinha se aproveitado do encontro para roubar um queijo do comerciante. Atrás da tenda, seus filhos ainda devoravam um pedaço pequeno. Intuiu que o castigo seria terrível.

— Não exatamente — mentiu. — Fui eu quem mandou que ele pegasse. Mas percebi que estava sem dinheiro e vim procurar sua paternidade para que pagasse o devido.

— Isso é roubar — gritou o comerciante.

— Roubar é tentar vender um boi doente — replicou Theresa, sem medo. — Tome — pegou a bolsa de Alcuíno e entregou-lhe um par de moedas, diante do espanto do frade. — E desapareça da minha vista, antes que eu chame o corregedor.

O comerciante pegou o dinheiro e retirou-se praguejando. Alcuíno olhou para Theresa com severidade.

— Ele queria nos enganar — desculpou-se, indicando o vendedor de gado.

Alcuíno manteve o olhar de censura.

— O escravo pegou o queijo para os filhos. Olhe para eles! Estão morrendo!

— É um ladrão. E você cometeu uma estupidez ao tentar protegê-lo.

— Muito bem. Volte para o seu santo vendedor de bois e gaste seu dinheiro numa besta inútil. Só sei que foi esse escravo quem me alertou contra o trapaceiro e que seus filhos talvez não tenham comido nada na última semana.

Alcuíno balançou a cabeça diante dos argumentos de Theresa. Em seguida, foi junto com ela falar com Fior, o vendedor de gado que o escravo tinha recomendado.

Fior era um normando rechonchudo que só negociava com um copo de vinho na mão. Assim que os conheceu, foi logo convidando para um trago e mostrando vários animais cheios de saúde e energia. Finalmente, propôs um boi malhado, de tamanho médio, garantindo que trabalharia como um condenado desde o primeiro dia. Acertaram o preço de 20 dinheiros pelo boi, uma cifra vantajosa, levando em conta que o animal já tinha três anos.

— Eu também não sou corpulento e meto a mão na massa desde a hora em que acordo — sorriu Fior, deixando à mostra uma dentadura intercalada por vários dentes de madeira.

O vendedor mostrou alguns arreios de couro e várias ferramentas de lavoura. Alguns precisavam de consertos, mas eram necessários e ele ofereceu bons preços, de modo que Theresa e Alcuíno acharam conveniente comprá-los. Depois de acomodar as compras sobre o boi, perguntaram a Fior sobre escravos com bom preço, mas quando o vendedor soube da cifra de que dispunham, balançou a cabeça e disse que com aquele dinheiro não arranjariam nem um porco domesticado.

— Por esse preço, poderia lhes vender Olaf. É um trabalhador, mas desde que perdeu a perna só me causa problema. Se quiserem, podem levá-lo.

Alcuíno chamou Theresa de lado ao ver que parecia interessada.

— Seria somente uma boca a mais para alimentar! Santo Deus, o homem é coxo! Por que o daria quase de presente se tivesse alguma utilidade? — sentenciou.

No entanto, Theresa botou a teimosia para funcionar. Se ia possuir escravos, ela é quem decidiria quantas pernas devia ter cada um.

— A mulher e os filhos também podem trabalhar — argumentou ela.

— Não vai vendê-los juntos. Ou vai pedir mais dinheiro. Mais do que podemos pagar. Além disso, você precisa de um escravo, não de uma família completa.

— Mas acabou de dizer que devia preferir os casados, com laços que os impedissem de fugir.

— Mas com todos os diabos! Como vai fugir se é coxo?

Theresa deu meia-volta e se aproximou de Fior, que observava divertido, sempre com um copo de vinho na mão.

— Certo, vamos levá-los — disse, indicando os pequenos e a mulher que estavam atrás de uma carreta, ouvindo.

— Ah, não! A mulher e os filhos não faziam parte do trato. Se quiser levá-los, vai precisar de mais 50 dinheiros.

— Cinqüenta dinheiros por uma família de esqueletos? — replicou indignada.

— Não, não, cinqüenta por cada um! Cento e cinqüenta dinheiros no total.

Theresa olhou o homem nos olhos. Se achavam que ele era um bom negociante, não sabiam com quem ele estava lidando. Pegou seu *scramasax* e cortou de um golpe a cinta que prendia as compras no boi. As coisas caíram no chão estrepitosamente. O homem olhou para ela surpreso.

— Quarenta dinheiros por toda a família. É pegar ou ficar com o seu coxo, seu boi anão e suas ferramentas estropiadas.

O homem apertou os dentes, olhou as coisas espalhadas pelo chão e caiu na gargalhada, mostrando as gengivas.

— Maldita negociante! Que o diabo carregue todas as mulheres.

Riu de novo e pegou a bolsa que a jovem lhe estendia. Em seguida, brindaram ao trato e, pouco depois, Alcuíno e Theresa empreendiam o regresso, com Olaf coxeando, sua mulher puxando o boi e os dois pequenos tocando o boi, sentados na garupa.

No caminho até a catedral, Olaf se revelou um mal caminhador, mas um bom conversador. Sua vida tinha sido difícil, mas não mais do que a de qualquer um que nascesse escravo. Seus pais já eram cativos e para ele, aquilo era o estado natural de sua vida. Não sentia falta da liberdade, pois não a conhecia e a maioria de seus senhores o trataram bem, pois sempre trabalhou duro.

Na realidade, a única coisa que Olaf sentia a falta, era da perna perdida. Tinha acontecido dois anos antes, quando talhava um enorme abeto. A árvore caiu antes do esperado e esmagou seu joelho, quebrando todos os ossos. Por sorte, um carniceiro conseguiu amputar a perna esmagada antes que a podridão o mandasse para a cova. Desde então, sua vida e da família só tinha feito piorar até se transformar num inferno.

No início, seu senhor, Fior, ainda tinha esperanças de que voltasse a trabalhar como antes do acidente; no entanto, logo descobriu que a falta da perna tinha transformado Olaf numa carga difícil de justificar. Durante a convalescência, o conhecimento dos campos e a destreza com as mãos permitiram que superasse a invalidez, mas quando Fior nomeou um novo capataz, relegou a Olaf apenas as tarefas próprias de mulheres e assim, em lugar de governar os outros escravos como antes, passou a se arrastar entre os armazéns em busca de restos com que alimentar os filhos e a esposa Lucilla.

— Mas ainda posso trabalhar — insistiu Olaf enquanto acelerava o passo com a muleta. — Sei montar a cavalo e conheço o campo como a palma de minha mão.

— Não compre cavalos ou ele vai desaparecer em cima do primeiro que comprar — sussurrou Alcuíno.

Uma vez em Fulda, Alcuíno propôs que Olaf e a família se hospedassem na abadia até que a cabana do bosque estivesse em condições. Botaram o boi no curral e foram para a cozinha do mosteiro, onde os monges ofereceram sopa de cebolas e algumas maçãs que as crianças saudaram como se fossem bolos. Depois de jantar, permitiram que dormissem perto do fogo, coisa que todos agradeceram. As crianças e a mãe logo caíram rendidos pelo sono, mas Olaf mal dormiu, pois nunca tinha se deitado em cima de um colchão de lã.

Na manhã seguinte, Theresa voltou ao mosteiro para levá-los para as novas terras. No estábulo, conseguiram um carro para transportar as sementes, alguma comida e ferramentas velhas que teriam que devolver no prazo de uma semana. Theresa agradeceu a Alcuíno por tê-la liberado de suas tarefas e por sua mediação no empréstimo das ferramentas. Embora tivessem tomado o caminho mais curto, levaram quase meia manhã para chegar, pois as crianças pararam várias vezes para urinar e Olaf fez questão de fazer o caminho a pé para demonstrar sua capacidade a Theresa.

Quando chegaram à cabana, os moleques ficaram encantados. Subiram no telhado como se fossem esquilos e correram entre os sulcos até caírem exaustos. Olaf os chamava apenas por apelidos como "anões", "gritões" ou "malandros", mas para a mulher reservava um "querida Lucilla".

Lucilla e Olaf construíram uma cerca rudimentar ao redor da cabana, limparam os arredores e juntaram algumas pedras em forma de lápide para cozinhar sem que o vento apagasse o fogo. Em seguida, prepararam um guisado de toucinho e nabos, que os pequenos devoraram antes de chegar ao prato. Depois Olaf fez umas armadilhas simples que espalhou pelos arredores. Com elas, poderia pegar coelhos e ratões para juntar aos legumes com os quais ele e a família deveriam subsistir até a chegada da primavera.

No meio da tarde, as crianças anunciaram em uníssono a presença de um homem a cavalo. Tratava-se de Izam de Pádua, enviado por Carlos Magno.

Olaf chegou para pegar o cavalo, mas o homem não desmontou. Aproximou-se de onde se encontrava Theresa e ordenou que subisse no cavalo. A jovem obedeceu espantada. Em seguida, Izam esporeou o animal até colocar uma boa distância da cabana.

— Alcuíno me falou dessa sua insensatez, mas vejo que é muito pior do que tinha imaginado. Como teve a idéia de comprar um aleijado? Bela maneira de arruinar um campo.

— Pois não me parece que seja tão mal assim — respondeu Theresa indicando o escravo. Nesse momento, Olaf regressava com um coelho na mão.

— Esse é um terreno em que é preciso trabalhar até deixar o couro, as mãos e as pernas. Não é uma obra de caridade. Aqui chove, graniza, neva, é preciso abrir sulcos, cortar árvores, manejar a junta, construir uma casa, serrar, limpar e mil coisas mais. Quem vai fazer tudo isso? Um coxo e três esqueletos?

Theresa desmontou do cavalo e regressou a pé para a cabana. Izam girou a cavalgadura e foi atrás dela a passo lento.

— Que teimosia! Por mais que dê voltas à cabeça, não vai resolver nada. Terá que vendê-los de novo.

Theresa se virou.

— Mas quem você pensa que é...? As terras são minhas e farei com elas o que bem me aprouver.

— Tem certeza? Pois diga então como vai fazer para devolver o dinheiro que lhe emprestaram?

A jovem parou de chofre. Por um momento, imaginou que aquelas terras lhe pertenciam por direito próprio, mas na verdade não era bem assim. Além disso, havia a sua responsabilidade com relação aos escravos: como tinha dito Alcuíno, devia zelar por eles e se não trabalhassem o suficiente, talvez aquela terra acabasse se transformando em seu túmulo.

Quando perguntou a Izam quais seriam as opções, ele garantiu que, das poucas que ele conseguia ver, todas passavam por revender os escravos.

— Não digo que não sirvam para nada, mas não para esse campo. Voltaremos ao mercado, talvez consiga devolvê-los sem perder muita coisa.

Theresa reconheceu que Izam tinha razão. No entanto, quando viu os dois pequeninos brincando na cabana não foi capaz de tomar a decisão.

— Vamos esperar uma semana — propôs. — Se nesse tempo não renderem o necessário, eu mesma os levarei ao mercado.

Izam resmungou entredentes. Seria mais uma semana perdida, mas pelo menos aquela maluca veria por si mesma o quão equivocada estava. Desceu do cavalo e entrou na cabana para se aquecer. No interior, surpreendeu-se com o novo aspecto do aposento. Estava limpo e ordenado, como se estivesse habitado há tempos.

— Quem consertou as paredes? — perguntou incrédulo.

— O inútil do aleijado — respondeu Theresa e empurrou-o para ajeitar uma das tábuas que tinha ficado mal assentada. Olaf viu e correu para ajudá-la.

— Tome, use isso — disse Izam de mau jeito. Olaf pegou a faca que ele estendia e usou para segurar a tábua.

— Obrigado — devolveu-a a Izam, que embainhou a arma.

— Aí fora está frio. Diga à sua mulher que entre. Você tem ferramentas? — perguntou o engenheiro.

Olaf mostrou as que a abadia tinha emprestado: um machado curto, uma picareta e uma enxada. Afirmou que, à tarde, construiria um bom maço de madeira e talvez um ancinho. Não muito mais, porque precisava consertar o arado que tinham comprado.

— É de madeira — informou. — Tem que trocar a relha.

Izam comentou que sem uma relha de ferro e bons arados, não conseguiriam abrir os sulcos. Em seguida, olhou para a muleta de Olaf.

— Pode me emprestar?

Examinou o pedaço de pau detidamente. Era um galho de cerejeira cortado toscamente, com um suporte de madeira forrado de couro na extremidade superior. Verificou a flexibilidade e devolveu a Olaf.

— Bem, tenho que ir — anunciou.

Levantou e saiu da cabana seguido por Theresa. Lá fora, ela agradeceu sua compreensão.

— Continuo achando que é uma loucura... Enfim... Se tiver tempo, vou tentar fazer uma perna de pau para ele.

O jovem montou no cavalo e despediu-se. Antes de desaparecer, Theresa viu que virava a cabeça.

22

Durante a semana inteira, Theresa alternou seu trabalho na diocese com a supervisão das novas terras. Assim, viu que Olaf tinha escavado uma canaleta que desviava água do arroio até as imediações da cabana para evitar o vaivém até o rio; construído uma porta para fechar o cercado e quatro tamboretes. Mas não tinha se ocupado apenas dos campos: ele e a esposa tinham transformado a velha cabana numa verdadeira casa. Helga tinha oferecido um baú e uma mesa pequena, além de tecidos usados que Lucilla usou para evitar que o ar penetrasse pelas frestas. Olaf tinha escavado um fogareiro no centro da cabana e arranjado dos dois lados os sacos de palha onde descansavam à noite. Quanto ao arado, embora o tivesse consertado, Olaf não conseguia manejá-lo. Lucilla também tentou, mas no terceiro dia suas mãos estavam cobertas de bolhas. Olaf lamentou-se com Theresa.

— É por culpa dessa maldita perna — e bateu nela. — Antes, conseguia abrir os sulcos em dois dias, mas Deus sabe que isso não é trabalho para mulheres.

Theresa respirou profundamente ao mesmo tempo em que fazia uma careta. Olhou para as crianças que corriam entre as patas do boi, rindo e brincando, sujos como tições, embora com um pouco mais de carne sobre os ossos. Aquela situação lhe dava pena, mas se Olaf não conseguisse arar todo o terreno, seria obrigada a revendê-los.

Observou-o dissimuladamente, enquanto se esforçava para limpar a coleira do boi. Ia comentar alguma coisa quando Olaf pareceu adivinhar seus pensamentos.

— Estou modificando a coleira para que puxe mais baixo. Assim, o boi vai abaixar o cangote e apertar o arado contra a terra.

Theresa fez que não com a cabeça diante do esforço inútil. Olaf não compreendeu.

Iam levantar quando ouviram um ruído de cascos. Assim que saíram, encontraram Izam de Pádua montado em seu cavalo e, atrás dele, um burrico carregado de lenha. O engenheiro desceu e entrou na cabana sem dar bom-dia, mediu com uma corda o coto de Olaf e saiu de volta com a mesma determinação com que tinha entrado. Dentro em breve, regressou carregado até os dentes.

— Um homem coxo é como uma mulher sem peitos — anunciou.

Theresa sentiu-se incomodada com a comparação; no entanto, continuou atenta à presteza com que Izam rasgava a perneira vazia de Olaf, deixando à mostra o coto terrivelmente costurado.

— Em Poitiers tive ocasião de examinar uma perna de madeira de extraordinária valia. Nada a ver com esse paus amarrados ao coto que os aleijados usam para andar como uns caracóis — mediu o diâmetro do coto mais uma vez e transferiu a medida para uma peça de madeira. — A perna de que falo era um engenho prodigioso, uma peça articulada que, segundo diziam, tinha pertencido a um general árabe morto numa terrível batalha. Felizmente, um frade arrancou-a do cadáver e guardou na abadia — mediu a perna boa e voltou a transferir as medidas. Em seguida, tirou um estranho mecanismo que, para Theresa, parecia uma espécie de joelho. — Levei dois dias para fabricá-lo, espero que sirva.

Olaf deixou-se manipular. Enquanto isso, Lucilla afastou as crianças, que tentavam encaixar todas as peças que caíam em suas mãos. Theresa continuou observando, distraída.

Izam pegou um lenho cilíndrico, ajustou um lado à articulação de madeira e colocou ao lado da perna boa. Em seguida, cortou o outro extremo na altura do calcanhar de Olaf.

— Agora a parte da coxa.

Pegou uma espécie de caçarola de madeira e encaixou no coto. Assim que soltou, ela caiu no chão, mas ele pegou de volta como se nada tivesse acontecido e escavou-a até que se ajustasse à perna. Em seguida, retirou-a para escavar mais um pouco e cobriu o interior com um forro de pano e couro.

— Bem, acho que está bom — encaixou a carapuça no coto e prendeu nos quadris com as correias que tinha adaptado. Depois calculou o pedaço de madeira que precisaria cortar para ocupar o espaço entre a carapuça e o mecanismo do joelho.

— Como funciona? — perguntou Olaf.

— Nem sei se vai funcionar.

Levantou o escravo que bamboleou, tendo que se equilibrar apenas na ponta de madeira.

— Ainda falta o pé, mas antes quero verificar se a mola agüenta. Agora, tente andar.

Olaf avançou titubeante, sem soltar a mão de Izam, mas para sua surpresa, a perna de madeira dobrou na altura do joelho e, depois do passo, recuperou imediatamente a rigidez, como num passe de mágica.

— Botei uma lâmina de teixo, a mesma madeira que se usa para fabricar os melhores arcos. Quando recebe o peso, ela cede um pouco, permitindo a articulação; em seguida, chegando ao limite, retorna à posição inicial para começar um novo passo. Veja esses orifícios — indicou quatro buracos escavados nos joelhos. — Com esse botão, poderá selecionar o grau de dureza. E quando retirá-lo — mostrou como fazer — o mecanismo ficará solto e poderá até cavalgar com a perna flexionada.

Olaf olhou para ele incrédulo. Não se atrevia a andar sem a muleta, mas Izam animou-o. Depois de algumas tentativas, conseguiu atravessar o quarto com a perna de madeira. Quando chegou aos braços de Lucilla, a mulher desatou a chorar como se realmente uma perna nova tivesse crescido do coto.

Passaram algum tempo ajustando os mecanismos e comentando a simplicidade da articulação. Izam explicou que usando lâminas de espessuras diversas, conseguiria graduar a flexibilidade e a dureza. Em seguida, foram para fora a fim de verificar seu funcionamento. Enquanto continuou pisando sobre pedras, Olaf caminhou sem dificuldade, mas entre os sulcos, viram que a madeira afundava na terra.

— Vamos acoplar um pé para solucionar esse problema — garantiu Izam.

De volta à cabana, Lucilla ofereceu a Izam o coelho que tinha guisado para Olaf e os filhos. Era o único alimento de que dispunham, que modo que Izam recusou. Enquanto entalhava o pé, o jovem engenheiro admitiu que todo o esforço que estava fazendo obedecia na realidade a seu interesse por Theresa. O fato de que uma moça tão jovem e bonita fosse capaz de enfrentar uma tarefa daquela envergadura o intrigava e, na verdade, começava a se dar conta de que desde o primeiro instante tinha se esforçado para agradá-la e ficar por perto.

Deu um último empurrão no pé de madeira e conseguiu encaixá-lo na ponta da perna. Um vez enxertado, girou-o para a frente e para trás, para ver se não emperrava. Explicou a Olaf que o pé também tinha balanço, mas que poderia retirá-lo se achasse que estava atrapalhando.

Em seguida, falaram do arado.

Izam enumerou as vantagens da relha de ferro e do uso de arados especiais. Os arados de madeira, como o de Olaf, quebravam com facilidade e mal penetravam na terra. Quanto aos arados, afastavam a terra revolvida, mantinham o sulco aberto e arejavam o terreno para que a semente pegasse com força. Com a primavera, chegaria o período de plantio, de modo que tinham que se apressar para arar o terreno que já estava preparado. Olaf comentou que, quando terminasse, começaria a capinar o terreno que permanecia inculto.

Depois de elogiar a limpeza da casa e a surpreendente canaleta que levava a água até a cabana, Izam se despediu. Não se comprometeu a voltar, mas Theresa desejou que o fizesse.

Na segunda semana, Olaf teve a comprovação de que a nova perna substituiria a velha muleta com vantagem. De fato, sentiu-se tão bem que, apesar das assaduras que produziu no coto, passou vários dias sem retirá-la. Tinha aprendido a afundar o arado apoiando-se na perna verdadeira, aproveitando a rigidez da postiça para equilibrar o impulso. Às vezes, quando precisava fazer trabalhos mais pesados, enfiava o passador que trancava o joelho para usar melhor sua força.

Lucilla e as crianças estavam felizes. E ele, mais ainda.

Levantavam-se ao amanhecer para arar os campos. Olaf abria a terra e em seguida, Lucilla semeava o centeio com os pequenos correndo atrás deles, espantando os pássaros que tentavam comer as sementes. Depois de jogar as sementes, cobriam os sulcos com terra previamente triturada com um maço. À tarde, depois de terminadas as tarefas, Theresa e Helga subiam do povoado para trazer alguma ferramenta, comida ou tecidos velhos para fazer roupas para os moleques.

Lucilla e Helga logo fizeram amizade. Falavam de crianças, da gravidez, de receitas e dos mexericos da cidadezinha, sem dar descanso à língua. Às vezes, Helga se sentia importante dando ordens a Lucilla, que arrumava a casa.

Embora dedicasse menos tempo a isso, Theresa continuava a auxiliar Alcuíno na cópia e tradução de documentos. Chegava bem cedo ao *scriptorium* e ficava até o meio-dia, transcrevendo os textos que o frade encomendava. Nessa época, ele tinha trocado o trabalho caligráfico por outro de tipo teológico, do qual ela pouco participava, o que a fez imaginar que chegaria o dia em que Alcuíno prescindiria totalmente de sua ajuda.

De vez em quando, apresentavam-se no *scriptorium* vários sacerdotes de olhar altivo, que entravam sem avisar e sentavam-se perto de Alcuíno. Eram romanos e faziam parte da delegação papal que acompanhava Carlos Magno permanentemente. Theresa os apelidou de *escaravelhos*, pois estavam sempre vestidos de negro. Quando os escaravelhos apareciam no *scriptorium*, ela tinha que deixar o aposento.

— Esses padres que aparecem de vez em quando no *scriptorium*... eles também são monges? — perguntou certo dia.

— Não — sorriu Alcuíno. — Talvez tenham sido muito tempo atrás, mas agora são clérigos pertencentes ao cabido romano.

— Mosteiros... Congregações... Não dá no mesmo?

— Ora, é claro que não. Um mosteiro ou abadia é um local onde frades vivem em reclusão para orar e pedir pela salvação dos homens. Geralmente, são lugares fechados, às vezes afastados das cidades, com leis e terras próprias, governados por um prior ou um abade, conforme os critérios. Um cabido, por sua vez, é uma congregação aberta, composta por um conjunto de sacerdotes guiados por um bispo, que administra uma diocese — reparou na expressão de Theresa, mas continuou. — Uma diocese é uma província eclesiástica que, por sua vez, governa as igrejas que fazem parte de sua jurisdição. Para que possa entender melhor, em Fulda convivem, de um lado a abadia, com seu abade, seus frades, suas ordens e seus muros; de outro, a congregação, com seu bispo, seus clérigos e suas responsabilidades eclesiásticas. Os frades rezam sem abandonar o mosteiro, enquanto os clérigos da congregação atendem à população local em suas igrejas.

— Essa história de clérigos, frades, bispos, diáconos sempre me confundiu... Não são todos padres?

— Claro que não! — riu ele. — Por exemplo: eu mesmo fui ordenado diácono, mas não sou sacerdote.

— Como é que pode?

— Embora pareça meio confuso, se prestar bem atenção, é fácil de entender — pegou a tabuleta de cera de Theresa e traçou uma cruz na parte superior do quadrilátero. — Como sabe, a Igreja é governada pelo Sumo Pontífice Romano, o chamado papa ou patriarca.

— Em Bizâncio também existe um papa — atalhou orgulhosa. Na realidade, era uma das poucas coisas que sabia.

— Realmente — e acrescentou mais quatro cruzes à primeira. — O papa de Roma governa o Patriarcado do Ocidente. A ele, somam-se os quatro patriarcados do Oriente: de Constantinopla, de Antioquia, de Alexandria e de Jerusalém. Cada Patriarcado tutela os diversos reinos ou nações submetidos à sua jurisdição, através das arquidioceses principais ou primazias, que são encabeçadas pelo arcebispo mais antigo do reino em questão.

— Que seriam os governadores espirituais de cada nação — arriscou.

— Melhor que governadores seria chamá-los de guias — e desenhou um círculo abaixo de primeira cruz, correspondendo a primado. — Pois bem, dessa arquidiocese principal depende o conjunto dos arcebispados — e traçou pequenos quadrados correspondentes às arquidioceses.

— Papado, arquidiocese mais antiga, arquidiocese...

— Vejo que está entendendo — sorriu. — Cada arquidiocese, com seu arcebispo à frente, governa numa província eclesiástica que, por sua vez, abarca várias dioceses a cargo de um bispo, também chamado de mitra.

— Papado, arquidiocese mais antiga, arquidioceses e dioceses.

— Aos quais correspondem respectivamente Papa, arcebispo mais antigo, arcebispo e bispo.

— Não é tão complicado assim. E esses clérigos romanos, pertencem ao papado...

— Isso mesmo, embora não signifique que tenham sido bispos anteriormente. Na realidade, habitualmente esses cargos são concedidos em razão de relações de parentesco ou amizade — Alcuíno olhou para Theresa com um certo ar de suspeita. — Diga-me uma coisa: por que esse interesse repentino pelos padres?

Theresa desviou os olhos, ruborizada. Estava preocupada com a falta de trabalho de escrita e pensou que quanto mais soubesse de assuntos religiosos, mais fácil seria conservar o emprego.

Certa vez, Alcuíno disse a Theresa que a comitiva papal estava se deslocando para Fulda, como etapa intermediária em sua viagem para Würzburg. A embaixada transportava relíquias com as quais Carlos Magno pretendia frear as repetidas insurreições ao norte de Elba e, por isso, logo partiria para depositar os santos despojos na catedral da cidadela. Quando lhe comunicou que faria parte da expedição, Theresa fez um borrão sobre o pergaminho em que trabalhava.

À tarde, encontrou com Izam a caminho das cavalariças. O jovem interessou-se pelo andamento do trabalho em suas terras, mas Theresa mal lhe deu atenção, pois em sua cabeça só havia lugar para Würzburg. Quando Izam se despediu, lamentou ter se mostrado tão indelicada.

Naquela noite, não conseguiu conciliar o sono.

Imaginou seu pai humilhado e desonrado. Toda noite, desde a sua fuga, pedia a Deus que ele a tivesse perdoado. Sentia falta do pai — dele e da madrasta. Sentia falta dos abraços, dos risos, até das reprimendas... Gostaria de ouvir as histórias que Górgias contava sobre Constantinopla, sua paixão pela leitura, as noites de escrita à luz de vela... Perguntou-se muitas vezes o que seria deles e evitou sempre aquela resposta!

Às vezes, sentia-se tentada a voltar e provar a todos que não era culpada. Com a passagem dos meses, tinha refletido bastante sobre o papel desempenhado pelo *percamenarius* no incêndio, recordando cada um de seus atos: as provocações e a pancada no bastidor, derrubando-o no fogo e dando início ao fogaréu.

Voltar e lutar contra Korne: sempre que pensava nisso, chorava por sua própria covardia. Tinha medo de perder tudo o que tinha conquistado milagrosamente em Fulda: o amor de Hóos Larsson, a amizade de Helga, a Negra, a sabedoria de Alcuíno, a propriedade daquelas terras. Se fosse condenada em Würzburg, perderia a sua nova vida.

Avaliou que tinham se passado cerca de três meses desde a sua fuga. Finalmente, adormeceu, pensando que nunca poderia regressar.

Na manhã seguinte, Alcuíno repreendeu-a, quando se enganou na hora de escolher uma tinta mais fluida.

— Sinto muito — desculpou-se. — Não dormi bem à noite.

— Problemas nas terras?

— Não exatamente — duvidou se deveria contar ou não. — Lembra do que comentou ontem? Sobre sua viagem a Würzburg?

— Sim, claro. O que tem isso?

— É que... Estive pensando sobre isso e gostaria de acompanhá-lo.

— Acompanhar-me? — parou. — Que tipo de idéia idiota é essa? Essa expedição vai enfrentar inúmeros perigos. Além disso, não há mulheres na viagem e não vejo qual poderia ser o interesse...

— Gostaria de acompanhá-lo — insistiu com decisão. Alcuíno surpreendeu-se com a rudeza da interrupção.

— E os escravos? E as terras? Foi por isso que dormiu mal?

— Helga vai me ajudar. E também Olaf e Lucilla. Eu imploro... Foi você mesmo quem disse que precisaria de um ajudante.

— Sim, mas aqui em Fulda, não dentro de um barco.

Theresa resolveu se arriscar. Não podia confessar sua participação no incêndio, mas precisava voltar a Würzburg e enfrentar suas responsabilidades.

— Irei mesmo que não queira — afirmou cortante. Alcuíno não acreditava em seus ouvidos.

— Pode se saber que tipo de beberagem andou tomando?

— Se não quiser me ajudar, tudo bem, irei sozinha, andando.

Alcuíno estranhou a insolência da moça. Pensou em dar-lhe uma bofetada, mas finalmente, ficou com pena.

— Ouça bem, sua cabeçuda...! Vai ficar em Fulda, queira você ou não. E agora, tire essas minhocas da cabeça e preste mais atenção em seu trabalho — e saiu do *scriptorium* batendo violentamente a porta.

No dia seguinte, um ajudante comunicou a Alcuíno que a delegação papal tinha resolvido antecipar a partida para domingo de manhã. Ao que parecia, um recém-chegado de Würzburg tinha trazido más notícias. Quando ele saiu, Alcuíno fechou a porta e dirigiu-se a Theresa.

— Adivinha de quem se trata?

— Não sei. Algum soldado? — Theresa teve medo de que estivessem procurando por ela.

— Não, é o seu amigo Hóos Larsson.

Theresa não conseguiu localizar seu amado até bem tarde naquela noite. Soube por Alcuíno que ele tinha sido conduzido para a residência dos notáveis a fim de informar a embaixada papal da situação em Würzburg e que, desde então, estava reunido com os soldados de Carlos Magno. Pouco antes da *nona*, o jovem abandonou finalmente a sala com expressão contrariada. Ela esperava por ele do lado de fora, enregelada de frio. Assim que o viu, levantou. Achou que estava magro e abatido, mas seu cabelo emaranhado e seus profundos olhos azuis ainda faziam dele um homem muito atraente. Quando o jovem a reconheceu, correu para ela e os dois mergulharam num beijo interminável.

Passaram a noite na casa de Helga, que não hesitou em ceder-lhes sua casa e alojar-se nas cozinhas. Theresa tentou preparar uma carne, mas o guisado queimou. Jantaram frugalmente e falaram pouco, pois só desejavam se comer de beijos. Quando foram para a cama, Theresa pensou que nenhum livro no mundo poderia preenchê-la tal como Hóos fazia com seu corpo.

* * *

De manhã, o jovem contou a terrível notícia.

— Preferia não ter que lhe dizer isso, mas Górgias, seu pai... desapareceu.

Theresa olhou para ele incrédula. Em seguida, afastou-se.

Perguntou centenas de vezes do que estava falando e ficou furiosa porque não tinha lhe contado de uma vez, na noite anterior. Ele não soube dar nenhuma explicação.

Comentou que o conde Wilfred tinha lhe falado a respeito do incêndio em Würzburg. E deduzir que a moça que todos acreditavam morta era a jovem por quem estava apaixonado, foi só uma questão de juntar as peças.

— Quando a conheci, você mesma disse que trabalhava como oficial *percamenarius*, que tinha fugido de Würzburg e que nasceu em Bizâncio. Tudo se encaixava...

— E contou para eles?

— Claro que não. Mas Wilfred disse que o pai da tal moça, ou seja, seu pai, tinha sumido. Wilfred não fala de outra coisa, como se precisasse muito encontrá-lo.

— Mas o que significa esse desaparecimento? — As lágrimas transbordaram. — O que aconteceu? Está sendo procurado?

— Não sei, Theresa. Gostaria de poder lhe dizer outra coisa, mas ninguém sabe de nada. Ninguém o viu e claro que procuraram por ele. Wilfred ordenou que revistassem casa por casa, publicou um edital e até organizou uma batida pelos arredores. Na verdade, acho que deveria voltar para Würzburg. Talvez possa ajudar a encontrá-lo.

Theresa fez que sim. Alegrou-se por ter pressionado Alcuíno a levá-la consigo e lembrou então do ataque sofrido por seu pai no dia em que a acompanhou à oficina do *percamenarius*. Na ocasião, foi apenas um ferimento no braço, mas talvez o agressor tivesse tentado de novo. O pranto a impediu de continuar. Hóos tentou consolá-la e, embora não tenha conseguido, ela apreciou o calor de seus abraços.

No meio da manhã, Theresa foi à congregação, onde encontrou Helga perdida entre sacos de alimentos. Antes de lhe dar atenção, a mulher acabou de organizar uma última fileira de sacos e fez uma pausa. No princípio, Theresa falou de trivialidades, mas seus olhos vermelhos a obrigaram a confessar o martírio que estava vivendo: o terrível incêndio, a morte de uma moça, o desaparecimento de seu pai e sua intenção de retornar a Würzburg. Quando terminou, Helga não conseguia acreditar que estava diante de uma fugitiva.

Esquentou um copo de leite, que Theresa bebeu em pequenos goles. Helga perguntou o que pretendia fazer.

— Como é que posso saber? — soluçou.

— Aceite meu conselho e esqueça a sua família — enxugou suas lágrimas com delicadeza. — Aqui você conquistou uma nova vida, encontrou um pretendente e tem mais do que qualquer uma de minhas amigas poderia sonhar. Se voltar para Würzburg, é claro que vai ser presa. Esse Korne de quem você falou parece ser um maldito bastardo.

Theresa concordou. Na realidade, chorava de medo de que seu pai estivesse morto, o que, segundo as palavras de Hóos, parecia bastante provável.

Abraçou e beijou Helga. Quando se acalmou, concordaram que a amiga a acompanharia até as muralhas da cidade, onde Theresa tinha marcado com Olaf para entregar-lhe algumas ferramentas. Passaram o tempo amassando farinha de espelta para fazer umas tortas e levar para as crianças de Lucilla. Depois de comer, recolheram as panelas e pediram permissão a Favila para sair um pouco.

No caminho para os arredores da cidade, notaram que um estranho as estava seguindo há algum tempo. No começo, não deram atenção, mas quando dobraram numa viela, o homem correu atrás delas e interrompeu a passagem. Era Widukindo, o sujeito que tinha apunhalado o rosto de Helga, depois de emprenhá-la.

Quando chegou mais perto, perceberam que estava bêbado. Não parecia saber direito o que queria. Olhava para elas com cara de imbecil e sorria o tempo todo. De repente, tentou agarrar a barriga de Helga, mas a mulher recuou. Theresa se colocou entre o bêbado e a amiga.

— Afaste-se, sua puta! — ameaçou.

O homem tentou afastá-la, mas perdeu o equilíbrio e Theresa aproveitou para sacar seu *scramasax* e encostar em seu pescoço. Dava para sentir o hálito de vinho que ele desprendia.

— Se não for embora, juro por Deus que vou sangrá-lo como um porco.

Ela o teria feito sem titubear e o homem percebeu. Cuspiu no chão e voltou a sorrir. Em seguida, foi embora cambaleando e dizendo coisas sem sentido. Quando desapareceu, Helga começou a chorar, desesperada.

— Há muitos dias que não o via. Esse desgraçado não vai descansar enquanto não me matar.

Theresa tentou consolá-la, mas foi inútil. Acompanhou-a até o cabido e voltou sozinha para as muralhas, de modo que, quando chegou ao lugar combinado, Olaf já tinha desaparecido. Esperou que voltasse, mas finalmente resolveu se pôr a caminho, pois já estava entardecendo e queria entregar as tortas quentes para as crianças.

Enquanto caminhava, pensou em contar o incidente a Hóos, pois talvez ele pudesse assustar Widukindo definitivamente. Hóos era forte e hábil com as armas. Se falasse com Widukindo, talvez conseguisse apaziguá-lo. Seguiu seu caminho recordando a noite anterior e pensando que, além de forte, Hóos seria o melhor marido que jamais poderia encontrar.

Era sábado. Enquanto caminhava, lembrou que Hóos tinha dito que a comitiva partiria na manhã de domingo e hesitou por alguns instantes. Por um lado, queria permanecer em Fulda, cuidar de suas terras e formar uma família, mas desejava ainda mais voltar a Würzburg para saber de seu pai.

Avançou admirando o riacho que em certos trechos começava a degelar. O leito era amplo e tranqüilo. Resolveu que, na primavera, compraria pregos e cravos e encarregaria Olaf de construir uma barca para sulcar suas águas.

Pouco depois, chegou ao bosque de faias que limitava suas terras. Dali sairia a madeira para construir uma bela casa, enquanto Olaf e seus filhos caçavam veados para cozinhar os mais suculentos guisados.

Estava admirando os cumes nevados quando, de repente, um ruído a sobressaltou. Prestou atenção, mas não ouviu mais nada. Ia retomar a marcha quando outro estalido a deteve. Pensou num animal e empunhou o *scramasax*. De repente, uma figura emergiu de entre as árvores. Gritou ao reconhecer Widukindo, com uma expressão furiosa no rosto. Theresa percebeu um punhal em sua mão direita. Da outra, pendia, meio vazio, um odre de vinho. Teve medo, mas engoliu em seco. Olhou furtivamente ao redor. À esquerda passava o rio. Do outro lado, abria-se o bosque. Pensou que conseguiria correr mais que Widukindo no estado em que ele se encontrava.

Sem esperar que a atacasse, lançou-se em direção ao bosque pela área que considerou mais desimpedida. Às suas costas, ouviu que Widukindo dava início à perseguição. O terreno estava gelado. Pensou que poderia escorregar a qualquer minuto.

À medida que avançava, a trilha ia ficando mais cerrada e difícil. Cedo ou tarde, Widukindo a alcançaria. Olhou para trás e não o viu, de modo que aproveitou para agachar-se atrás de alguns arbustos, justo em tempo de ver Widukindo berrando como um louco. Encolheu-se mais ainda, enquanto o homem dava punhaladas em tudo o que encontrava pelo caminho. Parecia possuído pelo demônio.

O homem parou para beber, sugando o conteúdo do odre até que o vinho transbordou por entre suas gengivas. Em seguida, gritou de novo e voltou a dar punhaladas a esmo no matagal.

A cada passo, chegava mais perto. Theresa pensou que, se permanecesse escondida, acabaria por descobri-la, de modo que empunhou o *scramasax* e preparou-se para lutar. Widukindo já estava quase em cima dela. A qualquer momento ouviria sua respiração. De repente, o homem girou na direção oposta e Theresa aproveitou para empreender a fuga. Widukindo soltou um palavrão e lançou-se em sua perseguição. Parecia quase sereno; seus passos eram mais rápidos e avançava com determinação. Theresa correu arranhando-se nos arbustos. Dos dois lados da trilha, sucediam-se filas de árvores num corredor estreito que teria que usar para escapar. Quanto mais corria, mais tinha a impressão de sentir o hálito de Widukindo. Saltou sobre um toco que impedia sua passagem, mas escorregou. Ouvia a respiração de Widukindo. O homem desviou-se do toco, mas também tropeçou, momento que Theresa usou para levantar e continuar a fugir. À direita, percebeu um pequeno barranco e deixou-se cair na esperança de chegar ao rio. Sentiu o traseiro arrastando-se contra o arbusto. Widukindo imitou-a. Tinha apenas alguns passos de vantagem. Ela nadava bem. Se chegasse ao rio, talvez conseguisse cruzá-lo. Correu com toda a alma, pedindo a Deus que lhe permitisse chegar até a água.

Tinha avançado um pouco, quando, inesperadamente, uma outra figura surgiu diante dela. Chocaram-se e ambos rolaram no chão. Widukindo olhou para eles surpreso. Quando Theresa se recuperou, percebeu que o desconhecido era Olaf, caído e com a perna de madeira desencaixada. Theresa tentou ajudá-lo, mas Widukindo impediu, afastando-a com um empurrão. Olaf intuiu o perigo e, ainda no chão, ordenou a Theresa que ficasse às suas costas. Widukindo sorriu, permitindo que a jovem se abrigasse atrás do aleijado.

— Um aleijado e uma puta... Vou gozar arrancando a perna que ainda lhe sobra e fodendo você até as entranhas.

— Theresa! O *scramasax*! — gritou Olaf.

Theresa não entendeu.

— O *scramasax*! — insistiu ele, desesperado.

A jovem passou a arma para ele.

Widukindo riu diante do absurdo da situação, mas Olaf agarrou a arma e lançou com pontaria certeira. De repente, Widukindo sentiu que alguma coisa o atingia na garganta. Em seguida, percebeu o calor do sangue derramando-se por seu pescoço e depois não sentiu mais nada.

Assim que ajustou de novo a perna postiça, Olaf certificou-se que Widukindo não respirava mais. Convenceu Theresa de que seria melhor manter a boca fechada. Ela concordou. Afinal, tinha sido uma sorte que Olaf tivesse ouvido a gritaria de Widukindo e tivesse acudido em seu socorro. Agora, Helga não precisava mais se preocupar. Ia parir seu filho sem que aquele desgraçado voltasse a perturbá-la.

Olaf despiu Widukindo e amontoou suas roupas para queimá-las mais tarde.

— Se o enterrássemos e descobrissem seu corpo, saberiam que tinha sido um assassinato. Mas assim, sem roupa, quando os lobos o devorarem não vai ficar rastro algum.

Jogou o cadáver por um barranco, depois de dar mais algumas punhaladas para que o cheiro de sangue atraísse as feras. Em seguida, pegou as roupas e os sapatos do morto. A caminho das terras de Theresa, mal se falaram. No entanto, antes de chegar, a jovem agradeceu.

— Qualquer escravo teria feito o mesmo por sua senhora — justificou-se.

Uma vez na cabana, Olaf revistou as roupas antes de jogar no fogo. Guardou o punhal e os sapatos, que poderiam servir, depois de pintados. Mas entregou o punhal a Theresa, pois um escravo não pode possuir armas. Ela rejeitou.

— Lime a ponta e poderá usá-lo sem que ninguém diga nada.

Olaf agradeceu seu gesto, enquanto admirava o punhal. Era um instrumento tosco, mas de bom aço. Faria algumas modificações e ele ficaria irreconhecível. Inclinou-se diante de Theresa e Lucilla o imitou. Em seguida, prepararam alguma coisa para comer, pois logo anoiteceria.

Quando acabaram com um pernil de corça, a lua já ia alta, de modo que Theresa resolveu pernoitar na cabana. Lucilla abriu espaço entre os dois pequenos. Ela dormiu no chão à sua direita e Olaf do lado de fora, abrigado sob uma capa de lã.

Naquela noite, Theresa voltou a remoer suas penas. Lembrou do pai, Górgias, especulando sobre seu paradeiro. Talvez estivesse morto, mas, por mais provável que fosse, ela não aceitava. Lembrou-se de Alcuíno, saudosa dos tempos de aprendizado, de suas palavras sábias, de seu conhecimento enciclopédico. Depois, repassou todos os que tinham morrido por sua causa: a jovem do incêndio, os dois saxões na casa de Hóos e agora Widukindo... Por um instante, perguntou se a fortuna de suas terras valia a pena.

Os uivos dos lobos a fizeram imaginar o cadáver de Widukindo. Depois pensou no pai e chorou ao imaginá-lo devorado por feras.

De repente, levantou-se como impulsionada por uma mola. Lucilla acordou, mas Theresa a tranqüilizou. A jovem abrigou-se e saiu da cabana. Olaf surpreendeu-se, pois ainda era noite fechada. O escravo afastou-se do boi que lhe servia de abrigo e olhou para ela com estranheza, esfregando as remelas dos olhos. Theresa admirou a lua em silêncio. Em algumas horas, amanheceria e Alcuíno partiria para Würzburg. Respirou fundo e olhou para Olaf. Em seguida, ordenou que se preparasse.

— Acompanhe-me até Fulda. Antes de partir, quero deixar certas coisas providenciadas.

Nos currais da abadia, tudo era animação naquela madrugada. Dezenas de frades corriam de um lado para o outro, carregando alimentos, animais, armas e equipamentos sob o olhar atento dos homens de Carlos Magno. Os boiadeiros acabavam de colocar os animais na canga e eles se rebelavam com mugidos e chifradas, as criadas transportavam as últimas rações de toucinho salgado e os soldados esperavam as instruções dos comandantes.

Theresa localizou Alcuíno no momento em que acabava de carregar um carro com seus pertences. Ela só tinha pego uma muda de roupa e suas tabuletas de cera. O resto, tinha deixado com Helga, a quem tinha acordado minutos antes para comunicar que estava de partida. Helga cuidaria de suas terras até o regresso e ela prometeu que voltaria mesmo, nem que fosse só para receber sua parte nos rendimentos, que a Negra insistia em lhe pagar. Quando Alcuíno viu Theresa, aproximou-se contrariado.

— Pode se saber o que está fazendo aqui?

— Nada que seja de sua conta — respondeu sem olhar para ele. Pegou sua sacola e largou em cima do carro.

— Tire isso daí! O que quer? Que chame os soldados?

— E o que quer? Que eu vá sozinha, caminhando? Porque é exatamente isso que farei.

— Mesmo que acabe no fundo de um barranco?

— Mesmo que acabe no fundo de um barranco.

Alcuíno respirou fundo e apertou os dentes. Em toda a sua vida nunca tinha se deparado com uma criatura tão teimosa. Finalmente, murmurou alguma coisa e lhe deu as costas.

— Maldita seja! Suba no carro!

— Como?

— Não está ouvindo? Suba no carro!

Theresa beijou sua mão, sem saber como agradecer.

Quando amanheceu, Izam de Pádua surgiu brilhando sob uma chamativa sarja vermelha sobre a qual refulgia um revestimento de malha. Um nutrido grupo de soldados o seguia, escoltando a comitiva romana. Quando o engenheiro viu Theresa, fez menção de se aproximar para cumprimentar, mas parou quando viu que um homem jovem se adiantava. Theresa se deixou abraçar por Hóos Larsson, que comemorou o encontro beijando-a na boca. Izam retirou-se, perplexo diante daquela cena, e Hóos percebeu.

— De onde o conhece? — perguntou Hóos quando viu que Izam se retirava.

— Quem? Aquele de malha? — disfarçou ela. — Ora, é um empregado de Carlos Magno. Ajudou-me com o escravo de que lhe falei. O da perna de madeira.

— Parece muito interessado em você — riu e voltou a beijá-la, certificando-se de que Izam os visse.

Theresa estranhou que Hóos não tenha se surpreendido ao vê-la, já que em nenhum momento tinha manifestado sua intenção de viajar para Würzburg. Ao contrário, imaginava que ambos ficariam em Fulda para continuar sua relação sem nenhum tipo de impedimento e, no entanto, lá estavam eles: caminhando para um destino desconhecido, sem tê-lo planejado. Hóos contou que seu amigo, o engenheiro, o tinha contratado como guia.

— Precisava ver. Quando disse a eles que a neve ainda impedia as passagens, gritaram feito loucos. Foi então que propus que retrocedêssemos até Frankfurt e, de lá, remontássemos o rio de navio. Nessa altura dos acontecimentos, o degelo já teria começado, de modo que, com um mínimo de sorte, poderíamos chegar a Würzburg navegando.

— E estava indo embora sem me avisar?

— Tinha certeza de que viria — sorriu. — Além disso...

Theresa olhou para ele desconfiada.

— Além disso o quê?

— Se fosse necessário, teria trazido você nem que fosse arrastada — riu e a ergueu lá para cima.

Theresa sorriu feliz entre os braços de Hóos. Pensou que enquanto ele estivesse a seu lado, nada de mal lhe aconteceria.

Quando todos se reuniram, Theresa contabilizou cerca de setenta pessoas. Dez ou 12 pertenciam à delegação papal, uns vinte pareciam soldados ou homens de armas, e o resto se dividia entre boiadeiros, criados e pessoas da região. Percebeu que, de fato, ela era a única mulher, coisa que não a preocupou. Além dos homens, oito carros arrastados por bois e outros tantos mais leves, puxados por mulas, completavam a comitiva.

A uma ordem de Izam, os chicotes estalaram sobre os animais, que mugiram de dor e puxaram penosamente na direção das muralhas. Alcuíno avançava atrás do primeiro carro, acompanhado pela delegação papal. Theresa bamboleava em cima do segundo, atenta a Hóos, que abria a marcha. Izam fechava o comboio com o grosso da soldadesca.

Deixaram Fulda para trás e se dirigiram para Frankfurt.

Durante o trajeto, Hóos conversou várias vezes com Theresa. Comentou que, em Würzburg, as pessoas estavam morrendo de fome e, por isso, 12 carros transportavam grãos. Em Frankfurt, embarcariam todas as provisões que pudessem carregar nos navios. Ela lhe falou de Alcuíno e do modo como tinha resolvido o caso do trigo envenenado.

— Digo e repito que não deve confiar nele. Esse frade é esperto como a fome, mas escuro como o diabo.

— Não sei... Comportou-se muito bem com Helga. E arranjou trabalho para mim.

— Para mim, dá no mesmo. Quando isso acabar e me pagarem, não vai mais precisar de trabalho algum.

Theresa concordou sem muito entusiasmo, confessando que seu único interesse no momento consistia em encontrar seu pai vivo. Quando Hóos comentou que esse era um desejo difícil de realizar, ela se negou a ouvir e enroscou-se embaixo de uma manta.

A comitiva avançou lentamente durante toda a manhã. Dois cavaleiros munidos de tochas abriam caminho, cuidando para que os carros superassem as dificuldades da estrada. A pouca distância, quatro criados com luvas tratavam de retirar as pedras que impediam a passagem das carretas, enquanto os boiadeiros, à força de chicote e xingamentos, esforçavam-se para afastar os bois dos barrancos. Atenta a qualquer perigo, outra parelha bem equipada vigiava a retaguarda.

Depois de ultrapassar um trecho muito lamacento, no qual os homens tiveram que puxar tanto quanto os animais, Izam ordenou que interrompessem a marcha. Em sua opinião, o caminho era suficientemente largo para proporcionar um acampamento seguro, de modo que os homens estacionaram as carretas junto ao arroio, prenderam os cavalos ao primeiro carro e descarregaram a forragem para os animais. Um rapaz acendeu uma fogueira sobre a qual acomodou várias peças de veado, enquanto Izam reuniu os outros para organizar os turnos de guarda. Uma vez organizados, acomodaram-se junto à fogueira e começaram a beber até que a carne ficasse assada. Theresa ajudou os criados na cozinha, e eles festejaram a presença de uma mulher que sabia lidar com as panelas. Um par de batedores voltou com coelhos que fizeram a delícia dos membros da delegação papal. Os menos afortunados tiveram que se contentar com mingau de aveia e perna de porco assada; no entanto, o vinho passou de mão em mão e os homens começaram a conversar e rir à medida que as jarras iam ficando vazias.

Theresa estava recolhendo umas tigelas, quando Izam se aproximou dela pelas costas.

— Não bebe vinho? — ofereceu. Theresa virou-se surpreendida.

— Não, obrigada. Prefiro água — e deu um gole em seu próprio copo.

Izam estranhou aquilo. Em geral, durante as viagens, as pessoas bebiam vinho aguado ou, na falta dele, cerveja, pois provocavam menos doenças que a água contaminada. Insistiu de novo.

— Esse arroio não é de confiança. O leito não é pedregoso e corre de oeste para leste. Além disso, deixamos um acampamento de colonos duas milhas atrás e posso dizer com certeza que todos os seus dejetos são jogados nas águas.

Theresa cuspiu a água e aceitou a taça de Izam. Era um vinho intenso e quente.

— Tentei cumprimentá-la antes, mas vi que estava ocupada.

Theresa respondeu com um sorriso amarelo. Viu Hóos comendo carne de veado e teve medo que pudesse surpreendê-la.

— É seu prometido? — perguntou.

— Ainda não — ruborizou-se, sem entender bem por quê.

— É uma pena que eu seja comprometido — mentiu ele.

Sem saber por que, ela não gostou da notícia.

Falaram um pouco mais sobre as dificuldades da estrada. Finalmente, ela sucumbiu à curiosidade.

— Sabe de uma coisa? Não acredito que seja comprometido — disse sorrindo, e na mesma hora teve vergonha da própria desfaçatez.

Izam caiu na risada. Nesse momento, Alcuíno chegou para cumprimentar o casal.

— Você pela comida, e você pela destreza dirigindo a comitiva — comentou.

Izam agradeceu o cumprimento, mas aproveitou para despedir-se, pois alguns soldados reclamavam sua presença. Quando se retirou, Theresa interrogou Alcuíno a respeito de Izam de Pádua.

— Na verdade, não sei se está noivo — respondeu o frade, sem entender o porquê daquela pergunta.

Chegaram a Frankfurt no dia seguinte, de madrugada. Hóos e Izam passaram a manhã perambulando pelo porto em busca dos navios mais apropriados. No cais, encontraram sólidos veleiros francos, navios dinamarqueses de grande calado e naves frísias de barriga larga. Izam insistia na força e capacidade dos cascos, enquanto Hóos apostava na rapidez.

— Se encontrarmos gelo, talvez seja preciso rebocá-los — observou o prometido de Theresa.

Finalmente, optaram por dois barcos pesados, bem equipados de remos, e um navio mais leve capaz de subir o rio rebocado.

Ao meio-dia começaram os trabalhos de estiva. Comeram todos juntos num armazém próximo e, cerca de duas horas depois, as três embarcações sulcavam o rio Main repletas de animais, soldados e padres.

23

Alcuíno de York nunca imaginou que uma saraivada de xingamentos daquele calibre pudesse sair da boca de um prelado. No entanto, quando Flávio Diácono ouviu o casco estalar, não parou de praguejar até a hora em que o navio ficou encalhado no gelo.

— Essa travessia não devia nem ter começado! — sentenciou Flávio, descendo do barco com os braços cheios de trastes. — Mas o que esse condenado pretende? Matar-nos?

Izam de Pádua olhou para ele com desdém e cuspiu o pedaço de carne que estava mascando há algum tempo. Já era suficiente ter que achar um meio de liberar o casco para, ainda por cima, ter que se preocupar com lamúrias de padres cheios de nove-horas. Olhou para a frente e xingou a si mesmo. Diante dele, estendia-se o rio totalmente congelado.

Desde que zarparam de Frankfurt, a travessia tinha transcorrido sem incidentes, à exceção dos blocos de gelo que começaram a deixá-lo preocupado. Por sorte, os navios que os secundavam tinham conseguido evitar o choque e flutuavam mansamente às suas costas. Em seguida, colocou dois vigias sobre a frente gelada, ordenou à tripulação que esvaziasse o porão e garantiu que os víveres e os animais fossem instalados na área mais sólida da plataforma gelada. Hóos encabeçou um grupo que atravessou o gelo para alcançar a margem.

— Que me cortem as mãos se sou capaz de adivinhar o que está ocorrendo! E agora, o que esse homem está fazendo? — perguntou Flávio.

— Não sei. Suponho que tenta nos tirar daqui, pois foi para isso que o pagamos — respondeu Alcuíno, sem parar de arrumar seus livros. — Por favor, segure essa Bíblia com cuidado. É um exemplar muito valioso.

Flávio agarrou a Bíblia e largou-a displicentemente sobre uma pilha de fardos. A presença de Theresa e a tranqüilidade com que Alcuíno enfrentava a situação o irritavam.

— Talvez estejam organizando o regresso — aventurou Theresa.

— Acho que não. E mais: poderia garantir que pretende içar o barco da água e arrastá-lo sobre o gelo.

— Está ficando louco? Como é que alguém vai arrastar um barco até Würzburg? — replicou o romano de novo.

— Querido Flávio, olhe um pouco ao redor — disse sem levantar os olhos. — Se quisesse retroceder, usaria um dos outros barcos como reboque. No entanto, não amarrou os cabos na popa, mas na roda de proa e, em seguida, prendeu nos bois, o que só pode significar que pretende içar o barco para cima do gelo.

— Mas isso é loucura. Como trinta homens vão arrastar um barco?

— Trinta e um, paternidade — disse Theresa, que tinha feito a conta.

— Vai participar dessa insanidade?

— Se pretendemos chegar a Würzburg, é melhor que sim — disse Alcuíno, enquanto protegia alguns frascos. — E já que não está pensando em empurrar, pelo menos me ajude com essas penas. Prenda-as ali, junto com os tinteiros.

— Mas obviamente é impossível — insistiu ele, enquanto pegava os instrumentos. — Trinta homens arrastando um barco... ou 31, se lhe agrada morrer puxando... Veja o tamanho do casco: supera vinte passos. E os víveres?... O que vai acontecer com os víveres?

— Talvez devesse perguntar ao comandante.

— A Izam de Pádua? Talvez esse presunçoso tenha falado com você, mas desde que zarpamos de Frankfurt não me dirigiu a palavra — parou de transportar suas coisas e plantou-se diante de Alcuíno. — Sabe o que acho? Que você está delirando. Maluquices de um velho frade que pensa que sabe mais do que um prelado. O que deveríamos fazer é continuar a pé, seguindo o curso do rio. Temos bois e homens bem armados.

— Pois eu acho que, se falasse menos e ajudasse mais, já teríamos terminado de desembarcar esses trastes.

— Alcuíno! Lembre-se do respeito que me deve.

— Mas se lembre também do descanso que mereço. Pois como bem disse o senhor, já não sou nenhum rapazinho. E se pretendo ajudar a empurrar o navio, precisarei de repouso.

— Mas vai continuar com isso? Trinta e um homens não...

— Talvez mais. Enquanto estavam aqui falando, dez tripulantes do segundo barco colocaram uma escada para passar para esse lado — informou Theresa. Flávio nem olhou para ela.

— Pois permita que lhe diga que não é o único que sabe fazer suposições. Se não desencalharmos o navio, o que vai ocorrer é que seremos obrigados a transferir nossa equipagem para o outro barco e regressar a Frankfurt para esperar que o degelo termine. Esses homens que passaram para cá, devem ter vindo para ajudar no traslado.

— Armados com seus apetrechos? Claro que vão ajudar, mas da maneira que expliquei. Óbvio que, se lhe parece uma idéia tão absurda, tem o direito de mudar-se para o outro barco.

— Sabe tão bem quanto eu que precisamos chegar a Würzburg.

— Então, pare de protestar e desembarque sua bagagem. Theresa, ajude-me com esse volume. Olhem — apontou para os tripulantes. — Dos homens que foram para a margem, dois seguiram rio acima, sem dúvida para verificar a magnitude da geleira. Os demais começaram a cortar troncos e ajuntá-los.

— Madeira para consertar o navio? — sugeriu a jovem.

— Pelo que posso ver, estão é fabricando alavancas para içar o barco. Se examinar o terreno, vai ver que o rio se arremansa nesse trecho e isso, junto com a sombra que essa grande montanha projeta aqui — indicou-a —, aponta a causa dessa geleira inesperada. No entanto, mais acima, onde a sombra desaparece e o declive é mais acentuado, tenho certeza de que a água flui tranqüila.

Nesse momento, Hóos regressou com cara de boas notícias. Deixou as armas no gelo e dirigiu-se a Izam.

— Tal como suspeitava, teremos que remontar apenas um par de milhas. Mais para lá, o gelo começa a partir e poderemos continuar a travessia.

— E a ribeira? — perguntou o comandante.

— Há dois ou três locais em que fica mais estreita, mas de resto não apresenta dificuldades.

— Certo. E o vigia?

— Colocado mais acima, conforme ordenou.

— Então só nos resta desencalhar esse filho-da-puta e arrastá-lo sobre o gelo até que possa navegar rio acima.

Os tripulantes, enrolados nas cordas, apertaram os dentes e puxaram em uníssono. Na primeira tentativa, o barco só rangeu. Em seguida, o rangido se transformou num lamento e finalmente, depois de um último esforço, a quilha ergueu-se no ar até cair sobre a superfície gelada. Pouco a pouco, o navio começou a se arrastar sobre a capa de gelo como um animal agonizante. Encabeçados pelos bois, 12 remadores puxavam as cordas da proa auxiliados por outros oito que, situados dos dois lados do casco, se esforçavam para guiá-lo. Os quatro homens restantes tinham recebido ordem de permanecer junto à tripulação do segundo barco, tomando conta dos víveres e das bagagens.

A cada grito, um choque sacudia o barco, que avançava numa agonia quase invisível. Pouco a pouco, conforme o casco progredia, os puxões foram se tornando uniformes e, finalmente, o navio começou a deslizar deixando atrás de si uma profunda cicatriz gelada.

No meio da tarde, depois de um rosário de maldições, ouviu-se claramente o ruído do gelo rachando sob o casco.

— Parem, parem, malditos bastardos!, ou o gelo vai ceder e morreremos afogados!

Os homens soltaram as cordas imediatamente e retrocederam alguns passos. A partir daquele ponto a capa de gelo ficava mais delgada e, um pouco mais adiante, começava a desagregar-se num labirinto de blocos de gelo.

— Recolham as cordas e os animais. Façam um buraco no gelo e dêem água a eles. Vocês dois, voltem para pegar os víveres enquanto os bois se recuperam — ordenou Izam.

Flávio, que não tinha participado do rebocamento, afastou-se alguns passos do barco. Em seguida, Theresa e Alcuíno apareceram com o rosto congestionado. O frade tentou dizer alguma coisa, mas só conseguiu emitir um gemido. Deixou-se cair e fechou os olhos, tentando recuperar o fôlego.

— Fez mal em ajudar — recriminou Flávio. — Todos estão me olhando como se fosse um bicho raro.

— Um pouco de exercício físico alivia o espírito — disse Alcuíno, ofegando.

— É aí que você se equivoca. Deixe o trabalho para quem tem a obrigação de fazê-lo. Nós, os *oratores*, devemos nos poupar para a oração, que é o que Deus exige de nós — e ajudou a transportar um volume mais leve.

— Ah, sim... as regras que regem o mundo: os *oratores* rezam pela salvação dos homens, os *bellatores* lutam pela Igreja e os *laboratores* se encarregam de trabalhar por todos os demais. Perdoe-me, tinha esquecido — sorriu ele com ironia.

— Pois não deveria — Flávio elevou o tom de voz.

— No entanto, há de concordar comigo que os camponeses também precisam rezar de vez em quando. Passe-me um pouco d'água, por caridade.

— Claro. E não tão de vez em quando.

— E há de concordar também que os *bellatores*, além de exercitarem-se para a guerra, não devem esquecer suas obrigações espirituais — bebeu um gole.

— Mas é óbvio...

— Pois então, não vejo impedimento algum a que nós trabalhemos um pouquinho em certas ocasiões — disse, recuperando-se um pouco.

— Esquece que não sou um monge, como você. Sou chanceler papal. Primicério de Latrão.

— Com duas pernas e dois braços — disse Alcuíno, levantando-se. — E agora, se me der licença, ainda não terminamos.

Alcuíno voltou os olhos para a margem. Em seguida, furtivamente, observou Izam, apoiado na amurada do barco.

— Tenho certeza de que está preocupado com o vigia — observou Theresa, referindo-se a Izam. — Já faz um bom tempo que partiu e ainda não voltou.

— Por Deus, moça, deixe de drama. Deve estar esvaziando os intestinos e explorando o terreno — disse Flávio.

— Mas olhe para Izam: não tira os olhos do bosque e dá para ver que está preocupado.

Flávio notou que a observação era acertada. O engenheiro andava de um lado para o outro, como um animal acossado, dava ordens sem parar e não tirava a mão do arco. Alcuíno deixou Flávio e aproximou-se do local onde estava Izam.

— Creio que ainda temos um dia e meio de travessia. Estou enganado? — tateou Alcuíno.

Izam olhou para o frade com o rabo dos olhos.

— Perdoe-me, mas não estou para confissões — disse, afastando-se para seu lado.

— Compreendo. Não é o único preocupado com a demora do vigia. Eu também estaria alarmado.

Izam olhou para Alcuíno surpreso. Não tinha falado nem com a tripulação sobre o que pensava e aquele padre parecia ter adivinhado. Cravou os olhos nas árvores e esfregou o queixo.

— Não sei o que estão esperando para nos atacar. Talvez a chegada da noite — confessou, dando por certo que os dois sabiam do que estavam falando.

— Eu também acho — meteu-se Hóos, entrando na conversa — Não devem ser muitos ou já teriam atacado.

Alcuíno e o comandante olharam para o recém-chegado.

— Quando precisar de uma opinião eu lhe pedirei. Por enquanto, limite-se a seu trabalho — replicou Izam.

— Claro — disse Hóos, retirando-se.

— Você o conhece? — perguntou Alcuíno.

— De Aquis-Granum, mas não muito. A única coisa que sei é que conhece essas paragens melhor do que todos esses soldados. E agora, se não se importa, tenho que preparar meus homens.

Alcuíno fez que sim com a cabeça para encaminhar-se imediatamente ao lugar onde descansavam os bois. Naquele instante, só pensava em proteger sua bagagem e perto dos animais ela teria melhores chances. Percebeu que Izam dividia a tripulação em dois grupos. Ao que parecia, tinha reconsiderado o número de homens que iriam transportar os víveres. Hóos e Theresa estavam entre os presentes.

— Ouçam com atenção — anunciou o engenheiro. — É possível que alguns bandidos estejam escondidos atrás dessas árvores e, se for assim, temos que nos apressar. Os que forem buscar a carga, abram os olhos e caminhem pelo centro do bloco de gelo. Vocês três, ocupem-se das bagagens e dos outros mantimentos. Se em uma hora não tiverem regressado, partiremos sem vocês.

Os escolhidos agruparam-se e empreenderam a marcha. Alcuíno e Flávio os acompanharam. Os que ficaram tentaram devolver o barco à água, depois de vários empurrões, o máximo que conseguiram foi movê-lo um palmo. Izam estabeleceu a defesa do lugar, enfileirando tonéis com flechas de ambos os lados do casco. Em seguida, situou-se na proa, cuidando para que Theresa permanecesse a bordo, protegida atrás de uma pilha de sacos.

Estava refletindo sobre a situação quando, de repente, rio acima, entreviu um objeto escuro flutuando entre os blocos de gelo. Não conseguiu identificá-lo, pois a corrente o arrastou rapidamente para baixo do gelo, mas pouco a pouco a mancha foi deslizando até a proa do barco. Então, Izam agarrou um arpão, saltou pela borda e parou junto de um buraco que se abria no gelo. Quando a mancha alcançou o buraco, mergulhou o arpão até sentir que enganchava, puxou o cabo com força e gritou horrorizado, quando viu que se tratava da cabeça do vigia horrivelmente mutilada.

O prazo estabelecido estava quase terminando quando, à distância, apareceram os primeiros marinheiros. Avançavam pesadamente, mas de repente um dos bois deu um mugido e caiu no chão fulminado. Imediatamente, o engenheiro ordenou a seus homens que carregassem seus arcos, enquanto o grupo que estava retornando se protegia atrás dos trenós improvisados para a bagagem. Os arqueiros de Izam dispararam uma saraivada que se cruzou com aquela que os salteadores mandavam da margem. Dois homens abandonaram os bois e saíram correndo em direção ao barco, mas ambos foram abatidos depois de alguns passos. Alcuíno e Flávio continuaram agachados atrás do último trenó. Hóos se aproximou deles.

— Fiquem aqui até que eu diga o contrário — ordenou.

Alcuíno e Flávio obedeceram. Hóos se agachou atrás do boi ferido e cortou as cordas que o amarravam ao boi que não tinha sido atingido. Em seguida, chamou os clérigos.

— Vamos. Coloquem-se atrás dele. Agora, quando eu bater no bicho, corram atrás dele utilizando-o como proteção.

— Flávio não vai conseguir — objetou Alcuíno.

Hóos olhou para Flávio e descobriu que uma flecha tinha atravessado a sua coxa.

— Está bem. Eu cuido dele — disse, entregando a corda que segurava o boi a Alcuíno. — Vamos, depressa.

— E as bagagens? — perguntou Alcuíno ao perceber que Hóos tinha cortado as cordas da parelha.

— Vamos conseguir arrastá-las. Agora corra — disse batendo no lombo da besta.

Com o impacto, o bicho arrancou apavorado com Alcuíno agarrado em seu rabo. Hóos gritou que se protegesse e o frade obedeceu. Um dos remadores tentou se juntar ao animal, mas quando estava quase conseguindo, caiu fulminado por uma flecha. Hóos chamou outro homem para que o ajudasse. Entre os dois, conseguiram colocar Flávio em cima do trenó e protegeram seu corpo com tábuas. Em seguida, agachados, começaram a empurrar em direção ao barco.

— Esses desgraçados estão nos alvejando — berrou Hóos, já bem perto do casco.

— Estou vendo. E Flávio, está bem? — perguntou Izam do navio.

— Um rasgão na coxa.

— E os mantimentos?

— Nos carros — disse apontando para outro grupo de homens que chegavam atrás das respectivas carretas.

— Muito bem, rápido! Subam as provisões e empurrem o barco.

Embora exausto, Alcuíno juntou-se aos que tentavam, no lado esquerdo do casco, fazer o barco deslizar. Pouco depois, Hóos e os outros homens vieram dar uma mão.

— Puxem Flávio. Ele está ferido — gritou Izam. As flechas continuam a dizimá-los.

Vários remadores acomodaram Flávio na coberta e içaram as bagagens enquanto embaixo continuavam a empurrar.

— Com todos os demônios! Empurrem, malditos bastardos!

Os homens obedeceram Izam. Na segunda tentativa, o navio começou a se mover.

— Outra vez! Mais forte! Empurrem!

De repente, o gelo começou a estalar com um estrondo ensurdecedor. Os homens se afastaram aterrorizados e o barco começou a mergulhar como se estivesse sendo tragado pelo próprio diabo.

— Para trás! Rápido! Afastem-se!

Nesse momento, o chão se abriu e o barco mergulhou no rio até a borda. Vários remadores caíram na água, enredados em cordas.

— Subam para o barco! Para cima, condenados, para cima! — ordenou Izam no meio de uma chuva de flechas.

Hóos conseguiu encarapitar-se primeiro. Os outros sobreviventes soltaram seus arcos e agarraram as bordas, Alcuíno se debatia entre eles com meio corpo submerso no rio.

— Tem vários homens presos — avisou Alcuíno segurando um ferido.

— Não há tempo. Suba — Hóos estendeu a mão da amurada.

— Não podemos abandoná-los — insistiu, sem soltar o que mantinha preso.

— Suba, maldito seja, ou juro que descerei eu mesmo para pegá-lo!

Alcuíno negou-se.

Hóos saltou pela borda e caiu no gelo junto a Alcuíno. Desembainhou a espada e atravessou o homem que o frade tentava ajudar. Ato contínuo, levantou e deu cabo de um outro que lutava para escapar das águas geladas.

— Pronto, não há mais ninguém para esperar. Vamos! — anunciou Hóos.

Alcuíno olhou para ele aterrado. Estendeu o braço como um sonâmbulo e um par de remadores ajudaram-no a subir pela borda.

O navio avançou rio acima até que o sol se escondeu atrás das montanhas. Pouco depois, deteve a marcha num pequeno remanso.

— Ancoraremos aqui — declarou Izam.

Alcuíno aproveitou para atender os feridos, mas como carecia de medicamentos, limitou-se a limpar as flechadas e colocar bandagens nos ferimentos. Uma voz fraca chamou às suas costas.

— Posso ajudá-lo?

Alcuíno olhou para Theresa preocupado. Fez que sim com uma expressão séria e a jovem agachou-se para auxiliá-lo. Quando terminaram com os feridos, Theresa retirou-se para um canto a fim de rezar pelos mortos. Hóos aproximou-se de Alcuíno com um pedaço de pão na mão.

— Tome, coma um pouco — ofereceu.

— Não tenho fome. Obrigado.

— Alcuíno, pelo amor de Deus. Estava diante de seus olhos. O barco já estava navegando e aqueles infelizes continuavam enredados. Não havia outra coisa a fazer.

— Talvez não fosse da mesma opinião se estivesse lá, preso — respondeu com raiva.

— Não seja teimoso. Pode ser que eu não seja o tipo de pessoa com quem gostaria de compartilhar uma tarde de poesia, mas salvei sua vida.

Alcuíno fez que sim com a cabeça e retirou-se irritado.

Assim que amanheceu, um dos remadores deslizou pelo casco para avaliar os danos. Depois de um tempo, voltou com expressão carregada.

— O casco está destroçado — informou enquando se secava. — Duvido que dê para consertá-lo aqui.

Izam balançou a cabeça. Poderia atracar na margem para abastecer-se de madeira, mas seria um risco desnecessário.

— Prosseguiremos enquanto o barco agüentar.

Alcuíno despertou com o chapinhar dos remos. A seu lado, dormiam Flávio, meio coberto por uma manta, e Theresa, enrodilhada junto à sacola de seu pai. Alcuíno resolveu acordá-los para evitar que congelassem. Enquanto Flávio despertava, Theresa preparou um pouco de vinho e uma fatia de pão de centeio.

— Racionaram os mantimentos — informou a jovem. — Parece que perdermos muita comida durante o ataque.

— Minha perna está doendo — gemeu Flávio.

Alcuíno levantou sua batina. Por sorte, o romano era gordo e a flecha tinha se alojado quase completamente na gordura.

— Deveríamos arrancá-la.

— A perna? — perguntou assustado.

— Não, por Deus: a flecha!

— Melhor esperarmos a chegada a Würzburg.

— Está certo. Enquanto isso, coma esse queijo.

Flávio mordeu a porção. De repente, Alcuíno agarrou a flecha e arrancou de uma vez só. O grito de Flávio ecoou pelas montanhas. Alcuíno derrubou um pouco de vinho na ferida e cobriu com as bandagens que já tinha preparado.

— Maldito aprendiz de cirurgião...

— Essa ferida poderia se complicar — alegou ele com serenidade. — Agora, levante-se e tente caminhar um pouco.

Flávio obedeceu de má-vontade, mas em pouco tempo perambulava dificultosamente entre suas bagagens, arrastando os pés como se estivessem acorrentados. Observou que uma fio d'água molhava a coberta ao lado de um baú de sua propriedade, que já estava empapado e berrou como uma mulherzinha qualquer. Com a ajuda de Alcuíno, transportaram o baú para um local mais elevado.

— A julgar pelo seu rosto, deve guardar algo de muito importante — observou Alcuíno, tateando o baú.

— *Lignum crucis*... uma relíquia que viaja comigo — explicou Flávio angustiado.

— *Lignum crucis*? A madeira da Cruz do Gólgota? A relíquia conservada na Basílica Sessoriana?

— Vejo que sabe do que estou falando.

— Claro, embora na verdade seja bastante cético a esse respeito.

— Como? Por acaso insinua...

— Não, por Deus, desculpe-me — atalhou. — Claro que acredito na autenticidade do *lignum crucis*, assim como defendo a natureza dos corpos de Gervásio e Protásio, ou a capa de São Martinho de Tours. Mas deve concordar comigo que já são muitas as abadias ou dioceses, nas quais se encontra casualmente um sem-número de ossinhos.

— *Breve confinium veratis et falsi*. Não serei eu quem vai duvidar da autenticidade de relíquias que contribuem para atrair mais almas para o reino dos céus.

— Não sei. Tratando-se de assuntos de Deus, talvez devêssemos confiar mais em seus mandamentos.

— Observo que possui o dom da polêmica — secou a arca com um pano tão úmido quanto ela. — O hábil dom de quem gasta saliva sem entender por que está discursando. Acaso conhece o verdadeiro poder de uma relíquia? Seria capaz, talvez, de discernir entre a Lança de Longinus, o Santo Sudário ou o sangue de um mártir?

— Conheço essa classificação, mas em todo caso, repito minhas desculpas. Não pretendi questionar...

— Pois se não pretende, então não o faça — respondeu Flávio gritando.

— Sinto muito, paternidade — desculpou-se, sobressaltado. — Mas antes, se não o incomoda, permita-me uma última pergunta.

Flávio olhou para Alcuíno irritado, como se hesitasse em responder.

— Diga — consentiu.

— Por que está levando a relíquia para Würzburg?

O prelado pareceu pensar, mas finalmente respondeu.

— Como sabe, Carlos Magno vem tentando há anos submeter os pagãos de Abódria, Panóia e Baviera. No entanto, nem as contínuas campanhas, nem os castigos exemplares têm conseguido que Deus se aninhe naquelas almas recônditas. Os pagãos são uma gente rude, com raízes no politeísmo, na heresia, no concubinato... Com essa gente, a força das armas é necessária, mas nem sempre suficiente.

— Continue. — Alcuíno não tinha muita certeza de pensar o mesmo.

— Maldita ferida — interrompeu-se para ajeitar a bandagem. — Pois bem, há oito anos, Carlos Magno e suas hostes chegaram à Itália em resposta à súplica do Santo Pontífice. Como talvez saiba também, os lombardos, não satisfeitos em dominar os antigos ducados bizantinos, tinham invadido as cidades de Faenza e Comacchio, sitiado Ravena e submetido Urbino, Montefeltro e Sinigaglia.

— Está falando de Desidério, rei dos lombardos.

— Esse homem, rei? Não me faça rir, pelo amor de Deus. Embora se fizesse chamar assim, Desidério era apenas uma serpente com forma humana. O rei da perfídia. Esse deveria ser o seu verdadeiro título.

— Mas antes disso, o próprio Carlos Magno não tinha contraído matrimônio com uma filha de Desidério?

— De fato. E acaso seria possível conceber traição maior? O lombardo tratou de ligar Carlos Magno com sua cadela para, em seguida, pensando que teria impunidade, atacar as possessões vaticanas. No entanto, o papa Adriano convenceu Carlos Magno da necessidade de sua ajuda e ele, depois de atravessar o passo do Gran San Bernardino com suas tropas, cercou o traidor no seu covil em Pavia.

— Sem dúvida, um gesto bastante cristão.

— Em parte sim, mas não podemos nos deixar enganar. Carlos Magno tinha tanto interesse em conter as ânsias expansionistas do rei lombardo quanto o pontífice. Afinal, depois de uma vitória bastante provável, Carlos Magno trataria não apenas de restituir ao papa os territórios usurpados, em conformidade com o *liber pontificalis*, mas também se beneficiaria apropriando-se dos ducados lombardos de Spoleto e Benevento.

— Muito interessante. Mas continue, por favor.

Theresa ouvia com atenção.

— O resto já é conhecido. Desidério trancou-se em Pavia, obrigando Carlos Magno a organizar um cerco. No entanto, depois de nove meses, as hostes carolíngias começaram a ficar impacientes. Ao que parece, temiam por suas colheitas... Ainda por cima, somou-se a isso a notícia de uma nova revolta em terras saxônicas. Nesse ínterim, Desidério continuava entocado à espera dos acontecimentos, de modo que Carlos Magno começou a pensar em suspender o cerco.

— Mas Carlos Magno obteve a vitória — interveio Theresa, orgulhosa por conhecer a história.

— Isso mesmo, mas não graças às suas tropas. Assim que soube da situação, o papa Adriano ordenou que o *lignum crucis*, guardado até então na basílica romana da Santa Cruz de Jerusalém, fosse transferido para o acampamento de Carlos Magno: uma semana depois de sua chegada, uma epidemia começou a dizimar os lombardos. Desidério cedeu e Carlos Magno tomou a praça sem derramar uma gota de sangue.

— E agora, Carlos Magno pretende utilizar os benefícios do *lignum crucis* em sua disputa com os saxões.

— De fato, o monarca solicitou ajuda papal e este não hesitou em mandar-lhe a relíquia. E agora que a tem, ele pretende guardá-la numa cidade segura.

— É curioso — disse Alcuíno. — Rogo que me desculpe a indiscrição, mas sendo guardião de tão importante relíquia, por que resolveu fazer uma viagem tão perigosa quanto desnecessária? Poderia ter esperado em Aquis-Granum até que Carlos Magno iniciasse sua próxima campanha.

— E deixar os habitantes de Würzburg à mercê da calamidade? Não posso falar por você, mas eu acho que não seria nem caritativo nem cristão.

— Visto assim, tem toda a razão. E a propósito: não seria melhor abrir a arca para verificar seu estado? — observou Alcuíno, fazendo menção de abrir a tampa.

Na mesma hora, Flávio jogou-se sobre a arca e fechou-a com violência.

— Não acho necessário — apressou-se a dizer. — A arca é forrada de couro engraxado e, além disso, o *lignum crucis* viaja protegido por um cofre de chumbo que lhe serve de relicário.

— Ah, bem! Então não precisamos nos preocupar. Sobretudo se esse cofre for grande e com paredes robustas.

— E é. Agora, se me permite, gostaria de descansar um pouco.

Alcuíno observou que Flávio deitava colado à arca. Ficou se perguntando se a falta de sono não seria a causa daquele comportamento tão estranho. Fosse como fosse, nada disso explicava como uma arca contendo um cofre de chumbo podia ser tão leve.

No meio da tarde, a água já invadia o porão com mais rapidez do que os remadores conseguiam retirá-la, de modo que Izam ordenou que atracassem imediatamente. Depois de distribuir os vigias, organizou um grupo com os remadores, que esperariam no navio, e outro com os que desembarcariam. Em seguida, dirigiu-se ao local onde se encontravam Flávio e Alcuíno para perguntar pela saúde do prelado romano.

— Ficaremos ancorados quatro horas. O suficiente para que o navio volte a flutuar — informou. — E como vai seu ferimento?

— Ainda dói — respondeu Flávio.

— Se desejarem, podem esperar a bordo. Nós temos trabalho a fazer em terra.

— Eu vou descer — anunciou Alcuíno. — E deveria fazer o mesmo — disse a Flávio. — Essa perna precisa de movimento.

— Prefiro esperar — disse ele, lamentando-se.

Theresa uniu-se ao grupo, pois precisava de uns instantes de intimidade que faltavam no barco. Em terra, Izam voltou a dividir os homens entre os encarregados dos consertos e os que montariam guarda. Os primeiros remendaram o casco com tábuas retiradas da própria coberta e calafetaram com o breu que tinham trazido. Os outros estabeleceram um perímetro de segurança como prevenção contra um novo ataque. Theresa aproveitou para afastar-se e fazer seu asseio com tranqüilidade, coisa que não tinha feito desde o dia em que zarparam. Ainda estava de cócoras quando Hóos a interrompeu. Ela se levantou envergonhada, mas ele tentou abraçá-la. Theresa repreendeu-o. No entanto, Hóos insistiu, rindo estupidamente. Quando ela o afastou, ele a empurrou sem cuidado. Nesse instante, Izam apareceu.

— Os vigias precisam de você — ordenou secamente.

Hóos olhou enviesado para Izam e obedeceu de má-vontade, não sem antes roubar um beijo de Theresa, ao mesmo tempo que passava a mão em seu traseiro. Quando foi embora, ela acabou de ajeitar a saia visivelmente aborrecida. Izam ajudou-a a pegar um broche do chão e ela agradeceu. Logo desculpou Hóos, como se ela fosse a responsável por seu comportamento. Andaram um pouco em silêncio até que Theresa percebeu que Izam parecia inquieto.

— Nunca comentamos, mas você não é dessas terras — disse ela.

— Não. Não sou. Nasci em Pádua. Sou italiano — alegrou-se que ela dissesse alguma coisa.

— Acredita se eu dissesse que suspeitava disso? — riu. — Conheci umas monjas romanas em peregrinação por Constantinopla. Seu latim era muito parecido com o seu, embora a pronúncia fosse mais descuidada. Eu nasci lá, sabia?

— Em Constantinopla? Ora essa! Bela cidade, por São Genaro!

— Não acredito! Você conhece Constantinopla? — perguntou espantadíssima.

— Pois é, vivi alguns anos lá. Meus pais me mandaram para estudar a arte da guerra. Uma cidade magnífica para comprar, vender e amar, mas nem tanto para o recolhimento. Nunca conheci um povo tão falante.

— É verdade — riu ela. — Dizem que um bizantino é capaz de falar horas a fio mesmo depois de morto. Não gosta de uma boa conversa?

— Não sei o que dizer. Poderia contar nos dedos as vezes em que uma conversa me pareceu edificante.

— Desculpe. Não pretendia incomodá-lo — ruborizou-se.

— Não, não me referia a você — apressou-se a pedir desculpas. — E você, o que faz aqui? Quero dizer, na Francônia e agora aqui, conosco nesse barco.

Theresa examinou Izam. Estava com o cabelo preso sob um gorro de pele de castor que contrastava com seus olhos verdes. Surpreendeu a si mesma calada, olhando para ele em vez de responder, de modo que acabou respondendo meio atropeladamente. Evitou falar dos episódios de Würzburg e do barco, mas falou de sua infância e da fuga de Constantinopla. Mas Izam não estava mesmo prestando muita atenção. Olhava de um lado para outro como um animal à espreita.

— Uma vida movimentada — condescendeu ele finalmente.

De repente, lançou-se sobre ela, jogando-a no chão com violência. Theresa não teve nem tempo de gritar. Só sentiu um enxame de flechas silvando a seu redor e uma pancada na têmpora. Izam deu o alarme, enquanto vários de seus homens caíam fulminados. O jovem levantou-se como pôde e carregou seu arco, mas uma nova saraivada de flechas obrigou-o a buscar proteção. Viu que, ao cair, Theresa tinha batido com a cabeça e desmaiado. Em torno dele, explodiam gritos de dor.

Pediu aos homens que o cobrissem e, a um sinal seu, todos dispararam. Pegou Theresa nos braços e correu como um louco até o barco. Entre Flávio e Alcuíno conseguiram subir a jovem. Os outros pularam para dentro do jeito que dava. Logo, todos se lançaram aos remos e o barco começou a deslizar como um gigante alvejado. Finalmente, tomou impulso e pouco a pouco ganhou o rio ao abrigo das flechas.

24

Impulsionado pelos remos, o maltratado navio avançou para o espigão do porto de Würzburg, girou com dificuldade sobre o costado e, depois de cabecear algumas vezes, empinou violentamente contra o fundo da enseada. No mesmo instante, uma multidão de camponeses lançou-se na água com a intenção de ajudar nas tarefas de desembarque.

Izam colocou-se na proa para dirigir a atracação, enquanto o resto da tripulação saltava na água e empurrava pela popa para desencalhar o barco. Quando o navio finalmente chegou ao cais, os gritos de alegria sufocaram as badaladas com que as igrejas de Würzburg saudavam os recém-chegados.

Pouco a pouco, o mar de gente que tentava se aproximar do cais transformou-se numa torrente de desesperados dispostos a matar por um pedaço de pão. Na margem, as pessoas lutavam, disputando os lugares mais altos, as crianças escalavam as árvores e os velhos se conformavam em maldizer os que os empurravam de seus lugares. Alguns cantavam de alegria e a maioria dava graças aos céus. Parecia que, de repente, os dias de fome e penúria tivessem se evaporado sem deixar traços.

Um rapaz aproximou-se demais dos mantimentos e levou um empurrão de um tripulante. Outro mais jovem riu e recebeu uma pedrada do primeiro. Logo chegaram os soldados de Wilfred. Um camponês gritou insultos e teve que correr ao ser descoberto. O resto dos habitantes afastou-se apenas o suficiente para permitir a passagem dos soldados.

Os homens de Wilfred usaram de truculência para conseguir abrir passagem para as carretas. Uma vez no cais, estabeleceram um corredor armado entre o navio e as carretas de transporte vigiadas pelos arqueiros. Em seguida, Wilfred apareceu em sua cadeira, precedido pelos cães.

— Tratem de esperar, bando de mortos de fome — gritou aos presentes. — O primeiro que tocar um grão que for será justiçado. Os víveres serão transportados para os celeiros reais, inspecionados e, uma vez inventariados, procederemos à partilha, de modo que é melhor que se afastem e deixem os homens fazerem seu trabalho.

As palavras do conde incendiaram alguns ânimos, que logo se apaziguaram ao ver os primeiros fardos sendo desembarcados.

Wilfred açoitou os cães para que puxassem sua carruagem. O artefato deslocou-se e a multidão afastou-se ainda mais, como se aquele meio-homem pudesse, apenas com seu olhar, decidir sobre a vida e a morte dos presentes.

Na altura da passarela, Wilfred ordenou a dois de seus homens que o colocassem a bordo, coisa que fizeram levantando-o pelo ar até a coberta do barco. Lá, cumprimentou Alcuíno e Flávio, pediu informações sobre os acontecimentos da travessia, deu uma olhada no estado das provisões e examinou rapidamente os feridos, mandando que fossem atendidos por seus criados. Izam demorou a chegar até ele. Não sabia que o conde de Würzburg era um aleijado.

— Würzburg, enfim. *Deum gratia* — disse Alcuíno. O frade passou a mão pela testa de Theresa. Desde a batida na cabeça, a jovem não tinha recuperado os sentidos.

— Continua na mesma? — perguntou Flávio Diácono.

— Temo que sim. Vamos desembarcá-la. Espero que a família esteja esperando por ela.

— Ela é de Würzburg?

— É a filha de Górgias, um escriba de Bizâncio.

Nesse momento, um dos camponeses que ajudava na estiva ficou olhando para eles, abobalhado. Em seguida, começou a tremer. O fardo que carregava escapuliu de suas mãos de mau jeito e acabou resvalando na borda e caindo na água.

— Maldito inútil — bramou Wilfred com todas as forças. — Esse grão vale mais do que toda a sua família.

Foi então que o camponês caiu de joelhos e se benzeu. Em seguida, com o rosto desfeito apontou para o local onde se encontravam os frades.

— Deus nos livre! A filha do escriba! A morta ressuscitou!

Nem no ano em que a vaca da senhora Volz pariu um bezerro de duas cabeças, Würzburg viveu tamanho rebuliço. Naquela ocasião, falou-se na intervenção do diabo e houve até quem tentasse queimar a granjeira junto com a criatura bicéfala. No entanto, uma ressurreição era algo que nem o mais fervoroso dos crentes jamais poderia imaginar.

A notícia do milagre espalhou-se imediatamente, mais rápido que a peste. Os murmúrios transformaram-se em falatórios e logo em gritaria, levando a história até o último rincão da cidade. Os mais audaciosos reuniram-se em frente ao barco para verificar com certeza o que se dizia, enquanto mulheres e homens disputavam um lugar junto à passarela aos empurrões.

O alvoroço deixou Alcuíno gelado.

Ainda estava imaginando o porquê daquele rebuliço, quando a multidão exaltada, ansiosa para ver a ressuscitada, esqueceu-se dos mantimentos e começou a subir a bordo. Wilfred espalhou seus homens, mas o povo ignorou os soldados. Parecia que uma loucura coletiva tinha transformado aqueles camponeses numa turba de possessos. A uma ordem do conde, um arqueiro disparou seu arco. O camponês mais adiantado cambaleou um momento e caiu pela borda, atravessado pela flecha. Os demais recuaram. À segunda flechada, todos abandonaram o barco.

Wilfred estava igualmente desconcertado, de modo que ordenou que o levassem imediatamente até a moça para verificar sua identidade. De início, não a reconheceu, mas quando chegou mais perto, seus olhos se arregalaram como se estivesse diante do diabo em pessoa. Não havia dúvida: aquela jovem era Theresa, a filha do escriba.

Tentou se benzer, mas seus nervos não permitiram. Quando finalmente se acalmou, Alcuíno sugeriu que transferissem Theresa para terra firme e Wilfred concordou. Hóos e Alcuíno improvisaram uma padiola para colocar Theresa. Em seguida, Wilfred desceu para seu carro, ordenou que ampliassem o corredor e empreenderam o retorno. À medida que avançavam, as pessoas começaram a se ajoelhar implorando clemência pelo milagre. Alguns tentavam tocar a renascida, enquanto outros rezavam para que a aparição não fosse obra do demônio. A procissão deslocou-se pelas ruelas da cidade em direção à fortaleza de Wilfred. Uma vez lá, a multidão se posicionou nas muralhas.

Um grupo de incrédulos, encabeçado por Korne, o *percamenarius*, dirigiu-se ao cemitério para exumar o cadáver de Theresa. Desconheciam o lugar exato onde tinha sido enterrado, de modo que escavaram nas tumbas mais recentes, mas não a encontraram. Quando comprovaram que a sepultura simplesmente não existia, regressaram à fortaleza exigindo ficar a par das deliberações que Izam, Alcuíno e o próprio conde tinham começado. Nessa altura, Wilfred já tinha informado Alcuíno dos detalhes do incêndio. Também falou da obsessão de Korne por vingar a morte acidental de seu filho. Sem comentar com ninguém, Alcuíno arquitetou um plano para proteger Theresa.

Passado algum tempo, Wilfred deu permissão para a entrada de Korne para evitar um tumulto ainda maior do lado de fora. O *percamenarius* pediu para ver a ressuscitada, mas Alcuíno se opôs, alegando que Theresa estava inconsciente e que ele poderia responder a todas as perguntas que fossem formuladas. Explicou qual era a sua relação com a jovem e adiantou que, graças a Deus, possuía a resposta para aquele prodígio.

Wilfred tamborilava nervosamente com os dedos. Em seguida, estalou o chicote e os cães puxaram o artefato que o sustentava até uma das janelas. Debruçou-se e contemplou a turba. Alcuíno o observava. O fato de que um deficiente pudesse movimentar-se sem outra ajuda além daqueles animais o intrigava. Depois, fixou sua atenção em todos que olhavam para ele, à espera do que tinha a dizer.

— A primeira coisa é comprovar se essa jovem é mesmo quem parece ser — interveio. — Sei que os presentes já a reconheceram, mas foi vista por seus familiares? Ou ela mesma confirmou o fato?

— Pelo amor de Deus! Tente ser coerente. — sentenciou Korne de repente. — O que essa jovem poderia dizer, se está desmaiada? Teremos que esperar que sua madrasta se acalme para esclarecer alguma coisa.

— E seu pai, o escriba? — interessou-se Alcuíno.

— Desapareceu a cerca de dois meses. Ainda não o encontramos.

Fez silêncio por alguns instantes. De repente, Zenón entrou na sala.

— Como está ela? — perguntou Izam ao médico.

— Gelada como uma pedra, mas o calor da lareira vai reanimá-la em breve.

Izam voltou os olhos para o fogo. Em geral, as casa francas só dispunham de um fogareiro escavado no chão. No entanto, aquele edifício possuía uma espécie de forno encostado à parede de um dos aposentos.

Korne pigarreou. Parecia que ninguém estava disposto a enfrentar a questão da ressuscitação.

— Bem — anunciou o *percamenarius.* — Parece óbvio que a moça não morreu no incêndio.

Alcuíno se levantou. Sua sombra comprida deslizou até o *percamenarius.*

— Não se confunda, eu lhe peço. A única coisa inegável é que a jovem está viva. Se morreu ou não no incêndio é o que vamos verificar. Lembrem-se de que, depois da tragédia, seus pais reconheceram o cadáver.

— Um cadáver irreconhecível. Zenón pode confirmar.

Alcuíno olhou para Zenón, mas o médico bebeu um gole de vinho e olhou para o outro lado. Então Alcuíno extraiu uma Vulgata do meio de suas coisas e seus dedos esquálidos abriram lentamente a capa e percorreram o volume como se lesse alguma coisa. Em seguida, fechou a Bíblia, ergueu os olhos e cravou-os em Korne.

— Antes de comentar essa questão, estive na capela da fortaleza para pedir a Deus que me iluminasse. Orei depois de tocar as relíquias da Santa Croce e, de repente, tive uma visão. Diante de mim, apareceu um anjo do meio das trevas. Em sua cabeça nascia uma coroa brilhante que emoldurava seu cabelo longo e imaculado. Flutuava suave, como um cisne num lago, e de seus olhos emanava a paz eterna do Todo-Poderoso. Esse arauto mostrou-me o corpo de Theresa consumido pelas chamas e a seu lado outro corpo perfeito formado por um torvelinho de luz ofuscante que se inflava e resplandecia até conformar uma Theresa nova, viva e sem pecado.

— Outra Theresa? Está insinuando que não é a mesma? — perguntou Wilfred.

— Sim e não. Imaginem por um instante uma pequena lagarta. Imaginem a lagarta da imperfeição que abandona o envoltório do pecado para transformar-se na borboleta da virtude. Lagarta e borboleta são o mesmo ser, mas o corpo da primeira jaz consumido, enquanto o segundo, novo, mas renascido do primeiro, se eleva aos céus. É certo que Theresa morreu. Talvez tenha perpetrado o mal e, por isso, seu corpo queimou. Mas às vezes, Deus, em sua infinita sabedoria, nos mostra o caminho da redenção brindando-nos com a graça de um milagre. Um prodígio de bondade para nos ensinar o caminho do arrependimento — olhou para Wilfred com gravidade. — O Criador poderia ter dado as costas; poderia ter deixado que a alma de Theresa penasse no Aqueronte, no Phelgeton ou no Cocito dos gregos, que pagasse suas culpas no lugar onde o senhor lava as imundícies das filhas de Sion. Mas de que serviria se nenhum de nós aprendêssemos nada com seu tormento?

Wilfred e Flávio ouviam enlevados, mal respirando, e assim permaneceram mais alguns segundos, antes de perceber que Alcuíno tinha terminado. No entanto, os olhos de Korne piscaram estupidamente. Embora não tivesse entendido as palavras de Alcuíno, com ou sem a mediação da mão de Deus, não ia admitir a existência de um milagre.

— E o que isso prova? Poderia ter sido ressuscitada pelo diabo — resmungou.

Alcuíno respirou, triunfante. Por fim tinha conseguido que Korne caísse em heresia. Agora seria mais fácil desviar sua atenção, acusando-o de blasfêmia.

— Nega por acaso uma intervenção divina? — ergueu a voz. — Atreve-se a renegar Deus? A comparar seu poder infinito com a ignomínia do diabo? Ajoelhe-se, blasfemador! Dê testemunho de seu arrependimento e aceite os desígnios do Senhor ou prepare-se para enfrentar o tormento imediatamente.

Alcuíno arrebatou a espada de Izam e apoiou-a contra o pescoço de Korne.

— Jure perante Deus! — exigiu estendendo a Bíblia. — Jure perante Deus que renuncia ao diabo!

O suor banhava a testa de Korne, quando pronunciou o juramento. Em seguida, levantou-se e abandonou o aposento mordendo os lábios.

Depois que ficaram a sós, Flávio conversou com Alcuíno. Ele era o enviado papal e, portanto, o único autorizado a julgar uma intervenção divina.

— Sinto ter que lhe dizer, mas talvez tenha se precipitado. Às vezes, fatos assombrosos têm sua origem nas circunstâncias mais fúteis. Zenón afirma que a morta estava irreconhecível.

— Veja bem, Flávio: Zenón não reconheceria nem a mãe que o pariu — devolveu Alcuíno, indicando o sexto copo de vinho que ele tinha acabado de esvaziar.

— Maldição! Poderia pelo menos ter esperado que Theresa acordasse e nos contasse o acontecido. Garanto que, se foi um milagre, eu seria o primeiro a comemorar.

— Você ouviu quando Wilfred afirmou que Korne era um mau sujeito; alguém disposto a acabar com Theresa. A moça estava em perigo, de modo que, se o milagre podia me ajudar a salvá-la, por que não lhe dar boas-vindas?

— O que está dizendo? Foi você quem inventou isso? Não teve visão alguma?

— Exatamente. Não tive.

— Por Deus santíssimo! Não lhe ocorreu nada senão inventar um milagre?

— Veja bem, Flávio: depois do que aconteceu durante o incêndio, é tão milagroso que essa jovem esteja viva, quanto seria se tivesse ressuscitado. Além disso, Deus nos ajuda dos mais diversos modos. Você com suas relíquias, eu com minhas visões — sentenciou.

Nesse instante, uma criada desalinhada entrou esbaforida na sala.

— A moça está acordando — anunciou.

Correram para o lugar onde Theresa descansava. Alcuíno observou o rosto da jovem, perolado de suor. Retirou as mantas que a cobriam e pediu que aproximassem uma vela. Em seguida, molhou um pano com água morna e limpou o rosto da moça com cuidado. Depois, tal como costumava fazer com os alunos que ficavam dormentes por causa da inclemência do frio no inverno, esfregou seus braços, insistindo nas articulações. Pouco a pouco, a cor voltou às faces da jovem, suas pálpebras se agitaram e, depois de alguns instante de incerteza, começaram a se abrir e deixaram entrever os olhos avermelhados. Em pouco tempo, as íris se iluminaram com uma bela cor de caramelo. Alcuíno sorriu e cumprimentou a moça, antes de marcar em sua testa o sinal-da-cruz. Em seguida, ajudou-a a levantar, colocando um almofadão sob sua cabeça.

— Theresa... — sussurrou Alcuíno.

A jovem fez que sim num sopro. À sua frente, percebeu a figura ossuda de um homem tranqüilo.

— Bem-vinda ao lar — disse o frade.

Apesar de Alcuíno ter tentado explicar, Theresa não entendeu nada. Sua cabeça doía como se tivesse sido pisoteada por um cavalo e aquela história de milagre era tão confusa, que parecia tirada do sonho de algum demente. A jovem levantou e pediu um pouco d'água. Depois, quando ouviu tudo de novo, olhou para Alcuíno como se fosse um estranho. Nesse momento, Wilfred entrou. Alcuíno sussurrou a Theresa que continuasse com o jogo.

— Theresa, está me reconhecendo? — perguntou o conde, satisfeito por encontrá-la desperta.

A moça olhou para os cães e assentiu com a cabeça.

— Deus se alegra com seu regresso e nós com Ele, é claro. Foram dias de tristeza, mas não precisa se preocupar. Logo tudo voltará a ser como antes.

A jovem sorriu timidamente. Wilfred respondeu com um sorriso forçado.

— Gostaria que puxasse pela memória. Lembra realmente do que aconteceu no incêndio?

Theresa olhou para Alcuíno como quem pede aprovação. O frade disfarçou, de modo que ela concordou com um murmúrio leve.

— Então suponho que queira nos contar o que houve — aproximou o rosto de Theresa. — Você viu o Redentor? Percebeu a Sua presença? Não se aflija para responder. Foi Ele que nos devolveu você.

Theresa estranhou a pergunta. Alcuíno adiantou-se.

— Talvez devesse descansar. Está muito confusa agora. Bateu com a cabeça e quase não lembra de nada — declarou.

— Muito bem... É normal. Mas quando se recuperar, mande me chamar. Lembre-se de que fui eu quem enterrou seu corpo calcinado.

Wilfred despediu-se com gentileza antes de retirar-se da sala. Enquanto o fazia, Alcuíno admirou o artefato rolante que o transportava. O homem manejava a cadeira de cães como um boiadeiro consumado, evitando com facilidade os umbrais das portas e os ladrilhos soltos que atrapalhavam sua passagem. Observou que o artefato, na parte inferior, alojava uma pequena bacia, muito útil quando precisava evacuar. Pela destreza com que manejava os animais, deduziu que estava naquele estado havia muitos anos.

Alcuíno virou para Theresa. A jovem olhava para ele com estranheza.

— Vai entender. — Sentou-se a seu lado. — Os desígnios do Senhor seguem estranhos caminhos: caminhos tortuosos que às vezes confundem os tolos, mas não quem dedicou sua vida à persistência de Sua doutrina. É óbvio que sua hora ainda não chegou. Talvez porque ainda não se tornou merecedora do Reino dos Céus, o que não significa que não poderá fazê-lo.

Theresa estava ficando cada vez mais confusa. Não entendia o que estava acontecendo, nem por que insistiam nessa história de que tinha ressuscitado.

— E meus pais? — perguntou.

— Sua madrasta está esperando na ante-sala. Logo estará aqui.

Theresa levantou lentamente. Sua cabeça martelava.

Reconheceu os aposentos de Wilfred. Tinha estado naquela sala algumas vezes, para encontrar seu pai, mas nunca tinha lhe parecido tão fria e desolada. Alcuíno ajudou-a.

Uma vez sentada, tocou a cabeça e sentiu um calombo dolorido. Alcuíno explicou que tinha batido a cabeça numa pedra durante um ataque de bandidos. Ao lembrar, Theresa perguntou por Izam e por Hóos e ele informou que estavam ocupados nas tarefas de desembarque.

— Quero ver meus pais — insistiu.

Alcuíno pediu paciência. Rutgarda parecia transtornada e ainda não tinham localizado Górgias. Theresa ficou inquieta, mas ele a tranqüilizou dizendo que falaria com Wilfred para saber o que tinha acontecido. Em relação ao milagre, confessou que se viu obrigado a inventar aquilo.

— Korne jamais aceitaria outra explicação. Sei que cometi perjúrio, mas naquele momento não achei nada mais apropriado.

— Mas por que um milagre?

— Porque segundo as palavras de Wilfred, seu corpo tinha sido encontrado incinerado.

— Meu corpo?

— Ou pelo menos um corpo que confundiram com o seu e que, pelo visto, ainda conservava restos de um vestido azul que Górgias reconheceu como seu.

— Meu Deus! Aquela pobre maltrapilha — lembrou que não tinha podido fazer nada para salvá-la. — Tentei protegê-la com meu vestido molhado... — explicou, acrescentando os detalhes do acontecido durante o incêndio.

— Imaginei que fosse alguma coisa do gênero. Como qualquer pessoa um pouco mais esperta, mas não as "eminências" que moram nesse povoado. Por isso, achei melhor que essas mesmas "eminências" reconhecessem a mão de Deus no seu regresso. E pensei também em Korne, o *percamenarius*, que anseia vingar a morte do filho. Por enquanto, jurou respeitá-la, mas não creio que isso possa detê-lo.

Comunicou que mandaria sua madrasta entrar para vê-la.

— Uma última coisa — olhou com severidade para Theresa. — Se quiser continuar viva, não fale com ninguém sobre o milagre.

25

Alojaram Alcuíno num aposento da ala sul da fortaleza, próximo ao de Izam e colado ao de Flávio. De sua janela, avistava o vale do Main, com o perfil dos picos do Rhön ao fundo. Nos prados, a neve começava a escassear, mas nos cumes ainda reluzia como se tivessem recebido uma mão de tinta. Deteve-se nas estranhas formações que salpicavam a paisagem lá onde os bosques ficavam menos espessos. Examinando-as, pôde ver alguns morros de cor parda perfurados por uma miríade de orifícios que pareciam ser entradas de uma mina e, enquanto se vestia, imaginou se ainda eram exploradas.

Depois da nona, desceu para jantar e para encontrar-se com Wilfred, que estava na sala de armas, acompanhado de Theodor, o gigante que ele usava como animal de tiro quando prendia os cães. O conde alegrou-se ao vê-lo. Parecia impaciente para conhecer mais detalhes do milagre, mas Alcuíno só tinha interesse no pergaminho que Wilfred deveria ter confeccionado, de modo que usou de evasivas esperando que o gigante se retirasse da sala. No entanto, Theodor permaneceu impávido atrás da cadeira até que Wilfred o dispensou.

— Parece uma montanha com calças de homem! Nunca vi ninguém tão grande!

— E leal como um cão. Só falta balançar o rabo. Mas enfim, diga-me: está bem instalado em seus aposentos?

— Sem dúvida, a vista é maravilhosa.

— Uma taça de vinho?

Alcuíno recusou. Sentou-se na frente dele à espera do momento certo.

— Guarda os cães durante a noite? — perguntou.

Wilfred explicou que só usava os animais pela manhã, em determinadas ruas desprovidas de escadas. Gostava também de passear com eles pelas vielas, sobretudo as que estavam mais bem conservadas.

— Às vezes, até me arrisco em alguma trilha próxima — sorriu. — Devia ver como meus cães entendem meus olhares. Sabe, bastaria eu pestanejar para que se lançassem sobre o primeiro que eu indicasse.

— Com o carro amarrado nos lombos?

— Vou lhe confiar um segredo — sorriu.

Wilfred acionou um dispositivo colocado na ponta de um dos braços e uma mola liberou as argolas que prendiam os cães.

— Muito engenhoso.

— É mesmo — aceitou orgulhoso. — Eu mesmo mandei instalar. O mais complicado foi reforçar a mola para que atuasse como um percussor, mas nosso ferreiro seria capaz de construir uma harpa e ainda fazer que tocasse sozinha — introduziu as argolas em seus lugares e puxou a mola novamente. — Mas vamos deixar os cães de lado e falemos de Theresa. Não creio que exista, no momento, algum assunto mais transcendente.

Falaram de sua visão celestial, que Alcuíno repetiu de cabo a rabo, com mais algum detalhe inventado. Quando terminou, Wilfred concordou, perplexo. Sem parar para refletir, lhe deu razão e insistiu em que provasse o vinho. Naquele caso, Alcuíno aceitou. Quando acabou a taça, interessou-se novamente pelo pergaminho.

— Está quase terminado. Logo poderá vê-lo — desculpou-se Wilfred.

— Se não se importa, gostaria de vê-lo agora.

Wilfred pigarreou e sacudiu a cabeça de um lado para o outro.

— Ajude-me, por favor.

Alcuíno colocou-se atrás da cadeira de rodas e empurrou Wilfred na direção que indicava. Ao chegar à altura de uma cômoda, o conde pediu que pegasse um cofre que Alcuíno avaliou que teria um côvado de comprimento e meio de largura. Wilfred abriu, deixando à vista o interior, levantou um fundo falso e extraiu de lá um documento que estendeu nervosamente a Alcuíno, que o pegou, aproximando-o da luz de uma vela.

— Mas isso é só o rascunho.

— Já lhe disse, ainda não está pronto.

— Sei o que disse, mas Carlos Magno não vai aceitar uma resposta desse tipo. Já se passaram vários meses. Por que continua incompleto?

— Só havia pergaminho suficiente para duas provas. Trata-se de um pergaminho especial. Vitela nonata, você sabe, a que é confeccionada com a pele de um bezerro que ainda não nasceu.

— Todo mundo sabe o que é vitela nonata — murmurou.

— Mas essa é diferente: trazida de Bizâncio. Enfim, a única cópia se perdeu no incêndio, de modo que Górgias teve que começar uma nova.

Mas há algumas semanas, o escriba desapareceu do *scriptorium* junto com o documento...

— Não entendi. Do que está falando?

— Cerca de dois meses atrás, tive um encontro com ele em meus aposentos, no qual garantiu que concluiria o trabalho em poucos dias. No entanto, nessa mesma manhã ele sumiu como por encanto.

— E desde então?

— Ninguém mais o viu — lamentou-se. — Que eu saiba, Genserico foi o último a vê-lo. Acompanhou-o ao *scriptorium* para que pegasse algumas coisas e depois também não o viu mais.

Quando Alcuíno propôs que fossem falar com Genserico, Wilfred calou-se um segundo. Em seguida, terminou o vinho e olhou para Alcuíno com os olhos vidrados.

— Temo que não seja possível. Genserico morreu na semana passada. Foi encontrado no meio do bosque, com um estilete espetado no peito.

Alcuíno tossiu ao ouvi-lo, mas seu assombro transformou-se em estupor ao saber que, segundo Wilfred, Górgias seria o assassino.

Na manhã seguinte, Alcuíno apareceu bem cedo nas cozinhas. Como em outras fortalezas, os fogões se encontravam num edifício independente para evitar que, em caso de incêndio, as chamas se propagassem para o resto da construção. De fato, assim que entrou, percebeu a negrura das paredes, sinal inequívoco dos repetidos incêndios. Perguntou a uma criada pelo encarregado da cozinha e ela indicou Bernardino, um frade gordo da altura de um tonel de vinho. O homenzinho cumprimentou-o sem olhar para ele, enquanto se multiplicava com a agilidade de um esquilo para distribuir as últimas provisões de um lado e de outro. Quando finalmente parou, atendeu Alcuíno com satisfação.

— Desculpe a pressa, mas precisamos dos víveres como de água em maio — passou-lhe um copo de leite quente. — É uma honra conhecê-lo. Todo mundo fala do senhor.

Alcuíno aceitou o leite com gosto. Desde que tinha saído de Fulda só tinha bebido vinho aguado. Perguntou por Genserico. Wilfred tinha comentado que o cadáver do assistente tinha sido encontrado por ele.

— Isso mesmo — encarapitou-se numa cadeira com dificuldade. — Encontrei o velho no meio do bosque, caído de barriga para cima, coberto de espumas. Não devia estar morto há muito, pois as feras ainda o respeitavam.

Falou de um buril cravado no ventre. Daqueles que os escribas usavam para gravar nas tábuas de cera, explicou. Estava bem cravado.

— E acredita que foi Górgias?

O anão deu de ombros.

— O estilete pertencia a Górgias, mas eu não o acusaria. Todos achávamos que era um bom homem — acrescentou —, embora ultimamente tenham acontecido coisas muito estranhas. — Explicou que, além de Genserico, vários criados tinham aparecido mortos e que corria o boato de que o escriba estaria por trás dos assassinatos.

Quando Alcuíno perguntou pelo corpo do assistente, Bernardino informou o local onde tinha sido sepultado. Mas o anão estranhou que Alcuíno se interessasse pela roupa que Genserico vestia, já que, normalmente, costumavam lavar as roupas dos mortos, para reutilizá-las se estivessem em bom estado.

— Mas as dele fediam a urina, de modo que resolvemos enterrá-lo vestido com seu hábito.

Alcuíno acabou o copo de leite e perguntou se os criados também tinham sido apunhalados.

— Foram. Muito estranho...

Alcuíno concordou desconcertado. Agradeceu a informação e limpou os lábios. Perguntou quando poderia examinar o local onde tinha encontrado Genserico e concordaram em marcar naquela mesma tarde, depois do ofício de sexta. Em seguida, despediu-se e voltou para seus aposentos. No caminho, resolveu pedir a Wilfred para exumar o cadáver do assistente, pois havia alguma coisa naquela história que não lhe cheirava bem.

No corredor que conduzia a seu quarto, deu de cara com um Flávio Diácono de olhos remelentos e despenteado. Embora fosse tarde para estar acordando, o prelado se comportava como se o trabalho não fosse mesmo com ele. De carnes moles e roupas perfumadas, Alcuíno tinha a impresão de que Flávio Diácono era o tipo de sacerdote que cuidava mais dos próprios apetites do que do cumprimento dos preceitos. Num momento de embriaguez, tinha lhe confessado inclusive que usufruía, em Roma, da companhia de jovenzinhas, aconselhando-o a experimentar também. Alcuíno, obviamente, mantinha seu voto de castidade. De fato, a Igreja reprovava o concubinato, mas mesmo assim era bastante comum que alguns de seus membros se entregassem aos prazeres da coabitação, amancebando-se com mulheres que compravam ou submetiam sob a ameaça da condenação eterna.

Devolveu o cumprimento a Flávio e acompanhou-o ao refeitório. Não cabia a ele julgar seu comportamento, mas, como proclamava Santo Agostinho em seu *A Cidade de Deus*, embora os homens nascessem com liberdade de escolha, não havia dúvidas de que, em alguns casos, tal faculdade só era usada para escolher entre uma vida no caminho do mal e outra ainda pior.

Já na primeira refeição do dia, os comensais comentaram o milagre de Theresa.

Izam não disse nada, mas vários clérigos propuseram que se erguesse um altar sobre as cinzas da antiga oficina e um deles chegou a sugerir que se construísse uma capela. Wilfred mostrou-se favorável, mas acabou aceitando a objeção de Alcuíno, quando defendeu que deveriam aguardar que um concílio ecumênico se pronunciasse sobre a questão.

Quando perguntaram sobre o paradeiro da jovem, Wilfred informou que Theresa tinha pernoitado no armazém da fortaleza, depois de tomar a infusão ministrada por Zenón na noite anterior. Rutgarda permanecia junto dela esperando que acordasse. Pelo visto, a mulher mal tinha dormido, entre preces, soluços e cuidados com Theresa, implorando que o milagroso reaparecimento da enteada fosse um presságio da volta de seu marido.

Nesse instante, entraram na sala as filhas pequenas de Wilfred. As duas meninas riram graciosamente, driblaram a ama-de-leite e, desobedecendo suas ordens, correram por entre as pernas dos convidados. Finalmente, a abnegada criada deixou-se cair no chão e, resmungando, ameaçou as crianças com palmadas, mas as pequenas estiraram a língua e, com expressão travessa, esconderam-se atrás dos hábitos de Flávio e Alcuíno.

Wilfred recebeu a brincadeira de suas gêmeas com palmas e as crianças responderam pulando em seu colo. Ele tomou-as nos braços e beijou seus cabelos até desmanchar o penteado. As pequenas riram novamente revirando os olhinhos e se retorceram sobre si mesmas, quando fez cócegas em suas barriguinhas rechonchudas. Wilfred riu junto. Aqueles dois querubins de cabelos cacheados e faces rosadas tinham lhe devolvido a alegria. Voltou a beijá-las e depois de pedir que se comportassem como mocinhas bem educadas, entregou-as de novo à pobre ama-de-leite.

— Uns diabinhos. Saíram à mãe — sorriu. — Pegou a boneca de trapos que tinham esquecido em seu colo e colocou-a na mesa.

A maioria dos presentes sabia que a esposa de Wilfred tinha falecido um ano antes de febre maligna. Na época, já havia quem o aconselhasse a casar de novo, mas ele não era homem habituado às saias, salvo uma ou outra farra.

— Refresque minha memória — interveio Flávio Diácono. — Disse que Theresa faleceu num incêndio?

— Isso mesmo — respondeu Wilfred. — Ao que parece, a jovem ficou furiosa, não sei por que motivo, e ateou fogo à oficina onde trabalhava. Várias pessoas morreram.

— No entanto, ainda ontem o senhor mesmo disse que Theresa era incapaz de qualquer mal.

— Sim, foi o que disse — confirmou. — Uma das vítimas confessou que foi o próprio Korne, ao empurrar a jovem, quem provocou o incêndio. Mas eu também supunha que seu pai, Górgias, era um homem íntegro. E veja agora: procurado por assassinato.

Depois de comer, Alcuíno foi até os currais da fortaleza onde Bernardino já o esperava na garupa de um burrico. O anão cumprimentou-o e convidou-o a montar no animal, mas o frade preferiu acompanhá-lo caminhando. No caminho, Alcuíno pediu mais detalhes sobre a espuma no rosto de Genserico. Bernardino confirmou que o morto jazia de boca para cima, com os olhos abertos e uma espécie de fervura sobre o rosto.

— Uma fervura? Quer dizer uma espuma nos lábios?

— Sei lá! O homem estava duro como todos os mortos.

Chegaram ao lugar seguindo uma trilha desimpedida que ziguezagueava por um bosque de carvalhos próximo à fortaleza. O sol brilhava suavemente e as manchas de neve começavam a escassear. Alcuíno prestou atenção nas marcas do caminho.

— Bem aqui — declarou Bernardino parando o burrico.

O anão desceu de um salto e correu como um menino. Parou atrás de umas pedras e indicou triunfalmente o local.

— Lembra do dia exato?

— Claro que sim. Tinha saído para colher nozes para preparar uma torta para as filhas de Wilfred. Lá embaixo há um nogueiral. Quando passava por aqui, o burrico parou e...

— E isso foi...?

— Desculpe, claro... Isso foi na sexta-feira passada. Bem no dia de São Benedito.

Alcuíno agachou-se no ponto indicado. Percebeu umas marcas de relva amassada no lugar onde o corpo esteve caído. Em seguida, examinou os arredores.

— Como fez para transportar o morto? Quero dizer... Arrastou ou colocou no burrico?

— Sei o que está pensando — riu. — Pensa que, como sou anão, não conseguiria colocá-lo lá.

— Bem, era isso mesmo que estava imaginando.

Bernardino aproximou-se do animal e deu-lhe uma bordoada tão grande que o bicho veio ao chão num relincho. Então, aproveitou para montar com agilidade e, depois de se agarrar com força nas crinas, sapecou-lhe outra pancada que o animal transformou num pulo. Quando o burrico ficou de pé, Bernardino riu orgulhoso, mostrando os dentes amarelos.

De volta, Alcuíno foi até os armazéns para saber do estado de Theresa. Encontrou Rutgarda, que se desfez em reverências em retribuição ao que tinha feito por ela. Alcuíno diminuiu a importância do feito e pediu para falar com a moça.

— A sós, se possível.

Rutgarda e Hóos, que também estava presente, saíram do armazém. Em seguida, Alcuíno aproximou-se do leito.

— Faz muito frio aqui. Como está?

— Mal — respondeu Theresa. — Ninguém sabe onde meu pai está — tinha lágrimas nos olhos.

Alcuíno franziu os lábios. Não importa o que dissesse, não poderia aliviá-la.

Imaginou se saberia que o pai era acusado de assassinato.

— Falou com alguém sobre o milagre?

Ela negou com a cabeça. Em seguida, disse que seu pai nunca faria o que uma criada tinha lhe contado. Alcuíno lhe deu razão.

— É tudo mentira — insistiu Theresa. — Ele nunca... — o pranto impediu-a de continuar.

— Tenho certeza disso, de modo que, agora, o importante é encontrá-lo. Ainda não sabemos os motivos de seu desaparecimento, mas prometo que vou revelar o mistério.

Esperou que Theresa secasse o rosto. Em seguida, ajudou a cobrir-se, avisou Rutgarda e acompanhou-a ao interior da fortaleza por uma porta nos fundos. Lá, conseguiu que Wilfred as hospedasse dentro do edifício principal, mais quente e seguro. Pediu a Theresa que não deixasse o quarto por alguns dias.

No meio da tarde, Alcuíno localizou Wilfred no *scriptorium*. Seus cães grunhiram assim que o viram, mas Wilfred os acalmou. O conde sacudiu as rédeas e conduziu os animais para perto de Alcuíno, que aproveitou para oferecer-lhes dois pedaços de carne roubados da cozinha. Os animais devoraram os filés como se estivessem sem comer há meses.

Observou que Wilfred ainda conservava a boneca esquecida pelas meninas, que exibia curiosos olhos brancos confeccionados com pedrinhas, nas quais alguém tinha pintado descuidadas íris azuis.

— Como faz para abrir as portas? — perguntou Alcuíno.

— Utilizo esse gancho — mostrou uma espécie de arpão preso numa vara de aveleira — ou os animais me colocam junto delas. O que o traz aqui?

— Um assunto delicado. O senhor mencionou que Genserico morreu apunhalado.

— Isso. Atravessado por um estilete — atiçou os cães, que giraram sobre si mesmos até colocá-lo junto de um nicho na parede. Abriu uma gaveta, tirou um estilete daqueles que os escribas usam e mostrou a Alcuíno. — Exatamente como esse.

O frade examinou detidamente.

— Bonito — observou. — Pertencia a Górgias?

Wilfred fez que sim. Em seguida, pegou-o e guardou de volta na gaveta.

Alcuíno examinou a mesa que servia de escrivaninha. Perguntou a Wilfred se era ali que Górgias costumava escrever e ele confirmou. Percebeu a presença de outros estiletes perfeitamente alinhados junto dos tinteiros e de um potezinho de secante. Uma grossa capa de poeira repousava sobre os instrumentos, à exceção de dois aros finos e alongados que se mostravam um pouco mais limpos. Manteve suas suspeitas em sigilo e continuou o exame dissimuladamente. Estranhou não encontrar os textos em grego que Górgias certamente usaria para a confecção do manuscrito. Quando falou com Wilfred sobre a exumação do cadáver de Genserico, ele levantou as sobrancelhas.

— Desenterrá-lo? Mas por quê?

— Gostaria de outorgar-lhe a graça das santas relíquias — mentiu. — Flávio é o guardião do *lignum crucis*, a madeira da cruz de Cristo.

— Sim, eu sei, mas não entendo...

— Genserico morreu inesperadamente, talvez com algum pecado na consciência. Dispondo dessas relíquias, seria falta de caridade não usá-las para santificar seu corpo.

— E para isso é necessário retirá-lo do túmulo?

Alcuíno garantiu que sim.

Depois de um instante de indecisão, Wilfred aceitou o pedido de Alcuíno. No entanto, entregou-o ao gigante Theodor para que o acompanhasse até a sepultura de Genserico.

***

Além de exibir mais de meio corpo acima de qualquer outra pessoa, Theodor também era meio mudo. Enquanto extraía pazadas de terra sem parar, a única coisa que balbuciou foi que a tumba fedia como um esterqueiro. Alcuíno mentiria se afirmasse que Theodor cheirava melhor do que isso. O gigante ainda ofegou algumas vezes antes que a pá se chocasse contra o caixão. Alcuíno ficou satisfeito ao verificar que tinham usado um ataúde de madeira, pois do contrário a terra teria apagado as possíveis marcas deixadas pelo assassino. Com a ajuda de outra pá, afastou os últimos restos de terra e pediu a Theodor que o ajudasse a retirar o caixão, mas quando mandou que abrisse a tampa, o gigante de olhos azuis respondeu que aquilo já não era assunto seu. O homenzarrão afastou-se alguns passos, deixando Alcuíno a sós com a sepultura. Na terceira tentativa, a tampa cedeu.

Assim que abriu, o fedor os fez vomitar. Theodor afastou-se ainda mais, enquanto Alcuíno lidava com o enxame de vermes que cobria o cadáver de Genserico. O frade protegeu o nariz com um trapo ao mesmo tempo em que afastava os vermes que pululavam sobre o rosto meio apodrecido. Quando conseguiu, procurou o lugar onde o estilete tinha penetrado no hábito do morto. Encontrou a abertura da estocada na altura do ventre; um buraco pequeno e limpo. Examinou o círculo de sangue seco a seu redor. Avaliou que a mancha teria mais ou menos o diâmetro de uma vela. Depois, observou o rosto carcomido, sem vestígios das espumas mencionadas por Bernardino. No entanto, encontrou alguns restos na gola do hábito, de modo que pegou uma faca, cortou um pedaço de tecido depois de afastar as larvas e guardou numa bolsinha. Em seguida, examinou com cuidado as palmas das mãos. A direita parecia arroxeada, com dois estranhos orifícios. Depois, para disfarçar, tirou um pedaço de madeira, que disse que era o *lignum crucis* e depositou no caixão, enquanto rezava uma oração. Finalmente, fechou a tampa e pediu ajuda ao gigante para enterrar o ataúde.

À noite, no salão refeitório, foi recebido por um prato de peixe que, pelo visto, estava ofendendo a sensibilidade de Flávio Diácono. Wilfred desculpou-se pela comida, pois os mantimentos estocados não davam para grandes celebrações e suas próprias reservas estavam quase esgotadas.

— É uma lástima que parte das provisões tenha afundado sob o gelo — lamentou-se Wilfred. — O povo esperava ansioso por essa comida.

— Os víveres desembarcados não são suficientes? — perguntou Flávio.

— Ora! — riu Wilfred de má-vontade. — Chama um boi meio-morto, 6 alqueires de trigo e três sacos de aveia de provisões? Com isso não dá nem para sujar os pratos.

— Há dois navios aguardando rio abaixo. Caso necessário, poderíamos consertar nosso barco e navegar até lá — sugeriu Izam.

— E até agora, como fizeram para se alimentar? — interessou-se Alcuíno. — Quer dizer... Segundo comentam, a região está padecendo fome.

Wilfred confessou que conseguiram agüentar até o momento em que suas próprias reservas se esgotaram, mas quando os mortos começaram a se amontoar, tiveram que recorrer aos celeiros reais.

— As provisões não chegavam e as pessoas continuavam a morrer — explicou. — Como sabe, o grão real é reservado para a alimentação das tropas em caso de guerra, mas a situação ficou insustentável, de modo que resolvi proceder à divisão, com racionamento.

— Em todo caso, não me parece que se encontra propriamente na indigência — comentou Flávio. — Até um surdo ficaria atordoado com o mugido de suas vacas e o cacarejar de suas galinhas — disse indicando a área do pátio onde ficavam os estábulos.

Wilfred recuou com sua carroça.

— É assim que um convidado agradece a minha generosidade? Desde quando os romanos se preocupam com as desventuras dos camponeses? — clamou ofendido. — Vivem encerrados em suas catedrais e ignoram a fome de seus fiéis. Possuem hortas para seu próprio sustento, possuem gado e aves, terras arrendadas, criados que aram os campos e consertam os muros em troca de comida. Ganham um dízimo de todos os que os rodeiam; cobram impostos pelo uso de suas estradas, mas têm isenção de impostos. E ainda vêm falar de mim...? Claro que disponho de comida: não sou nenhum idiota. Sou clérigo, mas também sou governo. O que vai acontecer quando os cidadãos não agüentarem mais; quando o desespero e a fome tomarem conta deles; quando resolverem se armar com o que puderem encontrar para assaltar nossas despensas?

Alcuíno apressou-se a intervir.

— Por favor, aceite nossas desculpas. Essa situação nos pegou de surpresa, mas garanto que agradecemos sua hospitalidade, assim como sua generosidade. Acha, então, que as provisões trazidas em nosso barco não foram suficientes?

Flávio ficou aborrecido com aquilo que considerava uma intromissão de Alcuíno. No entanto, admitiu que sua intervenção tinha sido bastante oportuna.

— Façam as contas — ruminou Wilfred. — Sem contar padres e frades, temos cerca de trezentas famílias em Würzburg. Mas no ritmo em que vamos, em um mês talvez não reste mais nenhuma.

— E a hortas? — perguntou Alcuíno. — Ainda podem ter alho, cebola, alho-porro, couves, nabiças, nabos...

— O gelo acabou até com os cardos. Não viu a multidão de desesperados? — respondeu indicando a turba na entrada da cidade. — Já não conseguem distinguir uma cebola de uma maçã.

— E as suas reservas...

— Ainda restam cerca de 100 alqueires de trigo. Além disso, dispomos de outros 30 de espelta, mas esses grãos são veneno puro e só utilizamos como ração para os animais que ainda nos restam. Mesmo assim, houve alguns insensatos que, no desespero, atreveram-se a assaltar os armazéns e roubar um par de sacos. No dia seguinte, encontramos os ladrões na porta da casa de Zenón com as tripas saindo pela boca. Por desgraça, a morte os surpreendeu antes que pudéssemos enforcá-los.

Alcuíno balançou a cabeça. Se as estimativas de Wilfred eram corretas, eles estavam diante de um problema grave.

— E as relíquias? Não nos ajudariam a conseguir alimentos? — perguntou o conde a Alcuíno.

— Sem dúvida, Wilfred. Sem dúvida.

MARÇO

26

Desde a sua chegada a Würzburg, Hóos não tinha desfrutado de um minuto de descanso. Foi designado por Wilfred para o esquadrão de Izam que, prevendo novos ataques, batia diariamente os arredores. Para isso, vasculhavam o perímetro protegido pelas muralhas de manhã e, ao anoitecer, organizavam expedições que rodeavam a cidade do extremo oriental ao ocidental, coroando o rochedo onde se erguia a fortaleza. Homens, mulheres e crianças deviam vigiar arroios e caminhos, escorar as defesas e consertar as cercas.

Na segunda semana, Hóos encabeçou uma incursão às antigas minas. Ao que parecia, um pastor com pouco trabalho tinha notado a presença de uma fogueira e Wilfred resolveu rastrear o lugar e converter as galerias numa verdadeira armadilha.

Doze homens partiram cedo munidos com coletes de couro, escudos e arcos. Izam exibia uma peça de malha que tinha trazido no barco. Hóos nunca usou uma, mas Izam insistiu em sua utilidade.

— Concordo que são um perigo na água, porque se você cair, vão arrastá-lo direto para o fundo. Mas em terra é como vestir uma redoma de ferro.

Hóos olhou para Izam com desprezo. Em seguida, verificou a distância que ainda faltava para chegar à mina. Pensou que, se aparecessem bandidos. Izam não teria tempo nem para contar as flechadas.

— Talvez topemos com Górgias — aventurou Izam. — A mina daria um bom esconderijo.

— Nesse caso, ouviu as palavras de Wilfred: "Se o encontrarem, tratem de acertá-lo." Ele não somente matou Genserico, como também assassinou uns rapazes com um estilete.

— Parece que o conde ficou muito afetado com a morte do assistente, mas Alcuíno não pensa assim. Não sei... Penso que, se o víssemos, deveríamos capturá-lo vivo.

Hóos seguiu cavalgando. Pensou que se fosse o caso, sua mão não iria tremer.

Chegaram à mina no meio da manhã. Os batedores avançados comunicaram a Izam que o lugar parecia deserto, mas, por precaução, Izam distribuiu seus homens em dois grupos. O primeiro foi para os barracões dos escravos e o segundo, para as galerias. Durante a inspeção, Hóos descobriu escamas de peixe e cascas de ovos numa das barracas. Os restos pareciam recentes, mas em lugar de comunicar o achado a Izam, espalhou-os com o pé para ocultá-los. Revistaram cada canto sem encontrar nada de importante, de modo que, depois de uma última olhada, Izam e seus homens juntaram-se aos que exploravam a mina.

Na primeira galeria a escuridão era um autêntico breu. À medida que avançavam, os túneis se estreitavam cada vez mais, obrigando-os a caminhar encurvados e colados uns nos outros. Num dos túneis, um homem tropeçou e caiu no chão. Seus companheiros só conseguiram ouvir o barulho de seu corpo batendo durante a queda. Ainda hesitavam entre continuar e abandonar aquela ratoeira, quando um desmoronamento ensurdecedor quase os sepultou. A poeira ameaçava obstruir seus pulmões. Um deles correu para a saída e os outros o seguiram meio asfixiados. Do lado de fora, com os corpos machucados e o ânimo abatido, determinaram o cancelamento das buscas e regressaram à cidadela.

Quando o silêncio se fez nas galerias, Górgias afastou os vagonetes desconjuntados atrás dos quais tinha se escondido e, entre tosses e cusparadas, deu graças aos céus por tê-lo ajudado. Em seguida, com dificuldade, saiu de seu esconderijo e retirou as madeiras do desabamento que ele mesmo tinha provocado.

Alegrou-se por ter previsto aquela situação.

Dias antes, durante uma de suas explorações, tinha descoberto uma viga mal escorada naquela mesma galeria. De início, ficou preocupado, mas logo teve a idéia de tirar proveito de uma queda providencial da pilastra que a sustentava. Para isso, cavou a base da pilastra e substituiu a terra por pequenas pedras. A última pedra escolhida, a que realmente sustentava a pilastra, era fina e comprida. Com muito cuidado, conseguiu colocá-la em posição vertical, entre a base e o buraco que restava. Em seguida, retirou as pedrinhas que sustentavam a pilastra até aquele momento, e todo o peso recaiu sobre a pedra comprida. Depois, atou uma corda à pedra, cobriu o percurso com areia e recuou até um buraco próximo. De lá, verificou que, se esticasse a corda, a pedra sairia do lugar, provocando a queda da viga e do teto da mina.

Recordou os momentos anteriores à chegada dos soldados.

Naquela manhã, estava nos barracões quando ouviu o relincho de um cavalo. Acabou o peixe que estava comendo e saiu. Assim que botou a cabeça para fora, verificou que um grupo de homens se aproximava da mina. Pegou Branca às pressas e correu para a galeria, onde ficou agachado, pedindo a Deus que não o encontrassem. No entanto, quando entreviu a primeira tocha, fugiu para um vão próximo da armadilha, puxou um vagonete para esconder-se e esperou que os homens chegassem mais perto. Viu que seguiam avançando. Se continuassem um pouco mais, acabariam por descobri-lo. Um dos homens aproximou-se do vagonete. Górgias segurou a corda e se preparou. Tinha que ser naquele momento. Enrolou a corda no braço e puxou com toda a força. A pedra deslocou-se e a pilastra caiu, ocasionando o desmoronamento.

Depois da fuga dos homens, examinou o túnel em busca de feridos, desejando encontrar o homem da serpente tatuada entre os escombros.

Não teve sorte.

Quando chegou à saída, não havia rastros dos homens que o procuravam. Alegrou-se com sua boa sorte, mas lamentou por Branca, pois tinha sido obrigado a estrangulá-la para evitar que cacarejasse.

De regresso a Würzburg, uma criada informou a Hóos Larsson que Theresa tinha saído em companhia de sua madrasta. Rutgarda ia pegar algumas peças de roupa e a jovem ia dar um passeio pelos jardins da fortaleza. Hóos abandonou as armas, lavou o rosto e foi ao encontro de Theresa.

Encontrou-a sentada num toco de árvore, num dos hortos. Aproximou-se pelas costas e roçou suavemente o seu cabelo. Ela virou surpresa, mostrando no rosto um sorriso triste. Quando confessou que precisava encontrar o pai, ele prometeu ajudá-la.

Atravessaram o claustro sob as arcadas para proteger-se do vento que soprava mais forte. Hóos roubou umas flores com as quais fez um enfeite desajeitado para seus cabelos. Pensou que Theresa cheirava a limpo e a grama molhada. Enquanto caminhavam, ela abandonou-se em seus braços. Ele deslizou a mão por sua cintura e sussurrou que a desejava. Theresa fechou os olhos para não esquecer nunca mais aquelas palavras.

Correram para o quarto que tinham designado para ela desejando que ninguém os surpreendesse. Não encontraram vivalma. Ela entrou primeiro e ele fechou a porta à suas costas.

Hóos beijou-a apaixonadamente e ela gostou. Ele percorreu seu pescoço, sua nuca, seu queixo. Apertou-a nos braços como se quisesse prendê-la para sempre. Theresa sentia o calor de seu corpo, sua respiração agitada, seus lábios atrevidos descobrindo a cada instante um novo recanto trêmulo de seu corpo. Hóos desenhou sobre ela carícias impudicas, vendo que sua pele se eriçava, que a cada beijo seu desejo crescia. Sentiu a dureza de seus mamilos palpitando sob as roupas. Deslizou a boca até sentir sua suavidade quase vergonhosa. Ela permitiu que a despisse; que sua língua a envolvesse; que a acalentasse com seus sussurros. A cada instante, precisava mais dele; a cada carícia desejava outra ainda mais profunda e proibida.

Vibrou quando seu sexo roçou sua intimidade.

Envergonhou-se ao pedir entre gemidos que a penetrasse. Ele entrou nela devagar, abrindo caminho com luxúria. Suas pernas o rodearam sentindo sua tensão, seus movimentos, cada poro de sua pele. Seguia o compasso de seus quadris. Ela o queria dentro de si, cada vez mais rápido, mais forte. Sussurrou que continuasse; que não parasse nunca e suas faces acesas transformaram seu rosto no de uma qualquer. Logo, pouco a pouco, uma onda sacudiu seu ventre, uma e outra vez até enlouquecê-la.

Ele a amava e ela correspondia. Quando Hóos se retirou, ela acariciou seus ombros, seus braços fortes e a estranha serpente que luzia tatuada em seu pulso.

Quando Theresa acordou, encontrou Hóos arrumado e sorrindo para ela. Pensou que o gibão de couro e as calças de lã tingida lhe assentavam como num príncipe. O jovem informou que precisava ir aos armazéns reais para colaborar na repartição dos gêneros racionados, mas que voltaria assim que terminasse para beijá-la novamente. Ela se espreguiçou e pediu que a abraçasse. Hóos adoçou seus lábios com um beijo. Em seguida, acariciou seu rosto e abandonou o quarto.

Logo depois, bateram na porta. Theresa supôs que era Hóos e correu meio nua, mas ao abrir deu de cara com o rosto sério de Alcuíno. O frade pediu para entrar e ela concordou enquanto se cobria. O homem passeou sua figura espigada pelo aposento antes de parar e dar-lhe uma bofetada.

— Pode-se saber o que está pretendendo? — acusou indignado. — Pensa que alguém vai acreditar na história do milagre se souberem que anda se esfregando no primeiro que aparece?

Theresa ruborizou-se de vergonha, olhando para ele assustada. Nunca o tinha visto tão alterado.

— E se alguém visse? E se esse Hóos saísse comentando por aí?

— Eu... Eu não...

— Por Deus santíssimo, Theresa! Sua mãe acaba de me confessar que o viu saindo de seu quarto, de modo que não adianta se fazer de ofendida.

— Sinto muito — caiu no choro. — Eu o amo.

— Oh! Então você o ama? Pois se juntem e comecem a parir seus filhos! E feito isso, passe antes pelo mercado e proclame aos quatro ventos que está se amancebando com Hóos; que a recém-ressuscitada encontrou um anjo mais prazeroso e que a capela que querem construir em sua honra deve ser consagrada à santa puta.

Alcuíno sentou-se, consumido pelo nervosismo. Ela não sabia o que dizer. O homem tamborilava os dedos contra a cadeira, olhando-a de cima a baixo. Finalmente, levantou-se.

— Tem que parar de vê-lo. Pelo menos durante algum tempo. É só esperar que os ânimos se acalmem e que ninguém mais se lembre do incêndio.

Theresa concordou aturdida.

Alcuíno fez que sim várias vezes com a cabeça. Em seguida, deu-lhe a sua bênção e saiu do quarto sem dizer nada.

Instantes depois, Rutgarda apareceu. A mulher, que tinha pernoitado na casa da irmã, esperava do lado de fora que Alcuíno se retirasse. Entrou sem cumprimentar a enteada e cravou o olhar em seu rosto. Embora Rutgarda fosse bem mais baixa, pegou-a pelos ombros, sacudindo-a com toda a força. Disse que não passava de uma mulherzinha sem cabeça. Que seu comportamento não punha em perigo apenas a sua pessoa, mas dava asas aos que acusavam Górgias de assassinato. Gritou tantas coisas horríveis que Theresa desejou ser surda. Ela amava o pai, mas a situação começava a superar suas forças. Queria que Würzburg desaparecesse; que até o último de seus habitantes sumisse e que a deixassem sozinha com Hóos. Não importava o que dissessem, o que pensassem ou o que acontecesse com eles. Só queria ficar perto dele. Sairia da fortaleza e pediria a Hóos que abandonasse com ela aquele lugar horrível; que a acompanhasse de volta a Fulda, onde suas terras e seus escravos abririam as portas para uma nova vida. Lá envelheceriam tranqüilos, sem mais medos ou mentiras.

Sem parar para pensar, deixou Rutgarda plantada ali e correu para fora da fortaleza. Antes de sair, cobriu-se com um velho hábito e, aproveitando a saída de um grupo de criados, misturou-se no meio deles e atravessou as muralhas para tomar a direção dos celeiros.

***

Os armazéns reais estavam cravados sobre uma escarpa no extremo norte da cidade, defendidos por uma grossa muralha e ligados à fortaleza por uma passagem subterrânea. O acesso habitual se dava através desse túnel: apenas em caso de necessidade os portões que comunicavam com as ruas da cidadela eram abertos. Quando Theresa chegou às imediações, uma multidão abarrotava o portão de entrada, à espera do início da partilha dos mantimentos. No entanto, já era tarde para voltar. Hóos devia estar no interior do armazém e a única forma de chegar lá era esperar que abrissem a porta. Sem que se desse conta, foi arrastada pelo enxame de gente que pressionava contra a entrada. A multidão, munida de bolsas e sacolas, gritava e brigava num vaivém humano que ameaçava botar as portas abaixo. De vez em quando, os golpes dos mais violentos abriam espaços que, em seguida, eram ocupados de novo pela multidão de desesperados. A certa altura, a jovem tinha se transformado num joguete ao sabor dos empurrões. Theresa chegou a pensar que morreria esmagada. Num encontrão, perdeu o capuz e alguém a reconheceu.

Como por encanto, abriu-se um espaço ao seu redor. Os moradores pararam de empurrar e olhavam boquiabertos para a figura de Theresa. Ela não sabia o que fazer, até que de repente, surgiu na multidão uma voz que a ameaçava.

À força de gritos, o *percamenarius* conseguiu que as pessoas se afastassem. Em seguida, aproximou-se de Theresa, que permaneceu imóvel como um rato diante de uma cobra. Ao chegar onde ela estava, Korne agachou-se como se fosse reverenciá-la, mas em vez disso, pegou uma pedra e bateu em sua cabeça. Por sorte, um grupo de moradores locais impediu que repetisse o gesto, enquanto outro grupo de mulheres carregava Theresa para as portas do armazém. Lá, dois soldados se encarregaram dela.

Pouco depois, surgiu Hóos acompanhado de Zenón, chamado porque Theresa não parava de sangrar na cabeça. O médico extraiu uma tesoura sebenta da sacola e tentou cortar seus cabelos, mas Theresa recusou e ele teve que usar um pente para separar o cabelo e deixar o pequeno ferimento à mostra. Zenón verificou que não era nada grave, mas aplicou no local um licor que a fez gritar. Em seguida, cobriu a lesão com uma compressa de água fria.

Enquanto o médico apertava o pano contra a sua cabeça, um colar de pedras que lhe pareceu familiar relampejou diante dela. Esperou que Zenón se afastasse para certificar-se, mas o homem continuou junto dela, ocultando o adorno com seus movimentos. Finalmente, quando abaixou para recolher seus instrumentos, o colar de rubis voltou a aparecer. O coração de Theresa se encolheu: o colar pertencia a seu pai.

Esperou que Hóos se distraísse para correr atrás de Zenón, alcançando-o no corredor que ligava o armazém à fortaleza. No túnel, a luz ia e vinha de tocha em tocha. O médico caminhava distraído, com sua discrição habitual, misto de embriaguez e apatia. Quando Theresa o abordou, Zenón se virou assustado, mas seu susto chegou ao auge quando Theresa agarrou seu colar.

— Onde arranjou isso? — interrogou.

— O que diabos há com você? A pedrada transtornou seu juízo?

— De onde tirou esse colar? — repetiu ela.

— É meu. E agora trate de sair da minha frente se não quiser pegar seus dentes no chão.

Theresa cravou os olhos nele.

— Conhece Hóos Larsson, não é? Está lá, no fundo desse túnel — rasgou violentamente o vestido, deixando um dos seios à mostra. — Responda agora mesmo, senão eu grito e ele vai matar você.

— Meu Deus! Cubra-se. Só vai conseguir que nos queimem na fogueira.

Theresa tentou gritar, mas Zenón cobriu sua boca. No entanto, o médico tremia como um cachorro batido e olhava para a jovem suplicando que se calasse. Não a soltou até que ela concordou com os olhos.

— Foi seu pai quem me deu — confessou. — E agora, deixe-me em paz, condenada.

Antes de ir, Theresa obrigou-o a esclarecer as circunstâncias do encontro com seu pai. A contragosto, Zenón contou que, chamado por Genserico, tinha atendido Górgias num celeiro abandonado. Disse que só tentou ajudar e garantiu que seu pai tinha lhe dado o colar como pagamento por seus serviços. Contudo, evitou mencionar que tinha amputado seu braço. Quando Theresa perguntou por seu paradeiro, não soube responder, de modo que ela exigiu que a levasse ao local do atendimento.

Zenón tentou se safar, mas Theresa o impediu. De repente, o médico mudou de expressão.

— Beleza de peitinho... — disse num riso abobalhado.

Theresa recuou, cobrindo o seio imediatamente. Se pudesse, o teria esbofeteado.

— Ouça bem, *concagatus* de merda! Vai me levar a esse lugar agora mesmo e se tentar encostar um dedo em mim, juro por Deus que farei você queimar numa fogueira.

Theresa duvidou do efeito dessas ameaças, mas quando avisou que o acusaria de ter roubado seu pai, o médico se retesou como se tivessem enfiado uma vara em seu traseiro. Apagou o sorriso estúpido e concordou em levá-la.

Depois de ajeitar o hábito, a jovem pegou a sacola dele, fazendo-se passar por sua ajudante. Em seguida, foi atrás do médico, que abandonou a fortaleza por uma porta lateral, sem que ninguém os importunasse.

Acompanhou um Zenón mais nervoso que nunca, como se ansiasse chegar ao armazém e acabar de uma vez por todas com aquela palhaçada. Quando chegaram às imediações da cabana, o médico parou. Indicou com o braço e fez menção de fazer meia-volta, mas Theresa exigiu que esperasse. Zenón obedeceu, depois de dar um chute numa pedra.

A jovem se aproximou de uma construção meio devorada pelo mato, que dava a impressão de que um leve toque já seria suficiente para derrubá-la. Quando empurrou a porta, um enxame de moscas acompanhou o fedor que vinha do interior. Entrou devagar, sacudindo a nuvem de insetos que zumbia a seu redor, enquanto ânsias de vômito revoltavam seu estômago. Não resistiu e vomitou. Apesar disso, avançou no escuro, em busca de algum indício que a levasse a seu pai. Entre as folhas caídas, um braço apodrecido e coberto de vermes levantava-se como se clamasse por vingança.

Theresa saiu horrorizada e voltou a vomitar. O ódio e a dor a dominavam.

— Você o matou, canalha? — Bateu em seu peito com os punhos. — Matou para roubar? — chorou desconsolada.

Zenón tentou acalmá-la. Tinha esquecido do braço amputado abandonado no chão, de modo que se viu obrigado a contar a verdade. Quando Theresa finalmente ouviu, ficou olhando para ele desconcertada.

— Não sei o que aconteceu depois — desculpou-se ele —, mas Górgias continuava vivo. Genserico me pediu que os levasse para outro lugar, eu obedeci e voltei para a aldeia.

— E para onde os levou?

Zenón cuspiu no chão antes de olhar para Theresa fixamente.

— Vou lhe mostrar e depois vou embora.

Avançaram acompanhando as muralhas até o ponto onde as defesas se intrincavam como se seguissem os caprichos de um bordado. Zenón indicou um acesso oculto sob a trama da hera. Do outro lado do muro, adivinhava-se o perfil de um edifício que Theresa achou que fazia parte da fortaleza. Nesse momento, o médico deu meia-volta e a deixou sozinha, plantada diante da porta.

Theresa teve dificuldade para forçar a porta, pois a umidade tinha inchado a madeira, prendendo-a nos encaixes de pedra. Finalmente, ao terceiro empurrão, a porta cedeu, dando entrada a uma capela na qual parecia ter acontecido uma luta. A luz da entrada se derramava sobre os móveis que jaziam caídos no chão, enquanto o ar levantava restos de pergaminho em pequenos remoinhos, como se fossem folhas. Examinou todos os cantos sem encontrar nada que pudesse ajudá-la, até que, de repente, percebeu a portinhola que se comunicava com a cela onde seu pai esteve trancado. Entrou na cripta com cuidado. Lá encontrou grande quantidade de material de escritório em desordem, que não demorou a reconhecer: eram de Górgias.

Com a alma na boca, voou até o códice de capa cor de esmeralda onde o pai costumava guardar os documentos importantes. "Se alguma vez me acontecer alguma coisa, procure aqui dentro", dizia sempre.

Guardou-o sem examinar. Reuniu todos os pedaços de pergaminho que encontrou no quarto e apoderou-se de um estilo, penas e de uma tabuleta de cera. Deu uma última olhada e saiu correndo como se o diabo quisesse roubar sua alma.

Quando chegou à fortaleza, teve que mandar chamar Alcuíno para que a deixassem entrar. Quando o frade perguntou de onde vinha com tanta pressa, ela baixou a cabeça e tentou escapulir, mas Alcuíno arrastou-a pelo braço até um canto afastado.

— Fui procurar meu pai! É de lá que venho! — respondeu puxando o braço.

Alcuíno acreditou. Compreendeu que não podia retê-la indefinidamente.

— E o que descobriu?

Ela negou com a cabeça. Foi então que Alcuíno percebeu a ferida da pedrada dada por Korne. Theresa contou o episódio e ele pediu que o seguisse.

Já no *scriptorium* esperou que se sentasse. Depois, passou alguns momentos em silêncio, como se hesitasse em contar-lhe o que estava acontecendo.

— Está bem — resolveu o frade. — Da outra vez, fiz você prometer uma coisa e faltou à palavra dada. Agora preciso saber se está disposta a guardar um extraordinário segredo.

— Outro milagre? Perdoe-me, mas estou farta de suas mentiras.

— Ouça-me — sentou-se. — Existem algumas coisas que ainda não compreende. O amor não é puro como imagina, nem vicioso só porque eu disse; os homens não são impudicos e pecaminosos, nem imaculados e compassivos. Suas ações dependem de suas ambições, de seus desejos e anseios e, às vezes, mais do que poderia pensar, da presença do maligno — levantou de novo e andou a esmo pelo *scriptorium*. — Existem tantos matizes quantas são as variações do céu: às vezes, quente e ensolarado, provedor de colheitas e calor; outras gélido e tempestuoso, como o inimigo mais mortal. O que é verdade e o que é mentira? As acusações que Korne faz contra você, confirmadas por seus parentes e amigos, ou a sua verdade, que você acredita que é absoluta e isenta de culpa? Diga, Theresa, não havia em você um pontinho de rancor? Sua alma não hospeda a sombra do ressentimento?

Theresa sabia perfeitamente quem era o culpado, mas preferiu continuar calada.

— Quanto aos milagres — prosseguiu Alcuíno —, poderia afirmar que nunca vi nenhum. Ou pelo menos, não desse tipo de milagre que os mais tolos imaginam. Mas pense nisso: como garantir que você realmente não ressuscitou? Como ignorar que um manto protetor a retirou daquele inferno e guiou você pelas montanhas? Levou-a até Hóos e até aquele caçador para que se salvasse, ou à prostituta que a recebeu e inclusive a mim mesmo quando procurava um médico. Acredita realmente que Deus não estava nisso tudo? — olhou fixamente. — Afinal de contas, não fiz nada além de protegê-la. Com a mentira de um milagre, é verdade, mas garanto que agi guiado pelo Altíssimo. Ele previu para você um destino que você mesma desconhecia e que lhe será revelado agora. Um destino no qual, Górgias, seu pai, sempre esteve envolvido.

Theresa ouvia absorta. Havia coisas que não compreendia, mas aquele discurso parecia sincero. Alcuíno aproximou-se da mesa que seu pai usava como escrivaninha e apoiou as duas mãos sobre ela. Quando as retirou, as marcas ficaram impressas na poeira.

— Seu pai trabalhava aqui, nesse mesmo lugar. Aqui passou suas últimas semanas elaborando um documento de valor incalculável para a cristandade. Agora, responda: está disposta a prestar um juramento?

Apesar de assustada, Theresa aceitou. Repetiu junto com Alcuíno que jamais, sob pena de castigo eterno, contaria nada do que ficasse sabendo a respeito daquele documento. Jurou sobre uma Vulgata, que em seguida beijou com devoção. Prometeu que Hóos nunca saberia de nada daquilo. Alcuíno pegou a Bíblia e deixou-a no lugar onde estavam as marcas de suas mãos. Depois, olhou os desenhos deixados pelos estilos de Górgias e pediu que Theresa examinasse.

— Segundo Wilfred, seu pai desapareceu cerca de um mês atrás e Genserico apareceu morto faz duas semanas. Pois bem, veja essas marcas, o que você nota?

Theresa as examinou atentamente. Dava para ver as marcas das mãos de Alcuíno na mesa, uma seqüência de punhaladas e duas marcas pequenas e largas.

— Não sei... marcas na poeira.

— Isso, mas observe com cuidado: a marca das mãos que acabei de deixar estão limpas. No entanto, as outras duas — apontou para as formas compridas — que, sem dúvida, correspondem a dois estilos, já estão cobertas por uma fina camada de poeira. E mesmo assim...

— Mesmo assim?

— Elas são diferentes entre si. Não na forma, o que é óbvio, mas na quantidade de poeira acumulada. A da esquerda, um pouco maior, está mais empoeirada que a da direita — foi até a gaveta onde Wilfred guardava o estilete que encontraram cravado no corpo de Genserico, pegou-o e mostrou que coincidia com a marca pequena, à direita. — Como pode ver, esse véu de poeira é mais fino e isso quer dizer que o estilete que tenho nas mãos, e que acabou com a vida de Genserico, foi retirado da mesa depois do outro, o maior, que descansava nessa outra. — Em seguida, caminhou até uma outra mesa, que ainda exibia vários livros, e retirou um deles. — Em troca, essas marcas de livros mostram uma quantidade de poeira semelhante à do estilete maior. Wilfred garantiu que os códices e os estiletes desapareceram no mesmo dia em que seu pai sumiu. Sem dúvida, o fato de o estilete menor, o que apareceu cravado em Genserico, exibir uma quantidade menor de pó indica que, na verdade, ele foi retirado do *scriptorium* vários dias depois.

— E isso significa...

— Veja bem: no *scriptorium* não faltam apenas os livros, mas também tinteiros, secante, penas... Exatamente o que seu pai precisaria para elaborar o documento. Curiosamente, todas as marcas exibem uma capa de poeira igual à do estilete grande, o que nos permite deduzir que todo esse material, assim como esse estilete, foi retirado no mesmo momento. Nesse caso, o desaparecimento posterior do estilete pequeno não faria sentido, sobretudo considerando que Wilfred trancou o *scriptorium* depois do desaparecimento de seu pai. E assim, alguém que não é Górgias pegou esse estilete para apunhalar Genserico.

— Mas por quê?

— Obviamente para incriminar seu pai. Mais que isso, tenho certeza de que Genserico não morreu apunhalado: quando o assassino cravou o estilete ele já estava morto.

— Como pode ter certeza disso? — perguntou desconfiada.

— Veja: com a insólita desculpa de colocar umas relíquias junto ao cadáver do assistente, exumei seu caixão e inspecionei o cadáver. Devo dizer que, se Genserico não fosse um mijão, teria sido enterrado com outras roupas, mas, enfim, o caso é que tive sorte... Durante o exame, encontrei o orifício de entrada do estilete atravessando suas roupas na altura do ventre. Com uma ferida desse tipo, ele teria morrido de hemorragia, mas curiosamente o hábito mostrava apenas um pequeno círculo de sangue.

— Não estou entendendo.

— Pois é evidente. Um coração vivo impulsiona o sangue para fora da ferida, provocando a morte por hemorragia, coisa que jamais ocorreria num corpo que já estivesse morto.

— Quer dizer que Genserico faleceu de outra maneira e que, em seguida, alguém tentou simular um assassinato?

— Ele não morreu de outro modo. "Foi morto" de outro modo — precisou ele.

Contou que tinha examinado os restos de vômito derramados no peito da roupa, sem conseguir descobrir a natureza do veneno.

— Pois certamente foi isso que acabou com ele. Alguma espécie de veneno.

Theresa respirou aliviada. Pensou em contar o que tinha descoberto depois da incursão com Zenón, mas sem saber bem por quê, resolveu esperar um pouco. Enquanto isso, Alcuíno, que recopiava documentos e organizava o *scriptorium*, continuou ruminando os detalhes de suas teorias.

— De modo que a pessoa que teve acesso ao *scriptorium* foi, muito provavelmente, quem assassinou Genserico — disse ele de repente.

— Está falando de Wilfred?

— O pobre Wilfred é um deficiente. Além disso, não é o único a dispor das chaves. De fato, Genserico também as tinha.

— E daí?

— É isso que preciso averiguar...

Explicou que, antes de desaparecer, Górgias estava trabalhando num documento de vital importância para os interesses de Carlos Magno e do papado. Um testamento do século IV, no qual o imperador Constantino cedia os Estados Pontifícios à Igreja Romana, reconhecendo sua capacidade de governar o mundo cristão.

— Górgias não concluiu o documento, uma réplica do original que está muito deteriorado. O certo é que precisamos concluí-lo e, para isso, preciso de seu pai.

— Como assim? — interrompeu ela.

— Ele é o único que pode terminá-lo. Portanto, tenho um acordo a lhe propor: você fica no *scriptorium*, trabalhando nesse rascunho, e eu me encarrego de procurar por ele.

— E o que teria que fazer?

— Revisar o rascunho... dar-lhe um aspecto decente. Caso seja necessário, teremos que usá-lo. Na verdade, ninguém mais deveria saber dessa história... Porém, nessas circunstâncias, encontrar um escriba que domine o grego, escreva com correção e que seja de confiança seria muito complicado.

Alcuíno explicou em que consistiria o trabalho e reiterou a importância de não falar com ninguém sobre ele.

— Nem mesmo com Wilfred?

— Nem com ele nem com ninguém mais. Trabalhará sozinha neste *scriptorium* e se perguntarem alguma coisa, dirá que está transcrevendo um livro de salmos. Continuará hospedada na fortaleza, virá para cá todo dia de manhã e terminará ao anoitecer. Enquanto vai adiantando o trabalho, eu procurarei seu pai. Ele não pode ter sumido.

Theresa concordou. Finalmente, compreendeu que tinha que contar sobre Zenón. Mesmo em dúvida, relatou o descobrimento do braço amputado e da cripta nas muralhas.

— Você disse amputado? Meu Deus, Theresa! Por que não me falou antes? — gritou desesperado.

Theresa tentou se desculpar, mas Alcuíno parecia ter visto o diabo. Xingava e amaldiçoava, jogando pergaminhos para todo o lado. Theresa não sabia o que dizer. Passado um momento, o frade levantou-se com o olhar perdido.

— Pois então, temos um problema. Um maldito problema — disse com a voz tranqüila.

— Que problema? — perguntou ela, assustada.

— O maldito problema é que, mesmo que encontremos seu pai, ele não poderá concluir o trabalho! — gritou ele de novo, como um possesso.

A pena escorregou entre os dedos de Theresa.

— E sabe por quê? — acrescentou aos berros. — Porque ele agora é um inválido. Um inútil maneta, incapaz de escrever uma letra.

Nesse momento, Theresa entendeu tudo. Alcuíno nunca pretendeu ajudar seu pai. Só queria ajudar-se a si mesmo e agora que seu pai não servia mais, deixaria de procurar e se centraria totalmente no documento. Odiou o frade com todas as suas forças e lutou para não lhe enfiar o estilo. Pensava em fazê-lo quando, de repente, lembrou-se do pergaminho escondido na sacola de seu pai. Depois de um segundo, decidiu que ainda ia derrotar aquele diabo.

Reuniu a coragem suficiente para propor um acordo.

— Encontre meu pai e terá o seu pergaminho.

Alcuíno olhou para ela de rabo de olho e virou-se para continuar refletindo.

— Não está me ouvindo? — agarrou-o pelo hábito. — Estou dizendo que posso concluí-lo.

O frade sorriu com ironia. Foi então que Theresa agarrou uma pena e começou a escrever rapidamente:

IN-NOMINE-SANCTAE-ET-INDIVIDUAL-TRINITATIS-PATRIS-SCILICET-ET-FILII-ET-SPIRITUS-SANCTI

- - -

IMPERATOR-CAESAR-FLAVIUS-CONSTANTINUS

Ao vê-lo, Alcuíno empalideceu.

— Mas como diabos...? — a letra era limpa como a de seu pai e o texto escrito era idêntico.

— Eu sei de cor — mentiu ela. — Encontre meu pai e tratarei de concluí-lo.

Ainda incrédulo, Alcuíno aceitou. Pediu a Theresa que preparasse uma lista do que necessitaria e, em seguida, ordenou que regressasse a seus aposentos.

Alcuíno encontrou Zenón na taberna da praça principal, caído sobre o peito de uma dona e encharcado de vinho. Quando o viu chegar, a prostituta remexeu nos bolsos do médico e depois de apoderar-se de uma moeda, abandonou a mesa sem se despedir. Não era o lugar adequado, de modo que Alcuíno convenceu Zenón a sair daquele antro. Assim que pisou na rua, Alcuíno despejou-lhe uma tina d'água que o despertou, ao menos o suficiente para confirmar o que Theresa tinha dito.

— Juro que não tenho nada a ver com Genserico. Amputei o braço de Górgias, isso é tudo — defendeu-se.

Alcuíno cerrou os dentes. Desejava que Theresa estivesse enganada, mas se Zenón não tivesse realizado a intervenção em Górgias, ele morreria sem remédio. O médico confirmou que tinha sido chamado por Genserico para atender o escriba.

— Um Genserico que, é bom lembrar, apareceu morto no dia seguinte — precisou Alcuíno.

Zenón admitiu, mas duvidou que Górgias fosse o assassino.

— Perdeu muito sangue, quando cortei seu braço — balançou a cabeça.

Alcuíno compreendeu.

— Notou alguma coisa estranha no assistente? Quer dizer... Percebeu algum mal-estar, alguma queixa? — Alcuíno esperava que o vinho tivesse soltado sua língua.

— Agora que falou nisso, ele andava como se estivesse bêbado, uma coisa estranha, pois nunca bebia. Lembro que mencionou alguma coisa sobre uma ardência na mão. Estava vermelha, como se estivesse cheia de picadas.

Zenón não deu mais detalhes. Só confirmou a localização da cabana onde operou Górgias e da entrada da cripta. Em seguida, com passo vacilante, regressou à taberna.

Não foi difícil para Alcuíno encontrar os dois locais. Na cabana, não encontrou nada de interesse, mas na cripta reuniu vários indícios que o ajudaram a entender o que tinha acontecido. De volta à fortaleza, encontrou uma agitação enorme diante da porta de entrada. Quando perguntou o que havia, uma mulher informou que os guardas tinham fechado as portas, impedindo o acesso.

— Sou Alcuíno de York — identificou-se junto a uma sentinela. O guarda lhe deu tanta atenção quanto daria a um mascate.

— Por mais que grite, não vão deixá-lo entrar — garantiu um moço que empurrava como um demônio.

— Nem entrar, nem sair. Não permitem o trânsito nem aos próprios soldados — afirmou um outro, que parecia mais bem informado.

Alcuíno subiu até o montículo onde estava o guarda, que, ao vê-lo, sapecou-lhe uma varetada. Enquanto descia, Alcuíno surpreendeu-se maldizendo o homem que acabava de feri-lo. Vários camponeses riram de sua irritação.

Apesar dos boatos, ninguém sabia realmente o que estava acontecendo. Alguns diziam que a peste tinha voltado. Outros, que os saxões estavam atacando. E houve até quem afirmasse que continuavam aparecendo rapazes mortos. Alcuíno já estava pensando em ir para a igreja mais próxima, quando percebeu a presença de Izam sobre a muralha. Sem pensar, subiu num tonel e agitou os braços. Izam reconheceu-o e mandou que seus homens lhe dessem passagem.

— Pode-se saber o que está acontecendo? — protestou Alcuíno depois de entrar. — Esse idiota me bateu — disse indicando o guarda.

Izam pegou-o pelo braço e pediu que o acompanhasse. A caminho da sala de armas, confessou que o diabo tinha se apossado da fortaleza.

— Não estou entendendo. As filhas pequenas de Wilfred? De quem está falando?

— Desde hoje de manhã, ninguém sabe delas.

— Meu Deus! Por isso o alvoroço? Devem estar em algum canto, brincando com as bonecas. Perguntaram à ama-de-leite?

— Também não foi encontrada — disse preocupado.

Quando chegaram à sala deram com um formigueiro de criados, soldados e frades pululando ao redor de Wilfred. A maioria murmurava em grupinhos, à caça do último comentário, enquanto outros aguardavam desconcertados. Izam e Alcuíno foram para a sala de armas, onde Wilfred esperava por eles. O homem se debatia sobre os cotocos de perna, em sua cadeira de rodas.

— Alguma notícia? — perguntou a Izam.

O jovem apertou os dentes. Informou que seus homens estavam controlando todos os acessos e que tinha organizado batidas pelos currais, armazéns, hortas e latrinas... Se as meninas estivessem na fortaleza, seriam encontradas. Wilfred concordou a contragosto. Em seguida, fitou Alcuíno à espera de alguma notícia.

— Acabei de saber — desculpou-se. — Já revistaram as casas?

— Até atrás das paredes. Deus Todo-Poderoso! À noite pareciam tão despreocupadas, tão tranqüilas...

Comentou que as pequenas dormiam sempre com a ama-de-leite, uma solteirona que nunca tinha causado problemas.

— Até agora — acrescentou e atirou o copo contra a lareira.

Izam determinou que interrogariam todos os que se encontravam na fortaleza, insistindo com os criados e com as pessoas próximas da ama-de-leite. Alcuíno pediu permissão para inspecionar os quartos e Wilfred ordenou que um criado o acompanhasse.

Quando Alcuíno entrou na cela, achou-a completamente revirada. Perguntou ao criado se tal desordem era resultado da busca realizada pelos homens de Wilfred, o que ele confirmou, explicando que a ama-de-leite era uma mulher muito cuidadosa.

— Estava presente quando revistaram o quarto?

— Nessa porta aqui.

— E como estava antes de eles entrarem?

— Limpo e arrumado, como toda manhã.

Alcuíno pediu ao criado que o ajudasse a pegar alguns dos objetos que jaziam espalhados, a maioria procedente dos dois baús que os homens de Wilfred tinham revistado tentando descobrir pistas. O maior pertencia às meninas e o outro, à ama. Empilharam meinhas, sapatos e vestidos, separando os que pertenciam às gêmeas e os que eram da ama. Em seguida, Alcuíno se deteve nos utensílios que descansavam numa tosca penteadeira. Enumerou um prato de metal polido que servia de espelho, um pente de osso, vários cordéis, um par de fivelas, dois frasquinhos que pareciam conter cosméticos, outro menor ainda com perfume de rosas, uma peça de sabão e uma pequena bacia. Todos brilhavam perfeitamente arrumados, o que coincidia com o temperamento organizado da babá. Na sala, encontravam-se duas camas quadradas de tamanho generoso: a que pertencia à mulher, situada junto à janela, e a que era usada pelas duas meninas, do outro lado do quarto. Alcuíno entreteve-se na primeira, que cheirou e examinou como se fosse um cão de caça.

— Sabe se a ama-de-leite tinha relações com alguém? Quer dizer: havia algum homem? — disse extraindo uns fios de cabelo de entre as mantas.

— Não que eu saiba — respondeu o criado espantado.

— Certo — agradeceu. — Pode fechar o quarto.

A caminho do *scriptorium* topou com uma Theresa tão assustada que nem a reconheceu. Pelo visto, alguns soldados tinham entrado em seu quarto remexendo tudo. Alcuíno informou que as gêmeas tinham desaparecido e que, por esse motivo, tinham fechado a fortaleza.

— Mas minha madrasta ficou do lado de fora.

— Acho que vão restabelecer o trânsito quando as meninas aparecerem. Agora vamos até o *scriptorium*. Preciso que me ajude numa coisa.

Descobriram que o *scriptorium* também tinha sido revistado.

Alcuíno arrumou os códices revirados, enquanto Theresa recolocava os móveis no lugar. Quando terminaram, o frade sentou e pediu a Theresa que trouxesse uma vela. Contou as novidades relativas a seu pai.

— Não é muito, mas continuarei insistindo — desculpou-se. — E você, avançou?

Mostrou o texto com dois novos parágrafos. Toda noite, antes de dormir, lia o pergaminho e memorizava um trecho.

— Não é muito, mas continuarei insistindo.

Alcuíno resmungou. Em seguida, extraiu um pano do bolso e depositou na mesa.

— Cabelos? — perguntou espantada.

— Isso mesmo. Com essa luz, minha vista não consegue distingui-los — pigarreou como fosse difícil para ele reconhecer isso. — Mas parecem diferentes.

Theresa aproximou tanto a vela que uma gota de cera caiu sobre os cabelos. Alcuíno exigiu mais cuidado e ela desculpou-se, atrapalhada.

A jovem distinguiu três tipos de cabelos: alguns escuros e finos; outros ligeiramente frisados, mais curtos e também escuros e, por último, uns fios semelhantes aos segundos, mas de um tom mais esbranquiçado.

— Os curtos são de... — ruborizou-se.

— Sim, é o que pensei — confirmou Alcuíno.

Quando Theresa voltou depois de lavar as mãos, seu rosto ainda conservava o nojo. Enquanto se secava, Alcuíno relatou suas conclusões.

Segundo parecia, a ama-de-leite era uma mulher organizada e meticulosa, sem amores conhecidos e preocupada com as meninas de Wilfred. Essa impressão era referendada por seu comportamento austero, sua cara lavada e o cuidado que dedicava às pequenas. No entanto, tinha encontrado enfeites, cosméticos e perfumes no quarto que partilhava com as gêmeas, além de um vestido caro: algo mais próprio de moças abastadas e em idade de casar. A ama-de-leite já era uma mulher madura e seu salário não permitiria que comprasse aqueles artigos, de modo que talvez tivesse recorrido a atividades ilícitas para adquiri-los.

— Ou talvez sejam presentes — comentou.

Em todo caso, acrescentou, estariam diante de uma mulher já não tão atenta às meninas, sobretudo considerando que não se importava em partilhar quarto e leito com um homem grisalho, seguramente calvo, não muito velho e membro do clero.

— Mas como pode ter certeza disso?

— Pelos cabelos, para começar. Os escuros pertencem à ama, os longos à cabeça e os frisados você pode imaginar. Suponho que os grisalhos são de um homem que sem dúvida é calvo, pois não encontrei nenhum fio mais longo. Quanto à idade, é óbvio que não deve ser muito velho para prevaricar com tanta energia.

— E por que pertenceria ao clero?

— Por causa do forte cheiro de incenso nas mantas. Seguramente, já estava impregnado em seu hábito.

Theresa concordou surpresa. Alcuíno, no entanto, não deu maior importância. Logo passou a falar de seu encontro com Zenón. Comentou que a cripta para onde tinham levado Górgias devia se comunicar, de alguma forma, com o interior da fortaleza. Estava convencido também de que a cela tinha sido utilizada para prender seu pai, por causa dos pratos e restos de comida que encontrou.

Naquele instante, alguém bateu na porta. Quando Alcuíno abriu, viu-se diante de um soldado que informou que sua presença estava sendo requisitada.

— O que houve?

— Encontraram a ama-de-leite. Afogada no poço do claustro.

Quando Alcuíno chegou ao poço, vários homens erguiam o cadáver pela mureta, derrubando-o como um saco de toucinho no pátio de pedras do claustro. As roupas estavam desabotoadas, deixando à mostra dois imensos seios flácidos de tanto dar o peito às meninas. Assim que a afastaram, Izam desceu para inspecionar o fundo do poço. Quando subiu, garantiu a Wilfred que suas filhas não estavam lá. Em seguida, trasladaram o cadáver para as cozinhas onde, depois de um exame sumário, Alcuíno determinou que a mulher tinha morrido estrangulada antes de cair no poço. Suas unhas estavam rachadas, mas sem traços de pele incrustada nelas, o que significava que podia tê-las quebrado durante o traslado. Examinou seu sexo, comprovando que o pêlo coincidia com o que encontrou na cama. Entre as roupas, não achou nada de relevante. Usava uma indumentária adequada a seu trabalho, um hábito escuro protegido por um avental. Seu rosto, embora inchado, estava limpo, sem cremes ou cosméticos. Quando terminou, autorizou que a amortalhassem. Em seguida, solicitou uma audiência com Wilfred, a sós.

Em particular, informou ao conde de suas descobertas que, ao que parecia, levavam a crer que um membro do clero havia seduzido a mulher para seqüestrar as meninas. No entanto, em sua opinião, a ama-de-leite desconhecia as intenções do amante.

— Como pode ter certeza?

— Porque do contrário, teria preparado a fuga e, no entanto, seus pertences permaneciam no quarto.

— Talvez tenha sido atacada. Não sei, por Deus santíssimo. E esse homem de quem fala? Tem alguma pista?

Contou que era de meia-idade, calvo e tinha acesso a capelas.

— As mantas cheiravam a incenso — explicou.

— Vou mandar prender todos os padres. Se tiver tocado nelas, vou enforcar esse filho-da-puta em suas próprias tripas.

— Acalme-se, excelência! Pense que, se fosse essa a intenção, já as teria matado. Não, suas filhas se encontram a salvo. E quanto a serem alvo de um desejo doentio, também descartaria essa hipótese. Não seria muito mais fácil pegar qualquer outra menina? Existem dezenas delas, jogadas em cada esquina.

— Devo ficar calmo? Com minhas filhas nas mãos de um desalmado?

— Repito que se desejassem causar-lhes algum mal, já teríamos tido notícias.

— Desejassem? Por que está falando no plural?

Alcuíno explicou que um homem sozinho dificilmente conseguiria carregar as duas meninas sem ser visto. Quanto ao motivo, excluído o sexo ignominioso e descartada a vingança, só nos restaria um motivo.

— Quer parar de adivinhações?

— A chantagem, querido Wilfred. Em troca de suas vidas, pretendem obter algo que está em suas mãos: poder... dinheiro... terras.

— Vou fazer esses malnascidos engolirem os próprios penduricalhos — bramou, agarrando os testículos. Os dois cães se agitaram e sacudiram a cadeira.

— De todo modo — refletiu Alcuíno —, o clérigo de que falamos também pode ter apenas fornicado com a ama, sem participar do rapto.

— Mas então, o que me aconselha? Que fique de braços cruzados? — disse alçando a voz.

— Que aguarde e se esmere na busca. Vigie os sacerdotes e faça que prestem juramento; impeça o trânsito de pessoas e mercadorias; elabore uma lista daqueles que gozam de sua absoluta confiança e aponte os que considera capazes de extorqui-lo. Mas, sobretudo, espere que os raptores comuniquem suas intenções, pois assim que o fizerem, o tempo correrá rápido.

Wilfred assentiu.

Combinaram trocar qualquer informação, assim que chegasse. Em seguida, o homem fustigou os cães e abandonou as cozinhas. Sozinho na sala dos fogões, Alcuíno olhou para a pobre mulher desnuda. Cobriu-a com um saco e fez o sinal-da-cruz. Lamentou que seus apetites carnais tivessem lhe roubado a vida.

27

O dia transcorreu lentamente para Wilfred.

Izam e seus subordinados revistaram celeiros, palheiros, armazéns, torres, poços, túneis, fossos, passagens, sótãos, porões, carros, fardos, tonéis, baús e armários. Nenhum lugar ficou a salvo. Todos os homens foram interrogados e revistados dos pés à cabeça. Wilfred ofereceu 50 arpentos de vinhas a quem fornecesse alguma informação sobre o paradeiro de suas filhas e mais 30 pela cabeça dos captores. Trancou-se na sala de armas onde exigiu que, a cada hora, fizessem um relatório dos resultados das buscas. Enquanto isso, com a ajuda de Theodor, elaborou uma lista dos fiéis e outra dos adversários. Na primeira, escreveu quatro nomes, que foi eliminando paulatinamente. No segundo, anotou tantos que desistiu de falar com Alcuíno.

Na hora do pôr-do-sol, Wilfred enviou seus homens numa batida. Durante a noite, ouviram lutas e gritos. Vários sacerdotes foram torturados, mas ao amanhecer os soldados retornaram de mãos vazias.

O dia seguinte foi uma repetição do anterior.

Desde o início, Wilfred decretou a suspensão da distribuição de grãos até a solução do seqüestro. Ordenou igualmente o fechamento das muralhas externas para impedir que algum habitante abandonasse a cidade sem o seu conhecimento. Alcuíno desaconselhou represálias indiscriminadas, mas Wilfred garantiu que quando a fome torturasse o populacho, os raptores seriam delatados.

Desde o começo do seqüestro, Hóos tinha se envolvido nos trabalhos de rastreamento. Tinha ajudado Izam e, inclusive, aproveitando a confiança de Wilfred, se oferecido para revistar os celeiros reais e os túneis anexos. Wilfred tinha excluído todos os recém-chegados da lista de suspeitos, pois considerava que o seqüestro de suas filhas já estava planejado há tempos. De fato, tinha aceito a sugestão de Alcuíno de duplicar a busca usando grupos distintos, um formado por seus homens, outro pelos tripulantes do barco. Hóos encabeçava os segundos.

Theresa ansiava pelas carícias de Hóos. Ainda conservava a intensidade de seus beijos e o sabor de sua pele. De vez em quando, surpreendia-se apertando as pernas uma contra a outra, como se pudesse retê-lo daquela forma. No entanto, mal o tinha visto desde o seu último encontro. Ele estava sempre ocupado e ela se levantava muito cedo e ia para o *scriptorium*, do qual só saía para comer nas cozinhas.

Chegou a pensar que talvez ele andasse com outra mulher e assim que o viu, falou-lhe sobre isso. Ele parecia muito atarefado, mas mesmo assim Theresa ficou chateada quando ele se despediu sem sequer beijá-la.

Enquanto Theresa fazia progressos no *scriptorium*, Alcuíno analisava as denúncias que chegavam à fortaleza. Dentre todas, não faltavam as que contavam ter visto a falecida ama praticando feitiçaria, nem as que responsabilizavam os lobos pelo desaparecimento das meninas. Algumas pareciam bem intencionadas, mas a maioria vinha de moradores inescrupulosos atraídos pela recompensa. Vários homens haviam sido espancados por inventarem mentiras; uma delas fazia referência ao roubo de alguns sapatinhos de lã da lavanderia.

Alcuíno interrogou o frade anão, que, efetivamente, confirmou a perda.

— Algumas coisas se extraviam, mas somos muito cuidadosos com as roupas das meninas.

Garantiu que tinham sido quatro peças, além de um par de panos de cozinha. Alcuíno agradeceu e regressou ao *scriptorium* convencido de que as gêmeas continuavam na fortaleza. Na reunião com Izam, Alcuíno propôs que vigiassem os armazéns e as cozinhas.

— Como suspeito que os raptores ainda estão aqui, talvez eles precisem de comida.

— Isso é impossível. Revistamos até a última pedra.

— Não discuto isso, mas nesse lugar há mais pedras do que numa pedreira.

Pediu que colocasse um guarda, dia e noite, na porta do *scriptorium*, e Izam concordou com isso sem problemas. Mesmo assim, concordaram em vigiar as cozinhas e comunicar as novidades a Wilfred de manhã.

Naquela noite, aproveitando a ausência de lua, vários moradores famintos treparam pela muralha que protegia os celeiros reais. Os assaltantes foram expulsos, mas ficou evidente que as medidas restritivas de Wilfred logo teriam conseqüências.

No dia seguinte, durante o desjejum, Wilfred mal tocou na comida. Esquivou-se das descobertas de Alcuíno e não prestou atenção nem quando contaram a história do assalto. Parecia ausente, como se alguma poção tivesse nublado sua vista. No entanto, com muita lucidez, resolveu recomeçar a distribuição de víveres e autorizar o tráfego de mercadorias. Izam aplaudiu uma decisão que evitaria novos incidentes, embora, como muitos outros, se perguntasse a que se devia aquela mudança de atitude. Quando Alcuíno interrogou Wilfred, ele se recusou a responder suas perguntas. Alcuíno insistiu, mas o conde sugeriu que desse continuidade ao pergaminho e se afastasse das buscas. A partir daquele instante, ele mesmo se encarregaria de encontrar as filhas.

Ao longo da tarde, a normalidade retornou à fortaleza. Pouco a pouco, os criados voltaram a seus afazeres habituais, a distribuição de grãos recomeçou e tiveram início os preparativos para a primeira partida de caça que teria lugar com a chegada da primavera. Izam e seus homens continuaram os consertos no barco, que tinham deixado pelo meio, e os soldados de Wilfred abandonaram suas posições para regressarem às guaritas.

Os celebrantes que vieram para a ofício de *sexta* entraram na igreja de São João Crisóstomo com a discrição de um exército de ovelhas. A procissão era encabeçada por Flávio, coberto com um chamativo barrete arroxeado semelhante ao do papa. Atrás dele, apresentava-se um séqüito de clérigos enfeitados como pavões reais, seguidos pelas ordens menores, pelos moços do coro e por uma multidão de curiosos, fiéis e mortos de fome que fechavam a procissão, todos dispostos a participar de uma eucaristia para implorar pelo reaparecimento das gêmeas.

Rapidamente, o templo se transformou num curral abarrotado. Quando as portas foram fechadas, Cassiano, o mestre-cantor, ordenou aos meninos que começassem a afinar as gargantas. Em seguida, solicitou autorização a Flávio e abriu os braços como um anjo para dar início ao milagre do canto gregoriano. Os ouvintes, na maioria clérigos, abaixaram as cabeças quando a primeira antífona desembocou numa sinfonia de notas celestiais que fizeram vibrar as lajes de pedra. Cassiano mexia os braços, enquanto as vozes se reuniam em espiral e ascendiam às abóbadas, envolviam as colunas e reverberavam, arrepiando os cabelos dos presentes. A música continuou dançando, fluindo daqueles querubins que convertiam suas preces em trinados de pintassilgos.

De repente, uma daquelas vozes se partiu até se converter num grito de terror. Os outros meninos emudeceram e toda a igreja virou-se para o coro onde os cantores retrocediam como se fugissem de um apestado. Diante deles, estendido no chão, Korne, o *percamenarius*, vomitava entre movimentos de agonia o pouco que ainda lhe restava de vida. Quando Alcuíno chegou para atendê-lo, o velho já estava morto.

Trasladaram o corpo para a sacristia, onde Flávio ministrou-lhe os óleos sagrados, numa última tentativa de ressuscitá-lo. Apesar dos esforços, o cadáver não se mexeu. Alcuíno observou que tinha a cabeça pelada, pêlos brancos no púbis e cheirava a incenso. Seus olhos pareciam fora de órbita e sua boca ainda expulsava uma espuma esbranquiçada. Ao examinar as mãos, encontrou duas picadas na mão direita.

Quando informou Wilfred, ele continuou a comer a coxa de frango que tinha entre as mãos. Em seguida, jogou o osso aos cães e olhou para Alcuíno com indiferença, enquanto limpava a boca na manga. O frade relatou a descoberta de marcas de uma mordida de serpente em sua mão direita.

— Que seja enterrado fora do claustro — foi seu único comentário.

— Não entendeu — insistiu. — Nessa época do ano não há répteis.

— Würzburg está cheia de serpentes — olhou para o outro lado.

Alcuíno não compreendeu. Não somente tinha apontado as coincidências entre a morte de Genserico e do *percamenarius*, como também tinha contado o detalhe dos pêlos brancos, o fato de que estava de cabeça raspada e o que era mais importante: toda manhã, depois do desjejum, Korne acompanhava as gêmeas à aula de canto. Qualquer outro em seu lugar daria pulos de alegria, mesmo que estivesse desnorteado: Wilfred, porém, permanecia impassível, como se, de algum modo, seu destino já estivesse traçado. De nada adiantou Alcuíno dizer que, com toda a probabilidade, Korne era o seqüestrador das gêmeas. Wilfred pediu que se fosse sem olhar para ele.

Quando Alcuíno saiu, percebeu lágrimas em seus olhos.

A caminho de seus aposentos, Alcuíno ruminava a estranha reação de Wilfred: aquela melancolia só podia ser devida a uma demência temporária, ocasionada pela perda das filhas. Mas, curiosamente, o delírio não parecia afetar o resto de suas faculdades. Logo, seria sensato considerar que seu comportamento não era casual, mas premeditado e que, nesse caso, derivaria de um conhecimento prévio da ligação entre ambas as mortes: a de Genserico e a do *percamenarius*.

Pouco depois, Alcuíno chegava no quarto de Korne que, desde o incêndio das oficinas, residia na fortaleza. Seu quarto não diferia muito do aposento que ele mesmo ocupava: dispunha de uma cama, uma mesa tosca junto de um banco de pedra sob a janela, prateleiras onde descansavam uma roupa de trabalho, alguns couros e o infalível balde para evacuação. Olhou dentro do recipiente e afastou-se enojado. Em seguida, agachou-se para examinar o chão, tateando até encontrar uma coisa que parecia uma conta de colar. No entanto, verificou sob a luz que a pequena pedra branca com um círculo azul pintado era na realidade um dos olhos das bonecas das gêmeas. Mortificou-se ao reconhecer que o cheiro de incenso o tinha levado a seguir uma pista equivocada.

Dirigiu-se imediatamente para o *scriptorium*, onde encontrou uma Theresa inusitadamente lenta com a pena. Geralmente, antes de começar a escrita definitiva, a jovem praticava o texto a ser copiado num pergaminho velho, mas naquela tarde seus traços borravam como se estivesse usando uma brocha. Apesar de repreendê-la, Alcuíno intuiu que os erros não derivavam de imperícia, mas de alguma coisa que a preocupava.

— É Hóos — acabou confessando. — Não sei se foi alguma repreensão sua, mas desde a última noite... — ruborizou-se. — Enfim, parece mudado.

— Não, não falei com ele. O que quer dizer com mudado?

A jovem derramou algumas lágrimas e revelou que Hóos estava fugindo dela. Naquela mesma manhã, depois de um encontro casual, ele a tinha rejeitado com impaciência.

— Fiquei até com medo de que me batesse — soluçou.

— Nós os homens, às vezes nos comportamos com rudeza — disse, tentando consolá-la. — É uma questão de natureza. Se às vezes as circunstâncias turvam a alma dos tranqüilos e obscurecem o entendimento dos instruídos, que dirá dos que se deleitam com os apetites mais baixos?

— Não é isso — queixou-se, como se Alcuíno não entendesse nada. — Foi alguma coisa estranha em seu olhar.

Alcuíno fez que sim, dando tapinhas em suas costas. Em seguida, enquanto recolhia suas anotações, pensou que já tinha problemas suficientes com o desaparecimento das meninas para, além de tudo, ter que discutir com uma mocinha apaixonada.

Perguntou como estava indo o pergaminho.

— Quase terminado — respondeu. — No entanto, devo confessar que uma coisa me preocupa.

— Estou ouvindo.

Theresa levantou e voltou com um volume verde-esmeralda que depositou na frente de Alcuíno.

— Ah, uma Vulgata! — comentou o frade, enquanto folheava o livro.

— É a Bíblia de meu pai — acariciou-a com ternura. — Encontrei-a na cripta onde ficou preso.

— Belo exemplar. Em grego, além do mais.

— E não é só isso — pegou a Vulgata e abriu mais ou menos no centro. — Antes do incêndio, meu pai sempre dizia que, se algo lhe acontecesse, eu devia olhar no interior da Bíblia. Na época, não entendi o que queria dizer e mais ainda, nem imaginei que pudesse lhe acontecer alguma coisa. Mas agora acho que, quando começou a trabalhar para Wilfred, começou também a temer por sua vida.

— Não entendi. O que quer dizer?

Levantou o volume e forçou a lombada até deixar um espaço vazio entre ela e os cadernos. Em seguida, introduziu os dedos e retirou um pedaço de pergaminho que desdobrou, exibindo seu conteúdo.

— *Ad Thessalonicenses epistula i Sancti Pauli Apostoli. 5,21.* "*Omnia autem probate, quod bonum est tenete*": examine tudo, fique com o que é bom.

— Sim, mas o que significa isso? — perguntou ele, intrigado.

— Aparentemente nada, de modo que fiz o que a citação dizia: passeei os olhos pela Bíblia. Agora, olhe aqui — assinalou um determinado parágrafo.

— O que é? Não consigo distinguir.

— Justamente, quase não dá para ver. Meu pai deve ter diluído a tinta com água para que não se notasse muito, mas se prestar atenção, verá que entre as linhas, tênue como o orvalho, ele escreveu uma nota.

Alcuíno aproximou o nariz, mas não conseguiu ver nada.

— Interessante. E o que diz essa nota?

— Ainda estou confusa. São dados e mais dados sobre a doação de Constantino. Mas acho que meu pai descobriu alguma coisa estranha em relação a ela.

Alcuíno tossiu e olhou-a com surpresa.

— Então é melhor que eu mesmo examine essa Bíblia — determinou. — E agora, tente acabar o seu trabalho. Vou continuar procurando seu pai.

Quando o frade se despediu, ela se sentiu abandonada. Desejava um ombro onde procurar refúgio; alguém em quem confiar.

Sem querer, pensou em Izam. Era tão diferente de Hóos! Sempre atento e educado, sempre disposto a ajudá-la. Sentiu-se suja por pensar assim, mas não era a primeira vez que esses pensamentos a assaltavam. Sua fala pausada, sua voz cálida, seus olhos amáveis... Embora amasse Hóos, às vezes se surpreendia pensando em Izam, e isso a incomodava.

Voltou ao estranho comportamento de Hóos, perguntando-se o porquê daquela atitude. Confiava nele. Para dizer a verdade, ela o amava. Pensava que, futuramente, voltariam para Fulda e formariam uma família com crianças fortes e saudáveis, que ela criaria e educaria. Talvez comprassem uma grande casa de pedra, quem sabe com currais independentes. Seria decorada com cortinados para que Hóos a achasse acolhedora e com os quartos perfumados de alecrim e lavanda. Ficou se perguntando se Hóos também pensava naquelas coisas ou se, pelo contrário, tinha outra mulher e tinha esquecido que ela o amava. Finalmente, voltou-se para seus pergaminhos decidida a continuar a cópia, mas na segunda linha voltou a pensar em Hóos e viu que, se não falasse com ele, não conseguiria fazer nada direito.

Parou de escrever, limpou seus utensílios e abandonou o *scriptorium* disposta a recuperar o homem que amava.

O próprio soldado que vigiava o *scriptorium* informou que encontraria Hóos Larsson no túnel que ligava os armazéns à fortaleza. Quando Theresa chegou à galeria, encontrou-o carregando sacos de trigo numa carreta. De início, Hóos mostrou-se meio desinteressado, mas quando ela insistiu, largou o que estava fazendo para falar com ela.

E ela falou de suas ilusões e de suas necessidades. Contou que sonhava despertar todo dia de manhã a seu lado, limpar a casa e a horta, aprender a cozinhar para servi-lo como ele merecia... Pediu até perdão se tivesse feito, sem querer, alguma coisa errada. Ele ouviu, mas se mostrou meio distante, como se estivesse impaciente para que acabasse logo. Quando exigiu uma resposta, Hóos refugiou-se nas poucas horas que teve para dormir, porque estava tentando encontrar seu pai. Informou que tinha interrogado meia cidade, esquadrinhado cada canto, mas era como se tivesse sido engolido pela terra. Suas palavras a comoveram.

— E então, ainda me ama?

Como resposta, Hóos a beijou, fazendo com que seus temores se desvanecessem. Ainda abraçados, relatou o encontro com Zenón e que ele a tinha levado até a cripta.

— Mas por que não me contou isso antes? — afastou-se ele, surpreso.

Theresa alegou que ele estava sempre ocupado. Além do mais, tinha pavor de que alguém ouvisse e tentasse capturar seu pai.

— Ele é acusado de assassinato — desculpou-se ela.

Hóos confirmou que sabia disso, mas Theresa insistiu que o pai era inocente. Zenón tinha amputado seu braço e seria testemunha disso. Em seguida, desatou a chorar desconsolada. Hóos foi atencioso, abraçando-a com ternura. Acariciou seus cabelos enquanto garantia que, a partir daquele momento, tudo seria diferente, insistindo em que o perdoasse por seu comportamento tão idiota. Explicou que os acontecimentos tinham perturbado seu pensamento, mas que a amava com loucura e ia ajudá-la a encontrar Górgias.

— Vou até a cripta de que falou. Mais alguém sabe onde fica?

Ela respondeu que apenas Alcuíno estava ao corrente de sua existência.

Hóos sacudiu a cabeça, repetindo que não confiasse nele. E em seguida, pediu que voltasse ao *scriptorium*. Assim que descobrisse alguma coisa, voltaria para pegá-la.

A caminho do *scriptorium*, Theresa lembrou que, segundo Alcuíno, Genserico já estava morto quando foi apunhalado e na mesma hora, pensou que Hóos precisava saber daquele detalhe. Tinha jurado a Alcuíno que guardaria silêncio, mas na realidade o juramento se referia apenas ao documento e não àquele assunto, que poderia ser vital para seu pai. Foi assim que resolveu voltar até a parte do túnel onde tinha deixado Hóos. Lá chegando encontrou apenas alguns sacos abandonados no chão. Intrigada, olhou ao redor e viu uma portinhola lateral pela qual se filtravam umas vozes. Empurrou a porta e entrou num corredor estreito, em cujo fundo entreviam-se duas silhuetas pouco iluminadas. Uma delas parecia ser um clérigo. A outra pertencia a Hóos Larsson. Continuou avançando até que, a poucos passos deles, percebeu que estavam falando dela.

— Repito que essa moça é um problema. Se já conhece a localização da cripta, pode contar a qualquer um. Devíamos eliminá-la — afirmou o homem de batina.

Theresa sentiu seu coração palpitar mais forte.

— E todos os outros também? A moça confia em mim e vai fazer o que eu mandar. Não sabe nada das meninas, nem de seu pai e da mina — comentou Hóos. — Quando concluir o documento, aí sim, poderemos nos desfazer dela.

O clérigo balançou a cabeça, mas acabou concordando. Nesse ponto, Hóos Larsson deu a conversa por encerrada e, sem se despedir, dirigiu-se para a porta. Quando Theresa percebeu, correu pelo corredor até chegar lá fora, mas ao sair tropeçou num dos sacos de grãos e caiu no chão em cima deles. Quando se virou para levantar, Hóos Larsson estendia a mão para ajudá-la.

— O que faz aqui? — perguntou sem soltá-la.

— Voltei para dizer que amo você — mentiu tremendo.

— No chão? — Hóos fitou a porta que tinha deixado encostada. Agora estava aberta, mas não comentou nada.

— No escuro, acabei caindo.

— Certo. Diga então.

— Dizer o quê? — perguntou espantada.

— Que me ama. Não foi para isso que veio?

— Ah, claro! — tremeu, forçando um sorriso.

Hóos aproximou-a de si sem soltar seu braço e beijou-a na boca. Ela permitiu.

— Agora, volte para o *scriptorium*.

Quando finalmente a soltou, Theresa odiou com toda a alma aquela serpente tatuada.

Não conseguia aceitar. Só a idéia de que Hóos, o homem a quem ela tinha se entregado, pretendia assassiná-la, já a impedia de pensar com clareza. Correu para o *scriptorium* sem olhar por onde andava. Vagava como uma desterrada que estivesse sendo perseguida por um bando de feras. Tentou entender como aquilo tinha acontecido, mas não conseguiu encontrar nenhuma explicação. As imagens de seu pai na mina giravam junto com a de Hóos fazendo amor com ela. Enquanto corria, as lágrimas cegaram seus olhos. Quem seria o clérigo que tinha visto de costas? Seria o próprio Alcuíno?

Quando chegou ao *scriptorium* encontrou-o vazio, mas o guarda permitiu que entrasse, por ser uma pessoa de confiança. Procurou pelo documento em que estava trabalhando, mas não encontrou e supôs que Alcuíno ou Wilfred o teriam levado. No entanto, sob alguns pergaminhos, encontrou a Vulgata esmeralda de seu pai. Pegou junto com um par de penas e saiu da sala com a intenção de fugir da fortaleza.

Caminhou pelos corredores evitando os cantos, como se temesse que alguém pulasse sobre ela a qualquer instante. Quando passou junto à sala de armas, um homem de batina interpôs-se em seu caminho. Seu sangue gelou, mas o homem só queria avisar que uma das penas tinha caído de suas mãos. A jovem pegou-a, agradeceu e continuou andando, apressando cada vez mais o passo. Desceu as escadas e dobrou na galeria que ligava o vestíbulo ao claustro. De lá, sairia para o pátio e depois para as muralhas.

Andava de cabeça baixa, tentando se esconder sob a capa, quando de repente avistou as figuras de Hóos e Alcuíno conversando no outro extremo do claustro. Hóos também a viu. Ela desviou os olhos e continuou andando, mas

Hóos se despediu de Alcuíno e começou a andar rapidamente a seu encontro. Theresa estava quase na saída. Entrou no pátio e saiu correndo, mas quando se aproximou da muralha, viu com horror que as portas estavam fechadas. Olhou para trás e viu que Hóos estava cada vez mais perto, avançando devagar, mas com determinação. Seu coração disparou. Virou de novo, desesperada, procurando uma saída. Nesse exato momento, descobriu Izam montado a cavalo perto dos currais. Correu para ele e pediu que a levantasse. Izam não entendeu, mas estendeu a mão e puxou-a para a garupa. Então ela suplicou chorando que a tirasse da fortaleza. Izam não perguntou nada. Esporeou o cavalo e ordenou aos gritos que abrissem a porta. Instantes depois, com Hóos amaldiçoando a própria sorte, atravessavam as muralhas e abandonavam a cidadela.

Izam guiou a montaria pelo formigueiro de ruelas, até chegar a um grupo de casebres abandonados no povoado além dos muros. Desmontou junto de uma espécie de estábulo que parecia abandonado, conduziu o cavalo para dentro, amarrou-o numa varanda e amontoou um pouco de palha que ofereceu para que Theresa se recostasse. Quando achou que estava mais calma, perguntou o que tinha acontecido. Ela tentou responder, mas o pranto a impediu. Por mais que tentasse, Izam não conseguia consolá-la. Depois de um tempo, quando as lágrimas se esgotaram, Theresa se abandonou à tristeza. Ele, sem saber por quê, atreveu-se a abraçá-la e ela se sentiu reconfortada ao ver que alguém tentava protegê-la.

Quando finalmente se acalmou, relatou todo o episódio do túnel. Contou que tinha ouvido Hóos ameaçando matá-la e também que ele sabia do paradeiro de seu pai. Teve que explicar que Górgias não era um assassino e que precisavam localizá-lo, pois sem dúvida estava correndo perigo. No entanto, Izam pediu que continuasse seu relato e ela contou tudo o que sabia, à exceção da história do documento de Constantino. O jovem ouviu com atenção. Perguntou que papel Alcuíno desempenhava naquilo tudo, mas Theresa não conseguiu responder. Izam refletiu longamente e, por fim, resolveu que iria ajudá-la.

— Mas só amanhã. Está anoitecendo e entrarmos agora na mina seria um presentão para os bandidos.

Theresa maldisse mil vezes aqueles saxões, que odiava com todas as suas forças. Recordou a agressão sofrida depois da fuga de Würzburg e o sangrento ataque durante a travessia do barco. Ainda por cima, na única vez em que deveriam ter acertado, eles deixaram escapar com vida aquele facínora de Hóos Larsson. Ficou espantada ao ouvir Izam corrigi-la.

— Não acho que sejam saxões. Devem ser bandidos. O populacho não vê diferença, pois identificam o pagão com o mal, e o mal com o saxão, mas os saxões que ainda resistem estão refugiados no norte, além da fronteira do Reno.

— Bandidos e saxões, dá no mesmo. São todos inimigos.

— Claro, e eu luto contra eles com todas as minhas forças, mas nunca odiei os saxões, por mais estranho que isso pareça. No final das contas, essa gente está defendendo seu território, seus filhos, suas crenças. São grosseiros, sim. E cruéis. Mas como você se comportaria se, ao acordar numa bela manhã, encontrasse um exército arrasando o lugar onde vive? Esses pagãos lutam pelo que conheceram desde crianças, por uma forma de vida que estranhos vindos de longe tentam destruir. Devo confessar que, certas vezes, admirei sua coragem e ambicionei sua energia. Acho inclusive que eles realmente odeiam a Deus, pois muitas vezes lutam como diabos. Mas posso garantir que só são culpados de terem nascido no lugar errado.

Theresa olhou para ele desconcertada. Embora os saxões também fossem filhos de Deus, como qualquer ser humano, como fazer para guiá-los para a Verdade, já que se negavam a aceitá-la? Em todo caso, quem, diabos, se importava com os saxões? Hóos, esse sim, era um verdadeiro demônio e da pior qualidade que alguém poderia encontrar. O único homem que a tinha feito estremecer não era mais do que um impostor, que ela odiava com tanta força que seria capaz de estraçalhá-lo com suas próprias mãos. Lamentou-se por ter sido tão ingênua, por ter desejado casar-se e entregar sua vida a um animal daqueles.

Incapaz de discernir entre a raiva e o frio, esqueceu tudo o que dizia respeito a Hóos e recostou-se no peito de Izam. Seu calor a reconfortou. Quando perguntou onde pernoitariam, surpreendeu-se quando ouviu que ficariam no galpão, pois ele não confiava em ninguém na fortaleza. O jovem cobriu-a com sua capa e tirou um pouco de queijo que guardava na sacola. Quando ofereceu a Theresa, ela recusou, mas Izam separou um pedaço e obrigou-a a comer. Os lábios dela roçaram em seus dedos.

Enquanto a jovem mastigava, Izam lamentou não dispor de mais queijo para poder roçar sua boca novamente. Depois, ficou lembrando do dia em que se conheceram. Na ocasião, sentiu-se atraído por seu aspecto cortês, seus olhos cor de caramelo e seu cabelo cacheado, tão diferente das róseas moças rechonchudas que habitavam Fulda. Mas depois foi o seu caráter atrevido e impetuoso que o tinha cativado. Curiosamente, o fato de que soubesse ler o fascinava, o que contrariava tudo o que um homem normal pensava. Ficava encantado com o interesse com que o ouvia e, por sua vez, adorava ouvi-la contando as histórias vibrantes de sua Constantinopla natal.

E agora estava junto dela, protegendo-a de uma estranha trama, na qual não conseguia distinguir quanto havia de verdade, quanto havia de fantasia.

28

Quando as vozes despertaram Górgias, já estava anoitecendo nas minas. Só teve tempo de se cobrir com o colchão de palha e jogar-se de lado para se esconder. Ao cair sobre o coto, a dor o apunhalou. Agachou-se como deu e esperou em silêncio, enquanto pedia a Deus que a noite o protegesse. Em seguida, resguardado pelas sombras dos barracões, ouviu que as vozes se aproximavam até se transformarem em dois sujeitos carregando tochas. Um deles era alto e louro; o outro parecia um padre. Os estranhos se separaram e fuçaram pelo barracão, afastando utensílios aos pontapés. Por um instante, o louro chegou bem perto de seu esconderijo, enquanto o outro esperava. Górgias pensou que seria descoberto, mas finalmente o louro virou, fez um sinal para o padre e ambos depositaram dois volumes a poucos passos de onde ele se escondia. Depois, deram meia-volta e, tal como tinham surgido, desapareceram na escuridão.

Górgias esperou agachado até ter certeza de que não voltariam. Passado um momento, botou a cabeça para fora e parou para examinar os dois fardos abandonados. De repente, um deles se mexeu, fazendo Górgias pular. Enquanto esperava, pensou se não seria algum tipo de fera ferida, de modo que quando os movimentos cessaram, decidiu verificar. Com dificuldade, abandonou seu esconderijo e se arrastou até os dois volumes.

Quase não conseguia avançar. Na última semana, seu braço tinha piorado tanto que passou vários dias caído, sem comer nada. A febre lhe dizia que estava morrendo. Se encontrasse forças, voltaria a Würzburg, mas há tempos que os tremores tinham lhe roubado o ânimo.

Chegou ao primeiro fardo, que cutucou com uma vara. Ao apertar, sentiu que cedia e se agitava. Recuou quando ouviu o primeiro lamento. Guardou silêncio para, logo em seguida, ouvi-lo de novo, agora entrecortado, quase como um gemido. Assustado, aproximou-se devagar para retirar o envoltório e, atônito, fez o mesmo com o outro. Quando terminou, seus olhos pareciam dois ovos estrelados. Diante dele, amordaçadas com panos de prato, jaziam os corpos das gêmeas de Wilfred.

Na mesma hora, desamarrou os nós que as prendiam, levantou a que respirava e, nervoso, deu um tapa no rosto da que dormia. A segunda gêmea não reagiu. Supôs que estivesse morta, mas quando levantou seu queixo, a pequena tossiu e começou a chorar dizendo, balbuciante, que queria o pai. Górgias pensou que, se os dois homens ouvissem, regressariam para matá-las, de modo que agarrou as meninas como pôde e se arrastou para uma das galerias, onde se refugiou, confiando que a pedra abafasse o pranto das meninas. No entanto, uma vez lá dentro, elas caíram numa estranha letargia que as manteve adormecidas.

Como nos dias anteriores, Górgias mal conciliou o sono. Embora a febre o devorasse, a presença das meninas tinha lhe devolvido um pouco da lucidez que lhe faltava há um bom tempo. Levantou e examinou as duas. Seus rostos estavam levemente arroxeados, de modo que resolveu acordá-las, sacudindo-as timidamente, como se temesse machucá-las. Quando conseguiu, levantou a mais esperta, arrumou seus cabelos e sentou-a como uma boneca de trapos. A pequena oscilou um pouco, mas manteve o equilíbrio, depois de dar com a cabeça no vagonete em que estava apoiada. Górgias percebeu que estava aturdida, pois não reclamou. No entanto, a outra menina continuava desmaiada e quase não se percebia o pulso. Jogou um pouco da água que conservava na galeria em sua cabeça, mas ela não reagiu. Talvez tivessem sido abandonadas exatamente por isso; de todo modo, se não as levasse para Würzburg, certamente morreriam.

Com o sol despertando, resolveu levá-las para fora. Fazia frio, prenúncio de tempestade. Imaginou o que poderia fazer para transportá-las, se ele mesmo mal se sustentava de pé. Perambulou pelos arredores até encontrar um baú de madeira, ao qual amarrou uma corda, atando a outra ponta à cintura. Em seguida, arrastou-se pela lama até o local onde estavam as meninas. Acomodou-as com cuidado dentro do baú, explicando que era uma pequena carroça, mas as crianças continuaram atordoadas. Acariciou seus cabelos e puxou a corda. O baú não se moveu. Afastou as pedras que estavam no caminho e puxou de novo. Finalmente o baú se moveu pesadamente, seguindo Górgias a caminho de Würzburg.

***

Ainda não tinha percorrido nem meia milha, quando sentiu o gosto do barro pela primeira vez. Na segunda, caiu desfalecido.

Continuou caído de bruços até que o choro de uma das meninas o animou a continuar, mas não reuniu forças suficientes para levantar. Só conseguia se arrastar como um animal ferido. Deslizou como pôde até um recanto à margem do caminho. Em pouco tempo, enquanto tentava recuperar o fôlego, percebeu que não ia conseguir realizar seus propósitos. O coto voltou a doer, em fisgadas que chegavam até os pulmões, mas já não dava mais importância. Recostou-se contra o paredão de pedra e chorou de desespero. Sua vida não lhe importava, mas queria proteger a vida das duas crianças.

Do ângulo em que se encontrava, contemplou Würzburg à distância. Lá embaixo no vale, admirou o enxame de casinhas apinhadas atrás das muralhas, vigiadas de cima pelas torres da fortaleza. Desejou aquele céu claro, bordado pelas coluninhas de fumaça que saíam das chaminés, e os primeiros verdores despontando nos campos que lhe pareciam inalcançáveis. Consolou-se pensando que sob aquela terra repousava sua filha, com quem logo se reuniria.

De repente, contemplando a fumaça, teve uma idéia. Tirou as meninas do baú e afastou-as dali. Em seguida, com suas últimas forças, chutou o baú até reduzi-lo a um monte de lenha, pegou seu ferro de acender e segurou o sílex com os pés, com a intenção de dirigir as chispas para o pano seco com que tinha coberto a lenha. Depois, esfregou os dois rogando a Deus que o pedaço de lã pegasse fogo, mas nenhuma de suas súplicas foi ouvida. Mesmo assim, insistiu mais uma e outra vez até que as forças o abandonaram. Furioso, jogou o ferro longe maldizendo sua sorte.

Passado um momento, lembrou do documento que tinha escondido sobre a viga de um dos barracões da mina. Pensou que o pergaminho seria ideal como isca para o fogo, mas quando se levantou com a intenção de pegá-lo, o mundo inteiro girou a seu redor.

Compreendeu que jamais sairia de lá. As meninas continuavam caladas, como se um narcótico as mantivesse atordoadas. Arrastou-se até o pedaço de ferro para tentar novamente, agarrou-o com todas as forças e raspou contra o sílex. Para sua surpresa, as chispas brotaram como uma corrente de fogo espalhando-se sobre a lã. Repetiu o processo com toda força, soprando sobre as chispas, esfregando com alma. De repente, um ponto do pano acendeu. Górgias voltou a soprar até que a seu lado apareceu outra mancha dourada que logo mudou para um vermelho intenso. Estimulado, continuou esfregando o sílex e as partículas incandescentes se multiplicaram. Em seguida, pequenos fios de fumaça brotaram e foram ficando mais densos até que, finalmente, uma chama vibrante apoderou-se do tecido.

Rezou para que alguém de Würzburg visse a fogueira. Nesse caso, esperaria que as pessoas se aproximassem para verificar e, depois de certificar-se de que tinham descoberto as meninas, fugiria de novo para as montanhas. Nesse instante, percebeu que o fogo começava a fraquejar e tratou de alimentar as chamas com as tábuas que ainda restavam. No entanto, a fogueira devorava tudo o que recebia com a mesma velocidade que chegava e pouco a pouco, começou a arrefecer até ficar reduzida a um monte de cinzas.

Quando a última brasa expirou, contemplou-a amargamente. Levado por uma idéia idiota, tinha destruído o único meio de que dispunha para transportar as meninas, de forma que agora só restava esperar que o frio e as feras acabassem com suas vidas. Tirou a capa e cobriu as duas gêmeas. Por um momento, imaginou que a mais esperta lhe sorria. Em seguida, enrodilhou-se junto delas para protegê-las com o corpo e ficou adormecido, sonhando com sua filha.

Soube que tinha morrido quando, assim que abriu os olhos, encontrou-se frente a frente com Theresa. Estava cercada por um halo branco, radiante de alegria, com seus olhos cor de mel, grandes e úmidos, seu cabelo revolto que nunca estava arrumado, sua voz carinhosa e acolhedora. Sonhou que sentia seus abraços e ouvia suas palavras, animando-o. Estava acompanhada de um anjo de cabelo escuro e expressão amável.

Tentou lhe falar, mas só conseguiu exalar um lamento. De repente, sentiu que o levantavam. Por entre as trevas, percebeu que as duas pequenas ainda continuavam a seu lado. Em seguida, fitou os restos da fogueira. Sem entender, olhou de novo para Theresa. Depois, deixou-se cair em seu braços e voltou a perder a consciência.

Apesar das tentativas, Izam não conseguiu acalmar Theresa.

A jovem desejava tanto encontrar o pai que naquela manhã, quando viu a fogueira nas proximidades da mina, tinha chorado dando como certo que o encontraria com vida. Em seguida, depois de chegar ao fim da trilha e descobrir Górgias abraçado às meninas, tinha corrido para ele soluçando de alegria e, ao ver que ainda vivia, tinha se abraçado a ele, sem soltá-lo até o momento em que Izam propôs que voltassem para a cidade.

Tomaram o caminho de volta com Theresa guiando o cavalo, Izam a pé com as duas meninas e Górgias feito um fardo, inconsciente sobre a montaria.

No começo, Theresa transbordava de felicidade: falava com o pai, embora ele não pudesse ouvi-la, explicando onde tinha estado, o que tinha acontecido em Fulda e a falta que sentia dele. No entanto, à medida que avançavam, percebeu que além de ele não responder, a ferida do coto cheirava como um animal morto. Depois de comentar o fato com Izam, ele franziu os lábios e fez que não com a cabeça.

— Quer dizer... Terá que ser atendido pelo médico — corrigiu-se ao perceber sua indelicadeza. — Com certeza, vão encontrar um remédio.

Apesar disso, não pôde evitar que Theresa se alarmasse e começou a falar das gêmeas para distraí-la.

— Alguém deve tê-las abandonado na mina — comentou.

Theresa não respondeu, pois era óbvio que seu pai não seria capaz de carregar nem uma galinha.

Tinham coberto a metade do caminho quando, de repente, depois de superado um barranco, notaram a presença de uma multidão de camponeses que vinha em sua direção armados de forcados e foices. Era liderada por um grupo de soldados que pararam assim que os viram. Izam supôs que buscavam a recompensa oferecida por Wilfred; o que não entendia era como tinham conseguido encontrá-los. Por sorte, reconheceu Gratz, um de seus homens de confiança, e recorreu a ele para que os homens depusessem as armas. No entanto, quando o soldado ia obedecer, vários camponeses cegos pela cobiça já estavam correndo em sua direção. Izam abandonou as meninas no chão imediatamente e desembainhou a espada, mas antes que a utilizasse, uma flecha abateu um dos camponeses. Izam olhou para Gratz, que ainda sustentava o arco. Os outros camponeses pararam como se tivessem sido laçados por uma corda esticada. Um deles largou a arma no chão e os outros o imitaram. Em seguida, os soldados adiantaram-se, afastaram os mais exaltados aos empurrões e ofereceram seus cavalos a Izam e às gêmeas.

Retornando a Würzburg, Gratz informou a Izam que um anônimo tinha revelado o paradeiro das meninas.

— Parece que um encapuçado confessou ao padre que, por sua vez, passou a informação a Wilfred. Essa manhã, recebemos ordens de organizar a batida.

Izam estranhou a coincidência: o delator sabia do paradeiro e, ao mesmo tempo, acusava Górgias de manter as gêmeas em seu poder. Agradeceu a Gratz pela intervenção e continuaram cavalgando até as portas da cidadela, onde uma multidão aguardava exaltada.

Assim que as portas se abriram, Wilfred apareceu em sua cadeira. O homem estalou o chicote e os cães puxaram o artefato que avançou com dificuldade pelo caminho, deixando Alcuíno, Zenón e Rutgarda para trás, querendo entender o que se passava. Quando o conde chegou à soleira da muralha, Izam adiantou-se com as duas meninas. No momento em que as abraçou, todo o povoado comemorou o fim do pesadelo.

Já na fortaleza, Theresa roía as unhas à espera de que Zenón e uma matrona acabassem de examinar as meninas. Afinal, tanto o médico quanto a mulher concluíram pela ausência de violência. Logo estariam restabelecidas. Quando Zenón foi atender Górgias, Wilfred o impediu. Depois, ordenou que fosse transferido para as masmorras.

Theresa suplicou várias vezes que o ajudassem, mas Wilfred se mostrou inflexível, a ponto de avisar que, se continuasse a insistir, mandaria encerrá-la junto com ele. A jovem afirmou que pouco lhe importava, mas Izam a arrastou à força para outra sala.

— Solte-me! — gritou, esmurrando-o entre soluços.

Theresa lamentou-se por ter concluído o pergaminho. Tinha terminado na mesma tarde em que prenderam seu pai. Izam a manteve presa em seus braços, enquanto pedia calma.

— Não compreende que assim não vai conseguir nada? Já vou dar um jeito para que seja atendido — prometeu.

Theresa se deixou levar, vencida pelo nervosismo. De volta à sala capitular, notou a presença de Hóos deliberando com Alcuíno. Instintivamente, afastou-se dele, apertando-se contra Izam. O jovem foi em sua direção, mas antes que o alcançasse, Hóos deu meia-volta e se retirou do aposento.

Izam e Theresa comeram juntos num dos estábulos, rodeados de feno e palha. Enquanto partilhavam o guisado, Izam confessou-se a Theresa: à exceção de dois ou três subordinados, não sabia em quem confiar.

— Nem mesmo esse Alcuíno. Eu o conheço da corte, é verdade. É um homem sábio e bem considerado, mas não sei... Com tudo o que você me contou...

Theresa concordou sem prestar atenção, pois naquele momento a única coisa que lhe interessava era que seu pai fosse atendido o mais rápido possível. Quando relembrou o fato a Izam, ele garantiu que iria procurar Zenón depois de comer. Já tinha se informado e só precisavam se preocupar em pagar o bastante.

— Vou dizer que preciso interrogar seu pai. Não creio que façam alguma objeção.

Theresa implorou que a levasse junto, mas Izam argumentou que desse modo levantariam suspeitas.

— Pois trate de subornar os guardas ou diga que minha presença é necessária para que fale.

— Claro! Eu, você, Zenón... e quem mais? Isso não é um banquete de boas-vindas!

Theresa fitou-o chocada. De repente, largou o prato e correu para a saída. Izam compreendeu que tinha sido muito rude e foi atrás dela, desculpando-se pela falta de delicadeza. Confessou que estava muito nervoso por não saber quem tinha que enfrentar.

— Não viu Wilfred? Se pudesse, teria matado seu pai com os olhos — disse ele.

— Se for questão de dinheiro, pelo amor de Deus, me diga. Possuo terras em Fulda — disse, esquecendo-se de que Izam já sabia disso.

— Não se trata de... Maldição, Theresa! Mataram duas pessoas, três se contarmos o *percamenarius*. E nem sei se as duas meninas estão doentes ou o que diabo elas têm. Se não ficarmos atentos, podemos ser os próximos.

Theresa mordeu os lábios, mas insistiu em ver seu pai e Izam compreendeu que não ia desistir. Foi então que a fez prometer que ficaria junto dele até que tudo se esclarecesse.

— E o *scriptorium*? Prometi a Alcuíno que o ajudaria.

— Por Deus! Esqueça o *scriptorium*, Hóos e até o maldito Alcuíno! E agora vamos encontrar esse médico antes que acabe com todo o vinho das tabernas.

Localizaram Zenón em uma viela atendendo um morador que tinha perdido três dentes numa briga. Enquanto o médico terminava o atendimento, perguntou pelo motivo da visita, mas Izam disfarçou perguntando pelo estado de saúde das gêmeas. Quando o ferido foi embora, Izam revelou suas verdadeiras intenções.

— Sinto muito, mas Wilfred me proibiu de atendê-lo — desculpou-se o médico, enquanto limpava o sangue das mãos. — E para dizer a verdade, nem sei por quê: afinal o escriba vai bater as botas de qualquer maneira.

Ao ouvir seu prognóstico, Izam alegrou-se por ter deixado Theresa esperando do lado de fora.

— Se vai morrer, tanto faz que o atenda — e fez sua bolsa tilintar.

Acabou de convencê-lo garantindo que daria um jeito de substituir o guarda de Wilfred por alguém de sua confiança. Zenón pediu pagamento adiantado, mas Izam só lhe deu duas moedas. Quando foi pegá-las, agarrou-o pelo pulso.

— Um aviso: esteja sóbrio ou será o próximo a precisar consertar a boca.

Zenón sorriu estupidamente. Antes de se separarem, combinaram um encontro depois do ofício de *sexta*, pois nessa hora Izam supunha que já teria convencido Wilfred a incrementar a vigilância das masmorras. Em seguida, acompanhou Theresa até seu quarto para pegar tudo o que precisava, pois não queria que ficasse nem mais um minuto lá. A jovem pegou algumas roupas, um buril e suas tabuletas de cera. Depois, foram para o quarto de Izam.

— O que pensa fazer? — perguntou ela, fechando a porta.

Izam tirou a espada, que jogou em cima da mesa. Disse que ia propor a Wilfred que aumentasse a guarda usando um de seus homens e esperar que o vigia de Wilfred se ausentasse.

— Encontrarei um modo de colocar Gratz vigiando a porta.

Pediu que esperasse e que, sob nenhum pretexto, abandonasse o quarto. Em seguida, armou-se com um punhal, que escondeu sob a capa. Quando estava partindo, Theresa o deteve. Tinha medo de que Hóos a atacasse, mas ele garantiu que nada disso ia acontecer. Saiu para o corredor e chamou o soldado que estava vigiando do lado de fora. Era um rapazola ainda sem barba e cheio de espinhas, que concordou com presteza quando ordenou que ninguém tinha autorização para cruzar aquela porta. Depois que Izam partiu, Theresa aninhou-se na cama para esperar sua volta.

Ficou olhando o teto durante algum tempo, especulando sobre o motivo que teria levado Wilfred a prender Górgias, mas depois de um tempo, resolveu folhear a Vulgata que ainda estava em sua sacola. Aproximou o volume da janela e depois de encontrar o versículo de Tessalonicenses, releu as indicações que seu pai tinha escrito com tinta aguada. No total, contabilizou 64 frases, ou melhor, 64 linhas que não correspondiam a sentenças ou parágrafos, mas formavam sucessões de palavras desconexas, todas elas relacionadas ao famoso pergaminho. Tirou-o da sacola, mas de nada adiantou. Sabia que aquelas palavras tinham um sentido, de modo que tratou de transcrevê-las para suas tabuletas de cera. Quando terminou, depositou as tabuletas sobre o catre e usou o punhal que Izam tinha deixado com ela para raspar o texto entremeado na Vulgata. Em seguida, fechou o livro, ocultou o pergaminho de Górgias debaixo das saias e esperou que Izam voltasse.

Foi o tempo de um suspiro para que começasse a ouvir golpes do outro lado da porta. Ao ouvi-los, Theresa deu um pulo e recuou até encostar contra a parede. A pedra gelada espetou suas omoplatas. Nesse instante, um grito a assustou. Tapou a boca e subiu no parapeito da janela, enquanto uma poça de sangue se espalhava por baixo da porta. Em seguida, percebeu que alguém estava mexendo na tranca. Virou o rosto para fora. Do outro lado da janela, o fosso esperava por ela. Se caísse, morreria. De repente, um estrondo, e a tranca saltou. Theresa se benzeu e moveu o corpo para o lado de fora, agarrando-se em algumas saliências. Sentiu que seus dedos escorregavam e as unhas se quebravam. A dor a fez soltar um dos apoios, mas logo encontrou outro. Pendurada sobre o vazio, implorou a Deus que a ajudasse. Enquanto isso, do outro lado da janela, alguém destroçava o quarto. Logo seus braços começaram a tremer, anunciando que iam ceder. Olhou ao redor e descobriu um longo pino que costumavam colocar sob as janelas para refrescar os alimentos. Se o agarrasse, ia destroçar a mão, mas talvez pudesse usá-lo para enganchar sua roupa. Foi o que tentou fazer, mas sua mão escorregou. Então, bem na hora em que a outra mão perdia o apoio, enganchou-se pelo peito da roupa. Por um instante, achou que ia cair no vazio, mas de repente sentiu que uma mão a segurava pelo punho. Theresa gritou e tentou se soltar, mas outra mão a agarrou, erguendo-a pela janela. Pensou que seria apunhalada a qualquer momento. No entanto, o medo desvaneceu-se quando do outro lado do vão apareceu o rosto amável de Izam. Depois de puxá-la de volta para o interior, abraçou-a com força e pediu que se acalmasse.

Ainda confusa, ajudou a recolher os utensílios espalhados pelo chão, enquanto Izam cuidava do vigia que jazia estendido no vão da porta. Theresa imaginou que estava ferido, mas o rio de sangue a fez perceber que estava morto. Entre soluços, deixou-se cair abatida. Izam perguntou pelos autores, mas ela confessou que não tinha visto ninguém. Depois de procurar por todo lado, Theresa descobriu que tinham roubado a Vulgata.

Dois criados encarregaram-se do cadáver. Em seguida, depois das devidas explicações, Izam e Theresa reuniram seus pertences para se transferirem para um lugar seguro. Embora lamentasse a perda da Bíblia, Theresa se felicitou porque os assaltantes haviam negligenciado as tabuletas de cera com a cópia das anotações na Vulgata. Enquanto caminhavam em direção a um dos pátios, responsabilizou Alcuíno pelo assalto, pois era o único que sabia da existência da mensagem entre as linhas.

— Só pode ser ele — repetiu para Izam.

Decidiram pedir explicações a Alcuíno, mas encontraram o *scriptorium* vazio e a porta trancada.

Passaram o tempo num dos pátios, confabulando sobre a natureza da mensagem oculta na Vulgata roubada. Theresa contou que não tinha conseguido decifrar nem uma palavra.

— Mas meu pai vai nos ajudar — afirmou confiante.

Izam concordou. Em seguida, olhou para o céu para verificar as horas. O médico ia chegar dentro em pouco ao encontro marcado para que desse assistência a Górgias.

Minutos depois do combinado, Zenón apareceu munido de sua sacola. Cheirava a vinho, porém não mais do que no momento em que Izam falou com ele, de manhã. Pagou a quantia acertada e, juntos, dirigiram-se para as masmorras.

Theresa surpreendeu-se ao ouvir que os presos eram trancafiados nas antigas neveiras. Consistiam em buracos semelhantes a silos escavados na rocha que, depois de cheios de neve, permitiam que os alimentos se conservassem até a chegada do verão. Como não eram necessários no inverno, eram usados algumas vezes como armazém e, se fosse o caso, como calabouços improvisados.

— Em outros lugares, são usados para os ladrões, mas nós colocamos os criminosos — presumiu Zenón como se fosse o responsável. — São jogados nos poços e de lá não saem até que morram. Às vezes, segundo o crime, jogamos pão aqui de cima para nos divertirmos vendo como se digladiam por algumas migalhas, mas no final, todos acabam morrendo como animais.

Izam pediu que guardasse tais detalhes para si, mas Zenón continuou a conversa como se Theresa não estivesse ali. Só deu descanso à língua quando Izam o sacudiu pela gola.

As neveiras ficavam numa espécie de cova localizada sob as cozinhas, à qual se chegava passando pelos porões ou então por um acesso próximo às cavalariças. Eles usariam o primeiro caminho, pois o outro não passava de um túnel estreito usado apenas quando tinham que encher a cova com a neve que os cavalos acumulavam para isso.

Quando chegaram à neveira, encontraram Gratz, o guarda colocado por Izam. O homem apressou-os, pois não sabia a que momento chegaria o outro vigia, entretido no momento por uma prostituta contratada por eles. Zenón e Izam desceram para a neveira usando uma escada de madeira que Gratz colocou, mas Theresa esperou em cima, pois Zenón tinha dito que ela só atrapalharia. Da amurada, Theresa viu que Zenón, depois de inspecionar a cicatriz do ombro de Górgias, fez que não com a cabeça. Seu pai nem balbuceava, mas pôde ouvir um gemido forte quando Izam o levantou para que o médico examinasse. Zenón tirou um tônico e deu a ele, mas Górgias vomitou, fazendo o cirurgião praguejar. Em seguida, Zenón levantou e subiu pela escada.

— Pode descer se quiser.

— Como ele está? — perguntou.

O médico cuspiu no chão. Sem responder, deu um gole no tônico e afastou-se da neveira. Theresa desejou que Zenón também vomitasse. Nesse momento, Izam apressou-a, mandando que descesse logo.

Embaixo, Theresa achou que seu pai olhava para ela com estranheza.

— É você? — suspirou.

Theresa abraçou-o, tentando esconder as lágrimas que derramava.

— É você, minha menina?

— Sim, pai. Sou eu, Theresa — beijou-o, molhando-o com seu pranto. Percebeu que Górgias mal olhava para ela. Era como se seus olhos já não lhe pertencessem.

— Vou tirá-lo daqui. Tudo vai se resolver — prometeu enquanto o beijava.

— O documento...

— O que está dizendo, pai?

— O pergaminho... — repetiu num sussurro com as pupilas contraídas. Theresa começou a chorar. Os olhos de seu pai eram duas contas opacas.

— Estou ouvindo um barulho — avisou Izam.

Theresa não o escutou. Izam pegou seu braço, mas ela resistiu.

— *Sic erunt novissimi primi, et primi novissimi...* — pronunciou Górgias num fio de voz.

— Vamos embora ou vão nos descobrir! — exigiu Izam.

— Não posso deixá-lo aqui! — soluçou ela.

Izam levantou-a nos braços e obrigou-a a subir. Já em cima, garantiu que voltariam, mas naquele momento, precisavam fugir. Gratz retirou a escada bem na hora em que o guarda de Wilfred regressava cantarolando e coçando a genitália. Achou aquela visita muito estranha, mas algumas moedas o convenceram de que Izam e Theresa tinham acabado de chegar das cozinhas. Depois de abandonar o local, Theresa compreendeu que seu pai jamais sairia com vida da neveira.

Izam resolveu que se alojariam num dos barcos ancorados no cais, para contar com a proteção de seus próprios soldados. Uma vez no navio, compartilharam uma refeição antes de irem para os bancos da popa. Lá, Izam abrigou Theresa, que aceitou um gole de vinho forte para combater o frio da coberta do barco. Sentiu-se reconfortada por seu abraço e, quase sem querer, recostou a cabeça em seu peito.

Falou de seu pai, de sua dedicação ao trabalho e da forma como tinha lhe transmitido o amor pela leitura. Falou das noites em que levantava para preparar um caldo, enquanto ele escrevia à luz de uma vela; de seus esforços para ensinar-lhe não apenas o latim, mas também o grego, os mandamentos e as Sagradas Escrituras. Contou de seus cuidados para que não esquecesse a sua Bizâncio natal.

Chorou.

Em seguida, implorou a Izam que libertasse seu pai. Quando ele respondeu que precisaria falar com Alcuíno, Theresa mostrou-se surpresa.

— Com Alcuíno? O que tem ele a ver com a prisão de meu pai?

Izam informou que, durante a sua conversa com ele, Wilfred tinha lhe garantido que, se dependesse só dele, já teria justiçado o escriba.

— Pelo visto, Alcuíno impediu que o fizesse antes que o enigma fosse resolvido.

— Que enigma? — e voltou a se recostar em seu peito.

— Foi o que perguntei, mas Wilfred gaguejou e mudou de assunto. Enfim: o importante é que seu pai continua vivo, o que é um milagre levando em conta que o encontraram com as gêmeas.

— Mas você sabe...

— A questão não é o que eu e você sabemos, mas o que Alcuíno acha que sabe. É ele quem manda; é a ele que devemos convencer, se quisermos tirar Górgias da neveira.

Theresa lamentou-se por ter concluído o pergaminho naquela mesma tarde em que prenderam seu pai. Izam esclareceu que Alcuíno era um homem poderoso, muito mais do que ela imaginava.

— Na posição que ocupa, só é superado pelo monarca — acrescentou. — Sob o ar de humilde frade, sob seu porte fraco e desalinhado, sob seus gestos delicados e seu comportamento simples, esconde-se na realidade o homem que controla as engrenagens da Igreja com mão de ferro. E quem domina a Igreja, domina a trama que sustenta o Império. É o guia de Carlos Magno, sua luz, seu sustento, seu apoio. Quem, senão ele, criou a *Admonitio Generallis*, esse compêndio de legislação canônica que se aplica a qualquer súdito, seja ele clérigo ou camponês? Foi Alcuíno quem proibiu a morte por vingança; quem ordenou que os penitentes parassem com seus desvarios; quem proibiu que se trabalhasse, se organizassem caçadas, feiras e até julgamentos aos domingos. Alcuíno de York: amável aliado, mas inimigo temível.

Theresa estranhou aquela revelação, pois apesar de sua sabedoria, sempre pensou que Alcuíno não passasse de um simples padre. Foi então que compreendeu a disposição com que o frade a tinha recebido ou a facilidade com que tinham lhe dado aquelas terras em Fulda.

Enquanto especulava, Izam retirou-se para organizar os turnos da guarda noturna. Enroscou-se sob a manta e deu um longo gole no vinho, esperando que seus efeitos clareassem seu entendimento. A bebida lhe deu enjôo. Desde que tinha conhecido Alcuíno, suas opiniões sobre ele foram mudando com o trajeto de uma noz numa corredeira. Algumas vezes, ele a ajudou; outras tantas, a confundiu e ultimamente, ele a assustava como se fosse a pior das criaturas infernais que poderia imaginar. Pois era isso que pensava dele: que era um monstro a serviço do maligno. Estava convencida de que ele, e mais ninguém, tinha assassinado o jovem guarda para recuperar a Vulgata. Só ele estava a par do seu conteúdo, que ela revelou apenas a ele.

Hóos um traidor e Alcuíno um assassino... Ou ao contrário, o que dava no mesmo.

Quando Izam regressou, Theresa o achou mais atraente que nunca. Acabou o vinho e pegou sua mão sem entender por que se sentia tão bem a seu lado. Ele a abraçou, enquanto ela fechava os olhos. Imaginou que ele a livrava de seus problemas; de suas incertezas; de seus medos... Em seguida, um torpor foi tomando conta dela, sentiu que o calor a ruborizava e sem perceber caiu adormecida no peito de Izam.

De madrugada, despertou com uma forte dor de cabeça. Fazia frio e o lento balanço do navio lhe deu vontade de vomitar. No entanto, conteve-se, saltando de fardo em fardo para localizar Izam. No outro extremo do navio, encontrou seu ajudante Gratz, que informou que o engenheiro tinha partido para inspecionar a situação dos outros navios.

— Ordenou que ficasse aqui até o seu regresso.

Theresa aceitou resignada. Pegou a fogaça de pão que Gratz lhe oferecia e retornou à popa, onde a mordiscou, contemplando a silhueta da fortaleza. O pão sabia a ranço, mas comeu sem reclamar. Em seguida, aproveitou o início da manhã para reler suas tabuletas de cera.

Quando o sol se levantou, o trânsito de marinheiros e ferramentas não a impediu de passar e repassar os estranhos parágrafos extraídos da Vulgata. No entanto, as diversas frases se entrecortavam e desordenavam numa espécie de trava-língua que não conseguia entender. Sua única certeza era de que todas aquelas frases se referiam ao documento de Constantino, ao qual aludiam repetidamente.

Teve a idéia de colocar as quatro tabuletas sobre a tampa de um tonel, como se o fato de contemplá-las todas juntas pudesse revelar seu segredo. Então, vieram-lhe à mente as palavras do pai.

"*Sic erunt novissimi primi, et primi novissimi.*"

O que queria dizer com isso? Levantou e pediu uma Bíblia a Gratz, que entregou a que ficava no barco para protegê-lo durante as travessias. Sozinha de novo, procurou o vigésimo capítulo do *Evangelium Secundum Matthaeum*: "*Sic erunt novissimi primi, et primi novissimi*": e assim os últimos serão os primeiros, e os primeiros, os últimos. Examinou os capítulos anterior e posterior de cabo a rabo, sem encontrar nada que a ajudasse. Olhou outra vez para as tabuletas de cera e fez o mesmo com o versículo: "Os últimos serão os primeiros...", repetiu. Deslizou os dedos sobre os relevos da cera.

De repente, entendeu. Tentou ler na ordem inversa, da última palavra à primeira e, como por arte de mágica, elas se entrelaçaram em frases nítidas que se reuniram formando parágrafos claros. Quando acabou de ler, compreendeu o que seu pai tinha descoberto. Rapidamente, escondeu as tabuletas sob um dos bancos e correu até Gratz para perguntar quando Izam voltaria.

— Na verdade, já devia ter retornado — respondeu ele, despreocupado.

Theresa passeou pelo barco até saber de cor o conteúdo das tabuletas de cera. Quando cansou de esperar, foi de novo a Gratz e pediu que a acompanhasse à terra, mas ele informou que não poderia fazê-lo antes do retorno de Izam.

— E se ele não aparecer?

— Vai aparecer. Sempre aparece.

A resposta não convenceu Theresa, de modo que decidiu que se Izam não tivesse regressado até o meio-dia, iria sozinha para a fortaleza.

29

Quando o sol estava a pino, Theresa tomou uma decisão. Cobriu o corpo com uma capa de marinheiro, apropriou-se de um fardo para disfarçar e aproveitou um momento em que Gratz estava distraído remendando uma vela para descer do navio e encaminhar-se para as muralhas. Um gorro de lã puxado sobre os cabelos ajudou-a a passar despercebida. No primeiro acesso não lhe prestaram atenção, mas para chegar à fortaleza teve que esperar que um guarda mais meticuloso se distraísse com a passagem de algumas carretas.

Já no interior, contornou os pátios com a idéia de penetrar no edifício pelo labirinto das cozinhas. Dois cães ladraram à sua passagem, mas ela os acalmou acariciando suas cabeças. Cruzou o pátio e dirigiu-se para o corredor que conduzia à cela de Alcuíno. Encontrou-a fechada, de modo que se dirigiu imediatamente para o *scriptorium*, onde encontrou o frade lendo sua Vulgata roubada. Assim que a viu, o frade levantou.

— Onde diabos você se meteu? Estive procurando toda a manhã — afastou a Bíblia de lado, não sem antes fechar a capa.

Theresa respirou fundo. Embora atemorizada, estava resolvida a fazer aquele monge assassino tirar seu pai da neveira. Alcuíno ofereceu uma cadeira e ela aceitou. Em seguida, o frade tirou o pergaminho em que Theresa estava trabalhando e colocou-o diante dela, como se nada tivesse acontecido.

— Ainda precisa limpar o texto e dar uma revisada, de modo que é bom que trate de avançar — disse, enquanto se virava de novo para a Vulgata.

— Não vai perguntar sobre meu pai?

Alcuíno parou de ler e tossiu levemente ruborizado.

— Desculpe, mas é que tanta coisa aconteceu que estou um pouco distraído. Não sei se soube que ontem degolaram um guarda dentro da fortaleza.

Theresa surpreendeu-se com o cinismo do frade. Engoliu em seco e afastou de si o documento de Constantino.

— Não vou tocá-lo — desafiou. Alcuíno levantou uma sobrancelha.

— Compreendo que esteja afetada, mas...

— Eu já terminei. O que mais quer? Aqui está o seu maldito documento — gritou, e levantou da cadeira como uma fera. Alcuíno a seguiu como se não estivesse entendendo.

— Mas o que demônios você tem? Ainda faltam as conclusões — disse tentando dominá-la.

— Acaso pensa que não sei o que anda tramando? A história de meu pai, das meninas... desse pobre guarda...

Alcuíno parou como se estivesse ouvindo um espectro. Com passo vacilante, foi até a porta e fechou-a com tranca. Em seguida, deixou-se cair na cadeira. Olhou-a com estranheza e pediu que prosseguisse. Theresa enfiou a mão no bolso e agarrou o estilo que levava com ela.

— Eu o surpreendi falando com Hóos. Faz dois dias, no túnel. Ouvi quando lhe propôs que ele me matasse. Ouvi a história de meu pai e da mina; da cripta e das gêmeas.

— Deus santíssimo, Theresa. Que espécie de estupidez é essa?

— Ah, pretende negar? E também não é verdade o roubo da Vulgata? — disse ao mesmo tempo que erguia o livro.

— Mas não é verdade o quê? O que aconteceu com essa Bíblia?

Theresa apertou os dentes, irritada. Quando lhe contou que a Vulgata era a causa de ele ter matado o guarda, o frade sorriu.

— Ah! E pelo visto, conforme combinei com Hóos, trataria de assassiná-la assim que acabasse o documento...

— Isso mesmo! — afirmou.

— Ah! — o homem levantou com indiferença. — Mas se é como disse, o que me impediria de matá-la agora mesmo? — disse enquanto se aproximava da moça. Apoiou a mão em seu ombro, perto do pescoço. O frade percebeu que tremia. Aproximou-se da porta e tirou o ferrolho. — Se quer conhecer a verdade, terá que confiar em mim. Caso contrário, pode abandonar o *scriptorium*.

Theresa apertou o estilo com força sob o vestido. Não confiava em Alcuíno, mas se tinha que arriscar a própria vida para salvar seu pai, não hesitaria um segundo sequer. Aceitou com a cabeça e voltou a sentar. O frade alegrou-se e fez o mesmo na outra ponta da mesa. Em seguida, ordenou vários documentos antes de olhar para Theresa.

— Aceita uma bolachinha? — ofereceu.

Ela recusou com expressão séria. Ele engoliu de uma só vez e lambeu os dedos. Quando terminou, abriu o documento em que Theresa estava trabalhando.

— Como sabe, trata-se de uma reprodução de um original perdido há anos, um pergaminho selado pelo imperador Constantino, no qual ele concede uma série de terras e direitos ao papado romano.

Theresa concordou, mas continuou a apertar o estilo.

— Esse pergaminho legalizava o poder de Roma diante do império bizantino. Veja bem, talvez ignore a situação atual do papado, mas há quarenta anos, depois da conquista de Ravena pelos lombardos, o papa Estevão II pediu ajuda a Bizâncio para defender-se daqueles pagãos — colocou um pouco de leite em uma taça mal lavada. — Como não obteve resposta de Bizâncio, o papa atravessou os Alpes e apresentou-se ao rei dos francos na época, Pepino, pai de Carlos Magno. Estevão II sagrou Pepino e seus filhos, concedendo-lhes os títulos de patrícios dos romanos e, em troca, solicitou sua proteção na luta contra os lombardos. Não quer mesmo uma bolacha?

Theresa fez que não. Mesmo que não compreendesse a relação entre aquela história e a recente sucessão de assassinatos, resolveu esperar que terminasse.

— Depois do pedido papal, Pepino e suas tropas viajaram para a Itália, onde venceram os lombardos — continuou. — Essa vitória entregou ao papado a comarca de Ravena, que compreendia, entre outras, as cidades de Bolonha e Ferrara, e a Marca de Ancona, com a Pentápolis e mesmo Roma, além de proporcionar a recuperação do resto do ducado ocupado por lombardos. Resumindo: os lombardos atacaram Roma, que pediu socorro a Bizâncio, que se recusou a ajudar. O papa recorreu então a Pepino que, depois de vencer os lombardos, devolveu a Roma os territórios ocupados por eles — olhou para Theresa para ver se o estava acompanhando. — Até aqui, tudo corria normalmente, porém Bizâncio resolveu exigir que o papa lhe entregasse a comarca de Ravena, território que, antes da invasão lombarda, pertencia a eles. Roma tentou fazer valer a doação de Constantino, o documento que anexava essas terras ao papado, mas Bizâncio fez ouvidos de mercador e continuou a reclamá-los. E mais ainda: enviaram apoio de Constantinopla para que os bárbaros recuperassem os territórios que o rei franco tinha recuperado.

— Está dizendo que Bizâncio mandou ajuda para os lombardos vencerem os romanos?

— Cristãos contra cristãos... Uma incongruência, não é mesmo? Mas o que é a política, senão a ânsia de poder, a inveja que levou Caim a acabar com seu irmão? Com a ajuda dos gregos, os lombardos derrotaram o papa, restringindo-o a 4 arpentos de terras. No entanto, Roma ainda dispunha do pergaminho, o salvo-conduto que legitimava suas demandas, de modo que Adriano I, recém-nomeado papa da Igreja Romana, foi à França levando o documento para exibi-lo diante de Carlos Magno.

Levantou e regressou com duas bolachas na mão. Mordeu uma e ofereceu a outra a Theresa, que finalmente aceitou.

— Carlos Magno conduziu seu exército até a Itália, onde arrasou os lombardos, restituindo os territórios ao papa e alertando Bizâncio a respeito de suas obrigações para com os Estados Pontifícios. As restituições contemplaram a doação da Bolonha, Ferrara, outras cidades no baixo Pó e do norte da Toscana, como Parma, Reggio e Mantua, e também Veneza e Ístria, ao norte, além dos ducados de Espoleto e Benevento. Praticamente, entregou-lhe todo o sul da Itália, à exceção de Apúlia, Calábria e Sicília e dos enclaves de Nápoles, Gaeta e Amalfi, na época sob a autoridade bizantina, além da ilha da Córsega, da Sabina e alguns arrendamentos na Toscana e em Espoleto. Alguns anos depois, Carlos Magno acrescentaria algumas cidades do sul da Toscana, como Orvieto e Viterbo, e na Campânia, como Aquino, Arpino e Cápua. Tudo isso, é evidente, não agradou nada a Bizâncio.

Theresa manteve o silêncio, mas Alcuíno compreendeu por sua expressão que estava se excedendo.

— Perdão — desculpou-se. Remexeu suas folhas num arremedo de organização. — Enfim, o importante é que Carlos Magno conseguiu executar os termos refletidos na doação de Constantino, obtendo com isso a eterna gratidão do papado.

Theresa tamborilou com os dedos, Alcuíno fitou-a e concordou com a cabeça.

— Permita que termine e talvez compreenda finalmente a razão de tudo o que está acontecendo — passou a mão nos cabelos e tomou ar para recomeçar. — Bizâncio aceitou essas perdas muito a contragosto, em parte por indolência de seu imperador, Constantino IV, em parte por temor das hostes de Carlos Magno, e então as coisas ficaram nesse pé mais dois anos. Nessa data, Irene de Atenas, mãe de Constantino IV, e eu diria que parente do diabo, ordenou que prendessem seu próprio filho e arrancassem seus olhos para coroar-se a si mesma como imperatriz de Bizâncio.

— Assassinou o filho?

— Oh, não! Só mandou que o prendessem, depois de cegá-lo. Uma mãe caridosa, não acha? Enfim, como pode imaginar, essa harpia começou imediatamente a tramar contra o papado. Logo depois de subir ao trono, enviou um de seus asseclas a Roma com o propósito de roubar o documento que reconhecia o legado.

— A doação de Constantino.

— Exatamente.

Theresa olhou para o pergaminho com a sensação de que se aproximava lentamente do final do enigma. No entanto, ainda desconhecia a relação que aquilo poderia ter com o comportamento de Alcuíno. O frade prosseguiu.

— Por meio de suborno, esse homem teve acesso ao documento e conseguiu destruí-lo alguns instantes antes de ser surpreendido pelo guardião papal. O bandido foi justiçado, mas o documento jazia queimado no chão do Vaticano. Desde então, Irene vem questionando através de embaixadas a veracidade da doação, sobretudo depois que ficou sabendo da intenção do papa Leão III de nomear o nosso Carlos Magno imperador.

Theresa não conseguiu ocultar seu assombro. Todo mundo sabia que o imperador era também o monarca de Bizâncio.

— Pois o papa não pensa assim — continuou Alcuíno. — Roma deseja fortalecer sua relação com um imperador ao mesmo tempo enérgico e compreensivo, um monarca que já demonstrou sua coragem e generosidade. Irene vê nessa decisão uma manobra para afastar Bizâncio do poder e, portanto, pretende impedi-la. Eliminando o documento, a imperatriz destruiu a prova que legitimava as possessões do papado, e sem prova física que possa validá-las, nada poderá evitar que ela ataque Roma para evitar a nomeação de Carlos Magno.

— Mas não entendo. A existência desse documento é tão importante assim? Não passa de um papel — começava a se cansar de tanto palavrório, enquanto seu pai agonizava na neveira.

— Talvez dê mesmo essa impressão. No entanto, cedo ou tarde Irene morrerá e nós também morreremos, mas seremos perpetuados por outros com os mesmos anseios, as mesmas ambições. O que está em jogo não é apenas o capricho de uma mulher: na realidade, o que se resolve aqui é o futuro da humanidade. Ganhar essa batalha significa garantir a titularidade jurídica dos Estados Pontifícios, garantia essa que, por sua vez, protegerá a coroação de Carlos Magno como imperador do Sacro Império Romano. Carlos Magno guiará o Ocidente pelos caminhos de Nosso Senhor, propagará a Verdade, unificará os crentes e submeterá os blasfemos. Essa é a verdadeira razão pela qual é preciso terminar o documento. Caso contrário, assistiremos a uma sucessão de infinitas batalhas que irão se perpetuar durante séculos até destruir a cristandade.

Guardou silêncio, orgulhoso, como se sua explicação fosse capaz de convencer até o mais tolo. Mesmo assim, Theresa olhou para ele com desinteresse.

— Por isso, é imprescindível concluir a cópia antes do Concílio que será convocado pelo papa em meados do mês de junho. Entendeu agora?

— O que entendi é que Roma deseja um poder que Bizâncio também disputa e que tudo que deseja é ver Carlos Magno coroado imperador. Mas me diga: por que eu haveria de acreditar no homem que mantém meu pai preso num buraco? Num homem que manipulou, mentiu e assassinou? Responda, por que deveria ajudá-lo? — O fato de que ainda faltavam as conclusões do pergaminho lhe devolvia um argumento de força que ela pensava perdido. — Ainda assim, repito a minha oferta: liberte meu pai e terminarei o trabalho.

Alcuíno se levantou. Aproximou-se da janela e olhou para fora. Aspirou o cheiro de resina de um bosquezinho vizinho.

— Lindo dia — afirmou ao se virar. — Fica evidente que eu sabia o que estava fazendo quando escolhi você... Muito bem moça: vou lhe contar tudo o que sei, mas tenha em mente o juramento que me fez, pois se ousar quebrá-lo, eu mesmo providenciarei para que até o último de seus pesadelos se realize.

Theresa não se abalou. O estilo sob o vestido parecia lhe dar coragem.

— Meu pai está morrendo — apressou.

— Certo, certo... — afastou-se da janela e passeou sua figura espigada pelo perímetro da sala. Caminhou ereto, devagar, meditando. — A primeira coisa que deveria saber é que conheço Górgias há muito tempo — disse — e posso garantir que gosto dele, além de admirá-lo. Nós nos conhecemos em Pavia, quando você era apenas uma menina. Ele estava fugindo de Constantinopla com você e, em busca de ajuda, bateu na abadia onde eu repousava, a caminho de Roma. Seu pai era um homem preparado, de grande conhecimento e, claro, alheio à corrupção da corte ou do Vaticano. Dominava o grego e o latim, tinha lido os clássicos e via-se que era um bom cristão, de modo que, não sem um certo interesse, propus que me acompanhasse a Aquis-Granum. Naquela época, precisava de um tradutor de grego e Górgias precisava de trabalho, de modo que voltamos juntos e ele se instalou aqui, em Würzburg, esperando que acabassem de construir as escolas das regiões palatinas que estavam sendo instaladas em Aquis-Granum. Resumindo, o fato é que conheceu Rutgarda, sua madrasta, e casou-se com ela, acho que pensando no futuro. Eu preferia que se estabelecesse na corte, mas Rutgarda tinha família aqui, de modo que finalmente combinamos que trabalharia para Wilfred, traduzindo os códices que eu iria enviando.

Embora demonstrasse interesse, Theresa continuava sem entender que relação aquela história pudesse ter com a série de homicídios. Quando comentou isso com Alcuíno, ele pediu paciência.

— Está bem. Vamos então aos assassinatos... De um lado, temos as mortes de Genserico, da ama-de-leite e também do *percamenarius*, seu provável assassino e amante.

— Além da jovem sentinela — acrescentou Theresa.

— Ah, sim! O pobre rapaz — balançou a cabeça com expressão de desaprovação. — Isso sem contar os rapazes que apareceram apunhalados. Mas falaremos da sentinela mais adiante. Quanto a Genserico, e descartado o estilete como causa de sua morte, eu me inclinaria a pensar num veneno; um veneno mortal sabiamente administrado. Zenón falou de tremores e de uma ardência no braço, o que bate com o que ocorreu com o *percamenarius* que, se bem me lembro, também sofreu estranhas picadas na mão. Acho que até fiz um desenho... — pegou um pergaminho no qual se viam duas diminutas marcas circulares no centro de uma mão. — Foi feito depois de sua morte — esclareceu. — Olhe bem. Não lembra alguma coisa?

— Não sei. Uma picada de inseto?

— Com duas incisões? Não. Seria antes a mordida de um ofídio.

— Uma serpente? Está insinuando que não foram assassinados?

— Não cheguei a esse extremo. Quanto aos orifícios, consultei Zenón e concordou que a separação e o aspecto das perfurações eram semelhantes aos que uma mordida de serpente produziria. Mas preste bem atenção à disposição das marcas — indicou-as detidamente. — Uma serpente dificilmente daria uma mordida na palma da mão, a menos que alguém fosse tão insensato a ponto de tentar segurá-la. Provavelmente, morderia no dorso ou em algum dedo, mas na palma... Olhe: deixe ver sua mão — pediu. — Agora simule a mandíbula de uma serpente com os dedos e tente pegar minha mão.

O frade ofereceu a mão e Theresa pinçou com os dedos indicador e médio no dorso e o polegar na palma. Alcuíno ordenou que apertasse e ela obedeceu até enterrar as unhas. Só afrouxou a pressão quando o frade se queixou. Então, ele mostrou as marcas que tinha deixado no dorso de sua mão, uma próxima do punho e a outra perto dos dedos. Em seguida, comparou com o desenho: lá elas apareciam alinhadas atravessando horizontalmente a mão.

— Um animal teria mordido como você fez. No dorso ou mesmo na palma, mas na direção do braço. Mas os ferimentos de Korne — colocou o desenho a seu lado — são transversais à palma da mão e perpendiculares em relação às marcas que você fez.

— E isso quer dizer...?

— Que o assassino é um homem hábil, com conhecimento suficiente para matar sem pressa, deixando o tempo passar. Um recurso muito útil quando se pretende evitar qualquer ligação possível com o assassinato. Inclusive, é provável que nem as vítimas tenham percebido o que estava acontecendo com elas. E tem que ser alguém com noções de venenos.

— Zenón?

— Aquele bêbado? Que interesse ele teria nessas mortes? Não, minha cara Theresa. *Ad panitendum properat, cito qui iudicat*: pronto se arrepende quem julga apressadamente... Para encontrar um criminoso, é preciso investigar os motivos que o levaram a agir. Que relação havia entre Genserico e o *percamenarius*?

— Os dois eram homens. Viviam em Würzburg...

— E tinham uma cabeça e dois pés. Pelo amor de Deus, tente ser mais esperta!

Theresa não estava disposta a adivinhações e foi o que disse a Alcuíno.

— Certo — concedeu ele. — Ambos trabalhavam para Wilfred. Já sei que aqui em Würzburg todo mundo trabalha para Wilfred, mas Genserico era seu assistente, sua mão direita, a par de tudo o que dizia respeito a seu superior, e Korne, o *percamenarius*, era íntimo de Genserico. Talvez essa relação seja muito pouco para configurar uma intenção de assassinato, mas se continuarmos especulando... Se, tal como dissemos, partirmos do princípio de que a chantagem foi o móvel do seqüestro das gêmeas e de que o seqüestrador foi mesmo o *percamenarius*...

— Os pêlos encaracolados que encontramos? — sugeriu Theresa.

— E esse olho de brinquedo que encontrei na cela que ele passou a ocupar depois do incêndio — extraiu uma pedrinha de um pequeno estojo, exibindo-a todo orgulhoso. — Pertence à boneca com a qual as meninas brincavam no dia do seqüestro.

Theresa examinou com admiração. A pintura de cor azul destacava-se grosseiramente sobre o branco da pedra.

— ...poderíamos deduzir — continuou Alcuíno animando-se — que o *percamenarius* desejava algo que seria impossível obter de outra maneira, caso contrário, teria usado a outra alternativa antes de assumir o risco de um seqüestro. Uma coisa tão valiosa que ele não hesitou em arriscar a própria vida e em dar cabo da vida de sua pobre amante.

— O documento de Constantino?

— Exatamente: mais uma vez, o documento. E se os dois, Genserico e Korne, morreram do mesmo modo, envenenados, seria lógico deduzir que a mão que os matou era a mesma.

Theresa atirou um tinteiro no chão e a tinta respingou em Alcuíno. E não se mostrou arrependida.

— Sabe o que acho? Acho que, na verdade, o culpado é você. Conhecia a importância do pergaminho; sabia como Genserico e Korne foram assassinados, e foi o único a quem revelei a mensagem oculta entre os versículos da Vulgata: pouco depois, o guarda foi morto com o objetivo de recuperá-la — apontou a Bíblia cor de esmeralda. — Além do mais, eu o vi tramando com Hóos Larsson.

— Com Hóos? Quando? No túnel? Garanto que não era eu.

— E depois no claustro também.

— Acho que está delirando — aproximou a mão de seu ombro, mas Theresa afastou-a com violência.

— Pare de me fazer de boba — avisou.

— Repito que nunca me encontrei com Hóos no túnel, de modo que pode esquecer essa história. É verdade que o vi no claustro, assim como Wilfred, um par de criados e outros dois prelados. Mas deduzir daí que estou envolvido... Por Deus, Theresa! Quando Genserico morreu, ainda estávamos navegando. Além disso, por que teria lhe contado como foram assassinados?

— E por que não liberta meu pai de uma vez? — gritou. — Ou ainda tem alguma coisa a esconder?

Alcuíno olhou para ela com tristeza, mexeu nos cabelos e apertou os dentes. Em seguida, pediu a Theresa que se sentasse, num tom que nunca tinha usado antes. A jovem não obedeceu, embora pressentisse que ia lhe confessar o que estava acontecendo.

— Está bem. Está bem. — Insistiu em que se sentasse, enquanto limpava o suor com um pano. Ficou um momento em silêncio. — Acho que estou em condições de afirmar que foi Wilfred quem matou Korne, assim como Genserico.

— Não acredito. Wilfred é inválido.

— Isso mesmo e seu mal é justamente o seu melhor aliado. Ninguém suspeitaria dele... nem de nenhum de seus mecanismos.

— O que quer dizer?

— Cerca de quatro dias atrás, Wilfred fez o obséquio de me explicar o funcionamento de seus artefatos. Foi quando perguntei pelo modo como prendia os cães à cadeira e ele acionou uma mola que liberou as rédeas como por encanto. Antes já tinha admirado a baciazinha para recolher seus excrementos, que também é um mecanismo engenhoso, de modo que procurei o ferreiro que, segundo o próprio Wilfred, tinha incorporado os acessórios à cadeira. No começo, o homem se negou a falar, mas algumas moedas bastaram para que me contasse que tinha instalado um mecanismo surpreendente. Concretamente, dois pequenos cravos curvos embutidos no empurrador da cadeira que, acionados por um botão no braço, saltam como dois ferrões. O ferreiro jurou que nunca entendeu seu propósito, o que é compreensível, com uma encomenda tão inusitada.

— E Wilfred usava o mecanismo...

— Para inocular o veneno. Os cravos devem ficar mergulhados em alguma solução maligna. Talvez peçonha de serpente. Creio que foi assim que matou Genserico e também o *percamenarius*.

— Mas por que Wilfred cometeria esses crimes? Ele tinha acesso ao documento. E os jovens assassinados? Por que acusam meu pai de sua morte?

— Ainda não tenho todas as respostas, mas espero tê-las dentro em breve. E agora que já sabe a verdade e dando como comprovado que seu pai não é um assassino, peço por favor que volte ao trabalho.

Theresa olhou para o documento, desprovido dos três parágrafos que faltavam para concluí-lo. Em seguida, cravou os olhos em Alcuíno.

— Só vou terminar o trabalho quando libertar meu pai.

Alcuíno olhou para o outro lado. E logo virou, decidido.

— Seu pai, seu pai! Existem coisas mais importantes do que seu pai! — gritou. — Não entende? Aqueles que pretendem se apoderar do pergaminho ainda podem conseguir. Para pegá-los, preciso que acreditem que já tenho um culpado. Seu pobre pai é inocente, sim, mas Jesus Cristo também era e, mesmo assim, não deu a vida para nos salvar? Responda agora, mocinha. Acha que Górgias é melhor do que Jesus Cristo? É nisso que acredita? Por acaso já lhe perguntou se não aceita o próprio sacrifício? Tenho certeza de que, se pudesse falar, ele ainda ia me agradecer. Além do mais, vamos deixar de bobagens. Nós dois sabemos que ele vai morrer de qualquer forma. Quanto tempo lhe resta? Dois? Três dias? Tanto faz morrer numa cama ou num calabouço.

Theresa pulou como uma mola e virou seu rosto com uma bofetada.

Alcuíno agüentou imóvel enquanto o rubor do tapa palpitava em seu rosto. Em seguida, reagiu como se acabassem de despertá-lo. Levantou, aproximou-se da janela, levando a mão ao rosto.

— Perdoe, não devia ter dito isso — desculpou-se. — Mas mesmo assim, pense bem. É duro de ouvir, eu admito, mas seu pai vai morrer de qualquer modo. Zenón confirmou e nada do que façamos poderá alterar esse fato. O futuro desse documento depende de nós. Já lhe falei sobre sua importância transcendental. É por isso que exijo que aceite meus argumentos.

Theresa segurou as lágrimas.

— Quer saber? — caiu no choro. — Para mim, o que vocês fazem tanto faz. Dá no mesmo que roubem o pergaminho e que todos nós acabemos no inferno, mas não vou permitir que meu pai morra naquele buraco.

— Você não entende, Theresa. Estou prestes a...

— Está prestes a matá-lo e, cedo ou tarde, fará a mesma coisa comigo. Mas pensa realmente que sou estúpida? Nem meu pai nem eu nunca lhe importamos.

— Está enganada.

— É mesmo? Então me diga: de onde tirou a Vulgata de meu pai? Ou será que ela chegou aqui voando?

Alcuíno olhou para ela com expressão contrariada.

— Foi Flávio Diácono quem a encontrou jogada no meio do claustro — fechou-a e ofereceu a Theresa. — Se não acredita em mim, pode perguntar a ele.

— Então por que não liberta meu pai?

— Diabos! Já lhe disse! Preciso desmascarar todos os que querem se apoderar do documento.

— Um documento falso como Judas — atalhou, sem concessões.

— Falso? Mas o que está dizendo? — o tom de voz mudou.

— Que sei muito bem o que estão tramando. Você, Wilfred e os Estados Pontifícios... Todo um exército de farsantes e de enganos. Eu sei de tudo, frei Alcuíno. Esse documento que vocês tanto exaltam, em que depositaram esperanças, ambições e anseios... Meu pai descobriu sua falsidade. Por isso preferem que ele morra e, com ele, o seu segredo.

— Não sabe do que está falando — titubeou ele.

— Tem certeza? — tirou as tabuletas da bolsa e jogou-as sobre a mesa diante dele. — São as cópias das anotações nas entrelinhas. Nem tente procurar na Vulgata porque já raspei com um escalpelo.

— E o que dizem? — exigiu com uma expressão dura.

— Sabe tão bem quanto eu.

— O que dizem? — repetiu como se um fogo o consumisse.

Theresa empurrou as tabuletas para bem perto dele. Alcuíno examinou-as e em seguida, fitou-a.

— Meu pai conhecia a diplomacia bizantina. Conhecia epístolas, discursos, prefácios, louvações. Talvez o tenha contratado exatamente por isso, mas também por ser um bom cristão. E como tal, descobriu que Constantino nunca redigiu esse documento, que nenhuma das doações é legítima e que esses territórios pertencem a Bizâncio.

— Silêncio! — gritou ele.

— Responda, Alcuíno, sim ou não. Como é possível que o documento faça referência a Bizâncio como província, quando era apenas uma cidade no século IV? Como menciona "*Judea*" se nessa data ela já não existia mais? Sem contar o emprego de termos como *synclitus* em lugar de *senatus*, *banda* em lugar de *vexillum*, *censura* em vez de *diploma*, *constitutum* em lugar de *decretum*, *largitas* em vez de *possessio*, *consul* em lugar de *patricus*...

— Cale-se, mulher! E o que esses detalhes podem provar?

— Isso não é tudo — continuou. — A *introductio* e a *conclusio* imitam, com parcos resultados, as escritas do período imperial, mas também as *formulae* de outros tempos. Como explicaria, num documento do século IV, que o trecho da conversão de Constantino baseia-se nos *Acta* ou *Gesta Sylvestri*, além das reminiscências dos decretos do Sínodo Iconoclasta de Constantinopla contra a veneração de imagens que, como sabe, foi celebrado muitos séculos mais tarde?

— A presença de erros no documento não garante que a doação seja duvidosa — disse ele batendo na mesa. — A diferença entre o verdadeiro e o genuíno é tão leve como a que existe entre o falso e o espúrio. Como, você, uma descendente da pecadora Eva, pode julgar uma *pia fraus* realizada *cum pietate*? Como ousa condenar o que foi feito sob *instinctu Spiritus Sancti*?

— Acredita mesmo que pensariam assim em Bizâncio?

— Está brincando com fogo... — advertiu. — Nunca lhe causaria dano, mas há muitos outros que não pensam assim. Lembre-se de Korne.

O som dos sinos tocando furiosamente interrompeu-os.

— Liberte meu pai e terminarei o documento. Invente o que quiser: outro milagre ou o que lhe parecer melhor. Afinal é um especialista em inventar mentiras.

Não quis ouvir mais nada. Recolheu as tabuletas e pediu que mandasse sua resposta para o barco de Izam. Em seguida, saiu sem permitir que Alcuíno a contradissesse.

A caminho do embarcadouro, viu-se rodeada por uma algazarra de moradores que, aos gritos de "comida!", corriam, pulando e dançando. Surpresa, seguiu uma família próxima até descobrir que o tumulto era por causa da presença de quatro barcos que atracavam no cais naquele exato momento. Um deles, de cor vermelha e guarnecido de escudos, destacava-se pelo tamanho que fazia as outras embarcações parecerem bem pequenas. Procurou Izam entre os recém-chegados, encontrando-o finalmente a bordo do último barco. Tentou subir no navio, mas não lhe permitiram. No entanto, quando Izam a viu, desceu para cumprimentá-la.

Enquanto se aproximava, Theresa notou que estava mancando de uma perna.

— O que houve? — perguntou alarmada e, sem pensar, jogou-se em seus braços. Ele acariciou seus cabelos, tranqüilizando-a.

Afastaram-se da multidão, caminhando até uma pedra solitária. Izam explicou que tinha ido ao encontro do *missus dominicus* porque um explorador o tinha avisado de sua chegada.

— Por desgraça, parece que avisou também o dono dessa flecha — brincou indicando a perna.

Theresa olhou. Já tinham cortado a ponta do dardo, de forma que um palmo da haste sobressaía. Perguntou se era grave, embora não lhe parecesse.

— Se a flecha não mata você de uma vez, quase nunca acontece nada. Curioso, mas com uma espada acontece o contrário. E você? Está vindo de onde? Ordenei que Gratz não a deixasse sair do barco.

Theresa contou o encontro com Alcuíno. Quando terminou, Izam expressou sua preocupação em sincronia com o momento em que extraía a flecha. Deixou o alicate com as pontas ensangüentadas de lado e tamponou a ferida com ervas.

— Tenho sempre comigo. São melhores que as bandagens.

Apertou-as com os dedos enquanto perguntava por que tinha desobedecido. Ela disse que teve medo que ele não voltasse.

— Pois quase adivinhou — riu, jogando o pedaço de flecha no fundo das águas. No entanto, quando ficou sabendo de todos os detalhes da conversa com Alcuíno, Izam parou de sorrir, cada vez mais preocupado. Confessou que o frade inglês gozava do beneplácito de Carlos Magno e que era um suicídio contrariá-lo.

Quando o tumulto terminou, regressaram ao primeiro barco para que cauterizassem a ferida. Ele coxeava um pouco, de modo que ela o ajudou a subir apoiado em seu ombro. Enquanto abrasavam o ferro, Izam confessou que tinha falado com o *missus* sobre ela.

— Quer dizer, de você, de seu pai e da situação em que se encontra. Não se comprometeu, mas disse que falaria com Alcuíno para saber de que era acusado.

Explicou que os *missi dominici* eram uma espécie de magistrados que Carlos Magno enviava para percorrer suas terras administrando justiça. Costumavam viajar em duplas, mas dessa vez, era apenas um. Chamava-se Drogo e parecia um homem íntegro.

— Com certeza, concordará com nossos pedidos.

30

O homem encarregado da cauterização preveniu o ferido. Em seguida, mergulhou a ponta do ferro incandescente, enquanto Izam mordia um pedaço de pau. Quando finalmente o retirou, aplicou um ungüento escuro e cobriu a ferida com novas bandagens.

Izam e Theresa comeram peixe fresco e lingüiça de porco enquanto os marinheiros descarregavam os porões. No total, quatro bois, um grupo de cabras, outro pequeno de galinhas, dezenas de peças de caça e pesca, várias partidas de trigo, cevada, grão-de-bico e lentilhas, que eles empilhavam em carretas para fazer o transporte até a fortaleza. Quando o trabalho de estiva terminou, uma multidão de camponeses escoltou Drogo e seus homens pelo emaranhado de ruelas.

Izam esperou a bordo, porque a perna ainda o incomodava. Além disso, sentia-se mais seguro com Theresa no navio do que rodeada de estranhos, em terra. Pensava numa forma de ajudá-la, quando se apresentou no cais um criado enviado por Alcuíno. O servo perguntou pela jovem até localizá-la no barco de Izam, mas já tinham retirado a passarela, de modo que pediu a Theresa que descesse. Izam aconselhou-a a esperar, mas Theresa beijou seu rosto e, sem lhe dar chance de replicar, colocou uma escada e desembarcou. Uma vez em terra, o criado informou que Alcuíno tinha concordado com suas exigências e que tinha sido encarregado de escoltá-la até a cidadela. Theresa pensou em comentar com Izam, mas acabou desistindo para evitar que a impedisse de ir.

Já na fortaleza, o criado guiou-a pelas cozinhas, onde um formigueiro de gente transportava os alimentos que receberiam o *missus dominicus* naquela noite. Theresa teve a impressão de estar em outro lugar, pois caras novas borbulhavam por todo lado. Deixaram para trás os armazéns e dirigiram-se para as neveiras. Uma vez lá, o guarda introduziu a escada no buraco para que Theresa descesse, coisa que a jovem fez com diligência. Embaixo, Górgias tiritava deitado sob uma manta de pele podre. Theresa percebeu que o guarda retirava a escada, mas não se importou. Agachou-se junto ao pai e beijou-o com ternura. Seu rosto ardia como uma chama.

— Está me ouvindo, pai? Sou Theresa.

O homem entreabriu os olhos cobertos de remelas. Theresa compreendeu que olhava, mas não via. Górgias levantou a mão trêmula para acariciar o rosto daquele anjo que chorava e ao roçá-lo pareceu reconhecê-la.

— Filha? — balbuciou.

Ela sentiu que a mão a queimava.

Umedeceu sua testa empregando a água suja que enchia uma tina. Górgias agradeceu com um sussurro. Em seguida, forçou um sorriso.

Theresa jurou para ele que seria libertado. Falou de Rutgarda, de seus sobrinhos, os quatro moleques que ele adorava; inventou que Alcuíno tinha prometido que lhe devolveria seu trabalho com todo o tipo de honras e também mentiu sobre Zenón, dizendo que tinha garantido que se recuperaria dos ferimentos. Chorou quando viu que a vida lhe escapava aos poucos.

— Minha pequena — murmurou.

Theresa apertou sua mão. Com os dedos, penteou seu cabelo despenteado e Górgias agradeceu. De repente, tossiu abruptamente. Num instante de lucidez, recordou o documento de Constantino. Queria contar a Theresa que estava escondido sobre uma viga dos barracões de escravos, na mina. Tinha trabalhado tanto... Mas as palavras não saíam. A visão se desvanecia.

— Onde estão meus livros? Por que não trouxeram minhas tintas?

Ela compreendeu que agonizava.

— Estão aqui. Como você gosta — mentiu, acariciando sua pele enrugada.

Górgias olhou ao redor e seu rosto se iluminou como se realmente os contemplasse. Em seguida, apertou a mão de Theresa.

— Escrever é bonito, não é mesmo?

— Muito, pai.

Depois sua mão se afrouxou e um último suspiro escapou de sua garganta.

Foram necessários dois homens para retirar Theresa, pois ela era incapaz de abandonar o buraco. Em seguida, içaram o cadáver de Górgias, amarrando-o com uma corda. Transportaram o corpo para a cozinha como se fosse um saco de favas. Lá, enquanto o amortalhavam, uma criada preparou uma infusão de sálvia que Theresa derramou quando tentou beber. Um número cada vez maior de pessoas a rodeava, murmurando e cochichando sem respeitar a dor que a invadia. Passado um instante, latidos anunciaram a chegada do conde

Wilfred. Theresa limpou as lágrimas desajeitadamente e se levantou quando sentiu o hálito dos cães em seu rosto.

— Já morreu? — interessou-se Wilfred sem sombra de compaixão.

Theresa mordeu os lábios, odiando com o olhar aquele entrevado que parecia ter prazer na amargura que a embargava. Por respeito ao pai, preferiu ficar calada, mas nesse momento um dos cães aproximou-se do cadáver e começou a lamber. Theresa virou-se e deu-lhe um chute que ressoou em toda a cozinha. O cão se sacudiu mostrando as mandíbulas, mas Wilfred segurou-o com uma careta de ironia.

— Cuidado, moça. A vida de meus cães vale mais do que a de muita gente.

A jovem fez um gesto, mas se conteve. Ela o teria esbofeteado se não tivesse certeza de que os cães a devorariam. O homem riu do gesto da moça.

— Levem-na para a neveira — ordenou mudando de expressão.

Theresa não compreendeu até que, de repente, dois soldados a agarraram, arrastando-a para as masmorras. Ela pediu explicações, mas os homens não só não lhe deram ouvidos, como ao chegar na beira do buraco, empurraram-na com uma vara para obrigá-la a descer. Depois que retiraram a escada, Theresa olhou para a abertura. O buraco tinha mais ou menos a profundidade de três homens trepados um em cima do outro, o que impossibilitava a fuga. Em breve, viu que os focinhos dos cães surgiam na borda e alguns instantes depois, chegou o rosto do próprio Wilfred.

— Sabe de uma coisa mocinha? Lamento realmente por seu pai, mas não deveria ameaçar Alcuíno e menos ainda roubar seu pergaminho.

— Mas o que está dizendo? Não roubei nada — respondeu surpresa.

— Enfim, como preferir... Mas devo avisá-la: se antes do amanhecer não tiver confessado, será acusada de espoliação e blasfêmia, será torturada e morrerá na fogueira.

— Maldito aleijado! — gritou. — Repito que não roubei nada — jogou uma tigela vazia lá de baixo que bateu contra as paredes e voltou a cair em cima dela.

Wilfred não respondeu. Estalou o chicote, os cães fizeram a cadeira retroceder e ele desapareceu de sua vista.

Quando se certificou de que tinha ido embora, Theresa deixou-se cair no mesmo lugar em que, momentos antes, seu pai tinha expirado. Tinha voltado a Würzburg por causa de Górgias, tinha lutado por ele e ousado até desafiar Alcuíno. No entanto, depois de sua morte, tudo dava no mesmo para ela. Soluçando, ficou se perguntando em que cemitério ele seria enterrado.

Amaldiçoou o documento. Por causa dele Genserico, Korne, uma jovem sentinela cujo nome nem conhecia e a ama-de-leite tinham sido mortos... E Górgias, o pai pelo qual qualquer filha teria dado a própria vida. Continuou chorando desconsolada. O frio somou-se à dor, invadindo-a até deixá-la gelada.

Quando já passava de meia-noite, uma pedrinha acertou seu rosto. Imaginou que tivesse se desprendido da borda, mas de repente outro impacto na perna fez com que despertasse. Olhava para cima sem conseguir distinguir uma alma, quando outra pedrinha entrou pelo buraco por onde se jogava neve, nas cavalariças. Observou o cano do diâmetro de um tonel pequeno protegido por uma grade. Aguçou os ouvidos e ouviu que alguém a chamava.

— Sim? — disse num sussurro.

— Sou eu, Izam — ouvia à distância. — Você está bem?

Theresa estendeu-se no chão e guardou silêncio, quando percebeu que um guarda aparecia na borda. O vigia olhou algumas vezes, mas logo se retirou. Ela levantou de novo, pegou uma pedrinha e jogou na direção da abertura.

— Ouça — ouviu de novo. — Aqui também tem vigilância — fez-se um momento de silêncio. — Vou tirá-la daí, entendeu?

Ela respondeu que sim e esperou que continuasse. No entanto, o tempo passou sem que Izam respondesse.

Não conseguiu mais conciliar o sono, de modo que esperou acordada até os galos anunciarem o começo da alvorada. Uma claridade tênue penetrava pelo cano da neve, como se quisesse recordar que dali viria a sua única esperança. Foi então que percebeu alguns traços na rocha que pareciam representar um conjunto de casas. Prestando atenção, não lembrou de tê-las visto no dia em que Zenón atendeu seu pai. Observou que os desenhos repetiam com insistência um traço horizontal que parecia ser uma viga. Logo depois, desceram uma escada de madeira e um par de guardas ordenou que subisse. Theresa esqueceu as vigas e obedeceu. Quando chegou à borda, amordaçaram-na e vendaram seus olhos. Em seguida, com as mãos atadas, conduziram-na através das cozinhas, que reconheceu pelo cheiro de pão e torta de maçã sendo assados, passaram para o pátio, onde sentiu o frio cortante da manhã, e do pátio para o aposento principal, onde Wilfred esperava por ela. Supôs que era ele, pois os cães rosnavam como se fossem devorá-la. De repente, sentiu que uma chicotada lacerava suas costas. Perguntaram pelo paradeiro do pergaminho e ela repetiu que não sabia. Continuaram a interrogá-la, até se cansarem de açoitá-la.

Acordou sobre uma poça de sangue, já sem a venda que lhe tirava a visão. Olhou ao redor e verificou que tinha sido levada para o *scriptorium*, onde um guarda de sorriso estúpido não parava de olhar para ela. Percebeu que suas mãos e seus pés estavam acorrentados. O guarda sorriu sem parar de olhar. Naquele instante, entrou Hóos Larsson, deu algumas moedas ao vigia para que saísse do quarto e agachou-se ao lado de Theresa, a quem olhou com desdém, como se nunca tivesse havido nada entre eles.

— Os açoites lhe caem bem — sussurrou em seu ouvido. Sua língua roçou o lóbulo da orelha de Theresa.

Ela cuspiu em sua cara e ele, depois de rir da gracinha, deu-lhe um bofetão que deixou seu rosto vermelho.

— Ande, não seja má — continuou. — Então já esqueceu os bons momentos que passamos juntos? — E voltou a passar a língua em seu rosto. Em seguida, amarrou suas mãos e amordaçou-a. Quando teve certeza de que não poderia falar, aproximou-se novamente de seu ouvido. — Andam dizendo por aí que roubou um certo pergaminho. É verdade? — sorriu. — Como são as coisas: meses atrás tive que apunhalar seu pai para tentar pegá-lo e, no final, é você quem se apodera dele como se não fosse nada.

Theresa estremeceu como se uma serpente a mordesse, mas ele continuou a rir, ameaçando tocá-la. Informou que, segundo diziam, ela não teria sequer um julgamento.

— Dá para ver que você os deixou mesmo com raiva. O patíbulo já está pronto.

A porta começou a se abrir e Hóos recuou imediatamente. Nesse momento, Alcuíno, Wilfred e Drogo, o *missus dominicus*, entraram na sala. Wilfred estranhou encontrar Hóos junto de Theresa.

— Desejava vê-la uma última vez — desculpou-se Hóos. — Ela e eu...

Alcuíno confirmou que o casal mantinha uma relação pouco cristã. Wilfred fez que sim e ordenou que Hóos deixasse a sala. Quando ficaram sozinhos, atiçou os cães, que se encaminharam na direção de Theresa.

— Em nome de Deus e de Seu filho, Jesus Cristo, exorto-a, pela última vez, a revelar onde se encontra o documento. Sabemos que conhece sua importância, de modo que é melhor que confesse de uma vez e nossa generosidade aliviará sua culpa, mas se persistir nessa atitude, padecerá em suas carnes o tormento do fogo — ameaçou.

Percebeu que Theresa pretendia falar, mas era impedida pela mordaça. Solicitou que a retirassem, mas Alcuíno negou.

— Se quisesse, já teria confessado — abaixou o vestido para mostrar as chicotadas nas costas. — Vamos esperar que as chamas acariciem seus pés e então veremos se sua língua continuará hesitante.

Drogo concordou. Alcuíno o tinha informado de tudo, de modo que concordaram em queimar a moça depois da ceia, depois do ofício de *vísperas*. Logo saíram do aposento, deixando-a em companhia do guarda e dando ordens para que ninguém se aproximasse dela.

Izam soube de tudo que estava acontecendo por Urginda, a cozinheira que parecia um tonel e que ficou íntima de Gratz, quando ele a ajudou na chegada dos mantimentos à cozinha. Além de preparar o pedido para o barco, a mulher lhe entregou uma torta de abóbora para Gratz e, enquanto a embrulhava, contou que a execução teria lugar na fortaleza porque, segundo Alcuíno, os moradores não aprovariam que se justiçasse uma jovem que tinha ressuscitado poucos dias antes.

— Soube disso escondida atrás de uma cortina — riu envaidecida, enquanto acrescentava uma maçã extra. — Devo dizer que não entendo. Se antes era um milagre, como pode ser uma bruxa agora? Eu simpatizo com a moça, mas é verdade que só entendo mesmo de comida. Experimente a torta — e voltou a rir descaradamente, orgulhosa do que sabia.

Izam mordeu o doce, que achou duro e sem gosto. Pagou pelos alimentos antes de calcular a hora. Em seguida, rezou para que seu plano fosse melhor do que o doce de abóbora da cozinheira.

Deixou a comida no armazém e dirigiu-se para a torre onde, segundo Urginda, queimariam a moça. No local, a imponente construção de pedra coroava um penhasco no alto da fortaleza, convertendo-se assim em seu último bastião. A torre dominava não somente Würzburg, mas também os acessos à cidade, o vale do Main e os desfiladeiros das montanhas. Uma vez ao pé da torre, descobriu que os anos e uma manutenção deficiente tinham obrigado a escorar a construção com uma enorme viga que apoiava seu extremo superior contra o interior da muralha.

Fez uma careta quando percebeu a presença de uma fogueira. Era uma área de difícil acesso, margeada por um despenhadeiro que se precipitava sobre o fosso que antecedia a muralha. Agachou-se atrás do monte de lenha e esperou que a comitiva chegasse.

Começou a chover. Cobriu-se com a capa, consolando-se com o pensamento de que a umidade dificultaria a combustão da madeira. Pouco depois, soaram as badaladas. Enquanto esperava, observou o estranho tronco que escorava a torre. Pensou que através dele poderia passar sobre o fosso que separava a construção da muralha.

Pouco depois, o carro de Wilfred apareceu, seguido de Drogo, Alcuíno e Flávio Diácono, ricamente enfeitado. Atrás dele, caminhava Theresa, vigiada por dois guardas. Izam escondeu-se ainda mais, quando os cães empurraram o carro até a fogueira. Os criados que auxiliavam Wilfred cravaram suas tochas no chão e saíram do pátio de armas. A chuva apertava. A um comando de Wilfred, os dois guardas agarraram Theresa, que parecia sonolenta. Estavam prestes a colocá-la em cima da pira, quando Izam interveio.

— Mas que diabos! — vociferou Wilfred ao vê-lo. Os guardas empunharam suas armas, mas Drogo os conteve.

— Izam, é você? — perguntou o *missus* espantado.

Izam se inclinou diante dele.

— Magistrado, essa jovem é inocente. Não pode permitir isso.

Quando tentou se aproximar dela, os guardas o impediram. Wilfred incitou os cães, que latiram como possessos. Em seguida, ordenou que os guardas acendessem a pira, mas Izam empunhou seu punhal e lançou-o. A arma sulcou os ares e afundou na cadeira, sob as partes pudendas de Wilfred. Pegou outra adaga no cinto e apontou para ele.

— Garanto que, se tiver coração, posso acertá-lo — ameaçou Izam.

— Izam, não seja tolo — advertiu o *missus*. — Essa jovem roubou um documento de vital importância. Não sei o que a levou a isso, mas já decidi que deve pagar com a vida.

— Ela não furtou nada. Estava a meu lado desde que saiu do *scriptorium* — disse, sem baixar a arma.

— Não foi o que Alcuíno afirmou.

— Pois Alcuíno está mentido — afirmou cortante.

— Herege! — bramou Alcuíno.

O barulho da chuva ressoou insistente, enquanto os homens esperavam. Izam respirou fundo, pois tinha chegado o momento de sua última cartada. Adiantou-se alguns passos, apertou entre as mãos o crucifixo que pendia de seu pescoço e caiu de joelhos diante de Drogo.

— Reclamo o Juízo de Deus!

Todos se calaram, estupefatos. Os juízos de Deus deviam ser pagos com a vida.

— Se o que pretende é salvá-la... — avisou Wilfred.

— Eu exijo! — arrancou o crucifixo, erguendo-o para o firmamento.

Drogo pigarreou. O *missus* olhou para Wilfred, depois para Flávio e finalmente para o próprio Alcuíno. Os dois primeiros negaram. No entanto, Alcuíno garantiu que era impossível recusar um pedido de julgamento divino.

— Então quer o Juízo de Deus...? Aproxime-se — ordenou Drogo. — Sabe dos riscos que estará correndo?

Izam concordou. O mais comum era obrigar o acusado a caminhar descalço sobre uma grade incandescente: se seus pés queimassem, era culpado, mas se, por intervenção divina, permanecessem incólumes, sua inocência seria proclamada. Também acontecia de atirarem o réu ao rio com pés e mãos amarrados: se flutuasse, suas faltas seriam redimidas. Não obstante, sua intenção era recorrer à disputa, opção possível quando existiam dois oponentes. Bastava que desafiasse Alcuíno.

— Mas o acusado não é ele — replicou Wilfred ao ouvi-lo.

— Alcuíno garante que Theresa roubou, mas eu afirmo que é ele quem se utiliza da mentira. Nesse caso, só Deus pode discernir a ovelha que deve ser descartada.

— Mas isso é uma grande bobagem! Acaso esqueceu que Alcuíno é o pastor e Theresa a ovelha?

Nesse instante, Alcuíno aproximou-se de Izam, fitou-o fixamente nos olhos e agarrou seu crucifixo.

— Aceito o ordálio.

Regressaram ao edifício depois de acertar que se encontrariam ao amanhecer junto à fogueira. Izam voltou para o navio depois de obter do *missus* a promessa de que nada aconteceria a Theresa. Por sua parte, Wilfred, Flávio e Alcuíno permaneceram reunidos para resolver os detalhes do Juízo de Deus.

— Não deveria ter aceito — repetiu Wilfred, indignado. — Não havia razão para...

— Pode acreditar que sei o que faço. Isso que agora pode parecer uma loucura, na verdade é uma forma perfeita de justificar uma execução que, aos olhos da plebe, estaria comprometida.

— Do que está falando?

— A multidão idolatra Theresa. Acreditam que a jovem ressuscitou. Justiçá-la agora não teria sentido e menos ainda acusada de um crime do qual não podemos falar muito. Em troca, um Juízo de Deus poderia justificá-lo.

— Mas você não entende nada de armas, Izam vai mandá-lo direto para o inferno.

— Bem, é uma possibilidade, mas Deus está comigo.

— Não seja idiota, Alcuíno! — interveio Flávio Diácono. — Izam é um soldado de grande valentia. No primeiro ataque, seus intestinos rolarão pelo precipício.

— Confio em Deus.

— Maldito! Pois não devia confiar tanto assim.

Alcuíno pareceu pensar no assunto. Depois de um tempo, levantou entusiasmado.

— Um campeão. É de um campeão que necessitamos! — recordou aos outros que num ordálio, o ofendido pode designar um representante para defendê-lo. — Talvez Theodor — sugeriu. — É forte como um touro e pode arrancar a cabeça de Izam.

— Theodor é um inútil. Se tivesse que descascar uma cebola, ficaria sem os dedos no primeiro corte — sentenciou Wilfred. — Terá que pensar em outro.

— E Hóos Larsson? — propôs Flávio.

— Hóos? — estranhou Wilfred. — É verdade que é hábil, mas por que haveria de nos defender?

— Por dinheiro — sentenciou Flávio.

Alcuíno concordou que o jovem mencionado tinha a coragem e a habilidade necessárias para um duelo, mas não estava muito convencido de que aceitaria o risco. Flávio, em troca, não tinha dúvidas e, mais que isso, até se ofereceu para tratar de convencê-lo. Wilfred e Alcuíno concordaram.

Antes do amanhecer, um emissário apareceu no navio de Izam para informar que deveria se apresentar na muralha da fortaleza. Uma tabuleta de cera com o selo de Drogo confirmava a convocação, de modo que Izam pegou sua besta junto com vários dardos, colocou o *scramasax* na cinta, protegeu-se da chuva com uma capa e seguiu o mensageiro até o acesso às muralhas. Já no interior, o emissário acompanhou-o ao longo do fosso até alcançarem, ao pé do precipício, o ponto mais próximo do pátio de armas. De lá, os restos do andaime empregado para escorar a torre trepavam de forma inverossímil até alcançar o tronco que servia de sustentáculo entre o bastião e a muralha. Quando o criado informou que teria que subir pelo andaime, Izam não acreditou.

— Por que haveria de subir?

O emissário deu de ombros e indicou o alto. Izam seguiu a indicação com os olhos para reconhecer Drogo no pátio de armas, numa altura considerável. Por meio de gestos, o magistrado ordenou que escalasse pelo andaime colado à muralha. Antes de obedecer, o emissário pediu que entregasse a besta. Izam entregou. Em seguida, benzeu-se e começou a escalada.

No início, parecia bastante sólida, mas conforme subia, a armação de madeira e cordas começou a estalar como se fosse afundar e ele teve que continuar a subida procurando se apoiar nas junturas mais firmes. A perna ferida incomodava, mas suas mãos agarravam as saliências como se fossem garras. Quanto mais subia pela estrutura, mais ela bamboleava. A dois terços do topo, parou para recuperar o fôlego, com a chuva e o vento açoitando seu rosto. Lá embaixo, no fosso, o leito de rocha parecia esperar que as forças lhe faltassem. Tomou ar e continuou a escalada até coroar o andaime exatamente no ponto em que se apoiava o tronco que unia a muralha à torre de vigilância.

Não esperaram que se recuperasse. No outro extremo, Wilfred, em sua cadeira, Flávio Diácono, Drogo e Alcuíno aguardavam. Mais afastada, viu Theresa vigiada por dois guardas. Ele a viu sem capuz, mas ainda amordaçada. Apesar da distância, pôde perceber o terror em seus olhos e junto a ela, um homem alto com um machado. Seu coração se apertou. Nesse instante, Drogo adiantou-se e pediu a Izam que jurasse.

— Em nome do Senhor, benzam-se e preparem-se para o combate. Alcuíno apresenta um campeão — gritou, indicando o homem do machado. — Como ele é o ofendido, está em seu direito. Agora, jurem lealdade a Deus e que Ele guie suas armas.

Izam jurou. Depois, Drogo virou-se para o homem do machado e disse que se preparasse.

— Honra para o vencedor e inferno para o que cair.

Izam compreendeu que o duelo teria lugar sobre o vazio, de modo que, enquanto seu oponente se colocava, estudou o tronco sobre o qual lutariam. Percebeu que seu contorno superior tinha sido talhado grosseiramente, como se em algum momento tivesse sido usado como ponte entre a torre e a muralha. Ainda assim, manter o equilíbrio seria complicado, pois não parava de chover. Percebeu que, na metade da viga, presos sobre a superfície mais plana, estavam dispostos vários pequenos sacos de pele. Não imaginou nem o seu propósito, nem o conteúdo que lhes dava forma.

Nesse momento, levantou os olhos e viu que seu oponente saltava o peitoril da torre para levantar-se sobre o tronco com o auxílio do machado. Protegia o dorso com um colete de couro e usava botas com a sola denteada. Sem dúvida, era Hóos Larsson. As tatuagens o delatavam.

Izam desembainhou o punhal e preparou-se para o combate. Do pátio de armas, Drogo ordenou a Hóos que abandonasse o machado. Hóos Larsson cravou-o no tronco e desembainhou seu *scramasax*. Em seguida, avançou até Izam sem prestar atenção onde pisava. Izam também avançou, notando preocupado que a ferida o aguilhoava.

Aproximaram-se um do outro como feras encurraladas. O rosto de Izam, perolado de gotas de chuva; o de Hóos, impávido, como se estivesse numa caçada. O tronco estalou quando os dois se aproximaram da parte central. Hóos fez a primeira tentativa, mas Izam agüentou o ataque sem retroceder nem um passo. Em seguida, respondeu com uma estocada que Hóos aparou com facilidade.

Hóos sorriu. Era um perito no manuseio do punhal e suas botas eriçadas de pregos o prendiam ao tronco como se fossem garras. Investiu de novo contra Izam, fazendo-o retroceder. Izam se preparou, mas surpreendentemente, Hóos também deu um passo atrás, como se quisesse apreciar o momento que se aproximava. Nesse instante, Drogo ordenou que seus arqueiros disparassem e uma nuvem de dardos sulcou os ares, cravando-se nos pequenos sacos que separavam os combatentes.

— E então? — riu Hóos. — Acha que as pedras lá embaixo vão machucar muito quando cair?

Dessa vez, Hóos escolheu onde pisava, pois uma vez perfurados, os odres tinham espalhado o óleo que continham, transformando a viga numa autêntica armadilha. De repente, Hóos atacou de novo e, embora Izam tenha conseguido esquivar-se, escorregou e perdeu a arma. Por sorte, recuperou o equilíbro antes que Hóos o apunhalasse. Rapidamente, Izam desatou o cinturão, usando-o como chicote para evitar a aproximação de Hóos.

Nesse momento, o tronco estalou nas costas de Izam que, horrorizado, viu o andaime ceder e uma chuva de tábuas despencar no abismo. Não teve tempo para reagir. De repente, a ponta do tronco que se apoiava na muralha começou a afundar, enquanto o andaime rangia e estalava. Os dois combatentes compreenderam que ia desabar e deslocaram-se para a outra ponta. Apesar do desnível da viga, Hóos conseguiu alcançar a torre com relativa facilidade, mas Izam escorregou ao atravessar a área besuntada de óleo. Por um instante, seu corpo ficou pendurado no ar, mas conseguiu se agarrar num toco saliente.

Theresa soltou um gemido agudo ouvido por Izam, que procurava desesperadamente um apoio. Por sorte, seus dedos encontraram uma das flechas jogadas nos sacos, que permanecia profundamente encravada. Agarrou-se na saliência do tronco e no dardo, enquanto Hóos assistia à cena segurando seu machado. Deu uma gargalhada vendo Izam se debater como um pássaro numa arapuca.

— Precisa de ajuda? — ironizou.

Izam pendia do tronco, sempre tentando subir de volta. Hóos desprendeu o machado e começou a girá-lo.

— Sabe Izam? Gostei de trepar com ela — gritou ele. — Theresa adorava — acrescentou agarrando a genitália.

Ia jogar o machado quando, inesperadamente, a ponta do tronco apoiada no torreão cedeu. Com o estremecimento, Hóos caiu para trás, bateu na pedra e voltou para a frente, a pouca distância de onde Izam estava pendurado. Por sorte, o tronco se endireitou, o que permitiu a Izam enganchar a perna em outro galho.

Hóos sorriu. Sob a chuva, seu rosto parecia o de uma fera que descobriu que sua presa não tem saída.

Avançou observando Izam se debater sobre o precipício. Quando chegou perto, deu uma machadada da qual Izam se livrou recolhendo a perna que o enganchava e, de novo, ficou pendurado sobre o abismo. Hóos desencravou o machado, enquanto Izam aproveitava para reenganchar a perna. Por um instante, os dois se encararam: Hóos agachado, empunhando a arma, desfrutando a caçada, e Izam desarmado, tentando se defender. De repente, o machado silvou no ar e enterrou-se a um palmo da cara de Izam. Ele viu que era a sua oportunidade. Agarrando-o pelo cabo, puxou com violência e, sem pensar, atacou, mas Hóos se esquivou com agilidade felina. Nesse instante, uma sucessão de estalos deu lugar ao estrondo que anunciava o desmoronamento iminente. Sem dar tempo para qualquer reação, a ponta do tronco que ficava do lado da muralha começou a cair. A outra ponta agüentou. Izam e Hóos agarraram-se como podiam, mas um novo abalo tirou o apoio de Hóos, que se precipitou no vazio. Já estava caindo, quando, no último instante, Izam o segurou. O tronco voltou a estremecer e inclinou-se ainda mais. Izam tratou de levantar Hóos, enquanto ele implorava que o salvasse. Para poder içá-lo, jogou o machado no fosso e agarrou-se nuns galhos. Num último esforço, puxou Hóos e conseguiu que se segurasse.

Agora Hóos estava atrás dele e ambos precisavam subir até a torre antes que o tronco os arrastasse no momento em que a pedra que o sustentava se soltasse. Izam começou a subir e Hóos foi atrás dele. No entanto, durante a escalada, Hóos arrancou uma das flechas que permaneciam cravadas, avançou com ela na mão e, quando Izam estava prestes a alcançar a torre, enterrou-a em suas costas.

Theresa soltou um som desesperado. Estava tentando se soltar há algum tempo, sem conseguir, mas agora a chuva tinha lubrificado seus punhos e umedecido as cordas. Os guardas, entretidos com a luta, não a vigiavam. Theresa puxou com toda a alma e um braço se libertou. O outro o seguiu imediatamente. Esfregou os punhos porque mal conseguia senti-los. Em seguida, pegou uma madeira da fogueira e desceu para o local onde um dos guardas estava postado. Bem atrás dele repousava a besta de Izam. Ia apoderar-se dela, quando o soldado se virou, mas Theresa bateu nele com a tábua e ele caiu desmaiado. Pegou um dardo e correu para a torre. Quando percebeu, o outro guarda tentou detê-la, mas Theresa chegou à porta e trancou por dentro depois de passar. Em seguida, subiu as escadas de dois em dois com o coração saindo pela boca. Quando chegou à janela, verificou que Hóos golpeava Izam para lançá-lo no vazio.

A besta já estava carregada. Apontou e disparou, mas o dardo cruzou os ares e se perdeu nas proximidades. Amaldiçoou sua precipitação. Hóos voltou a bater em Izam, que se agarrou ao tronco para não perder a vida. Então Theresa tentou de novo. Puxou a alavanca que tensionava a besta, mas só conseguiu machucar a mão. Olhou para Izam e percebeu que ia cair. Puxou a alavanca outra vez e mirou Hóos. Pensou em suas falsas carícias e puxou. Pensou em seu pai, e puxou. Pensou em Izam e puxou até que finalmente a madeira cedeu e engatou a arma. Colocou o dardo na canaleta e apontou, sabendo que só dispunha de uma oportunidade. Hóos estava prestes a acabar com Izam. Theresa segurou a besta até que seus braços parassem de tremer. Fechou um dos olhos e, com calma, disparou. Hóos ia descarregar seu punhal quando sentiu um calafrio atravessando suas costas. Depois, olhou para o peito e, enquanto sua visão ia nublando, ainda pôde ver, incrédulo, o dardo ensangüentado que despontava em seu casaco. A última coisa que viu antes de cair no precipício foi o rosto de Theresa transtornado pela vingança.

Izam não parou para olhar. Engatinhou rapidamente até alcançar a torre, justo em tempo de ver o tronco se soltar e cair escarpa abaixo, levando consigo a mureta do pátio de armas.

Assim que levantou, abraçou Theresa, que chorava desconsolada. Beijou-a sem pensar. A chuva os encharcava. Desceram devagar, em silêncio. Embaixo, os soldados davam golpes na porta, que resistia, pois era de madeira sólida, assim como o tabuão que a trancava. Izam retirou a tranca. Do outro lado, Drogo, Alcuíno, Flávio Diácono e os dois guardas aguardavam. Wilfred estava mais atrás, perto da mureta que tinha acabado de desmoronar.

— Obrigado — disse Alcuíno a Izam.

Theresa não compreendeu. Izam acabava de derrotar seu campeão e Alcuíno agradecia? Entendeu menos ainda quando o frade virou-se para ela e protegeu-a com sua capa. Nesse instante, Drogo ordenou aos guardas que abandonassem o pátio de armas.

— No final, tudo se esclarece — afirmou Alcuíno com serenidade.

A chuva estava amainando. O frade foi na direção de Flávio que, curiosamente, retrocedeu até o peitoril meio desmoronado.

— Tenho que reconhecer que me deu trabalho — disse. — Você, Flávio Diácono... Enviado papal, núncio de Roma. Quem poderia imaginar que fosse o causador de tanta desgraça?

Theresa fez menção de intervir, mas Izam convenceu-a a esperar.

— O ataque sofrido por Górgias — prosseguiu Alcuíno —, a morte da pobre ama-de-leite, o seqüestro das meninas, o assassinato da sentinela... Diga-me, Flávio, até onde iria?

— Está delirando — sorriu ele, incomodado. — O Juízo de Deus foi nítido. A derrota de seu defensor o compromete.

— Derrota? Foi você quem escolheu Hóos Larsson.

— Para defendê-lo — argumentou Flávio.

— Pois digo que foi para salvá-lo. Se Hóos vencesse, como pretendia, a moça acabaria queimada. Se Hóos morresse, você estaria livre de seu assecla, o único que poderia delatá-lo. Hóos sempre agiu sob suas ordens. E o que dizer de Genserico, seu antigo aliado? Pagou aos dois regiamente com dinheiro cunhado em Bizâncio — pegou uma bolsa e abriu diante de todos. — Uma moeda cuja circulação, como todo mundo sabe, é proibida em território franco. Onde as conseguiu?

— Foi o dinheiro que dei a Hóos para que aceitasse lutar — respondeu. — Pagamento que você mesmo autorizou.

— Flávio, Flávio... Pelo amor de Deus! Essas moedas foram encontradas antes que Izam me desafiasse. Concretamente, no mesmo dia em que Theresa o viu conspirando no túnel com Hóos Larsson.

Flávio emudeceu. De repente, colocou-se atrás da cadeira de Wilfred e ameaçou empurrá-la no vazio.

— Por mim, pode jogar — disse Alcuíno sem se mexer. — Pensando bem, seria o mais adequado.

Os olhos de Wilfred, que já se mostravam aterrorizados, abriram-se mais ainda ao ouvi-lo. Alcuíno prosseguiu.

— Porque foi Wilfred quem matou Genserico — afirmou. — Quando o conde descobriu que o assistente o traía, que Genserico era o responsável pelo desaparecimento de Górgias com o objetivo de apoderar-se do pergaminho, não hesitou em assassiná-lo. E fez a mesma coisa com Korne — disse, apontando para o agarrador da cadeira.

Wilfred compreendeu. Quando verificou que Flávio Diácono segurava a empurrador da cadeira, acionou uma mola e um estalido metálico se fez ouvir. O núncio romano sentiu um beliscão na mão, mas não deu atenção.

— Sabe com quem está falando? Sou o emissário do papa — destacou Flávio novamente.

— E partidário de Irene de Bizâncio, a imperatriz traidora, a mulher que cegou o próprio filho; a que odeia o próprio Papado. A mulher que o corrompeu, de quem é um servidor e a quem pretendia entregar o documento para evitar a coroação de Carlos Magno. E agora, deixe Wilfred de lado e confesse onde guarda o documento que roubou do *scriptorium*.

Flávio cambaleou. O veneno inoculado já estava surtindo efeito. Enfiou a mão no hábito e extraiu um pergaminho dobrado.

— É isso que está procurando? Um documento que é falso? Diga, Alcuíno, quem é mais... — sacudiu a cabeça como se alguma coisa ressoasse em seu interior. — Quem é mais culpado? O que luta, como eu, para que prevaleça a verdade ou quem, como você, emprega uma mentira gananciosa para obter seus propósitos?

— A única verdade é a verdade de Deus. É ele quem deseja que o Papado sobreviva.

— O bizantino ou o romano? — piscou nervosamente, como se tentasse clarear a visão.

Alcuíno fez menção de se aproximar, mas Flávio avisou.

— Mais um passo e rasgo o pergaminho.

Alcuíno parou, sabendo que para recuperar o documento só precisava que o veneno fizesse efeito. No entanto, Wilfred não esperou. Quando percebeu que Flávio cambaleava, liberou os cães e eles, como se obedecessem a seus desejos, pularam na garganta do romano. Ele enfiou o braço na goela do primeiro animal, enquanto o outro atacava seu hábito. Na luta, Flávio soltou o pergaminho e um dos animais atracou-se com o documento até despedaçá-lo inteiramente. Flávio tentou recuperá-lo, mas o outro animal lançou-se em sua cara e ele perdeu pé. Seu corpo vacilou à beira do precipício. Durante um segundo, olhou para Alcuíno, incrédulo. Em seguida, suas costas se inclinaram sobre o vazio e eles caíram, cão e homem, juntos no abismo.

Quando Alcuíno se aproximou dos restos do peitoril, pôde ver, no fundo do despenhadeiro, o cadáver de Flávio Diácono caído junto ao corpo de Hóos Larsson.

Depois de juntar os restos do pergaminho, Alcuíno compreendeu que nunca conseguiria reconstituí-lo. Benzeu-se lentamente e virou-se para Drogo. Theresa teve a impressão de ver um brilho parecido com lágrimas no rosto do frade.

31

O funeral de Górgias foi celebrado na igreja maior, com a presença de Drogo, do restante da comitiva papal e do coro de crianças. Aos ouvidos de Theresa, os versículos que cantaram pareciam a ante-sala do céu. Sua madrasta, Rutgarda, soluçou desconsolada, acompanhada de sua irmã, Lotária, de seu marido e de seus filhos. Mais atrás, Izam esperava, segurando um tamborete. Mas Theresa não precisou dele. Ouviu toda a homilia, orgulhosa de seu pai. Rutgarda, por sua vez, chorou até secar. Quando o ofício teve fim, trasladaram o ataúde em procissão até o campo-santo. Por desejo expresso de Alcuíno, enterraram os restos mortais de Górgias junto dos personagens mais ilustres da região, aqueles que, por sua santidade ou valentia, tinham defendido Würzburg e seus valores cristãos.

Aquele sábado de março foi o dia mais triste da vida de Theresa.

No domingo de manhã, respondeu a um chamado de Alcuíno. Não tinha vontade de vê-lo, mas Izam tinha insistido. Quando se apresentou, o jovem também esperava por ela no *scriptorium*. Ela cumprimentou os dois com amabilidade e sentou-se no lugar que tinham lhe reservado. Alcuíno ofereceu uns bolinhos quentes que Theresa recusou. Em seguida, houve um momento de silêncio rompido quando Alcuíno pigarreou.

— Não quer mesmo? — insistiu. Afastou os doces e estendeu na mesa os restos do pergaminho. — Tanto trabalho por nada — lamentou.

Theresa só conseguiu pensar em seu pai morto.

— Como está? — perguntou-lhe Izam.

Theresa disse que estava bem com um fio de voz. Notava-se que mentia porque seus olhos brilhavam, umedecidos. Alcuíno mordeu os lábios, inspirou profundamente e pegou a mão de Theresa, mas ela a afastou. Então Izam a tomou entre as suas. Alcuíno recolheu os restos do pergaminho e deixou-os de lado como se não servissem mais.

— Enfim, não sei como começar — disse o frade. — Em primeiro lugar, peço a Deus que me absolva de meus acertos e de meus erros. Dos primeiros, sinto-me honrado por tê-Lo servido, dos outros, me arrependo, embora os tenha cometido em seu nome. Ele sabe e a Ele me encomendo — fez uma pausa e olhou para os dois. — Agora é fácil julgar. Pode ser que tenha errado ao invocar uma mentira, mas pensar que me guiei apenas pelo que, em meu íntimo, considerei justo e cristão me serve de consolo. "*Accidere ex una cintilla incendia passim*": algumas vezes, um grande incêndio se produz a partir de uma simples centelha. Tenho que reconhecer que sou o único responsável por tudo que aconteceu aqui e, nem que fosse somente por suas amargas conseqüências, devo oferecer-lhe minhas desculpas. Dito isso, é necessário que fique sabendo aquilo que levou seu pai para um lugar no cemitério.

Theresa olhou para Izam e ele apertou sua mão. Ela confiou nele. Virou para Alcuíno e ouviu.

— Como já tinha dito, conheci seu pai na Itália. Lá, eu o convenci a acompanhar-me a Würzburg, onde trabalhou para mim durante vários anos. Seus conhecimentos de latim e grego foram providenciais nas traduções de extensos códices e epístolas. Ele sempre dizia que gostava de escrever, tanto ou mais do que de um bom assado — sorriu com tristeza. — Talvez por isso, quando propus a Górgias que copiasse o pergaminho no começo desse inverno, ele aceitou imediatamente. Conhecia sua importância transcendental, mas não a sua falsidade, da qual, repito, muito me arrependo — levantou e continuou seu discurso caminhando. — Wilfred, sua Santidade, o papa, e claro, Carlos Magno estavam a par de suas atividades. Por desgraça, Flávio também ficou sabendo — Flávio, que tinha sido subornado pela imperatriz Irene de Bizâncio à força de dinheiro e enganos. Ele concebeu um plano digno de um filho do demônio. Conhecia Genserico, que viveu em Roma antes de estabelecer-se em Würzburg. Assim, convenceu o papa a enviá-lo a Aquis-Granum com as relíquias da Santa Croce. Por meio de um emissário, persuadiu Genserico a mantê-lo informado e viajou para Fulda com a arca que custodiava o *lignum crucis*, que pretendia utilizar como esconderijo para transferir o pergaminho de Constantino para Bizâncio. Genserico, por sua vez, utilizou Hóos Larsson, um jovem sem escrúpulos, que ele não hesitou em contratar para roubar o documento.

Theresa não estava entendendo por que continuava a ouvi-lo. Aquele frade com ar de santo já a tinha acusado falsamente de roubar o pergaminho e, se Izam não tivesse vencido o juízo de Deus, teria permitido que a queimassem viva. Suportou aquilo por Izam.

— Genserico gozava do beneplácito de Wilfred — continuou Alcuíno. — Tinha acesso ao *scriptorium* e sabia dos progressos de seu pai. Imagino que, calculando as datas, supôs que seu pai já estaria chegando ao fim do trabalho, de modo que mandou que Hóos se apoderasse do pergaminho. Hóos atacou seu pai, feriu-o, mas não conseguiu seu objetivo, já que, por sorte, seu pai carregava só um rascunho, que continha apenas o início.

"Por sorte"... Em seu íntimo, Theresa o amaldiçoou.

— E aqui entra em cena o selo de Constantino — Alcuíno aproximou-se de um aparador de onde retirou uma adaga preciosamente lavrada, que Theresa logo reconheceu. Era a adaga de Hóos Larsson. — Foi encontrada com Hóos, no despenhadeiro — explicou. Com um pouco de esforço, desenroscou a empunhadura, até que rangesse. Do cabo extraiu um cilindro em cujo extremo havia um rosto lavrado. Alcuíno empapou-o de tinta e aplicou sobre o pergaminho. — O selo de Constantino — anunciou. — Depois de roubá-lo de Wilfred, Genserico o entregou a Hóos para que o escondesse.

— O selo estava com Wilfred? — perguntou Izam.

— Isso mesmo. Como sabem, o pergaminho tinha três partes: o suporte propriamente dito, fabricado em finíssima pele de vitela nonata; o texto, em latim e em grego, que Górgias estava transcrevendo, e o selo de Constantino. Sem o concurso dos três elementos, não valeria nada. Quando Genserico percebeu que o documento roubado ainda não estava concluído, pensou em roubar o selo.

— Mas o que Flávio queria? O selo ou o pergaminho? — interveio Theresa.

— Perdoe se estou sendo confuso — desculpou-se. — Flávio queria impedir que o documento fosse apresentado no Concílio e tinha várias opções: roubar o documento, apoderar-se do selo ou eliminar seu pai. Foi o que tentaram fazer, nessa ordem. Lembre-se de que, de posse do original, poderiam demonstrar a falsidade do documento, caso trancrevêssemos outro pergaminho.

— E por isso mantiveram meu pai vivo.

— Eles o matariam, sem dúvida, assim que terminasse o documento. Mas vamos voltar a Hóos e ao selo de Constantino — parou para pegar um pedaço de bolo, que engoliu de uma só vez. Limpou o selo e enroscou-o no cabo da adaga. — Hóos foi para sua cabana em busca de um esconderijo. Lá, segundo me contou, encontrou você envolvida numa confusão.

— Embora não goste de reconhecer, ele me salvou dos saxões.

— E você o recompensou fugindo com a adaga.

Theresa admitiu. Foi então que entendeu o interesse de Hóos em encontrá-la.

— Quando chegou a Fulda, é obvio que a reconheci. Não recordava seu rosto, mas entre todas as moças da Francônia, somente a filha de Górgias seria capaz de ler grego num frasco.

Theresa recordou aquele dia na enfermaria da botica. Foi quando ele lhe propôs trabalho.

— Por ser filha de quem era — reconheceu o frade. — Mas Hóos logo se restabeleceu, recuperou sua adaga com o selo e desapareceu sem deixar rastros — sentou-se diante de Theresa e comeu o último bocado. — Hóos voltou a Würzburg, onde se encontrou com Genserico e os dois acertaram o seqüestro de Górgias para obrigá-lo a concluir o pergaminho. Por sorte, Górgias conseguiu escapar. Depois da morte de Genserico, Hóos ficou perdido, de modo que regressou a Fulda para falar com Flávio Diácono que, sem dúvida, deu a idéia de usá-la como refém para localizar seu pai ou, caso acontecesse o pior, substituí-lo como escriba.

— Wilfred matou Genserico?

— Fazia algum tempo que o conde suspeitava de Genserico. Górgias tinha sumido, mas curiosamente, seus pertences só desapareceram dois dias mais tarde. Nesse ínterim, ele já tinha encarregado Theodor de vigiar o *scriptorium* e foi o gigante quem descobriu que o ladrão era Genserico.

— E por que não o seguiu? Ou não o obrigou a revelar o paradeiro de meu pai?

— E quem disse que não o fez? Com certeza, foi o que tentou, mas até uma criança despistaria aquele gigante. Suponho que, levado pela raiva, na primeira vez em que se encontraram, Wilfred acionou o mecanismo que inoculou veneno no braço de Genserico. Depois disso, Theodor o seguiu, descobriu o esconderijo e voltou à fortaleza para contar tudo a Wilfred, que imediatamente o encarregou de voltar à cripta e prender Genserico, mas nesse ínterim o assistente já estava morto e Górgias desaparecido.

— Portanto, foi Theodor quem arrastou o cadáver de Genserico e deu a estocada com o estilete.

— De fato, Wilfred ordenou que pegasse o estilete de Górgias e simulasse um homicídio. A partir daí, você já conhece o resto: a travessia no barco, sua "ressurreição" e o desaparecimento das gêmeas.

— Isso eu realmente não entendi.

— Não é complicado de deduzir. Com Genserico morto, Flávio resolveu tentar com Korne, um homem de moral duvidosa, conforme testemunham seus amores com a ama-de-leite. Flávio deve ter sabido de suas fraquezas através de Hóos, de modo que convenceu o *percamenarius* a seqüestrar as filhas de Wilfred oferecendo-lhe títulos e seguramente a sua cabeça também.

— Com a intenção de chantageá-lo para recuperar o pergaminho.

— É o que imagino. Flávio achou que, extorquindo Wilfred, obteria o documento que você estava elaborando, pois já tinha dado os escritos de seu pai por desaparecidos. Em todo caso, de pouco lhe serviu, pois Wilfred envenenou Korne com o mecanismo de sua cadeira.

— Mas isso não faz sentido. O que ganharia matando Korne?

— Suponho que pretendia saber onde suas filhas estavam escondidas, em troca do antídoto correspondente ao veneno inoculado. No entanto, Korne, que desconhecia o lugar onde estavam escondidas, fugiu aterrorizado e em pouco tempo morreu, no meio de um ofício, em pleno coro.

— E então por que abandonaram as crianças na mina?

— Não sei responder. Talvez tenham se assustado com a estranha morte de Korne, talvez pensassem que seriam descobertos. Não sei. Lembre-se de que não é assim tão fácil manter duas meninas presas e que, para isso, eles contavam com o *percamenarius*, agora falecido. Como mantê-las sem que ninguém estranhasse a ausência de Hóos ou de Flávio? Isso além de alimentá-las, escondê-las, vigiá-las... De fato, acho que foram narcotizadas para evitar mais confusão.

— E deixadas na mina, não para simplesmente abandoná-las, mas para simular que foram encontradas.

— Acho que sim. Lembre que no dia seguinte armaram uma batida, da qual sairiam como heróis em lugar de vilões.

— E, de lambuja, botaram a culpa em meu pai...

Alcuíno concordou. Em seguida, fez um gesto pedindo que esperasse. Saiu até a porta e pediu mais comida.

— Não sei por quê, mas essa conversa toda está me abrindo o apetite — continou Alcuíno. — Mas onde estávamos mesmo? Ah, sim! Lembrei. Sempre tentaram botar a culpa em seu pai. Veja só: descobri que Hóos não trabalhava apenas para Flávio. Trabalhava sobretudo para si mesmo, em qualquer coisa que pudesse lhe trazer lucro. Lembra dos jovens que apareceram apunhalados? Tive ocasião de conversar com seus pais e disseram que, quando foram amortalhados, seus pés e mãos estavam pretos. Não lembra alguma coisa?

— O grão de Fulda? — atreveu-se, incrédula.

— Isso mesmo. O grão envenenado. Lotário não confessou isso em Fulda, mas depois de refazer as contas, deduziu que tinha conseguido salvar, em algum lugar, uma partida de grão. Quando Hóos desapareceu de Fulda, fugiu num cavalo e estava ferido, não é mesmo? — Theresa abaixou a cabeça e admitiu. — Foi Helga, a Negra, quem me disse — continuou Alcuíno. — No entanto, segundo Wilfred, Hóos chegou a Würzburg numa carroça. Logo, parece que mais alguém o ajudou em Fulda: ou Rothaart, o ruivo, ou o próprio Lotário.

— Como sabe disso?

Alcuíno remexeu nos bolsos e tirou um punhado de cereal.

— Porque encontrei grão contaminado no celeiro em que amputaram o braço de seu pai.

Explicou que, sem dúvida, Hóos tinha tentado fazer negócio aproveitando-se da fome que grassava em Würzburg. Os jovens mortos tinham sido contratados por ele para tarefas diversas e pagos com grãos, que ele não tocou pois já tinha sido avisado por Lotário. Talvez não soubesse que os efeitos seriam tão rápidos, mas de repente, viu-se diante de dois rapazes cada vez mais doentes e ameaçando denunciá-lo, de forma que, no meio do caminho, resolveu assassiná-los.

— E mais uma vez, botar a culpa em meu pai.

— Isso mesmo. Precisava encontrá-lo e, acusando-o de várias mortes, toda a gente de Würzburg o ajudaria. Realmente, não sei dizer se Hóos sabia que seu pai estava escondido na mina. Talvez suspeitasse, talvez tenha sido o destino. O caso é que sua presença já não interessava a mais ninguém. Flávio e Hóos o queriam morto, pois se Górgias se recuperasse, poderia escrever outro pergaminho. E Wilfred também: lembre que tentou incriminá-lo pela morte de Genserico.

— E você para ocultar o que ele tinha descoberto.

— Do que está falando? — perguntou intrigado.

— De que você também o queria morto. Meu pai tinha descoberto a hipocrisia desse documento.

Alcuíno franziu a testa. Nesse momento, o criado voltou com a comida e foi despachado pelo próprio Alcuíno, com gestos exaltados.

— Digo e repito que gostava de seu pai. Mas enfim, deixemos esse assunto de lado. Por mais que tivesse feito por ele, teria morrido mesmo assim.

— Mas não como um cão.

Alcuíno nem pestanejou. Pegou uma Bíblia e abriu no capítulo de Jó. Leu em voz alta, para justificar seu comportamento.

— Deus exige sacrifícios — acrescentou. — Envia desgraças que às vezes não compreendemos. Seu pai ofereceu a vida e você deveria estar grata por isso.

Theresa olhou-o bem nos olhos com determinação.

— Se agradeço a meu pai é por ter vivido o suficiente para me ensinar a nunca ser como você — e abandonou a sala, deixando Alcuíno falando sozinho.

A caminho do barco, Izam explicou o motivo pelo qual o frade a tinha acusado de roubar o pergaminho.

— Para protegê-la — esclareceu. — Se não tivesse feito isso, Flávio teria acabado com você. Era Flávio quem estava no túnel. Hóos matou o guarda do seu quarto, mas era você que ele queria. Encontrou a Vulgata cor de esmeralda e carregou-a consigo pensando que o pergaminho estava lá. Em seguida, quando viu que era uma simples Bíblia, jogou no claustro para que ninguém pudesse identificar o ladrão.

— E por isso me prendeu na neveira? E por isso permitiu que me açoitassem? Por isso pretendeu me queimar viva?

— Acalme-se — pediu. — Ele pensou que, na neveira, esperando a execução, ficaria a salvo. A idéia dos açoites foi coisa de Wilfred. O conde desconhecia o plano tramado por Alcuíno.

— Plano? Que plano? — perguntou surpresa.

— O de desafiar o próprio Alcuíno.

Theresa não entendeu, mas Izam continuou falando.

— Foi ele quem propôs — disse referindo-se ao frade. — Veio me ver e contou tudo o que acabo de dizer. Alcuíno não sabia como protegê-la e, ao mesmo tempo, desmascarar os assassinos, de modo que pediu que eu o desafiasse. Quando o fiz e Alcuíno exigiu ser representado por um campeão, Flávio se revelou ao propor o nome de Hóos Larsson.

— E você acreditou nele? Por Deus, Izam! Pense um momento. Se Hóos tivesse vencido, ele teria me justiçado.

— Isso não ia ocorrer de modo algum. Drogo estava a par de tudo. Se eu tivesse morrido, teriam libertado você do mesmo modo.

— Mas, então... por que aceitou lutar?

— Por você, Theresa. Hóos matou seu pai. Merecia esse castigo.

— Podia ter morrido — e caiu no choro.

— Era o Juízo de Deus. Isso não ia acontecer.

Três dias depois do sepultamento, um conclave absolveu Wilfred dos crimes cometidos. Como juiz máximo, Drogo concluiu que as mortes de Korne e de Genserico respondiam com justeza à infâmia de seus atos e todos os presentes aplaudiram o veredicto. Mesmo assim, Alcuíno condenou a ambição que guiava Wilfred: um apetite cristão, mas um apetite assassino.

Na saída da assembléia, Alcuíno encontrou com Theresa cercada de roupas e livros agrupados em várias trouxas. Tinham marcado encontro para se despedir. Alcuíno voltou a propor que escrevesse de novo o pergaminho em troca de dinheiro, mas ela negou categoricamente. O frade aceitou, por fim, sua negativa.

— E então... tem certeza de que deseja partir? — perguntou.

Theresa hesitou. Na noite anterior, Izam tinha pedido que fosse embora com ele para Aquis-Granum, mas ela ainda não tinha respondido. Por um lado, desejava começar uma nova vida, esquecer de tudo aquilo e partir com ele no barco que zarparia no dia seguinte. Mas, por outro, um sentimento a impelia a ficar junto de Rutgarda e de seus sobrinhos. Era como se, de repente, todos os ensinamentos de seu pai, seu esforço para transformá-la numa mulher culta e independente tivessem perecido junto com ele. Por um instante, imaginou-se seguindo os conselhos de Rutgarda, casando-se em Würzburg e parindo muitos filhos.

— Ainda pode ficar e trabalhar comigo. Ficarei mais uma temporada na fortaleza para organizar o *scriptorium* e ultimar certos assuntos. Wilfred terá que viver recluso num mosteiro, de modo que poderia me ajudar e, mais adiante, decidir sobre seu futuro.

Ela nem cogitou. Trabalhar com pergaminhos era o que sempre tinha desejado, mas agora queria um mundo diferente. Izam tinha lhe falado dele e queria descobri-lo. Alcuíno percebeu. Enquanto a ajudava a carregar os volumes, perguntou de novo pelo documento de Constantino.

— A primeira transcrição — esclareceu. — Enquanto esteve preso, seu pai deve tê-la concluído.

— Nunca a vi — mentiu.

— Seria vital. Se aparecesse, ainda poderíamos apresentá-la no Concílio — insistiu.

— Já disse que não sei de nada — refletiu antes de continuar. — E mesmo que soubesse de seu paradeiro, nunca o entregaria. Em meu pensamento, não há lugar para mentiras, mortes, ambição, cobiça, por mais que as utilizem em nome do cristianismo. Fique com o seu Deus, portanto, que eu ficarei com o meu.

Theresa despediu-se com cortesia, sem pensar no pergaminho de novo. Não lhe importava. Já o tinha destruído.

Enquanto caminhava para o cais, recordou os estranhos sinais que seu pai desenhara na neveira. Ficou se perguntando por que teria desenhado tantas vezes aquelas vigas.

Encontrou Izam mergulhado na margem do rio, ajudando seus homens a calafetar o navio. Quando a viu, soltou a tina de breu e, com as mão negras, correu para ajudá-la com os embrulhos. Ela riu quando os dedos dele tingiram seu rosto até transformá-la numa carvoeira. Limpou-se com um pano e beijou-o, espalhando breu por seu cabelo escuro e limpo.

ABRIL

32

A navegação transcorreu sem incidentes, com os grasnidos dos patos acompanhando os navios e os bancos floridos engrinaldando a ribeira, como se tivessem sido colocados por um comitê de boas-vindas. Desembarcaram em Frankfurt, onde se separaram de Drogo para seguirem uma caravana que partiria em breve para Fulda. Lá encontraram Helga, a Negra, com a barriga mais redonda que Theresa já tinha visto. Quando a reconheceu, a mulher deixou cair o fardo de feno que carregava e correu para Theresa bamboleando como uma pipa. Apertou-a tanto que Theresa pensou que suas tripas iam arrebentar. Quando soube que se estabeleceriam em Fulda, deu tantos pulos que esteve a ponto de parir ali mesmo.

A caminho das terras de Theresa, Helga perguntou às escondidas se iam se casar. Ela riu, nervosa. Ele não tinha feito nenhum pedido, mas confiava que algum dia o faria. Falou de seus planos de arar mais um pedaço do terreno e de construir uma casa segura e grande, como as que faziam em Bizâncio, com várias peças e um quarto separado com a latrina. Izam era um homem decidido e dispunha de algumas economias, de modo que achou que teriam sucesso.

Quando Olaf viu Theresa e Izam aparecerem, correu para eles como um rapazinho. Izam ficou surpreendido com o modo como usava a perna de madeira e, em seguida, interessou-se pelo funcionamento da articulação. Enquanto eles atropeladamente se metiam em discussões sobre artefatos, cavalos e terrenos, Theresa e Helga foram para a cabana que Olaf e sua família tinham transformado num lar. As crianças pareciam mais gordas e Lucilla estava colocando comida na mesa.

Naquela noite dormiram mal, apertados uns contra os outros, embora Olaf tivesse pernoitado do lado de fora. No dia seguinte, exploraram os campos semeados que já começavam a brotar, assim como os terrenos ainda incultos. À tarde, desceram a Fulda para comprar madeira e ferramentas e nos dias seguintes começaram a construção da casa que seria o lar de sua família.

No quarto dia, Izam aproveitou que Olaf e Lucilla tinham ido ao povoado para falar a sós com Theresa. Deixou a lenha que carregava e aproximou-se dela pelas costas, abraçando-a com ternura. Ela deixou que seu suor a molhasse antes de virar para beijar seus lábios carnudos e doces. Izam acariciou as mãos de Theresa, agora cobertas de bolhas.

— Antes eram delicadas — lamentou ele.

— E antes eu não tinha você — beijou-o.

Izam olhou ao redor, enquanto secava o suor das sobrancelhas. A casa estava avançando lentamente, e não seria tão grande quanto Theresa desejava. Além disso, as terras virgens exigiam mais esforço do que tinham calculado. Talvez demais para os pobres rendimentos que esperavam obter com elas. No entanto, admirou a disposição com que Theresa enfrentava qualquer tarefa.

Foram passear junto ao arroio. Izam chutou algumas pedrinhas. Quando Theresa perguntou o que estava pensando, ele soltou que não era aquilo que desejava para ela.

— Do que está falando?

— Desse tipo de vida. Não é o que você merece — respondeu ele.

Theresa não entendeu. Disse que para ela bastava saber que a amava.

— E seus livros? Tenho visto que toda noite você relê suas tabuletas.

Theresa tentou ocultar as lágrimas que afloravam a seus olhos.

— Poderíamos ir para Nantes — propôs Izam. — Possuo terras férteis por lá, herdadas de um parente. O clima é ameno e, no verão, as praias se enchem de gaivotas. Conheço o bispo, um homem bom e simples. Tenho certeza que poderá lhe emprestar muitos livros e que você poderá escrever seus textos também.

O rosto de Theresa se iluminou, mas perguntou o que iria ser de Olaf e de sua família. Para seu grande assombro, Izam já tinha resolvido tudo. Viajariam com eles para servi-los em seu novo lar.

Durante os dias seguintes ultimaram os preparativos. Venderam as terras, enviaram uma bela quantia a Rutgarda e cederam vários arpentos para Helga, a Negra. No primeiro domingo de maio, começaram a viagem junto com alguns comerciantes que fariam o trajeto até Paris. A caminho de Nantes, abraçada a seu prometido, Theresa observou que o céu ficava cada vez mais límpido. Recordando seu pai, comemorou as reviravoltas do destino com um beijo.

Epílogo

Embora tivessem arrancado um dente de Eric, o Sujo, em sua última briga, ele ainda cuspia mais longe do que o resto dos meninos. Por isso, e porque era possuidor dos punhos mais rápidos de Würzburg, ele continuava a liderar os meninos do povoado, levando-os até seu novo esconderijo.

Ao chegarem aos barracões, espantaram-se com as ruínas que tinham sobrado depois da passagem do inverno. Em seguida, penetraram nos túneis e reuniram todos os instrumentos que poderiam servir para suas brincadeiras. Eric resolveu que se estabeleceriam no barracão que estava mais bem conservado e nomeou o pequeno Thomas como vigia da mina. Obrigou-o a subir nas vigas que cruzavam o telhado e ameaçou deixá-lo lá em cima se não parasse de chorar. Depois de alguns instantes, Eric, o Sujo, viu que Thomas, em lugar de soluçar, engatinhava pela viga.

— Tem uma coisa escondida aqui — anunciou o pequeno.

Levantou-se sobre a trave e exibiu um embrulho de couro cuidadosamente fechado. Ao vê-lo, Eric ordenou que o entregasse. Em pouco tempo, todos se apinharam ao redor dele, que ordenou que ficassem em silêncio.

— O que é isso? — perguntou um dos meninos.

Eric sapecou-lhe um sopapo por adiantar-se ao trabalho de seus dedos. Depois, foi desatando o cordão com o mesmo cuidado que usaria se fosse um tesouro. Porém, ao descobrir que era apenas um rolo de pergaminhos, torceu a cara e jogou-os num canto. Os meninos riram da decepção de Eric, mas ele saiu chutando os que estavam mais próximos até fazer com que se arrependessem das risadas. Depois ficou olhando para os documentos, aproximou-se deles e pegou-os com cuidado.

— Sabem por que sou o chefe de todos vocês? — gabou-se. — Porque vou até a fortaleza para trocar tudo isso aqui por tortas de marmelo.

De volta à cidade, Eric tentou conseguir que um dos guardas o deixasse passar, mas o homem o afastou com um empurrão, dizendo que fosse brincar com os outros meninos. Já estava pensando em rasgar aqueles documentos, quando topou com um frade alto que disse que seu nome era Alcuíno. Eric se aproximou desconfiado, mas, em seguida, encheu-se de coragem. Para isso, tinha sido eleito chefe do bando. Lambeu as mãos e, depois de pentear-se cuidadosamente, ofereceu os pergaminhos ao monge. Quando o frade examinou as folhas, caiu de joelhos, cobrindo Eric de beijos e abençoando o menino. Em seguida, correu até o *scriptorium* para agradecer a Deus por ter lhe devolvido a doação de Constantino.

Naquela tarde, os meninos do bando deram vivas a Eric, o Sujo, o melhor chefe do mundo, pois, além das tortas de marmelo, tinha conseguido que lhe dessem quatro barris de vinho.

É tudo um romance

Os primórdios

Em outubro de 1999 assisti a um congresso de engenharia de automóveis na suntuosa cidade de Wiessbaden, a pouca distância de Frankfurt, na Alemanha. Como nas edições anteriores, as conferências eram enfadonhas, mas no último dia tive a felicidade de conversar com o dr. Gerhard Müller, homem afável e distraído que não parou de me cumprimentar enquanto não o convenci de que tinha se enganado de pessoa. Foi, contudo, um encontro providencial, pois ele me convidou para ir à sua casa, onde acabei ajudando a preparar o jantar. Não é que tivesse na época alguma vocação de cozinheiro: a mulher de meu anfitrião, Frida Müller, estava envolvida com sua tese de doutorado e o dr. Müller propôs que nós mesmos cuidássemos das panelas.

Durante o jantar, constatei que Frida era uma mulher extraordinária, não por sua aparência, certamente comum, mas pelo inesperado e contagioso entusiasmo com que falava da tese em que estava trabalhando. Sua pesquisa se centrava nas intrigas que cercaram a coroação de Carlos Magno como imperador da Europa e despertou em mim tanto interesse que, quando voltei à Espanha, encomendei imediatamente toda a bibliografia que consegui recordar.

A partir desse momento, teve início uma abundante correspondência, não apenas com Frida Müller, mas também com Hans Reück, seu orientador e professor adjunto da cátedra de história medieval da Faculdade Heinsurrgtruck de Frankfurt-Main, e com Albert Sacker, curador do Museu de Aachen, na época em que trabalhava com afinco no enredo de *A Escriba*.

Porque sempre desejei escrever um romance.

Há pessoas que se deleitam com um luxuoso iate, um cardápio impronunciável ou a última bolsa de marca. Eu prefiro partilhar meu tempo com um livro ou um bom amigo, embora estes últimos sejam mais difíceis de encontrar.

Ao longo dos anos, li dezenas de folhetos e opúsculos; tratados de história e de filosofia; contos e ensaios; romances de aventuras, de época e de suspense; narrativas cotidianas exemplares ou histórias cômicas e intranscendentes. E com todos aprendi, ao mesmo tempo que me divertia. Mas se tivesse que eleger um gênero, sem dúvida escolheria aquele que me levou a respirar a penetrante umidade de uma abadia, a ficar de garganta seca com a poeira asfixiante dos desertos de Ispahan ou a padecer a dureza da Idade Média em plena campina inglesa. Viajar a outras épocas e viver seus personagens. Isso é, para mim, o romance histórico.

A luta

Uma romance histórico deve ser, mais do que história, romance. A documentação é apenas o cenário, o verniz que abrilhanta e ilumina os personagens, o envoltório que os legitima e os torna verossímeis. Mas assim como acontece com um verniz muito espesso, se a documentação cresce a ponto de ofuscar a tela, sem dúvida vai estragar o quadro. Portanto, o verdadeiramente essencial é o romance em si: seu enredo rápido e preciso, suas reviravoltas inesperadas, seus desenlaces terríveis. Num romance histórico, os personagens, em que pese a distância no tempo, têm que resultar tão verossímeis e próximos quanto o vizinho que resmunga no elevador toda manhã ou o pobre infeliz que implora uma esmola na calçada.

Por dois anos, resumi milhares de páginas até empacar na paternidade literária da *Doação de Constantino*, o famoso documento do século VIII, no qual se apóia a trama de *A Escriba*.

O testemunho mais antigo se encontra no Códice Latino 2777 da Biblioteca Nacional de Paris, datado do século IX, embora seja a cópia de um original que jamais foi encontrado. Numerosos estudos atribuíram sua autoria à mesma mão que tramou as *Falsas Decretais*, enquanto outros, como Baronius, apontavam para o Oriente e para um grego separatista. Trabalhos recentes dirigiram seus olhares para Roma, pois o Papado seria o principal beneficiário, embora a interpretação mais antiga, de Zacarias e outros, apontasse decididamente para o império franco-germano. Esta última tese, defendida com habilidade por Hergenröther e Grauert, destaca o fato de que a *Donatio* aparece primeiro nas coleções fraco-germanas, ou seja, nas *Falsas Decretais* e no manuscrito de St. Denis, argumentando assim que o documento legitimava a "*translatio imperii*" para os franco-germanos, ou seja, o traslado do título imperial para a coroação de Carlos Magno.

Poderia listar outras hipóteses, como as de Matens, Friedrich e Bayet, sobre a existência de diversos autores, ou as de Colombier e Genelin sobre a data de sua feitura, mas felizmente, a conclusão não mudaria: as lacunas nos cimentos históricos permitiam que encaixasse os personagens que desejava, sem que parecessem falsários.

Superado esse obstáculo, apareceram (como não?) outros como a orografia (precisava de um rio, duas cidades próximas, uma abadia e um desfiladeiro), as armas (Theresa não podia aprender o manejo de um arco de um dia para outro) ou a remota possibilidade de que bandos de saxões resolvessem se aventurar em territórios distantes.

A localização recaiu em Würzburg e Fulda, cidades para as quais viajei em várias ocasiões para verificar a adequação dos locais. O arco foi substituído por uma besta, instrumento que solucionava um problema, mas causava um outro, já que a besta, embora presente na época, não era amplamente disseminada. Mas essas propostas entravam definitivamente no campo do factível, de forma que tratei de resolver até o último detalhe necessário para torná-las verossímeis.

Em relação aos personagens, seria preciso recordar frei Alcuíno, homem de importância vital no futuro da Europa, de cuja existência me apropriei inopinadamente para transformá-lo num investigador cheio de matizes obscuros.

Embora depois desses esclarecimentos possa parecer que é a história quem maneja o romance, a verdade é que foram os personagens e os acontecimentos que converteram sua leitura num mosaico de aventuras, amor e crimes que se entretecem até formar uma urdidura complexa, na qual a documentação só serve para dar impulso à trama.

Os desejos

Os dos leitores, claro está.

Quando me propus a escrever um romance, não pensei em mim. Nem mesmo no que gostaria, pessoalmente, de ler.

Desejava que o leitor, e não eu, tivesse prazer com sua leitura e, para isso, perguntei a quem mais entende de livros: os livreiros.

Obtive opiniões diversas, desde aquelas que apostam na importância do título e do desenho da capa, até as que insistiam na necessidade de um bom cartaz. No entanto, quase todos concordaram ao afirmar que nada disso adiantaria, se o livro carecesse de alma. "Dê alma aos personagens e seu romance será capaz de emocionar." Falaram do ritmo, do interesse e do poder do entretenimento. "Os críticos parecem denegrir os romances que divertem, mas posso garantir que eles são, sem dúvida, os melhores", confessou Peter Hirling, proprietário há trinta anos de uma diminuta livraria no centro de Londres.

Só posso dizer que tentei seguir seus conselhos. Pesei e medi cada parágrafo, cada capítulo, buscando aquela alquimia que desaparece quando o romance se conclui, quando, depois da última pincelada, ficam para trás as palavras, as metáforas e o simbolismo para dar lugar a um quadro completo. E o melhor de tudo é que me deliciei com tudo isso.

Quanto a outros desejos, no caso, os meus, preciso agradecer à minha mulher, Maite, por seu carinho e apoio durante os sete anos que durou essa aventura e os quase vinte passados desde que nos conhecemos. Também a meus pais e irmãos (sobretudo você, Javier) por seu interesse e sua carinhosa dedicação.

Por último, não poderia deixar de agradecer os elogios que Carlos García Gual, catedrático de filologia grega na Universidade Complutense de Madri, escritor, ensaísta e crítico, além de editor da revista *História* da National Geographic, fez ao primeiro manuscrito. Seus conselhos, aliás diretos e certeiros, contribuíram para aprimorar a história, e suas palavras de ânimo me ajudaram a prosseguir a difícil caminhada. Também gostaria de mencionar minha filha Lidia, Juan Montesa, meu melhor amigo, e Antonio Penadés, escritor de impagável generosidade, cuja opinião me encaminhou para meus atuais agentes, Ramón Conesa e Gloria Masdeu, da agência Carmen Balcells, a quem dou parabéns pelo magnífico trabalho e excelente comportamento. E, claro, René Strien, meu editor alemão, e Lucía Luengo, minha editora em Ediciones B.

A todos eles e sobretudo a meus leitores, meu eterno agradecimento.

Conheça mais sobre nossos livros e autores no site
www.objetiva.com.br

Disque-Objetiva: (21) 2233-1388

markgraph

Rua Aguiar Moreira, 386 - Bonsucesso
Tel.: (21) 3868-5802 Fax: (21) 2270-9656
e-mail: markgraph@domain.com.br
Rio de Janeiro - RJ